香港文學大系

戲劇卷

盧偉力 主編

商務印書館

《香港文學大系一九一九——一九四九》編輯委員會已盡力查究相片刊載權的資料。如有遺漏之處，請版權持有人與本編委會聯絡。

香港文學大系一九一九——一九四九・戲劇卷

主　　編　盧偉力
責任編輯　洪子平
封面設計　張　毅
出　　版　商務印書館（香港）有限公司
　　　　　香港筲箕灣耀興道 3 號東滙廣場 8 樓
　　　　　http://www.commercialpress.com.hk
發　　行　香港聯合書刊物流有限公司
　　　　　香港新界大埔汀麗路 36 號中華商務印刷大廈 3 字樓
印　　刷　中華商務彩色印刷有限公司
　　　　　香港新界大埔汀麗路 36 號中華商務印刷大廈
版　　次　2016 年 3 月第 1 版第 1 次印刷

　　　　　ISBN 978 962 07 4509 6

#《香港文學大系一九一九—一九四九》人員名單

編輯委員會

總　主　編　陳國球

副總主編　陳智德

編輯委員　危令敦　陳國球　陳智德　黃子平　黃仲鳴　樊善標（按姓氏筆畫序）

顧　問

王德威　李歐梵　許子東　陳平原　黃子平（按姓氏筆畫序）

各卷主編

1	新詩卷	陳智德
2	散文卷一	樊善標
3	散文卷二	危令敦
4	小説卷一	謝曉虹
5	小説卷二	黃念欣
6	戲劇卷	盧偉力
7	評論卷一	陳國球
8	評論卷二	林曼叔
9	舊體文學卷	程中山
10	通俗文學卷	黃仲鳴
11	兒童文學卷	霍玉英
12	文學史料卷	陳智德

總序

陳國球

香港文學未有一本從本地觀點與角度撰寫的文學史，是說膩了的老話，也是一個事實。早期出現多種境外出版的香港文學史，疏誤實在太多，香港學界乃有先整理組織有關香港文學的資料，然後再為香港文學修史的想法。由於上世紀三〇年代面世的《中國新文學大系》被認為是後來「新文學史」書寫的重要依據，於是主張編纂香港文學大系的聲音，從一九八〇年代開始不絕於耳。[1]這個構想在差不多三十年後，首度落實為十二卷的《香港文學大系一九一九—一九四九》。際此，有關「文學大系」如何牽動「文學史」的意義，值得我們回顧省思。

一、「文學大系」作為文體類型

在中國，以「大系」之名作書題，最早可能就是一九三五至三六年出版，由趙家璧主編，蔡元培總序，胡適、魯迅、茅盾、朱自清、周作人、郁達夫等任各集編輯的《中國新文學大系》。「大系」這個書業用語源自日本，指有系統地把特定領域之相關文獻匯聚成編以為概覽的出版物：「大」指此一出版物之規模；「系」指其間的組織聯繫。[2]趙家璧在《中國新文學大系》出版五十年後的回憶文章，就提到他以「大系」為題是師法日本；他以為這兩字：

既表示選稿範圍、出版規模、動員人力之「大」，而整套書的內容規劃，又是一個有「系統」的整體，是按一個具體的編輯意圖有意識地進行組稿而完成的，與一般把許多單行本雜湊在一起的叢書文庫等有顯著的區別。[3]

《中國新文學大系》出版以後，在不同時空的華文疆域都有類似的製作，並依循着近似的結構方式組織各種文學創作、評論以至相關史料等文本，漸漸被體認為一種具有國家或地域文學史意義的文體類型。[4] 資料顯示，在中國內地出版的繼作有：

- 《中國新文學大系一九二七—一九三七》（上海：上海文藝出版社，一九八四—一九八九）；
- 《中國新文學大系一九三七—一九四九》（上海：上海文藝出版社，一九九〇）；
- 《中國新文學大系一九四九—一九七六》（上海：上海文藝出版社，一九九七）；
- 《中國新文學大系一九七六—二〇〇〇》（上海：上海文藝出版社，二〇〇九）。

另外也有在香港出版的：

- 《中國新文學大系續編一九二八—一九三八》（香港：香港文學研究社，一九六八）。

在臺灣則有：

- 《中國現代文學大系》（一九五〇—一九七〇）（台北：巨人出版社，一九七二）；
- 《當代中國新文學大系》（一九四九—一九七九）（台北：天視出版事業有限公司，一九七九—一九八一）；

➤《中華現代文學大系——臺灣一九七〇—一九八九》（台北：九歌出版社，一九八九）；

➤《中華現代文學大系（貳）——臺灣一九八九—二〇〇三》（台北：九歌出版社，二〇〇三）。

在新加坡和馬來西亞地區有：

➤《馬華新文學大系》（一九一九—一九四二）（新加坡：世界書局／香港：世界出版社，一九七〇—一九七二）；

➤《馬華新文學大系（戰後）》（一九四五—一九七六）（新加坡：世界書局，一九七九—一九八三）；

➤《新馬華文文學大系》（一九四五—一九六五）（新加坡：教育出版社，一九七一）；

➤《馬華文學大系》（一九六五—一九九六）（新山：彩虹出版有限公司，二〇〇四）。

內地還陸續支持出版過：

➤《戰後新馬文學大系》（一九四五—一九七六）（北京：華藝出版社，一九九九）；

➤《新加坡當代華文文學大系》（北京：中國華僑出版公司，一九九一—二〇〇一）；

➤《東南亞華文文學大系》（廈門：鷺江出版社，一九九五）；

➤《臺港澳暨海外華文文學大系》（北京：中國友誼出版公司，一九九三）等。

其他以「大系」名目出版的各種主題的文學叢書，形形色色還有許多，當中編輯宗旨及結構模式不少已經偏離《中國新文學大系》的傳統，於此不必細論。

1「文學大系」的原型

由於趙家璧主編的《中國新文學大系》正是「文學大系」編纂方式的原型，其構思如何自無而有，如何具體成形，以至其文化功能如何發揮，都值得我們追跡尋索，思考這類型的文化工程的意義。在時機上，我們今天進行追索比較有利，因為主要當事人趙家璧，在一九八〇年代陸續發表回顧編輯生涯的文章，尤其文長萬字的〈話說《中國新文學大系》〉，除了個人回憶，還多方徵引紀錄文獻和相關人物的記述，對《新文學大系》由編纂到出版的過程有相當清晰的敘述。[5] 後來不少研究者如劉禾、徐鵬緒及李廣等，討論《中國新文學大系》的編輯過程時，幾乎都不出《編輯憶舊》一書所載。[6] 在此我們不必再費詞重複，而只揭其重點。

首先我們注意到作為良友圖書公司一個年輕編輯，趙家璧有編「成套文學書」的事業理想；同時，身為商業機構的僱員，他當然要照顧出版社的成本效益、當時的版權法例，以至政治審查等種種限制。[7] 從政治及文化傾向而言，趙家璧比較支持左翼思想，對國民政府正在推行的「新生活運動」，以至提倡尊孔讀經、重印古書等，不以為然。因此，他想要編集「五四」以來的文學作品成叢書的想法，可說是在運動落潮以後，重新召喚歷史記憶及其反抗精神的嘗試。[8]

在趙家璧構思計劃的初始階段，有兩本書直接起了啟迪作用：阿英（錢杏邨）介紹給他的劉半農編《初期白話詩稿》，以及阿英以筆名「張若英」寫的《中國新文學運動史》。前者成了趙家璧「理想中的那本『五四』以來詩集的雛形」，後者引發他思考：「如果沒有『五四』新文學運動的理論建設，怎麼可能產生如此豐富的各類文學作品呢？」由是，趙家璧心中要鋪陳展現的不僅止是歷史上出現過的文學現象，他更要揭示其間的原因和結果；原來僅限作品採集的「『五四』以來文學名著百種」的想法，變成「請人編選各集，在集後附錄相關史料」的比較立體的構想，再進而落實為「一套包括理論、作品、史料」的「新文學大系」。《史料集》一卷的作用主要是為選入的作品佈置歷史定位的座標，提供敘事的語境；而「理論」部分，因為鄭振鐸的建議，擴充為《建設理論集》和《文學論爭集》。這兩集被列作《大系》的第一、二集，引領讀者走進一個文學史敘事體的閱讀框架：新文學好比這個敘事體中的英雄，其誕生、成長，以至抗衡、挑戰，甚而擊潰其他文學「惡」勢力（包括「舊體文學」、「鴛鴦蝴蝶文學」等）的故事輪廓就被勾勒出來。其餘各集的長篇〈導言〉，從不同角度作出點染着色，讓置身這個「歷史圖象」的各體文學作品，成為充實「寫真」的具體細部。

《中國新文學大系》的主體當然是其中的《小說集》、《散文集》、《新詩集》和《戲劇集》等七卷。劉禾對《大系》作了一個非常矚目的判斷；她認定它「是一個自我殖民的規劃」（“self-colonizing project”），證據之一是《大系》按照「小說、詩歌、戲劇、散文」的文類形式四分法（“four-way division of generic forms”）組織「所有文學作品」，而這四種文類形式是英語的“fiction”，“poetry”，“drama”，“familiar prose”的對應翻譯，《大系》把這種西方文學形式的「『翻譯』的基準」（“‘translated’ norms”）典律化，使自梁啟超以來顛覆古典文學之經典地位的想法得成具體（crystallized）；所謂「自我殖民化」的意思是，趙家璧的《中國新文學大系》視西方為「中國文學」意義最終解釋的根據地。[9] 衡之於當時的歷史狀況，劉禾這個論斷應該是一種非常過度的詮釋。首先西方的文學論述傳統似乎沒有以「小說、詩歌、戲劇、散文」的四分法來統領「所有文學作品」。[10]而現代中國的「文學概論」式的文類四分法可說是一種糅合中西文學觀的混雜體；其構成基礎還是中國傳統的「詩文」分類，再加上受西方文學傳統影響而致「文學位階」得以提升的「小說」與「戲劇」，統合成文學的四種類型。這四種文體類型的傳播已久；翻查《民國時期總書目》，我們可以看到以這些文類概念作為編選範圍的現代文學選本，在《大系》出版以前或約略同時，就有不少，例如《新詩集》（一九二〇）、《現代中國詩歌選》（一九三三）、《當代小說讀本》（一九三二）、《短篇小說選》（一九三四）、《近代戲劇集》（一九三〇）、《現代中國戲劇選》（一九三三）等等。[11]趙家璧的回憶文章提到，他當時考慮過的「文類」是：「長篇小說」、「短篇小說」、「散文」、「詩」、「戲劇」、「理論文章」，[12]而不是四分文類的定型思考。因此，這種文類觀念的通行，不應該由趙家璧或《中國新文學大系》負責。事實上後來出現的「文學大系」亦沒有被趙家璧的先例所限囿，例如：《中國新文學大系一九二七—一九三七》增加了「報告文學」和「電影」；《中國新文學大系一九三七—一九四九》的小說類再細分「短篇」、「中篇」和「長篇」，又另闢「雜文」集；《中國新文學大系一九七六—二〇〇〇》的小說類除長、中、短篇以外，增設「微型」一項，又調整和增補了「紀實文學」、「兒童文學」、「影視文學」。可見「四分法」未能賅括所有中國現代文學的文類。

劉禾指《中國新文學大系》「自我殖民」——完全依照西方標準（而不是中國傳統文學的典範）來斷定「文學」的內涵——更是一種「污名化」的詮釋。如果採用同樣欠缺同情關懷的批判方式，我們也可以指摘那些拒絕參照西方知識架構的文化人為「自甘被舊傳統宰制的原教主義信徒」。無論是哪一種方向的「污名化」，都不值得鼓勵，尤其在已有一定歷史距離的今天作學術討論時。近代以來中國知識份子面對西潮無所不至的衝擊，其間危機感帶來的焦慮與徬徨，實在是前古所未有。正如朱自清說當時學術界的趨勢，「往往以西方觀念為範圍去選擇中國的問題，姑無論將來是好是壞，這已經是不可避免的事實」；[13] 在這個關頭，有責任感的知識份子都在思考中國文化「如何應變」、「自何自處」的問題。無論他們採用哪一種內向或者外向的調適策略，都有其歷史意義，需要我們同情地了解。

胡適、朱自清，以至茅盾、鄭振鐸、魯迅、周作人，或者鄭伯奇、阿英，這些《中國新文學大系》各卷的編者，各懷信仰，尤其對於中國未來的設想，取徑更千差萬別；但在進行編選工作時，其相同的思路還是明顯的——就是為歷史作證。從各集的〈導言〉可見，其關懷的歷史時段長短不一；有只駐目於關鍵的「新文學運動第一個十年」，如鄭振鐸的《文學論爭集・導言》，或者朱自清的《詩集・導言》；也有由今及古、上溯文體淵源，再探中西同異者，如郁達夫的《散文二集・導言》。[14] 當然，其中歷史視野最為宏闊的是時任中央研究院院長的蔡元培所寫的〈總序〉。〈總序〉以「歐洲近代文化，都從復興時代演出」開篇，將「新文學運動」比附為歐洲的「文藝復興」運動；此時中國以白話取代文言為文學的工具，好比「復興時代」歐洲各民族以方言而非拉丁文創作文學。蔡元培在文章結束時說，「歐洲的復興」歷三百年，「我國的復興，自五四運動以來不過十五年」：

新文學的成績，當然不敢自詡為成熟。其影響於科學精神民治思想及表現個性的藝術，均尚在進行中。但是吾國歷史，現代環境，督促吾人，不得不有奔軼絕塵的猛進。吾人自期，至少應以十年的工作抵歐洲各國的百年。所以對於第一個十年先作一總審查，使吾人有以鑑既往而策將來，希望第二個十年與第三個十年時，有中國的拉飛爾與中國的莎士比亞等應運而生呵！[15]

我們知道自晚清到民國，歐洲歷史上的"Renaissance"是一個重要的象徵符號，是許多文化人的迷思；然而這個符號在中國的喻指卻是多變的。有比較重視歐洲在中世紀以後追慕希臘羅馬古典著述之「古學復興」的意義，認為偏重經籍整理的清代學術與之相似；也有注意到十字軍東征為歐洲帶來外地文化的影響，謂清中葉以後西學傳入開展了中國的「文藝復興」；又有從歐洲「文藝復興」時期出現以民族語言創作文學而產生輝煌的作品着眼，這就是自一九一七年開始的「文學革命」的宣傳重點。[16] 蔡元培的〈總序〉也是這種論述的呼應，但結合了他對中西文化發展的觀察，使得「新文學」與「尚在進行中」的「科學精神」、「民治思想」及「表現個性的藝術」等變革相互關聯，從而為閱讀《大系》中各個獨立文本的讀者提供了詮釋其間文化政治的指南針。[17]

《中國新文學大系》的結構模型——賦予文化史意義的「總序」、從理論與思潮搭建的框架、主要文類的文本選樣，經緯交織的導言，加上史料索引作為鋪墊——算不上緊密，但能互相扣連，又留有一定的詮釋空間，反而有可能勝過表面上更周密，純粹以敘述手段完成的傳統文學史書寫，更能彰顯歷史意義的深度。

2「新文學大系」的繼承

《中國新文學大系》面世以後，贏得許多的稱譽；[18]正如蔡元培和茅盾等的期待，趙家璧確有意續編第二、第三輯。[19]一九四五年抗戰接近尾聲時，趙家璧在重慶就開始着手組織「抗戰八年文學」的第三輯編輯工作，並邀約了梅林、老舍、李廣田、茅盾、郭沫若、葉紹鈞等編選各集。[20]但時局變幻，這個計劃並未能按預想實行。一九四九年以後，政治氣氛也不容許趙家璧進行續編的工作；即使已出版的第一輯《中國新文學大系》，亦不再流通。

直至一九六二年及一九七二年香港文學研究社先後兩次重印《中國新文學大系》；[21]香港文學研究社還在一九六八年出版了《中國新文學大系・續編》。這個《續編》同樣有十集，取消了《建設理論集》，補上新增的《電影集》。至於編輯概況，《續編・出版前言》故作神秘，說各集主編名字不適宜刊出，但都是「國內外知名人物」，「分在三地東京、星加坡、香港進行」編輯，以四年時間完成。事實上《續編》出版時間正逢大陸文化大革命如火如荼，文化人備受迫害；各種不幸的消息，相繼傳到香港，故此出版社多加掩蔽，是情有可原的。據現存的資訊顯示，編輯的主要工作由在大陸的常君實和香港文學研究社的譚秀牧擔當；[22]然而兩人之間並無直接聯繫，無法互相照應。另一方面，二人各因所處環境和視野的局限，所能採集的資料難以全面；在大陸政治運動頻仍，顧忌甚多；在香港則材料散落，張羅不易；再加上出版過程並不順利，即使在香港的譚秀牧亦不能親睹全書出版。[23]這樣得出來的成績，很難說得上完美。不過，我們要評價這個「文學大系」傳統的第一任繼承者，應該要考慮當時的各種限制。無論如何，在香港出版，其實頗能說明香港的文化空間的意義，其承載中華文化的方式與成效亦頗值得玩味。[24]

《中國新文學大系》的「正統」繼承，要等到中國的文化大革命正式落幕。從一九八〇年到一九八二年，上海文藝出版社徵得趙家璧同意，影印出版十集《中國新文學大系》，同時組織出版《中國新文學大系一九二七—一九三七》二十冊作為第二輯，由社長兼總編輯丁景唐主持，趙家璧作顧問，一九八四年至一九八九年陸續面世；隨後，趙家璧與丁景唐同任顧問的第三輯《中國新文學大系一九三七—一九四九》二十冊於一九九〇年出版，第四輯《中國新文學大系一九四九—一九七六》二十冊於一九九七年出版。二〇〇九年由王蒙、王元化總主編第五輯《中國新文學大系一九七六—二〇〇〇》三十冊，繼續由上海文藝出版社出版；二十世紀以前的「新文學」，好像都有了「大系」作為相照的汗青。這「第二輯」到「第五輯」的說法，顯然是繼承、延續之意。然而第一輯到第二輯之間，其政治實況是中國經歷從民國到共和國的政權轉換，在大陸地區社會文化曾經發生翻天覆地的劇變。「嫡傳」、「正宗」的想像，其實需要刻意忽略這些政治社會的裂縫。當然趙家璧的認可，被邀請作顧問，讓這個「嫡傳」的合法性增加一種言說上的力量。不過，這後四輯對其他「大系」卻未必有明顯的垂範作用；起碼從面世時間先後來說，比起海外各大系之承接「新文學」薪火，反而是後發的競逐者。

在這個看來「嫡傳」的譜系中，因為時移世易，各輯已有相當的變異或者發展。在內容選材上，最明顯的是文體類型的增補，可見文類觀念會因應時代需要而不斷調整；這一點上文已有交代。另一個顯而易見的形式變化是：第二、三、四輯都沒有總序，只有〈出版説明〉。《大系》原型的第一輯每集都有〈導言〉，即使是同一文類的分集，如「小説」三集分別有茅盾、魯迅、鄭伯奇的論述；「散文」兩集又有周作人和郁達夫兩種觀點。其優勢正在於論述交錯間的矛盾與縫隙，可以生發更繁富的意義。第二、三輯開始，同一文類只冠以一位名家序言，論述角度當然有統整齊一之效。再看第二、三兩輯的〈説明〉基本修辭都一樣，聲明編纂工作「以馬克思列寧主義，毛澤東思想為指針，堅持從新文學運動的實際出發」，前者以「反帝反封建的作品佔主導地位」，後者的主導則是「革命的、進步的作品」；毫不含糊地為文學史的政治敘事設定格局；這當然是第一輯以「新文學」為敘事英雄的激越發展；第二、三輯的理論集序文，大概有着指標的作用，據此可以推想：第二輯的主角是「左翼文藝運動」，第三輯是「文藝為政治（戰爭）服務」。

第四輯〈出版説明〉的文字格式與前兩輯不同，逗漏了又一種訊息。這一輯出版於一九九七年，形勢上無論出於外發還是內需，有必要營構一個廣納四方的空間：「對那些曾經遭受過錯誤批判和不公正對待，或者在『文革』中雖未能正式發表、出版，但在社會上廣泛流傳產生過較大影響的作品，都一視同仁地加以遴選」；「這一時期發表的臺灣、香港、澳門作家的新文學作品，一並列選。」於是少不了臺灣余光中的一縷鄉愁、瘂弦掛起的紅玉米；異品如馬朗寄居在香港的焚琴浪子，也得到收容。第五輯〈出版説明〉繼續保留「這一時期發表的臺灣、香港、澳門作家的新文學作品，一並列選」的句子，其為政治姿態，眾人皆見；尤其各卷編者似乎有很大的自由度決定他們對臺港澳的關切與否。因此我們實在不必介懷其所選所取是否「合理」、是否「得體」。

只不過若要衡度政治意義，則美國華裔學者夏志清、李歐梵和王德威之先後入選四、五兩輯，或者有需要為讀者釋疑，可惜兩輯的編者都未有任何說明。

第五輯回復有〈總序〉的傳統，共有兩篇。其中〈總序二〉是王元化生前在編輯會議上的發言；因此王蒙撰寫的一篇才是正式的〈總序〉。這一篇意在綜覽全局的序文，可與王蒙在第四輯寫的《小說卷・序》合觀；兩篇分別寫於一九九六年及二〇〇九年的文章，都表示要以正面、積極的態度去面對過去。王蒙在第四輯努力地討論「記憶」的意義，說「記憶實質是人類的一切思想情感文化文明的基礎和根源」，其目的是找到「歷史」與「現實」的通感類應。在第五輯〈總序〉王蒙則標舉「時間」；說時間是「慈母」，「偏愛已經被認真閱讀過並且仍然值得重讀或新讀的許多作品」；又說時間如「法官」．「無情地惦量着昨天」：

> 時間法官同樣有差池，但是更長的時間的回旋與淘洗常常能自行糾正自己的過失，時間的因素同樣能製造假象，但是更長的時間的反復與不舍晝夜的思量，定能使文學自行顯露真容。

《中國新文學大系》發展到第五輯，其類型演化所創造出來的方向、習套和格式已經相當明晰。不過，我們還有一系列「教外別傳」的範例可以參看。

3 「文學大系」的「教外別傳」

我們知道臺灣在一九七二年就有《中國現代文學大系》的編纂，由巨人出版社組織編輯委員會，余光中撰寫〈總序〉，編選一九五〇年到一九七〇年的小說、散文、詩三種文類作品，合成八輯。另外司徒衛等在一九七九年至一九八一年編輯出版《當代中國新文學大系》十集，沿用《中國新文學大系》原型的體例，唯一變化是《建設理論集》改為《文學論評集》，而取材以一九四九年到一九七九年在臺灣發表之新文學作品為限。兩輯都明顯要繼承趙家璧主編《大系》的傳統，但又要作出某種區隔。司徒衛等編委以「當代」標明其時間以國民政府遷臺為起點，與止於一九二七年的趙編《大系》並非線性相連。余光中等的《大系》則以「現代文學」之名與「新文學」區辨。他撰寫的〈總序〉非常刻意的辨析臺灣新開展的「現代文學」與「五四早期新文學」之不同。相對來說，余光中比司徒衛更長於從文學發展的角度作分析；司徒衛的論調卻多有迎合官方意志之嫌。然而我們不能說《當代中國新文學大系》水準有所不如；事實上這個《當代大系》各集的編者大都具有文學史的眼光，取捨之間，極見功力；各集都有導言，觀點又起縱橫交錯的作用。其中瘂弦主編的《詩集》視野更及於臺灣以外的華文世界——從體例上可能與全書不合，但從概念上卻是當時的「中國」概念的一種詮釋；香港不少詩人如西西、蔡炎培、淮遠、羈魂、黃國彬的作品都被選入。余光中等編《現代文學大系》的選取範圍基本上只在臺灣，只是朱西甯在「小說輯」中收錄了張愛玲兩篇小說，另外（張）曉風編的「散文輯」又有思果三篇作品，但都沒有解釋說明；張愛玲是否「臺灣作家」是後來臺灣文學史一個爭論熱點；這些討論可以從此出發。論規模和完整格局，《當代中國新文學大系》實在比《中國現代文學大系》優勝，但後者的編輯團隊——余光中、朱西甯、洛夫、曉風——也是有份量的本色行家，所撰各體序文都能照應文體通變，又關聯到當時臺灣的文學生態。其中朱西甯序小說篇末，詳細交代《大系》的體例，其中一個論點很值得注意：

> 我們避免把「大系」作為「文選」，只圖個體的獨立表現，精選少數卓越的小說家作品中的菁華，而忽略了整體的發展意義。這可以用一句話來說，我們所選輯的是可成氣候的作品。如此「大系」也便含有了「索引」的作用，供後世據此而獲致從事某一小說家的專門研究資料蒐集的線索。[25]

朱西甯這個論點不必是《中國現代文學大系》各主編的共同認識，[26]但卻為「文學大系」的文類功能作出一個很有意義的詮釋。

「文學大系」的文類傳統在臺灣發展，余光中最有貢獻。在巨人出版社的《中國現代文學大系》以後，他繼續主持了兩次「大系」的編纂工作：由九歌出版社先後於一九八九年出版《中華現代文學大系——臺灣一九七〇—一九八九》，二〇〇三年出版《中華現代文學大系（貳）——臺灣一九八九—二〇〇三》。兩輯都增加了《戲劇卷》和《評論卷》；前者涵蓋二十年，共十五冊；後者十五年，十二冊。余光中也撰寫了各版《現代文學大系》的〈總序〉。在臺灣思考文學史或者文學傳統，難免要連繫到「中國」這個概念。在巨人版《大系・總序》，余光中的重點是把一九四九年以後臺灣的「現代文學」與「五四」時期的「新文學」相提並論，也講到臺灣文學「與昨日脱節」——對三、四〇年代作家作品的陌生——帶來的影響：向更古老的中國古典傳統和西方學習。他又解釋以「大系」為名的意義：「除了精選各家的佳作之外，更企圖從而展示歷史的發展，和文風的演變，為二十年來的文學創作留下一筆頗為可觀的產業。」他更曲終奏雅，在〈總序〉的結尾説：

> 我尤其要提醒研究或翻譯中國現代文學的所有外國人：如果在泛政治主義的煙霧中，他們有意或無意地竟繞過了這部大系而去二十年來的大陸尋找文學，那真是避重就輕，一偏到底了。[27]

這是向「國際人士」呼籲，也可以作為「中國」二字放在書題的解釋：真正的「中國文學」在臺灣，而不在大陸；這是文學上的「正統」之爭。但從另一個角度來看，對臺灣許多知識份子而言，「中國」這個符號的意義，已經慢慢從政治信念變成文化想像，甚或虛擬幻設；我們知道，中華民國於一九七一年退出聯合國，一九七二年美國總統尼克遜訪問北京。在司徒衛等編成《當代中國新文學大系》之前不久，一九七八年十二月美國與中華民國斷絕外交關係。

所以，九歌版的兩輯「大系」，改題《中華現代文學大系》，並加註「臺灣」二字，是國際政治形勢使然。「中華」是民族文化身份的標誌，其指向就是「文化中國」的概念；「臺灣」則是具體的地理空間。余光中在《臺灣一九七〇——一九八九》的總序探討《中國現代文學大系》到《中華現代文學大系》前後四十年的變化，注意到一九八七年解除「戒嚴令」後兩岸交流帶來的文化衝擊，從而思考「臺灣文學」應如何定位的問題。「中國的文學史」與「中華民族的滾滾長流」，是當時余光中和他的同道企盼能找到答案的地方。到了《中華現代文學大系（貳）》，余光中卻有另一角度的思考，他說：

臺灣文學之多元多姿，成為中文世界的巍巍重鎮，端在其不讓土壤，不擇細流，有容乃大。如果把……非土生土長的作家與作品一概除去，留下的恐怕無此壯觀。[28]

他還是注意到臺灣文學在「中文世界」的地位，不過協商的對象，不再是外國研究者和翻譯家，而是島內另一種文學取向的評論家。

究之，余光中的終極關懷顯然就是「文學史」或者「歷史上的文學」。在他主持的三輯「文學大系」中，他試圖揭出與文學相關的「時間」與「變遷」，顯示文學如何「應對」與「抗衡」。「時間」是「文學大系」傳統的一個永恆母題。王蒙請「時間」來衡量他和編輯團隊（第五輯《中國新文學大系》）的成績：

我們深情地捧出了這三十卷近兩千萬言的《中國新文學大系》第五輯，請讀者明察，請時間的大河、請文學史考驗我們的編選。[29]

余光中在《中華現代文學大系（貳）‧總序》結束時說：

至於對選入的這兩百多位作家，這部世紀末的大系是否真成了永恆之門、不朽之階，則猶待歲月之考驗。新大系的十五位編輯和我，樂於將這些作品送到各位讀者的面前，並獻給漫漫的廿一世紀。原則上，這些作品恐怕都只能算是「備取」，至於未來，究竟其中的哪些能終於「正取」，就只有取決定悠悠的時光了。[30]

4 「文學大系」的基本特徵

以上看過兩個系列的「文學大系」，大抵可以歸納出這種編纂傳統的一些基本特徵：

一、「文學大系」是對一個範圍的文學（一個時段、一個國家／地域）作系統的整理，以多冊的、「成套的」文本形式面世；

二、這多冊成套的文學書，要能自成結構；結構的方式和目的在於立體地呈現其指涉的文學史；「立體」的意義在於超越敘事體的文學史書寫和示例式的選本的局限和片面；

三、「時間」與「記憶」、「現實」與「歷史」是否能相互作用，是「文學大系」的關鍵績效指標；

四、「國家文學」或者「地域文學」的「劃界」與「越界」，恆常是「文學大系」的挑戰。

二、「香港的」文學大系：《香港文學大系一九一九——一九四九》

1 「香港」是甚麼？誰是「香港人」？

葉靈鳳，一位因為戰禍而南下香港然後長居於此的文人，告訴我們：

> 香港本是新安縣屬的一個小海島，這座小島一向沒有名稱，至少是沒有一個固定的總名……。這一直到英國人向清朝官廳要求租借海中小島一座作為修船曬貨之用，並指名最好將「香港」島借給他們，這才在中國的輿圖上出現了「香港」二字。[31]

「命名」是事物認知的必經過程。事物可能早就存在於世，但未經「命名」，其存在意義是無法掌握的。正如「香港」，如果指南中國邊陲的一個海島，據史書大概在秦帝國設置南海郡時，就收在版圖之內。但在統治者眼中，帝國幅員遼闊，根本不需要一一計較領土內眾多無名的角落。用葉靈鳳的講法，香港島的命名因英國人的索求而得入清政府之耳目；[32] 而「香港」涵蓋的範圍隨着清廷和英帝國的戰和關係而擴闊，再經歷民國和共和國的默認或不願確認，變成如今天香港政府公開發佈的描述：

> 香港是一個充滿活力的城市，也是通向中國內地的主要門戶城市。……香港是中華人民共和國成立的特別行政區。香港自一八四二年開始由英國統治，至一九九七年，中國政府按照「一國兩制」的原則對香港恢復行使主權。根據《基本法》規定，香港目前的政治制度將會

> 維持五十年不變，以公正的法治精神和獨立的司法機構維持香港市民的權利和自由。……香港位處中國的東南端，由香港島、大嶼山、九龍半島以及新界（包括二六二個離島）組成。[33]

「香港」由無名，到「香港村」、「香港島」，到「香港島、九龍半島、新界和離島」合稱，經歷了地理上和政治上不同界劃，經歷了一個自無而有，而變形放大的過程。更重要的是，「香港」這個名稱底下要有「人」；有人在這個地理空間起居作息，有人在此地有種種喜樂與憂愁、言談與詠歌。有人，有生活，有恩怨愛恨，有器用文化，「地方」的意義才能完足。

猜想自秦帝國及以前，地理上的香港可能已有居民，他們也許是越族輋民。李鄭屋古墓的出土，或許可以說明漢文化曾在此地流播。[34]據說從唐末至宋代，元朗鄧氏、上水廖氏及侯氏、粉嶺文氏及彭氏五族開始南移到新界地區。許地山，從臺灣到中國內地再到香港直至長眠香港土地下的另一位文化人，告訴我們：

> 香港及其附近底居民，除新移入底歐洲民族及印度波斯諸國民族以外，中國人中大別有四種：一、本地；二、客家；三、福佬；四、蛋家。……本地人來得最早的是由湘江入蒼梧順西江下流底。稍後一點底是越大庾嶺由南雄順北江下流底。[35]

「本地」，不免是外來；香港這個流動不絕的空間，誰是土地上的真正主人呢？再追問下去的話，秦漢時居住在這個海島和半島上的，是「香港人」嗎？大概只能說是南海郡人或者番禺縣人；再晚來的，就是寶安縣人、新安縣人吧。因為當時的政治地理，還沒有「香港」這個名稱、這個概念。然而，換上了不同政治地理名號的「人」，有甚麼不同的意義？「人」和「土地」的關係，就會有所改變嗎?

2 定義「香港文學」

「香港文學」過去大概有點像南中國的一個無名島，島民或漁或耕，帝力於我何有哉?自從上世紀八〇年代開始，「香港文學」才漸漸成為文化人和學界的議題。這當然和中英就香港前途問題進行談判，以至一九八四年簽訂中英聯合聲明，讓香港進入一個漫長的過渡期有關。「香港有沒有文學」、「甚麼是香港文學」等問題陸續浮現。前一個問題，大概出於與「香港文學」、或者所有「文學」都無甚關涉的人。香港以外地區有這種觀感的，可以理解;值得玩味的是在港內同樣想法的人並不是少數;責任何在?實在需要深思。至於後一個問題，則是一個定義的問題。

要定義「香港文學」，大概不必想到唐宋秦漢，因為相關文學成品(artifact)的流轉，大都在「香港」這個政治地理名稱出現以後。[36]只便如此，還是困擾了不少人。一種定義方式，是以文本創製者為念:說文學是性靈的抒發，故「香港文學」應是「香港人所寫的文學」。這個定義帶來的問題首先是「誰是香港人」?另一種方式，從作品的內容着眼，因為文學反映生活，如果這生活的場景就是香港，當然就是「香港文學」。依着這個定義，則不涉及香港具體情貌的作品，是要排除在外了。再有一種，以文本創製工序的完成為論，所以「香港文學」是「在香港出版、面世的文學作品」。此外，與出版相關的是文學成品的受眾，所以這個定義可以改換成以「接受」的範圍和程度作準：「在香港出版，為香港人喜愛（最低限度是願意）閱讀的文學作品。」先不説定義中還是包含未有講明白的「香港人」一詞，而且「讀者在哪裏？」是不易說清楚的。事實上，由於歷史的原因，以香港為出版基地，但作者讀者都不在香港的情況不是沒有。[37] 因為香港就是這麼奇妙的一個文學空間。[38]

從過去的議論見到，創作者是否「香港人」是一個基本問題；換句話説，很多討論是圍繞着「香港作家」的定義來展開。有一種可能會獲得官方支持的講法是：「持有香港身份證或居港七年以上，曾出版最少一冊文學作品或經常在報刊發表文學作品」；[39] 這個定義的前半部分是以「政治」和「法律」論文學的一例，很難令人釋懷；[40] 兼且「法律」是有時效的，這時不合法並不排除那時的「非違法」。我們認為：「文學」的身份和「文學」的有效性不必倚仗一時的統治法令去維持。至於「出版」與「報刊發表」當然是由創作到閱讀的「文學過程」中一個接近終點的環節，可以是一個有效的指標；而出版與發表的流通範圍，究竟應否再加界定？是可以進一步討論的。

3　劃界與越界

我們在歸納「文學大系」的編纂傳統時，第一點提到這是「對一個範圍的文學（一個時段、一個國家／地域）作系統的整理」；第四點又指出「國家文學」或者「地域文學」的「劃界」與「越界」，恆常是「文學大系」的挑戰；兩點都是有關「劃定範圍」的問題。上文的討論是比較概括地把「香港文學」的劃界方式「問題化」（problematize），目的在於啟動思考，還未到解決或解脱的階段。

以下我們從《香港文學大系》編輯構想的角度，再進一步討論相關問題。首先是時段的界劃。目前所見的幾本國內學者撰寫的「香港文學史」，除了謝常青的《香港新文學簡史》外，[41]其餘都是以一九四九或一九五〇年為正式敘事起始點。這時中國內地政情有重大變化，大陸和香港兩地的區隔愈加明顯；以此為文學史時段的上限無疑是方便的，也有一定的理據。然而，我們認為香港文學應該可以往上追溯。因為新文學運動以及相關聯的「五四運動」，是香港現代文化變遷的一個重要源頭。北京上海的波動傳到香港，無疑有一定的時間差距，但「五四」以還，直到一九四九年，香港文學的實績還是班班可考的。因此我們選擇「從頭講起」，擬定「一九一九年」和「一九四九年」兩個時間指標，作為《大系》第一輯工作上下限；希望把源頭梳理好，以後第二輯、第三輯……，可以順流而下，進行其他時段的考察。我們明白這兩個時間標誌源於「非文學」的事件，卻認為這些事件與文學的發展有密切的關聯。我們又同意這個時段範圍的界劃不是確切不能動搖的，尤其上限不必硬性定在一九一九年，可以隨實際掌握的材料往上下挪動。比方説「舊體文學卷」和「通俗文學」的發展應可以追溯到更早的年份；而「戲劇」文本的選輯年份可能要往下移。

第二個可能疑義更多的是「香港文學」範圍的界劃。我們在回顧《中國新文學大系》各輯的規模時，見識過邊界如何「彈性」地被挪移，以收納「臺港澳」的作家作品。這究竟是「越界」還是隨「非文學」的需要而「重劃邊界」？這些新吸納的部分，與原來的主體部分如何，或者是否可以，構成一個互為關聯的系統？我們又看過余光中領銜編纂的《大系》，把張愛玲、夏志清等編入其中。前者大概沒有在臺灣居停過多少天，所寫所思好像與臺灣的風景人情無甚關涉；後者出身上海北京，去國後主要在美國生活、研究和著述。[42]他們之「越界」入選，又意味着甚麼樣的文學史觀？

《香港文學大系》編輯委員會參考了過去有關「香港文學」、「香港作家」的定義，認真討論以下幾個原則：

一、「香港文學」應與「在香港出現的文學」有所區別（比方說瘂弦的詩集《苦苓林的一夜》在香港出版，但此集不應算作香港文學）；

二、（在一段相當時期內）居住在香港的作者，在香港的出版平台（如報章、雜誌、單行本、合集等）發表的作品（例如侶倫、劉火子在香港發表的作品）；

三、（在一段相當時期內）居住在香港的作者，在香港以外地方發表的作品（例如謝晨光在上海等地發表的作品）；

四、受眾、讀者主要是在香港，而又對香港文學的發展造成影響的作品（如小平的女飛賊黃鶯系列小說；這一點還考慮到早期香港文學的一些現象：有些生平不可考，是否同屬一人執筆亦未可知，但在香港報刊上常見署以同一名字的作品）。

編委會各成員曾將各種可能備受質疑的地方都提出來討論。最直接意見的是認為「相當時期」

一語太含糊，但又考慮到很難有一個學術上可以確立的具體時間（七年以上？十年以上？）。各項原則應該從寬還是從嚴？內容寫香港與否該不該成為考慮因素？文學史意義以香港為限還是包括對整體中國文學的作用？這都是熱烈爭辯過的議題。大家都明白《大系》中有不同文類，個別文類的選輯要考慮該文類的習套、傳統和特性，例如「通俗文學」的流通空間主要是「省港澳」（廣州、香港、澳門），「新詩」的部分讀者可能在上海，「戲劇」會關心劇作與劇場的關係。各種考慮，林林總總，很難有非常一致的結論。最後，我們同意請各卷主編在採編時斟酌上列幾個原則，然後依自己負責的文類性質和所集材料作決定；如果有需要作出例外的選擇，則在該卷〈導言〉清楚交代。大家的默契是以「香港文學」為據，而不是歧義更多的「香港作家」概念，尤其後者更兼有作家「自認」與他人「承認」與否等更複雜的取義傾向。歷史告訴我們，「香港」的屬性，從來就是流動不居的。在《大系》中，「香港」應該是一個文學和文化空間的概念：「香港文學」應該是與此一文化空間形成共構關係的文學。香港作為文化空間，足以容納某些可能在別一文化環境不能容許的文學內容（例如政治理念）或形式（例如前衛的試驗），或者促進文學觀念與文本的流轉和傳播（影響內地、臺灣、南洋、其他華語語系文學，甚至不同語種的文學，同時又接受這些不同領域文學的影響）。我們希望《香港文學大系》可以揭示「香港」這個「文學／文化空間」的作用和成績。

4　「文學大系」而非「新文學大系」

《香港文學大系》的另一個重要構想是，不用「大系」傳統的「新文學」概念，而稱「文學大系」。這個選擇關係到我們對「香港文學」以至香港文化環境的理解。在中國內地，「新文學」以「文學革命」的姿態登場，其抗衡的對象是被理解為代表封建思想的「舊」文化與「舊」文學；為了突出「新文學」，於是「舊」的範圍和其負面程度不斷被放大。革命行動和歷史書寫從運動一開始就互相配合，「新文學」沒有耐心等待將來史冊評定它的功過，文學革命家如胡適從《留學日記》、〈文學改良芻議〉、〈建設的文學革命論〉到《五十年來中國之文學》，都是一邊宣傳革命、實行革命，一邊修撰革命史。這個策略在當時中國的環境可能是最有效的，事實上與「國語運動」同時並舉的「新文學運動」非常成功，其影響由語言、文學，到文化、社會、政治，可謂無遠弗屆。[43]十多年後趙家璧主編《中國新文學大系》，其目標不在經驗沈澱後重新評估過去的新舊對衡之意義，而在於「運動」之奮鬥記憶的重喚，再次肯定其間的反抗精神。

香港的文化環境與中國內地最大分別是香港華人要面對一個英語的殖民政府。為了帝國利益，港英政府由始至終都奉行重英輕中的政策。這個政策當然會造成社會上普遍以英語為尚的現象，但另一方面中國語言文化又反過來成為一種抗衡的力量，或者成為抵禦外族文化壓迫的最後堡壘。由於傳統學問的歷史比較悠久，積聚比較深厚，比較輕易贏得大眾的信任甚至尊崇。於是通曉儒經國學、能賦詩為文（古文、駢文），隱然另有一種非官方正式認可的社會地位。另一方面，來自內地——中華文化之來源地——的新文學和新文化運動，又是「先進」的象徵，當這些帶有開新和批判精神的新文學從內地傳到香港，對於年輕一代特別有吸引力。受「五四」文學新潮影響的學子，既有可能以其批判眼光審視殖民統治的不公，又有可能倒過來更加積極學習英語文學及文化，以吸收新知，來加強批判能力。至於「新文學」與「舊文學」之間，既有可能互相對抗，也有協成互補的機會。換句話說，英語代表的西方文化，與中國舊文學及新文學構成一個複雜多角的關係。如果簡單借用在中國內地也不無疑問的獨尊「新文學」觀點，就很難把「香港文學」的狀況表述清楚。

事實上，香港能寫舊體詩文的文化人，不在少數。報章副刊以至雜誌期刊，都常見佳作。這部分的文學書寫，自有承傳體系，亦是香港文學文化的一種重要表現。例如前清探花，翰林院編修，官至南書房行走、江寧提學使的陳伯陶，流落九龍半島二十年，編纂《勝朝粵東遺民錄》、《明東莞五忠傳》等，又研究宋史遺事，考證官富場（現在的官塘）宋王臺、侯王廟等歷史遺跡；他的所為，和葉靈鳳捧着清朝嘉慶二十四年刊《新安縣志》珍本，辛勤考證香港的前世往跡有甚麼不同？一個傳統的讀書人，離散於僻遠，如何從地誌之「文」，去建立「人」與「地」與「時」的關係？我們是否可以從陳伯陶與友儕在一九一六年共同製作的《宋臺秋唱》詩集中，見到那上下求索的靈魂在嘆息？他腳下的土地，眼前的巨石，能否安頓他的心靈？詩篇雖為舊體，但其中的文心，不是常新嗎？[44] 可以說，「香港文學」如果缺去了這種能顯示文化傳統在當代承傳遞嬗的文學記錄，其結構就不能完整。[45]

再如擅寫舊體詩詞的黃天石，又與另一位舊體詩名家黃冷觀合編「通俗文學」的《雙聲》雜誌，發表鴛鴦蝴蝶派小説；後來又是「純文學」的推動者，創立國際筆會香港中國筆會，任會長十年；又曾辦《文學世界》，支持中國文學研究；影響更大的是以筆名「傑克」寫的流行小説。這樣多面向的文學人，我們希望在《香港文學大系》給予充分的尊重。這也是《香港文學大系》必須有《通俗文學卷》的原因之一。我們認為「通俗文學」在香港深入黎庶，讀者量可能比其他文學類型高得多。再説，香港的「通俗文學」貼近民情，而且語言運用更多大膽試驗，如「粵語入文」，或者「三及第化」，是香港文化以文字方式流播的重要樣本。當然，「通俗文學」主要是商業運作，產量多而水準不齊，資料搜羅固然不易，編選的尺度拿捏更難；如何澄沙汰礫，如何從文學史的角度與其他文類協商共容，都極具挑戰性。無論如何，過去《中國新文學大系》因為以「新文學」為主，把影響民眾生活極大的通俗文學棄置一旁，是非常可惜的。

《香港文學大系》又設有《兒童文學卷》。我們知道「兒童文學」的作品創製與其他文學類型最大的不同是，其擬想的讀者既隱喻作者的「過去」，也寄託他所構想的「未來」；當然作品中更免不了與作者「現在」的思慮相關聯。已成年的作者在進行創作時，不斷與自己童稚時期的經驗對話，時光的穿梭是一個必然的現象；在《大系》設定一九四九年以前的時段中，「兒童文學」在香港還有一種「空間」穿越的情況，因為不少兒童文學的作者都身不在香港；「空間」的幻設，有時要透過在香港的編輯協助完成。另一方面，這時段的兒童文學創製有不少與政治宣傳和思想培育有關。部分香港報章雜誌上的兒童文學副刊，是左翼文藝工作者進行思想鬥爭的重要陣地。依照成年人的政治理念去模塑未來，培養革命的下一代，又是這時期香港兒童文學的另一個現象。可以說，「兒童文學」以另一種形式宣明香港文學空間的流動性。

5 「文學大系」中的「基本」文體

「新詩」、「小說」、「散文」、「戲劇」、「文學評論」，這些「基本」的現代文學類型，也是《香港文學大系》的重要部分。這些文類原型的創發與「新文學運動」息息相關，是由中國而香港的「現代性」降臨的一個重要指標。[46] 其中新詩的發展尤其值得注意。詩歌從來都是語言文字的實驗室；尤其在移走可以依傍的傳統詩詞的格律框之後，主體的心靈思緒與載體語言之間的纏鬥更加激烈而無邊際。朱自清在《中國新文學大系・詩集》的〈選詩雜記〉中提到他的編選觀點：「我們要看看我們啟蒙期詩人努力的痕跡。他們怎樣從舊鐐銬解放出來，怎樣學習新言語，怎樣尋找新世界。」香港的新詩起步比較遲，但若就其中傑出的作家作品來看，卻能達到非常高的水平。[47] 這可能是因為香港的語言環境比較複雜，日常生活中的語言已不斷作語碼轉換，感情思想與語言載體互相作用的頻率特別高，實驗多自然成功機會也增加。相對來說，小說受到寫實主義思潮的引導，而香港的寫實卻又是中國內地小說的再模仿，其依違之間，使得「純文學」的小說家難以無障礙地完成構築虛擬的世界。例如理應展現香港城市風貌的小說場景，究竟是否上海十里洋場的複製，就需要推敲。與包袱比較輕的通俗小說作者相比，學習「新文學」的小說家的道路就比較艱難了，所留下繽紛多元的實績，很值得我們珍視。

散文體最常見的風格要求是明快、直捷，而這時期香港散文的材料主要寄存於報章副刊，編者重回「閱讀現場」的感覺會比較容易達成。《大系》的散文樣本，可以更清晰地指向這時段香港的世態人情，生活的憂戚與喜樂。由於香港的出版自由相對比中國內地高，報章檢查沒有國內嚴苛，只要不觸碰殖民政府「當局」，成為全中國的「輿論中心」是有可能的。報章上的公共言論，有時也會超脫香港本地的視野；香港報章轉成內地輿情的進出口。所以說，「香港」作為一個文化地理的空間，其功能和作用往往不限於本土。《大系》兩卷散文，少不免對此有所揭示。類似的情況又可見於我們的《戲劇卷》。中國現代劇運以動員羣眾為目標，啟蒙與革命是主要的戲碼；這時期香港的劇運，不計由英國僑民帶領的英語劇場，可謂全國的附庸，也是政治運動的特遣。讀《香港文學大系》的戲劇選輯，很容易見到政治與文藝結合的前台演出。然而，當中或許有某些不求外揚的藝術探索，或者存在某種本土呼吸的氣息，有待我們細心尋繹。至於香港出現的「文學評論」，其來源也是多元的。越界而來的文藝指導在中國多難的時刻特別多；尤其抗日戰爭和國共內戰期間，政治宣傳和鬥爭往往以文藝論爭的方式出現；其論述的面向是全國而不是香港；這就是「全國輿論中心」的貢獻。[48] 然而正因為資訊往來方便，中外的文化訊息在短時間內得以在本地流轉；由此也孕育出不少視野開闊的批評家，其關注面也廣及香港、全中國，以至國際文壇。這也是「香港」的一個重要意義。

6 小結

綜之，我們認為「香港」是一個文學和文化的空間，「香港」可以有一種「文學的存在」；「香港文學」是一個文化結構的概念。我們看到「香港文學」是多元的而又多面向的。我們以一九一九到一九四九為大略的年限，整理我們能搜羅到的各體文學資料，按照所知見的數量比例作安排，「散文」、「小說」、「評論」各分「一九一九—一九四一」及「一九四二—一九四九」兩卷；「新詩」、「戲劇」、「舊體文學」、「通俗文學」、「兒童文學」各一卷，加上「文學史料」一卷，全書共十二卷。每卷主編各撰寫本卷〈導言〉，說明選輯理念和原則，以及與整體凡例有差異的地方和差異的理據。編委會成員就全書方向和體例有充分的討論，與每卷主編亦多番往返溝通。我們不強求一致的觀點，但有共同的信念。我們不會假設各篇〈導言〉組成周密無漏的文學史敘述，所有選材拼合成一張無缺的文學版圖。我們相信虛心聆聽之後的堅持，更有力量；各種論見的交錯、覆疊，以至留白，更能抉發文學與文學史之間的「呈現」與「拒呈現」的幽微意義。我們期望這十二卷《香港文學大系一九一九—一九四九》能夠展示「香港文學」的繁富多姿。我們更盼望時間會證明，十二卷《大系》中的「香港文學」，並沒有遠離香港，而且繼續與這塊土地上生活的人對話。

三、餘話

最後，請讓我簡單交代《香港文學大系一九一九—一九四九》編輯的經過。二〇〇九年我和同事陳智德開始聯絡同道，組織編輯委員會，成員包括：黃子平、黃仲鳴、樊善標、危令敦、陳智德以及本人。又邀請到陳平原、王德威、黃子平、李歐梵、許子東擔任計劃的顧問。在籌備階段，我們得到李律仁先生的襄助，私人捐助我們一筆啟動基金。李先生對香港文學的熱誠，對我們的信任，在此致上衷心的感謝。經過編委員討論編選範圍和方針以後，我們組織了《大系》各卷的主編團隊：陳智德（新詩卷、文學史料卷）、樊善標（散文卷一）、危令敦（散文卷二）、謝曉虹（小說卷一）、黃念欣（小說卷二）、盧偉力（戲劇卷）、程中山（舊體文學卷）、黃仲鳴（通俗文學卷）、霍玉英（兒童文學卷）、陳國球（評論卷一）、林曼叔（評論卷二）。編輯委員會通過整體計劃後，我們向香港藝術發展局申請資助，順利通過得到撥款。因為全書規模大，出版並不容易，我們有幸得到聯合出版集團總裁陳萬雄先生的幫忙；陳先生非常熱心香港文化事業，一直關注香港文學史的編撰；經過他的鼎力推介，《香港文學大系一九一九—一九四九》由香港商務印書館出版。期間總經理葉佩珠女士與副總編輯毛永波先生全力支持，《大系》編務主持人洪子平先生專業支援，讓《大系》順利分批出版，編委會成員都非常感激。此外，我們還要向為《香港文學大系》題籤的鍾育淳先生敬致謝忱。《大系》編選工作艱巨，各卷主編自是勞苦功高；搜集整理資料的細務，有賴香港教育學院中國文學文化研究中心的成員：楊詠賢、賴宇曼、李卓賢、雷浩文、姚佳琪、許建業等承擔，其中賴宇曼更是後勤工作的總負責人，出力最多。我們相信，《香港文學大系》是一項有意義的文化工作，大家出過的每一分力，都值得記念。

二〇一四年六月三十日定稿

註釋

1 例如一九八四年五月十日在《星島晚報》副刊《大會堂》就有一篇絢靜寫的〈香港文學大系〉，文中說：「在鄰近的大陸，臺灣，甚至星洲，早則半世紀前，遲至近二年，先後都有它們的『文學大系』由民間編成問世。香港，如今無論從哪一個角度看，都不比他們當年落後，何以獨不見自己的『文學大系』出現？」十多年後，二〇〇一年九月廿九日，也斯在《信報》副刊發表〈且不忙寫香港文學史〉說：「在編寫香港文學史之前，在目前階段，不妨先重印絕版作品、編選集、編輯研究資料，編新文學大系，為將來認真編寫文學史作準備。」

2 日本最早用「大系」名稱的成套書大概是一八九六年十一月出版的《國史大系》。日本有稱為「三大文學全集」的《新釋漢文大系》（明治書院）、《日本古典文學大系》（岩波書店）、《現代日本文學大系》（筑摩書房），都以「大系」為名，可見他們的傳統。

3 據趙家璧的講法，這個構思得到施蟄存和鄭伯奇的支持，也得良友圖書公司的經理支持，於是以此定名《中國新文學大系》。見趙家璧〈話說《中國新文學大系》〉，原刊《新文學史料》，一九八四年第一期；收入趙家璧《編輯憶舊》（一九八四；北京：三聯書店，二〇〇八再版），頁一〇〇。

4 在此「文體類型」的概念是現代文論中"genre"一詞的廣義應用，指依循一定的結撰習套而形成書寫傳統的文本類型。作為一個文體類型的個別樣本，對外而言應該與同類型的其他樣本具有相同的特徵；對內而言則自成一個可以辨認的結構。中國文學傳統中也有「體」的觀念，其指向相當繁複，但也可以從這個寬廣的定義去理解。

5 〈話說《中國新文學大系》〉，以及〈魯迅怎樣編選《小說二集》〉等文，均收錄於趙家璧《編輯憶舊》。此外，趙家璧另有《編輯生涯憶魯迅》（北京：人民文學，一九八一）、《書比人長壽》（香港：三聯書店，一九八八）、《文壇故舊錄：編輯憶舊續集》（北京：三聯書店，一九九一）等著，亦有值得參看的記述。當然我們必須明白，這是多年後的補記；某些過程交代，難免摻有後見之明的解說。

6 Lydia H. Liu, "The Making of the 'Compendium of Modern Chinese Literature,'" in Liu, *Translingual Practice: Literature, National Culture, and Translated Modernity-China, 1900-1937* (Stanford University Press, 1995), pp. 214-238; 徐鵬緒、李廣《〈中國新文學大系〉研究》（北京：社會科學文獻出版社，二〇〇七）。

7 據國民政府一九二八年頒佈的《著作版權法》，已出版的單行本受到保護，而編採單篇文章以合成一集則沒有限制；又一九三四年六月國民黨中央宣傳部成立圖書雜誌審查會，所制定的《修正圖書雜誌審查辦法》第二條規定：社團或著作人所出版之圖書雜誌，應於付印前將稿本送審。第九條規定：凡已經取得審查證或免審證之圖書雜誌稿件，在出版時應將審查證或免審證號數刊印於封底，以資識別。均見劉哲民編《近現代出版社新聞法規彙編》（北京：學林出版社，一九九二）頁一六〇、二三二。

8 據趙家璧追述，阿英認為「這樣的一套書，在當前的政治鬥爭中具有現實意義，也還有久遠的歷史價值和學術價值」。〈話說《中國新文學大系》〉，頁九八。

9 *Translingual Practice*, 235.

10 自歌德以來，以三分法——抒情詩（lyric）、史詩（epic）、戲劇（drama）——作為所有文學的分類才是「共識」。西方固然有“familiar essay”作為文類形式的討論，但並沒有把它安置於一種四分的格局之中。事實上西方的「散文」（prose）是與「詩體」（poetry）相對的書寫載體，在層次上與現代中國文學的四分觀念並不吻合。現代中國文學習用的四分法，在理論上很難周備無漏，需要隨時修補。參考陳國球〈「抒情」的傳統：一個文學觀念的流轉〉，《淡江中文學報》，第二十五期（二〇一一年十二月），頁一七三—一九八。

11 這些例子均見於《民國總書目》（北京：書目文獻出版社，一九九二）。

12 〈話說《中國新文學大系》〉，頁九七。

13 朱自清〈評郭紹虞《中國文學批評史》上卷〉，載《朱自清古典文學論集》（上海：上海古籍出版社，一九八一，頁五四一）。

14 觀夫郁達夫和周作人兩集散文的〈導言〉，可以見到當中所包含自覺與反省的意識，不能簡單地稱之為「自我殖民」。

15 蔡元培〈總序〉，《中國新文學大系》，頁一一。又趙家璧為《大系》撰寫的〈前言〉亦徵用「文藝復興」的比喻，說中國新文學運動「所結的果實，也許不及歐洲文藝復興時代般的豐盛美滿，可是這一羣先驅者們開闢荒蕪的精神，至今還可以當做我們年青人的模範，而他們所產生的一點珍貴的作品，更是新文化史上的瑰寶。」《中國新文學大系》，頁一。

16 參考羅志田〈中國文藝復興之夢：從清季的「古學復興」到民國的「新潮」〉，載羅志田《裂變中的傳承——二十世紀前期的中國文化與學術》（北京：中華書局，二〇〇三），頁五三—九〇；李長林〈歐洲文藝復興在中國的傳播〉，載鄭大華、鄒小站編《西方思想在近代中國》（北京：社會科學文獻出版社，二〇〇五），頁一—四八。

17 蔡元培有關「文藝復興」的論述，起碼有三篇文章值得注意：一、〈中國的文藝中興〉（一九二四）；二、〈吾國文化運動之過去與將來〉（一九三四）；三、《中國新文學大系・總序》（一九三五）。幾篇文章對「文藝復興」或者「文藝中興」的論述和判斷頗有些差異，第一篇演講所論的「文藝中興」始於晚清；但二、三兩篇則專以「新文學／新文化運動」為「復興」時代；又頗借助胡適的「國語的文學，文學的國語」的論述。然而胡適個人的「文藝復興」論亦不止一種：有時也指清代學術（如一九一九年出版的《中國哲學史大綱（卷上）》［北京：商務印書館，一九八七影印］），頁九—一〇）；有時具體指新文學／新文化運動（如一九二六年的演講："The Renaissance in China,"《胡適英文文存》，頁二〇—三七）。他曾認為Renaissance中譯應改作「再生時代」；後來又把這用語的涵義擴大，上推到唐以來中國歷史上幾次大規模的文化變革。有關胡適的「文藝復興」觀與他領導的「新文學運動」的關係，參考陳國球《文學史書寫形態與文化政治》（北京：北京大學出版社，二〇〇四），頁六七—一〇六。

18 姚琪〈最近的兩大工程〉，《文學》，五卷六期（一九三五年七月），頁二二八—二三二；畢樹棠〈書評：《中國新文學大系》〉，《宇宙風》，第八期（一九三六），頁四〇六—四〇九。都非常正面；又趙家璧〈話說《中國新文學大系》〉指出《大系》銷量非常好，見頁一二八—一二九。

19 茅盾回憶錄中提到他把《大系》稱作第一輯，「是寄希望於第二輯、第三輯的繼續出版」；轉引自趙家璧《書比人長壽——編輯憶舊集外集》（北京：中華書局，二〇〇八），頁一八九。

20 〈話說《中國新文學大系》〉，頁一三〇—一三六。

21 李輝英〈重印緣起〉，《中國新文學大系・續編》（香港：香港文學研究社，一九七二再版），頁二；〈再版小言〉，無頁碼。

22 常君實是內地資深編輯，一九五八年被中國新聞社招攬，擔任專為海外華僑子弟編寫文化教材和課外讀物的工作，主要在香港的上海書局和香港進修出版社出版。譚秀牧，曾任《明報》副刊編輯，《南洋文藝》主編，香港文學研究社編輯等。

23 參考譚秀牧〈我與《中國新文學大系‧續編》〉，《譚秀牧散文小說選集》（香港：天地圖書公司，一九九〇），頁二六二—二七五。譚秀牧在二〇一一年十二月到二〇一二年五月的個人網誌中，再交代《續編》的出版過程，以及回應常君實對《續編》編務的責難。見 http://tamsaumokgblog.blogspot.hk/2012/02/blog_post.html（檢索日期：二〇一四年五月三十日）。

24 羅孚〈香港文學初見里程碑〉一文談到《中國新文學大系續編》說：「《續編》十集，五六百萬字，實在是一個浩大的工程，在那個時時要對知識分子批判，觸及肉體直到靈魂的日子，主編這樣一部完全可以能被認為是替封、資、修『樹碑立傳』的書，該有多大的難度，需要多大的膽識！真叫人不敢想像。誰也沒有想到，這樣一個偉大的工程竟然在默默中完成了，而香港擔負了重要的角色，這實在是香港在中國新文學運動史上一個重要的貢獻，應該受到表揚。不管這《續編》有多大缺點或不足，都應該得到肯定和表揚。」載絲韋（羅孚）《絲韋隨筆》（香港：天地圖書公司，一九九七），頁一〇一。又參考羅寧〈《中國文學大系續編》簡介〉，《開卷月刊》，二卷八期（一九八〇年三月），頁二九。此外，大約在香港文學研究社籌劃《大系續編》的時候，在香港中文大學任教的李輝英和李棪，也正在進行另一個《中國新文學大系》的續編計劃，由中大撥款支持；看來構思已相當成熟，可惜最後沒有完成。見李棪、李輝英〈《中國新文學大系‧續編》的編選計劃〉，《純文學》，第十三期（一九六八年四月），頁一〇四—一一六。

25 《中國現代文學大系‧小說第一輯》序，頁一九。

26 曉風的序「散文」從開篇就講選本的意義，視自己的工作為編輯選本，明顯與朱西甯的說法不同調，見《中國現代文學大系‧散文第一輯》，頁一—四。

27 《中國現代文學大系》，頁一一。

28 《中華現代文學大系（貳）——臺灣一九八九—二〇〇三》，頁一三。

29 《中國新文學大系一九七六—二〇〇〇》，頁五。

30 《中華現代文學大系（貳）——臺灣一九八九—二〇〇三》，頁一四。

31 〈香港村和香港的由來〉，載葉靈鳳《香島滄桑錄》（香港：中華書局，二〇一一），頁四。現在我們知道「香港」之名初見於明朝萬曆年間郭棐所著的《粵大記》，但不是指現稱香港島的島嶼，而是今日的黃竹坑一帶。見郭棐撰，黃國聲、鄧貴忠點校《粵大記》（廣州：中山大學出版社，一九九八），〈廣東沿海圖〉，頁九一七。

32 又參考馬金科主編《早期香港研究資料選輯》（香港：三聯書店，一九九八），頁四三—四六。葉靈鳳又提醒我們，根據英國倫敦一八四四年出版的《納米昔斯號航程及作戰史》（*Narrative of the Voyages and Services of the Nemesis*），早在一八一六年「英國人的筆下便已經出現『香港』這個名稱了」。見葉靈鳳《香港的失落》（香港：中華書局，二〇一一），頁一七五。

33 香港特區政府網站：http://www.gov.hk/tc/about/abouthk/facts.htm（檢索日期：二〇一四年六月一日）。

34 參考屈志仁（J. C. Y. Watt）《李鄭屋漢墓》（香港：市政局，一九七〇）；香港歷史博物館編《李鄭屋漢墓》（香港：香港歷史博物館，二〇〇五）。

35 許地山《國粹與國學》（長沙：嶽麓書社，二〇一一）頁六九—七〇。

36 《新安縣志》中的《藝文志》載有明代新安文士歌詠杯渡山（屯門青山）、官富（官塘）之作。我們今天應如何理解這些作品，是值得用心思量的。請參考程中山《舊體文學卷》的〈導言〉。

37 例如不少內地劇作家的劇本要避過國民政府的審查，而選擇在香港出版，但演出還是在內地。

38 上世紀八〇年代以來，為「香港文學」下定義的文章不少，以下略舉數例：黃維樑〈香港文學研究〉（一九八三），收入黃維樑《香港文學初探》（香港：華漢文化事業公司，一九八八二版），頁一六—十八；鄭樹森《聯合文學・香港文學專號・前言》（一九九二），刪節後改題〈香港文學的界定〉，收入黃繼持、盧瑋鑾、鄭樹森《追跡香港文學》（香港：牛津大學出版社，一九九八），頁五三—五五；黃康顯〈香港文學的分期〉（一九九五），收入黃康顯《香港文學的發展與評價》（香港：秋海棠文化企業出版社，一九九六），頁八；劉以鬯主編《香港文學作家傳略》（香港：市政局公共圖書館，一九九六），〈前言〉，頁iii；許子東《香港短篇小說選一九九六——一九九七・序》，載許子東《香港短篇小說初探》（香港：天地圖書公司，二〇〇五），頁二〇—二二。

39 《香港文學作家傳略》，〈前言〉，頁iii。

40 在香港回歸以前，任何人士在香港合法居住七年後，可申請歸化成為英國屬土公民並成為香港永久居民；香港主權移交後，改由持有效旅行證件進入香港、連續七年或以上通常居於香港並以香港為永久居住地的條件，可成為永久性居民。參考香港特區政府網站：http://www.gov.hk/tc/residents/immigration/idcard/roa/verifyeligible.htm（檢索日期，二〇一四年六月一日）。

41 謝常青《香港新文學簡史》（廣州：暨南大學出版社，一九九〇）。

42 夏志清長期在臺灣發表中文著作，但他個人未嘗在臺灣長期居留。又《中華現代文學大系（貳）——臺灣一九八九—二〇〇三》由馬森主編的小說卷，也收入香港的西西、黃碧雲、董啟章等香港小說家。

43 參考陳國球《文學史書寫形態與文化政治》，頁六七—一〇六。

44 參考高嘉謙〈刻在石上的遺民史：《宋臺秋唱》與香港遺民地景〉，《臺大中文學報》，四十一期（二〇一三年六月），頁二七七—三一六。

45 羅孚曾評論鄭樹森等編《香港文學大事年表》（一九九六）不記載傳統文學的事件，鄭樹森的回應是：「雖然有人認為《年表》可以選收舊體詩詞，但是，恐怕這並不是整理一般廿世紀中國文學發展的慣例。」《年表》後來再版，題目的「文學」二字改換成「新文學」。分見《絲韋隨筆》，頁一〇〇；鄭樹森、黃繼持、盧瑋鑾編《香港新文學年表（一九五〇——一九六九）》（香港：天地圖書公司，二〇〇〇），頁五。

46 英國統治帶來的政制與社會建設，也是香港進入「現代性」境況的另一關鍵因素。

47 鄭樹森等在討論香港早期的新文學發展時，認為「詩歌的成就最高」，柳木下和鷗外鷗是「這時期的兩大詩人」。見鄭樹森、黃繼持、盧瑋鑾編《早期香港新文學作品選》（香港：天地圖書公司，一九九八），頁三—四二。

48 參考侯桂新《文壇生態的演變與現代文學的轉折——論中國作家的香港書寫》（北京：人民出版社，二〇一一）。

凡例

一、《香港文學大系一九一九—一九四九》共十二卷，收錄一九一九年至一九四九年之香港文學作品，編纂方式沿用《中國新文學大系》以體裁分類，同時考慮香港文學不同類型文學之特色，分別為新詩卷、散文卷一、散文卷二、小說卷一、小說卷二、戲劇卷、評論卷一、評論卷二、舊體文學卷、通俗文學卷、兒童文學卷、文學史料卷。

二、作品排列是以作者或主題為單位，以作者為單位者，以入選作品發表日期先後為序，同一作者入選多於一篇者，以發表日期最早者為據。

三、入選作者均附作者簡介，每篇作品於篇末註明出處。如作品發表時所署筆名與作者通用之名不同，亦於篇末註出。

四、本書所收作品根據原始文獻資料，保留原文用字，避免不必要改動，部分文章礙於當時報刊審查制度，違禁字詞以X或□代替，亦予保留。

五、個別明顯誤校、字粒倒錯，或因書寫習慣而出現之簡體字，均由編者逕改；個別異體字如無法顯示則以通用字替代，不另作註。

六、原件字跡模糊，須由編者推測者，在文字或標點外加上方括號作表示，如「不以為〔然〕」；原件字跡太模糊，實無法辨認者，以圓括號代之，如「前赴（　）國」，每一組圓括號代表一個字。

七、本書經反覆校對，力求準確，部分文句用字異於今時者，是當時習慣寫法，或原件如此。

八、因篇幅所限或避免各卷內容重複，個別篇章以〔存目〕方式處理，只列題目而不收內文，各存目篇章之出處，將清楚列明。

九、《香港文學大系一九一九—一九四九》之編選原則詳見〈總序〉，各卷之編訂均經由編輯委員會審議，惟各卷主編對文獻之取捨仍具一定自主，詳見各卷〈導言〉。

導言

盧偉力

前言

編輯《香港文學大系一九一九—一九四九・戲劇卷》是困難的，或許更準確的說，是難堪的。相對於詩歌、小說、散文，一九一九至一九四九年香港的現代戲劇創作是單薄的，更不用說相對於那時期非常蓬勃的粵劇。[1] 一九四〇年粵劇編劇家麥嘯霞（一九〇四—一九四一）寫了《廣東戲劇史略》，列出民國以來粵劇作家九十餘人，新寫劇目已超過一千。[2]

現代戲劇載體多元化，廣義來看，電影、電台廣播、電視等都有戲劇，三十年代中以後，香港電影生產數量超越上海，成為中國電影中心，有大量電影劇本創作[3]，但本卷所針對的只是舞台劇，或以舞台演出為想像的創作。此外，傳統粵劇當然是戲劇，談論香港戲劇文學創作，應當把它與受西方影響而衍生的白話劇，一併納入本選集，但作為文化形式（cultural form），粵劇的文化史淵源與表述習慣，畢竟與衍生於二十世紀初的現代戲劇不同，所以只好在此精選幾個代表作附註[4]，讓讀者按需要而尋索。希望日後《香港文學大系》可以有「影視卷」和「戲曲卷」吧。

「五四運動」之後，中國內地興起新文化運動、新文學運動，還有愛美劇運動（Amateur Drama Movement），有大量翻譯劇，並且不少作家都嘗試寫劇本，啟蒙民智。洪深（一八九四—

一九五五）編《中國新文學大系・戲劇集》（一九一七—一九二七）收錄了胡適、田漢、陳大悲、蒲伯英、葉紹鈞、汪仲賢、洪深、郭沫若、成仿吾、歐陽予倩、丁西林、余上沅、熊佛西、向培良、濮舜卿、谷劍塵、胡也頻、鄭伯奇等近二十位作者的作品，已是一種強大的文化力。[5]

毫無疑問，二十年代是中國戲劇的第一個黃金時代，據台灣學者馬森研究，共有最少二百五十九種創作，作家近一百人。[6] 馬森認為這是西方戲劇對現代中國的第一次衝擊，稱這是中國現代戲劇第一次西潮。

然而，在同一時期，香港現代戲劇活動是缺席的。

辛亥革命之後，香港有過好一些演劇活動，但沒有太多創作，現在只保留了一些劇名，以及概述。[7]

二十年代香港有頗為蓬勃的粵劇活動，亦有夾雜粵劇程式、即興表演、白話短劇與趨時舞台技術以娛觀眾的文明戲，報刊關於粵劇的文化資料頗多，例如一九二四年創刊的《小說星期刊》，就經常登載劇評、創作、史論等[8]。但是，除了外國人社群和小部分學校以英語或翻譯演出之外，香港並沒有以當時西方戲劇主流形態參照而創作的戲劇。[9] 澳門的情況亦差不多。[10]

據香港文學史研究者盧瑋鑾、鄭樹森、黃繼持（一九三八—二〇〇二）的界分，香港新文學的萌芽期是指一九二七年至一九四一年，而以一九二七年為起點：

> 一九二七年二月魯迅來香港演講，對當時極守舊的香港文化界和文壇多少有點刺激，而白話文也大約在這個時期開始偶被部份報紙副刊接納；而號稱最早的新文學雜誌《伴侶》是

一九二八年創刊的，所以用一九二七年為起點。[11]

新文學在香港較內地晚出，戲劇在香港文學中又晚出。從文化區間去看，相對於上海、北京、南京、廣州等地，香港現代戲劇遠遠落後。

就目前資料來看，二十年代香港只有五個短作品（全收入本卷），並且有些也許只是發表在香港的外地創作，或者以華南其他地方為想像的作品。

三十年代中之前，發表在香港報刊上戲劇方面的文字，無論創作與評論，都是零星落索的；三十年代中則見到對西方戲劇推介的努力。基於此，本卷對「七七事變」之前的作品，採取較寬鬆標準，盡量收入，而「七七事變」之後，則視下列舞台劇作品為香港戲劇：

1. 在香港成長作者的創作
2. 關於香港，或帶有香港想像、香港感情的創作
3. 特定文化史背景下在香港發生的創作（在香港寫、公演）

創作，是指原創的作品，內容不限、風格不限，不包括翻譯劇，但改編作品，無論原作來自外國、本國，古代、現代，戲劇、非戲劇，都可算作「香港戲劇」，盡可能收錄。

必須指出，在香港出版並不是「香港戲劇」的充分條件。在開始編這書時，筆者曾參考胡從經編的《香港近現代文學書目》[12]中關於戲劇的章節，發現他收錄了很多選目，只是基於在香港出版這一點，嚴格看，在五十六條劇目中，其實大部分都不能視為「香港戲劇」。

有一個時期，由於香港的特殊殖民地狀況，大量左翼文化人為避過國民黨審查，在香港出版

不少內地作者的劇本。這些作品寫內地題材在內地演出，而感情上亦不涉及香港這片土地與民眾，並不能視為香港的戲劇。「七七事變」後，抗戰形勢也使香港出版了一些境外創作，例如廣東戲劇協會同人集體創作，由夏衍、阮琪、胡春冰整理的四幕歷史劇《黃花崗》[13]，於一九三八年三月在廣州演出，年底廣州淪陷，香港生活書店於一九三九年三月再版，五月香港戲劇界聯合公演[10]。《黃花崗》首演雖有一些香港戲劇工作者參與，但不能看成是「香港戲劇」。[15]

戲劇形式與憂患意識

在選編本卷過程，筆者看到一則文字，使我們知道在二十年代初，香港人亦開始留意到西方的劇場歌舞表演。一九二五年，以刊登小說、散文為主的《小說星期刊》在〈劇趣〉版，署名「夢蝶」的作者，刊登了一則題為〈努約筆舊〉的二百字短文：

> 一九二二年。余自波市頓至努約。曾於某舞台觀劇。女伶凡四五十名。穿肉色裸體衣。作蛺蝶舞。拍以音樂。歌韻清趣。余雖不明白。但其句語淺白者。亦可了解。該班有男女丑角。該諧百出。令人捧腹。又有女伶二。飾中國前清裝。一舉一動。亦頗解頤。但帶有藐視之性質。辱我國體多矣。余觀斯劇。恨地無藏身洞。亦恨英語不通。不然。行將與該舞台交涉一番矣。雖然。國家衰弱。一出交涉。恐反為所嘲。寧不喪盡國體耶。悲乎國魂。若不奮自圖強。必為高麗印度之第二矣。[16]

這段文字的作者「夢蝶」即報人伍憲子（一八八一——一九五九），他在創刊於一九二四年的《小說星期刊》中有數十則文字，多是短文、感想，亦有一兩篇較長的小說。「努約」即 New York，今稱紐約，與倫敦並為世界戲劇重鎮。值得注意的是他在文中提到觀劇的年份（一九二二），是在《小說星期刊》創刊前兩年，而他寫此文於一九二五年，這意味着他是因為要寫作，搜索經驗記憶，提取這關連西方歌舞劇對中國人態度的一段，涉及民族自尊心與自卑感，非常微妙。夢蝶擔心中國淪亡，這是當時華人共同的憂患。

十九世紀末台灣割讓給日本，華人有淪亡的憂患。二十世紀三十年代，日本侵略中國，中華民族更到了生死關頭，這份憂患意識，既關乎民族自強，也關乎政治開明、文化進步。不過，身處於不同政治處境的華文族群，在文化意向的表達，以及文化實踐、文化行動上，都有所不同。

西方戲劇在中國的第一度西潮，在華文族群的接受是不平均的，或許可以說是有落差的。作為一種藝術表達模式，「現代戲劇」在二十世紀初不同的華人社區發展亦不一。

筆者曾以表概括中國內地、香港、台灣、東南亞四地的華文戲劇發展，細分為「辛亥革命」、「新文化運動」、「抗日戰爭」三個時期，很值得探討，如下：

時期＼文化地域	中國內地	香港	台灣	東南亞
辛亥革命	誕生	發生（短暫）	未發生	未發生
新文化運動	蓬勃（西潮） 文明戲式微	缺席 文明戲活躍	發生 有一定發展	發生、蓬勃 從僑藝到本土
抗日戰爭初期	蓬勃、救亡	蓬勃、救亡	受壓抑	蓬勃、救亡

明顯地，中國現代戲劇的發生是與國運連結的，以中國內地的發展最能說明這點。從革命到啟蒙到救亡，三個階段發展非常清晰，可以作為參照坐標。似乎，東南亞華文戲劇在這時期的發展多少是正向的，與中國內地呈現類似軌跡；而香港與台灣卻在不同階段缺席。[17]

當內地興起「愛美劇運動」，大量西方戲劇被翻譯、排演，話劇大盛，台灣亦逐漸有現代戲劇，東南亞地區更有業餘演劇運動，香港的現代戲劇發展卻有長達二十年的停頓，這是很值得研究的文化缺席。

編選本卷，我們面對第一個客觀現實是「香港戲劇遲來的西潮」。[18] 因此，我們有必要先談一談「香港戲劇」的文化政治問題。

中國戲劇・香港戲劇

香港的現代戲劇，在二十世紀初或者是英國僑民的英語戲劇活動，或者是華人世界新興的白話劇和學校的英語戲劇。從文化屬性來看，二者都只可說是發生在香港的戲劇，而很難說是「香港戲劇」。前者是英國外僑劇場，而後者只是「華人的戲劇活動」，勉強可以歸類為「中國人的戲劇」。

眾所周知，中國現代戲劇誕生於一九〇七年，那年留學日本的中國學生組織了「春柳社」，研究新派演藝，演了史迪威夫人的《黑奴籲天錄》[19]（*Uncle Tom's Cabin*, Mrs. Stowe, 1811-1896），把美國黑奴受壓迫的苦境淋漓地呈現。鴉片戰爭後，清政府與外國列強簽訂了一連串不平等條約，有識之士都確認中國必須改革。那是民族危機的時代，亦是民族覺醒的時代，所以，從主題內容來看，《黑奴籲天錄》是知識分子對中國政治現況不滿的回應。接着，中國境內出現了「文明戲」、「文明新戲」、「白話劇」，喚醒民眾。一九一一年，辛亥革命就成功了。

約莫在這個時期，香港現代戲劇亦發生了。香港當時是革命基地，「同盟會」在這裏辦報，聯繫海外，部署革命，亦在這裏以戲劇形式鼓動革命。這方面，據馮自由（一八八二—一九五八）在〈廣東戲劇家與革命運動〉一文記載，孫中山（一八六六—一九二五）的親密戰友，香港「同盟會」負責人陳少白（一八六九—一九三四），便在「辛亥革命」前組織「志士班」，讓革命黨人以廣東大戲宣傳革命。後來大陸興起「文明戲」，他甚至以白話演出；一九一一年春，成立了「振天聲白話劇社」，「粵省之有白話劇自茲始」[20]。據中國電影先驅黎民偉（一八九三——一九五三）在日記所載，一九一一年四月二十一日廣州起義（黃花崗起義）失敗後，有五十多位港澳地區的同盟會人聚集，成立「清平樂白話劇社」，一則鼓吹革命，一則掩飾身份，劇目包括《戲中戲》、《黃花影》、《偵探毒》、《愛河潮》等，「均大受社會歡迎，但為清廷所忌，屢為粵吏張鳴岐等請港政府禁演也」。[21]

中國現代戲劇的發生與政治運動結合，而香港現代戲劇的發生亦是與政治運動結合的，不過它並非針對殖民地統治者，而是針對清政府。

在辛亥革命後，大概亦有過一陣白話劇熱潮，從一九一五年到一九一六年，黎民偉記下了多則演出日記，當中提到參加「人我鏡劇社」於太平戲院演出《寄生》、《可憐兒》、《恒娘》等，但一九一七年之後就沒有記錄了。大概因為香港「中國人的戲劇」發生的原因在推動中國革命，所以革命成功後不久就沉寂了，只有「琳瑯幻境」劇社以文明戲形態繼續存在[22]。

據香港文壇前輩侶倫（一九一一——一九八八）於一九七七年在《向水屋筆語》談到早期香港詩刊時，對戲劇有一段憶述：

香港正式有話劇上演，也是三十年代前後的事。

在話劇出現之前，一般人所認識的只是所謂「白話劇」。那是一種自編自演、題材庸俗的「戲」，多數是在學校的甚麼慶典上，作為遊藝節目演出。但是在一九二八、一九二九年之間，話劇開始上台了。不過，仍然局限於學校範圍。那時候有三兩間較有名氣的女子中學，在學校舉行慶典時，上演了熊佛西、丁西林等人的劇本。

但是把話劇正式公開上演，卻在一九三零年後。那期間香港有兩個話劇組織：一是以何礎、何厭兄弟為主幹的「模範劇團」，它的成員是何氏兄弟所辦的「模範中學」裏的一些教職員和學生；另一是以盧敦等為主幹的「時代劇團」，它的成員擁有後來轉入電影界的李晨風、吳回、李月清、高偉蘭和彭國華等一群優秀的導演和演員。在一九三零至一九三四的幾年間，這兩個話劇團曾先後在戲院裏分別演出過《油漆未乾》、《謠言太過》、《茶花女》、《犯人》等幾個戲劇。[23]

侶倫這段回憶文字，概括的情況當然可信，部分資料則或有不確。首先「時代劇團」是盧敦等於一九三八年成立的，那時應當是「現代劇團」。此外，關於中學的名字，亦可能有誤。鄭政恆在前些年因研究二十世紀三十年代香港第一次電影清潔運動，發掘過一些何礎、何厭兩兄弟的資料，比較詳盡。[24]二人「曾就讀於歐陽予倩主辦的廣東戲劇研究所附設的戲劇學校，在粵港的文化界、教育界、戲劇界三方面都頗為活躍」[25]。然而，一九三五年發動了電影清潔運動後，卻沒有資料記載。

香港戲劇在萌芽期，涉及一條值得探討的線索：二十年代中到三十年代中華南戲劇運動發展對香港的影響，在人脈上，關聯了歐陽予倩（一八八九—一九六二）、胡春冰（一九〇七—一九六〇）等，亦關聯上廣東戲劇研究所。

何礎、何厭兄弟任教的學校，應當是他們父親一九三二年創辦的「九龍模範中學」（後來易名為「民範中學」），並大力推動戲劇活動[26]。二人或許曾居於香港，二十年代末三十年代初的活動中心在廣州，大概於一九三二年轉移回港，當即積極推動文教事業。一九三五年二月十一日《南華日報》有大篇幅「模範中學三周年紀念游藝會戲劇特刊」，公演梅特林克（Maurice Maeterlinck, 1862-1949）、歐尼兒（Eugene O'Neill, 1888-1953）、羅斯丹（Edmond Rostand, 1868-1918），以及田漢（一八九八—一九六八）和何厭的戲。這是一個小型戲劇節，是雄心勃勃之舉。在特刊中何厭透露他們一群夥伴在一起「過了多年的演劇生涯，但直至到廣州劇運以某種原因沉寂下來之後，我們又跑到香港辦了這個模範中學，而且同時幹幹戲劇運動。在三年當中，演過了約摸十次的戲，戲也算介紹了幾十個，和若干的派別了」[27]。

在一九三七年之前，香港最重要的現代戲劇演出是一九三四年十月歐陽予倩導演，以他在廣東戲劇研究所的學生盧敦（一九一一—二〇〇〇）、李晨風（一九〇九—一九八五）、李月清等為班底[28]，以「現代劇團」名義演出的《油漆未乾》（*Prenez garde à la peinture*, Fauchois, 1882-1962）。[29]當時吸引了一些文教界人士觀看，任穎輝觀看了《油漆未乾》首演，並寫了一篇劇評，給予很高評價。[30]這個戲翻譯改編自法國當代戲劇，被視為香港現代戲劇運動的起步點。但在歐陽予倩回上海後，「香港這個新劇運動便沉寂下來」[31]。

日本全面侵入中國之後，全國沸騰，全面抗戰展開，戲劇成為宣傳抗日的重要媒介。這裏，或許可以引一段一九三九年十月二十三日《嶺南週報》冬青（即黃谷柳，一九〇八—一九七七）的一篇文章來說明：

……單就文化方面而言，戰時的文學，不但已展開了一個新局面，而且已成了一件抗戰期中不可缺少的利器。例如抗戰戲劇方面吧，牠在抗戰期中地位的重要，無須多贅了……我曾參加抗戰後方宣傳與戰區游擊的工作，深認識戲劇在抗戰宣傳上所收的功效，遠勝於文字或口頭上的宣傳。其中最大的原故，大半是因為社會文盲過多，同時大概又因為抗戰戲劇，能在統一陣線的意志之下，加上以民眾福利為前提，利用民族傳統的思想為背景，以最迎合民眾興趣的方式與簡單的動作表演出來，因而牠能夠抓住了民眾的心理，振奮民眾的怒吼，使敵人殘暴的行為，永遠深烙在民眾每個人的腦子裡，使每個鄉村角落裡，永遠培植下敵愾同仇的種子。[32]

民族危機使戲劇成為民族救亡的表述形式，香港「中國人的戲劇」也蓬勃起來。據當年參與戲劇活動的李援華（一九一五—二〇〇六）、陳有后（一九一五—二〇一〇）回憶，當時有超過一百五十個劇團[33]，業餘劇團、半職業劇團很多。這些劇團活動頻密，為了救亡，也為了愛國。香港文化界前輩羅卡說得好：「受到全國性愛國抗敵戲劇運動的刺激，壓抑已久的香港話劇潛流頓時如泉湧現。」[34]由於形勢險峻，儘管日本人未攻打香港，但亦有不少特務和英殖民地便衣警察監視戲劇運動，所以，有部分演出是秘密進行的，比如在班房、在工地[35]。

抗戰開始，許多左翼作家、新聞工作者、電影人、戲劇家南來香港，推動抗日文化活動。國內救亡專業演劇團「中國旅行劇團」、「中國救亡劇團」等巡迴來到香港，引起轟動。一九三九年年七月，左翼劇人排演了夏衍（一九〇〇—一九九五）謳歌女革命者秋瑾（一八七五—一九〇七）

的《自由魂》，並舉行了演後座談會，超過二十位劇人出席，並在報上刊登[36]。這是意義重大的文化事件，標誌着左翼劇人要在香港建立根據地[37]，因為公開身份是作家的夏衍，二十年代末已加入共產黨，是上海左翼影劇運動的領導。這個時期重要的演出還包括共產黨人章泯（一九〇六—一九七五）導演的反法西斯劇《馬門教授》（*Professor Mamlock*, Friedrich Wolf, 1888-1953）和曹禺（一九一〇—一九九六）的新作《北京人》。

時代衝擊下，香港話劇界有強烈救國意識與族群意識。一九三七年五月，「中華藝術協進會」成立，參加者有連貫、李育中、陳靈谷、劉火子、吳華胥、盧敦等。李育中（一九一一—二〇一三）回憶：「七七事變那一年，曾由盧敦、李晨風、張英（瑛）等演出《漢奸的子孫》，我也曾在那裏跑過龍套。」[38] 此外，「華南戲劇研究會社」一九三七年初籌組，於十月三十一日首次演《保衛盧溝橋》、《雷雨》；一九三八年八月七日，香港戲劇界成立「香港戲劇協會」[39]。

一九三八年十月廣州淪陷，香港成為華南救亡戲劇中心。一九三九年五月公演的歷史劇《黃花崗》，當時動員了全港戲劇界四十多個劇社劇團，聯合公演，七人導演團成員包括歐陽予倩、胡春冰、夏衍、黃凝霖、盧敦、李景波、譚國始（恥），共有數百工作人員。

綜上所述，現代形式的戲劇活動在香港崛起，是作為政治論述，也是文化戰線上的對日抗爭。那時的參與者稱他們的活動為「劇運」，與國運掛鈎。他們爭取不同黨派、不同階層共同努力，建立统一戰線[40]。在民族危機下，香港戲劇發展迅速，觀眾面愈來愈廣闊，藝術水平亦有所提高，為戰後香港戲劇發展提供了很強大的基礎。

抗戰時期的戲劇，是時代脈搏，波瀾壯闊。香港的戲劇活動，因中國對日抗戰而蓬勃，換句話來說，香港的戲劇亦即是中國的戲劇。

戰後，抗戰戲劇的動量促成香港戲劇運動的發展。

在國共內戰期間（一九四六—一九四九），香港是一個很特殊的政治文化空間。許多左翼人士為逃避國民黨拘捕而南來香港，而共產黨亦有意識以文藝來爭取海外同情者。一九四六年共產黨成立了「中國歌舞劇藝社」和「中原劇藝社」，團結青年男女，投身民族進步運動，解放全中國[41]。兩個團的活動非常活躍，包括陳白塵（一九〇八—一九九四）的《升官圖》，夏衍的《芳草天涯》以及改編自高爾基（Gorky, 1868-1936）《在底層》（*Lower Depth*）的《夜店》等；在現場傳譯協助下，「中原劇藝社」甚至曾為「中英學會」的外國觀眾演出改編自魯迅的《阿Q正傳》。他們最初在大劇場演出，後來走群眾路線，以非正式途徑，半公開半地下，於天台、班房、郊外等演出，務求廣泛接觸觀眾。他們甚至演出過《小二黑結婚》、《白毛女》等延安作品[42]。香港政府對這兩個團的活動很留意，在一九四八年正式取締。

這個時期的香港戲劇工作者，與國內來香港的戲劇工作者一樣，視戲劇藝術結合民族進步為理想。所以從文化屬性來看，四十年代的香港戲劇，已不單止是「中國人的戲劇」，而是「中國戲劇」，並且通過把香港的戲劇活動融合「中國戲劇」，確認了香港戲劇的文化認同。

「中國」的含義，有兩個方面：其一是「政治中國」，其二是「文化中國」。不過當時側重的是政治多於文化，「文化中國」作為香港戲劇創作的想像基礎，在四九年後反因特殊的時代氛圍而顯得重要。

香港戲劇的創作

辛亥革命前後，香港就有文明戲，亦有劇名遺世，可惜仍未找到相關劇本。

就目前資料來看，現在能看到最早的香港本土戲劇創作是《洋煙毒》，作者署名謝新漢，大概是一位中學生，一九二四年公開發表於英華中學的校刊《英華青年》（一九二四，一卷一期）。接着幾年，香港開始有文藝期刊，但刊載劇本不多，只有第一本純白話文刊物、被譽為「香港第一燕」的《伴侶》雜誌，在第七期收入了署名般雪的獨幕劇《逃走》（一九二八年十二月十五日）。

這兩個戲，《洋煙毒》由四個短短的場面組成，全劇只有一千五百字，卻勾勒了一個人因吸毒而沉淪的過程，交待主人公煙屎二由學生放暑假無聊，受朋友影響而吸毒，到賣兒子，最後悲嘆街頭，可說是襁褓之作。《逃走》相對來說是較成熟的，也較長，有四千五百字，講一個逃避哥哥安排與軍人婚事的年青女子，隻身去到上海，卻陷於年青教書同事的愛情，與富有的王校董的追求之間。劇作者大概初步掌握戲劇情節必須集中，並能有一定的戲劇行動，主角最後的獨立宣言有些牽強，可說是學步之作。

兩個劇本，一個以粵語寫作，一個以白話寫作，一個以華南為想像，一個以上海為想像，為我們點出了那時香港現代文學的文化地脈關連。

二十年代香港出版物除了上述兩個戲劇，就只有不定期刊物《字紙簏》在一九二八到一九二九年間的幾個未完全成形的對話體創作。那幾個戲，帶有知識份子自嘲的筆觸，暗暗地回應國共分裂後時代的陰沉。

三十年代初，香港陸續有文藝雜誌出現，雖然並不長久，但亦算是新氣象，似乎背後是對文化進步的強烈追求。話劇作為文學形式，由左翼文藝青年的小眾邊緣開始，漸漸進入文化場景。《激流》、《小齒輪》、《紅豆》等雜誌都發表過戲劇；一些報紙亦設有文藝版，《南強日報》、《南華日報》間中會刊載短劇、獨幕劇。當中作品包括在地域上體現着南方城鄉的想像，與對日本入侵的憤慨（《湖畔歌聲》，一九三二），值得一提的是一九三四年七月《紅豆》二卷一期的一幕社會素描劇《賣解者》，其形式當可與後來抗戰時期的宣傳劇《放下你的鞭子》比照。其對社會各階層市民的好趁熱鬧而自私的特性，雖未作意識形態批判，但以窮學生同情並收留受毒打徒弟作收結，亦是有意味的聚焦。

就內容與技巧看，三十年代中以前香港有過優秀本土戲劇的機會應該不大。

過去，我們論述香港文學，往往聚焦在民族危機大時代中，南來文藝工作者對香港的影響，對香港在華南文化區間的關聯卻討論不多。因此，本卷編選了何礎、何厭兄弟的一些作品，包括從一九三一年廣州泰山書店出版的劇本集《界》中選了獨幕劇《沒有領牌的》與三幕劇《某鄉的變化》（節錄）。前者寫為生活不情願當娼的一家，有同情之筆；後者寫階級鬥爭，意識強烈。

在華文戲劇文化三十年代出現成熟作品之前，何厭的創作或許對香港本土戲劇意識的衍生與發展有過影響。可惜何厭於一九三八年逝世，香港現代戲劇少了一支發展動力。至於為甚麼其兄何礎之後沒有留下文化活動資料，是很值得追尋的。

三十年代另外有一位戲劇作者任穎輝，亦曾在廣東戲劇研究所隨歐陽予倩學過戲劇。[43]本卷收錄了他的獨幕劇《幻滅的悲哀》，似是以發生在廣州的學潮為背景，重點在以對白呈現不同性格的心態，而暗暗寫了三十年代初「九一八」後，在政府的高壓下，廣州大學生的失落。任穎輝後來留學日本東京，亦積極參與中國留學生之演劇活動。[44]

三十年代中開始，因應國內戲劇藝術發展的飛躍，加上因政治形勢與日本侵華民族危機而南來的文藝工作者，香港戲劇人脈得到擴展，對香港文藝產生很大影響，亦有條件產出較成熟作品。首先不少人都嘗試寫劇本，包括詩人、木刻家戴隱郎（一九〇六—一九八五），流行文學作者傑克（黃天石，一八九九—一九八三），一九三五年來港任教香港大學的許地山（一八九四—一九四一）。許地山本是國學家、散文家，來到香港，他大概出於對在地的人文關懷，寫作了包括兒童文學、戲劇等文類，本集收錄的《女國士》是為香港大學同學公演而作的。

「七七事變」以後，我們看到夏衍、李健吾（筆名劉西渭，一九〇六—一九八二）等人的戲劇在香港發表，我們把李健吾帶有香港想像的《黃花》選入本卷，而把這時期他們在香港出版的劇目附註。[45]

廣州淪陷，香港又多了一批華南文化人、戲劇人。那時，娜馬寫了《除夕》、《中秋節》兩個戲，前者事件發生在內地，對抗戰時期的政府頗有怨氣，最後寫逃兵一家要乘船前往某埠，似指香港；後者則寫人物對香港生活的不滿，涉及人物心態，在搬回廣州當順民，與留在香港不順心之間，他們會失落。例如與表親有姦情的女主人翁芳會自嘲「你現在就算是結交上一個賣淫的妓婦就好了！」以下是她的一段話：

> ……廣州失陷，我們就跑到這裏來，當初何嘗不想等待最後勝利之後，家鄉克服了纔回去，重建門戶的，那裏知道，等了一年又一年，到現在已經整整的幾個年頭了，不要説連最後勝利的影子也沒有見到，報紙上天天看到的，總是一些，新的地方又淪陷了的消息……。[46]

南來文化人在香港的活動，在那種情勢，內容關乎全中國，但可算「香港戲劇」。譬如蕭紅執筆，為紀念魯迅（一八八一—一九三六）逝世四週年的《中國魂》默劇，可視為香港出品。曾導演過電影《風雲兒女》（一九三五）的左翼藝術家許幸之（一九〇四—一九九一），一九三七年曾把魯迅的《阿Q正傳》改編為話劇。一九四〇年他進入蘇北根據地，因緣際會下於一九四一年下半年來到香港，大概留至日本人佔領香港後才離去[47]。這段香港經歷與見聞，是他寫《最後的聖誕夜》的基礎。

這段時間的香港，對於中國內地的文化工作者，一方面是保留有生力量的寓居地，另一方面是爭取國際力量支援中國以及號召中國人抗戰的地方。例如，宋慶齡（一八九三—一九八一）就在一九三八年六月四日，在香港創立了「保衛中國同盟」（China Defense League）。

香港這個空間，別有象徵意味。它是中國人的地方，但政治上不屬中國；它與中國國土一脈相連，但暫時可免受日軍戰火威脅。一九四一年年尾日本攻打香港，大批南來文化人要離開，另尋安身之所，更添一份複雜情懷。這亦是田漢、洪深、夏衍在桂林帶着熱情寫《再會吧，香港》的動因。劇本由新中國劇社於一九四二年三月排演，演出時被禁，後改名為《風雨歸舟》，五月初再演出。

我們節錄的《風雨歸舟》，基本是一九四二年出版的內容，只是在格式上稍作微調。劇本與原來《再會吧，香港》有沒有不同已難說，但劇目的象徵意味卻很不同。《再會吧，香港》表示一份我們必將回來之心，當時香港是全國文化精英聚集，國共兩黨人士可以公開活動的空間，所以對於左翼戲劇工作者，跟「香港」說再會，並非離開一個地方，而是轉戰於另一個環境，為的不單是重逢於這地方，而是迎接一個中華文化精英匯聚，思想與政治相對自由的空間。

中國現代戲劇在二十年代中後，漸漸與左翼文藝運動掛鈎；在三十年代，社會影響愈來愈大；在抗戰時期，發揮過很大鼓動民族團結、宣傳愛國抗日的作用。那時香港的戲劇活動與時代扣得很緊。陳錦波在《抗戰期間香港的劇運》裏，除九篇文章外，還附錄了一九三八年四月十四日到一九四一年十二月八日的香港劇運大事、一百六十三個戲劇團體名錄、三百四十三個曾在香港上演的劇目、八十五位劇團導演的名字。[48]

香港劇壇前輩李援華認為：「本港創作劇的第一次蓬勃期是在七七事變發生到太平洋戰事爆發前夕」[49]。「由於時局急劇變化，劇人為了儘（盡）早反映情況，不得不動筆寫作。當時的創作劇以短劇居多，例如李匡華（一九一三—二〇〇三）的《逃避》、《沉冤》、《謀殺》、《自由神》等，他在四年間寫下十多個劇本，多是獨幕劇。」[50]

李匡華是李援華的胞兄，《逃避》或許是二人合作的，一九三九年由羅富國教育學院演出，可惜未能找到更多資料。

早期香港戲劇，另一值得留意的方面，是兒童劇的發展。早在二十年代，當香港現代戲劇還只是處於戲劇意識的衍生階段，就有兒童演劇。試看一九二五年《小說星期刊》一篇短文：

課餘思往事

秋雨雁吟閣主

昨年結月某星期六晚。余晚飯後。散步門前。偶值余友三人。過余居。呼余曰。君欲觀白話劇否。余曰。願。友曰。願則請隨。余輩往。余遂隨彼輩行。至擺花街科瑜畫社內。時劇場已開幕矣。蓋該社開懇親會而以白話劇助慶也。劇情仿影戲之苦兒弱女。而扮苦兒弱女兩位小朋友。確好表情。演至最哀情處。真淚珠紛下。塲中觀者無不下淚。尤以婦女為甚，且有不忍目睹而思去。惟欲觀其結局而仍留者。

有一位劇員之小弟在塲上觀劇。看至其兄。為人侮弄時。大聲呼呌勿擾其兄。後經將其解釋。他尚不信。一雙小目。注視其兄。一若甚關心者焉。及看至其兄將來侮者打擊。他更笑嘻嘻說道。好。好。余每謂小童之性最善。存心忠厚。不知有作偽之事。觀此則余說誠然。

有一位扮劇中最可惡者之朋友。及完塲時，女觀客有指而責之曰。「至衰佢咯。唔係因佢兩個細佬哥唔使至咁慘嘅。」噫。余真為此友呼不值矣。哈哈。[51]

這段文字記錄了香港戲劇文化初生期的現象。

三十年代中，何礎、何厭兩兄弟在「模範中學」推動現代戲劇，除了搬演外國及中國名家的作品外，何厭也創作過兒童劇《朱古力與黑麵包》。[52]

抗日戰爭激起了各種文藝運動，兒童劇亦勃興了。到了一九四〇年，似乎已形成一定自覺意識，把推動兒童戲劇、學校戲劇作為一種民族文化運動，甚至談論推動的方法、心態。以下是這時期值得注意的一些文字：

篇名	作者	出處	日期	文類
戲劇與教育	王永載	《大風》第六十七期	一九四〇年五月二十日	學術
「兒童劇場」首次公演特輯	王永載等	《國民日報》	一九四〇年十一月二十三日	評論
此時此地的兒童戲劇運動	胡春冰	《國民日報・新壘》	一九四〇年十一月二十四日	評論
「民族魂」與學校劇運	胡春冰	《國民日報・青年作家》	一九四〇年十二月八日	評論
由兒童戲劇說起	娜馬	《南華日報・半週文藝》	一九四〇年十二月二日	評論
兒童戲劇運動在香港的意義	曾昭森	廣東《資治月刊》	一九四一年一月五日	評論

《香港文學大系一九一九—一九四九》有《兒童文學卷》，收入了四位作者五個兒童劇，此

外，黃谷柳四十年代末亦寫過一些，也一起在本卷存目，有興趣的讀者可參看[53]。本卷只收錄兒童文學拓荒者黃慶雲的《中國小主人》，因其涉及了那個時代的重大道德問題——在淪亡國土上的生存與道德選擇。

《中國小主人》寫於廣州淪陷後，述說對象是包括香港在內的海內外未淪陷地區的中國兒童，呈現十歲男孩江小華一方面掩護愛國志士父親逃離廣州偽警的搜捕，另一方面則用機智、親情與道理來爭取偽警隊長反正，戲劇行動反映了黃慶雲對淪陷區身不由己的公職人員的同情。

自從一九三一年「九一八」事變，日本侵入中國東北之後，生活在日本人統治下的中國人，以及為日本人做事的中國人，就成為一種社會存在，於是，有順民、漢奸、偽警等一系列有道德貶義的標籤。在本卷的劇本中，不少都觸及這個問題，並且，有很多不同的層次，並非一面倒的單向批判。

本卷收錄日治時在香港做文藝工作的葉靈鳳（一九〇五——一九七五）一個論述對話體戲劇《和平救國》（一九四四），除了日本人血腥侵略、屠殺平民避開不談之外，裏面觸及批評英美另一形式侵略中國、控制中國，以及對國統區管治不當的議論，確又有一定的邏輯，放於今天，我們甚至可以說他有布萊希特（Brecht, 1898-1956）的辯證複雜觀照（dialectic complex seeing）。

這或許是葉靈鳳在特殊環境下的順應壓力之作，或許是他唯一一個戲劇。為甚麼是戲劇？或許因為對話中除了有和平救國論者之外，也有反對的，葉靈鳳可以通過其中一個角色的口，說了以下的一句話：「有利於國家的生存，惟有打倒日本！日本不打倒，中國永遠不能生存！」

和平是否就能救國？中國當代史證實，和平後不久國民黨、共產黨就內戰，解放後十多年就爆發「文化大革命」十年浩劫。

國共內戰時期，大量左翼文化人集中在香港，一時間青年戲劇、學校戲劇、左翼戲劇非常蓬勃。[54]業餘戲劇是當年戲劇工作的重要方面，並且當時非常鼓勵創作：

> ……我們的戲劇活動必須和我們的生活結合起來，成為整個生活有血有肉的部分。比方有些工會的演劇，就和工運問題扣得很緊的。演出的戲劇在傾吐他們的心聲，在戲劇晚會裏同時進行着會務的報告，把眾多的工友團結在戲劇晚會的周圍，提高他們對戲劇的認識和對工人利益的互相關懷。[55]

這個時期左翼文藝工作者非常重視青年與學生的工作。谷柳有一個獨幕劇《旗袍》[56]，記錄了當時青年男女排練歌詠與戲劇，這種健康團體生活正是當時大夥所知的文化生活。本卷收錄王逸的《月兒彎彎》，場景在唐樓，鄰屋就有歌詠隊，是進步生活的象徵。

據朱瓊愛等編的《教育魂‧戲劇情——李援華初探》，李援華一九四九年前為羅富國教育學院編導過四個劇目，除《逃避》外，有《未婚夫妻》（一九四〇）、《都市流行症》（一九四六）、《處女心》（一九四九）。這些是否他的創作，資料不詳[57]。據李匡華女兒李國建等提供，李匡華常跟她談抗戰時「搞話劇」的事，並以「紀氧」筆名創作，在一九五四年出版了四幕劇《露斯之死》[58]，大概是五十年代初的創作。似乎李匡華、李援華在一九四九年之前是有一些戲劇創作的，可惜未能找到。

當時其他本土戲劇工作者的創作，現在也未能找到。這與當時活躍的左翼出版背馳。

當時香港的左翼戲劇出版情況，非常值得一提。一九四六年九月香港新民主出版社順應中國政治形勢發行了《獨幕劇新輯》，面向全中國，林洛在〈後記〉中概述了當時左翼戲劇出版的境況：

> 由于許多戲劇朋友，許多青年團體的要求和催促，要我編印一本能夠切合于戰後和平民主的建設時代底現實要求的短劇集子，來廣泛的供應各地戲劇社團的演出，這本集子，很快的就編寫完成，而且也應該很快就付印出版了。
>
> 可是，由于我們沒有言論出版的自由，要使一本能夠真正有點兒裨益于人民生活和真正有點兒貢獻于演劇事業的戲劇集子，在我們這個特殊的國情裡順利地出版，那是一件不容易的事情。然而在香港呢，出版業的不景氣現象，又影響著大部份幹出版事業的人們，都面臨著嚴重的經濟困難，加以市儈主義和封建餘力還依然的支配著今天的文化事業，這本集子的出版計劃，也就在這些困難萬分的客觀條件的面前，曾經不止一次的摔倒下來。為了要有補助于今天的民主運動和演劇事業的一顆耿耿不滅的心靈，也就幾乎沒有法子償願。
>
> 但是，「路是從沒有路的地方開闢出來的」。我們終于獲得了友人的支持，獲得文叢社的協助，幾經辛苦，籌借經費，這本集子，終于出版，和我們的朋友，讀者們見面了……[59]

四十年代末香港的戲劇活動非常活躍，出版意識也很自覺，這是追求民族進步的時代動能。

麥大非的《香港暴風雨》，為「大觀聲片公司」演員訓練班結業演出而創作，差不多與演出同時，就於一九四七年出版了。[60]

四十年代末在香港重新出版，支持中國共產黨，由茅盾（一八九六—一九八一）主編的《文藝生活》，很重視戲劇這形式，並有意識地推廣方言文學，有過好幾期關於解放區的戲劇。這一類戲劇，大部分都不能說是香港戲劇，但考慮到作者的文化感性、述說對象，甚至語言，因此選擇性地收錄了部分作品。

在文化啟蒙與意識形態制衡之間，香港現代戲劇有很微妙的發展。到一九四九年「新中國」成立後，這情況變得更微妙。

餘話

作為文化想像，香港文學主體性的發展是很值得研究的問題。黃繼持認為二十年代至四十年代，南來作家的強勢使本地青年的自發行動退處一隅。[61] 八十年代，黃康顯（一九三八—二〇一五）就指出一九三七年「七七事變」前後，國內文學的移植使香港文學萌芽期的作家隱退了，有些退到電影劇作，例如侶倫，有些退到流行文學，例如黃天石：

……三十年代的香港文學，尚在萌芽期，國內名作家的湧至，迫使香港文學，驟然回歸中國文學的母體，在母體內，這個新生嬰兒還在成長階段，當然無權參與正常事務的操作，不過這個新生嬰兒，肯定是在成長階段中，並沒有受到好好的撫養。[62]

以今天的視野看，香港文學有多重身份，它既是中國文學的一部分，亦是華南地區的一部分，而作為東西交匯、華人聚居的城市，由於殖民地特殊因素，又地處中國邊緣，自有本身地方色彩。不過，當時香港文學在萌芽期，文藝力量相對單薄，本地報刊內容，華南想像仍佔頗大比例，香港城市生活風貌未有太多書寫，更重要的是在中原意識影響下，難免北望神州，以中原為主體。

香港戲劇從文化上未形成意識，觀賞上未形成社會參與，到與時代互動，由自發而自覺，到近二十年成為華文戲劇一個重要的創作中心，探討藝術的自由境界，當中的歷史動量、主體意識，以及自我造命精神，都值得大大謳歌。

這次編輯工作，歷時四年，穫益良多，仍有未完滿之處，尚待發掘。過程中，我的學生陳麗芬、沈靜穎、虞柏浩、梁憫輝、胡馨月、杜育明、周欣等曾協助整理、校對工作，中國文學文化研究中心賴宇曼小姐、李卓賢先生常常提供我一些重要參照，在此致謝。

二〇一五年十二月

註釋

1 黃兆漢編寫於七十年代的《粵劇劇本目錄》，收入一九二〇年至一九四九年「香港大學亞洲研究中心」所收藏粵劇劇本，有二百零二種。據他說，粵劇劇本超過一萬，九十年代初也存一千五百以上。黃兆漢〈再版序〉，《粵劇劇本目錄》（香港：香港大學亞洲研究中心，一九九〇），頁iii。

2 麥嘯霞《廣東戲劇史略》（香港：中國文化協進會，一九四〇），頁五二。

3 香港作家侶倫一九三七年起從事電影編劇、宣傳等工作，在四十年代初把自己的小說《黑麗拉》改編為電影劇本《蓬門碧玉》（洪叔雲導，一九四二），後來亦寫過一些電影劇本；夏衍亦在香港寫過有香港背景的抗戰電影《白雲故鄉》（司徒慧敏導，一九四二）。

4 陳守仁編著《香港粵劇劇目概說：一九〇〇—二〇〇二》，一九五〇年以前收錄了《七賢眷》（一九〇〇年代）、《西河會妻》（一九〇〇年代）、《心聲淚影》（南海十三郎，一九三〇）、《胡不歸》（馮志芬，一九三九）、《虎膽蓮心》（麥嘯霞、容易，一九四〇）、《情僧偷到瀟湘館》（馮志芬，一九四七）、《光緒皇夜祭珍妃》（李少芸，一九五〇），每個戲設開山資料、主要角色及人物、故事背景，及詳細的分場劇情大要，很有參照價值。筆者曾請教粵劇藝術家阮兆輝先生、香港電台資深戲曲節目主持陳宛紅，嚴選一個那時期的粵劇劇本，他們異口同聲說是《胡不歸》。這個戲的整理本，見鄧兆華《粵劇與香港普及文化的變遷：〈胡不歸〉的蛻變》（香港：香港中文大學音樂系粵劇研究計劃，二〇〇四），頁一七九—二二一。在粵劇史上，有所謂「薛馬爭雄」，上述粵劇劇目，薛覺先（一九〇四—一九五六）主演有《心聲淚影》、《胡不歸》兩個，所以，或許可找馬師曾（一九〇〇—一九六四）的一個代表作來參照，筆者想到《審死官》，這劇目是嘲諷喜劇，有一九四八年的馬師曾、紅線女（一九二四—二〇一三）主演電影版本，亦有粵劇工作者何篤忠先生的整理本。

5 洪深《中國新文學大系・戲劇集》（上海：良友圖書印刷公司，一九三五）。

6 馬森《當代戲劇》（台北：時報文化出版社，一九九一），頁七〇—一〇三。

7 可參看方梓勳撰寫〈香港戲劇的誕生（—一九三六）〉，田本相、方梓勳編《香港話劇史稿》（沈陽：遼寧教育出版社，二〇〇九），頁一六—三五。

8 在創刊號有〈馬師僧與薛覺先之比較〉，《小說星期刊》第一期，一九二四年八月二十九日。

9 羅卡、法蘭・賓、鄺耀輝《從戲台到講台：早期香港戲劇及演藝活動（一九〇〇—一九四一）》（香港：國際演藝評論家協會（香港分會），一九九九），頁三三—三四。

10 宋寶珍、穆欣欣《走回夢境：澳門戲劇》（北京：文化藝術出版社，二〇〇四）。

11 鄭樹森、黃繼持、盧瑋鑾《早期香港新文學資料選（一九二七—一九四一）》（香港：天地圖書公司，一九九八），頁四。

12 胡從經《香港近現代文學書目》（香港：朝花出版社，一九九八）。

13 李門〈浩氣長存《黃花崗》〉，《劇壇風雨》（廣州：花城出版社，一九八七），頁三。

14 〈黃花崗特刊〉，《星島日報》，一九三九年五月三日。

15 再如曹禺（一九一〇—一九九六）的《北京人》，一九四一年五月二十二日起到十一月一日，一連一百〇三期刊登在香港《大公報・文藝》，我們不能視其為香港戲劇，就正如我們不能視在香港出版的莎士比亞（Shakespeare, 1564-1616）戲劇為香港戲劇一樣。

16 《小說星期刊》第二年第八期，一九二五年五月三十日。

17 盧偉力〈西方戲劇在華文族群的傳播及其文化政治問題〉，《戲劇學刊》（台北：國立台北藝術大學，二〇〇七）。

18 盧偉力〈香港戲劇遲來的西潮及其美學向度〉，《香港戲劇學刊》第七期（香港：香港中文大學，二〇〇七），頁九九—一一二。

19 《黑奴籲天錄》初版於一八五二年，是十九世紀最暢銷的小説。

20 馮自由〈廣東戲劇家與革命運動〉，《大風》旬刊第十期，收錄於《香港文學大系一九一九—一九四九‧文學史料卷》頁三四〇。

21 黎錫編《黎民偉日記》（香港：香港電影資料館，二〇〇三）。

22 馮自由〈廣東戲劇家與革命運動〉，《大風》旬刊第十期，頁三一一。

23 侶倫〈詩刊物和話劇團〉，許定銘編《香港當代作家作品選集‧侶倫卷》（香港：天地圖書，二〇一四），頁三六〇—三六二。

24 鄭政恒〈教育、藝術、娛樂、商業？——第一次電影清潔運動的史料發掘與闡述〉，《文學評論》第十五期，二〇一一年八月十五日，頁八五—九二。

25 鄭政恒，頁八六。

26 何厭〈模範中學三周年紀念游藝會戲劇特刊〉，《南華日報》，一九三五年二月十一日。

27 何厭〈模範中學三周年紀念游藝會戲劇特刊〉。

28 有説何礎、何厭亦有參加這次演出，待考。

29 這個戲原著者為法國詩人、劇作家René Fauchois（1882-1962），一九三二年於巴黎首演，極大成功，即由美國劇作家Sidney Howard（1891-1939）改編為*The Late Christopher Bean*，在美國、倫敦演出，一九三三年法國與美國都有電影版本，大概歐陽予倩就在這時看到《油漆未乾》的。

一九三二年歐陽予倩加入「中國左翼戲劇家聯盟廣州分盟」，三三年他隨陳銘樞到歐洲考察，到過法、英、德、意等國，並參加了蘇聯第一屆戲劇節，觀摩了莫斯科藝術劇院和瓦赫坦戈夫劇院演出。同年夏歐陽予倩回國後，亦隨陳銘樞「反蔣抗日」，籌組「中華共和國人民政府」（一九三三年十一月二十日—一九三四年一月十六日）。盧敦等為甚麼來香港是很值得探討的，也許是出走，會否跟一九三四年初起國民黨打壓廣州抗日文藝與戲劇活動，逮捕共產黨領導的「中國文化總同盟廣州分盟」成員有關，尚待研究。不過，這頁血寫的歷史，就成為盧敦後來導演《羊城恨史》（一九五二）的感性基礎。《油漆未乾》一九三四年演出後，歐陽予倩與國民政府和解，回國去。一九六二年，「香港業餘話劇社」由黃宗保導演，公演了《油漆未乾》；八十年代初，黎覺奔曾排演過，盧敦八十年代末創立的「香港影視劇團」亦公演過。在國內，歐陽予倩的過繼子歐陽山尊（一九一四—二〇〇九）曾替「中央實驗話劇院」排演（一九八三），「北京人民藝術劇院」亦公演過（二〇〇四）。以上參見盧偉力〈從盧敦的實踐看左派電影〉，何思穎編《文藝任務，新聯求索》（香港：香港電影資料館，二〇一一）註十八—二〇，頁九六。

30 任穎輝〈看了現代劇團公演「油漆未乾」後〉，《南華日報・勁草》二〇三期，一九三四年十一月四日。

31 羅卡、法蘭・賓、鄺耀輝，頁四〇。

32 冬青〈「抗戰戲劇」的力量〉，《嶺南週報》（香港：嶺南大學），一九三九年十月二十三日。

33 徐玉蓮〈與陳有后、李援華談香港話劇四十年——時代中的戲劇〉，《越界》第十一期，一九九一年九月，頁九二—九四。

34 羅卡、法蘭・賓、鄺耀輝，頁五九。

35 李援華〈香港劇壇的追憶及反思〉，方梓勳、蔡錫昌編《香港話劇論文集》（香港：中天製作有限公司，一九九二），頁五一—六八。

36 胡春冰主持、夏衍主講〈自由魂演出座談會——怎樣展開香港戲劇運動〉，《立報》，一九三九年七月三十一日。

37 殊倫〈現階段抗戰戲劇運動的形勢與任務〉，《立報》，一九四〇年五月二十四日；殊倫〈談香港戲劇運動的新方向〉，《立報》，一九四〇年六月七日。

38 李育中〈我與香港——說說三十年代一些情況〉，黃維樑編《活潑紛繁的香港文學——一九九九年香港文學國際研討會論文集》（上冊）（香港：香港中文大學新亞書院，二〇〇〇），頁一三一。

39 盧瑋鑾〈香港文藝活動記事（一九三七—一九四一）〉，《八方文藝叢刊》第六輯，一九八七年八月，頁二九〇—三〇四。

40 辛英〈建樹香港戲劇統一陣綫——希望于香港話劇團聯合會議〉，《大眾日報》，一九三八年七月二十六日；胡春冰〈展開戲劇陣線〉，《大眾日報》，一九三八年七月二十七日。

41 廣東話劇研究會《犁痕》編委會編《犁痕》（廣州：廣東話劇研究會，一九九三）。

42 一九五〇年《小二黑結婚》拍成電影，由董浩雲資助。

43 據李育中〈我與香港——說說三十年代一些情況〉，黃維樑編《活潑紛繁的香港文學——一九九九年香港文學國際研討會論文集》（上冊）（香港：香港中文大學新亞書院，二〇〇〇）。

44 任穎輝〈留東戲劇運動的前途〉，《南華日報》，一九三六年一月十日。

45 包括《回憶「一二八」》（劉西渭），《娼婦》（夏衍），《撫恤金》（章泯）。

46 娜馬《中秋節》，本卷，頁二三四。

47 參見甘豐穗〈文化人大逃亡〉，《作家》第三十七期，二〇〇五年七月，頁四一—五一。

48 陳錦波《抗戰期間香港的劇運》（香港：萬有圖書公司，一九八一）。

49 李援華〈漫談香港話劇發展〉，《香港文學》第十五期，一九八六年三月五月。

50 李援華〈漫談香港話劇發展〉。

51 秋雨雁吟閣主〈課餘思往事〉，《小説星期刊》第二年第三期，頁八，一九二五年三月五日。

52 何厭〈模範中學三周年紀念游藝會戲劇特刊〉，《南華日報》，一九三五年二月十一日。

53 現在能找到的一九四九年前的香港兒童劇，有黃慶雲《中國小主人》、《國慶日》、《聖誕的禮物》、《一雙小腳》，黃谷柳《前程萬里》、《破碎的蛋》、《生命的幼苗》，茜菲《兒童節日》，許稺人《互助》、《他們的夢想》，平涌《蒸籠》，阿佳《補鞋費》。

54 李門〈憶中原劇社等在香港的戲劇活動〉，《粉墨集》（廣州：廣東人民出版社，一九八一），頁一八九—一九三。

55 李門〈怎樣組織一次業餘的演出〉，《文藝生活》第四十六期，一九四八年十二期。

56 《青年知識》第二十七期，一九四七年十一月一日。

57 朱瓊愛等編，《教育魂・戲劇情——李援華初探》（香港：國際演藝評論家協會（香港分會），二〇一五），頁二一七。

58 紀氧《露斯之死》（香港：學文書店，一九五四）。

59 林洛編《獨幕劇新輯》（香港：文叢社，一九四六），頁一六四—一六五。

60 麥大非《香港暴風雨》（香港，新地出版社，一九四七）。

61 黃繼持〈香港文學主體性的發展〉，《追跡香港文學》（香港：牛津大學出版社，一九九八），頁九一至一〇二。

62 黃康顯〈從文學期刊看戰前的香港文學〉，原刊《香港文學》，載《香港文學的發展與評價》（香港：秋海棠文化企業，一九九六），頁二九。

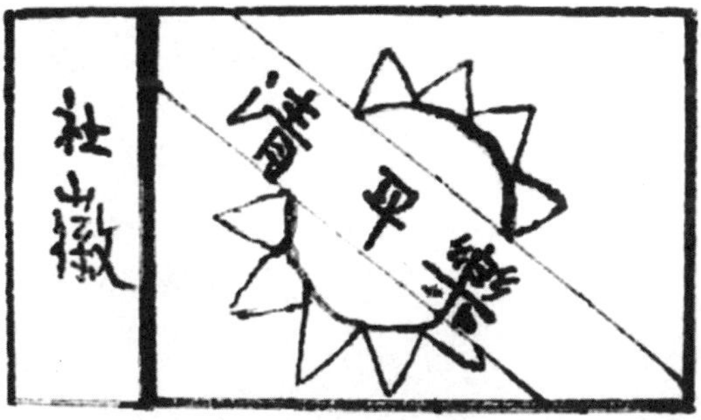

The Mirror Dramatic Club of Hong Kong. Probably the First in Which Women Have Had a Part.

● 「清平樂白話劇社」社徽（黎民偉兒子黎錫提供）

● 一九一〇年代「清平樂白話劇社」演出情況，右一女角可能由黎民偉扮演（黎錫提供）

● 一九一四年「人我鏡劇社」全體人員（羅卡抄自萬維沙專訪文，黎錫提供）

馬師曾與薛覺先之比較

曾先二伶。皆省港名班丑角正印也。而二伶均後起之秀。曾伶乃返自南洋。在南洋頗得時譽。先與新蛇仔秋齊名。曾伶性聰穎。文字通順。故所演各劇。閱者多數贊賞。合聲色技三者而論。足稱上角。論其聲實非雄壯高亮。亦能用丹田氣。唱工極肯研究。字眼清楚。常好唱特別腔。如或唱一大段曲。又加梅花腔。或沉音腔或數（上聲）白欖。此亦好研究唱工所由致也。論其色。年華尚少。不能謂之貌美。亦無面目可憎之弊。論其技。做手大方。舉止則因戲而施。如少年伯父。或文或武。惟妙惟肖。況關目機警。情節善用。未始非文字之功也。故近年優界。稍通翰墨者。每居上乘。如先伶亦然。先伶之才識。稍遜曾伶一籌。惟其聰明又高曾伶一着。優界中以最短時候能擢升正印者惟先伶。因其能鑒察閱者心理。順乎潮流。對于粧飾一方。無不加意改良。服飾務求奪目輝煌。不惜重資。稍覺陳舊。則換之以新。而對于演劇。則處處傳神。無貌合神離之弊。最能描寫少年公子派。對于唱工。甚有心得。聲雖澀而字能露。并除去一切舊腔調。從事于趨時新唱法。可謂智不投機。[illegible]得享盛名。亦未嘗無因。況先伶之色。年少翩翩。身材瀟洒。亦堪稱一美少年也。然以曾先二伶比較而論。則

劇趣　五

- 一九二四年創刊的《小説星期刊》,「劇趣」一欄經常登載粵劇劇評、創作、史論等,創刊號便刊有〈馬師曾與薛覺先之比較〉一文

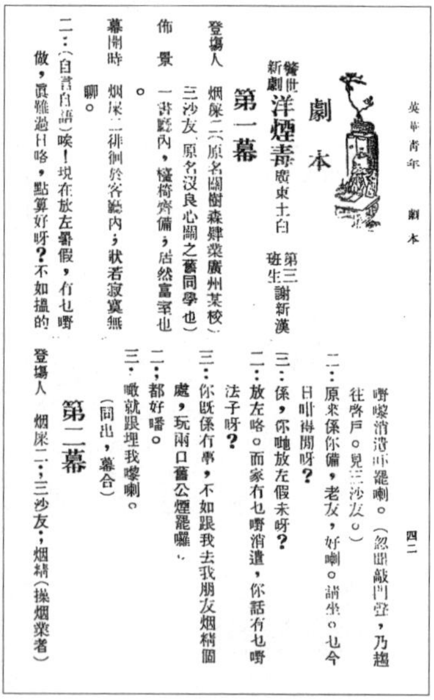

英華青年　劇本　四二

劇本

警世新劇　洋煙毒　廣東土白　第三班生　謝新漢

第一幕

登場人　烟屎二（原名闞樹森肄業廣州某校）
三沙友（原名沒良心闞之舊同學也）

佈景　一書廳內，檯椅齊備，居然富室也。

幕開時　烟屎二徘徊於客廳內；狀若寂寞無聊。

二：（自言自語）唉！現在放左暑假，有乜嘢做，實難過日咯，點算好呀？不如搵的嘢嚟消遣吓罷喇。（忽聞敲門聲，乃趨往啓戶。見三沙友。）

二：原來係你嗰，老友，好喇。請坐。乜今日咁得閒呀？

三：係，你哋放左假未呀？

二：放左咯。而家有乜嘢消遣，你話有乜嘢法子呀？

三：你既係冇事，不如跟我去我朋友烟精個處，玩兩口舊公煙罷囉。

二：都好嚡。

三：噉就跟埋我嚟喇。

（同出，幕合）

第二幕

登場人　烟屎二；三沙友；烟精（操烟業者）

- 英華中學校刊《英華青年》一九二四年一卷一期刊載的《洋煙毒》,是現在能看到最早的香港本土戲劇創作

• 何礎、何厭《界》（廣州：泰山書店，一九三一年五月）書影

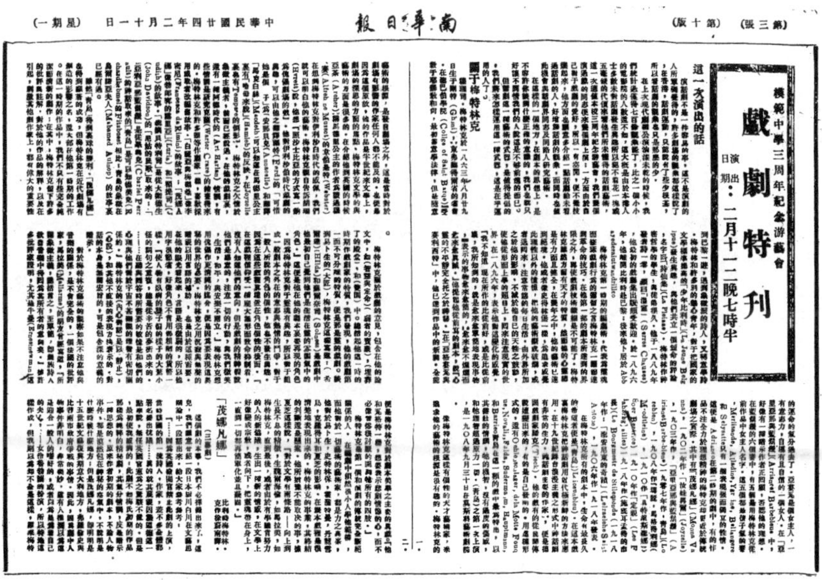

（第三張）（第十版）　南華日報　中華民國廿四年二月十一日（星期一）

模範中學三周年紀念游藝會

戲劇特刊

演出日期：二月十一二晚七時半

這一次演出的話

關於梅特林克

茂娜凡娜

• 「模範中學三周年紀念游藝會戲劇特刊」部分報影（一九三五年二月十一日香港《南華日報》）

模範校舍落成開幕

昨日下午四時、九龍模範中學、補行校舍落成開幕典禮、邀請教育新聞文藝界校董及親友、到者百餘人、四時開會、何厭司儀、潘餘紀錄、行禮已畢、首由該校校董會代表任子貞氏致詞、任氏為近代有名之國學家、演詞中力為提倡國學為言、次由華僑教育會代表李達人、香港中華兒童學會代表陳如山、新聞界、商務印書館程雪門、馮劍雄、文化中學任穎暉、南方中學代表賴曇留等相繼演說、末由校長何礎致謝詞、禮畢宴會、盡歡而散、

- 九龍模範中學校舍落成開幕消息（一九三四年七月二十四日香港《工商日報》）
- 九龍民範中學校舍（《港澳學校概覽》，香港：中華時報社，一九三九）
- 何厭病逝訃告（一九三八年五月一日香港《申報》）

九龍民範中學

廣東教育廳立案
香港教育司註册

自建校舍

校址：旺角亞皆老街
電話：五八三二八

本校教導主任何容(厭)先生於四月三十日下午三時病終九龍亞皆老街一壹五號寓所茲定五月一日下午三時大殮二日上午十一時出殯謹此奉佈

祇領花圈輓聯

九龍民範中學校啓

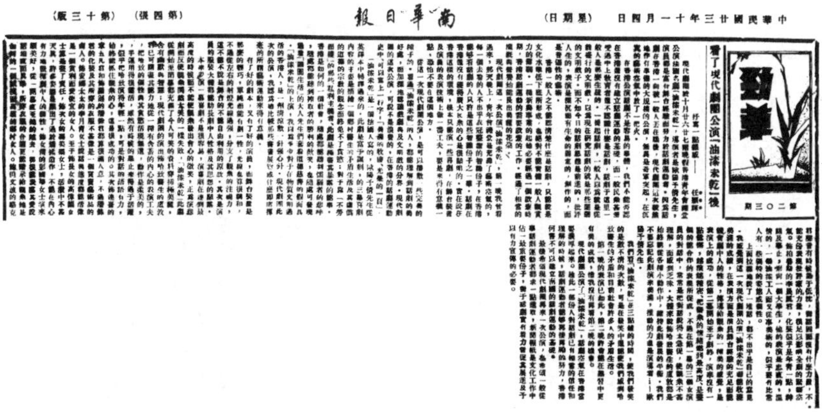

中華民國廿三年十一月四日（星期日） 南華日報 （第四張）（第十三版）

勁草 第二〇三期

看了現代劇團公演「油漆未乾」後 任穎輝

中華民國廿八年六月廿九日 香港 立報 星期四 第六版

電影城

論影人演話劇 胡春冰

中央戲院快映
新華慘絕人寰鉅片
監製 張善琨
導演 岳楓
慾魔
俄國文豪 托爾斯泰 名著改編
主演 談瑛 陸露明 梅熹 李紅

• 任穎輝〈看了現代劇團公演「油漆未乾」後〉（一九三四年十一月四日香港《南華日報・勁草》二〇三期）

• 胡春冰〈論影人演話劇〉（一九三九年六月二十九日香港《立報・電影城》）

星島晚報　星期三　第四版

香港各界賑聯會主辦
香港戲劇界聯合公演
黃花崗特刊

「黃花崗」的演出

德德

黃花崗這幕可歌可泣的，有血有淚的史蹟，也就是廿八年前一個民族大革命爆發前的一個光榮的序幕，雖然他們是「失敗」了，可是，有他們的壯烈的犧牲才有十月十日的革命成功，有他們的大無畏的精神，才能激發起海外同胞的同情與援助，才能激發國內反抗專制的決心，才能集匯成一條革命的洪流把數千年的封建的枷鎖打碎，所以烈士們的力量是偉大無比的。

這種精神——爲革命而犧牲，爲解除人民的痛苦；舊我被困在封建專制中的人們出來——是最崇高的，使後代的我們對烈士們生出無限感慨，使我們生出無限的敬愛！故此黃花崗劇本的集體創作是產生，是有它獨特價值的。

記得是去年三月二十九在廣州作「黃花崗」大規模的公演，那時熱烈的情緒，緊張的工作，是多麼的值得人去回憶啊！然而，現在廣州是失陷了，工作者不得不跟着政府撤退了，可是革命的熱情是由此消失了嗎？不，現在工作者是逐漸的流亡到香港，這革命發源地的精神也跟着帶到香港來，並且不因××的無理侵略而寒膽，反而更團結更勇敢起來！

香港是一個特殊的環境，一個世外樂園找不到一個汗臭的戰士，聽不到雄壯的槍砲聲，只有的是；動聽的爵士音樂，醉人的孤步舞，可是這環境是可以改變的，他們是中國人，同是有愛國心，所以在這島上來一個新的刺激，來一個新的興奮是必需的。

這幕偉大的集體創作，——「黃花崗」是在全港戲劇界的空前聯合下和各界賑聯會的主持下，爲籌款撫恤前方將士家屬而演出了。「黃花崗」的出演是有兩重意義的，一，是把烈士們本身的事蹟重演，使一般人對烈士們的犧牲，對烈士們的工作更了解，更親切，而感到景慕敬愛；二，是希望把烈士們的精神發揚光大，這偉大的革命精神刺激起同胞們熱情，携手起來，結集成一條大的反帝反法西的大洪流。我希望這次的公演能收獲到意外的效果，不辜負烈士們爲挽救民衆創造自由平等的新中國的苦心！

我們不僅對於「黃花崗」烈士應該做獻隆重的紀念；對於踏着「黃花崗」血路壯烈犧牲的前方抗戰的將士，亦應該至誠表示崇高的民族解放的敬禮。他們「創造中華」與「再造中華」的革命精神後先輝映，互相媲美，我們後死者在感愧之中，將如何以實際行動來紀念這二次民族大革命的先烈呢？現在，我們公演「黃花崗」這幕偉大的革命史劇，以籌款撫恤抗戰陣亡將士家屬，只不過是略表我們的微忱，是我們的一個最低限度的起碼工作而已。

今日黃花

盧沛之

景色，固是靈氣所宗的值得欣賞；巍峨的豐碑陵墓，更是氣象萬千的令人肅然起敬

香港知用中學主辦話劇歌樂演奏大會之頁

青年作家　第四四期

為演奏大會說幾句話

蘇熊瑞

「民族魂」的演出

譚國恥

夏威夷樂隊隊員一覽

「民族魂」

又名「凡爾賽的俘虜」

職員表

演員表

啓：本報各周刊出版日期，略有更動。自本期起，「青年作家」與「木刻與詩」對調。即每星期二刊登「木刻與詩」，「青年作家」則移至每星期日出版。此啓。

● 「黃花崗特刊」部分報影（一九三九年五月三日《星島晚報・星雲》）

● 「香港知用中學主辦話劇歌樂演奏大會之頁」部分報影（一九四〇年十二月八日《國民日報・青年作家》第四四期）

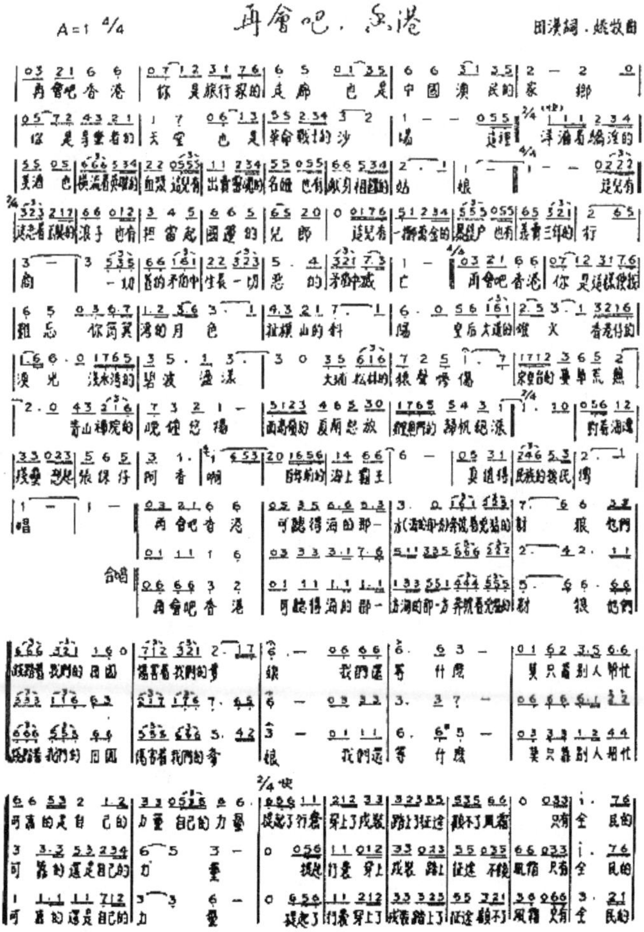

·《再會吧！香港》街頭海報

·《再會吧！香港》主題曲

《再會吧！香港》

詞：田漢　曲：姚牧

再會吧，香港！
你是旅行家的走廊，也是中國漁民的家鄉。
你是享樂者的天堂，也是革命戰士的沙場。

這兒洋溢着驕淫的美酒，積流着英雄的血漿。
這兒有出賣靈魂的名姬，也有獻身祖國的姑娘！
這兒有迷戀着玉腿的浪子，也有擔當起國運的兒郎！
這兒有一攫萬金的暴發戶，也有義賣二年的行商。
一切善的矛盾中生長，一切惡的矛盾中滅亡！

再會吧，香港！你是這樣使我難忘！
你筲箕灣的月色，升旗山的斜陽，
皇后大道的燈火，香港仔的漁光。
淺水灣的碧波蕩漾，大埔松林的猿聲慘傷！
宋王台的蔓草蕪荒，青山禪院的晚鐘悠揚，
西高嶺的夏蘭怒放，鯉魚門的歸帆飽脹。

對着海邊殘壘，想起張保仔阿香！
啊，百年前的海上霸王，真值得民族的後昆傳唱！

再會吧，香港！可聽得海的那一方，奔號着兇猛的豺狼，
他們踐踏着我們的田園，傷害着我們的爹娘！
我們還等甚麼？莫只靠別人幫忙，可靠的是自己的力量。

提起了行囊，穿上了戎裝，
踏上了征途，顧不了風霜。
只有全民的團結，才能阻遏法西斯的瘋狂，
只有青年的血花才能推動反侵略的巨浪。

再會吧，香港！你是民主國的營房，反侵略的城牆。
看吧！侵略者的烽火已經燒遍了太平洋，
別留戀着一時的安康，疏忽了對敵人的提防。
地無分東西南，色無分棕白黃，
人人扛起槍，朝着共同的敵人放，
用我們的手奠定了今日的香港，
用我們的手征爭明日的香港。

再會吧，香港！
再會吧，香港！

- 黃慶雲兒童獨幕劇《中國小主人》（香港：進步教育出版社，一九四一年六月初版；一九四八年六月三版）舞台面
- 許幸之《最後的聖誕夜》（桂林：今日文藝社，一九四二年十一月）書影
- 麥大非《香港暴風雨》（香港：新地出版社，一九四七）舞台面

• 李匡華夫婦（左）、李援華夫婦（右）與李援華兩名學生女兒李國暢（左）、李國超（右）合照。據李援華女婿，香港戲劇工作者馮祿德說，兩女孩取名，是表達對蔡暢、鄧穎超的敬意（李匡華女兒李國建提供）

• 紀氧（李匡華）《露斯之死》（香港：學文書店，一九五四）書影

目錄

總序／陳國球……1
凡例……41
導言／盧偉力……43

一、戲劇

謝新漢
洋煙毒……94

般雪
逃走……98

騎圓
打官——「算是劇」之一……106
放兒——「算是劇」之二……107
「講佛理」——「算是劇」之三……110
憑據在她褲子裡——「算是劇」之X……112

何礎、何厭
沒有領牌的……115
某鄉的變故（節錄）……122
何　厭
馬先生的命運……133
君子之交……138
曼　華
警官與私娼……146
敦　鑑
湖畔歌聲……148
姬天乎
汽車下……152
蔡雨村
離別之晨……154
嫣　鳳
乞丐與過客……159

遊　子
勝利的死……161
魯子顏
賣解者……173
任穎輝
幻滅的悲哀……178
隱　郎
路……183
五十萬……190
傑　克
天風人語……197
飛將軍之戀……200
落華生
女國士……211
兇手（存目）

娜馬
除夕 223
中秋節 234
蕭紅
民族魂魯迅 243
李健吾
黃花 258
田漢、洪深、夏衍
風雨歸舟（節錄） 299
許幸之
最後的聖誕夜 314
葉靈鳳
和平救國 412
麥大非
香港暴風雨 423

黃谷柳

反饑餓（存目）

旗袍（存目）

未死的烈士 523

瞿白音

××小姐（存目）

華　嘉

學好本領（存目）

王　逸

月兒彎彎 529

司馬文森、洪遒、陶金、馮喆、馬國亮、巴鴻、蔣鋭、盧鈺、韓北屏、齊聞韶

人民萬歲（存目）

集體創作，盧珏、馮喆執筆

起義前後（存目）

集體創作，齊聞韶、汪明執筆

旗（存目）

上官瑜具

我們的隊伍來了（存目）

二、兒童劇

黃慶雲

中國小主人……556

國慶日（存目）

聖誕的禮物（存目）

一雙小腳（存目）

黃谷柳

前程萬里（存目）

破碎的蛋（存目）

生命的幼苗（存目）

茜菲
兒童節日（存目）
許穉人
互助（存目）
他們的夢想（存目）
平浦
蒸籠（存目）
阿佳
補鞋費（存目）
作者簡介……572

一 戲劇

謝新漢

洋煙毒（警世新劇）

第一幕

登場人　烟屎二（原名關樹森肄業廣州某校）

　　　　三沙友（原名沒良心關之舊同學也）

佈　景　一書廳內，檯椅齊備，居然富室也。

幕開時　烟屎二徘徊於客廳內；狀若寂寞無聊。

二　（自言自語）唉！現在放左暑假，冇乜嘢做，眞難過日咯，點算好呀？不如搵的嘢嚟消遣吓罷喇。（忽聞敲門聲，乃趨往啓户。見三沙友。）

二　原來係你備，老友，好喇。請坐。乜今日咁得閒呀？

三　係，你哋放左假未呀？

二　放左咯。而家冇乜嘢消遣，你話有乜嘢法子呀？

三　你既係冇事，不如跟我去我朋友烟精個處，玩兩口舊公煙罷囉。

二　都好噃。

三　噉就跟埋我嚟喇。

（同出，幕合）

第二幕

登場人　烟屎二；三沙友；烟精（操烟業者）

佈　景　烟局內床一。

幕開時　烟精在局內俟候烟友。

精　而家已經十點鐘咯，重未見有生意。等我再喺呢處等一等，睇吓有冇烟友嚟先正得。

（三沙友偕烟屎二同進局內，見烟精。）

精　又喲！三沙友，你眞好舉薦咯。今日又帶一個烟友嚟咩？

三　係咯，冇錯。

精　（對烟屎二）請問先生尊姓大名呀？

二　我叫烟屎二。閣下呢？

精　我叫烟精，原來大家都係盜友嘯；哈哈。

（佯作笑狀）

二　而家正話嚟嘅啫嗎；你認錯人唔定嘅。

精　（佯作笑狀）哈哈，有番幾十歲，噲認錯嘅：恕怪恕怪。而家開局至點呀？

三　好喇。

（烟精攜烟具至；二人橫臥榻上。片刻烟屎二甚覺有味。）

三　乜你咁快上癮駕，烟屎二？

二　哈哈，我都唔知點解。

三　而家吹又吹完咯，煲的糖粥都好嚐。

二　好吖。

三　烟精哥，唔該你　夥計煲的糖粥嚟喇。

精　好。

二　我哋吹煙，吹得唥唥聲：隔鄰二叔婆聽見，重估佢嘅鷄乸走左過嚟添。

三　烟屎二，咪咁嘈喇，你眞係小見多怪咯。

（夥計進糖粥二人食。）

三　走未呀？

二　未使咁快，大把時候；而家正話一點鐘啫嗎。

三　唔係噃，我要走噃。

二　不如一齊走罷喇。

（結賬完後二人同出）

精　又多左一個新丁；生意重有咁淡？

（烟精出：幕合）

第三幕

登場人　烟屎二。烟屎二之妻及其二子。某甲（販商）

佈　景　一條人烟稀小之路。

幕開時　煙屎二携其二子欲鬻之於某甲。其妻尾之大哭。二子亦痛哭不已。惟煙屎二與某甲則毫不憐憫。

二　你話值得幾多呀？

甲　兩個共埋至多二百文。

二　有添有駕？

甲　冇噃。

二　哭乜嘢吖；鬼𠯠你亞爸窮咩？三百文出唔出

得呀？

甲　唔底咯。（甲欲行）

二　使乜咁快走呀！有事慢慢商量，二百五出唔出得呀？

甲　唔得咯。

二　就賣俾你喇。

甲　噉你簽字囉。

（甲出紙，煙屎二簽名。交易之後甲與其二子。乘汽車而往。二之妻尾之，惟汽笛一鳴而不知何處去矣。煙屎二得銀後又趨至芙蓉城。）

幕合

第四幕

登場人　煙屎二衣衫襤褸不堪。狀有甚於乞丐。

佈　景　廟門外的階級。

開幕時　煙屎二坐階級上自嗟自嘆。

二　唉，冇得飲，冇得食，重容易過。我個煙屎鬼窮到咁貼地，點算好呀？卑人名叫煙屎二，當初富有家財，為因三沙友個個衰鬼，引我寄居芙蓉城中，留戀煙霞窟裏。吞雲吐霧，焚膏繼晷，日不足又以夜繼。唉！個陣時，睡落個張煙床。好似住在仙屋。食左煙渣，又煲糖粥。三朋四友，雖然一面相交，唔夠兩分鐘竟成知交。不知卻把我的家財散盡，個芙蓉城主，就把我趕出公（）（）（）（）（）唉，二等房舍都話唔俾我住。噉就流落三沙地方；想着做個煙屎鬼都唔得。眞係氣殺我呀⋯⋯想當初在芙蓉城個陣，逍遙快樂。誰不知俗語有話，「有咁多風流有咁多折墮。」呢句說話眞係冇錯駕，至到而家冇地棲身，要住廟角。而且我先祖剩落個的田地，都被個的煙鬼挖去。賣左子女又當衣服。賣到冇得賣就穿墻挖屋。又被人捉住，任人侮辱。唉！我祖父嘅體面，而家羞到極點咯。想去同親朋借兩個先士，買一碗粥食，誰知個個都唔睬。唉！想起番來不覺滂滂淚下呀！（拭淚）唉！我眞該死咯：而家雖然抵得肚餓，都唔抵得煙渴吖？唉！而家知錯，都係倒木難復，噬臍莫及咯。不如奉勸一聲眾同胞，知到食左洋煙重慘過自盡投河呀。

（幕閉。完。）

選自一九二四年七月一日香港《英華青年》一卷一期

般雪

逃走（獨幕劇）

夜深，在上海一個價高的 Apartment House 裏的客廳，陳設富麗而幽雅。台正面左是大門，台右斜面接正面是處房門。臥房門右鋼琴，靠近戲台外邊，左一小書案，案前斜橫的是沙發床。床左靠壁沙發椅。椅與大門當中，靠壁放一桌子，桌子兩旁是一小椅子。左壁火爐，朝爐一沙發床。爐右小桌子，左書櫃。爐頭桌子鋼琴之上均飾以花瓶，古玩，電燈，鐘之事。地深綠色，牆淺蜜色，掛有圖書數幅。李翠芳和王端忠大門進。翠芳本來是一個受教育端重的女子，不過受環境支配，不免流于時髦。年約廿二，姿色可人。豔裝。王年上五十，髮班白而仍強健。富有資，故態度是一個社會上有位置的人。西裝。兩人看完戲，回到翠芳寓所。王意甚安閒，入門即脫大衣放小桌上。翠芳狀甚惶急。

翠　王先生，你今天晚上回家罷（懇求）。

王　怎麼就下逐客令呢？翠芳，是不是你今天有事嗎？

翠　事倒沒有，可是你回家好，請你回家罷（惶急，探頭門外聽），真的，請你快點回家罷。明天晚上我一定留你，今天請你寬恕我，不能奉陪。

王　你有什麼事？到門外聽什麼？為什麼燥急呢？

翠　沒有事，門外沒有人，真真的。王先生，你不要住在這兒。（趨王前仰面哀求）

王　（安閒地坐在沙發床上，拉翠的手），我今天晚上住在此地，趕我也不走。

翠　（脫外衣靠王身旁坐下），真的，王先生，你今天晚上不要在這兒，你太太在家等着你呢，走罷，好人，走罷。

王　又叫我做「王先生」了。

翠　叫慣好難改，請你回去罷（門外有聲，翠起門外聽）。

王　什麼事，你聽什麼？

翠　沒有……好像有人跟着我們回來。

王　沒有的事，什麼人跟？（懷疑）你給我按鈴叫用人來。（翠按鈴，僕婦大門進。向僕婦）拿我的拖鞋來。（僕婦進臥房，王脫外衣解領帶和鞋）。

翠　（坐在沙發椅上，深思，王瞧着她）你還是回家好，明天再住在這兒罷。（僕婦拿拖鞋由臥房門進，同時接衣物出臥房門。）

王　（斜靠沙發床，微笑的瞧翠芳）你說今天晚上的戲好不好？

翠　（無心似的），很好。

王　尚小雲總是不錯的，我很喜歡看他的戲。（僕婦外房門進，向僕婦）如果有人來。說小姐不在家，不按鈴你不要進來，（僕婦大門出），翠芳，你來這邊坐。（翠芳懶懶的起來，同他坐在沙發床上）你為什麼燥急？（手按她肩，她臉朝大門，深思）。

翠　我恐怕我的哥哥來找我，我在車上看見有人跟着我們。你還是不在這裏好。

王　你哥哥在常州家裏頭，怎樣會曉得你在這裏呢？

翠　我因為那塲婚事離家，逃到上海，有一年多，家裏的人那天不想找着我，嫁給那個軍人，達到他們升官發財的目的呢。

王　他要來時我在這兒幫你的忙不好麼？

翠　名義上頭怎樣講呢？

王　事實上已經是這樣，他們不過是想錢，我給他們幾個錢，取消前時的婚約不就得了嗎？

翠　那我將來怎麼樣？（看着王）。

王　將來怎麼樣？我有錢，你歡喜怎麼樣就怎麼樣。

翠　你的錢也買不到我的將來，你想我是很舒服嗎？環境逼我到了現在這麼樣，我不過是沒有法子！

王　（怒）那是怎樣講？你要什麼，我給什麼，你穿的，吃的，住的，那樣不是最講究，那樣不是我的錢買的？

翠　我清白的身子不值得嗎？我的名譽不值得嗎？我的希望就是能夠有獨立的生活，快脫離這塊。

王　(氣漸平)我看你今天晚上心中有點事，你告訴我罷，我跟你雖然名義上沒有什麼正式也過得很好的，(深思，慢慢說)可是你別有愛人罷？讓我問你，你戴那戒指是什麼人的？你為什麼不戴我給你的大金鋼鑽戒指，而一天到晚戴這不值十塊錢的東西？什麼人給你的？(翠瞧着戒指不答)，你為什麼一定要在康華學校當教員？我當時介紹你是頑意，那曉得你當眞的，你要什麼我給什麼，何在乎那三十塊錢的教席呢？天天上學不累嗎？

翠　你是一位校董先生，可以叫校長辭我。

王　雖然我是校董，對于校內行政不便說什麼。你那麼天天上學，也太累了。(叩門，僕婦進，躊躇)

僕　有一個男子要找小姐，我說小姐不在家，他一定不肯，要上來，我沒有辦法，他一定要上來見小姐。我問他姓什麼，他不說，所以我趕快上來告訴小姐。(男子突然啓大門進，看見王及室內華麗陳設，甚驚異，年約二十八，清秀飽學之士。穿西裝，整潔而不華麗。)

男子　王校董，寬恕我唐突。

王　(驚駭)你怎麼認識我？(向翠)這是你的哥哥嗎？

翠　(一見男子進來，彷彿知道是事之必然，故不至十分驚懼。惟態度十分消極與失望，祇可勉強支持，不令目前太難為情。)不是……

男子　(鎮定的冷笑)我是俞子饒，也是康華學校教員之一。(鞠躬)

王　(站起作驚異狀，旋即鎮定)你也是教員？(瞧翠，翠低頭不語)。

俞　是的，校董許沒有見過教員之一，但是教員之一不能不認識大華銀行行長之王校董。

王　你那麼晚來看李小姐？我也是剛到的。(偽作鎮定)你怎麼知道她住在這兒？(悔失言)

俞　是的，我跟李小姐同事快一年，從來他總不肯告訴我她住在什麼地方。這幾天晚上在街上看見李小姐跟王校董坐汽車，到今天晚上才找到這個地方又遇見王校董。

王　呵，就是你跟着我們的汽車！（回頭看翠，翠仍默然深思）天也晚了，我要走了，你們請坐。（向大門走）

俞　王校董請坐，我一刻就走，王校董沒有穿衣裳，沒有鞋出外不便當。

王　（自己瞧一瞧，不知所措），是……是……剛才……我剛才……

俞　（接着說）倒了茶，衣服跟鞋都潮，用人不當心。（回頭看翠，冷笑）翠芳，你今天晚上穿的那麼豔麗；平常你在學校多麼樸素。眞好看。（環觀室內佈置），多麼講究的房子，呀，翠芳，你的三十塊錢薪水眞本事，能住得這樣講究！怪不得你總不肯把住址告訴我，原來這是接待校董的。

（翠不能支，伏沙發椅哭泣）

王　（怒）俞先生，你不該說朋友私人的事。

俞　王校董，對不住，但是李翠芳小姐跟我是有婚約的。

王　（驚訝）你們有婚約的。

俞　這是兩個月前的事。

王　（坐沙發椅，沈思）那你現在怎麼樣？

俞　（瞧翠，沈痛，翠泣不可仰），現在……我……不敢勉強李小姐履行前約。我的戒指，李小姐恐怕也無用了。（伸手討戒指，三人無聲一會，翠勉強收淚站起來）

翠　我們大家都明白了……

俞　你怎麼樣解釋，還有什麼說話？

翠　話就不能說什麼，可是我並不是存心騙你的。我愛你的情，實在是最誠懇眞切的。

俞　（沈痛，以手按額，仰天大呼），你還講愛情！你這樣的人……

翠　（走前兩步，依然消極的鎮定），我逃婚離家那一段話，你已經曉得，在康華做教員那一段話，你也曉得；現在這一段……

俞　（猛然回頭）你就要我不曉得現在這一段，還說不是存心騙我！

翠　我對你的愛情是始終不移的，我們相識有六個月，四月前你就向我求婚，我感懷身世，不肯答應你。不過你的愛情極其眞純，我也很傾慕你的為人學問，兩月前卒之答應了你，我想快點脱離這裏，可以完滿我們的愛情。如果你不曉得這一段，干你何傷？

俞　呀，原來你是買空賣空的！

翠　（懇切）我愛你，我要你。我要一生跟着你，我再有什麼別的辦法的？

俞　你要跟的是金錢！你配談什麼？

翠　本來環境壓逼的話，無謂多講，不過一個弱女子，離開家裏，一個錢都沒有，又無親朋可靠，在上海那麼大個都市裏頭，長長的六個月，怎麼樣過呢？

俞　你的薪水不是有三十塊麼？

翠　那是後來的話。

王　三十塊錢算什麼事？

俞　那你後來為什麼不馬上離開？豈不是你個人不負責任，埋怨社會，要利用環境壓逼的老調，謀個人的利益？

翠　這是我最大的錯誤，錯誤總有代價的。我常常就提防有今天的，但是一個人的行事，其結果和關係，也不很容易掉開的。

俞　你總不肯把住址告訴我，説話總有點含糊，我平常就有點懷疑，但是總想不到這樣！（沈痛）。

翠　我並沒有含糊，我告訴你一個人因為種種關係，不是那麼簡單的，一個時候所見的未必是整的一個人，你説不要緊，愛情首先要講個人的攝引力，環境都是其次的攷慮，我當時反抗家庭，何嘗沒有絕大的懷抱？何嘗想到今天！子饒，你已經看清楚了，我不敢要求什麼，衹希望你能夠把你的約指讓我留作紀念。

俞　你也何在乎那個！

王　呀，天很晚了，我要走了。（有地位人的口氣）可是我有一句話講：你們兩位都是有職業的人，我身居大華銀行的行長，對于社會的信托很大，今天晚上的事，最好

僕　大家少講一點，報紙傳出來，大家不便。

（僕婦開大門進。愴惶）。

小姐，有兩個男人要找小姐，一個說是小姐的哥哥，一個是穿軍服的，我說小姐不在家，那穿軍服的要打我，一定要進來。

翠　（堅決的），讓他們進來，（僕婦去）。

王　天晚了，我要走了。

翠　王先生，你等一下。

王　我還有事呢。

翠　你不說我哥哥來你要在這兒幫我的忙呢？我恐怕還要你破費呢。

王　你要多少錢，我馬上給你，可是我要走了。

翠　請你等一下。（李康跟一軍人進，李先行。李年約三十二三，穿黃軍裝褲子，套上一件舊灰黑的長袍。身段瘦長，臉黑眼小，狀甚狡滑。軍人穿北伐前的軍裝，年約三十，體格粗大，臉兇惡而蠢，大約是營長階級。李一進門，看見室內人物，即有點領會，軍人所注意的，全在翠芳身上，像餓狗見了肉一樣。翠見他不耐煩。）

李　呀，小妹，你怎麼離家一年多，總不給我們寫一封信？我跟你嫂子常常想你。

翠　你別講好話，我曉得你的來意！

李　自從你離家，我費盡了多少工夫，才找到你住在此地，聽說大華銀行行長王先生（瞧王）介紹你做什麼學校的教員。這位是王行長嗎？（向王鞠躬）感謝王行長招呼。（意似候王說話）。

翠　你別要多話，你要什麼？

軍人　要什麼！我要人！你以為能逃掉麼？

翠　（不介意的）人，你可不能要。

軍人　我好好等你一年多，許多人要跟我做親，我都不要，你馬上得跟我回去。

翠　親事是你們的事，我不管。

軍人　你怎麼能不管？你不是定給我的嗎？

翠　不是我要定的。（瞧俞，俞佯不見，再瞧王）。

軍人　（看俞，懷疑，怒），我配你不起嗎？我現在是營長，快要升團長，做個團長太太就委曲你嗎？念了那麼幾年書，眼睛就那麼大了嗎？

李　張營長，不要燥急，女孩子家脾氣總是大，有事慢慢講。

軍人　我等了一年還不燥急！這次你不弄她回家，你也得小心點！

王　婚姻的事，是李小姐的自由……

軍人　（向王進一步，恐嚇）什麼自由……她要嫁給你這麼個老頭子嗎？

李　張營長，不要燥急，這是大華銀行的王行長。

軍人　我管什麼行長行短！

翠　（決奪）我要嫁誰，你不要管，可是我一定不嫁給你！

王　你要多少錢解除你的婚約？（李注意，翠走近王）。

軍人　就你一個人有錢嗎？（手忙脚亂的從口袋裏拿出一疊鈔票）你看，我這個不是錢嗎？一百塊的票子都有十張，這裏上三千塊呢。（王見軍人來勢不佳，退後幾步，軍人收錢，聲音愈鬧愈大），現在就要人，多少錢我都有，你躲在租界，就想我沒有辦法麼？我什麼地方沒有勢方？我不怕洋人。（很兇惡的跑近翠，要動手拉她，李要阻被推開，俞自從他們進來，一直站在爐前作旁觀者的態度）。

俞　（手伸高）不要動手！（眾人注意他，他走到翠身邊一手抱着她作保護狀），李小姐是我的未婚妻，我們的婚約是她情願的，她戴的約指是我的。（軍人與李均諤異）。

軍人　你……你……這樣的戒指，我能給她十個，一百個都可以！你那小白臉，滾！（走近俞，恐嚇。翠推開俞手，走離眾人近臥房門處）。

翠　別鬧，我有話講，（眾注意）你們男子，都是一樣的。（對軍人）勢力我是不怕的，我要回家，我早就不逃了。你威逼我不倒的。（對李）你要升官發財，你自己找去，我是不讓你們賣的。（對王俞）你們兩位，我是很感謝，但是我再不能做金錢的交易物了。子饒，我的身世，是值不得你的恩情的。你現在來救我，不過是出于可憐我的心，但是我不敢遺累你。你的約指還給你，我萬分對你不住，（除戒指還俞，俞上前接。雙手拉着翠手若有不捨之意，翠抽回己手，入臥房，回頭大聲說）我這個身子，還是我自己所有！（眾人相顧無言，翠從臥房出，穿外衣，手提皮包，一直向大門走，不理眾人。李趕上前去拉着她的皮包。）

李　到那兒去？（幕）

選自一九二八年十二月十五日香港《伴侶》第七期

騎圓

打官——「算是劇」之一

司令　老師！啊，你來了！你坐呀！啊，老了！老師，你還認得我嗎？

老師　因為認得你所以來的！

司令　坐了幾天船？好受嗎？

老師　五天；沒有什麼過不去。祇是想起你，就怪難受了！（傻生氣，眼看着牆壁）

司令　謝謝！老師！你瘦了！

老師　你胖了呢！

司令　同學們有什麼訊息嗎？

老師　很好，他們都很好，都在村裡耕田。

司令　他們沒有一個做了官的嗎？

老師　官？啊！哈哈！官嗎？！

司令　是，他們都找不到官的事情嗎？

老師　他們耕田，我不說了嗎：他們都很好！（更像生氣了）

司令　耕田有什麼好的所在呢？老師！

老師　耕田有時也會倒運，如果遇着官兵打仗。

司令　所以我說做官好呢，老師！做官不會倒運的。打仗死的是兵，不是官啊！

老師　啊，所以你胖了！（用眼角一射大官）

司令　對！老師，你也做官罷！當個秘書好嗎？

老師　我嗎？（看大官一眼）嘻！（冷笑）

司令　可以的，行，我的命令。你做嗎？老師！沒有不行的。

老師　唉，所以我在船裡一想起你就不好受了。（失望地）

司令　做了官就好受了，老師！你看我這麼胖，你却這麼瘦了！

老師　早知如此，何必來呢！（拍股憤怒）

司令　（睜大眼睛）怎麼？老師！（想了一想）啊，不要緊，做參謀罷，老師要做什麼隨便說，不要惱啊！

老師　（像塾師要打學生似的）呔！畜生！（噴出一口臭沫）你這畜生！你又不死去，叫人家去死？你這殘賊之人，謂之匹夫！殺

人者謂之賊！（左手捋起右手的闊袖）呔！（向大官臉上一個掌巴）呔！（二打）呸！呸！呸！（連打）

司令 衛兵！衛兵！（亂跳）

（一班衛兵〔湧〕入把老師捉着）

老師 你要把我怎樣？畜生！

司令 （暴跳）我媽你的屁！你這反動派！保皇黨！惡化！腐化！（向衛兵揮手）打靶！馬上！

老師 （軟了）畜生，那末我就當秘書罷！（衛兵一面拉他去，他一面喊，司令不理，進房去了。）

十二，十，一九二八。

選自一九二八年十二月五日香港《字紙簏》第五號

放兒——「算是劇」之二

父 如今世界是文明了，和我做兒子的時候完全不同，為了應〔付〕潮流，所以把阿誠（兒子）放了出去。他今年二十歲，我算盡了養育的責任了。今天的聚集，意思是想你們各把自己的經過的艱苦的世味告訴他，叫他自己跑了出去，不把做人看得太容易，也叫他懂些應世的方法。（莊嚴地看着一個老人）現在先請三公教導教導！

三公 唉！（兒子驚奇）我一共做了六十五年人。大概在社會上走了有四十年光景。當初以為社會的人們都是和自己一樣忠實的，絕不知道有所謂滑頭和機詐。做生意被人騙的事情大概有二三百樁。說來話也太長了，我單舉一件我一生都不能忘記的事情來說：我曾經和一個很聰明的窮人訂了八拜之交。他化我的錢和吃我的飯大概有五年。我當他是我唯一的知己。後來怎樣呢：他偷了我行店所有的錢走了，還串

同強盜來綁我的票。綁了我的票還到我家裏去誘惑我的妾侍，和她逃了。（摩着八字鬚）

父 （向兒子）你聽！人心是這樣！

三公 我說的够了，讓別位罷！

姑丈 （畧畧站了起來，整理一下長衫的下幅，又復坐下。）我不客氣了，論年紀也該輪到我說了。

父 對，千萬不要客氣！

姑丈 我，（用手指向下作敲狀）咳！（摩八字鬚）也單舉一樣就够了。有一年，我窮〔得〕要命，住在異鄉的一個下等旅店裏。同在那旅店的有一個同鄉，他為了幾個月沒有錢結帳，給老板驅逐。我雖窮，還有舊衣服可當。因此叫他同住在我房間，和我同床，並且叫他同吃。後來我的衣服也當光了，祇剩有身穿着的。誰想一天的早上，我起來不見了他，摩摩下便，屁股是光光地，（座中的女人側過臉偷笑）才知道他在我熟睡的時候脫了我的褲子，以後就不見他的踪影了。後來那老板還要我脫了短衫給他，才換給我一條破褲子，我光着上體在路上乞了兩天。咳！（搖頭）

父 （笑）天下事無奇不有，什麼事也有人做。（向兒子）你看該不該小心！？（指着一個中年人——大姊丈——。）現在該輪到你了。

大姊丈 （打了一個呵欠）人人都說我好。「做官」兩字看來也很像不錯。可是，我缺少半點機警，怕連這狗命也要丟了呢！氣節更是不能講的；（指着兒子）你們青年人把世事往往看得太容易，以為一個人要講氣節，生活是不怕沒有的。誰想一用氣節，餓死了連棺材也沒人施給你。我現在做到這個地位，當然在你們看來是很得意的。但，不怕沒辱祖宗對你們說，我曾經替幾個上峯洗便壺，替他們的太太們買草紙，才有今日。其實他們對他們的上級也是一樣。「官途多穢」就是這個道理。

二姊丈　（起勁地搶着說）買草紙還不要緊，我還叫女人買新式月經帶去送給那些太太們呢！總之。順承他們的意思眞要無微不至才行。

父　（搖頭嘆惜）

老婢　（站起來）本來我是不該說話的，但誠哥兒畢竟是我的後輩……

父　你說，你應該指教指教他！一個老一個寶，你不要客氣！

老婢　自從老太爺（指着廳上的神樓）把我嫁給吳家，到現在是四十多年了。吳老頭在少年的時候，很〔愛〕花天酒地。那大的說我入門就帶衰了家運，曾經把我打了十來回。我也知道做人是難的，當時祇有事事奉承那大的的意思，但越奉承她卻越說我討厭。我是做小的，男人誰愛小的比愛大的厲害，那時吳老頭不去花街柳巷，就一定睡在我房間，那大的又說我一定有古怪的魔術。後來她死了，我的孩子也十八歲了。可是，做人的難處眞無窮盡；吳老頭的買賣弄得倒霉了。兒子要跑到外面去賺錢。唉！（以袖拭淚）孩子因為賺錢的勞心勞力，不滿一年便吐血死了！現在，（嗚咽）吳老頭就和我守着老屋！……

兒子　你那孩子做的什麼？

老婢　他和你一樣地聰明，念書也不少。在闔門裏做了一兩個月，因為爭氣給人趕走了。也做過買賣，給人家騙了錢。替人家管賬，又被佔奪了職位。唉！（拭淚）

兒子　眞的和我一樣地聰明？

父　比你更聰明了，他死的時候我還不大老。我現在還沒有忘記他呢！眞可惜了！世事眞是萬分的難！

兒子　我上書房去拿點東西給你們看！（一邊說一邊退）

父　（向着衆人）他也知道一點艱難了！要說多一點，叫他靈醒靈醒才好！

姑丈　青年人怕不會完全相信這些話的，不過說給他聽聽，總不會累了他！

（約摸靜默了五分鐘，大家在等兒子出來）

父　（向後大聲叫）誠！誠！快點！

（無應聲）

父　（向後大叫，較前聲高而急逼）喂！誠！還有許多……

（檯後忽然一片哭聲，僕婦狼狽跳出）

僕婦　老爺呀，誠哥兒拿刀……

父　（跳起）什麼？（神色驟變，目光亂射）

僕婦　（驚得倒在地上）死了呀！死了呀！（一邊大哭一邊叫）

母　（闖進檯後）你兒子放死了呀！（雜着哭聲從檯後呼出）

（幕下）

選自一九二九年香港《字紙簏》第二卷第一號

講佛理——「算是劇」之三——

和尚　阿彌陀佛！我是出家人，心清如水，什麼世俗的事情也放過了。

少年　（在哭）爹爹啊，你回去罷！媽媽淒涼了大半世才把我養到成人，如今家裡雖然貧苦，但你回去也儘可以把你養活啊！

（嗚咽）

和尚　（微笑）啊，阿彌陀佛！施主！請你不要把世俗的稱呼來喚我吧！我佛慈悲，將保佑你的家，你不要哭啊，施主！

少年　爹爹！（哭出很高的聲音）唉喲！爹爹啊！請你不要這樣罷！你的兒子的心碎了！你還俗罷！爹爹！我的好爹爹！

和尚　（狂笑）哈哈哈哈！阿彌陀佛！

少年　姊姊和媽媽在家裡哭壞了，爹爹！十幾年的打探，才探着了你的蹤跡，你不回去，我也不回去了！

和尚　你們家裡有佛爺保佑，不怕的！施主，請你不要傷心，你回去罷！你的父親已不是你的父親了！他已經是佛爺的子弟，佛爺不許他管世俗的事情了！施主，你回去罷，別空費了你的時光！

少年　（由坐而跪，抱着和尚的脚）爹爹！你越説越叫我的心兒碎了！如果你眞個不回去，我寧願在你面前撞死！佛爺那就不要你了！

和尚　哈哈！施主太稚氣了！出家容易歸家難啊，施主！

少年　佛爺寧願你歸家也不叫你殺了你的兒子罷，爹爹!?我撞死了你的罪就大了！

和尚　你不懂得佛理啊，施主，佛門子弟是沒有兒子的啊！

少年　那你還有替你保存祖先香火的，辛辛苦苦了十幾年的我的媽媽啊！你不回家，你對不住她啊，爹爹！

和尚　和尚是沒有老婆的啊，施主！你不懂得佛理呢！

少年　（動手要拉和尚走，作勢，脱衣裳，露出穿着的女子內衣）

和尚　（笑）啊啊！原來是一位小姐！（作淫目）小姐，我的小姐，你起來罷！你來捉弄和尚！哈哈！你太可愛了！我跟你回去罷！

女子　（莊嚴地呼）爹爹！請你不要這樣！怕人家見了懷疑，才扮起男裝，裝着弟弟……

（幕）

選自一九二九年八月一日香港《字紙簏》第二卷第二號

憑據在她褲子裡——「算是劇」之X

法官　你是不是陳愛碧？

夫　不過我的原名叫做明華！

法官　那究竟承認你是愛碧不是？

夫　曾經是的，但我…………

法官　但什麼？是就是！（轉向女子）你是不是陸依華？

妻　我是瓊碧！

法官　咳，那要和他離異的不是你！是別人？

妻　是要離異，我向他！

法官　那你是依華不是？

妻　我不要依華了，我依然是瓊碧罷！而且，法官！我請求你禁止那男子名叫愛碧！

法官　（向夫）她是你的妻，她現在要向你提出離異！你愿意不？

夫　那麼她就犯了刑事案！

法官　我問你愿意和她離異不？

夫　我問你可容許我幫忙她犯刑事不？

法官　你如果再不答覆，說三說四，我衹當你是神經病者，把你扣留在醫院裡！

夫　再好沒有了，醫院！而且我真有點病，生殖力過剩病！已經半年！

妻　法官！請你不要如此！要他先答應了離異才對！不然，這案子永無判決之期了！

法官　怎麼說，你愿意離異，就是幫忙她犯刑事案？

夫　請問法官，行騙是不是刑事？

法官　是！

夫　一點不錯了，一旦離異，她就成為騙子！

法官　為什麼？

夫　她那天晚上，和我…………唉，難出口！法官，這不好意思說的！

法官　沒有問題，這裡講的是法律！你正正經經地，莊嚴地直說！

夫　我怕說出來你會笑了，笑了那就不正經了，而且不莊嚴！

法官　咳，你這人眞渾帳！我不笑就是了！

夫　法官，你不笑我怕我忍不住笑，反正也是不正經不莊嚴的！

法官 那麼，我許可你自己笑！

夫 哈哈哈！法官，那事情原不要是正經的！究竟有點難出口！

法官 你說罷，怎麼也好！

夫 那天晚上她和我要好了，當時，我們經過一回表示愛情的頑戲。在一個從不曾經驗過的狂烈的接吻之下，她亂叫我做好哥哥，我自然也不自禁地叫她好妹妹。她說，她愿來生也做我的老婆，不但今生！我也這樣之類的發誓了！是她提議的，要嚙出大家手臂上的血，作為誓證，永遠地算做我們的愛情的結晶！於是我依了她的話，當下就實行了！

法官 （向妻）有這回事沒有？

妻 ………（低首無言，紅着臉）

法官 既然這樣要好，這樣恩愛，為什麼你竟不給她豐足的供養呢？她現在要求離異的理由，就是供養不足！

夫 法官，我自己也連褲子都典當完了！那裡來的豐足的供養呢！？

法官 她又說你不務正業，為什麼你不找點事做？你不很像個頗有智識的嗎！？

夫 對呀！法官；我原是法政畢業的，而且畢業後埋頭研究了五年法理了！我實在愿意找點事做，然而找來找去了！法官，如果你能夠讓我做了你的事，那就再好沒有了。我自己來管這案子，相信是容易解決的！而且你也省了厭煩。等到你將來變了今天的我時，我再來讓你自己管你的離異案！

法官 不要亂說，請你認定此案的要點，不要提出案外的閒言！

夫 那麼，又是你來審我！審罷！

法官 你有什麼憑據證實你剛才的訴述？

夫 憑據？在她的褲子裡！

法官 渾帳，你說什麼話？

夫 我說憑據在她的褲子裡！因為你問憑據！

法官 是怎樣的憑據？為什麼在褲子裡？

夫 因為當時懶得找別東西去留誓血的痕跡，而她那白絲綢的內褲已在枕邊，就拿來載

法官　上誓血！從此我改名愛碧，她改為依華！

妻　（向妻）她的話你承不承認？

法官　……（無言，臉更紅耳也大紅了）。

妻　你不能不説話！

法官　（依然無言）

夫　你再不説話，這案子無法解決，那就進行到要除了你的褲子去驗血了！

（急極，一手搴起爛舊長衫）法官！我不是説嗎！?我的褲子也典當了！她的褲子我穿着，不用除脱！呢！這紅色！（聳起臀部，薄薄的由白而帶黑的綢褲果然印有殘紅色。法官注目看，不轉瞬，幕除除下。）

一九三二，一，三。廣州。

選自一九三二年五月一日香港《字紙簏》第三卷第一號

何礎、何厭

沒有領牌的

時　某年冬天的某一夜
地　某地
人　莫名
　　張影——莫名之妻
　　寶寶——莫名那七歲的孩子
　　某嫖客
　　第廿二號警察
　　街坊老六

幕開　從臺下望上去，一條黑黯悠長的窮巷，沒有路燈，沒有星光，右邊一列木屋，僅露屋角，二十步屋角外，貫通着某橫巷，可通別處，左邊，我們可以看見整列木屋中的某一間，是莫名的住家，屋內的東西，陳設得簡陋固然不在說，就是在這個寒冷的冬夜，床上竟也沒有半張被，衹僅僅地堆上幾件破敗異常當舖不肯當的棉衣，桌上放着枝很小很小的火油燈，燈油欲盡，僅照得見這屋裡的主人那副寒酸相。

寶寶睡在床上。

寶寶　媽媽，媽媽
莫名　（嘆息）
寶寶　（坐起來）爸爸，媽媽呢？
莫名　寶寶睡罷，媽媽停一會就回來了，你好好的睡覺罷，不，媽媽可不買麥芽糖給你了。
寶寶　我睡不着，我要媽媽陪我。
莫名　媽媽快回來了，你先睡罷，有爸爸陪你。
寶寶　我不睡，我不睡，我要媽媽。
莫名　（抱他撫慰一番）
寶寶　爸爸，媽媽究竟去了那裡？她晚上穿得這樣漂亮的衣裳，爸爸，她到林伯伯處喝酒嗎？
莫名　唔，唔，……你睡罷，等媽媽回來我告訴你。

寶寶　不，我要你馬上告訴我，爸爸，為什麼媽媽穿這漂亮的衣裳，我們有了錢了嗎？

莫名　寶寶，不要問得太多了，睡罷。

寶寶　為什麼爸爸不穿漂亮的衣裳，寶寶也不穿漂亮的衣裳？

莫名　寶寶！（忍不住眼淚）寶寶！

寶寶　爸爸你為什麼流眼淚？

莫名　沒有的。

寶寶　沒有？爸爸，我們眞的有了錢了嗎？明天我再不吃開水浸油條了，我要吃飯，還要魚呢……

莫名　好啦，明天給你吃就算了，你得馬上睡。

寶寶　哦，爹爹，明天一定的，吃飯，吃魚，爹爹吃，媽媽吃寶寶吃的，答應我，爸爸！

莫名　得啦。（抱寶寶放在床上）

寶寶　但是，爸爸眞的會有錢嗎？

莫名　不要勞叨了，媽媽就把錢帶回來了。

寶寶　一定的，爸爸！

莫名　唔，唔……

（遠處的狗吠聲漸近）

寶寶　爸爸，狗咬我，狗咬我。

莫名　不怕，有爸爸在這裡。

寶寶　我怕呢，媽媽為什麼還不回來！今晚不回來了？狗不咬媽媽！

莫名　放心罷，狗不咬媽媽，也不咬寶寶。

寶寶　我就睡罷，你不要離開寶寶，媽媽回來你得喚醒我。

莫名　是了。

（油燈欲滅，莫名低聲地長吁）

莫名　呵，油燈快要熄了，趁寶寶睡着，到街市添上兩銅元的燈油，也探探影的消息罷。

（吻寶寶）

莫名　呼呼的睡着了……影今晚不至碰了警察的釘子罷？

（挽燈出門）

莫名　但是，買油的銅元呢？

（將燈重放案上，檢拾衣包，卒在寶寶袋裡找出一個）

莫名　啊，幸而寶寶還沒有把這個貴重的銅元花費在麥芽糖的攤上。

（挽燈再出，室裡忽響着一種細碎的脚步聲）

莫名　誰？

（燈照着來者的臉孔）

莫名　影！……

張影　是我。

（燈光黯淡，模糊地現出張影那憔悴的顏容，面上雖然塗抹了脂粉，總掩不住可憐的窮態，更兼身上祇穿夾衣，為了體態曲條，易動人愛的原故，就冷得渾身顫抖）

莫名　冷得很嗎？

（握着她的手搓着）

張影　當然的啦！

莫名　完了嗎！

張影　什麼？

莫名　我是說……

張影　啊……

莫名　錢？

張影　沒有！

莫名　客？

張影　沒有！

莫名　為什麼？

張影　還為什麼！不是討不好客人的歡心，就是客人的代價出不够。

莫名　一個銅元都沒有？

張影　要是有，剛纔凍出了眼淚，把胭脂褪了不少，我早就把那個銅元買塊紅紙當胭脂擦了。

莫名　油燈全熄了，到街市就拿手上有的錢買罷，你且在門外候我回來，不然，屋內黑暗，提防碰着了東西，驚醒了寶寶。

張影　是哪，快去快回吧。

（莫名消失在黑暗裡轉到橫巷去）

（遠遠有吹口作聲，漸行漸近）

張影　名哥？

某嫖客　不是名哥，是契哥。

張影　誰？

某嫖客　且先說，嬌聲嬌氣來問人的那是誰？

張影　……

（擦洋火的聲音，窮巷立即亮起一點光明，

（某嫖客去照着影的龐兒）

某嫖客　我姓陳，或者是張，李，唐，……

張影　（強作笑靨）嘻嘻。

某嫖客　多少身價？

張影　隨便你喜歡。

某嫖客　兩塊。

張影　就四塊吧請你體貼一下。

某嫖客　現在是夜深兩點鐘，生意再找不着了，要是別個，早就送給我個吻嘴了。

（雙手極其撒野的搓着張影的胸部。）

張影　客棧？

某嫖客　你包支棧租嗎？

張影　那能够！

某嫖客　那麼就帶我囘你的家。

張影　家？

（這時那邊射來五百尺電筒的光線，送來一聲吆喝。）

第廿二號警察　誰？

（某嫖客急促地竄入橫巷，祇剩下她呆立門側）

（警察慢條斯理地走來）

警察　深夜當街兜搭嫖客，你知不知道有違警律？

張影　沒有兜搭呀，我祇是聽候丈夫歸來。

警察　親眼看見証據，你還想抵賴？

張影　我，我……

警察　你，你什麼，你有領牌嗎？

張影　沒有……沒有領牌的。

警察　既然沒有領牌的，當然作私娼論，跟我到警署……不然……

張影　請你原諒罷，并非我願意幹這樣皮肉的生涯，不過一家三口，差不多快餓死冷死了！

警察　老實說吧，我的義務，并不管別人餓得不想生，還是冷得快要死，祇要有利可圖，什麼都可以詐聾詐盲，一概不管，我這廿二號警察是硬直白的，說話一句就一句，兩句就一雙，若果當警察的不靠這門吃飯，難道月拿八塊薪水來餓死老婆薰臭屋？所以，祇要你……

張影　今晚沒有半單生意，所以沒有可以孝敬的了。

警察　廢話，說什麼沒有沒有，請你自己，看看身上穿着的是什麼衣裳。

張影　我這套衣裳是租借的，每晚五角租金，明天我眞不知要怎樣打算呢。

警察　眞的？

張影　難道還敢騙到你老爺的身邊嗎？

警察　那麼，……你就……（涎臉而笑）

張影　我丈夫快回來了。

警察　混賬！難道我還怕你丈夫不成？

張影　但是，沒有代價的呀！

警察　聰明的，快些順從，頑梗的，帶回警署！

張影　我我……

（莫名曳着沉重的步伐，挽着黑漆的油燈，彳亍地從橫巷回來，電手筒便射在他的臉上）

張影　啊，名哥，你回來了。

（警察冷笑）

莫名　什麼？（瑟縮不敢前）

張影　燈為什麼不燃着？

莫名　雜貨店通關上門了，一個銅元的交易決驚不醒他們的好夢。

警察　來，過來！

莫名　什麼，警察先生？

警察　你是這個女人的丈夫？

莫名　是，是的……

警察　你知道她犯了暗當私娼之罪嗎？

莫名　……

警察　我本當守公護法，可還憐憫你們家窮無計，實逼處此，姑且拉了你底女人入屋內，待我來教訓，你暫且替我拿着這枝電筒，在門外站一下崗，回頭我總有好處給你。

莫名　（沒有說話，不知為了恐怖，還是有了憤怒，祇是顫慄）

警察　怎樣？（把電筒硬放在他的掌裡，）准你底女人自由營業一星期就是了。

（拖了女人入屋內，女人哇的哭。）

張影　名哥……

（門碰的掩上）

莫名　但是……請你不要警醒了寶寶……（他咬着牙齒，掩着耳朵，不忍去聽屋內那呻吟聲，喘息聲，床板搖動聲……用兩肘蒙着頭跑到橫巷，又垂頭喪氣的跑囘來）

（街坊老六登場）

莫名　……

老六　到家裡睡罷。

莫名　……

老六　家裡又有了客？

莫名　（搖頭）

老六　沒有？為什麼門關了，你又不去敲？

莫名　（聲音差不多咽在喉裡）警……警察。

老六　警察！今晚大概是第廿二號，特別利害。你還不跑？

莫名　你看（把電筒揚一揚）

老六　（微微點頭，嘆息着在同情他）莫名，我勸你不要幹這種事業了。

莫名　我不忍看見寶寶餓死在我們的手裡，我們得吃飯的呀！

老六　找別的工作罷？

莫名　工作？世界上我還有一件工作不去試着做？我幹過木匠，我當過清道伕，小販，擦皮鞋……甚至專門到菜墟裡拾菜碎，總沒有一樣能够養得住我自己，更那裡養得住我的家？不是東家脾氣不好，隨意攆走，不幸的自己又病了，失掉了地位……

老六　你到過工廠嗎？

莫名　每天工廠的門口那裡少得我的踪跡，可是工廠的情形你頂熟悉的啦，我沒有錢孝敬工頭兒，又沒有比人強壯的體魄，他們當然挑選不到我這人來做工！

老六　你總得想個法才對。

莫名　無論什麼也想過了，我的腦袋再想不出什麼好的來，前幾天張二勸我加入他們那夥，幹幹晚上的好生活。我眞想試試怎麼樣，可是我底女人死也不准我幹，她怕我被人捉到官裡去，說不定坐牢一兩個月，她和寶寶可就糟了。於是她就……

老六　你底女人怕是……

莫名　什麼！

老六　這裡左左右右的人暗地裡都罵你老烏龜，臭漢子，甘心女人偷漢子，拉嫖客，自己還肯食「輭飯」，毫無羞恥，狗也不如，黃鏗還說，要是娶着這樣的女人，早就給她一刀兩段了。

莫名　（痛苦極度，眼睛裡，迸着火，流着淚。）

老六　「羞恥之心人皆有之」，我還記得童時讀過的書句。

莫名　（差不多哭喊起來。）

老六　低聲些，不要麻煩出那警察！

莫名　羞恥！難道我不懂得，可是肚餓人冷……

（寶寶的哭聲）

警察　（厲聲大喝）孩子，不要吵，再吵撇了你的嘴巴。

寶寶　爸爸，爸爸……

（忽的，寶寶的口裡像塞着一些東西，窒息着）

莫名　寶寶……天啊！

老六　你忍心寶寶永遠給人家叫着烏龜的兒子嗎？

莫名　天，我的天啊！

（警察的皮鞋聲響着，似乎完事了，快要開門，老六避去）

（警察整衣而出）。

警察　辛苦你了，給你兩個銅元作為站崗的價罷。這兩個銅元你自己留着用，可不必給你底女人，因為我給你底女人的代價實在太利害了，看我這個堅實的體魄不比你使她更快樂嗎？不過，你女人的工夫還不錯，有空兒我得再來。

（搖搖擺擺的走去，電筒的光亮也隨着搖搖擺擺的盪漾在地上）

莫名　（緊握着拳頭，隨又把兩個銅元憤怒的擲到地上，咆哮着跑入屋）影！影！我得殺死你……（劃着一枝洋火，影原來瑟縮在床上，捲着棉衣）

莫名　你，你給我比死還痛苦的侮辱！

張影　名，名……

莫名　我把你殺掉了，然後結果了自己！（兇猛像一隻受傷的獅子，撲到床上，緊握着她

的咽喉）

張影 名，名，請你看……看一看你心愛的寶寶……

莫名 （頹然地鬆了手，伏在床上，大哭）

張影 （拔去了寶寶口中的爛布，寶寶也大哭了）寶寶！

寶寶 媽媽，媽媽，爸爸，爸爸救我！

張影 寶寶，你安慰安慰你親愛的爸爸罷！

莫名 除了結果那奸淫邪盜的第廿二號和一切侮辱我們，壓迫我們的東西，實在不能生存在這世界了。……（沖出門外）

張影 名，名……

寶寶 爸爸，爸爸……（追出）

張影 寶寶，寶寶……（追出）

——幕急下——

一九三〇，九，廿三　合作。

選自何礎、何厭《界》，廣州：泰山書店，一九三一年五月

某鄉的變故（三幕劇）〔節錄〕

時　一九三〇某月

地　某鄉

人　黃玉貞

黃德甫

黃義

黃義之母

黃勝興

李主敬

李維忠

李振武

李大

特務收捐警察二人

村民若干

第二幕

黃義的茅屋。

在座者有黃義，其母，陳，李，黃姓村民各一二人，他們正商議着甚麼，茅屋的門閉着。

玉貞敲門請入，黃義想用一種斷然的態度加以斥逐，其母早往開了。

大家和玉貞招呼，黃義却拿着淒厲的眼色把她釘緊，玉貞稍微望一望這眼睛，就搭然低下了頭，瑟縮地挨着母親的身跟坐下，母親繼續剛才的談話。

母親 義，你不要太燥暴啊，我二十二年辛辛苦苦地守寡，才把你撫養到而今，我們三代香燈的供奉，也祇剩下你一個，要是……

（門外這時響着了兩個人的急促脚步，他們馬上緘默了，門忽被一推；推不開，就再盡力的把門閂也推毀了。兩個特務警察極不客氣的闖入來）

警察甲 喂，怎麼樣？

黃義 （站起來）喂，怎麼樣？（交叉着兩手在胸前）

母親 （扯着他的褲脚）義啊！……

玉貞 （着急地想勸止他，又沒有勇氣似的）

警察甲 老老實實告訴你，你這裡的丁屋捐將怎麼樣？

黃義 老老實實的告訴你，你天天跑進來催丁屋捐將怎麼樣？

警察甲 要你們給錢。

黃義 為甚麼給錢？

警察甲 你這狗眼沒有看見祠堂的白牆上貼着大張的告示嗎？——凡本鄉鄉民一體知照，切切此佈。

黃義 哼，你講明白，一體知照的理由。

警察乙 不懂事的孩子，我來告訴你吧。抽丁屋捐，為的是：設立分區的保安隊來護衛你們的財產與性命；辦學校來教育你們的兒女，另外代你們向政府繳餉納稅，這通通都為着你們一鄉的幸福而設，難道我們這從城裡請來的警察揩了半點油不成。

黃義 好漂亮的招牌，你們受了李主敬的薪水，一個就「馬死憑官勢」，一個就拿甜頭來騙無知的鄉人，所謂保護治安，還不是替老李及其他富紳設想。你愁賊爺爺會劫我們這些窮鬼不成？所謂教育，是富人的子弟升官發財的養成所；講到納餉政府這究竟為甚麼來？

警察乙　你這人眞正强橫不講理。

警察甲　何必和他辯論咧，兄弟，快，拿錢出來！

玉貞　他們究竟要繳納多少？

母親　（無力地低語着）這個月，據説是特別的，抽雙倍，我們當得繳納一塊八，倉猝間那裡能籌得出這個數目！

警察甲　究竟拿錢出來不拿！來了兩天了，再遲延，休要怨我們少客氣。

黃義　哼，你少作威福，我勸你！

母親　啊，義，我的義！

警察甲　你算是頂倔强的吧，我們可公事公辦，不理誰，有錢有收條，可保無事，無錢就有草繩，哼，縛回去李局長的面前，够你受！説，你究竟拿錢出來不拿？（村民都被憤怒的火焰燃燒得滿臉紅紫）

黃義　我偏不怕，請看你的草繩！

警察甲　來，兄弟，動手罷。

警察乙　是。（解開着一束草繩）

（黃義和其他村民預備着（　）打的樣子，大家站起來）

母親　啊啊，先生，你不要怪這小孩子，我我……設法給……給你就是了。

黃義　母親！

玉貞　住口！

警察甲　（看見他們聲勢洶洶，也知道勢頭不好）那麼，（聲音比較軟下去了）拿來。

母親　但是……

玉貞　大娘，莫焦急，我跑回家向爸爸討一點錢來。

（忽忙地跑出門外，黃義正想制止她，不准她去，母親可來抱着他的雙脚，緊緊地）

玉貞　（又在門口出現，大家愕然）啊，大娘，我忘記了多少錢。

母親　一塊八，一塊八！

玉貞　一塊八！（如飛地又跑去）

警察甲　鄉裡地方那麼大，不知她找到何時才回來，好，我等得不耐煩的，既然你能够担繳納得起，現在先交多少，其餘的明天再收，我要到別的地方，許多的丁屋捐還要催收的。

母親　多少？

警察　一塊！

母親　拿不出來，先生！

警察乙　零頭罷，八毛錢。

母親　依然拿不出呀，先生！

警察乙　五毛錢萬不能再減下去的了。

母親　啊！（搜索着自己的袋裡，摸出兩毛錢，又在黃義的身上取出十個銅板，還不够，母親於是哭喪着臉）

黃姓村民　大娘，讓我補足（　）欠多少？

母親　兩毛——

黃姓村民　好，我袋還賸兩毛。

母親　還不够呢。

李姓村民　黃大娘，我也剩下兩毛就湊足這個數目吧，你且留回個銅板零用。

警察甲　不盡所有的拿來，明天有數得計。

母親　啊，啊。

（警察還要把三個雙毫的銀幣，詳細的擲在地上，聽一聽銀聲，又要驗清楚銀色，拿着一個可疑的回給母親）

警察甲　這銀幣的色水欠清明，換！

母親　啊先生，眞的沒有，將就點吧。

警察甲　哼，作算便宜了你。

黃義　收條，給我！

警察甲　收條？明天交清錢，就到局裡領取吧。

黃義　那麼，你不能把這六毫十銅板拿去。

警察甲　哼！走吧，兄弟。

（黃義又要攔住，母親又死纏着他）

黃義　狗！

（各人重新坐下）

母親　我剛才不是千叮萬囑的要你莫燥暴麼！

黃義　這樣的壓迫叫我怎樣忍受得住！

黃姓村民　大娘的說話頂對，義哥你莫燥暴，要是你被拘了去，我們的事情才糟呢。

黃義　我們再不能把反抗的日子遲延下去了！

（黃德甫偕黃勝興上）

勝興　找了半天我想找着這回肇事的頭人，老找不着，後來才知道是黃義，黃義，你為甚麼如此胆大？居然一聲不告訴我們這些父老，就秘密地亂闖，假如闖出不測的危機，叫我們怎樣對得住祖宗！

黃義 為了我們全鄉貧民的幸福，就算祖宗有靈，也會贊許的吧？

勝興 胡說，這樣做，未見其利，先見其害，受災禍的還是全鄉貧民，天曉得李主敬勢頭怎樣大，倘被他發覺你們的陰謀，非毀我祖廟，掘我祖墳不甘心，你將如何對得住黃姓的宗族，更如何對得住你乃祖若父？而且，大娘風燭殘年，二十多年守寡才把你撫養成人，你忍心她受你的株連！

母親 是的啊。

黃義 但是，——

勝興 用不着多說，你年紀還輕，閱世尚淺，平日人也端正，我姑不怪你的鹵莽，現在我們已有了具體的辦法，祇要……

（朝着德甫）

（德甫瑟縮不安）

祇要德甫兄答應一件事，我們黃姓的丁屋捐可蒙全年豁免，德甫兄，你說是不是？

德甫 是的是的吧，不過……

勝興 我來替他說。

黃義 就使四叔答應那件事，那不過豁免黃姓的丁屋捐罷了，還有李姓，陳姓的呢，他們貧窮而繳納不起丁屋捐的佔多數啊。

勝興 住口！俗語說得好，各家打理門前雪，休管他人瓦上霜，我們姓黃的顧姓黃的他們姓陳的不妨生個把美麗的女兒來，迎合李主敬的心意，或者李主敬會討個四房妾侍也不定，我們姓黃的總算祖山風水好，又託祖宗洪福，致令德甫兄生下了一個玉貞來，中了李主敬的心意，——才能免捐。

李姓村民 那麼，我們李姓的將怎麼辦？

勝興 你和李主敬同姓？

李姓村民 當然啦。

勝興 總說你倒霉，錯投李姓的胎了。

黃義 說來說去，還是說不通，我們非依照我們的計劃沒有安居的希望。

勝興　胡說，一千個胡說，我們來徵求德甫兄的尊意。

德甫　本來呢，為了大家的幸福，我犧牲了個把女兒，算不得一回事，但是，我德甫書香世代，安能把女兒嫁作人妾？而且，我德甫這條老命，悲慘非常，老妻死了又無子嗣，拿來娛慰晚景的祇有這個形影相依的女兒，如果玉貞所託非人，一旦自殺而死，叫我如何過世？（禁不住吁噓）大家都知道，主敬這個如豺如虎的人，愛之欲其生，惡之欲其死的罷？（滴着眼淚）

母親　啊，四老爺你再不要講下去了，我也忍不着眼淚……（嗚咽）

勝興　（毫不動情地）德甫兄，你究竟主意何在？

德甫　我……（又哽咽着說不出話）。

勝興　你忘記了光宗耀祖的遺訓了麼？

黃姓村民　勝興叔，請你不必逼四叔難做，我也是黃姓的子孫，可不同意這樣辦法，而且我相信黃姓一樣也反對這樣做！你曉得李主敬這個狡詐多端的人能夠實踐他免捐的信約麼？請你看他怎樣對付那些同宗祖的兄弟！

黃義　而且我們不應該替一族人設想，應該為着全鄉人謀幸福，勝興叔，把你的眼光放濶大些！

勝興　胡說！你居然敢教訓父老？青年人，不過到城裡讀上幾年甚麼鳥新書，居然敢夜郎自大？居然敢目中無人？

黃義　雖然我祇到城裡讀了幾年書，總比你十年窻下食古不化來得清醒！

勝興　罵我？哼，這還了得，簡直是造反了！大娘，你養得好兒子！

（母親愈是淒涼地哭了）

黃義　甚麼！你敢難為我那親愛的媽媽！

勝興　（氣極）

德甫　（這時早已拭乾了眼淚）義，你不應該衝撞勝興叔，多少要有點規矩。

黃義　誰叫他如此頑固？

德甫　你還敢如此硬嘴？

黃義　眞理正義所在，甚麼都敢。
德甫　哼，青年人。
（玉貞氣喘吁吁的跑入）
玉貞　啊，爸爸，累我跑了半天，東找也不見，西找也不見。
德甫　甚麼事？甚麼事？
玉貞　是——
德甫　那個主敬又來了？調戲？
玉貞　不是的。
德甫　（釋然地）那究竟甚麼事值得大驚小怪？
玉貞　（忽然向黃義）那兩個殺不死的收捐警察呢。
黃義　走了。
玉貞　沒有事了，爸爸，剛才找你想要點錢來幫助大娘納捐。
（看見大娘把頭埋在兩手，安慰她）怎麼事，大娘？
德甫　吓，值得大驚小怪！
勝興　我最後警告你們，如果你不服從我的話，我就是破壞你們的第一人！
幾個村民　（都站起來）甚麼！
勝興　（微示顫慄，但仍保持着父老的架子）看吧。
黃義　我也最後的警告你，如果你甘于破壞我們，我們就先對你不客氣。
德甫　甚麼，眞正是反了！
勝興　反了！
黃義　聽着吧，我還叫你一聲勝興叔！
德甫　慢些，我匆忙中忽地想出個折衷的辦法來了，既不使你們冒大不韙，也用不着勝興來破壞你們。
幾個村民　怎樣？
黃義　好的，且說說看吧。
德甫　是頂安全的辦法，衹要我個人肯奔走。
勝興　你願意把你的女兒嫁給老李做三房妾侍了嗎？
玉貞　甚麼話！
德甫　那裡，那裡。
勝興　又有些甚麼枝節呢？
德甫　大家都知道李維忠，李振武這兩個人，李主敬差不多倚賴作左右手，而我，我和他們這兩個人總算有點交情，要是老老實實的告訴他目下的情形，我又從而勸解，他們那有不幫忙的道理，豈不是兩全其美？

黃義　（忍不着笑出聲來）

德甫　你笑甚麼？不對嗎，勝興？

勝興　差不多對的吧？

黃義　李維忠，李振武誰都知道他們祇懂得為虎作倀，你想，你求教他們豁免丁屋捐，豈不是與虎謀皮？而且，他們知道我們將有反抗的計劃，定必先發制人，那時不待勝興叔來破壞，早就給破壞了！

德甫　年青人，懂得甚麼？

勝興　對啊，年青人，懂得甚麼！才不過到城裡讀了幾年甚麼鳥新書，學得這樣壞！大娘，且放長你雙眼看着你的兒子。

母親　請你教訓教訓就是了，我也管不了他！

黃義　勝興叔，你又來了？

勝興　走吧，德甫兄。

德甫　好的，我們都是上了年紀的人，還是一道走吧。

勝興　我們盡我們的力。

黃義　但是，請記着，不要把這件事情有絲毫洩漏，誤了我們的事，就是誤了全鄉貧民的性命！你兩位要明白，這不是恫嚇，這是實情！

德甫　我們雖然不會洩漏，但你們也不能燥暴將事，靜待我們想個辦法才行，玉貞，跟我們去，不要逗留在這裡，女孩子容易學壞，學壞了，大不了。

玉貞　我就來，現在讓我跟大娘開一下心。

德甫　來！這裡是新思想濃佈之地，萬一就中了毒的。

玉貞　沒有的事，爸爸。

德甫　爸爸的話也不聽了？

黃義　走吧，玉貞！

（玉貞惘然地跟着他們去）

黃義　（馬上把茅屋的門關了，然後往窗口四望，看見沒有甚麼人，便從新坐下來）我想，趁老頭子們未把這消息透露之前，我們的大事愈舉行得早就愈妙。

陳姓村民　遲恐有變。

母親　啊，不要幹吧，不要幹吧，我求你！

黃義　媽，不要怕，你莫挫折大家的勇氣。

母親　那是危險的，那足以危險你的性命！我，我單靠你一人，你死了，我怎樣生活？

（顫聲）自從……

（村民都感動）

村民齊聲　我們自己幹好了，決不拖累義哥，義哥你專心一意的奉侍母親吧，待將來——

黃義　各位的熱情我是感激不盡的，但我決不能這樣幹。第一，我不應該自私自利，坐享其成，第二，如果別人也像我黃義一樣，你不幹我不幹？誰幹？要知大家的環境都是困苦，不幹，就祇有束手待斃啊，媽啊，我們不幹也要餓死的了，你不找一條出路嗎？你想，我們屋也賣掉了，祖田也被人家霸佔了去，而他們還要抽丁捐，還要抽屋捐。將來説不定連這茅屋也靠不住的啊！

母親　眞的啊，要是你不從城裡失業回來，我每月也可以得到十圓八塊的供養了。

黃義　好，媽媽，鼓起勇氣跟着我們一塊吧！

母親　啊，我也明白那是無法避免的事了。

黃義　祇要看見剛才被逼收捐的情形，也就够你作反的原因了，而且大家都有碰着這個荒年，穀不豐收，怎能不實逼處此！

母親　啊，啊！

黃義　媽你整天的替他們養蠶採桑，他們祗給你半毛錢，他們現在一抽，就是抽掉個淨盡，我們除了反抗〔還〕有甚麼呀！

黃姓村民　既然你大娘也允許了，義哥，我們究竟何時舉行，好約定大家一起動手。

黃義　就是今晚好麼？趁這裡的保安隊還未編成，我給他一個迅雷不及掩耳的手段，別處的防軍還來不及救援的時候，我們早已把鄰鄉的大眾聯合起來了。

李姓村民　他們能够嗎？

黃義　那有甚麼不能？他們同我一樣被壓迫着呀！

陳姓村民　我們早有預備的了。

黃義　好的，你們大家回去約好你們的兄弟，我們也用不着大不了的組織，我們人多就一起湧到丁屋捐稅局去就得了。

村民齊聲　好的，義哥。

黃義　那麼，明天鷄啼時候趁他們正溫着好夢動手吧，大家記着，火起是我們的記號。

村民齊聲　得了！

黃義　各位請早點回去預備吧，天快晚了。

陳姓村民　實在的，我們肚裡也餓起來了。

母親　我也餓了，但是，米呢？義，你還有個把錢？

黃義　一個都沒有。

陳姓村民　到我家裡拿吧，我那裡還可以多出一點。

母親　太不好意思了。

陳姓村民　我們用不着客氣。

（村民俱出，母親跟着）

黃義　啊，偉大而可愛的村民呀！

（在箱底搜出一把匕首）

（玉貞悄悄地走到他的背後，以手指觸一下他的背）

黃義　（嚇了一跳）誰？

玉貞　還有誰？

黃義　啊，你這小鬼，怎麼又回來？

玉貞　我背着爸爸來的，我來向你請罪，今天我是錯了。

黃義　過去的不要談吧，現在你了解我了麼？

玉貞　啊，了解個透切了，而且深深地尊敬（　）底偉大人格。

黃義　你不恨我得罪你爸爸麼？

玉貞　那裡。你的地位使得你這樣做，你的環境也使得你這樣做。我剛才跑過丁屋捐稅局的門前，看見兩個人被縛着捱打，那些佃農僱農眞慘啊！而今，我深深地明白這反抗的意思了！我還可以説我底思想完全受你的影響的，那麼，你現在的思想可就是我的思想了。

黃義　啊！（熱烈地擁抱着她，吻）

（母親猝然地闖入）

母親　你們在幹甚麼？

（玉貞羞慚地逃出他的擁抱，低着頭）

黃義　媽，你不知道我們自少就相愛嗎？

母親　知道是知道的，但不知道你們這樣相愛。

黃義　因為我們那樣相愛，所以我們就如此相愛了。

母親　你們不〔但〕是同姓，而且又是兄妹之親嗎？

黃義　我們雖說是兄妹，但算起來是很疏遠的。

母親　雖說很疏遠，要是別人知道，你們是要載進猪籠來浸入水裡去的呀！

玉貞　（突然抬起頭來）老實說，大娘，如果我們不能相愛，我們也會投水死的。

母親　眞啦？

玉貞　眞的啊！

母親　啊，青年人！

黃義　你不要掛慮吧，這還是現在說不到的事，你燒飯吧。

母親　啊，衹拿來一些米碎。

黃義　那也比餓着好得多了，煮粥吧。

母親　陳二和我們雖然不同姓，待我也太好了，他家裡的米缸衹剩幾掬，他居然送給我一半。

黃義　啊，啊。

（母親出）

黃義　貞妹，現在我告訴你，——我知道你這次決不洩漏的了，我們就在今晚舉事，四叔不是有手鎗在家裡嗎？你替我在三更的時候拿來用好不好？我在陳六的桑地上等你。

玉貞　好的，父親睡了，我一定把手鎗偷來。

黃義　啊，偉大而光明的日子來到了。

（他們擁抱着接吻）

——幕——

（第二幕完　全劇未完）

選自何礎、何厭《界》，廣州：泰山書店，一九三一年五月

何厭

馬先生的命運（壹幕 Melodrama）

人物：張看護
白看護
文看護
看護A
看護B
秋霞
母親

幕開　張看護在廳中正伏案寫信，穿着白色的制服。

（信寫完了，把信套進封內）

張　秋霞，行李執拾好未？

秋霞　（裡面應聲）差不多好了。

張　快點兒啦，白小姐和文小姐就要來了，

秋霞　是。

（張把信封膠好，然後從書桌上拿起了一紙文憑，含笑展閱。）

張　秋霞。

秋霞　（掩開半邊門，鑽出頭來。）什麼？小姐，

張　把我這張看護畢業文憑也放到皮箱內。

秋霞　是（走進去）

張　小心放好呀。

秋霞　是。

張　（翻看今天的報紙，表現出一種痛快的神氣，）啊！勇敢的戰士，……（出一會神）（門外有喊賣傳單聲）緊要傳單賣一仙，我軍又在廟行鎮殲敵三千，……買傳單呀，……

張　（走到窗口上望大街）啊！勇敢的戰士。……

秋霞　（笑着走出來）小姐，要不要把照片帶去？

張　什麼照片？

秋霞　馬先生的照片。

張　帶就是了。

秋霞　這裡有許多馬先生的照片呢，全都帶去嗎？
張　帶一張就夠了。
秋霞　帶那一張？
張　帶那一張都可以。
秋霞　（走進入去，又笑着走出來）你和馬先生合影的，要不要帶？
張　也帶一張吧。
秋霞　帶那張頭並着頭的，還是手拉着手的？
張　隨便那一張。
（秋霞鼓着咀走入去）
張　（執着剛才寫的那封信，在室中來往走，很煩悶似的。）
（敲門聲）
張　進來。
（白看護和文看護進來）
張　啊，你們怎麼來得這樣遲？
白　我們很早就要來的，但剛要出門，你的馬先生走來找我們啦。
張　他找你們作什麼？
文　不用我們說，你也猜得出啦。
張　……
白　又是託我們來勸你的。
張　……
文　他苦苦的要我們勸你不要跟大家到上海。
張　我是決定去的。
白　是和我也對馬先生說，你是決定去的。
張　他便怎麼說？
白　他說上海正在開戰他不放心你去。
張　要是上海不開戰，也用不着我們去服務了。
文　是，我們是到戰地隨軍服務的，馬先生實在太不明白了。
白　不過，馬先生也是為着了愛張的。
張　……
文　愛啦，我不說不應該，不過……
張　……我是決定去的。
文　他要我們向你母親想辦法。
張　母親也不能阻止我不去，她已經勸止過我好幾次了。

白　不過，馬先生的囑託也要照辦啦。
張　那麼，你想怎樣辦呢？
白　請你母親見見我們好不好？
張　隨便你們啦，秋霞……
秋霞　什麼？
張　請老太出來。
（秋霞進去）
文　你的偉大的愛國心，眞使人佩服，為了替戰士服務，竟情願把私人的情愛犧牲。
張　我也不見得怎麼樣偉大，我不過同你們一樣，也祇是盡了國民的職責吧了，而且我和馬先生暫時的別離，是說不到什麼犧牲的……
文　犧牲……張……我告訴你……
張　什麼……
文　馬先生說，……白，要不要告訴張？
白　（想一想），好，就說個明白吧，也讓張自己打算打算。
張　什麼事啦？不要把我混到悶葫蘆去。
文　馬先生說：如果你一定要去上海，不接受他的勸告，這即是說你不愛他，他就，
張　他就……
文　他就不愛你了。
張　（咬着咀唇）
白　你打算怎麼樣呢？
張　……
（老太出）
文　伯母，你好？
母　謝謝，托福了。
白　張小姐打算到上海去看護的傷兵，伯母的意思怎麼樣？
母　我本來不想她過這種危險生活的，不過她說：許多兵士去和敵人拼命，都是為了愛國，自己就連看護的職責也不肯盡嗎？我也就說她不過了。
文　伯母深明大義，我們眞是欽佩之至。
白　不過馬先生不歡喜張小姐去。
母　馬先生也對我說過了，但是她老是不答應。
白　馬先生託我們對伯母說一些話。
母　什麼話？

文　（搶着說）馬先生說啦，如果張小姐一定要去上海，他就定必和張小姐解除婚約。

母　什麼？

文　如果張小姐一定要去上海，他就定必和張小姐解除婚約。

張　他真這麼樣說！

母　（望着她自己的女兒，以為她是回心轉意了，就勸他）你也何必固執呢！不然，馬先生真個和你解除婚約，豈不糟〔糕〕？

張　……

文　你母……（想說下去，以眼色止住。）

母　你去當傷兵的看護，我是不反對，不過馬先生既然是不歡喜你去，竟說到要解除婚約，你又何苦呢！而且，到上海當傷兵看護的人很多，也不在于多你一個人，你不去，也沒有什麼影響的。

張　如果每人都像媽這樣說，我不去，她不去，那個去？

母　那麼馬先生真個要和你解除婚約了，怎樣好？

張　我……

（電話鈴响）

（張正在憤恨着，雙手抱住頭，不去聽電話）

母　白小姐，請你替我聽一聽。

白　是，（走到電話機前，拿起聽筒）那個？……哦……請你等一等，……張小姐請你聽電話……

張　（懶懶地走到電話機前）

母　白小姐，那個打來的電話？

白　（快聲說）馬先生。

張　那個？什麼了？……文小姐白小姐嗎？她們都在這裡，……你吩咐的說話，……說過了，……我？我是決定去上海的？……為什麼到上海？我不是對你說過了？你想想，我們應不應該為了私人的愛情就不愛國了？那些勇敢的戰士，衝鋒殺敵，還不應該我們看護？什麼？你說什麼？你這樣卑鄙，你以為我到上海去看看他們，就因為我是慕虛榮，就因為我要去找那些愛國英雄，你簡直侮辱我，……好，隨便你歡喜，……解除婚約……（擲下電話，差不多暈倒了，文來扶她。）

文 （沉默一刻）

張，也不必太生氣，……

（秋霞拿行李出）

秋霞 行李執拾好了。

張 ……

秋霞 險些兒忘記了一件東西（倏的走進房內）

（大家都驚訝地望着秋霞，她又笑着走出來，雙手捧着一件精緻的睡衣）

秋霞 我險些兒忘記替你執拾馬先生送來的睡衣了。

張 ……

（秋霞正要解皮箱帶預備把睡衣放進去）

張 不要放進去了。

秋霞 是馬先生送來的美麗的睡衣呀。

母 不許你多說，把睡衣帶到房裡去，……

（敲門聲，秋霞開門）

（看護AB入）

（大家起立）

母 請坐，兩位小姐。

看護A 不要客氣了，我們來請張，文，白，小姐即刻去。

文 她們都集合了麼？

看護B 她們在門外等你三位呢，總領隊說，現在要一直下程了。

白 好我們就去吧。

張 （站起來）媽，我去了，你不要掛念。

（母沒有說話，愁苦地送她們出外。）

（張再入來，從案上取信撕爛然後再出外。）

（室內祇剩秋霞，執着睡衣呆立。）

（電話鈴响）

秋霞 那個？張小姐？她剛才和幾位小姐出了門口，叫她？……好，請你等一等，……（奔窗口高聲叫張小姐，張小姐又奔出門外，然後走回來。）

秋霞 喂，喂，馬先生，張小姐說，沒空兒聽你的電話了。

——幕慢慢拉——

選自一九三四年三月十五日香港《紅豆》一卷四號

君子之交（兩幕劇）

人：胡小村律師
胡妻
張利民
譚尹英
高文超
胡友三人

地　xx地方

時　一九三四年

第一場

舞台裝置：簡陋的小屋
大門在右；小門居中；內進廚房。
左牆下放一木床，
右牆下，門側置一舊木架。
屋之中央，木桌木椅等事，幕徐徐地扯去屋門虛掩。

（胡小村臥病牀上，擁夾被，昏沉沉的睡着。冷寂有頃，街上人聲三五，自遠而近。人未登場，聲在街上。）

人聲之一（登場時即尹英）利民，怎麼你知道小村病了？

人聲之二（登場時，即利民）是他底妻子告訴我的。

人聲之三（登場時，即友一）既然他是真的病了，那麼問病的人就不至白走一遭了。

人聲之一　小村這個人可真好，祇要你待他不錯，他是不會錯待了你的。

人聲之二　但你是不輕容易了解他，無論誰開始認識他，祇以為他性情孤僻，難于交處，那知他有火熱的心腸呢。當初我就看上了他，似這樣可為我助的朋友，真不要交臂失之。

人聲之四　不過，他擇友是很嚴謹的，我們朋儕中，他祇單單把文超看作他的知己。

人聲之二　唔、不見得罷。

人聲之四（登場時，即友二）那時他為了救文超出獄，他在法庭上辯論過激，他揭出法官受贓的陰私，幾乎犧牲自己的性命。

人聲之二　利民，現在你底鋪上有了訟事看他會幫你的忙嗎？

人聲之二　唔，且看。（腳步聲已落在門外，敲門，小村不醒，門被推開，走進來的有利民，尹英，和三個友人。）

利民　（高聲呼喚）小村嫂（沒有應聲）小村嫂那裡去了？

尹英　小村在這床上昏沉沉的睡着呢？（搖醒了他）（小村醒來了）

利民　尹英，低聲你不要吵醒了他。

小村　呵？是你們——請坐。（他想勉強起床來招待他的客人）

尹英　我來扶着你。

利民　不，你不要太麻煩病人的身體。（急忙扶他睡下）

（那三個友人這時便都走近小村的病榻）

友一　小村你病了麼？我來看你了。（他的額頭落下了不少的摩撫）

友二　小村怎麼病了，我來先看你了。

友三　我知道你是病了，於是我想——，怎麼小村竟病起來呢，天哪！

尹英　尊夫人到了那裡去。

小村　——她——她（又要起來）

利民　（又扶他睡下）病人應該靜養的，他的眼睛告訴我是該要睡眠了，你們都到那邊坐下吧。

（他們如言）

小村　不，你們不要客氣，我也想起床坐坐，我是睡得太多了。

（尹英正要走過來扶他，利民已經把他的背部挨着自己的身體坐。）

利民　要點水喝嗎？

小村　不，謝謝你。

利民　要不要十字油醒醒神？

小村　也不，謝謝你。

利民　你吃的是西藥嗎？到了吃藥水的時刻沒有？

小村　（沒有氣力回答似的，頹然的搖搖頭，但他的臉上還露出感激的笑意。）

利民　（捏着他的手）你患的究竟甚麼病？病了

多久了？

小村 （勉強地）五……五天了。

利民 呵我知道得太遲了，你原諒我遲來看你的原故。

小村 （他的眼蓋逐漸低垂，似乎要昏沉沉睡去。）

利民 小村，你要睡下了嗎？

尹英 你不要問了，快扶他睡下吧。

利民 住口，再不要吵他。（扶他睡下，他們各坐在椅上抽烟）

（胡妻持藥瓶忽忙入）

利民 小村嫂回來了。（他們都起立來問她）

尹英 哦，小村嫂。

胡妻 譚先生。

友一 哦，小村嫂。

胡妻 周先生。

友二三 哦，小村嫂，我們也在這裡。

胡妻 我一時記不起兩位尊姓名了。

友二三 我是……（忙從袋裡取出咭片）停些，小村醒來你告訴他我們來過罷。

胡妻 你們這樣朋友之情，眞是感激之至。

尹英 算甚麼，算甚麼。

利民 難道朋友有病還不來看看，配得上作朋友嗎？

胡妻 他整天的昏迷，據醫生說，那是大熱症，最好入醫院留醫。

尹英 那麼，入院留醫好了。

胡妻 （欲言又止者再，終於鼓着勇氣）小村沒有錢，今天就幾乎連藥費也籌不夠。

（她的眼睛射出乞人憐助的光芒，他們沒有一個接受他*，也不能說那個把它*拒絕：他們彼此裝着同情的面孔，這個觀望着那個，那個觀望着這個。）

友一 要不是我的表哥借了我的錢，那就可以幫助一下了。

（胡妻失望地呆着）

胡妻 我幾乎忘記奉茶了。（轉身入廚房）

友一 （止住她）無須乎客氣了。我們回家好好

*編者案：原文，應作「她」。

地為小村設法罷。

友二三　是的。

友一　（從袋裡取出名片）怕你也會把我忘記，我也留下張吧。

（三個友人出）

利民　小村嫂，你調藥水給小村吃，我來和尹英商量商量。

（胡妻入）

利民　我知到你今天袋裡有五十塊。

尹英　我也知道你剛到恒益銀號收到了一筆欵項。

利民　那些錢不是我的。

尹英　我還不是一樣。

利民　何必虛假呢，救助朋友是一件義舉。

尹英　既然你熱心慷慨。停些，我將代你通知小村嫂，你就解囊相贈了。

利民　不要，那些錢確不是我的。

尹英　哈，哈，哈。（胡妻入）

尹英　讓我現在去設法籌籌點錢罷。

胡妻　謝謝。（尹英出）

利民　他們都不見人，他們有錢也不肯幫助朋友。

胡妻　……

利民　要是我袋裡有錢的話，即使這錢不是我的，是總理的，我也得挪借一下。

胡妻　我眞沒有法子想了，找文超幾次都不見。

利民　不過我雖沒有帶錢，身上的戒指還值幾塊，你暫且拿去押上罷。（摘下手上的戒指）

胡妻　（感激到幾乎流淚）叫我怎好意思拿你的。

利民　我請你不要把我張利民看作外人。

胡妻　你這樣隆情厚誼，要待小村好了，他不知這樣酬報你了，但我知到他一定盡力來酬報大德的。

利民　（得意地笑着）我算不得甚麼，算不得甚麼。（出）

胡妻　眞有這樣的朋友。（小村囈說）

小村　呵，你來了。文超，文超！

——幕——

第二場

（景〔同〕前。）

（隔第一場三天之後）

（這時胡小村並不昏迷的睡着，頭枕在妻子的膝上，她正把一疊信逐封讀着。）

小村 信內都說些甚麼？

胡妻 都是問候你的。

小村 有托做案件沒有？

胡妻 就使有案件托你做，你也不能出堂呀。

小村 有提起別的話沒有？

胡妻 別的連一個錢字也沒有提起。

小村 我們一個錢也沒有了麼？

胡妻 那些押了利民的戒指來的錢，差不多用清了。

小村 到文超那裡借罷。

胡妻 文超麼？你說你那好友麼？

小村 文超待我不錯，祇要他知道我窮，他一定願意幫助我的。

胡妻 他知道了，又怎麼？要是有朋友之情，這幾天也來問候一聲了。

小村 他或不知我在病着。

胡妻 哼，住在東邊那麼遠的尹英也曾來問候了，你說他不知道。

小村 我想，他是眞不知道的罷。

胡妻 不要再提起他了，枉你平日把他稱道，倒（ ）把好好的利民看得一文不值，那知關心最切的還是利民。

小村 ＊

（敲門）

胡妻 那個？

利民 利民。

胡妻 （扶小村睡下、乃往開門）哦，張先生。

利民 小村怎麼樣了？

胡妻 好點，不過仍然是清醒的時候少，昏迷的時候多。

利民 尹英，文超們可來過沒有？

胡妻 一個也沒有。

利民 稀，勢利的狗子。

＊編者案：原文缺。

胡妻　稀。

（利民坐到小村的床上）

利民　小村，呵，好些了。（回顧胡妻）小村嫂，今天我拿來了兩塊錢。（取出）

小村　叫我怎樣意思多累你。

利民　朋友之急，彼此應該互助的。假如不是我近來生意不好，就是你留醫的費用也可以担負。可惜生意場中金融是最難籌措的，這些不愁你小村不知道。

胡妻　這也足以顯出張先生底心事了。

利民　而且，遲些我還可多給你們，現在四方八面籌着了。

小村　吓，眞對不起，我底精神又昏沉似的。

利民　你睡，我們用不着客氣。（走到一張椅子坐）

胡妻　張先生，既然你這樣不客氣，我很想到葯房給小村配點葯，你一個人在這裡坐一會好麼？

利民　你去，你去，我們用不着客氣，而且我儘可以給小村待候一下。

（胡妻愉快地走出）

（利民得意的笑，默想一些甚麼。）

利民　待候*；坐在病人的屋裡眞是討厭。

（出，反掩其門）

（小村時作囈語）

小村　呵，文超，文超，你如此……

（稍停片刻，囈語又作）

小村　呵，文超，文超。……

（剛巧文超走進來了，面現驚訝之色）

文超　小村，怎麼你知我來了？

（沒有應聲）

文超　（走近床沿）哦，他是睡着的，原來他在囈語。

（到了桌旁，坐在木椅上，忽見桌上〔藥〕單一疊，因復至床沿，輕撫小村額。）

文超　額上燒得灼熱，怪不得消瘦如此。

（隨檢葯單，最後數張，那是當票）

文超　他窮得甚麼也當了。

*編者案：原文如此，或有缺漏。

（入廚房，旋回）

文超　（低聲自語）小村嫂住那裡去了，唉，假如我不是病了幾日，留醫在醫院，我就可以早點知道來看他，他也不至於如此狼狽了。（從袋裡取五十元紙幣出，藏在小村被窩裡，也不去驚醒他）

文超　好，不如先去找找小村嫂。（出。反掩其門）

（冷場剎那）

（胡妻持藥水瓶入）

胡妻　（搖醒小村）利民走了。

小村　（模胡地）我不知道。

胡妻　（調好了藥水）起來，喝了這些。

小村　我不想喝。

胡妻　喝，（將被推開，五十元紙幣赫然在目）

胡妻　（驚叫）那裡來這五十元紙幣，難道見天賜麼。

小村　甚麼？

胡妻　五十元！

小村　那個的？

胡妻　（驚喜過度，喃喃自語）我不知道，我不知道，不過，不過那一定是利民！

小村　或者是他罷。

胡妻　是的。是的了，他想給我們一個意外的歡喜！

小村　他——

胡妻　他眞是我們的恩人啊！

小村　⋯⋯

胡妻　你將怎樣報酬他們呢？

小村　（沈吟一會）說到錢，我沒有。但我知道他有件商業的訴訟是需要我幫忙的。在我未病以前，他已向我致意了。不過這場官司，利民是立心不良的，所以我把他拒絕。

胡妻　現在呢？

小村　而今既然受了人家的恩惠也眞沒有法子。

（敲門）

胡妻　這個是利民叔了，利民叔。是利民叔麼？

（起往開門，但還未開的時候。）

文超　不是。

胡妻　那個？

文超　文超。

胡妻　（重又走回木床，面罩重霜似的）甚麼事？

文超　我來看小村的病。

胡妻　現在來看他的病麼？對不起，他沒有病，他出去了。

文超　你不是小村嫂？

胡妻　不是。

文超　嚜，究竟怎麼一回事！？（去遠了）

（胡妻與小村相視冷笑）

胡妻　有這樣的朋友。

小村　唏，文超！

——幕——

原稿署名何壓，應為何厭之誤植，選自一九三四年十一月九日至十二日及十四日香港《南華日報・勁草》

曼華

警官與私娼

人物：警官（一個中年男子）
私娼（一個妙齡女郎）

佈景：警署。警官端坐庭上。私娼站在囚人圈裡。幾個警兵站在兩旁。

警官 什麼名？

私娼 私娼。

警官 我不是問你是不是私娼，我問你的名字是什麼。

私娼 我的名字，就是私娼。

警官 那麼，你沒有名字的麼？

私娼 為什麼不？我不是說過我就叫做私娼嗎？

警官 那麼你未做私娼以前叫做什麼名字？

私娼 唔！未做私娼？我已經沒有了未做私娼以前的我，當然更不會記得那時的名字。我現在不就叫做私娼嗎；你看，社會一般人都叫我做私娼了。我自己也知道我就是私娼，那麼你又何妨叫我私娼呢？

警官 （發怒）胡鬧，難道你連父母喚你的名字都忘却了嗎？快些說！

私娼 也許以前我的父母有過一個喚我的名字，然而那我不是現在的我，我現在委實叫做私娼。

警官 那麼你姓什麼？

私娼 沒有姓。私娼都沒有姓的，因為有姓的私娼至少損失了同姓的光顧。

警官 你今年多大歲數兒？

私娼 三歲。

警官 胡說，你瘋了嗎？快說，不要賣弄玄虛，須知官法不是可以任意玩弄的。

私娼 是的，我委實是三歲，從我被人喚做私娼的時候起。

警官 那麼你幾多歲才開始做私娼？

私娼 我不是說過以前的我不是我嗎？那當然是另一個我，不是現在站在這裡受所謂官法裁判的我，那麼以前的歲數兒當然是他人的。他人的歲數兒我可沒有權利向你告訴。我開始做私娼是在我的私娼生活的頭一天。

警官 你為什麼去做私娼？

私娼 我不知道，也不知社會為什麼會產生私娼？

警官 你知道做私娼是有傷風化的嗎？

私娼 （詫異）有傷風化？可恨我現在才知道，如果早些的話，在你們這裡領一張不傷風化的公娼牌照，相信現在一定平靜無事的。

警官 （大怒）處有期徒刑二個月，不准罰款，這勾當下次不要再幹，如果再次拿獲，一定從嚴處罰。

私娼 （冷笑）哈哈，這就是所謂官法了嗎？我下次不幹了，如果找得喫飯的地方，請，謝謝你們統治階級的惠賜。（幾個警兵把私娼拉去。幕下。）

選自一九三一年八月五日香港《激流》第一卷第二號

敦鑑

湖畔歌聲（獨幕劇）

背景：在一個不大喧鬧的山村，翠山環黛，湖水悠然，湖畔有如茵的草地，和許多挺立的杉樹；右面一叢五色的野花，野花旁邊有幾隻烏斑的母鷄在那裏覓食；再右幾步，便可以看見幾間矮小的茅屋，周圍靜悄悄的，越顯出秋的寂寞。

（幕開：從遠處傳來清揚的聲歌）

青青的穹廬將我密蓋，
錦繡的大地把我馱載；
活潑的鳥兒為我歡歌，
郁麗的花兒為我盛開，
我無德無才，
但自然對我們是平等地看待，
被財利薰迷了的世人啊！
何不跳出擾攘的塵寰，
來同賞自然的偉大？

○ ○ ○

還記得：昨兒醉倒花邊：
娟娟的花兒令人愛憐，
酒爐裏噴出陣陣薰香，
熱騰騰的鯉兒擺在面前，
飲吧！管什麼秋天？
難為這些魚兒，
換我一醉飽，三百錢！

（疎林裏漸走出一個漁翁來）

叟 老夫垂江叟是也，今兒老運亨通，半日工夫便釣了十來尾鯉兒，剛才上市換了米，酒，還剩這兩條，哈哈！鰓兒還在不住掀動呢！呀！好快呀！剛才想要回來，一舉步便到了，他們母女都盼望我吧？呀的一聲，是霞兒開門來迎我吧！哈哈，莊門開了，那個打着雙髻的圓臉，不是霞兒是誰呢？（大聲）我的乖乖，你的爸爸回來了。

霞 爸爸來了，為甚等到這時？魚兒賣完了吧？

啊！還剩幾條！——爸爸為甚只是微微地笑呢？媽媽等你好久了！

叟　（笑）媽媽又不是小孩子，等我做什麼呢？

霞　（笑）正是呢！媽媽剛燒好了芋，便只管問我道：爸爸回來了嗎？呵！爸爸快到裏面吃芋去吧！媽媽頻頻顧盼芋着說：還沒來呢，快要冷了

（又來一陣歌聲）

昨夜兒陣陣秋風
吹到愁人的簾櫳！
小小的豆油燈兒。
却帶着悲愁萬種！
也想〔盡〕量把酒兒澆，
以消去心坎的苦痛；
但是那獰惡的幻影，
在我眼前不住地閃動！
何處礮聲連珠响？
何處戰鼓動地鳴？
啊！虛偽的狡鄰！
且丟下你親善的假面具，
且慢說什麼濟弱憐貧！
四萬萬熱血的同胞，
我們不用恐慄或求援，
快振起我們的精神向前應戰！

叟　（拍掌笑呼）桂林翁！你還迷戀着紅塵麼？可憐的傻子！來！走快一點！我們去煑些魚兒，吃杯酒！

霞　（上前）薛伯伯！你好呀！好久不來這裏了。眞湊巧！爸爸這回才賣了魚來呢！

翁　（牽女手）是的，好乖乖！喂！老弟近來快樂呀。

叟　入內吧！呀的一聲，門也扁了！

（一個四五十歲的婦人上）

婦　（含羞）怎麼這時才來呢？啊！薛伯伯也來〔了〕！很好很好！霞兒去把芋捧了出來，酒瓶兒也別忘記拿！

霞　是！（下，上）來了來了！〔吃〕啊！吃啊薛伯伯！

叟　霞兒幫你媽媽去把這兩條魚兒煑了吧！

（婦及霞兒拿魚下）

翁　這芊兒怪好吃的：可惜不大熱些！

叟　是呢，我們來遲了一點！——老哥怎麼幾日沒有惠臨呢？有什麼貴幹？

翁　不過是砍柴種菊吧了，有什麼可幹！——老弟近來沒有留心新聞吧？

叟　關心他做甚？世事有什麼值得我們留心的？

翁　（拿出一〔卷〕報紙來）你自己看看吧！可不要氣壞了自己的身子！

叟　（看報）哦！「日軍南襲搶關我軍裹傷浴血應戰」好個裹傷浴血，這是用鮮血寫的吧！（大叫）可恨極了！哦！還好！我國民氣竟比以前好得多了！總還有些希望。

翁　究竟還有些沈湎於名利之場的也可恨呢！

叟　對呵！我們老了！也沒有用了！我們就狂歌當哭，喚醒他們的迷夢吧！

翁　好！我們歌罷！

（幕閉，但依然還聽得清亮的歌聲）

朋友喲！敵人已來襲了我們的邊陲，

肆着□□＊主義的淫威；

邊疆的同胞好多做了為國而死的英鬼！

朋友喲！你怎還舉着杯兒酣醉，

你怎還擁着美姬深睡！

聽呀！這痛心的礮聲，

這令人猛醒的焦雷！

起來喲！為我們的祖國而盡瘁！

○　○　○

別要白負了我們七尺的身軀，

別要愛惜我們巨大的頭顱！

假若我們依然不醒，

我們將成為敵國的俘虜！

我們就把熱血報國吧，

胡為退縮？胡為恐怖？

同心協力喲，

把這將傾的舟兒匡扶！

＊編者案：原文為□□，保留，應為軍國二字。

○　○　○

醒喲！莫躊躇！莫徘徊！
就立刻拋下軟羅輕夢，
即時放下甜蜜的酒杯！
啊！青年們快聯合起來，
振起精神應戰！
同胞們！同胞們！
還不荷着槍兒走，
默默地尚何待？

選自一九三二年一月十八日及二十日
香港《南強日報・鐵塔》

姬天乎

汽車下（獨幕劇）

（佈景）一條繁盛的馬路。

（時代）最新時代。

（人物）吳獨尊（所謂猛人）

張三（猛人的汽車伕）

三太太（吳獨尊的姨太）

阿寶（警察）

阿勝（行人）

衛兵四名

（幕開）一條很繁盛的馬路上，行人很多，吳獨尊的汽車開到了。

獨尊 （向三太太）今日風色很好，在馬路上兜風，倒不如去野外遊玩也，勝於俗塵撲面哩。

三太 好，好。近日我們左穿右插，也行得厭了，去野外行，是最好沒有的了。（向車伕）阿三你駛向沙河去罷。

張三 是，是。

衛兵甲 張三哥，你也太過小心了，開汽車像你的，真是為汽車伕之玷了。

張三 近來政府下令我們不得亂開快車否則……

獨尊 胡說，張三只管開盡馬力駛去。倘若有什麼東西敢干涉，叫他問我。

三太 慢慢的行，怪沒趣的，盡開馬力吧。

張三 是（，）是。

行人 那裏汽車來了，是黃牌的哩。

那時阿勝急步橫過馬路，行人頻足的叫：

行人 啊！不知死活的東西，那邊汽車來了，還向前亂闖，你識得死字怎樣寫的嗎？

阿勝 我趕急買藥去，救命要緊，還趕什麼汽車不汽車。

衛兵乙 張三，張三。那邊有人跑過了，掣慢些避他一避罷。

獨尊 一個鄉愚，閃他作甚，只管駛去，倘若有人干涉，叫他問我。

張三　是，是。

在他們一問一答的時候，汽車經已駛到阿勝的面前。阿勝閃避不及，果然給車撞倒了。

阿勝　唉！救命啊！救命啊！

行人　汽車撞倒人了〔，〕警察呢？

那時汽車經已停住了，獨尊三太太，衛兵，和張三，都下車察視，警察阿寶來了。

行人　（指張三）。是他，他把這個人撞死的。

阿寶　局長命令，沒論是什麼人等，凡有肇事傷人的，一律從嚴究辦。來，跟我去公安局去。

張三　（慌至面無人色）是，是。

獨尊　胡說，你是什麼東西，敢來干涉我。滾你的蛋，法律是為我們設的嗎？

三太　去，張三，不要理他，我們向郊外去。

衛兵們推開阿寶，擁着獨尊和三太上車去；於是，汽車輪再次發動，向北郊繼續開去。

阿寶　法律，法律是為我們設的嗎？（搖頭下〔，〕幕閉）

選自一九三二年二月三日香港《南強日報・鐵塔》

蔡雨村

離別之晨（獨幕歌劇）

人物：王鐵慈——二十二歲的青年。

王李曼——鐵慈之弟，年約十八歲。

地點：城市內的一間書室。

時候：仲春的天氣，稀微的晨光，從窗外射入。室內的東西，已約隱可見，是晨早五點多鐘的時候。

佈景：一間書室裏，靠北有一個玻璃窗，窗下擺了一張書桌，桌上的書籍紙筆，狼籍滿檯。地板上也擺着幾件凌亂的行李。書桌旁邊的床，蚊帳還是低垂着，遠處軍營的號角聲，隱隱的傳到室內。

李曼 （在床內唱）

何處的軍營傳來了這凄涼的號角聲？驚醒了這將要離別人兒的甜夢！哥哥，時候不早了，天也要亮了，快起來吧。

（說完用手搖鐵慈）

鐵慈 弟弟，不要擾我，好好兒睡，我明天搭車辛苦哪。

（李曼不再去搖他，自己起來，剛着上了晨衣，桌上的門鐘，已是行到五點五十分，忽然的响起來了。）

李曼 哥哥，快要六點鐘了，你還不起來嗎？

（說完逕自出去）

（他回來時，見鐵慈正在整理行裝，他在*也替鐵慈摺叠衣服）。

鐵慈 我就要上戰塲去殺敵的了，古人說「兵凶戰危」，此番我的熱血，定是洒在春申江上的了。弟弟，你要努力讀書，預備將來替我殺敵，那麼，我雖死，我也覺得快樂呢。（唱）

啊啊，我的血液已是沸騰起來了！
我的情緒已是火迸起來了！

*編者案：原文，似多了。

我願我的血液洒在黃浦江上！
我願我的殘屍陳列在滬淞的戰場！

李曼 哥哥，你不要這樣說呀，（ ）（ ）（ ）（ ）（ ）不顧公理人道來踩躪我們國家，神人是同憤的。我相信你此番去，定然殺得牠＊一個痛快的！就縱算我們給牠殺死；死的是我們的肉身，我們的靈魂是不死的呀（！）（唱）

人道是殁落的了，
公理是消沉的了，
烏烟瘴氣已把全世界包圍，
我們神洲將要長此而消毀！
只有戰，才能保存公理人道！
只有戰，才能把萎靡的神洲再造！

鐵慈 （唱而不答）

弟弟喲，熱情已佔據了我心裏的週遭，
此去呀，我願把敵人殺牠一個不留！
此去我願把烏烟瘴氣盡掃！
此去我願把萎振的神洲再造！

李曼 哥哥，倘若爸爸媽媽知道時，你怎樣應付呢？他們一定要痛心的呀。

（言時目光看到壁間懸掛的合家歡去）

鐵慈 弟弟，你不要這樣說呀，我們國家，萎靡這樣地步，就是因為人們祇知道自己，家庭，並不想到國家去，所以他終身勞碌，為的是家庭，自己！倘使全國人都不顧到國家，你叫國家怎得不弱？怎不被人躝踩呢？

李曼 是呀，總理提倡中國固有的道德裏面，那不是要我們忠於國家嗎？假使我們不忠於國，國也就要亡了；那還有家呢，你能夠忠於國家，就是為家庭，為自己了。這樣的人生，才有意義呀。

鐵慈 （唱）

我立意把這毒的傳統思想推翻！
我立意把這中了毒的民族救還？
我若能把中了毒的人們救醒，
沉淪的華族呀，

＊編者案：原文作「牠」。

可望再興！可望再興！

弟弟，一個民族復興，不是少數人流血就可以的。不是倏那間就可以的。想一個民族復興，是要大多數人流血，是要不斷的奮鬥才可以的。這次（）（）（）（）（）（），在淞滬肆毒，實在叫人忍無可忍的了。我明知我此去是沒有多大希望的，但為了愛國心的驅使，良心上的命令，成敗死生，我是不計的。假如我此去，能夠引起多數人的同情心，大家奮袂起來，我想（）（）（）（）（）（），斷不會橫行無忌，那麼，民族的復興，就漸漸露出曙光來了。弟弟，你看（指點窗外）我們國家的命運，正像那太陽初升呢。只要我們做國民的努力，那烏烟瘴氣，就會消散，現出青天白日來了。

李曼　（唱）＊

哥哥喲，我聽了你一番言語，
我愛國的心情也油然而起！
願我們兩人一齊上戰場去，

鐵慈　弟弟我很佩服你的愛國心，不過，你的年紀還小，就縱算你去，也幹不什麼來。你努力去求學，也是救國呢，因為國家是需要大幫人才的呀。勾踐說的「十年生聚，十年教調」。你去求學，便是受國家的教訓哪。

李曼　（低頭不語時用手搔着頭髮）。

鐵慈　弟弟，你還懷疑我的說話嗎？我們現在雖是整天在吶喊着「全國總動員」！你不要誤解才是呀。你試仔細思量：假如全國的農人，工人，商人，學生……都拿起槍刀去作戰，那麼，後方還有誰人供給軍用品呢？何況我們對付獸兵是要長期抵抗的？你努力求到專門的學問，救國是隨時都可以的。總理說治國是要專門的人材，何況在救國呢？

李曼　（低首無語）

（天空飛機的軋軋聲，和江上嗚嗚的汽笛

＊編者案：此行原文缺。

聲，傳到室內，破了霎時的沉寂）。

李曼 哥哥，你看，（指點桌上的時鐘）時候不早了，快要七點半鐘來了。你還不預備起程嗎？（說完了替鐵慈檢衣物下箱子）

鐵慈 （唱）

臨別在須臾，贈弟一言語：
願弟向前進，不要再踟躕！
願弟堅爾志，不要再遊離！
此去如殉國，願弟繼我志！

李曼 （唱）

離別在須臾，為兄〔邁〕一詞：
兄示我言語，遵行不敢離！
男兒生天地，殉國何足悲？
但願兄此去，斬得樓（）歸！

鐵慈 弟弟，時間晚了，我你真要別了。爸爸媽媽問到我時，你只說我隨學校攷查團，去南洋攷查就是了。

李曼 哥哥，你不要再顧慮到，我總有話向爸爸媽媽說的，就縱他倆知道了，我定將愛國大義向他詳細解釋。但是，你此番去到前線，你要知道為國保重你的身體！同時要將前方情形告訴我呀（說完了，替鐵慈帶了一件行李〔，〕鐵慈自己也帶了一件，跟着他出，這時候太陽已漸漸高照起來了）。

鐵慈 （唱）

欣欣辭故里，糾糾上征場，
振我華族威，奪返我東疆！
洒血黃浦江，陳屍淞江湄；
男兒生天地，殉國何足悲？
願將七尺身，戢彼獸淫威！
死當為厲鬼，英風振萎靡！

李曼 （唱）

我懷魯汪〔踦〕*，童年知衛國，
再懷漆室女；韶齡憂君其**；
當此國難中，不能以身殉，

---

*編者案：原文缺。汪踦，春秋魯國的一名兒童，參加抗擊齊國時犧牲了，魯國破格以成人禮葬之。

**編者案：原文為君其，或應作「其君」。

言念及古人，令我淚（ ）（ ）*！
（幕徐徐下，隱隱猶聞幽揚的歌聲。）

二十一年四月二十起草，
二十三脱稿於羊城。

選自一九三二年五月三日香港《南強日報・鐵塔》

*編者案：原文缺二字，或為「滿襟」。

嫣鳳

乞丐與過客（獨幕劇）

人物：一個乞丐，三個過客，及人眾。

時候：一個殘夏的黃昏。

地點：熱鬧的路上。

佈景：巍樓之下。

——幕始——

丐乞　蹲伏在一座巍樓之下，穿上了破衣，赤露着雙脚，左手提着兩個舊的白鐵罐，右手拿着錢罌，伸出外面向過客討錢。

乞丐　發財的先生，給我一些錢呵！我肚餓了！你憐我吧！你憐我吧！

（兩個過客走過他的身旁，却把眼睛瞧一瞧便走了。最後的一個接着又將近走過來，乞丐如前的說話，那過客望了一眼，摸摸袋口）

乞丐　多謝先生！

（那過客摸出一個銅板，放下錢罌）

過客　哼！這第弍次給你了，下次不要再來向我討！

乞丐　（點首）我早上却不曾認識你呵！

過客　（又哼了一聲）你敢駁我的話？窮鬼子還多聲麼？讓我趕你滾開！

乞丐　（俯着頭低沉的聲音說）不說便不說了。

過客　你這樣中年的人不去找工作，有用的麼？

乞丐　（把眼睛釘着過客）先生！可憐我是無時不努力的，可是現社會是黑暗的，那有機會給我找出路？

——人眾漸漸圍着來看——

過客　你不奮鬥，還抵賴麼？

乞丐　先生，我曾做過官呢！你不相信？但政治是黑暗的，國內的政治的設施，是在握着那貪心的官僚的手裏，國家弄成這樣，內的戰爭與外的侵略，做官也是危險的，一朝也會塌台，我是忠直的人，做官那裡攫到錢呢？因為社會的組織不完善，所以我最近是失業了，誰個想做乞丐！

過客　（有點錯愕）眞的麼？嘻……

乞丐　嘻……嘻……嘻……

人眾　（混着笑聲）嘻……

（過客懷慚走了，人眾也漸漸散了，乞丐懶洋洋地提着手上的東西站了起來。）

——幕竟——

一九三二，六，二〇，白茫文藝社。

選自一九三二年七月三日香港《南強日報・繁星》

遊子

勝利的死（三幕劇）

——紀念前衛女戰士丁玲*

丁玲死了！

對于她的死，額手稱慶或者開心微笑的人固然也有不少，但是我相信，疾首痛心的人一定更多！

凡是站在正義方面的人，決不會否認丁玲是現時代中國底最偉大的女小說家，因此，聽聞了她的死訊，當然沒有不悲傷憤恨的！

我們悲傷：失去了一個偉大的女作家，失去了一個英勇的女戰士！我們憤恨：殘酷的法西斯蒂底鐵蹄蹂躪了正義！

是的，他們的殘酷，我們見慣了。處在這個暗無天日的地獄社會中，一個戰士被慘殺是不足為奇的。最可惡的是他們的卑鄙，殺了人却不敢承認殺人的罪名！

丁玲怎樣死的？詳細的情形，我們無從知道。一些走狗的報紙會造謠，偽做新聞來掩飾事實，但我們是並不如他們所想那樣容易欺騙的！

「現代」第三卷第二期有一篇適夷的小說「死」，是否取材於丁玲的遭難，不得而知；但我在字裏行間恍如親見丁玲臨死時的慘狀。如是，我決心根據這篇小說的內容，改編一齣短劇，作為我對已死的丁玲之紀念。小說和戲劇的結構當然有些不同，所以我這篇短劇中的情節有多少和原小說不能符合之處，這是不得不然的。我寫這篇東西，不希望它能成功像樣的作品，以之和原小說媲美；只希望它能成功有力的武器，一方面揭破法西斯蒂的面具，一方面在閱者心中激起些悲憤與壯烈的熱情！（本來，劇本不是如小說那樣供人們各自閱看，而是預備給人們在舞台上向觀眾表演的；但在這個年頭兒，我敢有這樣的企圖嗎？）

*編者案：丁玲（一九〇四—一九八六），左翼女作家。當時其實未死，但有謠傳。

目前眞是一個大黑暗大恐怖的時代，但我們並不懼怯！我們的戰士被殺了，我們一定要報復：我們的一滴血要他們的十滴血來賠償！我們的頭是殺不盡的！我們的血是流不盡的！

我們的戰士是不死的！

人物：譚琳　即林大姐。二十七八歲，體材頗大，微矮。面萎黃現憔悴之色。作女工裝束。

阿毛　十五六歲小姑娘。有條短辮垂在背脊上。鵠形菜色。衣服襤褸。

老王　三十歲上下。身瘦，不甚高。滿臉紅面疱。穿西裝，戴黑呢帽。

偵緝甲　四十歲左右。身強力壯。穿黑大褂。

偵緝乙　不到三十歲。高身脚長。長面孔，老鷹鼻。穿大翻領襯衫。

汽車夫　二十多歲。短小精悍。

老工人　五十多歲。亂髮。彎腰曲背。

蕩子　二十多歲。裝束入時。

舞女　二十多歲。極其妖冶。

小李　（不出場）

時候：一九三三年夏，上海

第一幕

夜未深。零落的陋巷中。背景為巷中一邊之房屋，墻壁灰黑斑駁，有破窗相間排列，距離不遠。左邊露出大門之一角，有晒在樓上之敞衣褲垂下。右邊為巷口，時有行人踪影。

近巷口處，譚琳和阿毛並排倚立墻下，作小聲談話。

譚　你的媽媽怎麼樣？

毛　總是那個樣子，沒有什麼。現在還不是在那兒躺着。——怎麼，上去坐坐不好嗎？

譚　不。不要去嘈擾你的媽媽。我也不得空，和你說幾句就要走。等會你代我問候她吧。

毛　媽媽常時念起你，叫我請你時常去坐。她說聽了你的話，不知怎的，心裏總好過些。——為什麼你總是那樣不得空，忙來忙去！

譚　你不知道，這個年頭兒，會做事的女人很少。男人們有男人們的事，而且他們和你們見面也不大方便。像你這樣做工過不得日子的女人多得很，又不能聚集一個地方來說話——現在不比得從前——我不得不走來走去和你們見面。你知道，你們做的工夫不是一樣，遇到的事情自然是有分別，有各式各樣，商量起來，不是三句兩句就講得完的。而且，我回去還要做小說……

毛　不錯，我時常聽你說什麼「小說」，究竟小說是什麼東西？怎樣做法？

譚　這個你是不明白的。簡單講吧，是用筆寫在紙上的，叫做文章，小說是文章的一種，寫好了出賣給書局，換得錢就可有飯吃。我就是吃這種飯的人。

毛　小說容易做嗎？賣得很多錢嗎？

譚　小說當然不容易做。也賣不到許多錢。我的生活和你們的一樣苦，不過我比你們自由些——現在也漸漸不自由了……

毛　我想你們讀書的大姐，要賺錢很容易，怎麼也說很苦？

譚　現在只為那些剝削窮人的，賺錢才容易；除了那些人，不論那個都是很苦。鄉村間耕田的人也難過日子，都市裏的做工人自然不用說。像你這樣小年紀就要出來做工……

毛　是的，我學了三個月的工，整天在粥湯一樣又黏又厚的空氣裏，腦袋上打着雷一樣的機器聲，站在細紗車的弄堂裏，管住雨絲一般的紗頭，一天要做十二點鐘，照例祇出教師錢，沒有工錢的。這個月剛剛會了獨自管車，廠裏就出了新規矩，從前三個人管一部車的，現在要兩個人管一部。聽說下月一號起，還得一個人管一部，又要改五日班，每個月我就只能得到八塊錢，兩塊要孝敬南北瘟（No. One），六塊錢怎麼過得活？媽媽又生黃疸病，躺在床裏不起來！

譚　你們……

毛　我們都不願改五日班，但是有什麼法子！五月一號就要到了，林大姐，大家都在很着急呢，我們應該怎樣辦？

譚　是啦，五月一號快要到了，可是我們還沒有發動起來。我們得加緊佈置——現在已經有了些頭緒——明天八點半你到那草棚子後面等我，我要帶幾個人來和你見面，還有很多話要跟你商量。

毛　你要早點來。我很害怕，說不定又會碰到工廠附近的那班痞子。有一次我被那班痞子追了大半里路，連站崗的警察都望着我難為情的樣子發笑！

譚　你放心吧，我一定早點來。（作勢欲走）

毛　哦，林大姐，我想起了，還有些話要告訴你：廠裏有些姊妹知道我和你說話，她們勸我小心，說你們讀書人常時拿我們開心，鼓勵我們鬧七鬧八，等到事情鬧大了，又不顧我們生死，自己走開了。我不相信，像你這樣好心腸的人……

譚　她們不知道——完全受了那些走狗的騙。我知道，她們是不會存心破壞我們的，她們的心腸是好的。不要怕，她們不會去報告那些走狗——我相信不久他們也會覺悟過來……

毛　我也對她們說過……

譚　你還記得嗎？你初次見我的時候，在楊樹浦的一間東洋房子裏，你臉上沒有一點子血氣，又帶着蒼老，全不像個孩子；人們家告訴我，你是阿毛，我們就很親切的談起話來了。初時你什麼都不懂；但我見你怕羞地低着頭聽，好似什麼都懂得的一樣，我就非常歡喜了。從你的眼裏，我看見一股有魄力的光亮。每一個女工，無論被人吮血吮得怎樣黃瘦，但是從她的眼裏總可見到那股有魄力的光亮。我看見你們眼裏的那種光亮，就覺得一切都非常有希望。不知什麼緣故，我覺得特別愛你。

毛　我沒有用。但我相信你。

譚　好的，我們永久這樣相信相愛吧。現在我要走了。記得，明天八點半鐘！（以手摸阿毛頭髮，隨即轉身走去。）

阿毛目送林大姐去後，呆立良久，始反身入屋。空場片刻。飲酒醉了的男工人，從巷口踉蹌地走入，口內哼着一隻上海時行的小調。——幕慢慢閉。

第二幕

相隔約一小時。西藏路的直截面，地上暗沉沉的，在高高的夜空中閃爍着染紅電光的絢爛的花，左近爵祿飯店的舞場傳出來一陣陣的樂聲。路上的行人很少。

路旁近電車停車處，老王斜立在紅柱子的街燈下，將一頂黑呢帽拉得低低，只露出半個紅臉。偵緝甲在他的左右踝躞着，很不耐煩似的。

甲　（走近老王）我看今晚又是白等了。

乙　（看錶）——現在不過十一點，不能說就沒有希望了。過了半夜才回家，在她是極平常的事。她的小說多是下半夜寫的，（她）眞有耐心。

甲　你總是說她的好處。我就不信那婊子會寫什麼小說。還不是那些雄*的寫了，署她的名來騙人！

王　不見得。你不該那樣蔑視人。她的本領確是很不錯。以前她還不曾加進那鳥團體，我就讀過她的小說，很佩服她，很思慕她。後來我知道姓洪的那個打靶鬼——那時他還沒有死——是她的愛人，我也同你一樣疑心是他捉刀的，至少是她寫成了，他替她潤改，於是我也就看輕了她。後來他們加入了，那時我還是他們的上級，時常命令他們，他們同時也還做小說賣稿。後來姓洪的槍斃了，她一個人依舊有小說出賣，我又覺得奇怪。後來有一次我眼見她當我們的面寫成很好的文字，才知道他確實有眞本領。

甲　難怪你時常追她，現在還舍她不得。

王　不要說笑話了。

甲　什麼笑話！你敢不承認嗎？其實那樣的傢伙有什麼愛頭！做了你們鳥團體的公共婊子，那東西早已爛臭啦！

王　這是冤枉她的。我知道，這些事是沒有的。拿我做個例子吧，幾次想染指都得不到手。若果她是像你說的那樣隨便，我早已玩厭

*編者案：或許是「姓洪」之誤。

了。你知道，我那時是很有地位的上級呢！

甲　你的嘍頭不夠漂亮啦！如果是我，哼！但我是不要那樣的給人們做過「公妻」的婊子！我要的是處女，要幾十幾百都不難到手。那些爛婊子算得什麼！

王　你那樣是污辱女性！

甲　你自以為不是污辱女性，哈哈，眞是笑話！不是你不要，是你得不到手呀！

王　有學問的不同。

甲　有什麼不同！那個東西還不是一樣？

王　能夠做女作家的丈夫實在是很光榮呢。

甲　你眞是一個壽頭。看你的樣子，還想和她結婚呢！

王　若果這次捉到了，一切都沒有問題，當然是我的老婆了。

甲　什麼話！我是來幫你帶老婆的嗎？

王　（笑）一舉兩得啊！

甲　那個時候，恐怕你又靠不住啦，如果她答應你了。

王　沒有的事。一則我自己是靠得住的。二則她不自首是不敢和我結婚的。我老實告訴你；我曾經把她捉過一次，又把她放了。

甲　（吃驚）什麼！

王　（羞愧）我勸她自首，她不答應。她罵我「叛黨的狗」。我想做點人情，使她對我生一點好感，我把她放了……

甲　（聲色俱厲）你這個大混蛋！

王　以後我不再這樣了。我一定能再碰到她，一定要把她捉住，或者就在今夜。我知道她常常在這一帶下車的。你放心吧。我們一定要再等一等。

甲　你小心一點！要是你不趕快立點功，你自己的性命要難保！（走開，又在附近蹀躞。）

王　（自語）我眞有點後悔。現在被監視着……做呢，是不做呢，唉……我要保住自己的命……最好是捉到她，什麼都好辦了

電車駛到停車處停下。譚琳由電車上跳下，向左走過來，忽然瞥見了他，忙低首轉身向反對的方向急步地走。老王已看見她了。（電車早已去了。）

王　喂！密司譚！（急〔促〕追及她。）

譚　（不應，加緊些脚步走。）

王　喂！密司譚！（一隻重重的手掌拍到她的肩膀上。）吓，不認得老朋友了嗎？

譚　見鬼！你不要看錯了人！

甲　（疾步追至）揸住！

譚　完了！（欲拔步跑）

王　（急將她的手臂緊緊捉住。）哈哈哈！連三四年的老朋友都忘記了嗎？來，咱們談談心！近來工作忙不忙？

譚　（本能地掙扎了幾下。終于認識了對方的暴力，便青蒼着臉，把上齒咬着下唇，射着尖毒的眼，望老王的臉上緊緊地瞪。）

王　（臉上痙攣地作着怪笑。）瘦了些呢，大概工作很辛苦吧。

甲　（抓住了他的另一隻手臂）哼！

王　啊，讓我介紹吧。這一位是我們的譚同志，一位了不起的女英雄……

譚　呸！（忍無可忍地向老王的紅面疱上吐了一口。）

王　（不以為忤地用另一隻閒着的手抹一抹臉。）不要發怒吧。我們不會傷害你的。以後你也可以享福了。

譚　（不聽。回頭又用尖毒的眼。直瞪偵緝甲。）

甲　好，我去叫部汽車來。（走去。）

王　你從了我的話吧，密司譚！

譚　我不姓譚！我也不認識你！

王　我們已經面對着，何必說這些話！

譚　（怒極）你這個惡狗！你們害了多少同志！你有什麼面目來和我說話！你這個惡狗！

王　固執有什麼用？誰也不願死呀。我是無奈何的，我不願死。誰叫他們固執呢！

譚　他們都是你們這班惡狗害死的！我恨不得吃你們這班惡狗的肉！

王　等會子你就知道……

譚　我早已知道——我錯認識你了！

汽車已至。兩男人挾一女人上去後，車即開行。空場不久，爵祿飯店門開了，蕩子擁着舞女從內走出，狀甚猥褻，唧唧噥噥中時夾一二笑聲，轉了一彎，不見了——幕慢慢閉。

第三幕

黑漆漆的小屋子內，吊在屋頂上的一隻十枝光電燈已經熄滅了。屋頂一口小小的方天窗，由窗口透進一道灰沉沉的夜光。屋子是長方形的，面積不滿一方丈。靠牆邊放一張粗大的木板桌子，兩條長凳子。凳子上斜之地擱着一條藤鞭。從屋頂的樑上垂下來一個大鐵鈎。地下有一條很大的長繩。

譚琳被按下坐在長凳上。老王旁着她坐下。偵緝甲站在老王旁邊，怒目而視。

王 （釘着兩隻紅紅的眼睛望着她的喝問）你同那個姓李的住在一起，我都知道，說了吧，住在什麼地方？

譚 我不知道！

甲 你慢慢問她。我去一會子就來。（出去。）

王 何必說不知道呢？那個姓李的，什麼都不中用，你却偏愛上了他！

譚 我愛不愛他，不關你的事！

王 何必這樣！我們也是做過同志來呀。

譚 哼！同志這個名詞都給你蹧蹋了！你這個空談的英雄，平時的主張最激烈，現在却投降了！還是那個老樣子，沒改變，做了走狗還是大言不慚！同志，哼，同志！

甲 （偕長面孔的偵緝乙從外入。）怎樣了？

王 （搖頭。失望的臉色。）住在哪兒？快說！

譚 要殺就殺吧！（引頸）要我說是做不到的！

甲 你媽的！（伸過手去，拍的一個耳光，把她打倒在地下。）

乙 格格格格……（笑了一陣，把嘴裏的雪茄猛抽了幾口，對甲嘰哩咕嚕的不知說了些什麼。）

甲 對啦，對啦。（不住地點頭，又漲起了臉呵喝）你，你眞不說嗎？

王 （獰笑着）你還拚什麼呢？我們都是一家人，有什麼不知道，這兩三月，上海足足弄掉了二三百個地方，還剩得多少，靠你一個人拚也拚不好，樂得不吃眼前虧。現在不比從前啦，只要你心裏明白，就一樣可以自由自在的，有木殼槍保護你，用不着怕……

譚 你的狗屁別在我面前放！

甲　好，來吧。（把穿着厚底皮靴的脚嘈在她小膝踝上。右手拿起藤鞭。）

乙　Yes。（走前剝她的衫。）

譚　噢啊！（用手拉住衫襟，被甲抽一藤鞭，急放手——衫已扯爛——扭轉身，胸伏地。）

甲　（舉鞭對正她的背連抽數下。）看你說不說！

譚　噢啊！（悽厲的呼聲）

甲　叫嗎？（重濁的呵叱）

乙　（笑）格格格格……

甲　（停抽）說不說？

譚　噢啊！（漸弱）快點死了吧！

乙　你要死却偏不讓你死！且讓我來泡製一下吧。（拿燃着的雪茄燙她的手指。）

譚　噢啊……嗚……（欲掙扎而不能。）

王　密司譚，你還是明白點吧。咱們也算三年的老朋友，難道還忍心看你受苦嗎？沒有用的，在中國是人壞，人壞什麼都辦不好。Moscow 我也去過。的確不錯，大家有飯吃。但是我們中國不能看樣的，你看，攪了許多年，還攪不出什麼來，也一樣的是爭權奪利，不過嘴裏說得好聽點，什麼什麼路線呀，反正〔找〕別人的性命晦氣。我就看不過，你看，明白的人都反過來啦。比方那個老方，方克生，你們把他崇拜得五體投地的，他難道比你塗糊點，他現在在京裏，很得意，錢也有，女人也有，還有人保護。你祇要說，說一句話，便什麼都沒事了……

譚　嗚……嗚……嗚……（愈弱）

甲　幹麼要和他多說！她不說，我有辦法！（再抽）

譚　（把牙齒緊緊地一咬。最後痛極暈去。）

幕閉片刻。復啓，三個男子已不在塲。

譚　阿毛！（漸漸從昏暈中醒了過來。）哦，不是。（開眼）我有點昏亂了。（極痛苦地轉身，索索地抖。）我剛才聽見阿毛喊我，原來是夢。（慢慢地提起一隻受創的手，望胸摸頭；隨即又把衣服整了一整，想把粉碎零亂了的大襟和內衣掩好胸部。）阿毛並沒有在這裏。（伸手按一按額角。額上的短髮又濕又凌亂。）我壞了！（稍停。）現我不知是什麼時候，似乎離開天亮還遠。……我被丟在這又冷又暗的屋子裏，他們一定不知道。……小李，小李是不是會知道呢？照我們的習慣，一個同居的人到了十二點鐘還不回家，就得準備。李這大孩兒總是馬馬虎虎的，他也許還在寫東西寫得出神。……至少到明天，明天他就會搬走了！……哦，阿毛，這位可愛的小姑娘，這時候一定就在那間碰着頭的閣樓裏，陪着她黃疸病的母親睡覺了。……唉，明天八點半的約會是不能去了，又害她在那草棚子後而空等半天，說不定……是的，今天會上這個佈置，已經有了些頭緒——但是，但是，……（望屋頂上的方窗，又望望釘着鐵鉸鏈的門。）要是我能夠逃；……把身子化成虱子那麼的小，從門縫裏鑽出去……眞是空想！莫說身子不能縮小，就是縮小了也沒有門縫可以鑽……準備着到來的事，終竟到來了，這有什麼大不了的！……想逃走，怕死，眞是孱弱的傢伙！……五年前……愛人的慘死……孩子……已經是一年前的事了……現在很大了吧……孩子是幸福了，但是還有萬萬千千饑餓的，被凌辱的……在產母難產的陣痛中，在飛機炸彈底下，在藤鞭和血的哀號中……衹有流洒清淨的血，才能洗清這污穢的世界！

門開了。三個兇惡的面影又出現了。黃灰灰的燈光又發出來了。

譚 （把上身靠在墻邊，臉上青腫，眼瞼紅紅的胖起，嘴唇灰白的，望着老王，什麼話也不說了。）

王 這是很明白的。兩條路，隨便你走哪一條！

譚 （把上齒咬着下唇。身子有點抖。）

甲 （一邊拿粗繩子望屋頂下垂着的鉄鈎上掛，一邊說）老王，算了，你還理她？我會叫她說的！

王 （抓了抓頭皮，在旁邊坐下了。）

乙 格格格格……（笑了一陣，又在黑大褂的偵緝甲耳朵邊不知說了些什麼。）

甲 （點了點頭，回過身來向她望。）你眞不說？

譚　我沒有什麼話說！（回答的聲音有點發顫。看着那條在空中一晃一晃的粗繩子。）

甲　好，不中抬舉的！（兩隻粗黑的大手一把抓起她半躺的身子，蔴繩緊緊的勒住了她的細手頸。）

乙　（一手捏着雪茄烟，一手拉住繩頭。）

甲　（手中的藤鞭子，呼豁，呼豁，在她的身上急連抽了兩下。）眞不說？

譚　噢啊……（聲音又尖又震動。）

甲　好！拉！

乙　（把繩子驟然拉起。）

譚　（兩隻手臂陡的向空中吊上，身子高高懸起。）

甲　（呼豁，呼豁，鞭子在他的手中飛舞。）

乙　格格格格……（一邊拉繩一邊笑。）

甲　還不說！（不斷的抽撻。）

譚　噢啊……

王　唉！（又立起。）你說了吧！你何苦受罪？你為着什麼來呢！

甲　好，休息一會吧。我的手有些酸了。你把繩頭縛在壁上的鐵釘子裏就得了。

乙　（試了一次，鐵釘子脫來了下。）不行。把她放下來吧。夠她受的了。（吸着烟，又悄悄地在黑大褂耳邊說了些什麼，臉上笑得更難看了。）格格格……

甲　（把方盤臉歪了一歪，把肩胛一聳，隨即又沉下臉。）好，你會硬，看你硬到哪兒去！……老王，把她的褲子剝下來！

王　（回過頭向長面孔望望，又向黑大褂望望，現出為難的神氣。）這……

甲　剝呀！幹麼不動手？

王　好，你說吧，女人家這是推扳不起的。

譚　（周身一震。）啊，我再不能忍受下去了……

王　你看，你看，她明白過來了。

譚　呸！（突然又緊緊的咬住牙齒。）

甲　老王，你還買同志的情面嗎？

乙　他不扯，讓我來扯。我要看看這傢伙的東西是怎樣的，看它吃得起我的烟頭嗎？（扯她的褲。）

譚　嗅啊……嗅啊……（慘呼的聲音漸漸地低沉下去。）

在慘呼聲中幕急閉。片刻後復啟。

譚琳死了一般僵臥在地上。

三個男人初時不在塲，不久又從屋外進來。

甲　怎樣了？

乙　怕是死了。

王　（蹲下，以手探其鼻息。）還活着。

甲　不要管她好了。

王　她會說出來的。（對乙）你去取點冷水來吧。

乙　（出去取水，俄頃即入。）

王　（以水在她面上噴了好久。）

譚　（睜了一睜眼）啊，這紅面疱！……但是還有阿毛，為着她那機器邊的苦工，為着她那黃疸病的母親！

王　現在總可以說了吧？

譚　（若無所聞）呃……（又閉上了眼）……阿毛……五日班……孩子……愛人……那旗……××的旗（聲漸大）就是為着那旗！

乙　她還不知死！（笑）格格格格……

王　（默默地一聲不作。）

譚　一切的蹂躪，一切的侮辱，是對着一個陣營，一個群的，並不是對着我一個……為着守護這……

三個人站着倒攤着的她的身邊，不知要怎樣做。

譚　（眼睛又睜了一下）嚇，你們毀得我的肉體，毀不得我們鐵的意志的集團……我……我勝利了！（絕氣）

三個人面面相覷。小屋子的天窗照進了微微的曙光，撫拂着她的屍身。——幕慢慢閉。

一九三三年七月稿

選自一九三三年十月十五日香港《小齒輪》創刊號

魯子顏

賣解者（一幕社會素描）

人物一覽

賣解者
徒弟
窮學生
紳士
太太和小孩子
警察
張三
李四
羣眾

幕開

一個廣場，四邊都是路口，行人熙來攘往，賣解者這時候正叱喝着他的徒弟，從左方上場，徒弟是那樣懶洋洋的沒氣了。

賣解者站在廣場中，預備敲响銅鑼，徒弟把肩上的担箱放下，落到地上時，那些軍器碰的響亮，那徒弟實在太疲倦了，一下子就卸下了膊上的東西。

賣解者　（叱喝）你這東西，又不小心我的傢伙了。

徒弟　我的膊頭太疼了。

賣解者　來，打鑼。

徒弟　還要開〔檔〕嗎？天快要黑了，師傅

賣解者　媽你的，不開〔檔〕，那裡來吃飯的錢？

徒弟　你剛才説過你自己也要得沒氣力了。

賣解者　老子沒氣力，老子不要，你小王八要！

徒弟　我也沒氣力啦。

賣解者　小王八，你要不要！你不要，我來打你！（拿起皮鞭）

徒弟　好好，我來了，但是，我眞是沒氣力啦，先給我吃點番薯。

賣解者　要完了，再吃。

（賣解者敲响銅鑼，口中頻唱着「喲喲，看呀，看。」觀眾圍成一個半圓形，讓一個缺口給

臺下的觀眾瞧。）

賣解者　（拱手）兄弟，請讓開一點，讓我們好好的要功夫，恐怕人有錯手，馬有失蹄。

（觀眾便嗡的退開些）

賣解者　是的，謝謝，這樣子好，這樣子好要功夫啦，各位兄弟多賞臉；臉是朋友給的，臉是自己丟，孩子，耍得好一點！

徒弟　（軟淫淫的）好，各位，（向四周拱手作揖）看我的！

（徒弟一面打拳，師傅一面么喝助勢，但徒弟耍得太不精彩了）

觀眾　嘀嘀！耍得不像樣，丟臉！

賣解者　（陪着笑臉）哎，對不起！小王八，耍得好一點！

（徒弟勉強用力，仍然不討好）

觀眾　喲喲，不好！

（賣解者奮然鞭了徒弟一下）

徒弟　哎喲……（痛得滾地）

賣解者　老子教你耍拳，你要來耍去耍不好；好，你來叩頭，你說：「今天沒氣力啦，對不住各位，請各位賞一點錢。」

徒弟　（叩頭如搗蒜）今天沒氣力啦，對不起各位，請各位賞一點錢！

（觀眾看見要討錢了，便慢慢散開去，只剩幾個人搭着訕不走）

（徒弟這時候不再叩頭了，賣解者又是一鞭，兩鞭，鞭個不停手，徒弟又伏地叩頭。）

（觀眾的一個看不過眼，拋來了幾個銅板）

賣解者　向這位先生謝謝，叩九個頭！

徒弟　（叩頭九下）謝謝！

賣解者　哎，兄弟走江湖，日求兩餐，夜求一宿，請各位再賞點錢。

（那幾個人正想走，賣解者拉鞭亂打徒弟，那幾個人又停着不走，似乎很同情那被打的孩子，另外又有幾個人圍攏來。一個插手入腰包，正想掏錢布施，讓師傅不要再打徒弟，賣解者眼看苦肉計用得着了，就更鞭得利害，徒弟叫苦連天，這時走出了一個窮學生。）

窮學生　你還不停手嗎？

（賣解者才停手不鞭）

窮學生　你是不是收買人命？

賣解者　這是老子的事，你管不着。

窮學生　你虐待兒童，有傷人道，我不能不管！

賣解者　老子走江湖，天不怕，地不怕〔，〕難道怕你這小王八嗎？你快走，你不要再惹老子出氣。老子今天找不到錢，一口烏氣沒孔出，要在你身上發作啦！

窮學生　你傷害人道，你還敢野蠻嗎？我要拉你上警局。

（上前動手拉）

賣解者　（退後一步，閃開）看，鞭！

（一鞭打在窮學生的身上）

（羣眾從旁吶喊，但沒有一個敢上前勸架，更沒有人敢幫窮學生，窮學生身上着了不少的鞭，但仍然鼓着勇氣撲前，死纏住賣解者）

張三　（推李四上前）李四，你的氣力大，上前幫手啦。（李四退後）

李四　自家打理門前雪，休管他人瓦上霜，江湖佬拳脚好，不好惹！

（窮學生被搥得叫救命，警察跑前來，執住他們兩個。）

警察　甚麼事？

賣解者　警察老爺，這小雜種要來亂我的生意，還要逞強打人！

窮學生　他虐待的兒童，有傷人道，我請你把他拉上警局。

賣解者　不是，不是，他先打我，你拉上警局！

警察　究竟誰先打誰？

窮學生　請你們跟我來當証人！

賣解者　（么喝一聲，向群眾瞪大着眼睛）各位，不是他先打我嗎！

（沒人敢回應，有幾個抖的退後幾步。）

（有紳士路過此處，拖着太太的手，太太拉着一個小孩。）

紳士　（問警察）甚麼事？

賣解者　（作揖）老爺，請你講公道，這個人無理打我。

紳士　不見得罷，看你樣子牛高馬大，他的個子那麼瘦小，他那裡敢打你？

窮學生　是的，請你主持公道！你看：（拉住徒弟，指點出身上的鞭痕），這蠻子蔑絕人道，把這小童鞭得多慘！好，先生，請你到警局做個証人好不好？

太太 那裡管得許多閒事，我們還要趕着到公園散步呢。

紳士 是的，我們沒有空，就請你一個人做証人告他罷。

（走過）

孩子 （回頭）這孩子流滿一手血，多可憐，爸爸，我們給他一點錢。

太太 沒有零錢啦，去罷。

（拖着孩子下場）

警察 不管誰是誰非，到局裡再說。

（警察扯兩人去，羣眾讓開一條路，我們可以看見遠遠地那塊掛着的白招牌，上書第××分局等字樣）

賣解者 （喝徒弟）總算倒霉！來，小王八，把我的担箱抬着來！

（徒弟顫巍巍的走上前，但沒有氣力抬得起，師傅又要拉鞭，窮學生喝住）

窮學生 你再敢打！

警察 哼，你眞是蠻子，快點兒自己抬！

（賣解者不敢違抗警察，馬上收拾起担箱，極其忙亂地，竟忘記拾起那丟在角落的銅鑼。）

（警察一干人等下場，羣眾大部份湧着去瞧熱鬧）

（張三李四不走）

張三 你看，這裡是江湖佬的銅鑼。

李四 好，拾起來，拿去賣給荒貨客也總值幾文錢。

張三 你敢？這是江湖佬的東西。

李四 有甚麼不敢？

張三 你敢在太歲頭上動土！

李四 他不會曉得我們拿去的。

張三 不曉得？

李四 除非你告訴他啦，誰告訴他！

張三 （笑着），我就告訴他！

李四 眞的？

張三 有甚麼值得假？

李四 怎麼啦？

張三 你一個人「吃大頭」，我不甘心！

李四　老四，不要開玩笑啦，有福同享！

（拍一拍他的肩頭）

張三　有禍呢？

李四　（笑着）那麼你一個人當！

張三　媽你的！

李四　我們今天夠福氣了，在牆上看馬打架，倒聽了一個銅鑼。

張三　這叫做「烏狗得食，白狗當災」！

（退場）

（羣眾甲乙從警局那條路登場）

羣眾甲　走罷，有甚麼的好看？管他死人！

羣眾乙　我倒想看個究竟，那個當徒弟的孩子太慘了，流滿一頭血呢。

群眾甲　走江湖的都是那樣兇惡的，當徒弟的也一定要那樣的捱，要不是，那裡有飯吃。

（說話間窮學生拖住那個徒弟上場，後面有羣眾跟住）

窮學生　喂，孩子，你打算到那裡去？

徒弟　我有甚麼打算呀，我是無家可歸的，難道叫師傅坐牢嗎！

羣眾乙　喂，孩子，那江湖佬是不是你的父親？

（徒弟搖頭）

羣眾甲　你眞不懂事，他不說那江湖佬是師傅嗎？

羣眾乙　那麼，你自己的父親呢，孩子？

徒弟　我不曉得我自己的父親在那裡，我自小就跟着師傅過活的。

窮學生　啊，各位，這孩子是那個江湖佬用錢買來的，不然，他那裡忍心着這樣毒打！這孩子多可憐，他不能再跟那個師傅了，要不是，那蠻子一定把他打死！各位，你們幫他一點盤錢，讓他逃到別個地方罷！

羣眾甲　錢？（拉着羣眾乙）走罷，我們回家吃飯啦，天黑了。

（羣眾逐漸散去）

窮學生　啊，我自己是一個窮苦的工讀生，……但是，孩子，你暫時跟着我罷！

（他們的步武是那樣沉重地，兩個人手拉着手下場，舞台漸暗，幕慢慢的垂下）

選自一九三四年七月一日香港《紅豆》二卷一期

任穎輝

幻滅的悲哀（一幕劇）

時間：一九三四年

地點：繁榮的大都市裏

人物：翰池，靜齋，子昭——大學生，享樂縱情，喜走捷徑。

何基：大學生，忠直摯誠而盲從的。

甘工：新生活推進會委員

阿成：僕人

開幕：在一所陳設美化的客廳裏，有沙發，有書桌，安裝有自動電話。

（翰池靠在桌子上寫信，子昭在讀報紙）

翰池 （按叫人鐘）阿成！阿成！

阿成 林先生：有什麼吩咐？

翰池 這封信送到市黨部的黃委員家裏去，只要把這封信送到：拿回收據就行了。

阿成 是的，先生。

（翰池在沉思，抽烟，一忽兒電話响了）

翰池 什麼？……哦是密司吳，婉嫺小姐嗎？什麼事？……今晚有定的，……要到航空俱樂部去嗎？在什麼時候？晚上七點鐘嗎？一定赴約！

（翰池放下了電話，滿面春風似的，）

子昭 什麼人來的電話？小吳呢，還是大吳

翰池 是小吳來的電話，她約我們今晚七時到航空俱樂部跳舞去。

子昭 難得美人青睞，當然要赴約的，那麼我也得沾沾光！

翰池 是的，你也要去，聽說今晚的跳舞會很熱鬧，去跳舞的都是大家閨秀，或是那些貴族的女生，你也得去的。

（從外傳來低沉的歌聲，不久靜齋吹着口嘯起來）

翰池 哦！靜齋，正好你來了！

子昭 從學校來的麼？

靜齋 剛從學校來的。

翰池　那椿事情怎樣了？

靜齋　什麼事情？

翰池　學校風潮大概要越弄越大了吧！

靜齋　自然，我們的計劃一實行，現在校長總要榻台，只要我們再用點力，成功是在不遠的。

子昭　高中部那方面聯絡成功了沒有？

靜齋　大部分都同情我們。目前我們的工作是再從醫科學生方面活動。

翰池　是的。只要我們能抓着大部同學的心，我們的工作進行當更順利了！

子昭　我看，大部教授還要同情我們，給我們一點助力吧！

靜齋　風潮越來越弄得大，我們的工作已有相當成績黃委員那方面自然歡喜，津貼生活費那還成問題嗎？

翰池　是的，這種工作眞可以多做，只要我們在同學間說幾句鼓動的話用些手段，學校風潮就鬧起來，那方面的津貼是不愁沒有的。有錢！我們還是到香港去跳幾天舞，快樂幾天，你看如何？

子昭　好的，領了錢還不是找快樂是什麼，靜齋你的意思呢？

靜齋　自然沒有反對，哈哈！錢是得來了太便宜喇。

翰池　我們來玩撲克吧！（當玩撲克的時候，他們談到戀愛和女人方面去）

靜齋　翰池，你的戀愛成功了嗎？

翰池　又說什麼戀愛！我怕聽這話句，我跟她們來往僅是朋友間的一種平凡事情罷了。

子昭　翰池老是客氣，要愛那個女人就說愛的話好了！還用得着在朋友面前遮掩嗎？剛才密司吳不是來電話嗎？今晚正所謂月上柳梢頭，人約黃昏後呢！哈！哈！

靜齋　翰池好艷福，說的密司吳，是大的還是小的呢？

翰池　是小吳，實在一點說她太美麗了，天眞而活潑，還有一顆熱烈的心！

靜齋　聽說她是立香女中學的皇后呢；會演外國名劇，跳舞也很精嫻，體育也是很好的，風頭出得很勁呢；

翰池　每一個美的女人，就有她特長處，所以，都市中的女子，都有一種都市的摩登意味。

子昭　話說回來，今晚的跳舞會，靜齋也得去的。

靜池　去是要去的，可是我們沒有伴侶，不太覺得寂寞嗎？

子昭　在跳舞會裏，是不會感到孤獨的。

翰池　還是去好了，這機會是不常有的。

（她們繼續在玩撲克，不一會甘工拖着沉重的脚步進來。）

甘工　哦：你們玩撲克好高興哪！

靜齋　難得你也到來，可喜歡來玩玩？

翰池　是的，甘工先生不常到這裏來，這是第一次。

甘工　是的，第一次，你們物質享樂太美滿了，你們的生活眞安適啊！

靜齋　但是我們在學校讀着書，學校的生活我們感覺太苦了！

甘工　有書讀還感到痛苦，沒有書讀的不更苦嗎？

翰池　我們生活雖安適，但不能絕對自由。

甘工　你們讀書太自由，你們整天的在這裏玩撲克還說苦嗎？

靜齋　又不能這樣做比例的，你看，美國的大學生是多麼的愉快，他們每一到星期六，一對對的坐汽車到野外去兜風，或看電影，是怎麼一回美滿的生活！

甘工　這裏是中國，目前中國不是正處在重量壓迫下掙扎着嗎！目前的中國國難，已經有十足可能使中國走上滅亡之路，救民族的責任是放在青年學生身上，尤其是大學生身上，你們不能刻勞刻苦地去負起時代的使命，你們是落伍了！

翰池　我們是落伍嗎，漂亮的話我們是不應說的。

子昭　漂亮的話我們都聽厭了，雖然我們不能積極去進取，但是我們不是悲觀主義者。

甘工　你們是自私自利的為了自己的福利，你們想過去追求光明，但這種觀念不是民族國家所需要的，在此厲行新生活當中，舉國都崇尚樸實力行節儉，你們〔只〕會一些浪費消耗的方法，這是不是錯誤？

靜齋 多謝你的好意……

翰池 甘先生是一個道德高尚人格完美的君子也！我們佩服！

甘工 好了！時候也不早了，來騷擾你們，對不起，下次再說吧！

（狂笑聲把甘工送走了）

翰池 那真是天字第一號的呆子！

靜齋 有名的阿木林！？

子昭 倒也是一個熱血的人兒啊！

（他們繼續玩撲克，何基匆匆地跑進）

何基 你們還在玩撲克嗎？大禍臨頭還不知道，你們好快活啊！

靜齋 什麼？

翰池 說清楚一點？

何基 學校開除我們的學藉了，總共十一個，剛才出了佈告的！

翰池 眞的？這事體眞出乎我們的意外！

靜齋 可有方法可轉機嗎？

子昭 是的，我們不能白白地把幾年的大學工夫，就這樣地拋棄。

翰池 我們要爭回我們的學藉！

靜齋 但是，怎麼辦呢？

何基 開除我們的學藉那張佈告張貼後，我們的反對派，還說校長已通知公安局準備捕人呢，我看這可眞難對付！

翰池 你們分頭去外面探探消息吧！

子昭 我們去，即刻就要去的！

靜齋 我們要找我們的靠山，我們的後臺，商量商量看！

（靜齋，子昭，何基，走盡，舞台是那麼寂寞）

靜齋 （深長嘆息）啊！這突然而來的失望喲！我怎能打破這種難關呢？大學生的資格是不容易一旦失掉的，為了追求高貴的地位與及名譽女人的獲得我才受了黃委員的利用，做了這次風潮的主動。

啊！我為什麼不好好地讀書呢？要應該鬧風潮的嗎？

（電話響，翰池接了電話）

翰 是誰？我吳小姐嗎？什麼？……是的！……被開除學藉了！但是！什麼？今晚想不到跳舞去嗎？為什麼！為什麼？……！？

翰池 啊女人，是追慕虛榮與地位的，我失掉了大的桂冠，她不愛我了，今晚的約會她自動提出取消哩！

啊過去的一切幻夢一切地位黃金而追求女人的戀愛，而今都幻滅了……幻滅了……

（翰池倒在沙發上，外面傳來童子賣報聲）

「即日晚報一仙一張，十一個大學生、被學校開除學藉呀，即日晚報，十一個大學生被開除學藉呀！」（幕下）

選自一九三四年十二月一日及二日

香港《南華日報・勁草》

隱郎

路（獨幕劇）

時：一個秋天的晚上

地：廣東一隅

人：許品枚　情感豐富而理智缺乏的青年。

陳綺霞　富有情感的少女，許之愛人。

蔡侶萍　情感豐富而理智亦強的女郎，許之愛人。

張雪峯　許之摯友，思想前進，意志堅強的青年。

眾：晶瑩的月亮高掛在深藍色的天空。沒有星星，沒有風，沒有一切聲息；空間死寂得可怕。

海濱，長着許多松柏，一些危立的怪石，和幾張專供遊人憩息的靠椅。

陳伏着石上嗚咽。許，站在一旁，焦急地望着她。

許　（挨近陳兩步）霞！爾……

陳　（不顧地，哭。）

許　霞？爾有什麼心事，不妨說呀，

陳　（哭更厲害）

許　霞！說呀！老是哭做什麼呢？

陳　哭着說：不干爾事！我哭我自己，不應該佔據了人家有了愛的人。

許　（握陳手）

啊！這……你別誤會我吧！霞！我除了愛你之外，是沒有愛過誰呀！

陳　別再瞞我了，一切我也知道。我恨我對你大忠實，一時上了你的當；而致肚子日益大……起……來……（痛哭，不能再說下去）

許　霞！別這樣吧！你應該明白我的心情，我是愛你的！

陳　（抑住哭）

明白！你的心我是萬分明白了！我明白你是玩弄女性的惡魔！愛了一個又一個，無非是解決性慾問題：肉的關係達到了，所謂愛，也就完了！唉！我不恨誰，我恨我自己太忠

實，太不謹慎；上了你的當。唉！現在！啊！現……在……

許 （大哭）

霞！你要相信我呀！我并不曾說過半句拚棄你的話，而且也絕對沒有一點拚棄爾的居心。何苦呢？老是這樣哭，這樣罵我；這樣誤會我！

陳 事實令我這樣的，我何會誤會爾。我哭，我哭我自己的不幸；上了人家的當！唉！現在還有什麼面目見人呢！？……（哭聲越大越妙）

許 （頻撫陳背）

霞！別這樣吧！霞！我現在并不曾離開爾，爾何苦老是哭着。至于爾的肚子日益大起來，我又不曾說過半句要拚棄爾，而且，正因為這樣；我想避免人們的冷語閒言，幾天來總是打算在最短期間實行和爾宣佈同居。這，何以見得我會拚棄爾呢？何以見得我是一個玩弄女性的惡魔呢！？

陳 算吧！爾說不是玩弄女性的惡魔，為什麼你在上海愛上了一個侶萍姑娘，而回來後，又瞞着我而和我發生愛呢！？況且據侶萍姑娘最近的來信，日間會來這裡找爾，到那時不曉得爾怎麼辦！？難道爾敢一肩兩頭地担起麼！？

許 （驚愕）

誰告訴爾的？我愛過萍！？萍會來找我！？

陳 侶萍姑娘告訴我的！因為她寄給爾的信，給我大胆地開了。

許 啊！……真的嗎！？

陳 誰騙你！

許 信在那裡呀？給我看看吧！

陳 對不住，已經給我失掉了！

許 （焦急）

啊！……失掉了！（不相信的樣子）除了說來找我之外，還有什麼說嗎！？

陳 （沉痛）

為什麼沒有！她說這次來找你，是準備和你結婚。

許 （驚惶）啊！……

陳 （沉默）

恭喜呀，許先生！你的侶萍快到了！結婚

許　啊！——這是多麼快樂的事！霞！別捉弄我了！雖然我，過去和萍有點愛的關係，但却斷絕許久了，自從南返後愛上了爾；我敢說；我的愛是專一的。霞！爾要相信我啊！

陳　嚇！我是能夠相信爾的，但，事實却不能夠相信爾！我是相信事實的，所以現在我是不能信爾了！（把萍的信取出，在許的臉前幌了兩幌，便又收起了）給爾瞧瞧吧這是誰的信呀！？

許　啊！……啊……（伸手急搶，張自右側上。許，陳力持平靜態度。）

張　啊！爾倆在這裡嗎？累我找了好久，枚弟，來這裡一刻，我跟爾說些話。

許　（往張前）有什麼事要說呀？雪哥。

陳　枚，雪哥，我很有點事，失陪啦！（借故引退）

張　（聲畧低）枚弟，事情糟了，侶萍已經到了！她是搭皇后船來的，現在正等待爾談話。

許　什麼？眞的嗎？她有和爾說什麼嗎？

張　她是剛到的，沒有和我說什麼。不過，她在匆促中和我說了一句：（清晰）她是打算來和爾結婚！

許　那，怎麼辦？雪哥。

張　遲疑片刻，發出沉重的聲音。枚弟！這確是不容易解結的問題啊事情到了這樣地步，爾自己有什麼主張麼？

許　主張？我現在完全不能決定。萍與霞，霞與萍，我都是一樣地愛的啊！叫我放棄那一個好呢？

張　難道爾想包辦兩個麼！？這事情，恐怕沒有這麼簡單吧！

許　……那麼……（微唱着，默然有頃）

蔡　（黑暗中隱約可見）

張　你要知道，她們是一個人，并不是一件貨品，貨品，可以隨意買來，也可以隨意拋掉，〔人〕就根本不同了，他是有感情的，有個性的，尤其是兩性間，更是不容易給爾隨便拿來，同時也不是容易給爾隨意拋棄，爾和霞萍兩人的關係。是經過長時間的，爾如果和她們都同居起來，在爾，當然是不成問題，可是，在她們——從不曾晤過一面，而各人的個性又完全相反的她們，事實上是不能合在一塊的，就是萬一給爾勉強做成，也難保無決裂之一日，至于放棄其中一個〔，〕那麼，我剛才說的，她們根本不是貨品，所以這辦法，也不是容易解決，況且，她們兩人，爾都是一樣地愛的，這樣，爾願意放棄，〔那〕一個？

許　（頻頻搔首）

雪哥，我現在，確是失了做人的宗旨了，還是爾為我想想法吧。

張　這件事，合，既沒有可能；對于解決的辦法，也不容易找出。不過，從事實上講，我卻有個見解，就是，萍比較霞是容易解決的。……

許　難道你主張我放棄萍麼？

張　我是有這樣的主意。在這新舊交替的社會底下，萍的問題是比較霞容易解決的。因為萍雖然和你有了相當的愛，但卻不曾和你發生過肉的關係，而且她個人的經濟能夠獨立，霞，就有點難解決了：她不但和你發生了肉的關係，而且還有了私胎！如果給你放棄了，為了私胎，家庭當然不與容許；她自己又不能謀生，那時，我想除了自殺之外，還有那一條路可給她走呢!?枚弟，為了霞的生命，為了容易解決你們的事，我是主張你放棄萍而對于霞要負完全的責任！

許　（苦形于臉）

這樣，我雖然可以忍痛，但我怎對得住萍呢？

蔡　（自左側上，隨行隨苦笑）

枚，何必躊躇呢！……依照雪哥的主張做去便了。

許　（驚慌）

啊！……萍……你……

蔡　枚，你無須着急！我是極端贊成雪哥主

張的。

許　（強持鎮靜）什……什麼主張呀！？

蔡　不必再裝聾作啞了！爾們的事情我都明白了！爾們剛才所說的話我都聽見了！（苦笑）

張　萍姑娘！枚弟，爾們談話吧，我還有點事，失陪啦！（退）

陳　（自林中出，發見許和蔡談話，只得止步隱藏着私聽）

許　萍！你什麼時候回廣東的？

蔡　回來幾天了，我這次自上海回來，目的是和你結婚。啊！現在！……想不到你會做出這麼負心的好事！唉！愛情人心！……

許　萍！我和霞發生了愛，雖然是對不住你。可是，我的心仍是一樣地愛你的。……我以為事情總可以商量。……

蔡　商量什麼！？難道你敢和兩女子同時結婚麼？（鄙視）你曾照過鏡子嗎！？你有這樣福氣嗎！？枚！

許　我是不敢這樣想的。不過，我……不過……（吃着口，找不出理由說下去）

蔡　不敢這樣想！爾這只顧一時快樂的男子，誰還會相信爾的話！？（盛怒，雙方緘默會，然後忍痛着誠懇地說）枚！爾的愛，現在算是成功了！目前我的心雖是感覺到萬分悲痛，但，為要完成爾倆的幸福；我只有決心地離開爾。希望爾從今後，把我們過去的一切關係都忘掉吧！而且，再不要想念我；當作我死去便了！……枚呀！爾……（聲淚俱下）

許　萍！不要這麼傷心吧！我是迫不得已的啊！但是，我們現在總可想想……辦法的呀！

蔡　辦法麼？不必去想了，而且除了我們斷絕關係外，簡直是找不出妥當的辦法的！（靜默片刻，悲從中來，聲轉悲）枚，想不到我和爾是這樣下場的！我們的關係，現在算是最後的一次了！……唉！還記得麼？去年冬天我們在上海北四川路住時，在一個白雪霏霏之夜，（　）是不能返寓了，便在我的房中和我對坐着舉杯暢飲，當時爾曾恭敬地一個滿杯的葡萄酒贈我，叫我要飲一個乾杯。並且說：那杯酒的濃烈味兒，是代表爾愛我的愛情；那杯酒的深紅顏色，是代表你愛我的一顆眞實無邪的心。叫我永遠記住，（ ）無論如何始終是愛的。啊！枚！曾幾何時，你當時向我說的這席話，現在還一字一句地在我的耳邊清晰地敲着，而事實呢？却完全變了！啊！……

許　你呀！雖然……但，我對你仍是一樣地愛啊！

蔡　愛麼!?算了吧！請你別再把〔愛〕字在我跟前說了！事實已擺在眼前，爾還掩着良心來向我說什麼愛呢？……唉！枚呀！眞的！我從沒想到你對我會這樣虛偽的呀！（聲沉重而整肅）

枚！老實告訴爾：我做人，是不輕易和任誰談愛的。我在上海和爾發生愛，我敢說：是我自懂人性以來，對異性發生愛情的第一次，當時我曾想；這次愛上了爾，可以說是最先，也可以說是最後的愛人了。啊！想不到我這麼忠情待爾，到頭來反得着……意外傷心的結果！……啊！（嗚咽）

張　*（自右側上，遠遠地站着，作一種探視的神態。）

許　（望見張，疾呼起來）雪哥！這裡來吧！

張　（慢慢地走近許、蔡旁，發覺蔡在哭。）怎麼啦!?萍姑娘！爾又是哭嗎？

蔡　雪哥，剛才爾和枚說的話，和所取的辦法，我認為是很有理由的，而且我也願意這樣做，不過我現在，我總免不掉我的傷心。

張　傷心，在于爾，目前當然是免不掉的！不過，爾已贊同我的辦法，放棄自己的愛，而完成枚弟和霞姑娘的愛。這種舉動，都能夠做到，那麼，對于愛情的認識，也當然不會像常人那麼地簡單的了。不過，萍姑娘！事情已到了這個地步，我希望爾千萬別過于

*編者案：原刊排版或有亂，作了調整。此四句對白從原版面移前至此。

傷心！

蔡　雪哥，是事實使我這樣的，我也想不傷心，但傷心總是要緊緊地跟着我。

張*　萍姑娘，我以為須認定；事業才是做人的目的，愛情，不過是人生過程中的一件小事而已。但是一般人總是把愛情認為人生最高事業，人生的最終目的。他們根本忽畧了自己的前程，社會的任務，和人生的眞義。所以有許多人在失戀的期間，往往會消極，悲觀，或竟流于自殺；這都是太注意個人，而放棄社會的任務，和對于人生眞義根本沒有認識，所致！畧停一會，再繼續說着。

蔡　是的！雪哥！爾所說的確是不錯！

張　萍姑娘，爾現在可算是失戀了，但我希望爾無須乎悲傷！爾是個富有情感而又具有理性的女子，我希望爾此後應該把對枚弟的愛寄托到大眾身上去——即是說：不要因此次失戀而傷了自己的身心，爾應該更加要奮發起來；努力自己的前途，在大眾中做些有意義的工作！爾要知道：那在大眾中得來的同情和愛好，才是偉大的有價值的愛！萍姑娘！個人的失戀，是不值得傷心的：離開了大眾而生活，人生才是全無意義哩！萍姑娘！我以為你，目前，不但不要悲傷，而且還要趕快決定了你自己做人的路！?

蔡　（驚喜，伸手向張），雪哥！你所說的話，無異在黑暗中給我一盞明燈！我已經決定我此後應走的路了！請爾給我一個握手吧！

陳　（突向蔡走來，熱狂地說）萍姊！雪哥！我也願意和爾們一起走呀！

許　（呆站着，像失了靈魂的人一樣。）啊！……啊！……爾們！……

——幕急閉——（完）

一九三四，六，十九晚二時脫稿

選自一九三五年一月六日、七日、九日、十二日及十三日香港《南華日報・勁草》

*編者案：這句張的對白與前頁*的四句對白對調了。

五十萬（三幕劇）

時：一九三〇年，秋天。
地：上海。
人物：共八人——七男一女。

第一幕——

李國屏　廣東人，暨南大學學生，父為僑菲之二百多萬富翁。
陳光宇　廣東人，李之同學。
蕭昆　上海人，李之同學。

第二幕——

李國屏
密絲麗娜　廣東人，李之愛人
陳大哥　綁匪匪首（陳光宇飾）
老三、老四　匪徒。

第三幕——

老五、老六　匪徒
（餘仝上幕）

第一幕

景：宿舍一角

一間佈置不甚平俗的臥室，左側開一門，三具鋼絲牀分擺其間，牀沿各置寫字檯一座，檯面陳着許多書籍；一二案頭相架，及一些文房用品。右壁掛着一個日歷，日子是星期五。靠壁處擺着一座藤製的書架，安放着許多洋裝的香和書，許多日常用的及化裝用的品。陳設頗清整潔齊，不單調，也不淩亂。

蕭昆的牀是近門的，陳光宇的則靠右壁；李國屏的牀頭是接近陳光宇，而牀尾則接近蕭昆。

是晚上八點左右的時間：蕭昆在燈光下埋頭伏案做他的功課，陳光宇和李國屏隔牀對臥着閒談，聲浪頗大。

陳　國屏！爾覺得蜜絲麗娜漂亮嗎？

李　啊！蜜絲麗娜嗎，她；眞漂亮啊！像這麼漂亮的女人，我有生以來，這可算是第一次看見。

陳　她這麼漂亮，你認為有談愛之必要嗎？

李　光宇！這麼漂亮的女人，假如她能和我談愛，我當然是十二分願意的。不過，不曉得她的心對于我是怎樣呀！?

陳　你既然有了愛她的心，為着我們的友情，我是萬分樂意幫你的忙。雖然，我也很知道愛情的發生，是不能以第三者力量去勉強的。不過，在愛情發生的過程中，——尤其是和對方全不結識的時候是很需要第三者介紹的。這種介紹的舉動，自然不是像那憑媒說合的那樣做法，不過，在介紹了你們雙方結識後，你們總可找機會見面；見面的機會多了，你們的愛情，也自然會跟着而發生了。國屏，你對于密絲麗娜確是傾慕嗎？假如是，我是樂意介紹你和她結識的。

李　你真的樂意介紹麼？光宇！

陳　難道是和你開玩笑嗎？你和我結識，時間雖是很短，但我們的友誼關係，是比長時間的朋友還要密切。而且密絲麗娜又是我的好友密絲黃的妹妹；我和她們姊妹是多年的故交了。在理，也應當盡自己力量助她找一個愛的良伴。現在你已然有傾慕她的真心，我那有不樂意介紹你們結識的呢！?

李　光宇！你的確是忠實的，而且是個不時愛護我的好友！假如你能夠介紹密絲麗娜給我結識，我是多麼的感激你，而且是多麼地快樂呀！

陳　今天是星期幾了？（舉頭望壁間的日曆）啊！是星期五，距星期日還有兩天！國屏，等等吧！後天，星期日；我們一同去「奧地安」看電影吧——在那裡，我可以介紹密絲麗娜給你結識。

李　那麼，我現在應該先向你道謝一聲了。

陳　（微笑）這算得什麼一回事。不過，在你們雙方結識後，萬一能夠發生愛，而且能夠得着成功，那時，你不要忘掉朋友便了！

李　那當然是不會的！到那時請你吃喜酒吧！光宇，或者請你多跳幾回 Fox Trot。

陳　（大笑）國屏，你這麼說，當真的嗎！?你為了找愛，便不惜犧牲一切來巴結我囉？哈！哈！……（大笑）

蕭　（給說笑聲影響到不能繼續做功課了。便拍案大怒，操上海語直斥他們。）不要噪！

陳　猪（　）*！你有權力限制我們的談話嗎！?（從牀上跳了起來。）

蕭　猪！房子是我們公共的，你們說笑這麼地大聲，是擾亂了公共的秩序，我是這公共地方的一份子，當然有權力干涉你們！

陳　臊你媽的屁！猪（　）！你認識不認識老子！?

蕭　猪（　）！我認識你是一個猪（　）！?

陳　好！猪（　）！我現在就給你一個嘗受！（跑到蕭的跟前，向蕭面頰盡力抬了兩巴，立卽又跑回自己的牀上。）

蕭　（不敢回手，威風差不多完全消失了。然而，口中仍是喃喃不息地咒罵着。）

陳　（得意洋洋地向李）上海猪（　）是最會「抛浪頭」的。剛才如果我不賞他兩巴，他一定還是喋喋不休的。國屏你初到上海不過幾個月，對于這些怪狀，你當然是不懂得應付。老實說：剛才的事，如果我不在場，你一定會給他欺侮的了！

李　是的！你的見解是很對呀！這東西，剛才還呱呱叫，自嘗了爾的兩巴後，現在不但不敢還手；而且簡直不敢作聲了。啊！這大概是上海地方的怪狀之一吧！?

陳　國屏！這算得什麼啊！怪狀？還有許多千奇百怪的現狀哩！說起來是說不了許多的，不過，有一件比較重要，而且必須注意的，現在順便告訴你吧：你初來上海，對于上海的人情風俗，不消說是很隔膜。你曉得嗎？你的父親是擁有二百多萬財產的人，假如這種事實給綁票的匪徒探悉了，那麼，他一定會設法綁你，而在你的身上發一注大財，我在上海住了十多年，關于綁票的事情，也看得不少了，他們綁票的手腕是異常高強，而綁的方法也是千變萬化的。我以為你此後最好不要自己單獨行走，如要去什麼地方的話，最少也要找一個同伴。這樣，便可免掉許多

*編者案：原文缺字，或為「玀」。

意外的事。上海是充滿了綁匪的，你隨處都要小心啊！國屏！

李　光宇，你對我確是不錯，眞可以說是我的萬里相逢的知交。我們是有緣的，光宇！我很感激你！我願意你此後不要常離開我，多和我混在一起。因為你是我的好友，忠實的人，而且能夠隨時隨地，幫助我，愛護我！

（睡覺鐘，噹噹地响了幾下，房裡的燈光跟着鐘聲而熄了。當幕徐徐下着的時候，隱約還可聽見陳的聲音。）

陳　國屏！我們不要忘了呀！星期日那晚！

——第一幕完——

第二幕

景：公園一隅

大地是黝黑了。在朦朧的瓦絲燈光底下，隱約能夠看見：公園的一隅，設着兩張雙人椅。令人幾乎辨不清是誰的那李國屏和蜜絲麗娜的兩條緊挨着的黑影；坐在一張椅子的上面，其餘一張是空着的。

夜深了，起了些風，吹着園中的樹葉，沙沙地不住的作响；像悠揚的音樂般伴奏着他們的情話。

李　緊握着麗娜的手，聲音是微顫的。蜜絲麗娜！你眞的愛我嗎！?

麗　屏！如果我不愛你，為什麼願意給你緊挨着呢？

李　老實說：我是眞的愛你啊！蜜絲麗娜！我愛你的程度，如果拿寒暑表來比量，確是達到沸點之上了；如果比之于什麼東西時，那麼，是比人們愛他心愛的珍寶還要愛哩！

（靜默片刻）

啊！我愛你的程度，是比愛任何東西還要超出的！剛才所比喻的那些，簡直不能比喻我愛你的程度于萬一！啊！我除了無言地去表示外，是找不出什麼適當的事物來比喻，和適當的言詞來形容的！

（〔昂〕首望李），（然後倒于李之懷中）

麗　屏！我愛——你太興奮了！

（靜默片刻）

我們結識了兩個多月，我的心是了解你的，你的愛，我是完全接受的。同時，你的一切，我也願意……（椅的右面閃出一條黑影，輕快地向他們走來。）

呀！這是……誰……呀！？

（伏倒李懷，不能再說話了，這時，黑影早已站在他們的跟前。在互絲燈下，現着一個蒙了面具，披着黑色外套的人；右手握着手槍，對準李的胸膛。同時，旁邊又插來了兩條黑衣的漢子，用力地把李把着。）

李 （驚惶失措。）

你！……你……

（一個漢子急用黑布將他的口塞住了，另一個則把他的手反縛起來。以是麗娜也同被迫着向公園左邊走去。幕閉時，微聞汽車行駛聲，從近而遠）。

——第二幕完——

第三幕

景：匪窟

一間狹隘的房子，陳設很簡單：一座笨舊的檯，襯着三數張不甚新式的椅子。檯的左側低懸着一盞半明不滅的洋油燈，燈光是慘淡的，照着這黑越的房子，雖然是有點光明了，但這光明却令人感覺到陰森而恐怖！

匪首陳大哥端坐在靠檯的那張椅上，兩旁分站着匪徒——老三，老四，老五，老六四條大漢。

大 老三！老四！把剛才綁到的肉票帶上來！

三四 奉命！（說着引退。一刻便押李出。李恐懼萬分，俯首聽命。）

大 喂！怕什麼！？抬起頭吧！

李 （勉）強地把頭抬了一抬，然而瞬間又俯下了。）

大 喂！告訴你！現在你的生命是操縱在我的手裡的：我要你死你便死，我要你活你才可以活。（片刻）喂！你打算怎樣呢？死，還是活呀！

（李戰競地，片刻。）

說呀！——到底想怎樣？

李　先生！請饒了我吧！我並不曾開罪過你們，我是想活的，先生！（戰慄）

大　你想活！這并不是難事。可是，你要曉得，我知你完全沒有什麼仇恨，不過，想從你的身上發一點財，所以才設法請你來這塊地方。假如你現在能夠答應我的要求：而且能依着我的要求做去，那你是可以活的。不然的話，我對你恐怕是會執行對不住的手段了。

李　既這麼說，只要我的力量能夠做到的，什麼我都可以做，先生。

大　那麼，你聽着吧：你的父親是菲島二百多萬的富翁，數月來我已經打探得很清楚了。因為想從你的身上去向你的父親商借一點錢，所以才費了幾個月的時間；花了多量的金錢，而向你入手。現在居然給我們弄到了。喂！老實告訴你，我們所要的，是你父親的錢，並不是要你的命！（聲轉高）你父親的錢，喂！曉得嗎？（用手遞一信給李）這是一封我們替你寫給你父親的信。你在信的下面簽一個清清楚楚的名字便可以了。

李　（捧着信默讀，手有點發顫）啊！五十萬嗎！

大　是的！五十萬！（靜默片刻）你的父親是個二百多萬的富翁，五十萬，于他是不成問題的。而且你又是他唯一痛愛的獨子。簽吧！到了這個地方，遲疑是不準許的！？

李　（一聲不响，戰慄着在信末簽了一個名字。）

大　哦！願意了嗎？（停了一會，自言自語地。）為了自己的生命，就是不願意地要做的了，國屏！你還記得你的好友陳光宇曾和你說過什麼話嗎？他是說：上海社會是千奇百怪的，你一個人行走時，需要當心一切。那席話，你還記得嗎？光宇對你是忠實的，而且有時還要像狗一般去忠實牠的主人！這樣忠實對你的朋友，爾現在要見他嗎？給你介紹吧！（站起來脱掉黑的外套，然後徐徐地揭去面具，有力地說出如下的話。）這就是在過去對你像狗對主人一般忠實的朋友——陳光宇！？

李 （驚怪地，從顫抖而至震怒了。）啊！原來是你麼！你這沒良心的東西！（雙目直視光宇，聲變沉痛）朋友！——強盜！——綁匪！?

陳 （即大哥）強盜！?綁匪！?難道這都不是人嗎？國屏！你錯了！你的父親不也是強盜嗎？也不是綁匪嗎？不然，他何以會有二百多萬的家財！還有許多劣紳們；擁有巨資的人們，和XX主義者不也是強盜嗎？綁匪嗎？不過他們做強盜，綁匪的手段，和強盜，綁匪的手段有點不同吧了！國屏！明白了嗎？老實說：我和你相交幾個月，目的完全是為了你父親的錢，并不是有心和你這十足少爺氣的人做朋友！你的父親從許多勞苦人們的身上綁來兩百多萬的財產，現在給我綁去五十萬，是不會過分的吧！

李 （表示一種哭笑不得的神態。）哼！……

陳 但是，我和你幾個月的過從，使我覺得你為人還有點誠懇。忠實可取，我的目的雖是為了錢，但，結果仍免不了對你發生了一點情感。國屏！你不要再糊塗吧！明白地說一句：世間的像你父親那樣的人們，擁有壓搾權威的人們，不但都是強盜，綁匪；而且他們的手段，他們的居心，是比強盜，綁匪還要狠毒，厲害的呀！?

麗 （自右側出，面向李微笑着。）屏！認得我麼！?在這個惡濁的社會底下，我和你是有愛的可能嗎？（聲漸大。）什麼是愛？愛就是錢！?屏！五十萬！啊！五十萬就是爾愛我的代價！?現在明白了嗎？哈！哈！……（幕跟着笑聲速閉）。

——全劇完——

一九三四，二，十六晨脫稿于深水埔

選自一九三五年二月十九日至二十三日香港《南華日報·勁草》

傑克

天風人語（話劇）

（佈景）雲天縹渺中，銀河如帶，玉露生涼。

牛郎　對不起，到遲了。

織女　沒有甚麼。（神態淡漠）

牛郎　累你久等……

織女　（瞧腕表）整整過了一點零七分。

牛郎　無謂的應酬，沒法擺脱。

織女　貴人事忙。（神態益淡漠）

牛郎　只有道歉。

織女　聽膩了，前年，去年，今年，年年這樣説。把道歉，請原諒一類的話，掛在口頭，根本就沒有誠意。

牛郎　（惶恐）我説的是眞話。確然是趕來的。

織女　（冷笑）眞話？好，我願意聽你的眞話。那麼剛才從那裏來？

牛郎　剛才？（拭着額上的惶汗）

織女　怎麼又吞吞吐吐？

牛郎　剛才……只是無謂的應酬。

織女　唉！你的心，你當我不知道嗎？（目眶含淚）

牛郎　（囁嚅良久，不知怎樣自辯。）

織女　紫薇姊姊告訴我，前年今天你和麻姑到東海去旅行去年今天在月宮跳舞喝醉了：睡醒纔來見我。今年，這時你自然不肯説眞話。可是早知今日……牛哥，你既把這一年一度的幽期看得這樣輕賤，我們爽性從此斷絕……

牛郎　（愈惶急）請別誤會。

織女　（流淚）我也犯不着受人家敷衍。你來踐約倒像當義務一般。説到誤會，更笑話了。東海旅行，月宮沉醉，這些事實不是？

牛郎　這……

織女　男人們總愛撒謊，却不知道越圓滿的謊，越易造成缺陷。

牛郎　那麼我一切都承認了。只求尔寬恕！

織女　你既有這許多歡樂場所，何必來見我！

（背身欲去）

牛郎　（懇求語氣）請別動怒，就使派我一萬箇不是，也該留一箇聲訴的機會！

織女　有話請說。

牛郎　你我一別就是經年。這一年中，你該替我想想。人身肉做，其實成了仙，比肉做的人身情感更富。神仙都是逃避現實的，所以享樂主義的思想也越濃厚。我這個神仙，自然不能例外。這是我心坎裏的話，橫豎一切秘密你也知道了，索性談箇痛快。老實說一年三百六十五日，我和你的佳期，只有一箇晚上，此外的三百六十四日，我便成了一箇活鰥夫。當初幾年，還勉強咬牙切齒的過活，後來越熬越難熬，寂寞得不死不活，纔出來喝喝酒，跳跳舞，和幾位神仙小姐鬼混鬼混……

織女　你不該瞞我！

牛郎　假如你不見氣，願意聲明我的理由。

織女　你說！

牛郎　女人們都是小氣的居多數……

織女　胡說！

牛郎　你見氣，我就不說下去。

織女　（破涕而笑）我要你說。

牛郎　那你就別動怒。女人們愛吃醋，愛偵察男人的秘密，却又沒有容量。實則一般婦女的操守，未必比男人乾淨，不過保持秘密的手段，却比男人高明得多。人間世的寡婦出醜的別說了。那些死了受着「矢操柏舟」的祭嶂恭維的，生前眞是這樣乾淨嗎？女人的厲害，就在能嚴守秘密！說穿了，女子和男子都是一樣的人。

織女　（俯首頳然）你總是這麼侮辱女性。

牛郎　不是侮辱，這是最眞確的「人間相」。我應該補充聲明，照現代人的見解，性愛如果發於雙方自然的要求，決不是罪惡，女性也是人，同樣有性的要求。

織女　你說女人關於性愛方面，慣守秘密，這是社會制度養成的，在男權中心社會，女人本是商品。商品那有自己的所有權呢。

牛郎　可是，女人不應因為自己的秘密沒有被發現，而向男子面前示傲。聖經說：「只見別人眼中的樑木，而不見自己的睫毛。」以女聖人的假面目來責備男子，這是使男子受不住的事！我以為……

織女　（滿臉飛紅）算了，我不再責備你，你也別再向我講道。我們自己的事要緊，你說守活鰥，我何嘗不是守活寡。這一年一度一相見的生活，委實難受得很。我打算下凡，逃到人間去。你看人世夫妻，朝朝暮暮廝守着，多麼甜蜜！

牛郎　（搖搖頭）你只看了一面。男女的性愛過於濃蜜，還是會出亂子。譬如喝茶，一杯止渴，兩杯猶可，三杯四杯的牛飲下去，卻會發生反效率。你不見人世的離婚案子，當初都是恩愛夫妻麼？

織女　那就難了。

牛郎　性愛問題原是古今中外的學者們所最難解決的問題。

織女　不過照天上的辦法，總不是一個辦法。

牛郎　然而照人間的辦法又何嘗是辦法呢？

織女　最好是……

牛郎　我明白了你的意思，最好是既不在天上，又不在人間，是不是？

織女　對啦！我們先逃到人間，到了人間，實行我們最理想的性愛生活。人間總比天上自由得多。一年的相隔，距離太遠，一星期，這最理想了。戀愛要有藝術，不太濃蜜，不太疏淡，也許是最有效的保持力法。

牛郎　然而到了人間，這理想怕做不到了。

織女　（含愁）我也這麼顧慮。

牛郎　（啊呀！失足自雲端下墜，懸半空中。）

織女　（哎呀！失足下墜，懸半空中。）

牛郎　（同白）為了這性愛的煩惱，使我們既不
織女　到天，又不落地，懸到幾時呢？

（幕下）

選自一九三六年八月二十日香港《朝野公論》第五期

飛將軍之戀（話劇）

劇中人物：孫武公
葛蕊芳
余澹心
李十娘
楊文驄
敵將
兵士
侍婢

——第一幕——

時代：明朝末年。

背景：妓院中一精室，佈置華麗。幕啟，葛蕊芳方對鏡理妝，一婢侍。李十娘坐妝台側。時旁晚。

李十娘 澹心説，今夜約了姓孫的來。

葛蕊芳 那個姓孫的？

李十娘 孫武公，這人的名氣鬧得很大。

葛蕊芳 唔，不是那年七月七日在僑居小閣，大擺酒席，又叫了三班戲，開甚麼花榜狀元的那個姓孫的嗎？

李十娘 正是這人。

葛蕊芳 想不到他會來。

李十娘 因為他的愛人花榜狀元王微波被人奪了去。

葛蕊芳 聽説微波和姓孫的交情很不錯。

李十娘 武公原打算娶微波的；誰知忽地來了一個蔡香君，既有錢，又有勢，也迷戀着微波，背地裡在微波的爸爸跟前化了三千塊錢，就這樣微波嫁了姓蔡的。

葛蕊芳 微波也太沒主意。

李十娘 武公氣得要死，你知到嗎？武公這人一向是痴痴迷迷的。他纏上微波之後，竟在棲霞山雪洞裡，整整擁着微波雙棲了一個月，足不出戶，你道怪不怪？

葛蕊芳 竟有這樣的事！

李十娘 澹心告訴我，他自從失了微波，整天只是喝酒，醉後放着喉嚨唱戲，差不多變了瘋子。

葛蕊芳　他幹的是什麼職業？

李十娘　似乎沒有出來做甚麼事。澹心說，許多朋友都佩服他，因為他武藝很好，天生膂力，能開五石弓，又熟讀兵書，深嫻韜畧，假如有機會給他做事，必成名將。

葛蕊芳　余先生是當代名流，他的朋友想來不會錯。

李十娘　據說他不但武略好，文藝也很出色。澹心曾向我背過他一首無題，是「倦展星眸夢乍回，笑從軟語鬥心裁，櫻桃紅綻胭脂暈，容我消魂再一偎。」你道怎樣？

葛蕊芳　果然香艷絕倫！我記得余先生也有兩句詩贈微波的，什麼：「月中仙子花中王，第一嫦娥第一香。」捧得總算夠了，如果不是為了他的好朋友……

李十娘　澹心今後將另捧一人了。

葛蕊芳　誰？

李十娘　（微笑）你猜是誰？

葛蕊芳　你！

李十娘　我們是老交情，還有甚麼捧不捧？他今後將捧你了，今晚是來替你做媒。

葛蕊芳　啐！

李十娘　眞的，他說孫武公假如沒有一個素心人安慰着，這樣瘋瘋顛顛的鬧下去，不是一回事。屢次和我商量，我一向知道武公的眼角最高，說到介紹，想來想去，只有你，你的姿色，你的品格，你的應酬工夫……

葛蕊芳　（微赧）夠了！

（余澹心孫武公同上）

余澹心　十娘，我們是專誠來拜訪葛小姐的。

（李十娘介紹余孫二人）

葛蕊芳　（正在梳頭，長髮委地，雙腕如藕。）請坐！

（孫武公與葛蕊芳四目交接，彼此端詳良久，蕊芳赧然俯首。）

孫武公　果然名不虛傳！

余澹心　十娘推荐的，當然是此中佼佼。

葛蕊芳　這是你們的錯愛，太褒獎了。

李十娘　蕊芳妹妹還未妝成，你們兩位且先談談。我來替他做箇東道主，就在這兒晚飯，多談一會兒。

葛蕊芳　姊姊說得是，不過你也是客。（顧婢介）快叫廚房預備，（目孫微笑）酒要上好的！

孫武公　怎好叨擾！（亦自葛微笑）

余澹心　飛將軍，你的酒罎子的名氣，連葛小姐都知道了。好，我們且到窗前談談。（拉孫臨窗而坐）

孫武公　（低語）果然是解人。

余澹心　這樣的冰雪聰明，在風塵中眞不可多得。你瞧她的儀態，落落大方，我想閨閣名媛也不過如此！

孫武公　唉！假如他是閨閣名媛我們便無從和她結識了。我們並非愛到這些地方來，只是在這不近人情的禮教之下，把男女的關係鐵柵一般地隔着，不相識的男女見面，說句話兒都似乎犯了罪。你想男女間如何會有正常關係！

余澹心　天地間的事，本來是越遮掩越使人發生神秘之感。男女原是一樣的人，如果常常見面、談話、交際，便一些神秘都沒有了。並且接觸愈多，雙方的缺點便越容易暴露。到缺點暴露時，感情自然會疏淡，誰也不願意和誰纏綿下去，何況肉體的關係，是男女戀愛到了最高峯時，最神聖不過的一種結合。如果雙方有機會互相窺察到方的性情，選擇最良好的伴侶，我相信人世間一切偷偷摸摸的事決不會發生，兩性的關係也就聖化淨化了！

孫武公　（點頭）句句都是我心坎上的話。我還有一個意見，不過這意見說出來時，怕世人吃驚，說我在那里驚世駭俗。所以鬱積在心頭，從沒有向人發表過。

余澹心　什麼意見？別人也許會吃驚，我是不會的。

孫武公　我想男女的關係越公開越好，相識必須要經過介紹，這手續其實也是不必要的。我常見許多男女，雙方心靈上非常愛慕，却因沒人介紹，結果鬱鬱地過了一生，不但沒有結合的機會，連友誼都無從發生，不是一樁恨事嗎？人生數十年，男女的歡愛是私生活中最重要最重要的部分，生活發生缺陷時，卽使獲得了蓋世的勛名，做成了驚天動地的事業，人生還是乏味。為要填補這缺陷，我以為男女兩人卽使在大街上，或者公共的場所，無論男的驚慕女的儀態，或女的愛悅男的風度，都不妨自動地結識。

余濟心　你的意思固然很好，可是自荐的辦法，終究不好意思啟齒。男子向女子要求還可，女人如何好向男人要求？

孫武公　這便是男女社交的大障碍，其實有甚麼不好意思。一種不可告人的慾念，蘊藏在心裡，好意思不好意思？倒不如坦然向慕悅的人說：某先生（或某女士）我想和你做箇朋友。這態度豈不光明，豈不坦率！

余濟心　萬一對方不願意……

孫武公　那可以這樣說：「謝謝你，可惜因為某種關係，只可心感你的好意了。」

余濟心　你這一發明，解決了兩性無數的煩悶。

孫武公　不過現代的人，決不容許我們這樣做，我的理想說了出來，留給後人去試驗而已。

余濟心　你的話終有給後人認為眞理的一天。

孫武公　我還有一點補充，認識儘管認識，談到更進一步的話却要慎重了。譬如戀愛罷，我並不是說由友誼到戀愛，一定非經過怎樣怎樣長的時間不可，一年也好，一月也好，這是不成問題的，不過無論雙方的任何方面，旣表示愛，便該是眞愛，是負責任的愛，否則是虛偽，是罪惡，在戀愛上的欺騙，是最大的不道德。

（葛蕊芳一壁理妝，一壁全神傾聽，此時經已妝成，挽李十娘起立，行近孫前。）

葛蕊芳　孫先生的話，眞是至理名言！

余濟心　（笑向孫）葛小姐倒是你的知己。

孫武公　（與蕊芳握手，四目交視。）此溫柔鄉也，吾老是鄉矣！

（蕊芳面微赤，然任武公堅執其手。）

（幕下）（第一幕完）

第二幕

背景　（一富麗寢室）（幕啟，葛蕊芳方坐窗前，理女紅，孫武公自床上欠伸起，行近葛前，並肩坐。）

孫武公　這一箇月來，纔知人生之樂。

葛蕊芳　這樣足不出戶的廝守着，給人知道了豈不要恥笑！

孫武公　天地間只有我們倆人，別人的話，管他做甚。

葛蕊芳　（微笑）你總愛說這樣的話。

孫武公　這樣的話，你不愛聽嗎？

葛蕊芳　（故作嬌憨態）不愛聽。

孫武公　那麼，對不起，這一箇月來，我把你纏得太苦悶了。

葛蕊芳　沒有的話。

孫武公　那，你為什麼不愛聽。

葛蕊芳　原是哄你，傻孩子！

孫武公　你愛我嗎？

葛蕊芳　（忸怩無語）

孫武公　不愛我吧？

葛蕊芳　愛！（急俯首）

孫武公　那是我迫著你說的，是不是？

葛蕊芳　你這人……

孫武公　只要有你，我一切都可以不要，甚麼功名富貴，不值半文錢。

葛蕊芳　我怎能當得起你這樣的寵愛。

孫武公　（雙執蕊芳手）你纔是我理想的愛人！

葛蕊芳　（貌甚感動）謝謝你，我也知道你眞心愛我，只是我墮落在這樣的地方。

孫武公　這算甚麼！你是為了不得已才賣笑的，為了經濟的壓迫，才犧牲你的色相。你的靈魂是高潔的，至少——比一般拈花惹草到處賣弄風情的小姐們要乾淨！

葛蕊芳　感謝你這樣看重我。

孫武公　我想佔有你！

葛蕊芳　（默然）

孫武公　你不願意嗎？

葛蕊芳　（仍默然）

孫武公　我只是這樣想，你既不願意，自然不敢相強。

葛蕊芳　（急淚併出）你誤會了！

孫武公　怎麼？（代為拭淚）

葛蕊芳　你一箇月來的深情就是鐵石心腸也會軟化。何況我是一箇被幸福遺棄了的女子，那有不被你的眞心所感動。只是我向來不會說話，不善於表達我的內心。所以往往使你誤會。我的肉體是值不得珍惜的，誰有錢誰便有蹂躪的權利。可是，我究竟還有一個靈魂，這靈魂是有錢的人所踐踏不到的。請你相信我，這一箇月來，我全部的靈魂都給你佔有了！還有什麼不是你的？你要怎樣便怎樣！

孫武公　（大大感動）我想永遠佔有你！

葛蕊芳　（眼波含淚，點頭。）

孫武公　（擁葛蕊芳力吻）你永遠是我的！

葛蕊芳　（為熱情所中，星眸如醉，微呻）只要你歡喜！

（余澹心上，二人急釋抱。）

孫武公　澹心，你怎麼鬼鬼祟祟的，一點聲息都沒有的偷走進來。

余澹心　胡說，你們自己戀昏了，連客來都不知道，有失迎迓，該當何罪？呵呵呵呵

葛蕊芳　請坐。（對鏡理鬢）

（侍婢入奉茶後，孫余坐定。）

孫武公　我一箇月沒有出門，眞有些「此間樂不思蜀」的感想。

余澹心　可是，中原板蕩，像你這麼樣一箇允文允武的人才，眞不該閒着過日子。

孫武公　（慨然撫髀）誰能用我？自從見了蕊芳，百年之心，忽忽如有所寄，我打算老死溫柔鄉了！只是，（瞧着自己的雙臂）孤負了這一片丹心，一雙猿臂！

余澹心　（低語）聽說楊文驄到福建去了。

孫武公　我也打算一行。

余澹心　正是大丈夫建功立業之秋！

孫武公　邊境是這樣緊急，寇勢又這般囂張，人民痛苦極了！我們雖有志報國（搓雙手）可是誰能用我？

余澹心　國家承平的時候，一切都上軌道，人才有正當消納的途徑，所以等人家來用我們。但是到了亂世，紀綱毀壞，正軌蕩然，在上者不是賣國，便是誤國，現在貴陽馬士英，冊立宏光，自為首輔，又援引閹兒阮大鋮組織私黨，招引了一班鑽營無恥的人物把持國家大政。你想自愛之士，誰願意和他們合污！當今之世，既沒有人能用我們，我們便該自用。

孫武公　好箇自用！你一言把我提醒了。文驄本是我們的舊交，這時他既到福建去撐持危局，在這軍機危急的時候，我想去幫他的忙。

余澹心　好極了，我雖然無能，將來用着我們文人的時候，關於草檄一類的文字，極願効勞。

孫武公　〔這〕個自然，我先去，瞧瞧前方的情形怎樣。

余澹心　武公，你在香溫玉軟的另一世界，竟能擺脫一切纏綿，到兵慌馬亂的福建去，這精神眞可驚佩。可是蕊芳呢？

孫武公　這個……

葛蕊芳　（趨孫余二人前）你們的話，我都聽到了。

余澹心　葛小姐，他說到福建去，你捨得嗎？

葛蕊芳　孫先生是奇男子，正該這樣。

孫武公　我去後不感覺寂寞嗎？

葛蕊芳　人之相知，貴相知心。我的靈魂和肉體都許給你了。無論天涯地角，你常常在我心上。

孫武公　（黯然與蕊芳握手，視余。）你叫我怎樣？她在這種地方，我終不放心。我想和他脫藉。

余澹心　（頷首）愈速愈妙！葛小姐的意思怎樣？

葛蕊芳　（色喜）我沒有什麼意思，孫先生怎樣替我打算，我一切都服從。

孫武公　好，那麼一回兒就請余先生和你媽議身價。我也明天就動身，你跟我一塊去！

余澹心　（顧蕊芳）路上怕不怕辛苦？

葛蕊芳　（喜極而涕）只要跟著他，無論什麼辛苦都不怕，就是死也甘願！

（孫武公急持帕掩其口，幕下。）

第三幕

背景　（敵方的大營）。（幕啟敵將方升帳審問，四兵士侍立，楊文驄孫武公葛蕊芳均為階下囚）

敵將　把楊文驄帶來。

兵甲　（帶楊上）這就是楊文驄。

敵將　楊文驄，剛才你的兒子，已把反動的逆跡一一招認了，你還有甚麼話說？

楊文驄　（昂然）有甚麼話說！

敵將　你都招認了？

楊文驄　多餘的問！我就是楊文驄，這全盤的事都在我人身上。你想我招認的，我都可以招認。

敵將　如果你能把同黨的姓名一一供出來，我可赦免你的死罪。

楊文驄　（怒視敵將）甚麼話？你太蔑視我的人格了。楊某豈是賣友求榮的人！

敵將　你的艷妾馬婉容朱玉耶都是人間尤物，你再想想，眞不想活下去嗎？

楊文驄　（愴然）

敵將　只要你供出同黨來，你便得活下去。

楊文驄　（切齒）這可不能！我的軍隊現已覆沒，大明整箇江山都送在你們漢奸手上了，我一個人活來何用！

敵將　（慚怒）你不肯供，是自己討死！

楊文驄　你口口聲聲以死來威脅我。眞是漢奸見識。你要知道，怕死者不幹，幹者決不怕死！

敵將　（顧左右）綁去斬了！

（二兵士押楊將行）

楊文驄　可謂求仁得仁！

敵將　（強作笑容）楊文驄：我有一事要求你。

楊文驄　什麼事？

敵將　你是海內大名士，一書一畫，得到的都珍如拱璧。我現在以私人資格商量，可否給我寫一幅墨蘭。

楊文驄　哈哈！你倒還風雅，可是我的藝術，決不來媚漢奸！你休想罷！

敵將　（大怒）立刻綁去斬了！

（二兵士綁楊文驄下，旋卽持楊首級呈獻。）

敵將　楊文驄，你雖死，你的倔強之氣還使我震驚；可惜大明像你這樣的人太少了。

孫武公　呵呵！呵呵……

敵將　這是誰的笑聲？

兵甲　孫武公在那裡狂笑。

敵將　帶上來。

（二兵擁孫上前）

敵將　孫武公你笑甚麼？

孫武公　笑你沒見識。

敵將　怎見得？

孫武公　大明數萬萬臣民誰不願意慷慨就義，只有你們漢奸纔是軟骨頭！

敵將　好放肆，孫武公，你不是自稱飛將軍的麼？

孫武公　正是！

敵將　你滿口大話，現在看你飛到那兒去！

孫武公　你在失敗的人面前誇耀，只顯得你是弱者！

敵將　聽說你武藝很好，熟嫻韜畧，大明不曾重用過你，不如歸降我們，必定大用！

孫武公　胡說，我扶大明，並不因為大明能不能用我，為了種族的大義，為了出處的大節，卽使在鬥爭中充一名小卒，也是甘願犧牲。這心事你們做漢奸的是決不會明白的。話說完了，要殺便殺。（引頸就戮）

敵將　（沈吟）暫且押下去。把那婦人帶上來。

（推葛蕊芳上）

敵蕊　你是葛蕊芳，孫武公是你的丈夫？

葛蕊芳　是。

敵將　他們不跪，是因為他們都是大明的官，怎麼你也不跪？

葛蕊芳　你自己去想，我怎麼向你下跪。

敵將　好利害，（拍桌）我要你跪！

兵士　（厲聲同喝）下跪！

葛蕊芳　（冷笑）拿刀來！

敵將　（愕然）你想自殺是不是？

葛蕊芳　你叫兵士們斬斷我的膝蓋罷了！我不能向你下跪

敵將　（自語）這女子倒有骨氣，長得好美麗！（目兵士介）把她押在一邊。

（敵將與兵士耳語。）

兵乙　（行近葛蕊芳方面前）葛小姐，將爺說，將你鬆了縛

葛蕊芳　鬆了縛又怎樣？

兵乙　請到後堂去。

葛蕊芳　將爺還有什麼話吩咐？

兵乙　他說慕葛小姐貌美，只要答應他一句話，一切聽小姐的命。

葛蕊芳　嘿！

兵乙　他說先以黃金萬兩……

葛蕊芳　嘿！

兵乙　他說……

葛蕊芳　（微笑）你叫他親自來。

（兵乙請敵將至。）

敵將　葛小姐，可明白我意思？

葛蕊芳　你不妨再說得明白些兒。

敵將　假如小姐答應……（囁嚅）答應我的婚事，我便叫他們鬆了縛，請到後堂去。

葛蕊芳　呸！你簡直做夢。（怒容）

敵將　你眞不應允麼？

葛蕊芳　不應允又怎樣？

敵將　（慚忿，拔劍相向）不允，你就沒命！

葛蕊芳　（神色自若，冷笑。）甯可沒命！

敵將　（強笑）我求你了！

葛蕊芳　無恥！

敵將　（大慚，怒持刀作勢。）好不識抬舉。

葛蕊芳　（嚼舌尖出血，噴敵將面。）狗賊，刀劍只能威脅怕死的人，對於不怕死的人，刀劍早已失却威力。無恥的漢奸，殺了我罷！

「敵將怒不可遏，挺刀剸女胸，鮮血四射。」

葛蕊芳　（慘號）孫郎……孫郎……我們地下相見……

孫武公　（慘笑）呵……呵……孫三今日登仙矣！

（敵將返身併殺孫。）

（幕下）（完）

選自一九三六年九月五日及二十日香港《朝野公論》第六及七期

落華生

女國士（獨幕劇）

編者按：

熟悉初期新文藝的讀者時常這樣納悶着：究竟那些曾經給過我們「寄小讀者」「一隻馬蜂」，給過我們「玉君」「死水」，給過我們「無法投遞的郵件」的前輩作家們，這來都躲閃到那裏去了呢？按時間説，他們還不至老；按生活説，也許都還騰得出手來。他們拓了荒，為什麼不繼續來耕耘這片肥沃而寂寥的田土呢？即使中年人喜歡睡午覺，炮聲還震不醒他們嗎？

這問題編者也正答復不出，但今日本刊給讀者一個驚訝：我們終于由當年文學研究會中堅會員，「無法投遞的郵件」的作者落華生先生手裏，逼到一篇新作，而且絕不是「信筆拈來」應酬，這齣曾經在香港大學三度上演大獲成功的「女國士」，是用歷史的琉璃瓦砌成的新建築，對當前時代有着深刻意義的精心製作。

我們希望這獨幕劇將引起別位前輩的興致，在最近，編者能再有光榮捧獻另一位「老」作家的「新」作于讀者之前。

地點　絳州龍門鎮大黃莊

時間　唐太宗貞觀十九年秋（公歷六四五年）

登場人物

柳迎春（薛仁貴之妻）二十歲

薛仁貴（驢哥）二十二歲

薛大伯（仁貴之父）六十歲

李婆婆（仁貴之母）約六十歲

崔寶奴（小偷）十八歲

佈景　大黃莊薛家村舍前瓜棚下。門前散置些農具。牆下有寬長凳橫着。棚下雞籠邊母雞引雛啄食。棚上垂瓜纍纍，雜懸鐵馬一二，時作錚丁聲。棚外小樹三四，微風吹動，頗有涼意。

幕開時，小偷寶奴從樹邊躡步出，撒米引雞，伺機携取。舍內時有咳嗽聲達於戶外。寶奴聽見聲音就藏在一邊，聲停又出。這樣做了幾次。

伯　婆婆，這時候我們底驢哥還不回來，大概又是到河津那邊射雁玩耍去了。（咳）唉，養了個孩子不務農業，眼看田土荒蕪，眞是沒辦法。等我到門口張望張望，看他回來了沒有。（薛大伯持杖出，時作咳嗽，見寶奴。寶奴飛遁。）

伯　你這小子，又想來偷我底雞！你別欺負我年紀大，走不動，追不着你，等驢哥回家，再與你計較。（咳）婆婆，你還不出來？（一面哄雞。）（李婆婆出。）

婆　大伯，哄雞幹什麼？現在還早咧。

伯　早！也得收。咱們驢哥不回來，（咳）那裏還有早晚？現在鬧到白天也有人來偷東西！（咳）（一面把雞放在籠裏，拿到牆後。）

婆　大伯，您看見誰來着？（坐在棚下凳上。）

伯　隔村那個小奴才，崔二叔底姪子，寶奴。往常我田裏丟了東西，早已想到是他幹底，老也找不着證據，今兒可教我看見了。（坐婆婆對面。）一會驢哥回來，一定教他去把那小子逮來，治他一治。（咳）想不到崔二叔那麼好，他姪子可這麼下流！

婆　驢哥一早出去，到現在還沒回來，也許是到田裏去了罷。

伯　他到田裏去！（咳）你別想。這孩子正事不幹，天天在廣場裏耍槍，舞劍，弄刀，玩棒。早晨我見他帶着弓箭出去，大概又是到河津射雁去了。（咳）婆婆，你說，孩子今年是二十二歲了，我們指望他能夠做個好好的農夫，守住這幾十畝田莊，也就滿足了。那裏知道他近幾年來老是用工夫在鍊習武藝上頭，田裏底事總是我一個人幹，幹得氣喘，汗流，腰酸，骨痛。（咳）唉，照這樣情形延下去，我底命可就完了。（咳）我有好幾天沒下田裏去了。這病恐怕一時好不了，你也得勸勸他，不要荒廢了莊稼人底本務才是。（咳）

婆　大伯您也不必管他。自古道，父母能生出兒女身，不能生得兒女心，他不願意種地，您

伯　又何必強他？我看他長得一表身材，不怕餓得着他。

婆　餓不着他，可餓得着我們哪！（咳）我前天聽見他說現在高麗侵入國境，聖上御駕親征，大兵不久要過絳州，地方官已經貼出黃榜招軍。若是他去報名，豈不白白葬送了我們兩口子？（咳）

伯　大伯請放心。他雖不顧父母，可有妻子，恩愛難捨。我想不如叫媳婦出來問問，看看她底口氣如何。（叫）媳婦，媳婦。（柳氏出。）

柳　婆婆有什麼事情叫喚媳婦？

婆　沒有別的，只因您公公惦念着驢哥不務莊稼，整天在廣塲比武，到河津射雁，這兩天又說要到絳州投軍去，他老人家裏心不安，要你出來商量商量。

柳　商量什麼？

婆　商量一個教他不去底方法。

柳　婆婆，驢哥學得一身武藝，而且志向很大，您要他困守着這幾十畝田莊，豈不是用小鳥籠來養大鵬嗎？

伯　怎見得他是大鵬鳥呢？連你也替他說起話來！婆婆，我說他們夫妻是一條心，你還與她有什麼商量？

婆　媳婦你不怕你驢哥一去不回來嗎？

柳　媳婦信得過，他底武藝比誰都高，若去投軍，決不會打敗仗。不打敗仗，自然是會回來底。

伯　你怎見得他底武藝比誰都高？

柳　他底武藝若不高，那能天天打得許多飛雁和許多野兔？他每天提着兔雁到城市去換錢，誰見了都說薛大哥武藝高。媳婦那天趕集去，還聽人對媳婦誇他，說：你們驢哥可以不種莊稼啦，他一天打得底禽獸，賣底錢就等於你公公在田裏出了十天底汗。

伯　可不是嗎？不過飛禽走兔不定常有，田地裏底出產才是正項入欵。（咳）唉，你看我底病一天沈重似一天，今天勉強可以起來，明天怎樣，就說不準。我怎能讓驢哥離鄉別井，遠道從軍去呢？（咳）

婆　大伯累了，您進去歇歇罷。

伯　不，我不能進去，一進去，那偷東西底小奴才又要來底。

婆　不然您就躺在此地一會。媳婦你去替你公公煎一碗湯藥給他喝喝。（柳欲下）慢着，先把被窩取出來給他老人家蓋上。

柳　外面有風，還是到屋裏罷。

伯　不，我要在這裏歇歇。現在天氣還暖，太陽也還照着，躺一躺也不妨。

柳　那麼，待媳婦去把被褥抱出來。

（柳氏入，取被窩出，與婆婆把臥具舖在門口牆下底凳上，扶大伯臥，蓋好。）

婆　我去把那一簍紗紡完，再來陪你。媳婦你去煎藥來給你公公喝，一會驢哥回來要做晚飯，又沒工夫了。

柳　媳婦就去。（與婆同下。）

（寶奴出，四面張望。見鷄不在，大伯正發出鼾聲，便躡步到瓜棚底下摘瓜。鐵馬連瓜落在地上作響，大伯驚醒。）

伯　你這小奴才，又來偷瓜！這次我可不饒你了。（寶奴逃跑）你別跑，等老夫來逮你。（大伯起，追寶奴，欲用杖來打他，撲個空，摔倒。）呀！嗳呀！（聲漸細。）

（薛仁貴上，背負弓箭；手提野雁數隻。）

薛　呀！爸爸倒在地上！媽媽，大嫂，快來（撫大伯，放下弓箭等物。婆婆，柳氏先後出。）

婆　怎麼啦？

薛　不曉得。扛到屋裏再說罷。（扛大伯入，婆婆，柳氏隨入，婆婆在屋裏哭。「大伯，您怎樣就摔死了！你就這樣死了！……」仁貴與柳氏出。）

薛　到底是怎麼一回事？

柳　奴也不知道。公公說要歇歇，婆婆教奴到後邊去煎一碗湯藥來給他喝，火還沒上來，就聽見您嚷啦。

薛　爸爸這幾天不高興，因為我告訴他我要投軍去，莫不是為這事出了岔罷。

柳　他方才還說着咧。教奴想個方法阻攔大哥，可也好好地，並沒有什麼。他原是躺在那裏，不曉得起來要幹什麼，以致摔了一交。（看見瓜棚凌亂，）哦，奴知道了！一定是寶奴又來偷瓜。他老人家起來追他。（把鐵馬檢起，仍掛在棚上。）

薛　那寶奴這麼可惡，連我大黃莊薛仁貴家底東西都敢來偷。

柳　公公方才出來，也是因為他來偷雞，叫婆婆把雞籠收了。這次他又來偷瓜。

薛　那小子這麼可惡，待我去把他揸來。（欲去。）

柳　（攔住。）大哥且慢，我們還有許多事情要辦呢。……今天大哥為什麼這麼晚才回來？

薛　我今天打完雁，到鎮裏去打聽，得知後天大兵要在絳州聚齊，要投軍底務必在明天報名。正要回來告辭爸爸媽媽，收拾收拾行李，趕着入伍去，不想到爸爸又去了世，教我空羨慕着別的從軍底人們。——鎮裏有幾個相知方才已經起程了。

柳　大哥，您底意思是……

薛　我想不去了。

柳　怎麼又不去了呢？

薛　大嫂，若是我走了，家裏只剩下兩個女人，你們怎辦呢？

柳　我們嗎？大哥請不用掛慮。前天您不是說過田裏底事可以拜託崔二叔照料麼？至於家裏底零星費用，奴手裏雖沒有多少積蓄，若是織些布匹，做些針黹，也可以勉強度得下去。

薛　話雖如此說，做可不一定做得到。

柳　大哥未免小看了奴。（有點生氣。）

薛　大嫂別生氣。怎見得我是小看了你？一個家庭沒有男子是萬萬不成底。

柳　大哥，您底話說差了，一個家庭沒有男子却還可以過得去，若是一個國家沒有像您這樣底男子去當兵，才是萬萬不成哪。

薛　我是為媽媽和你打算。

柳　您還是打算您底罷。您當奴是什麼樣底女人，事事都要依賴男子？（薛未答），您想奴平日當您做什麼人？

薛　大嫂一向看得起薛仁貴，當我是個非凡的人。

柳　那就是了。古語說，「好女不作凡人妻，不為庸夫婦」，奴以大哥為非凡的人，奴自己就不願做凡人之妻，也不願意您成為庸夫。

薛 我怎麼會是庸夫？

柳 凡是有大志而不求達到底，便是庸夫，他只會做夢。

薛 我終有一天會達到我底大志願，不過現在爸爸過去了，只得暫時安心做個農夫。

柳 大哥枉費了您學會了十八般武藝，還是做個農夫！若是外寇侵凌到來，您想安然地做農夫，恐怕也不能夠罷。您沒聽過人家說起古時候魯國底漆室女底話麼？她說，「有外人底馬踐踏了她園裏底葵，還可以使她一年不能吃得着葵葉。若是魯國有難，君臣上下，人人都要受害，決然安逸不了。」大哥是個男子漢，見識却不如一個女了，豈不是個庸夫麼？（薛像不以為然。）大哥若不投軍去，奴只有回奴娘家或到逃到別處去，索性把家事一切都交還您，永遠也不回到您薛家來。（說着要走。薛揪住。）

薛 大嫂請不要生氣，你走了，我更沒法辦了。你既然一心要我投軍去，田裏底事當然可以請崔二叔照料；家裏底事，你能做也就罷了。不過爸爸底後事沒辦，媽媽在家單仗你奉侍，於心實在不安。

柳 大哥不是個凡人，當然知道古來底大孝子是要立身建功，保衛邦家；若是早晚底請安，春秋底祭祀，不過是人子底末節，凡夫底常行罷了。如今邊疆這麼喫緊，寇賊這麼猖狂，做子民底須當以身許國，掃除夷擄，才是正理。

薛 大嫂眞是個賢慧的婦人，我自當為國家保衛疆土去，只怕……

柳 只怕什麼？

薛 只怕媽媽不放我走。

柳 婆婆麼？奴想婆婆也是個明理底人，大哥儘可以對她說說。

薛 這樣，等我試試。

柳 待奴把婆婆請出來。

（柳欲入，薛望棚後有所見。）

薛 哪，那不是寶奴！（柳向棚後望。）寶奴，你別跑，再跑一步，我便要用箭來追你了。……你還跑！（對柳氏）你且進去招呼媽媽：待我去追他。（分頭下。）

（柳扶婆婆出。）

婆　驢哥白學了一身武藝，連他爸爸，到今日也教人欺負死了！

柳　婆婆請您別傷心，大哥把他逮回來，自有分曉。

（薛揪寶奴出）

薛　我看你跑得過我？你再跑？

寶　薛大哥饒命，我寶奴再不敢了。

（婆見寶奴，忿極，趨前欲打，柳氏扶住，阻她前進。）

柳　婆婆別悶了手，打他那副賤骨頭做什麼？請在一邊坐下，等大哥處置他。

（柳扶婆婆坐在棚下，把地上底雁檢起，掛在墻上。下。）

婆　（對寶）你這小子，把我家老頭子害死了，今天非要你償命不可。

寶　婆婆，我沒害死他，是他自己摔底交。他那兩條腿沒骨頭，干我什麼事？

薛　我把你這小子！你不認罪，還敢罵人。（揪寶奴耳）

寶　噯唷，噯唷！我不敢了！

薛　待我把你綁起來，再找地面去*。（解寶奴腰帶把他綁着。）

寶　薛大哥饒了我這一次罷。就算我全身沒骨頭，跑起來，一陣風把他老人家颳倒了好不好？

薛　你還胡說，非打不可。（打。）

寶　饒了我罷，我再不敢了。

薛　我把你綁在這樹上。（縛寶奴在樹幹上。）

婆　把他綁得牢牢地，待我親自來打他一頓。（望薛縛寶奴。哭）驢哥，你若是早一點回來也沒有今天底事。你怎麼今天回來得這麼遲呢？

薛　孩兒到鎮上去，與人商量到絳州投軍底事，故此回遲了。

---

*編者案，「地面」，官府之謂。

婆　我年紀這麼大，你爸爸又死掉了，你怎能去呢？

（薛縛完，到棚下婆跟前。）

薛　媽媽，孩兒已經立定志向要從軍去。田裏底事可以託崔二叔照料，家裏底事自有大嫂招呼，請您不要掛念。我此去，快則一年半載，至遲也不過三年五年便要回來底。那時就在媽媽身邊，永遠不離開媽媽。

（寶奴試自解縛。）

婆　唉，驢哥，你媽媽也是風前燭，說不定甚麼時候便要熄滅底，你還是安心做個太平農夫罷。

薛　媽媽，說到安心，誰不喜歡？不過現在遼東有事，聖上尚且御駕親征，可見得這場戰爭與平常的不同，我們做子民底又怎能安心，不去為國守土？

婆　打仗？打仗自有別的人去。短了你一個也不見得就不成。

薛　媽媽，我們先不說別的，孩兒請問，爸爸今天過去是為什麼？

婆　不是為寶奴（望寶奴，寇奴忽不動，）偷我們底瓜，他起來追，才摔了交嗎？

薛　不錯。一個小偷來偷我們家底東西，便會教我們家裏鬧出這個大亂子，不但丟了東西，並且喪失人口。（寶奴聽。）假如外夷侵入我國土地，媽媽，您想我們要喪失多少東西，死亡多少人口？我們是種地底人，若是土地丟失了，豈不要白白餓死？種地底人們更應當上陣去保衛國土。我們不能容外寇侵略，就如不能容小偷（指寶奴，寶奴作靜止態）強盜進屋裏竊掠財物一般。而且這絳州地面離遼東不算遠，若不趁早把敵兵打退，再遲一步，就要看見這大黃莊上都是破屋荒田，人烟斷絕了。

（寶奴解縛逃走。）

薛　你這小子又想跑？快給我回來，不然，就不饒你。（寶執奴問）你還逃？

寶　不敢了，饒了我罷。

婆　（站起）驢哥別放了他，待我到園裏去取一枝老荊條來抽他幾下。

（婆下。薛仍欲縛寶奴。）

寶　薛大哥，看我二叔叔面上，別綁了罷。

薛　不綁，教你好逃。

寶　我這次不逃了。您已經打了我一頓，還不放我回去，難道偷東西會問個死罪不成？

薛　不管死罪不死罪，今晚你別想回去。

寶　留我在您家裏幹什麼？孝子份定是您做，還要我來替不成？

薛　胡說，我要你替什麼？你今晚得同我到田裏開個墓墳去。

寶　那我可沒做過。

薛　我刨土，你挑。

寶　我底肩膀骨是燈心草做底，挑不動。

薛　你刨，我來挑。

寶　您家底地全是石頭，我刨不動。

薛　看來你是不幹。

寶　我不幹。

薛　（擬拳向寶）看見沒有？

寶　好啦，別動手。君子用口，小人動手。

薛　你配説嗎？偷東西底是君子，還是小人？

寶　我説君子，才偷東西，您沒聽説過我這一行叫做「梁上君子」嗎？

薛　又胡説了。你剛説君子用口，小人動手，偷東西是用手，還是用口？

寶　偷東西為底是吃，到底還是用口。

薛　我把你這用口底君子！（欲打，婆婆上，）

婆　待我來打你這小奴才。

薛　寶奴，過來跪在地下，等我媽媽來打你一頓。

寶　方才已經打過了，饒了我罷。（不肯前進，薛揪住他，強他跪下。）

薛　你這副賤皮囊，只好拿來鼓打。

（婆婆打數下，幾乎暈過去。薛扶住。）

薛　媽媽歇歇罷，這事不必媽媽動氣，孩兒自會辦理。（扶媽媽坐下。）

婆　可把我氣壞了。（喘，）這小奴才老是來攪擾我們，非得想個方法來裁制他不可。

薛　他嗎？（到寶奴身邊，看他底身材，沈思一會），不用怕，孩兒把他也帶走，一來可為地方除後患，二來可以把一個壞孩子改變成為有用的人。回頭到崔二叔那裏請他去買棺木底時候，一起對他說說就是。孩兒想崔二叔鎮日裏只為他發愁，怕他犯了王法，連累一家大小，若是孩兒肯帶他去，崔二叔一定是很喜歡底。

寶　我不投軍。我不投軍。

薛　沒有你說底。

婆　驢哥，你真要去麼？我却捨不得。戰場上底人命是脆得像乾了底葉子一般，很容易毀滅底呀。（哭）

薛　媽媽請不要過慮，孩兒自信武藝高超，攻城陷陣，比在身上檢起一根毛還容易，絕不會有什麼差錯底。此地風大，不可以坐得太久，請到屋裏歇歇，回頭再商量罷。（望寶奴。）你可不許走，一會出來與你說話。不然，你就逃到天邊，我也能夠把你逮回來。

（扶婆婆下。）

（寶奴從地站起，摩身搓膝，指門內罵。）

寶　可恨可惡的驢！我一點東西也沒拿到你底，平白地把老子打了幾頓。打人不用花本錢。還要我跟着當兵去。你不怕做沙場底野鬼，我可怕。你要人陪你去死，為什麼不把你底婆娘也帶上營盤去？你……

柳　（柳氏出，欲端臥具，寶奴正指着她。）寶奴你瘋了！怎麼在這裏罵人？你在罵奴麼？

寶　我沒罵，我罵了您爛嘴。

柳　誰爛嘴？

寶　我……我……爛嘴，我爛嘴。

柳　別胡說。你到底在罵什麼？

寶　我沒說什麼。薛大哥方才要我跟他去投軍，我不願意。

柳　投軍是人民底本分，為什麼不願意？

寶　我不去，「好男不當兵，好鐵不打釘。」

柳　你倒不配說這話。你要知道現在話不是這樣說底。現在應當說：好男當好兵，好鐵打好釘。

寶　你驢哥打他底好釘去，我怕死〔。〕您不知道高麗兵厲害得很，一枝箭可以連貫三個人底。我打老虎，也不去打高麗。

柳 你跟着你驢大哥可以練練胆。你知道他是一箭可以貫穿六層堅甲底聖手。他比高麗人厲害得多，你別害怕。

寶 他會射，我可只會做箭垛。

柳 你不必害怕。奴信得過，你是可以跟（一）驢大哥去底。你想你這麼年輕，又這麼聰明，若是肯立志，將來必定會成為一個很有用的人。（寶注意）若是你不改變你底行為，一直流氓當到底，那有什麼好處？也許會引你到牢獄裏過一輩子。若是你去投軍，這有立功底希望。你不但自己受人恭敬，連國家也有光榮。要知道為人民底，捍禦外侮是他最高的責任。奴雖然是個女子，若是用得着奴，奴也要去。何況你是個堂堂的男子漢？你想想罷。

寶 哦！（想）投軍有這麼些個意思！薛大哥方才對老婆婆説的話，我也聽見了。我就想不到我寶奴可以受人恭敬！我底國家得着光榮！（看自己身手，這是有用的身手。不錯，應當做有用的事。

柳 那〔就〕對了。你底身體很強健；你底國家須要你。

寶 我明白了。我明白了。我要去。（薛上）我要去。

薛 來，等我來治你一治。「你要去」你往那裏去？

寶 我跟您投軍去。薛大嫂底話是對的，我應當跟您去。

（薛望柳氏）

柳 奴方才勸了寶奴一番來着。

薛 大嫂眞是一個賢明的女國士！若是個個女子都像你一樣，國家〔就〕沒有被侵略底時候，天下也就太平了。

（幕落）（已完）

後記

薛仁貴底名字全國都知道。關於他底事迹底戲劇很多，現存最古的劇本也許是在元曲裏底薛仁貴榮歸故里雜劇。本劇底人物，除寶奴以外，都是從這劇本取出底。近代許多戲劇，所演出底薛仁貴都是根據説唐後傳，征西演義，薛家將平西演傳，等書底故事。但薛仁貴底從軍是由於他底妻柳氏底勸勉，從前的作家都忽略了這一點。唐書（卷一百十一）本傳載：「薛仁貴絳州龍門人，少貧賤，以田為業，將改葬其先人，妻柳曰：『夫有高世之材，要須遇時乃發。今天子自征遼東，求猛將，此難得之時，君盍圖功名以自顯，富貴還鄉，葬未晚。』仁貴乃往見將軍張士貴，應募至安地。……」柳氏在唐書裏沒有名字，通俗稱她為迎春，不知所本。仁貴小名驢哥，雖不見於唐書，在元曲裏却是用這名字。今京劇汾河灣作薛禮，「禮」也是「驢」底變音。本劇注重在柳氏勸夫投軍，其它脚色不過是陪襯而已。

此劇係為香港大學女生同學會演劇籌賑寫底，排演時有些地方是女生鮑素梅女士底暗示。佈景係陳抱一先生所設計，順在此處致謝。

選自一九三八年十一月十一日、十三日、十五日、十六日香港《大公報・文藝》

兇手（三幕劇）

〔存目〕

選自一九四〇年六月上海《宇宙風》第一百期

娜馬

除夕

佈景：一間販賣洋貨的小商店，兩壁是高高地放滿了貨物的木櫃子，近左置一長櫃位，櫃位以內放上三把梨木椅子，櫃位以外的地方却參差地放著四五把竹凳。由天花板垂下一條已經沒有了電燈的膠線。

出場人物：

張老太：是一個慈祥的婦人，年齡約五十歲左右，但是有六十歲以上的衰頹之態，她是這間商店的老板娘。

張鳳珠：是張老太的女兒，大約十七八歲左右，相當的漂亮，活潑，穿著學生裝。

張國康：張老太的兒子，鳳珠的哥哥，是一個廿四五歲左右個子瘦弱的青年。

阿誠：一個十八九歲的很伶俐的孩子，是張老太的學徒兼未來的女壻。

李婆：是債主。

財伯：一個忠實的老街坊。

顧客：男女老少各一兩名。

特別道具：

一件名貴的女大衣。

時間：廢曆除夕那一天的一個將到黃昏的下午。

開幕：張老太太愁眉苦臉地坐在櫃位裏的一張椅子上，阿誠站在櫃位外面招呼著兩個顧客，擺出了笑嘻嘻的樣子。兩個顧客把貨色看了幾下，懶洋洋地掉頭而去。李婆迎面入來。

張老太　李婆，什麼風……？辦年貨嗎？

阿誠　李婆眞能奈，這麼年紀了，辦年貨還是自己來！……嘻嘻……。

李婆　（只管咳嗽）

阿誠　李婆，坐下休息休息吧！跑得疲了！（殷勤地搬過一張凳子）

李婆　（坐下，仍然是咳嗽）

張老太　阿誠，你瘋了嗎？怎麼不給李婆倒茶，你這孩子近來愈弄愈不像樣子了！

阿誠　呵！我眞個忘記了！還好李婆是大人大量，不會見怪的！（一回便倒了一杯茶很恭敬地送給李婆）

李婆，喝幾下熱茶，便不再咳嗽了；就把茶杯放在櫃位上面，這時候，外面進來了一男一女好像少年夫婦一樣的很時髦的兩個顧客。張老太馬上放出了笑容，阿誠連忙迎上去招呼。李婆呆呆地望着。

阿誠　先生們有什麼照顧呢？

女顧客　你們這裏有頂好的手帕嗎？

阿誠　手帕，有的！兩位請坐吧！

張老太　（從櫃位內捧出一盒手帕來。）

阿誠　這裏的手帕有許多種，請先生們自己選擇吧！

女顧客　（把許多手帕挑選著）再沒有別的嗎？

阿誠　對不起，就只是這一盒了！這紫羅蘭色的也不錯啊！近來也很多人買。

女顧客　（把頭輕輕一搖）請你收回吧！

男顧客　有力士梘沒有呢。

張老太　有！有！（連忙拿了幾片力士梘出來）

男顧客　（略看了一下）賣什麼價錢？

阿誠　先生們，我們的價錢是老實的，就是八毫錢一塊吧！

男顧客　太貴！

阿誠　先生這不算貴的，抗戰後的物價是比不得從前了！我們成本也得七角六分啊！我們的價錢是不敢多討的！……先生要買多少呢？

男顧客　買不成，太貴！太貴！（男女顧客一齊向外面跑去了。）

張老太　（嘆一口氣）這個年頭，生意也眞難做！

李婆　張老太，我今天來特地是為這件事的，究竟怎麼樣呀？

張老太　這件事，眞是沒奈何得請你原諒了，這個年頭，做生意也眞難！這年關我們還有幾筆債沒有清，人家是天天來討，可是我們沒有辦法！這兩個月來，一點進款也沒有，天天在吃本……街帳也收不起！剛才你是看見的，顧客一進來，多是問了價錢就跑！……這筆錢只待明春才能夠還給你了！

阿誠 李婆是財主人家，這是不要緊的！

李婆 不是這麼說，我一個寡婦人家，既沒有兒孩奉養，也沒有親近依靠，一點小小的三二百塊錢，就是我這條老命的養老金了……（又咳嗽）而且你們已經三個月沒有清息了！

張老太 老婆，你的苦處，我是知道的，可是我們實在也比你更苦呀！

李婆 你最少也有生意可做呀！

阿誠 李婆，你不知道，近來的做生意也是很苦的，打仗以後，人都窮了，物價也貴了，米是一塊錢兩斤，許多人們連兩餐也找不到，有誰有閒錢來買雜用的東西呢？……你看，這條街裏，那一間商店的伙計不是在打〔瞌〕睡呢？

張老太 眞要請你原諒，現在就是捉我上刀山也拿不出錢來了！總之我是不會圖賴你的，只要一交正月，我就不吃飯也設法子清還給你。

阿誠 （從裏面拿出一枝煤油燈來，放在櫃位上）李婆，你看啊！我們眞個窮得連電費也沒錢交，前天已給電燈公司截線了。

李婆 （嘆一口氣，感動地。）唉！近來的世界！……。

阿誠 李婆，時候不早了，還是早一點到別家去討吧！

李婆 都去過了，還有一家，看來也是沒有的了，你們今天無論如何總得給我多少吧！不呢，我眞要餓死了，這算是你們好心積點福，可憐我這老丐婆吧……（咳嗽）

阿誠 我看今天晚上，或許多少有點生意上門的，不過一定很遲！不如你先回去了，我待晚上收得多少就通通送上你府上吧！

李婆 那麼我就在這裏等一下好了！

阿誠 你等不了的，辦年貨的人都是很夜的；你年紀又老，這兒又風大，不如你先回去吧！你放心！我不會騙你的！

李婆 那麼你一定送給我啊，你知道我趕著救命

一樣的。（蹣跚地走出外去）

阿誠　我知道的，放心吧！一定給你送！

張老太　（吐了一口氣）現在什麼時候了？誠。

阿誠　（向裏頭望了一下）七時半了。

張老太　為什麼鳳珠還沒有回來……！

阿誠　唔……

張老太　恐怕學校裏又是開什麼會了！

這時候鳳珠穿了短衣黑裙的學生裝，外面加上了一襲大套，挾著一個大紙盒，從外面跳著進來。

鳳珠　媽！

張老太　正和阿誠說到你，你就回來了！

阿誠　珠姑今天回來為什麼這麼夜？

張老太　我們還沒有吃飯，在等你呢！

鳳珠　（拉過一把木凳坐下，把手裏的大紙盒放在旁邊的另一張凳上。）以後不必等我了，你們先吃不是好麼？

阿誠　那麼現在開餐吧？……

鳳珠　不！……或是你們先吃吧，我疲得要命，今天替學校賣了一天花，脚也跑得痛了，必得休息休息。

張老太　那麼等一會大家吃吧！

鳳珠　你們不是很肚餓嗎？

阿誠　不！不！沒要緊的。

鳳珠　媽也不肚餓嗎？

張老太　我剛吃了一點東西……。

阿誠　珠姑今天賣花成績怎麼樣？很不錯吧！

鳳珠　不要說了，光跑了一天！……穿得體面點的人，一見了賣花的就避路……。

阿誠　委實近來人人都窮了，穿得好看一點的人，不過是還剩幾件衣服沒有破產吧了！

張老太　眞個我活到五十多歲了，什麼世界我沒有看過？却沒有見過近來的物價貴得這麼厲害的。

阿誠　兵荒馬亂的世界，有什麼好過的……現在只打了一年仗，已經弄到民窮財盡了，再打下去，三兩年間，我看大家都要吃樹皮吧！

鳳珠　這不要緊，只要我們到獲得最後勝利以後，大家的生活都會好轉的！

阿誠　不要說我多嘴，地方一天天失去了，軍隊一天天打敗了。……我們政治也不及人家，軍事也不及人家，還有什麼勝利呢？

鳳珠　這不要緊，我們一反攻，失地就會克服的！這是消耗戰！

阿誠　消耗戰！不錯，光是自己就夠消耗了！打仗不夠一年，就消耗了許多地方，消耗了許多軍隊，消耗了許多老百姓的生命財產……。

這時候，外面忽然經過兩個顧客，阿誠馬上站起身來招呼。

阿誠　先生們買什麼？請進來參觀吧！

顧客　（只在門口逗留了幾秒鐘馬上便跑開了。）

阿誠　（轉身坐下，看了鳳珠一眼）珠姑，這盒是什麼東西，可以給我們看看的麼？（用手指著鳳珠身旁的那一個紙盒）

鳳珠　沒有什麼，衣服吧了……（忽然掉轉頭看著張老太）媽！你看這件大衣好看不？

（把紙盒的蓋揭開）

張老太　（從櫃位裏跑出來，在紙盒裏拿出那件大衣看）唔！真講究的！……鳳珠，那裏來的？

阿誠　朋友送的吧？

鳳珠　胡說，那裏有這麼慷慨的朋友！

張老太　委實是從那裏來的？真不錯，質料又好，欵式又合時！……。

鳳珠　那裏來的，是從慕貞處借來的！

張老太　怪不得！

鳳珠　媽！你猜猜值多少錢？（把大衣放回盒內）

張老太　那裏猜得著，我這鄉老兒！

阿誠　我看最少也該是三十塊以上吧！

鳳珠　嗤！你的三十塊多有用阿！慕貞說是四十五塊錢來造的，這是相熟的洋服店，如果別一間或許還不止這個價錢呢！

阿誠　四十五塊錢也不能說貴，近來的物價……

鳳珠　（忽然站起來）媽！我想照樣縫一件好不好？

張老太　你不是還有一件寶藍色的嗎？幹麼要這麼多！

鳳珠　不！這件寶藍色的我再也不穿了，樣子又古老，顏色又怪難看的！……

張老太 珠！將就一點吧！這個年頭……

鳳珠 這還不要緊，最倒霉的是：人人都說那是（ ）*貨，我為了這件大衣，不知受過多少氣了！

張老太 （ ）貨也好，土貨也好，橫豎又不是新縫的，有什麼要緊呢，從前買下的東西，錢已經給人家了，就算你把它燒掉又有什麼用呢？

鳳珠 人們不要和你這樣說的，……………………………………………………………而且我近來又參加了不少救亡團體，……………………………………………**我以後眞個不再穿它了，你給我再縫一件新的也好，不縫也好，以後就算冷得我要死，我也不再穿那件了！

阿誠 那麼……

鳳珠 而且價錢也不算貴，慕貞這一件是四十五塊，已經算是很不錯的了！差一點的，大概三十五六塊至四十塊左右就行了，我是情願在別的方面用錢省一點吧了！天寒地凍，一件大衣是少不了的，而且也給人看見說寒酸！

張老太 好孩子，別生氣吧！阿媽今年沒有錢，明年給你辦一件更好的吧！

鳳珠 最多也不過是四十塊錢吧了，你給也好，不給也好，用不著說明年！明年或許我死了……。（眼紅得要哭）

張老太 鳳珠，別難過，我有錢一定給你的，可是……你不知道，近來我們窮得差不多要破產了，李婆剛才到過……一文錢的利息也沒有給他……你也看見的，今天整天裏只有過二塊錢生意上門，顧客們多是看了一下貨色就跑，眞個人們也窮光了！好像你的大哥，如果當時我有一點辦法，能夠送五十塊錢去給馬區長那裏，就不用他去當壯丁了……雖然說是為國家出力，但，

---

*編者案：原文是空白一格，或是「日」字。

**編者案：原文用了大串省略號，保留。

我如果有錢，我是決不放他去的，自從你爸爸死後，我下半世的指望是你兩個孩子了，但是……唉……（滴出眼淚來）

鳳珠　媽！不要哭，我不買大衣了，你不要再想這些……時候不早了，我們吃飯吧！

阿誠　我幾乎忘記了！（走向裏面去）

鳳珠　我來幫你的忙吧！媽，我拿飯去！（也想走向裏面去，財伯，國康兩人從外面入，鳳珠馬上立定）。

鳳珠　大哥。

國康　媽！

財伯　張老太，你們國康回來了……。

張老太　呵！財伯，請坐。

財伯　隨便得了！隨便得了！

張老太　鳳珠，怎麼不給財伯倒茶！

鳳珠　我倒忘了。

財伯　張老太還這麼客氣

鳳珠　（倒了一杯茶）財伯！請喝茶！

財伯　珠兒你也這麼多禮！

阿誠　（從裏面一溜烟跑出來），康哥你回來了！財伯……。

國康　是。

阿誠　我正在裏面打算搬飯出來，後來聽見你們的聲音，我便馬上跑出來，果然是康哥回來了……。

財伯　阿誠，把大門〔關〕上吧，我們慢慢談。

阿誠　是（把門關上）

張老太　國康，你是怎樣回來的？

財伯　他原來回來了四天了，整天躲在北郊外面，夜裏就在北郊的「水月宮」裏睡，如果不是我今朝出北郊挑菜入城碰見他，他至今恐怕還不敢回來呢……。

張老太　那眞是〔多〕得你了！

財伯　這是算不得什麼的，我們是幾十年的老街坊，是昨晚深，我才帶他入城的，這時候因為太晚了，就在我家裏過了一夜，……這時候，我見街上也沒有熟人，才帶他過來。

阿誠　康哥，你不是被調往省城的嗎？怎麼……

國康　不要說了，這回算是得了一條性命回來，也算是不幸中的大幸吧！

張老太　你去了以後，我就天天掛念著你，……剛才正和鳳珠說起你，你現在回來了，我也放心了！

鳳珠　大哥，媽剛才說起你還哭呢！

國康　我這一次回來，是自己也料不到的，自從我們一班人調到省裏集訓之後，不夠半個月，我們裏面就有三十人（調派往）前線去補充了，這一次因為東線吃緊，再調了五十名去，那知不到半天，都差不多死光了，直至半夜，忽然又要調我們去……。

鳳珠　那麼你又怎樣能夠逃得回來呢！

國康　說也幸運，因為那東郊外的路都是一些窄窄的，曲曲折折的小徑，人們都成單行一個一個地走，大家距離得很遠，而且天色又黑，因為怕空襲，又不敢點火，我這時忽然起了逃跑的念頭，看一看身旁正是黑越越的一座亂樹林，於是我再不管許多，曲著腰一鑽就鑽到樹林裏，就在一顆很大的榕樹下面躲著，待隊伍過完了，我才連夜跑回縣裏來……。

阿誠　怎麼你又這樣打扮呢？

國康　這套便衣是財伯借給我的，因為穿了制服進城恐怕碰見人不方便。

張老太　那麼從今我也安樂了，眞是難得財伯！

鳳珠　大哥，我也天天盼望著你啊！

財伯　（站起身）張老太，我先走了……。

張老太　不行！在這裏喝碗水酒才得回去。

阿誠　財伯還是嫌棄我們招呼不到麼？

財伯　不是這麼說，我家裏也有點事，正要趕回去打點，明天再打擾吧！

國康鳳珠　財伯！怎麼這樣見外，

財伯　不是這麼說，委實是有點事！（一路走出門，各人一齊起身送他出門後，阿誠再把門關上。）

鳳珠　財伯這人眞不錯，心腸又好！

張老太　他平時也很愛國康的，國康這回却眞虧他，過了年，我看是要送點禮物給他才對的。

國康　這是少不得的，他人給我的恩惠，我是一點不能夠忘記的。

張老太　只要你平安回來，我是什麼也不要緊了，

國康　不過我心裏還似乎有點害怕。

張老太　不要害怕了，孩子，以後再沒有事的了。

阿誠　我恐怕……（只說到半句。）

鳳珠　你說什麼？

阿誠　我沒有說什麼！不過我一時多心吧！

鳳珠　不，你一定在想說什麼的，怎麼又吞吞吐吐地……

張老太　不錯，你想說什麼呢，是不是國康還會有危險呢？好孩子，告訴我吧！我女人家是不懂得許多事的。

阿誠　那麼我就老實說吧：其實國康哥現在是非常危險的。

鳳珠　什麼？危險！真的嗎？誠……！

阿誠　這不過是我的推測吧了！或許是不準的，但準也未可知！照我看來，國康哥現在的危險，比應徵時還厲害呢？

張老太　怎麼了？誠！快點告訴我們吧！看看有沒有得救的。

阿誠　因為國康哥現在是逃兵了！逃兵抓回了，保管是死的，那不是比從前還更危險嗎？

鳳珠　他們怎麼會知道他回來了呢？

阿誠　你真是小孩子了，他們逃跑了一個兵，難道事後他們是完全一點也不知道的嗎？

鳳珠　可是我仍然不相信，就是這麼湊巧，他們就知道他現在是跑回了家中，難道他不能夠跑到別處去的麼？

阿誠　目前或許不會這樣快，馬上就會給他們知道；但是日子也長了，始終還是知道的，俗語說得好，欲要人不知，除非己莫為，既然事情弄出了，我們就算它一定會給人知道，而且還說打算好對付的辦法才不至吃虧！

張老太　那麼你說該怎辦呢？誠。

鳳珠　真個怎辦呢？

阿誠　（沉重的語調）跑！……這是一跑……

國康　可是你教我往那兒跑啊！差不多什麼地方我也沒到過的！

阿誠　不是你一個人跑！

國康　誰跟我跑去呢？

阿誠　大家一起跑，你也跑，我也跑，鳳珠也跑，老太太也得跑，索性跑他個一乾二淨！

鳳珠　你說什麼？

阿誠　我說大家通通都跑，我們一塊兒跑！

鳳珠　難道我們大家都是兵嗎？

阿誠　不管你逃兵不逃兵，大家總得跑，因為人家會說你是逃兵的家屬……

鳳珠　逃兵的家屬也是犯法的嗎？

阿誠　誰跟你說犯法不犯法，橫豎這個年頭是沒有法律的，命令就是法律，……人家不特可以隨便抓你，而且可以隨便指你是漢奸……

鳳珠　他們有什麼證據可以……

阿誠　不需要證據的，他們一高興了，就可以說你是漢奸，甚至他們可以說這裏的貨物也是漢奸，那麼貨物就得充公，說這間房子是漢奸，那麼這幢房子就得燒個平地。

張老太　可是我們怎麼走得動呢；

阿誠　你是不是捨不得這生理*呢？

張老太　本來這生理是犯不上留戀的，何況今年又虧了大本，現在還大大的欠了一批外債，這正不是道何時才能夠清還，不過我們在這裏住了有二十多年……（咳嗽）……一旦都去了，未免有點可惜。

阿誠　這也沒法，世事總沒有十全的，其實就算國康哥沒有回來，我們也得跑，我老早他算過的了，（沉默片刻）欠了這一大筆外債，恐怕到明年今日也沒法清償，而光住在這裏買賣沒得做，但是人他卻不管你許多，今天是公債，明天又是公債，後天還得獻金。（稍歇了一下站起來）我們長此捱下去，落得大家的結果都要坐牢子，這不是我們自己願意離開這兒的，這可以說

*編者案：原文「生理」，意謂之「生意」，保留。

是人們迫我上梁山。

鳳珠 那麼我想還是大家一跑了之吧！

張老太 可是錢在那裏呢？

鳳珠 錢！

國康 我們眞個窮到連路費也沒有了嗎？

張老太 就算有錢我也不知道跑到什麼地方去好，

阿誠 錢的問題，我早就想到了的，（從衣袋裏摸出一紙包來放在櫃面上，拆開了是一捆鈔票）

張老太 誠！這是那裏來的？

阿誠 這裏是一千二百塊錢，有七百塊是我前天用這幢房字作抵押向吃貴利的李科長借來的。

張老太 我們這幢房子，不是早就押過給人家了嗎？怎能又押給那李科長，究竟是什麼一回事呢？

阿誠 不錯，這一回是姓李的吃了我的虧，他被我瞞過了，所以才肯借給我七百塊，這官僚，國難財他發得夠了，特地叫他吃點小苦頭，（笑了一笑）其餘這三*百塊是我，個人六年來的貯蓄。

張老太 誠！這怎麼行，用了你的這三*百塊，還是你自己⋯⋯。

阿誠 我們大家要從死裏逃生，但逃生每一個人有什麼就得拿什麼出來，說什麼你的我的，老太太。請你不要這樣吧！我們現在還是早一點去收拾東西。（鳳珠，國康到裏面去。）

張老太 就是今晚走麼？

阿誠 就是馬上走！（國康，鳳珠從裏面搬出兩綑行李，阿誠連忙替鳳珠背了一捆）珠姑，待我來吧！

張老太 （微笑）阿誠這孩子，眞虧他，這三*百塊，就留作你和鳳珠的婚費吧；

阿誠 到某埠的渡期是今晚十二時，我已打聽清楚了，現在我們就得動身，趁街上沒人行，大家不要留戀，太平了，我們還得再

---

*編者案：原文作「三」，應為「五」。

回來。

眾人從側門出，外面爆竹聲大作。（幕下）

選自一九四〇年八月十二日、十九日及九月三日香港《南華日報・一週文藝》

中秋節（獨幕劇）

時間：廢曆中秋節晚間。

地點：香港。

佈景：一角小小的露台，中央擺著一張半舊的杉木圓桌子，四面是橫七豎八地放著五六張式樣絕不劃一的椅子（竹椅，圓櫈，杉木靠背椅）上頭，一根竹桿，斜斜的伸出，上面掛著五六件半乾的衣服。

道具：一箱月餅，五六枚很小的芋頭，一把刀，一個碗子，香爐和香，及柚子一枚。

人物：漢生：是一個三十四五歲的中年人，很沉鬱的，說話的眉頭常常皺著，他穿著一套深灰色的土布衫褲。

芳：漢生的妻；大約是廿八九的年紀，外貌很活潑，但却附帶著一種久經風霜的憔悴，穿一件式樣已經過時，而且又不甚稱身的白綢旗袍。

蘇仔：漢生和芳所生的孩子，約九歲至十四歲間，臉和手部生滿疥癩。

漢文：漢生的弟弟，是一個二十五六歲的青年，高高的個子，性情很暴燥，穿一件印花的西裝內衣，白色西裝褲。

道金：是漢生和漢文的表親，年紀和漢文差不多，樣子很狡猾，穿一套筆挺的洋服。

開幕時，露台是靜靜的，芳在靠近桌子的一張椅子上托著下巴坐著。

蘇仔兩手捧著一個香爐和香進來，芳用手指揮著他擺桌上。

道金上場

芳　呵表叔來了，那麼巧，他們……

道金　表哥和漢文呢？

芳　他們到外間買生菓，一息間快回來了（拿起香來插在香爐裏，忽然發覺沒有火柴），蘇仔怎不拿火柴來？

蘇仔　火柴在那裏？

芳　大約在床頭，你找找吧。

蘇仔　（入場）

道金　表嫂眞神心的……我想佛爺一定在今年會賜你一個好乖乖。

芳　閉你的嘴，現在一個已經夠受了，再來一個不知道叫誰來養？

道金　如果再來一個，當然是我！

芳　不害羞的，人家的孩子，誰要你來養。

道金　但是，芳……我們大家心照，這事我是應負責的啊！……你的環境難道我還不明白麼！

（蘇仔從裏面氣急的跑出來）

蘇仔　媽媽，火柴沒有了，只剩了一個空盆子。

芳　用得這麼快的，近來的火柴眞貴得厲害，一毫銀纔得三盒……蘇仔，去街上買一盒回來吧！（伸手在衣袋裏搗了一會，忽然呆著了，輕輕的嘆了一口氣。

道金　不必買了，我這裏有（從衣袋拿出一具精緻的打火機來遞給芳），半夜三更，孩子們跑到馬路上去是很危險的。

芳　（用打火機點著了香），這打火機眞精緻，留著給蘇仔玩吧；蘇仔你要不要？

蘇仔　（點了一下頭伸出手來）

芳　傻孩子，這是表叔的東西啊，說說玩吧了，眞的給你麼？（把打火機交回道金）

道金　不打緊，這值得什麼？蘇仔，就給你玩吧。（把打火機交給了蘇仔。他忽然站起來，走到芳的身旁）芳！幾乎忙記了對你說，今晚我給你帶一種禮物來了，你猜猜是什麼東西？

芳　我知道了，一定是香水！不是就是指甲水是不是？這是你前天答應我買的。

道金　不是，不是，這兩件東西改天再買吧。（從西裝的內袋裏，搗出了一個精緻的盒子來，打開了，拿出一只鑽石戒子交給芳）你看看，合意不？

芳　（意外地驚喜）呵！鑽石的！很好！很好！你買了多少錢？

道金　不多！很便宜的，三百六……。

芳　（微微的嘆了一口氣）

道金　芳！又有什麼感觸了！

芳　不是麼「同人唔同命」這句話眞沒錯呀，你看漢生一個年頭也賺不到三百六呢！如果不是我日間進工廠裏去，連這孩子恐怕也沒有飯吃了！

道金　我不是老早跟你說過了嗎？這是你自己的自討苦吃……

芳　我何嘗想這樣，但是凡事總得念一下當初，從前漢生也是有過錢的，只是打仗以後就破產了，記得最初逃難到香港的那一年，我們的手上還有幾千的法幣，當時就換了將近二千元的港紙，我們最初的意思，是以為暫避一年半載，等到戰事平息了，就可以回去，怎樣知道一年又一年，戰事還是沒有停息，可是我們是坐食山崩了，如果在這個時候離開他，心裏似乎又有點難過的！

道金　你自己這樣的受苦，難道就不覺得難過了嗎？

芳　（嘆一口氣）這問題，我是曾經想過的，你看，孩子們這麼大了，難道，我就忍心叫他變成了一個沒有母親的孤兒了嗎？

道金 你何必一定要這麼地悲觀呢？孩子們的事，我是一定肯負責的……

芳 （看了蘇仔一眼）蘇仔！快些跑到樓下去，看看爸爸和叔叔回來了，就大聲的喊我，你告訴他表叔來了。

蘇仔 知道了（出場）

芳 孩子有這麼大了，誰是自己的爸爸，他還沒有知道的嗎？老實說，我和你的往來，說起來是有點不應該的，我本來也是清白的人家，（嘆了一口氣）但是事情已經做錯了，這也無可奈何，不過，孩子們年紀很輕，我眞不想他將來永遠受著人家的恥辱；而且，你的年紀還輕，你們又是官宦之家，你爸爸一定不會答應你和我結婚的，況且，你的前程遠大，也犯不著愛上我這樣的一個已經做了人家的妻子和媽媽的人，就算你現在是很愛我，將來你也得後悔的！

道金 芳！我……

芳 現在我們的關係，難道你還不滿足麼？

道金 可是我需要是長長久久的……

芳 這是廢話，你現在就算是結交上一個賣淫的妓婦就好了！

道金 芳！這是什麼話？你這是什麼意思？

芳 （嘆一口氣）你還不明白麼？我的意思是，我們的事，總是錯在當初，但是，事情做出來了，我也不會後悔！……只因為我沒有了錢！……（再嘆一口氣）但是，道金，你該明白，到今日我的理智還是清醒的，我能夠出賣了我的青春，出賣了我的肉體，但，我不願意出賣我的家庭，更不願意出賣我那沒有罪過的孩子！

漢生 （在幕後）芳，老表來了麼？

芳 （站起來）你這時候纔回來，

漢生 拿著月餅和蘇仔一齊上場，

道金 買月餅來嗎？

漢生 是！（把月餅放在桌子上揀一張櫈子坐下）怎麼不早一點來吃飯？

道金 不必打擾了。

芳 我說你是瘋的，表少也來吃我們這樣的飯的嗎？

道金　你這話簡直把我當作外人了。（瞧著芳作一個不正經的笑）

漢生　不錯，老表是自己人……

芳　（拿月餅出來切）怎麼文叔呢？他那裏去了？

漢生　他在路上碰見了一個同學，他叫我先回來呢。

道金　那麼我們等他回來一齊吃月餅吧。

漢生　等他什麼，他是一個沒尾飛陀……你知道他什麼時候纔回來呢？……是他自己說的，不用等他了。

芳　（切了兩個月餅擺在碟子上）還等什麼？又不是好東西。

蘇仔　媽！給我一塊吧。

芳　給你的，忙什麼？拜了神纔給你……

漢生　今年的月餅眞貴得要命，豆沙也要八毛錢一箱*，雙黃蓮蓉一塊六，每個整整四毛錢。

芳　（擺好了月餅做出要拜神的姿勢）何只月餅，近來的東西，什麼都不只貴了一半。（繼續拜神）

蘇仔　媽！拜完神了，還不吃月餅麼？

芳　（拿了兩塊月餅遞給蘇仔）小孩子人家，好象喉裏生了一隻手似的……（伸手向道金招了一下）吃月餅吧，一點粗的東西，表少是吃不慣的。

漢生　來來來，大家一齊吃。

道金　（最先伸手拿了一塊月餅，準備向嘴裏塞。）眞是笑話，只要有東西吃，還說什麼粗幼呢！（咬了一口月餅）

蘇仔　（把半塊咬過了的月餅放回桌上）媽！我不吃這些。

芳　（把臉一沉）有得吃已經算你幸運了！還說吃這個不吃這個！

蘇仔　我吃這些裏面有蛋黃的……你給我裏面有蛋黃的！

漢生　蘇仔就吃這些吧，今晚沒有買那裏面有蛋

*編者案：原文，或是一盒。

蘇仔 黃的，明天我給你買一個吧！爸爸，為什麼你今晚不買那些裏面有蛋黃的呢？

漢生 今晚人家不肯賣，明天我買一個給你就是了。（皺著眉頭嘆了一口氣）

蘇仔 眞的一個人一個……（忽然看見了漢生的神氣不對就住了口，眼巴巴的瞧著他的臉）

芳 小孩子，嬌縱是慣的，幾毛錢一個月餅，吃鈔票進肚裏去似的，……他不吃就由他好了，還說什麼明天給他買一個。

道金 蘇仔，不要再鬧了，明天我帶你上茶室去吃點心。

蘇仔 （把頭搖了一下）我不去茶室，我要一個裏面有蛋黃的月餅，我們從前在家裏過節時常常吃的……明天爸爸不給我買你就給我買一個吧！

道金 好！明天我就給你買一箱*好不好？

漢生 （站起來）芳！我幾乎忘記了對他說，剛纔這路上碰見了當水客的劉標，你告訴我廣州近來非常的太平，物價雖然是比從前貴了許多，但照紙水伸起來，還是比這裏便宜，……所以我是這地想，我們不妨託人打聽一下，如果劉標所說的話是不錯的話，我就決意全家搬回去了，你看怎樣？

芳 搬回去，你不說，我想和你說了。*

道金 但是，回廣州去是做順民啊！你們都是知識分子……。

芳 難道知識份子就要眼巴巴地在這裏餓死嗎？

道金 這正所謂「餓死事小，失節事大」啊！

芳 （冷笑）失節嗎？哈哈！（低頭沉思了片響）不管餓死也好，失節也好，我們也得回去，我們是不能永遠做一個沒有家鄉的人的！

道金 表嫂，你說錯了，你不會永遠沒有家鄉的，只要我們最後勝利到來之日，你的家

*編者案：原文，或是一盒。

*編者案：有約一百字空白。

鄉便是你自己的了。

芳　我並沒有說錯，不過你的意見和我有點不同吧了，……你的爸爸是什麼部的委員，所以你不妨說那什麼最後勝利！這正是「食君之祿，担君之憂」，那正是你們份內事，但是我們老百姓是不會這樣地想法的！……廣州失陷，我們就跑到這裏來，當初何嘗不想等待最後勝利之後，家鄉克復了纔回去，重建門戶的，那裏知道，等了一年又一年，到現在已經整整的幾個年頭了，不要說連最後勝利的影子也沒有見到，報紙上天天看到的，總是一些，新的地方又淪陷了的消息……。

漢生　芳！你不要再說了，你懂得什麼呀！老表是有名的抗戰理論家，他的認識一定比你正確。

芳　這自然，不過什麼認識呀，橫豎大家也沒有拿棍槍上前線打過一回仗，大家都不是用耳來作眼的麼？……這些報紙又不是我印的……。

道金　（拿出香烟來，抽了一根）女人的意見有時是有點固執的，（遞一根香烟給漢生），不錯，因為戰略的關係，在抗戰的初期，我們是一定要失掉許多地方的，但這並不打緊，我們終久還是要克服的，所以我們的專高領袖蔣委員長說，這是一種磁鐵戰，意思是我們只管把日本的軍隊吸引在中國的戰場裏，慢慢的來把他消耗，等他們消耗完了，我們這時候就可以發動反攻，……最後勝利一定是我們的！

芳　我雖然是一個女人，而且只讀到初中一年級就失學，自然不懂得什麼國家大事，但是我以為這道理是很淺白的，比如說磁鐵戰吧，照這樣說，等到人家消耗完了時，我們難道也不是同樣的消耗完了嗎！還拿什麼來反攻呢！

道金　請表嫂不要說我是多事，不過我見你有些不明白的地方，我便向你解釋，解釋吧了！其實我們磁鐵戰的方法不是這樣的，我們目前用來牽制敵人的是廣大的游擊隊，而不是我們的主力，所以我們消耗的量是很少的。

芳　哈哈！我說你是用耳來做眼不是麼？你以為我們的游擊隊是金甲神嗎？請你問一下漢生關於二伯伯的事吧！

道金　（吃驚狀）什麼？二伯伯……他……

漢生　（嘆了一口氣）二伯父七十多歲的人，我想自有生以來，却算現在是最苦的了！……

道金　從前他的家景不是很過得去的嗎！

漢生　他一向是有點錢的，在廣州淪陷的時候，我們落來香港，也曾經關照過他，希望〔他〕老人家和我們一齊落來，但是也又不願意，直至後來他也沒有留廣州，就回到他自己的鄉下去，聽說最初是在鄉下開了一間賣雜貨的舖子，其始的生意還不錯，大概賺到了多少錢……

道金　那麼不是很好嗎？*

*編者案：以下約有百多字空白，是當時刪去的內容。

漢生　上一個月他老人家就信來對我們說：他的店子前後被搜刧過兩次，現在他是什麼也沒有了，在他的信裏，還希望我們給他一點幫忙，可是，我們的環境，你是知道的，那眞是有心無力了！

道金　（嘆一口氣）唉！二伯伯，他……。

芳　還有許多悲慘的事，是你們的抗戰理論家還沒有知道的啊！大家沉默了一分鐘，道金忽然站了起來。

道金　表嫂！你們眞是決定回去了麼？怎麼我入來的時候你沒有說呢。

芳　誰騙你的！

道金　你願意離香港嗎？

芳　香港有什麼值得我留戀呢？

道金　在香港值得你留戀的東西很多呢？你忘記了吧？（瞧著芳作一不正經的笑）

漢生　我看在香港確沒有什麼值得我們留戀的。

漢文　（吃醉了酒上場面紅紅的）

道金　文！那裏來？

漢文　同學請我喝酒去！

芳 （倒了一杯茶拿了兩塊月餅遞給漢文）喝醉了酒，飲一杯熱茶吧，這月餅是剛纔開的，你試試看。

漢文 （接了茶一口喝盡，咬了半塊月餅，忽然看見芳手上的戒指，作吃驚狀）嫂！怎麼來了一隻鑽石戒指？

芳 是表少的，我拿來看看吧了！你看看怎麼樣？（把戒指除下來遞給漢文）

漢文把戒指看了一回，又看看道金看看芳，沒有造聲把戒指給回芳。

芳 （耳根有點發赤把戒指作交回道金狀）表少！交回你吧；如果失了，我們可賠不起。

道金 （不肯接受），這戒指是假的，你們別認眞，就留著給蘇仔玩吧！

芳 就算假的也要幾塊錢呀，給蘇仔白〔糟〕蹋了，還是留給你自己用吧！

道金 表嫂太把我作外人看了，這戒指……（把戒指就放在芳手裏）

漢文 （暴怒地站起來）正證明這戒指是眞的。

道金 漢文你的眼力錯了。

漢文 （一手把道金抓起來）我一點也沒有錯，只是你的狗眼看錯了人了。（用力的一拳把道金打倒在地下）（幕下）

選自一九四一年十月六日及九日香港
《南華日報・半週文藝》

蕭紅

民族魂魯迅

（劇情為演出方便，如有更改，須徵求原作者同意。）

第一幕人物

少年魯迅　何半仙　孔乙己　阿Q

當舖掌櫃甲乙　單四嫂子　王鬍　牽羊人

藍皮阿五　祥林嫂

第一幕劇情

六十年前八月三日*，魯迅先生生在浙江省，紹興府，他的父親姓周，母親姓魯，魯迅先生的眞姓名叫周樹人，魯迅是他的筆名。

他生來記性很強，感覺很敏，生性仁慈，對於人類懷着一種熱愛。他的一生的心血都放在我們民族解放的工作上，他的工作就是想怎樣拯救我們這水深火熱中的民族。但是他個人的遭遇很壞，一生受盡了人們的白眼和冷淡。

這啞劇的第一幕是說明魯迅先生在少年時代他親身所遇的，親眼所見的周圍不幸的人羣，他們怎樣生在這地面上來，他們怎樣的求活，他們怎樣的死亡。這裏有庸醫誤人的何半仙，有希望天堂的祥林嫂，有吃揩油飯的藍皮阿五，有專門會精神勝利的阿Q……

魯迅小時候，家道已經中落，父親生病，魯迅便不得不出入在典當舖子的門口。

魯迅看穿了人情的奸詐浮薄，所以從很小的時候，就想改良我們這民族性，想使我們這老人的民族轉弱為強！

第一幕表演

舞台開幕時，是一片漆黑。

黑暗中漸漸的有一顆星星出現了，越來越亮，又斷斷隱去。

---

*編者案：魯迅生於一八八一年九月二十五日，這裏是農曆。

黑幕拉開，舞台有個高高的當舖櫃台，櫃台上面擺着一個渾圓的葫蘆，一個氈帽大小的一把酒壺。

當舖門口西邊有一張桌子，桌裙是一張白布，什麼字也沒有寫。東邊是兩件破棉襖亂放在那裏。

近當舖門口有個小石獅子的下馬台，是早年給過路人栓馬用的，下馬石旁邊立着一根紅色的花柱，柱頂上有塊招匾，寫個很大的「押」字。

開幕後，啞場片刻。

單四嫂子上，手中抱着一個生病的小孩，她顯出非常的疲倦，坐在小石獅子上休息、擦汗、喘氣、嘆息、看視小孩、驚惶，將小孩恐懼的放下，左右找人，沒有，又將小孩愛撫的抱在懷裏。流淚，用手搖小孩，看天，作祈禱的樣子，掠髮，擦汗，又檢視小孩。

藍皮阿五上，形狀鬼祟，以背向後退，作手勢和別人講話：手勢表示下面的意思：小孤孀，好淒涼，我明天，和你痛痛快快喝一場……在咸亨酒店，半斤不夠，一個人得喝三斤，明天見……正退在石獅子上，差一點沒有和單四嫂子相撞。

看見了單四嫂子，又看見了他病了的孩子，故作驚奇的樣子，又表同情的樣子。替單四嫂子抱孩子，手在單四嫂子的胸前和孩子之間伸過去。

單四嫂子很不安，要把孩子再接過來。

藍皮阿五表示沒有什麼。

單四嫂子想找個醫生給孩子看病。

藍皮阿五把孩子交給單四嫂子抱着。

藍皮阿五走到桌子前邊，將桌子大聲一拍。

桌子自己掉轉過來，桌裙上寫「何半仙神醫，男婦兒科，老祝由科，專售敗鼓皮散，立消水鼓，七十二般鼓脹」。

桌子後鑽出何半仙來，頭戴帽翅，身穿馬褂，手拿水煙袋，指甲三寸長，滿身油漬，桌上放一個小枕頭。單四嫂子走過去，把孩子給他看。

何半仙看了以為沒有什麼，作手勢說得消一消火，吃兩貼就好了。

單四嫂子掏錢給他。何半仙認為還差三十吊。單四嫂子解下包孩子的袍皮託藍皮阿五去當。

藍皮阿五到櫃台上大聲一拍，櫃台上的葫蘆和酒壺處就出現了兩個人，一個是掌櫃甲，一個是掌櫃乙，原來葫蘆是禿頭的禿頂，酒壺是那一個的氈帽。

藍皮阿五當了四十吊錢，自己放了十吊在腰包裏，給單四嫂子三十吊，又把手貼着單四嫂子的胸前伸過去，替她抱孩子，走在小石獅子面前，他用腳一踢，石獅子打碎了，出現了已經折了腿的孔乙己，他用手在舞台上膝行着走來走去。他在花柱上用力一拍，柱後轉出祥林嫂。

祥林嫂一直找到何半仙那兒去問病去，問人死了之後，有沒有地獄和天堂。

藍皮阿五隨便用腳拍的一聲踢着兩件破棉襖，裏面鑽出王鬍和阿Q，兩個人比賽拿虱子，他說他的大，他說他的響，兩個人齟齬起來。

王鬍後來終於沒有比過他，就拿出火鏈來，點起亮來，吹滅了又點，點了又吹滅，故意戲弄阿Q，阿Q大氣。他是癩痢頭，最忌諱別人說亮了，亮了，一手就捏住了王鬍的辮子，王鬍也來捏住了阿Q的辮子，兩個人不分上下，兩個人在牆壁上照出一條虹形的影子，兩人都不放手。

少年魯迅帶着可質的物件上，一直的走到櫃台上，把質物遞上了。

兩個掌櫃本來正看着王鬍和阿Q打架，一面隨着他倆的動作眉飛色舞，一面還作着兩邊的指導人。

看見魯迅來了，耽誤了他們的興趣，就非常的不高興起來，故意刁難，故意揶揄。

掌櫃甲以為：哈哈你又來了。掌櫃乙便作態着來數落，昨天來，今天來，明天還要來的。

掌櫃甲認為貨色不好，顯出很不願意收的樣子。掌櫃乙以為這已是老主顧，收是可以收的，但得典費從廉。

掌櫃甲以為你和他何必斟斤駁兩，你反正從廉從優，他都得典的，你索興擺個面孔給他看就完了。

掌櫃乙以為這不過還是買賣，賣身也得賣個

情願的，便肯出五十吊。掌櫃甲認為不值，祇肯出四十吊，對掌櫃乙大示挖苦。掌櫃乙為了保持自己的尊嚴，所以一定堅持非五十吊不可。兩個人爭起來。掌櫃甲不服氣，把掌櫃乙推開，伸出一隻手來表示祇肯給四十吊。掌櫃乙趁勢又鑽出頭來，把掌櫃甲推開，伸出手來，表示肯出五十吊。掌櫃甲又把他推開，伸手祇肯出四十吊，掌櫃乙出來又把他推開，伸手肯出五十吊，他們三番五次鬧了半天，他們倆都疲倦了，於是他倆互相調和起來，協商的結果，肯出四十五吊錢。

少年魯迅站在櫃台前邊，面對着這幕喜劇，不言不動不笑……直到他們要完了，收了錢便走了。

兩個掌櫃因為了這個少年沒有參加他們的喜劇，非常不滿足，彼此抱怨起來。

這時祥林嫂看見魯迅走來，便探視他，地獄和天堂到底有沒有呢？

魯迅想了一會兒，點頭說有的。祥林嫂臉上透出感慰的光輝。

魯迅走過何半仙那兒的時候，孔乙己追着他討錢，魯迅給了他，下。

孔乙己掏出酒瓶來飲酒，阿Q，何半仙都圍攏來爭看他手中的錢。舞台漸暗。

舞台全陷在黑暗裏，祇有脚尖有亮，一個人牽一條羊上，四面黑暗裏顯出百千隻的貓頭鷹的眼睛，牽羊人大驚而逃。小羊仔怔忡了半天，不知往那裏逃。黑暗重重的灑落下來。

（幕慢慢的落下來。）

第二幕人物

魯迅　日本人甲　朋友　鬼

第二幕劇情

魯迅先生十八歲的時候，那時父親已經死了，連魯迅先生讀書的學費也無法可想了。母親給他籌了一點旅費，教他去找不要學費的學校去。魯迅先生就拿着母親籌給他的旅費，旅行到了南京，考入水師學堂，後來又進礦路學堂去學開礦，畢業之後，就派往日本去留學。

在日本，魯迅先生學的是醫學，他想要用醫

學來醫中國人的病。

在仙台醫學專門學校，學了兩年，這時正值日俄戰爭，魯迅先生偶然在電影上看見一個中國人因為做偵探而將被斬，因此魯迅先生覺得在中國醫好幾個人也沒有用處，還應該有較為廣大的運動。……

從那時起魯迅先生就放棄了醫學，堅絕的想用文學來拯救我們中華民族。

魯迅先生二十九歲回國的。一回國，就在浙江杭州的兩級師範學堂教化學和生理學，後來又在紹興做了一個師範學校的校長。有一次魯迅走夜路。在墳場上遇到一個影子，在前邊時高時低，時小時大，似乎是個鬼，魯迅先生懷疑了一會，倒底過去用腳踢了他。雖然魯迅先生也懷疑了一下；是鬼呢；不是鬼呢？但倒底他敢去老老實實的踢他一腳，這種徹底認準了是非，就是魯迅的精神。

第二幕表演

青年魯迅正在試驗室作試驗，一面將試驗管裏面的現象，變化，反應，結果……記錄在紙上。

一個蒙在一條地氈□□□□□□＊現在鑽出來。吃醉了酒，口吹着口琴，跳舞，鬧着。

看了魯迅的工作，非常驚奇。動動這個，摸摸那個，魯迅依然不為所擾，沉靜的工作着。

那個學生覺得無聊，就在地上亂找，他東找出一本書，西找出一來本，都生氣的丟開了。找了半天，最後才找尋到一段香烟，非常喜歡。他在屁股上劃火柴去吸，幾次都吸不着。原來他找到的不是什麼香烟，而是一枝粉筆頭兒。他停了跳舞，想在黑板上寫字，故意作出聽取魯迅的意見的樣子，在黑板上寫着，彷彿記錄的是魯迅的意見。

□＋□□＝□□□

□□□□□＝□□□＊＊

＊編者案：據《蕭紅全集》（哈爾濱出版社，一九九一）作「下面的日本學生」。

＊＊「人＋獸性＝西洋人」

「人＋家畜性＝中國人」

魯迅冷冷的看了他一眼，並不睬他，仍在作工。

那個醉鬼跳着下去。

□□□□□□□*。手裏拿着個幻燈，擺在桌上，開映照片，作出招呼魯迅去看的樣子。

幻燈映出一個中國人因為作偵探而將被斬，阿Q麻木不仁的在旁邊看着。而且把下巴拖下來，嘻嘻傻笑。

魯迅於是非常痛心，覺得在中國醫好幾個人也是無用，還應該有較為廣大的運動……他默坐在桌上沉思起來。□□□□□□□**鬼祟的走去。

魯迅的一個朋友走來了，手裏拿着許多文學書，有一本上面寫着「新生」兩個字，還拿着一大卷稿子。

魯迅非常高興，立刻把化學儀器移到另一個桌子上，把許多書都攤開在原來的試驗桌上。

那個朋友也到幻燈那兒去放映，映出托爾斯泰，羅曼羅蘭，契訶夫……等人的半身像來。

魯迅決定獻身文學。

魯迅立刻伏在桌上寫稿。

燈光漸暗，舞台全黑。

舞台又漸漸亮起來。

魯迅一個人在荒野上夜行。

遠遠有一座墳場，有一個鬼影子時高時低，時大時小……

魯迅躊躇了一會兒，懷疑着是人是鬼呢，莫能決定，仍然莫睹一樣的走向前去。走到那鬼的跟前，用腳猛力一踢，原來蹲在那兒的是個掘墓子的人，被這一踢，踢得站起來，露出是個人樣兒來。把他的鐵鏟嚇得噹啷落地，瘸着腿兒逃走了。

魯迅目送之下。（幕急落）

附記：如沒有幻燈，可畫幾張大畫，在舞台裏邊
用布遮住，拉一次布幕就露出一張畫來，
拉數次布幕即可見畫數張。

---

*「另一個日本人上」

**「目送看那個日本人」

第三幕人物

魯迅，朋友，紳士，強盜，貴婦，惡青年二人，好青年二人。

第三幕劇情

魯迅先生在北京的時候，和假的正人君子們，孤桐先生就是章士釗那些人們所代表的反動勢力，作着激烈的鬥爭，因為他們隨便的殺戮青年。魯迅先生在這個暗無天日的軍閥政客統治下的高壓下的一個人孤軍作戰，毫不容情的把這般假的正人君子們擊倒。

但在同一個時候，北京的學者，也有人在提倡實驗主義，磕頭主義，君子主義的主張，來和日人妥協。但魯迅先生對這些都一概置之不聽，認為和這些假的正人君子，假的猛人戰士不能講客氣，只能打到底。

比如打已經落到水裏的狗，非要再打牠不可，一直打到牠不能再爬到岸上來，才放手。因為不這樣，那狗爬到岸上還要咬人的，還要弄了一身泥污的。

所以後來有幾個學者到段祺瑞政府去告密，說魯迅先生不好，要捕拿他。

魯迅先生因了朋友的幫助，逃到厦門，又逃到廣州，在廣州中山大學作了教授，後來辭職才去上海。

第三幕表演

開幕後，舞台上露出一段籬笆，用竹子破的，上邊掛個牌子「內有惡犬」。籬笆下有兩塊灰色的圓石頭平放着。

籬笆的一邊，有個水池子。

魯迅先生正用一個竹杆在打着什麼東西。

一個貴婦人牽着一條小哈巴狗輕俏的走過，路上有一塊磚頭，絆了她一下，差點兒沒跌倒了。

魯迅先生的朋友，一個很文雅的教授，帶着眼鏡，挾着一個很大的公事包走過來，對魯迅先生作勢，請他不要打。

魯迅不聽，認為非又從而打之不可。

朋友又和他表示了一些仁俠精神的道理，走

過去。

籬笆下面一塊灰色石頭底下，鑽出一位紳士來，他把那藍在地上的，原來當做石頭蒙着他的那張灰長衫穿起來，跑到另外的一塊灰色石頭的邊去，把錢放在一個小口袋裏，打打呵欠，伸伸懶腰，站起來預備要走的樣子。

忽然一個銅板鐺鎯落地，那位紳士分明看見那個銅板，但不就撿起，他在地上假設一塊可以找到銅板的地方，有兩碼見方的地方，他把它等分的畫着方格子。然後從第一格找起，一直找到有銅板的格子為止，才把銅板檢起。

他實行着他的實驗主義。

他站起來走路的時候，他忽然忘記了人身上的四肢，不知那兩肢是為的走路的，他先試着幾步，覺得不能充分證明脚是用來走路的，便爬下去用手來走路試試，這一走，氣喘汗流，才又轉過來，用脚來走路。

他吃香蕉不知是帶皮好呢，還是不帶皮好吃。第一個香蕉他就帶皮吃了，吃了之後，他發現也有好吃的部分，也有不好吃的部分，第二隻香蕉就只吃皮，而把瓤丟了不吃，直到第三隻他才決定香蕉是吃瓤兒的。

另外那塊石頭下面藏着一個強盜，強盜爬起，把那塊原來當做石頭的蓋在他身上的一張空包皮，打疊起來，往背上一包，就去搶那位紳士的錢袋。

那位紳士見逃不了，慌作一團。因為手顫不止，把錢袋丟落在地上，要自己逃走。

強盜彎下腰來，拾取錢袋，以背向着那位紳士。

紳士本來可以乘他不備，搶回原物，剛想伸過腿去踢他。但是以為那樣子太失去了紳士的體面，再說也太不公道，於是擺手，喚他轉過臉兒來，再去打他不遲，不願作背後進攻的事情。

強盜轉過臉兒來，他伸手去打強盜，沒有打着，反而自己挨了一掌。

紳士見身後有一塊磚頭，轉身去取，以背向強盜。強盜却不如方才他那樣客氣，在他屁股上猛踢一脚，把他踢倒在地。

強盜因為回頭注視他，沒當心，被那塊磚頭

絆倒了。

紳士走過來，本來可以乘他倒時打他，但他尋思了一會，仍然招手把他喚起，用手扶着他的肩膀，幫他站好，然後擺好陣勢，才一拳去打他，沒有打着，反挨了對方一掌。

這時這位紳士又去拾取磚頭，強盜乘他不備，伸出腳來，又把他踢倒。

強盜拿起錢袋揚長而去。紳士則懊喪失望，用腳走下舞台去。

這時二惡青年上，他們看見了魯迅在水邊坐着。

青年甲認為魯迅是有閒，有閒，第三個有閒，一定是在看風景。

青年乙則認為魯迅是醉眼的矇朧，一定是看見了一隻青蛙，以為是什麼怪物，在那兒昏頭昏腦的打了起來。

那青年學着魯迅的樣子在看，然後自己蹲在地上作出青蛙在跳的樣子，然後又立直了，像個旁觀者似的看着，看了一會，又自己作出打滾的樣子，又作出被打到水裏的樣子。

表演累了，便從自己的口袋中取出酒瓶，喝起酒來，兩人的結論相同，非常滿意。兩人攜下。

前一刻下場的魯迅的朋友又上，樣子比較驚慌，裝束同前。仍然挾着大皮包。

他來告訴魯迅先生一些段執政慘殺青年的消息。隨後即走下舞台去。

這時有一青年，手持火把，從魯迅面前跑過。

又一個青年，受了傷，手持火把，也跑過來，跑到舞台中間，倒地而死。

魯迅急忙過來扶他。

看那青年沒有再活轉來的希望了。

魯迅就從青年的手裏，把火把接過來，向前走去。

舞台漸暗下去。

舞台再亮起來，映出廣州的城垣，城上發出很大的火焰向天空照耀着。

魯迅從大路上，手執火把向城垣走去

（幕慢慢落下）

附記：火光可以用下列作法，用厚紙板作成城垣型，上面綴以紙條，下面用鼓風機或風扇，或者利用過堂風使紙條向上飛舞，下邊用紅光燈一照，遠看去，就像火的樣子。

第四幕人物

魯迅，賣書小販，朋友，外國朋友，開電梯人，德領事館人，殭屍，少爺，買書青年羣。

第四幕劇情

魯迅先生到上海的以後的工作更嚴重了。魯迅先生不但向國內吶喊，而是向着世界大聲急呼起來。

一九三〇年的二月，魯迅先生加入自由大同盟。

一九三三年的一月，魯迅先生加入民權保障大同盟。

同年五月十三日魯迅先生親至德國領館為法西斯蒂暴行遞抗議書。

九一八和一二八的時候，魯迅先生寫了「偽自由書」，堅絕的指出中國的命運。

在抗戰的前一年，魯迅先生為過度的工作奪去他的生命，他沒能親眼的看到，中國是怎樣的搬動起來，可是遠在一九二三年，魯迅先生就預言過，說過這樣的話：

「可惜中國太難改變了，即便搬動一張桌子，改裝一個火爐，幾乎也要血，而且即便有了血，也未必一定能搬動，能改裝，不是很大的鞭子打在背上，中國人自己是不肯動彈的，我想這鞭子總要來，好壞是一個問題。然而總要打到的……」現在這鞭子未出所料的打來了，而且也未出所料的中國是動彈了。

綜括魯迅先生一生的工作，魯迅先生紀念委員會主席蔡元培先生和副主席孫夫人說的，「承清季樸學之緒餘，奠現代文壇之礎石。」又說魯迅先生的全部工作可「喚醒國魂，砥勵士氣」，是很正確的評論。

一九三六年十月十九日上午五時二十五分，魯迅先生逝世，享年五十六歲。

現在開演的是本劇第四幕，表現魯迅先生在他多病的晚年，仍然忍受着商人和市儈的進攻，這種進攻從來沒有和緩過，或停止過，魯迅先生的一生，就在這種境遇之下過去的，但現在他倒在地上了，在他殯葬的時候，却有了千萬的羣眾追隨着他，繼承着他，並且親手在先生的桐棺上獻奉了一面旗子，上面題着「民族魂」。

一九三三年二月十七日魯迅先生在一個朋友的私宅歡迎外國朋友。（魯迅先生遞抗議書和歡呼外國朋友在時間的順序上是倒置了，這是為了戲劇效果而這樣處理的，請諸位注意並且予以原諒，作者特別聲明。）

第四幕表演

舞台開幕後，背景是一片大白紙，有一邊堆着一個四方的包書紙的大包，白紙的下面還躺着一個白色的殭屍，其他什麼也沒有。

大白紙幕中間，偏右畫着希特勒法西斯蒂暴行的一張不太大的畫。

幕開後啞場片刻，舞台上出現有很大的橫幅旗幟，上面寫着「自由大同盟」五個字，緩緩前進，紙幕上映出羣眾行列的影子，啞場片刻。

魯迅手持對法西斯蒂暴行的抗議書。

將紙壁上的法西斯蒂暴行的畫面用手猛烈一扯，扯落地上。

舞台一端風起，將紙吹走。

畫面扯去紙壁成一方洞，裏面露一希特勒式的人頭。方洞上面寫着德國領事館字樣。

魯迅把抗議書交給那個人。

紙壁上方洞已閉，什麼也沒有了。

大風吹舞魯迅衣褲而下。啞場片刻。

那個白紙箱撞破了，鑽出一個賣書小販和幾十本書，書特別大，比眞書要大兩倍以上。小販帶着鴨舌帽，窄短衣，長褲。肩上掛着一個大口袋是裝錢的，裏邊錢已滿了，錢票子就流出來了。

用鴨舌帽擦臉上汗水，取出筆來，在白紙幕上寫了八個大字：「零割出讓，價錢公道」。

寫完了，想想，又寫了「大文豪」三個大字，想想又寫了「快快買啊」四個字。這兩行是交叉形的歪斜的寫着的，接續在八個大字的底下。

小販清理好攤子，正式的出賣魯迅的作品，大展買賣伎倆。小販高興過度，跌在白色的殭屍上，殭屍坐起，但動作直強，仍是殭屍的動作。殭屍是個老爺模樣的人，帶着禮帽，穿着黑色馬褂，兩袖袖口很瘦，褪色袍子，帶石墨眼鏡，留着中國鬍子，足上穿着在底鞋子，從東邊用八字步走到舞台中央。

一個洋場少爺，穿着畢挺的西裝，皮鞋，分髮，從西邊躊躇志滿的走上來，和紳士熱烈的握手。

小販看見買主來了，向他們兜售。老爺非常鄙夷，不要買。少爺鄙夷，不要買。小販雖然失望，但仍力辯這書值得一買。少爺看這書還沒有他口袋裏的那本好，他從身上掏出一本來，書上畫着一個三角D，一顆紅色的心上穿着一隻箭。

小販用筆在紙幕「大文豪」三字上加一「偉」字。

〔老爺和〕少爺看了仍不起勁，仍然不買。

小販擦汗，詛咒，為自己的生意而生氣。

〔老〕爺表示書中那一套沒什麼道理，還不如他肚子裏的那一套。少爺表示書中那一套，沒什麼道理，還不如他肚子裏的那一套。小販追問他們那一套是什麼呢？少爺主張表演給他們看，老爺認為沒有必要。少爺認為那樣會被輕視。老爺想演演又何妨。於是兩人演了一套雙簧。

不一會死人捉住了活人。

老爺在後，少年在前，站了一會，老爺在前，少年在後。又站了一回，研究了半天，揖讓了半天，決定少年在前，老爺在後。這時兩人貼着站着，舞台上衹見少年，不見老爺。老爺把自己的帽子取下，戴在少年的頭上。

這時少年用手臂向後伸出，將兩臂勾在老爺身上。老爺把兩手伸到前面成了少年的左右手。兩個人合為一人，青年人用老年人的手來行動。兩個人成為一個人了，但是一舉手一投足之間，都感到非常和諧，儼如一人。

他們按照下面的進程表演：用手搔頭，托顋，打自己嘴巴，挖嘴唇。用手彈頭頂，擦鼻子尖上的汗。用手挖眼屎，耳腔。從口袋裏取出小鏡子，東照照，西照照，顧盼自如。從口袋裏取出牙籤提牙。從口袋裏取出長烟管來吸，取出火柴來劃。從口袋裏取出電話號碼作出打電話的樣子。從口袋裏取出酒杯酒瓶來飲酒，頗為自得。忽然從一邊傳來一道強烈的光線，幌花了他的眼，他把眼角手遮起向外看……他看見了什麼，嚇了一大跳。酒杯酒瓶迸然落地。

他倆分開了，各自狼狽遁去。

青年數人來買魯迅的作品。有的圍着翻看，小販批手奪之，令其出錢，才可以買。

小販手裏拿着一兩本書，誇着說好，伸手與人講價，青年圍攏的更多了，他更起勁。

一個青年兩脇下各挾一隻麵包，兩手拱着，口裏正吃的一塊麵包。吃完了麵包，脇下各夾一本魯迅作品，眼前攤着一本，邊走邊看，下。

四個青年聯合來偷書，自第一個袴下傳到第二個，再傳到第三個。到第四個手中轉身揚長而去。

青年手抱了很多魯迅的作品，一個個走了。

舞台另外一邊，一個旅館夥計，正穿着賣巧克力糖的服裝，推開紙片的原來割開的一個方格子的門洞走出，用筆寫着電梯兩個字又按着可以開關的格子大小畫成電梯的門。

夥計站在門口，一個大塊頭和一個漂亮小姐都來這兒乘電梯。

夥計伺候他們非常週到。

一個送報的來乘電梯，揮之使去。

魯迅由舞台另一端走來。看了買書的一眼，小販的看他買不起，轉過臉去，不打理他。

魯迅來趕乘電梯，夥計看他穿着不好。連忙把「此梯奉令停止」的牌子掛出來。揮手讓他往後門侍役通行的地方走上去，看他走過去，又笑嘻嘻的把牌子摘下來。

小販一會兒工夫已經把書賣完，正在數點錢票子。

魯迅和一個外國朋友從電梯裏並肩走下來。開電梯的還是那個夥計，看了大慚。

小販把錢藏起，用手拉掉白紙幕，然後來乘電梯。夥計看他來，用手也一把電梯扯掉。這時小販扯掉白紙幕表示收攤了，開電梯的人也幫着扯，電梯也收了。二人下場。

白色紙幕扯掉後，裏面露出來一個很大的花園。園門上寫着「博愛」兩個大字。後面立着一個很大的很高的微笑的蕭伯納的全身像。應該用薄木板或厚馬糞紙作。另一邊是高爾基把大鋼筆像投槍似的舉起的像。比蕭站得遠一點兒（兩張像是可以省去的）。

啞場片刻。有青年八人，穿着有的像學生，有的像工人，有的像農夫，有的像商人，還有的像兵士，也有婦女，左手夾着魯迅先生的作品，右手執旗，旗上面寫着（一）「全國一致對日」，（二）「血債必須用同物償還」，（三）「抗日反對漢奸」，（四）「設法增長國民實力，永遠這樣幹下去」，（五）「不怕的人前面才有路」，（六）「一面清結內帳，一面開闢新路」，（七）「共同拒抗，改革，奮鬥三十年，不夠再一代二代……」，（八）「在這可詛咒的地方，擊退了可詛咒的時代」。（標語都是由魯迅先生作品裏摘錄下來的，作者附註。）青年們在園門前繞行三周。

有白鴿四五隻飛起。

花瓣飛舞的落下來。

魯迅和他的朋友從園子裏緩緩的走過去。

舞台上映照出魯迅偉大的背影，久久不動。

燈光漸漸低下去。舞台上現出一面紅絨黑字的大旗，上面寫着「民族魂」三個大字。

旗一直在光輝着。（幕漸漸的落下去了。）

附記：電梯可用以下方法製作：

在白紙背後用黑色厚紙或木片扎成[illegible]字形和普通電梯門一般寬，上邊繫了小型電燈隨時拉上拉下，在白紙幕外，看起來與電梯相似。

附錄：

魯迅先生一生所涉至廣，想用一個戲劇的形式來描寫是很困難一件事，尤其用不能講話的啞劇。

所以這裏我取的處理的態度，是用魯迅先生的冷靜，沉定，來和他周遭世界的鬼祟跳囂作個對比。

這裏也許祗作了個簡單的象徵，為了演出者不能用口來傳達，祗能作手語，所以這形式就決定了內容，這是要請讀者或觀者諸君原諒的。

為了演出的方便，在舞台設備不充分的地方有許多地方可以略去不演，作者已在脚本上分別註出。

至於道具和布景，可以從簡，不必按照脚本上那樣繁複。

第一幕押當的櫃台可用布幕或紙糊成皆可。下馬石可用碎布或紙片綴成。抱柱用紙糊成，如在野地上演出，地上可亂置稻草，人物可由草下鑽出，這種出場方法，是借重了鬧劇的手法，使觀眾不至瞌睡而已。

第二幕試驗儀器用品，試驗管可用葦管扎成，下置普通的大茶杯玻璃瓶就可以了。地氈就用一塊灰布就行了。

幻燈如不能借到，可用白紙繪以漫畫代之，在開幕時用和背景同色的布幔遮住，旋將布幔拉起，露出繪畫即變成另外一張畫了，如在燈光方便的地方，同時在畫顯現時映之，效果和幻燈是一樣的。

第三幕的電梯，在白紙背後用黑色厚紙或木片扎成井字格的有普通電梯門一般闊的架子，上邊再繫上一個小型燈光，隨時拉上拉下，載人時，放上一個黑色人影，在紙幕外面來看，便和電梯相似。如在露天場演出便用墨筆在白紙上畫出格子來即可。

電梯格子拿下時便可作花園的門。蕭伯納，高爾基像可以布幕給之或者去。

第四幕死人捉住了活人那一大段從出場至落場皆可省去不演。

選自一九四〇年十月二十一日、二十三日、二十四日、二十六日、二十八日、三十及三十一日香港《大公報・文藝》，十月二十二日、二十五日及二十九日香港《大公報・學生界》

李健吾

黃花

「從肉身生的，就是肉身。從靈生的，就是靈。我說，你們必須重生，你不要以為希奇」。

「不可按外貌斷定是非，總要按公平斷定是非。」

文士和法利賽人帶着一個行淫時被拿的婦人來，叫她站在當中，就對耶穌說：「夫子，這婦人是正行淫之時被拿的。摩西在律法上吩咐我們，把這樣的婦人用石頭打死。你說該把她怎麼樣呢？」……耶穌就直起腰來，對他們說：「你們中間誰是沒有罪的，誰就可以先拿石頭打她。」……他們聽見這話，就從老到少一個一個的都出去了，只剩耶穌一人，還有那婦人仍然站在當中。耶穌就直起腰來，對她說：「婦人，那些人在那裏呢？沒有人定你的罪麼？」她說：「主阿，沒有。」耶穌說：「我也不定你的罪，去罷，從此不要再犯罪了。」

——約翰福音第三章，第七章，第八章。

人物：Lilien 姚　一個紅舞女，二十一歲。
Mine 劉　一位貴夫人，二十八歲。
陳三爺　一位銀行經理，三十五歲。
Master 楊　一位闊少，二十歲。
General 苗　一位下野的軍人，五十歲。
關先生　一位電影公司的代表。
仇先生　一位消閒小報的經理。
No. One 一個忠厚的世故老（人）。
Boy
五位舞客

地點：香港。
時代：中華民國三十年。
時間：第一幕　五月二十二日下午五時。
第二幕　次日上午十時。
第三幕　同日下午五時。

第一幕

夕陽在遊廊留戀着，但是優柔的燈光（除去頂燈）已經照亮了大飯店客廳的一個角落。遠遠傳來音樂的聲音。

一位雍容華貴的少婦，Mine 劉，匆匆過來。

劉　（回身招呼）No. One。

（他實際離她不遠，幾乎就在眼前。）

No. One　Yes, Madame.

劉　（坐下。）過來，我打聽一個人。

No. One　Yes, Madame.

劉　飯店裏面有沒有一位姓陳的客人？

No. One　有 But, Let me see。我們有三位姓陳的客人。

劉　有一位從上海來的。

No. One　從上海來的有兩位。

劉　兩位？我只問一位。

No. One　Yes, Madame. But ——

劉　But What?

No. One　Pardon me, Madame.

劉　一位陳先生，新近從上海來。

No. One　年紀有六十歲。

劉　Oh! Get away. You!

No. One　Yes, Madame. But ——

劉　And get away with your『But』too!

No. One　Pardon me, Madame. But really（轉身向外，望見有人過來。）Here is the lady, Mr. 楊。

（Master 楊，一位和文化接近的翩翩佳公子，筆直奔向劉。）

劉　汽車停好了？

楊　停好了。（拭汗。）才五月天，我出了一身汗。

劉　Oh, you poor darling, better get something cold to drink.

No. One　Yes, Madame.

劉　我沒有叫你。

No. One　Oh! But ——

（劉聳肩。）

楊　給我一杯 Coca-cola。

No. One　Yes, sir

楊　（向劉。）你喝什麼？

劉　我不喝。

No. One　Something hot?

劉　No! Not now!

No. One　Pardon me Madame.

（他走向酒吧間。）

劉　你說我在這兒可以碰見陳三爺跟他那個舞女。

楊　一定的。

劉　看樣子你也常跟他們在一起，跟那個舞女在一起。

楊　我不撒謊，我偶而也跟 Lilien 在一塊兒玩。你不能怪我。你一去上海就是半年多，我覺得無聊。

劉　所以你把情用在一個舞女身上。

楊　她是一個舞女，我不過拿她尋開心，我從來就沒有把她當正經看。別的不說，叫我那位老子爺曉得了還了得！你這回來到香港，好極了！我不放你走。我要帶你到許多有趣的地方玩玩。

劉　你帶我？

楊　從前你對香港比我熟，可是現在添了好些新的——你不知道的——

劉　你學壞了。我得寫信告訴你媽咪。

楊　是你把我帶壞的。媽咪有一時不要我跟你——

劉　嗯？

楊　我不瞞你。媽咪妒嫉你。

劉　我？

楊　對啦，你。她一時怕你把爹搶了去，一時怕你把我搶了去。

劉　這就是你不對。你應當老老實實對她老人家講：沒有人同你競爭一個老頭子，也沒有人同你競爭一個喫奶的孩子。

楊　你一來就欺負我。

劉　我一來就護着你。我把你當做我的小弟弟。

楊　你應當把我當做——我不好出口，你明白，我打小兒崇拜你。

劉　你簡直變壞了。你已經學會了漫天價撒

謊。比撒謊壞多了，你居然在一個女人面前求起愛來了。

楊　我當眞愛你。

劉　𡃁——！

（過來 Boy 捧着一瓶 Coca-cola，斟入玻璃杯，放在楊前面的小几上。他拿着空盤由原路退下。）

劉　你講話得當心，這兒是大飯店，可比不得在自個兒家裏。

楊　可是我愛你。

劉　你要是眞心愛我，你不會在這樣一個怪地方講給我聽。

楊　你冤枉我。

劉　好孩子，喝罷！我不拒絕人跟我談愛。

楊　（端起杯子又放下。）你應當拒絕。可是，我知道，你不愛我。

劉　我沒有說我不愛你。

楊　你頭一個應當忘掉你重慶的丈夫。

劉　我從來就沒有把他擱在心上。

楊　第二個你應當忘掉陳三爺。

劉　你喫他的醋？三四年以前還說得上，現在可就難說了。

楊　你這次到香港來就為找他。

劉　對的。

楊　你要他跟你一道兒回上海。

劉　完全對。

楊　你的心是他的。

劉　這句話不對。我的心是我自個兒的。小孩子，你不懂得我。

楊　我懂得你。

劉　說說我聽，我像什麼。

楊　你像——像天仙，全香港沒有一個女人比得上你。

劉　（笑。）除去一個，那叫——她叫什麼？Lilien 姚。

楊　看你馬上就不打自招了。Lilien 姚，Lilien 姚。名子怪好聽的。

劉　可是只有你配做——皇后。

楊　俗氣！你把跳舞廳的下流名詞兒也搬到我身上來了。你準是迷上了那叫 Lilien 的。

楊　你要是認識了那舞女，你也會喜歡她的。人家不喜歡她，是她招人家喜歡。

劉　我的小少爺，你可眞眞不得了。你的確進步了。你已經懂得在一個女人面前不應當恭維另一個女人。

楊　陳三爺才眞眞迷上了她。他到香港不過一個月，已經報銷了五千港幣。他嫌在九龍住不方便，索興在這兒開了一個房間，留給自個兒晚晌歇脚。

劉　Lilien 姚就住在這兒？

楊　住在這兒。

劉　一個人？

楊　一個人。

劉　好本事！

楊　跟你差不多。

劉　你這是什麼意思？

楊　（彌補。）我是說，和你一樣能幹。你不總是一個人飛來飛去的，叫人逮不住嗎？

劉　我饒過你這次。以後我不許你拿我和任何人比。你方才說陳三爺迷上了那姓姚的舞女。

楊　迷字不夠形容三爺的。那是眞正的愛，純潔的愛，像電影裏 Romeo。那樣的愛。

劉　Lilien 姚一定是 Juliet 了。她對三爺怎麼樣？

楊　好像——表面看不出來，和對我對別人一樣。

劉　她多大年紀？

楊　那你可問住了我。女孩子就沒有歲數。Beauty is their age。

劉　我把三爺帶回上海，留下你一個人跟那姓姚的舞女在一起，你覺得怎麼樣？

楊　那你是大好人。我——我——

劉　（笑。）原來你也那樣迷她！

楊　（辯護。）不是迷，——

劉　是眞正的愛，純潔的愛，我的 Romeo。

楊　我也就是逢場作戲而已。

劉　一個二十歲孩子也曉得什麼逢場作戲！我要是你媽咪，一定要好好管教你。

楊　我巴不得有你這樣一個媽咪。生在你旁

劉　邊，我一點兒也不像在媽咪旁邊那樣急燥。你就像一池子的春水。（站起。）一池子的春水？（望着遊廊外）你的譬方倒不錯，可惜水的顏色藍裏透渾。

楊　（站起。）我們走罷。

劉　還早。用晚飯還早。

楊　看一場電影去。

劉　我要等一個人。

楊　有我還不夠？

劉　我說不夠來的？我等陳三爺來說句話。

楊　想不到你那樣愛他。

劉　愛他？

楊　還不顯然嗎？一個多月不見他回上海，你不放心，親自趕到香港把他帶走。

劉　骨子裏呀，那也不過是一個賭。我在上海跟人打賭，說我本事叫他送我回上海，否則的話，我就輸他——不用說，我這個賭打輸了。

楊　你來香港就為這個賭？

劉　為什麼不是？你聽了也許不信，可是對於我這類女人，只要碰到興頭上，除掉殺人放火我全可以做。一位蕭太太，你記得，陳三爺五六年前的好朋友，對我一個朋友講，三爺壓根兒就沒有喜歡過我。他往年待我的情意完全是假的。你要是女人，你受得住別人這種話嗎？我一生氣，就對朋友講，好！我叫三爺再做給〔她〕一次看。銀行催他回來他不理，我一去香港，他馬上乖乖兒跟我上船走。

楊　你這個打得未免冒險。

劉　你是說我輸定了。

楊　那看你。

劉　不看我。這看她，那個舞女。

楊　（舉起玻璃杯。）讓我預祝你勝利。（放下玻璃杯。）你看，那是誰來了？

劉　陳三爺？

楊　不是。

劉　Lilien 姚？

楊　不是。那是——General 苗！我不高興見他，他是到這兒來找 Lilien 姚的。

劉　他還在香港？

楊　他不在香港，他到什麼地方去？（指酒吧間。）我們打這邊兒走罷。

劉　你那杯東西你就沒有喝。

楊　我不高興喝了。

（他們不曾躲開，苗就直着嗓子喊過來。）

苗　（僅僅看見楊。）小楊，我今天又見到你，我天天見到你！這太不應當，我要通知令尊的。他不知道你留在香港捧舞女，知道了會派飛機把你運到內地的。你見到 Lilien 姚沒有？我方才問 Boy，說她出去了。一個人出門，這麼早，還是破題兒第一回！什麼！Lilien 在這兒跟你談心，沒有出去，好福氣！福氣全叫年輕小夥子搶了去，老年人就別想活着了！

楊　你看仔細，這不是 Lilien。

苗　（發覺眼誤。）原來是 Mine 劉！看我這眼睛，只顧嚷嚷不看人。你得原諒我，Mine 劉。你丈夫好嗎？

劉　謝謝你，將軍，他身子壯實着哪，一直就沒有病。

苗　好福氣，好福氣。在內地是得身子股兒硬，全得像我有個當兵的底子才成。

劉　你不老早就嚷着要到前線去嗎？

苗　我現在還嚷着去。可是去不了，有什麼辦法？為什麼去不了，說來話長，還是不說的好。（指着玻璃杯。）這是誰喝的？

楊　是我要來沒有喝。

苗　我正口渴，我替你喝了罷。（一飲而乾。）好味道！我好福氣！這叫可口可樂。（向劉。）Mine 劉，女人裏頭，老老少少，就數你英雄。我到如今一趟飛機沒有坐過，你已經坐過好幾次，不容易，有福氣！這次怎麼樣，半路沒有遇見日本飛機？

劉　好將軍，你就不給我留一個插嘴的地方！

苗　這是當着你，我的美人兒，我心裏快活，話就多了，要是當着別人，你別想我的牙縫崩得出半句話來。

劉　你可誇獎了我。

苗　沒有的話！（伸出大拇指。）女人羣裏你是這個，不信的話，問問我們小楊，你看他色眼迷迷的，説不定對你存着壞心思。

楊　General 苗，我頂尊敬 Mine 劉，她是我媽的好朋友。

苗　這用得着你説！Mine 劉和內人也頂要好。能夠和內人説得來，就有做聖賢的資格。（向劉。）你應當教訓教訓他，這孩子不學好，成天到晚在跳舞廳鬼混。我來一次碰見他一次。頭些日子他亂來，不管胖子瘦子，他全拖到池子裏頭蹦跳，害得個個舞女跟他害相思病。這一向可好了，看中了大名鼎鼎的 Lilien 姚，死釘人家的梢，從早到晚就看見他的汽車圍着這大飯店兜圈子。

劉　（笑向楊。）當眞？

楊　聽他講！你就別想他有一句好話説出來。他巴結 Lilien 巴結不上，把錯兒推到我身上。

苗　我巴結不上，這叫什麼話！昨兒晚晌，Lilien 對我訴了老半天苦，什麼客人多，身子不由自主，什麼辰光短，時間不夠分配，什麼我得多多原諒她，什麼我得幫她在客人面前好好兒解釋……小楊，你就別想她對你説這種知心的話。她壓根兒就沒有把你當朋友看。

楊　你親眼看見的，她每天晚晌少也要跟我跳一次舞。

苗　這算不得希奇，她不跟你跳，也得跟別人跳，反正她得下池子陪人跳。幹一行，嗔一行，這叫沒有法子。

劉　越聽你們講，我越想見識見識這位 Lilien 姚。我今天遇見的朋友，就沒有一個不是跟着她的脚尖兒打轉轉的。將軍，你説説看，她長得是個什麼樣兒？

苗　什麼樣兒？這下子可把我難住了。我天天看見她，你叫我一形容，我就像沒有見過這人，不知道怎麼説才好。還是我那句老話，誰跟她在一起，誰有福氣！（如有所得。）Mine 劉，你可別生氣，叫我看呀，她很有點兒像你。

劉 像我？

苗 特別是——我說不出什麼地方像，改天你自個兒看好了，那才叫怪！

劉 （向楊。）你說？

楊 依我看，你是你，她是她，風馬牛不相及，沒有一個地方像。你個子高，你長得豐滿，你的性子剛強，我看不出她有什麼地方跟你一樣。再說，她是一個舞女。誰知道她是什麼爛泥裏頭長出來的荷花！好啦，我們走罷。

苗 走？什麼地方去？Lilien 不在，我跟你們一道兒走，又正我在那兒也是閒着。

楊 她說不定就回來。

苗 我跟你們一道兒用晚飯，小楊你請客，用過晚飯，我到跳舞廳會看見她的。

劉 我不想走，我要看見那個舞女才走。

苗 用過晚飯，我們一塊兒到跳舞廳去看她。

（Boy 過來拾檢瓶盞，楊俯身簽字賬單。劉欣賞晚景。）

苗 （向外嚷着。）喂！陳三爺！你到這邊兒來！我給你介紹一位貴賓。

（聽見他嚷，劉不由向前走了兩步，但是她沒有過去，站在楊旁邊，正好把背朝向苗。楊簽過字，給自己燃了一枝香烟。她看着他吸烟，然後伸手，表示要吸烟。）

楊 你也要？

劉 我嚐嚐你的烟。

（楊伺候她吸烟。）

劉 三五牌。還好。一股子清香味道，的確是小孩子吸的烟。

苗 （依然呼喚。）三爺，不要急着看 Lilien，她出去了。來，來，我給你介紹一位聞名全球的貴夫人。

（捧着一簇鮮妍的白薔薇，悠然自得，陳三爺過來和他應酬。）

陳 General，你昨天晚响離開跳舞廳比我早多了。

苗 所以我今天趕在你前頭來。好花！送給

Lilien 的？總是你們年輕人在行，有錢又有心眼兒，好福氣！

陳 你說 Lilien 出去了？

苗 可不是，我白趕在你前頭，她出去了。不過，好福氣！我給你介紹一位貴夫人，了不起的好看，了不起的聰明，介紹給你認識，不枉你也活了一場！

陳 是誰？（指着劉的背影，放低聲音。）不是那位？

苗 （回身，放低聲音。）就是她，和 Master 楊在一起。才打重慶來。才下飛機。

陳 噢？煩你引見引見。

苗 好！我來帶路。

（他們一直走向對面。陳遠遠舉手和楊招呼。楊同樣舉手招呼。）

陳 Master 楊，我進來的時候看見你的汽車，我就曉得你在飯店裏頭。

苗 Mine 劉，我來給你介紹一位朋友。

（劉直到現在才回轉身子。陳的神情忽然黯淡了，他急欲把花放在什麼地方，然而沒有地方可放。）

劉 （取下香烟，笑容滿面。）將軍，什麼朋友？

苗 陳子仁，陳三爺，前一個多月才打上海來。（向陳。）Mine 劉，劉太太，就近才從重慶飛到香港。

劉 我當是誰，原來是三爺！這一向可好？

陳 （努力減除尷尬。）劉太太好？

劉 我永遠是那樣子。我這人，身子就跟心眼兒一樣，永遠是那樣子。（似乎端詳的樣子。）你的氣色大不如從前了。現在銀行不好做，外匯套多了，也得找地方生財。三爺這一向一定辛苦了。

陳 還好，還好。

苗 （大出意外。）你們原來是相識！

劉 三年以前，三爺還整天纏着我作愛哪。

苗 （拍陳肩。）有福氣！（把那捧白薔薇震落地上。）對不住，我拍掉了你的花。

陳 （急忙拾起。）沒有什麼。（向劉。）你乘什麼船來的？

劉　在下是總統輪。上船的時候，你那位舊情人蕭太太，提着一大簍花旗橘子，親自送到大餐間，我才喫了兩個，船就到了香港。

苗　（莫明其妙。）你不是從重慶坐飛機出來的？

劉　（笑。）我的好將軍，我什麼時候說我坐飛機從重慶出來的？那是半年以前的事。我這半年就在上海。

苗　原來是這樣的！

劉　小楊，你先一個人去。我隨後就來告羅士打。

楊　你不要叫我老等。

劉　絕不會的。（向苗。）將軍，告羅士打你喜歡嗎？

苗　有人請客我總贊成。（向楊。）我們這就去，告羅士打的拿手菜瞞不過我的。晚响還要陪 Mine 劉到跳舞廳去看 Lilien。（向陳。）一句話，今天晚响你可不許把 Lilien 帶去看電影。Mine 劉要瞻仰瞻仰她的風姿，那是你的福氣！

（楊笑着，向劉擠眼，和着苗的又一種笑，一同笑出客廳。）

（劉退到一隻沙發旁邊，坐在上面，噴着烟圈兒。陳尋找一個地方放花。）

（No. One 由酒吧間過來。）

No. One　（向陳。）Good evening Sir。

陳　Evening。

No. One　Miss 姚出去了。

陳　我知道啦。

No. One　她請陳先生等她一等。她說她六點以前趕回來和陳先生一同用飯。

陳　我知道啦。

No. One　那把花請你交給我。好看極了！我給你收到 Miss 姚的房間。

陳　（澀窒地。）Thank you。

（No. One 慇懃地接過那捧和他為難的薔薇，由對面下。）

劉　（順手把多半截的香烟扔掉。）你那捧花總算有了地方擱。

陳　沒有比今天這捧花惹我討厭的了。

劉　我明白。

陳　牠叫我在你跟前丟人。她好像一口招認：牠是犯罪的物證。

劉　什麼罪？

陳　不忠心。

劉　怎麼樣？

陳　心不專。把心浪費在一個舞女身上。

劉　你知道你這些漂亮話有什麼意義嗎？

陳　我不袒護自己。我要是能夠撒謊，我現在一定騙你說，我和 Lilien 姚是逢場作戲。可是騙你沒有用，你不說一句話，我明白你的情報很齊全。

劉　請你不要再侮辱我，好不好？

陳　侮辱？

劉　別拿一個舞女跟我比較。（指另一沙發。）請坐。

陳　（坐下。）我不願意傷你的心。

劉　傷我的心？（笑。）我傷心？人家說愛神是瞎子，你可眞是這樣一個傻子，你跟我要好了這三四年，你就不清楚我是一個什麼樣的人。我不是那類癡心的女孩子，像我妹妹那樣，把心死死用在一個男人身上，一旦男人變了心，就躲在屋子角落掉眼淚。Sentimental！我妹妹就害在這上頭。你沒有聽說過我有一個妹妹？

陳　她是一個什麼樣人！

劉　一個傻子！一個天字第一號兒的傻姑娘！她不曉得在什麼地方認了一個空軍將士，瞞着家人跟他來往。過不了五六個月，那位空軍將士在空裏戰死了，我那位寶貝妹妹也就忽然不見了。

陳　她做什麼去了？

劉　誰知道？家裏人尋了她一年不見她點兒影子，也就不尋找了。這不明明擺在眼前嗎？她殉情投了江！

陳　（並不感傷。）可憐蟲！

劉　（譏訕。）你到香港以後似乎分外多情了。

陳　可是如今一當着你，我立刻明白我還是你的。我隨時可以丟下那個舞女跟你走。我對她是一時的迷戀，你拿去的是我永久的愛情。

劉　我相信你。

陳　（坐近些。）你預備在香港停多久？

劉　這要看你幫忙幫多久。

陳　你說給我聽。

劉　我跟人打了兩個賭。先說頭一個。有一天，益華公司的經理對我大嘆氣。我問他怎麼了，是不是做棉紗做賠了。他說棉紗沒有賠，外匯沒有賠，金子也沒有賠，只有一樁國難財眼睜睜發不到手，他覺得難受。我問他有什麼國難財發不到手。他說：港幣這兩天在上海的價是四元七角，在香港的賣價是五元三角，假如在上海買一元港幣，弄到香港，一元就可以賺五角，一萬元就可以賺五千元法幣。問題是一千元以上的法幣不許帶出香港，賺了也帶不回來。我當時就講，好辦。他給香港電匯兩萬元港幣去，我擔保在九萬四千元法幣之外，從香港給他帶回一萬元的賺頭。他答應分我五千元，旅費由他負擔。

陳　香港政府的檢查很嚴，你太冒險。你當心犧牲掉你貴夫人的名銜。

劉　不管祂，我愛的就是冒險。你得幫我把這十萬四千元法幣穩穩帶回上海。

陳　那裏頭有你五千元。這樣辦，我送你五千元，你的旅費歸我承當。

劉　（蔑視）你以為我貪圖那五千元法幣才冒這樣的險嗎？

陳　可是——

劉　可是你不懂得我！你跟楊那毛孩子一樣不懂得我！我要的是贏這個賭，不是贏那五千元法幣。你真就把我當做一個管家婆一樣的私販子，一個錢一個錢地計較，計較到頭髮白了，還守着那幾個臭錢在計較嗎？我愛的是冒險本身，我愛的是我說得到做得到。

陳　這正是我向來欽佩你的地方。好！我在銀行方面想辦法。你給我三天限期。現在請說你和人打的第二個賭。

劉　（嫣然。）第二個賭起初是容易的，如今看起來比第一個還要難。索興不講也就罷了。

陳　錢能通神，你説給我聽。

劉　和錢沒有關係。這回是愛情。

陳　（用力。）愛情？

劉　事情是這樣的。Harris 太太有一天請客，客人裏面有蕭太太，你六年前的舊情人。

陳　這老妖精！

劉　哎！就是這老妖精，還有十幾位男女客人。大家講起你去了香港一個多月，銀行催了你幾次不見回來。

陳　我正在接洽一筆馬尼拉的生意。

劉　（不理他。）恰好我正在花園乘涼，不在客廳。有位客人就講，要你回來，只要我去一趟香港，保管馬到成功。

（陳輕輕咳嗽着。）

劉　只有蕭太太反對。她説陳三爺早就溜出了我的手心，早就不聽我指揮，早就後悔不該認識我這樣一位浪漫女子。這是她親耳聽見你在前兩個月講的？你親自對她講的。

陳　（不安。）放她的屁！

劉　窗戶正好開着，他們的話我全聽見了。我的性子你是知道的。我當時恨不得過去打蕭太太一個耳光。她自個兒是什麼東西，也配糟蹋你我的愛情！（停住，然後。）你不愛我嗎？

陳　（如鼠遇貓。）我愛你。

劉　我的第二個賭就是，請你送我回上海。

陳　這……

劉　（站起。）不可能？

陳　（一付可憐相。）當然我送你回上海。不過，你得等我做成馬尼拉的生意。

劉　那還用説。我自個兒也要在香港好好兒玩一陣子。

陳　你打算在香港住多久？

劉　等到——待到你對那個舞女起了厭倦。

陳　你放心，很快我就厭倦的。

劉　她叫——叫什麼？

陳　Lilien 姚。

劉　這是她的眞名姓？

陳　大概是。我不清楚。

劉　她沒有父母？

陳　沒有。我沒有聽她說起過，好像她從小兒就一個人在外跑碼頭。

劉　沒有受過教育？

陳　程度很高，中英文全好。

劉　她有沒有嫁過人？

陳　沒有。

劉　沒有和人同居過？

陳　看樣子像沒有。

劉　她多大年紀？

陳　也就是十八九歲。她不告訴

劉　她長得美？

陳　這……這……

劉　我明白，非常美。

（陳點頭。）

劉　（彷彿自言自語。）一個跑江湖的女孩子，沒有爹媽，沒有一個親人，十八九歲，長得非常美，……三爺，我得把你從她的陷阱救出來。

陳　你是什麼意思？

劉　你有一天會娶她的，那就糟透了！

陳　我？

劉　哎！你！我的三爺，你不知道你有時候多糊塗：你和我妹妹是一個Type —— Sentimental！

陳　我可以對天發誓：我等你一直等到你那位老頭子和你平平安安地分手。

劉　要是這樣的話，我得早點兒把那女孩子打你手裏救出來。

陳　我越聽越不明白。

劉　你這人太可怕！她是一個十八九歲的女孩子，孤苦無依，我不能夠叫她上你的當，將來悔恨一輩子。三爺，你得介紹我認識這位 Lilien 姚，我有話對她講。

陳　（笑。）講我的壞話？

劉　那也是一樁正經事。你這人，只有我頂清楚。

（夕陽完全隱下。No. One 過來開開頂燈。這個角落越發明亮了。）

劉 （向 No. One。）電話在什麼地方？

No. One Telephone？旁邊酒吧間就有。This Way. Madame。

劉 Thank You！（向陳。）我去打一個電話給小楊，他要等死我了。

陳 讓他等等也好。

劉 不能夠。他爹是我丈夫的上司。我馬上就來。

（她走向酒吧間。）

（陳走向遊廊，舒舒展展地呼吸。）

No. One 陳先生，Miss 姚回來了。她心裏像有事，樣子挺不快活。

陳 我就去看她。

No. One 她來了。（向外。）Good Evening，Miss.

（他由原路下。）

（隨着一聲輕脆的「Good Evening，No. One。」Lilien 姚飄了過來。她一直走向陳，陳在半路迎住她。）

姚 對不住，讓你久等。我看見你送我的那棒花。我很喜歡那棒花。No. One 告訴我你有一位女客人在這兒談話。她走了嗎？

陳 她沒有走。她就回來的。怎麼樣，你難受嗎？

姚 有一點點。

陳 （扶她走向沙發。）什麼事不開心？

姚 我去看一個小弟弟，他病了。

陳 （想不到。）你有一個小弟弟？我從來沒有聽你說起過。

姚 一個小孩子，有什麼必要談起他？我是一個舞女。

陳 當然。（改口。）也不見得。他什麼病？

姚 他渾身滾燙。醫生看不出他有什麼病。

陳 有誰照料他嗎？

姚 有一個人。

陳 誰？你母親？

姚 不是，他的保姆。

陳 我想不會要緊的。

姚　希望不會。

陳　你坐下憩息。

姚　我這就上去。我來告訴三爺：今天我向大班告一天假。請你替我到跳舞廳謝謝那些捧場的朋友。

陳　我一定去替你解說。

姚　我今天捎帶放你一天假。

陳　（脫口而出。）謝謝你。

姚　（詫異。）你不難過？

陳　我難過什麼？（醒悟。）當然我難過。我現在還不清楚怎麼樣消磨這一夜。我的小寶貝，這兒是一張一百塊錢的支票，你也許用得着。讓我在這几子上簽一個字。

（他彎下腰簽字。就在他站起從支票簿撕下一張的時候，劉步出酒吧間。）

姚　（接過支票。）我為我的小弟弟謝謝你。

（劉似乎見到什麼，不相信，往前走。）

陳　（回過頭，看見她。）Mine 劉，我給你介紹 Miss 姚。

（姚仰起頭，開始注意對面的來人。）

劉　（呼喚。）有鬼！有鬼！有鬼！

姚　（同時。）你在這兒！

（她倒向旁邊沙發的扶手。）

（劉的第一個反應是逃也似地退向原路。）

陳　（追劉。）什麼事？

劉　（畏懼去了，理智回來。）我——我——沒有什麼。三爺，我有好些話要問Miss —— Miss 姚。明天我來看她。我現在要去告羅士打。（抱歉似地微笑）對不住。

（她像沒有事，匆匆下。）

陳　（如墮五里霧中）她從來沒有這樣過。（走向姚。）她是你什麼人。她那樣怕你。

姚　我不曉得她為什麼怕我。她像——她像——像誰？

陳　（自制。）像一個我見過的人。我成了一個小孩子。三爺，你得原諒我，小弟弟的病攪渾了我的頭。（站起。）三爺，我上去了。

陳（望着姚的背影。）兩個人全像有鬼，就是不高興當着我講。

——幕下

第二幕

大飯店某層樓一個房間。我們看見的僅僅是一間小「沙龍」，臥室還在裏面，玻璃窗映着陡斜的翠綠的香港。隨地是畫報，明星照片和書籍（奇怪不是！）。精緻，新穎，雅靜是「沙龍」的陳設。四牆懸着若干婦女的照相。陳三爺的白薔薇供在小几上。窗裏窗外全有陽光。

No. One 坐在面向臥室的沙發上。

No. One（儼然一位長者。）你不應當把憂愁帶到臉上來。做一個舞女要永遠讓人看不出她有憂愁。別瞧她心碎了，她還笑着，她還笑着像心裏沒有一點兒芝蔴大的事。你得拿出勇氣來。我不知道你昨天晚晌沒有去跳舞廳，要是知道了，我一定勸你去。你這一不去，要得罪好些老主顧，說不定丟掉你頂好的機會。誰不一年害兩場病？你犯不上為你的小孩子那麼着急。要他好，你做母親的就得受罪。喫多了，喫不合適了，要不然，五月天，容易招涼。小孩子發點兒燒算不得什麼。像你這樣愁天愁地的，不到兩天人家就知道了你的底細。那時候你就別想再在舞場裏頭混。別想再在香港站得住脚。（自言自語。）一個有了三歲孩子的舞女！哼！那不成！（站起。）Cheer up, my good girl!

姚（在臥室內。）你總是那麼好。

No. One 不是對人人好。

姚（拖着睡鞋，走出臥室。）所以我特別感激你，你看，我打扮好了，我的臉紅暈暈的，不會有一個人看得出我有心事。（對着他。）你看得出我有一點點兒像是擔心孩子的病嗎？你好比陳三爺，讓我媚着眼笑給你一個看。（勾魂似地向他媚笑。）像有心事嗎？

No. One（一陣顫慄，看向別處。）你這孩子！

姚　看你也經不起我這一笑哪！（嚴肅。）我不要示弱，我得硬到底，Fight to the end！

No. One　That's it!（打開窗户。）我在這兒做 Boy 的時候，這整座山頭差不多還是荒的。現在，你看，小洋房子，大洋房子，一幢又一幢的，樹木到處是，馬路繞着山，山頂電車也有了。我十幾歲到大飯店來，中間有六七年去了北邊的六國飯店，不得意，又回到香港，如今足足四十年了，頭髮熬白了，大飯店不知道翻修了多少次，可是我還挺在這兒活着！我伺候過多多少少客人，經理死的死，去的去，也換了好幾位。忠於職務這句話，就是繃着臉挨罵，不還口，不搗蛋，不叫人看出我肚子裏頭曲裏拐彎兒的東西。不管你以前是什麼出身，你現在是舞女，你就得像一個下流人，像我這 Boy 頭兒，有氣悶着，有憂愁捺着。

姚　我比不了你，我是一個二十一歲的母親。要人家捧我，喜歡我，我得把自個兒孩子藏得嚴嚴的，就像沒有這個人。抽空兒到九龍去看望他一趟，我還得找藉口，東哄人，西瞞人，就像我做下什麼虧心事，單怕人知道。一想到他會病，會遇到什麼意外，我就會跳着舞跳着舞在發楞。現在可好，他眞得病了。我一想到自個兒孩子病了，不能夠在旁邊照料，我就覺得我打心裏對不起，對不起孩子，對不起孩子死去的英勇的父親。

No. One　難受由你難受，可是對着人得裝出一個笑臉，一個能夠賺錢的笑臉。你得為你母子好好兒賺錢。

姚　是呀，我不會放過一個錢的：一個錢，一個錢，我全要留給我的小寶寶。做媽的喫苦，活該！誰叫我命苦，誰叫他父親沒有娶我就死掉！我是一個糊塗蟲，可是我要孩子好。我夢想他有一天——

No. One　你做娘的把心用得太長。

姚　我夢想他有一天和他父親一樣，是一個空軍將士，（在窗邊。）在那碧藍的天空翱翔，像一隻鷹，替他父親報仇，替祖國報仇！

No. One 等孩子大了，又該是一個世界了。

（外邊有人叩門。）

No. One 我來開門。（過去開門，換了模樣。）Good morning, Sir!（向姚。）Mr. 楊 and his friend。

（他請進兩位客人。）

姚 （向客人。）Forgive me。（向 No. One。）A moment, No. One! 叫 Boy 送三杯紅茶來。——

No. One Very good, Miss!

姚 （向楊。）Master 楊，早晨好。這位是——

楊 忘了嗎？有一次跳舞我給你介紹——

姚 （抱歉。）你可得原諒我，我的記性頂壞。不過，讓我想想看。不許說，Master 楊，我會記起來的。（故意。）不是袁先生？那麼，一定是關先生，前次你介紹給我的電影公司代表關先生。我沒有錯，嗯？

楊 （笑。）你永遠對。

關 一點兒也不錯。

姚 這麼一說話，我忘記請你們坐下了。（向關。）隨便坐，地方窄小，算個座兒就是了。（向楊。）Master 楊，你可眞不應該，陪了一位貴客來，也不預先來個電話通知我一聲。我也好有個準備。

楊 準備？你倒說說看，有什麼好準備的。

姚 譬方說……（一笑。）沒有什麼好說的。不說了罷。

關 說說我們知道，下次好先打電話。

姚 你們看，我頭髮亂蓬蓬的像一堆草。

楊 我愛你頭髮亂。

姚 你們看，我臉上焦黃黃的，粉也沒有撲。

楊 你的臉天生白，粉就配不上。

姚 你們看，脚上還拖着一雙破睡鞋。

楊 破也罷，睡鞋也罷，到了你身上，無往而不相宜。

關　眞是無往而不相宜，自然便好。
姚　可也不能夠裸體。
楊　你要是一裸體，Lilien，皇后大道和德輔大道就別想有酒生意。
姚　為什麼沒有酒生意？
楊　用不着酒就全醉了。
姚　看你把話說的！一個女人就仗打扮。俗語說得好：三分的人才，七分的打扮。又說，人靠衣裳馬靠鞍。說到這兒，我想起來，那天我走過皇后大道，有一家新開的珠寶店，窗口擺着一個亮晶晶的眞鑽石戒指，樣子才叫好！我看了直捨不得走，可是不走又怎麼着？他們一開口，就是一千港幣才賣，我只好嘆口氣走開。
楊　是那一家？
姚　皇后大道就是那麼一條，頂頂新開的珠寶店就是那麼一家，瞎子不用問路也摸得着！
關　答得好！
楊　在那一個窗口？
姚　你進去一問姚小姐看過的那粒鑽石。舖子夥計就知道。（忽然。）可是，Master 楊，我還是說着玩兒的，你可不許給我買。
楊　我不會買，我手頭沒有那多錢。
姚　你就是有錢買，我也不受。（向關。）關先生知道，Master 楊跟我不過這個。他是一個有前程的人，我不願意他為一個舞女惹父親生氣：那我就太對不住人家了。
關　這就是我敬重 Miss 姚的地方。難得一個舞女像你這樣正派的。所以，上次遇見 Master 楊，我就講，你這樣瞎捧 Miss 姚，於事無補，反而有害。你要是眞愛 Miss 姚，眞覺得她是一個活躍的前進的新女性，你得另弄一個機會讓她試驗。
姚　可是試驗失敗了呢？
關　以 Miss 姚的聰明和才貌，天下就沒有你不可以走的路。
姚　關先生講講看，是那一種機會呢？承二位的盛意，我不妨斗膽試試看。失敗了可怪不得我。

關　我向 Master 楊建議，電影公司有一個脚本，裏面的女主角和 Miss 姚非常相近，只要你肯演，沒有不成功的。電影公司本來想找方曼曼，你知道，在你沒有到香港以前，她也曾紅過一陣子。她未嘗不想拍這部片子，可是她一時找不到老闆投一萬港幣的資本。只要一萬港幣就可以搶過來給你拍。那時候你就成了雙料的 Star，紅舞星，紅明星，要怎麼紅有怎麼紅！

姚　一萬港幣！我做夢也沒有見過這麼大的數目！

關　你放心，有人出。（指楊。）人在這兒！

姚　（看着楊。）你！

（楊得意地點頭。）

關　他的條件是：你拍他就投資。

姚　（向楊。）我的 Master 楊，這是眞的？

楊　我幾時說話不算話來的？

姚　你的盛情我只有感激。

關　（站起。）Miss 姚答應了。

姚　不，不，慢慢。讓我想想看。（忽然。）我差點兒忘了一件事。對不住，讓我先打一個電話。

（她走到小几旁邊撥動電話號碼。）

（Boy 推開門，送進三杯紅茶。）

（關拾起地上一份畫報。）

（楊燃着香烟。）

（Boy 退出。）

姚　（向關。）關先生，你請坐。（向耳機。）喂，是的。病怎麼樣？嗯，嗯。你打算把他送到醫院去。好。用錢嗎？我下午自個兒送到醫院來就是了。（掛上耳機。）可憐的寶貝！

楊　誰病啦？

姚　噢！我——我的一個小弟弟。

楊　小弟弟！你什麼時候出來了一個小弟弟？

姚　一個小姊妹的弟弟，可愛透了，聽說害病，我打電話問問。

楊　她向你借錢。

姚　可不是，舞女掙來的錢，一半兒養家，一半兒花在自個兒身上，要是遇到意外，還

楊　不得到處借錢？（取出皮夾。）這兒是一張一百元的港票，算你借她的。

姚　（過去接下。）我替她謝謝你。

關　怎麼樣，Miss 姚？

姚　對啦！我拍電影的事！

楊　只要你答應做女主角，我就投資一萬港幣。

姚　Dear me！你們還沒有把故事講給我聽。我怎麼能知道我答應不答應呢？

關　這是我不對。我應當開頭就講給 Miss 姚聽。故事大意是一位空軍將士和一個舞女戀愛——

姚　（驚。）一位空軍將士！

關　怎麼？你不喜歡空軍將士，我們可以改成隨便什麼軍將士。

姚　不，不，就是空軍將士好，我喜歡空軍。

關　王母娘娘開蟠桃大會——

姚　（大出意外。）你說什麼？

關　我說，有一年陰曆三月初三，王母娘娘邀請九天神聖參與她的蟠桃大會，不料消息傳到各山魔王的耳朵，就在大會的前一天，這些妖精鬼怪每人向齊天大聖借了根毛，搖身變成一隻鳥，飛進王母娘娘的桃園，趁看守人不防備，一下子就啄了一大半的蟠桃。

楊　（向姚。）這些混世魔王象徵侵略者。

關　大鬧天宮只是故事的一個引子。看見天上查問得嚴，這些妖精鬼怪就紛紛投到人世，躲避天兵天將的巡邏。看見天兵天將不中用，一個妖魔也逮不住，王母娘娘跟前的金童生了氣，決定下凡給人間除害。聽說他有意下凡，正中了玉女的下懷：他們在天上原來就是一對愛人——

姚　（不耐煩。）可是那空軍將士——

關　就到正文。金童投生人世，就是我們故事裏的空軍將士；玉女就是我們故事裏的舞女。「八一三」之前，他們在香港一家跳舞廳認識，來往了三四次，愛在他們心裏深深地生了根。

楊　一種純潔的愛，莊嚴的愛，眞正的愛。

關　可是空軍將士的家庭是舊式的，最見不得自由戀愛，尤其討厭舞女，因為她們——你明白，老年人頂不通情理。

姚　我喜歡故事的正文，請你講下去。

關　就在這時候，上海起了戰事，空軍將士正到前線服務，每天駕着飛機轟炸殘酷的敵人——

楊　就是那些偷桃子喫的妖精鬼怪。

關　一個有錢的老頭子看中了舞女，要討她做姨太太，她父母收了聘禮，就在過門的前一天，她瞞着人在九龍搭車去了廣州。空軍將士接到她的信，駕了飛機在車站接她。

楊　後來他們就結了婚。

姚　結了婚？

關　總之，他們喫盡苦中苦，最後團圓了。

姚　（感慨系之。）團圓了！

關　不團圓又怎麼樣？看電影的人喫這個。我知道行市。有神仙，有歌舞，有空戰，有戀愛，有口號，要什麼有什麼，到了要緊關頭，我們可以叫金童拚命喊口號，你要是怕玉女戲少，我們可以把歌舞和戀愛的場面拉長。凡事總好商量。故事是呱呱叫。這兒是一份脚本的撮要，比我講的詳細多了。另外還有一張合同，假如Miss姚同意做女主角，就請在後面簽一個字。

姚　馬上就簽字？

關　不一定馬上。你可以有兩天考慮。

姚　（接過合同和撮要，翻閱合同。）報酬是——

關　你一簽字，公司送你五百元港幣。開拍那一天，公司另送你五百元港幣，全片拍完，試映成績良好，公司最後致酬一千元港幣。不是Master楊的情面，公司不會出這樣大的酬勞。二千元港幣，簡直是空前！

楊　你的意思怎麼樣？

姚　既然一切有Master楊照料，我現在就簽字。

關　（大喜若狂。）一言為定！（取出一份合同副本。）簽完那張合同，請你再簽這一張：兩張完全一樣，你留一份，公司留一份。

姚　（坐下簽字。）這裏面有一條講到損失的賠償問題。

關　那是一句成文。一切有 Master 楊。

姚　（住筆。）頂好 Master 楊也簽字。

楊　好！我陪你簽字。將來你和公司的損失完全由我擔負。（字簽好了。）

關　（過來和姚握手。）Miss 姚，謝謝你。你一定成功。

姚　你得先謝 Master 楊。

關　當然。怎麼樣？明天我請兩位晚餐。我約經理和導演給兩位作陪。

姚　可是我那五百元——

關　（收摺一份合同。）絕無問題。（向楊。）你身上要是有支票簿，請你先替公司墊付。

（楊興高彩烈地開支票。）

關　（向姚。）我沒有見過你這樣前進的明朗的新女性，這樣爽快，這樣 Business is Business！Miss 姚，我向你致最高的敬禮！

（外邊有人叩門。）

楊　（撕下支票給姚。）這兒是你簽字的酬勞。五百元整。

姚　對不住，我到裏面把錢放好。

關　有人敲門。我們該走了。

姚　我馬上就出來。

（她拾起支票和鈔票，走入臥室。）

關　（低聲向楊。）我敢保險，不出一星期，她是你的人！（叩門的聲音。）

關　有誰來了。說不定是陳三爺。我看，你還是跟我走罷。

姚　（走出臥室。）這麼也就走！不喝一口茶？茶涼了。

關　不用張羅，我們以後有的是辰光討擾。

楊　（向姚。）明天晚飯，記住我來接你。

（外邊不耐煩，把門推開。一位中年人立在

門道通名報姓：「賤姓仇，十字日報的經理。」然後他抱歉似地向前舉步。）

仇　我敲了半天門，聽見裏邊有聲音，不見人來開門，以為門鎖着，一推門，不想門就開了。（向關。）原來是你，老關！（向楊。）不敢，請教——

楊　（似理不理。）仇先生請坐。（向關。）我們走罷。（向姚。）回頭見，Lilien！

（姚伸手給楊握，一直把他和他的朋友送出門。）

（仇閃在一旁，觀看牆上的照相。）

姚　（關上門。）仇先生，你得原諒我早晨有事。

仇　（似乎不曾聽見。）這張是謝月芬，那張是Clara，那張是小燕飛，那張是Charlotte田；你看，我全熟識。這全是她們送你的？這兒就少一張你自己的。啊！這兒有一張，好極了！活脱脱一位嫦娥下凡！

姚　那張是不送人的。

仇　那麼你另挑一張送我。明天我在報上給你登出來，Lilien，説到照相，我得好好指教你一番。你什麼都不缺，就缺一個前進的分子領導。你不應當拒絕人家給你登在報上。我知道，你是頂呱呱叫的紅舞星，你有的是脾氣，可是，得罪報館，對你也不見得有利。好！破一次例，把你這張玉照給我。

姚　我是一個頂沒有脾氣的人，不過我也沒有義務把照相送到報上亂登。

仇　不是義務，是權利。是一種保障雙方發財的權利。來，你過一眼我帶來的這張十字日報。

姚　我看過了。

仇　你一定沒有看過。就是看過，你也沒有注意第二版第一欄那條關於你的新聞。（取出一紙小型報紙，摺出第二版，呈給她看。）這兒是。你不妨再看一遍。

姚　説我什麼？

仇　我唸給你聽。（讀標題。）「紅舞星Lilien

姚請假之隱秘。」

姚　（驚懼。）什麼隱秘？

仇　（放下報紙。）昨天晚晌你沒有去伴舞，你的客人全想知道你請假的緣故；為了滿足他們的好奇和失望，為了小小打擊傲慢的你，我叫報館替你編了一個理由。

姚　編了一個？

仇　有人看見你昨天下午去九龍，我們就根據這個報告説你昨天在九龍過夜，住在你神秘的情人家裏。這神秘的情人是一個落魄的文豪，住在一個沒有窗戶的小房間，使着你的收入過活。

姚　（哭笑不得。）我神秘的情人！仗着我的收入過活！

仇　當然沒有這回事！

姚　我感激你替我傳名的好意。

仇　應當是我感激你。你不知道，這段新聞今天一天可以給報館增加至少一千份的銷路。

姚　有這樣的事！

仇　為什麼不呢？你那些舞客，現在喝完早茶，個個捧着十字日報，苦苦猜你那神秘的情人是誰。（笑。）他們打聽遍了香港，也打聽不出來！

姚　你何苦這樣拿人開心呢？（忽然。）對不住，我還沒有請你就座。喝茶嗎？茶才端來的，沒有人喝。

仇　（坐下。）我不喝，謝謝你。你要是可憐你那些舞客，或者可憐可憐我們，老實説，你乾脆不如拿眞話講出來。（湊近。）我們來談一筆生意，怎麼樣？

姚　（感覺興趣。）什麼生意？

仇　把你的身世説給我聽。我送你五十元港幣。要是你親筆寫出你的身世，我送你潤資一百元港幣，一千字就好。

姚　一百元港幣？

仇　看你這些書，就知道你會提筆寫文章。喝！飛機製造原理！飛機駕駛術！世界空軍之比較！你簡直是飛機專家麼？什麼！這張紙——一張合同！讓我看。（不得允許，他就抽過來看。）一張電影合同！酬金二千元港幣！一定是一部關於空戰的片子！（轉向姚。）Lilien，好 Lilien，你一篇自傳，外加你新近一張玉照，我送你二百元港幣！怎麼，不成！這樣，我加到二百五十元，你總該寫了罷？你還是不作聲？好罷，二百六十元，二百七十元。三百元！三百元港幣！再高，不說天下沒有這個價碼，我十字日報也出不起！三百元！我的好 Lilien 小姐！

姚　我答應你。

仇　（一躍而起。）成功了！（和她握手。）一言為定！（充滿了崇拜的情緒。）我沒有方法表達我對於你的敬重。你是十字日報的救命恩人，前進的新女性，爽快，明朗，慷慨，and business is business，你注定要在香港走紅！

（門忽然推開，走進苗。）

苗　我向來是不敲門的，我頂恨那些臭洋規矩。有人在這兒，好！Lilien，你們接着講下去好了，我是不插嘴的。你們不用照料我，我自個兒會坐下去的。坐電梯和爬樓梯一樣喫力。這兒有兩杯紅茶，好極了！我正嫌口渴。（兩杯一飲而乾。）你們接着講你們的。（發見小報。）你這兒也有一份十字日報！到底是怎麼回事，Lilien？你打什麼地方鑽出來一個神秘的情人？神秘的情人，簡直是美國電影！General，你頂好是請這位仇先生解釋，他知道的比我還要多。

姚　General，你頂好是請這位仇先生解釋，他知道的比我還要多。

苗　（瞠目而視。）難道那神秘的情人就是——

仇　鄙人沒有那福氣。苗將軍，我就是寫那段新聞的人。

苗　你曉得我姓苗？

仇　你不認識我，可是我老早就認識你。我是十字日報的經理兼總編輯。將軍，你打聽那神秘的情人，請你注意明天和以後的十字日報。我會一點一點揭露的。（向姚。）我回去就預備好三百元港幣的支票，你的大作什麼時候賜下，我什麼時候奉上酬勞。

姚 可是——

仇 你放心好了。你這邊派人送下來，他一手交稿，我一手交錢。絕不會錯。（過去給自己開門。）還有你的玉照，千萬不要忘記！

（他關門走掉。）

苗 三百元港幣！Lilien，三百元港幣！

姚 （懶洋洋的。）不錯，三百元港幣。他要我寫一篇自傳，講我自己的身世。

苗 來，Lilien，我教你這篇文章怎麼做。別瞧我是一個軍人，我對於筆桿比槍桿子還要懂得道地。照我的意思寫，你這篇文章一定成功。

姚 這可好了，我正發愁沒有意思。

苗 你得往文章裏面加上這樣幾句話：我要到內地去，我一有機會，我就馬上到內地去。我不是一個男子，可是我同樣要給祖國服務。有一天我會到傷兵醫院做看護的。

姚 這樣辦罷，將軍，你的經驗比我多，你平常又那樣護衛我，這篇自傳就請你替我寫了罷。我在那三百元裏面分你三十元。

苗 （站起。）你不是拿我開玩笑？

姚 將軍，我向例說一是一，說二是二，這你可以信得過我的。

苗 （拍胸。）就這麼說定了，你交我辦。我知道一個人專門替女人寫這類東西。我在那三十元裏面至多分他兩塊錢，他就樂瘋了。

姚 不過你們什麼也不知道我。

苗 用不着。那窮小子積了一腦袋的舞女自傳，隨便抽出一篇用就成。（擠眉弄眼。）難道你當眞要把你的身世告訴那羣混帳王八蛋？

姚 我得怎麼樣謝你才是。

苗 用不着那套子把戲。我是一個軍人，我有義務保護一個弱女子。回頭見！我這就去！下午一點鐘，我擔保把你的自傳送到十字日報。一筆秀麗的小楷，沒有一個人認得出是男人寫的！

（他拔步就走。門敞着，由過道傳來細微的音樂的聲音。姚伸了一個懶腰，忽然如有所憶，急忙追回苗。）

姚　苗將軍！苗將軍！

苗　（回到門口，喘着氣。）Lilien什麼事？

姚　還有我一張照相。

（她順手把几上有鏡框的照相遞給苗。苗走了，她打了一個哈欠，走到窗口，靜靜的，石像一樣，望着明媚的山水。什麼東西觸動她，眼淚流出她的眼眶，她用手輕輕彈掉。）

（No. One進來，輕輕把門關住。）

No. One　Miss姚，你應當喫點兒東西。

姚　我不想喫，我不餓。

No. One　你一個人看着外面出神。

姚　我想起了從前，我覺得寂寞。我想把頭埋在誰的胸脯好好兒哭一場。我受不住這熱鬧場中的孤獨。

No. One　你有一個親人，你有你可愛的兒子。

姚　是的，他是我的。（哭了起來。）保姆把他送到醫院去了。病一定是很重的。不重，不會進醫院。

No. One　不見得。

姚　他會跑了，他會學着說各樣的話。他聽保姆的吩咐叫我媽咪，可是他對我沒有什麼媽咪的感情。我不能夠常跟他在一起。可憐的貝貝！他喜歡我，他喜歡我每次給他帶了很多的糖果，他喜歡多一個人陪他在院子玩耍。他和我一樣覺得寂寞，覺得孤獨。

No. One　他長得一定很好看。

姚　他有許多地方像他父親，額頭寬，眉毛濃，鼻子高，和一個西洋娃娃差不多。就是瘦。我的奶不好；他到如今沒有養胖。

No. One　他一定也像你。

姚　那還用說，他像我！可是我覺得，他越長越像他父親。他的志氣一定會和他父親一樣高。他會有一天嫌我的錢骯髒，他不會嗎？

No. One　你為什麼要那樣想？

姚　一個舞女賺來的錢，一個賣笑的女人的錢。

No. One　哼！（坐下。）等他到了曉得的年紀，你早就不做舞女了。

姚　你的話對。我要趁他不懂人事的時候多多賺錢，賺到可以保障我們母子生活的時候，我就離開香港，到一個清靜的地方住下。到武昌住下。

No. One　為什麼單單要挑武昌？

姚　我在那個地方和他父親來往的最久。他父親在那個地方欺負我，因為我愛他，崇拜他，讓我有了孕。

No. One　你儘想從前了。那對你不會好的。

姚　因為我就是我一個人，和我談話的只有過去。

No. One　你有許多舞客。他們會把錢和快活給你的。

姚　我心裏頭寂寞。

（靜默。No. One 看着瓶裏的白薔薇）

姚　埋在我心裏頭的是愛情，是罪孽。我沒有臉把我公開給人看。

No. One　（嘆息。）我上了年紀，我不大懂得你的話。

（靜默。）

No. One　（依然看着白薔薇。）你應當另外找一個愛人，一個眞把愛情給你，眞能保護你的男子。

姚　（慘笑。）每天和我談愛的足有一打人，我就分不出誰有眞心誰沒有眞心。

No. One　用心找。說不定裏頭就有一個眞心的男子。

姚　我對自個兒沒有信心。我心裏頭放不下的只有我的貝貝。等他病好了，我要帶他到北戴河住兩天。我聽說中國人和外國人照樣兒可以到那邊避暑去。你知道，我不會在那邊碰見我家裏的人；他們不會到日本人的地方。

No. One　還是不去的好。遠地方，生生的，萬一碰着日本人……

姚　其實我在什麼地方過的也都是飄零的日子。

No. One　Well, you're right.（靜默。）

姚　你看見昨天黃昏和陳三爺講話的那位女客人嗎？

No. One　我看見的。

姚　她像極了我一個親人。她姓什麼？

No. One. Mine 劉。丈夫在重慶。她本人從上海來。

姚　（呢喃。）那一定是她了。

No. One　是誰？

姚　她是我姐姐。

No. One　（驚視。）Really？

姚　我親姐姐。

No. One　她沒有看出你是——

姚　好像看出來一點，不過她以為她遇見鬼，逃開了。

No. One　鬼！

姚　家裏人一定以為我在什麼地方死了。

No. One　死了？

姚　不和死差不多嗎？永遠不能夠和正人君子在一起，永遠得在夜晚見人。（忽然。）陳三爺跟她認識。你不覺得奇怪嗎？陳三爺今天沒有來看我。

No. One　現在也不過就是十一點鐘。

姚　他不會來的。他是姐姐的人。我記得從前有一個姓陳的跟她要好，想不到就是這位陳三爺。

（電話鈴響。）

姚　電話鈴響！（畏怯。）一定是保姆從醫院打來的電話！

No. One　（站起。）我來幫你接。

姚　（鼓起勇氣。）不！我要親自接。（取下耳機。）Hallo！對啦，我是。（向走過來的No. One。）一個男人的聲音。（向耳機。）嗯，嗯。你是汪醫生。怎麼樣？腦膜炎！

No. One　腦膜炎！

（他們絲毫不覺察陳三爺推開門，走在沙發

旁邊。)

姚 (聲音顫抖。)請你再說一遍。我兒子得的是腦膜炎,你要抽脊髓檢查。他年紀太小,嗯,嗯,Nurse 不能夠作主。汪醫生,我馬上來。我乘汽車來。你說,有救嗎?我可憐的兒子有救嗎?我可憐的兒子有救嗎?我求你救救他。他是我的命根子。我求求你,我求求你,我求求你。(耳機從她手裏落下去。)No. One,陪我走一趟。(看見陳。)啊!三爺!

陳 (同情地。)Lilien,我不打攪你。救你兒子要緊。(向 No. One。)No. One,給她拿一雙鞋來。

姚 我自個兒去換。

(她跑進臥室。)

No. One 陳先生,你來得正好……

陳 你應當老早告訴我她是一個有夫之婦!你這老渾蛋!我私下賞了你那多錢!

No. One But——

第三幕

時間同第一幕*;景同第二幕。臥室門鎖着。外門敞着。苗在沙發上打鼾。

No. One 拿着一捧紅玫瑰進來。不驚動苗,輕輕走向花瓶,把手裏的鮮花換掉瓶裏的白薔薇。他握着那捧白薔薇,走到窗口,順手扔到外面。

就在他扔花的時候,姚忽忽進來。悲哀在幾小時之內把她變憔悴了,但是她不示弱,絕望給她力量,她可以為所欲為,不再有所顧忌。

No. One (看見她。)我正在換掉瓶裏的花。方才 Mr. 楊讓人給你送來一把紅玫瑰,我換在瓶裏了。

(姚點點頭,不言語,不看花,走過打鼾的客人,開開臥室門,走進臥室。)

No. One (不願意引動她傷心。)你得好好兒休息休息!客人來了我會替你回絕的。我

*編者案:原文,指下午五時,是第二幕同一天的下午。

姚　單放 Mr. 楊上來看你。

（走出臥室。）為甚麼單單要放他上來？

我一樣不想見他。

No. One　（抱歉似的。）不過，陳三爺不會再來了，你得有人維持你過活。

姚　我想改變我的生活：我用不着攢錢了。

No. One　（看着她。）老天爺太和人過意不去了。

姚　是嗎？

No. One　（呢喃。）Poor dear，poor dear。（微微一轉，預備退出，發見苗，大聲把他喚醒。）He！General！

（他走出，把門帶上。）

苗　（驚醒。）怎樣啦？（看見姚。）你回來啦！我好像在你這兒足足等了一整天！我兩點鐘就來了，你不在，他們不要我等，我一定要等，不知道怎麼我坐下來就睡着了。（掏摸衣袋。）我忘記帶手錶來，幾點鐘了？天快要黑的樣子。

姚　（看手錶。）五點零十分。

苗　好像活！我整整睡了兩個半鐘頭！人老精神不濟了，像你們年輕人，成天到晚活蹦亂跳的，多有福氣！特別是你，我的好 Lilien，你那付快活樣子，我一輩子也忘不了。我沒有錢給你，所以我也不貪那抱着你跳舞的福氣。可是我喜歡你，你聰明，你長得好，你一笑錢就到手，我——我不成。這就是做女人的好處。你們永遠不用操心勞力，錢就跟男人一樣賤骨頭，軲轆轆一口袋一口袋滾進來。當年我打排長熬到師長，身經百戰，這條老命簡直是白揀來的，如今流落在這過日子比過年還要命的香港，剩下一把老骨頭了，還得一個錢一個錢四處搜羅。

姚　你不瘦，挺胖的。

苗　胖有什麼用？賣了沒有豬肉貴。

姚　你做師長的時候一定攢了不少錢。

苗　搶來的錢，花起來不心疼。錢花得差不多了，再想抗槍桿子，人老珠黃不值錢，沒有人肯要。姨太太散了，「八一三」起來了，帶着黃臉老婆逃到香港，別瞧人地生疏，也得舉着賣老牌子活下去。手裏剩下不多幾個錢，我得留着給自個兒辦後事：棺材不要錢？出殯不要錢？墳地不要錢？什麼也得錢，錢。瞧！（摸出一張支票。）錢！你那張支票！三百元港幣！

姚 我的支票？

苗 十字日報的酬勞。（走到姚前面，遞上支票，深深一躬。）年輕，漂亮，聰明，有學問，有人緣，有口才，有福分，世界擺在你前面，由你挑選。（站直了。）我告訴你，揀肥的挑！我告訴你，我妒嫉你！把你的福分分給我一半，我就瞑目了！

姚 （感動。）想不到世上還有不如我的人。

苗 多的是，小姐！身分沒有用，有用的是錢。

姚 你拿開了我的眼睛。

苗 有幾個人能夠像你的！你有福氣！

姚 （呢喃。）有幾個人能夠像我的？有幾個人能夠像我的？（她走進臥室。）

苗 人窮志短，自古有之。不過，Lilien，像你這樣美貌多情的，百不見一。

姚 （由臥室出來。）General，謝謝你這一天的辛苦。這兒是六十元港票。

苗 （手顫。）可是，有言在先，你只分我三十元。

姚 你把活下去的力量給我，我得加倍酬謝你。

苗 我自個兒就沒有力量活下去，我會把活下去的力量給你？（搖頭。）倒是你把力量給我是真的。（收起港票。）後天你會在報上看見你那篇自傳的。我親自看着那瘦小子一個字一個字工楷謄寫。我親自送給報館的仇先生，他讀得眼淚快要流出來。他一邊給我支票，一邊嚷着「千古妙文」！「千古妙文」！他改天要拿一把扇子求你給他寫一首唐詩。臨走他告訴我，明天他先來一個預告，後天他用珂羅版影印出來！上頭是你的八寸玉照！（伸出大拇指。）好 Lilien，到了後天，你是這個！你有福氣！你要紅到無可再紅！（預備拔步，止不住大笑。）那些傻傢伙，眞還當是你作的，你寫的！開篇第一句是：「妾一薄命人也！」煞尾當然少不了你要到內地去的意思！

姚　不過我也許眞到內地去。

苗　（驚奇。）去內地？

姚　說不定我一半個月裏頭就動身。

苗　千萬不要去，我的小姐，傻瓜才到內地去！

姚　可是你自個兒老嚷着要去。

苗　我嚷由我嚷；我去歸我去。（嚴重地。）內地沒有跳舞廳！（走到門口。）你到什麼地方跳舞去？（開開門。）你會餓死！（一半在外，一半在內。）在香港有的是人送錢給你用！（指胸口。）我愛你那片子心是眞的！Lilien，我不吵你啦！

（挺起胸脯走掉。）

（姚過去預備關門。）

（No. One 拿着一封信進來。）

姚　誰的信？

No. One　殯儀館派人送來的。

姚　（拆信看。）他們約我明天十點鐘去看墳穴。

No. One　明天我陪你去。（預備退出。）Here is Mr. 楊。（向外。）Good evening，sir。

（楊煥煥然進來。）

No. One　（指花瓶向楊。）送來的花擺在這兒。Shall I serve you a drink sir?

楊　我就陪 Miss 姚到外面去。

（No. One 鞠躬，退出，把門帶上。）

楊　我回頭請你出去用晚飯，你說好嗎？

姚　我想留在家裏。

楊　為什麼不去？陳三爺時常陪你在外面用飯。為什麼單單我就不？這不是第一次，也不是末一次，你沒有理由拒絕我的。

（學着貼體。）覺得有點兒難受？

（姚點點頭。）

楊　什麼地方難受？是牙痛，還是頭痛？我一看就知道你有地方不舒服。昨天你就請假沒有去伴舞。過來，坐下憩憩。（坐在她旁邊。）你研究那個故事來的沒有？

姚　（茫然。）什麼故事？

楊　（模擬。）什麼故事？（笑。）還不是那張電影片子的故事。

姚　還沒有看。我正打算看。你這一來，我今天就看不成了。

楊　（貼近。）你不應當這麼説。你應當説，你來得巧，我們倆正好一塊兒看。

姚　你以為我會演得好嗎？

楊　我拿錢給你玩玩，有風頭出，管他好不好。（握住她一隻手。）你喜歡演電影嗎？

姚　（任憑擺佈。）我……從前做學生的時候倒有這念頭，現在嚒，早，早斷了。

楊　你上過學？你在什麼地方上的學？

姚　在……我不説。

楊　我不逼你。你有一天會告訴我的。（取出一個紙包，折開，露出一個精美的小盒。）你猜這裏面是什麼？

姚　（並不好奇。）猜不出來。

楊　（打開小盒，亮晶晶露出一隻鑽石戒指。）是不是你愛的那顆鑽石？（眉飛色舞地等她來搶。）是不是？

姚　你給我看。我想是的。你買給誰的？

楊　（不免失望。）買給誰的？

姚　你買給我的？

楊　（取出戒指。）難道我會買給別人？送給你，開心嗎？

姚　（機械地。）開心。

楊　（握住她一隻手。）我來給你戴上。店裏問我要一千二百元，價碼比你問的那天又高了。後來講到一千一百元成交的。（給她換了兩個手指，終於戴好。）

Lilien，看！

姚　早知道你要買，我上午也不對你説了。

楊　我正想送你一件禮物，恰好你自個兒説出來，省了我許多麻煩。（取出發票。）這是發票，我跟盒子擺在一起。

姚　（看着他。）你要我怎麼樣酬謝你呢？

楊　（搓着手。）我不知道。

姚　這是一份大禮，應當重重酬謝的。

楊　（看着地氈。）你再說下去……

姚　我一定要酬謝你。過兩天你就是想要酬謝，你也沒有地方去要。Master 楊，你喜歡我，你愛我，你拿一千一百元的厚禮送我，來！小朋友，我的嘴在這兒，上面沒有胭脂，不過，一個情人不會在乎這個的，來！我把嘴唇給你，請你好好兒親牠一下。

楊　（手足無措。）你眞……你……

姚　你老早就想親我，就想摟我，不是嗎？

楊　可是，現在……

姚　（站起來。）啊！我明白了，外邊有人一推門，會看見你親我的。Master 楊，到我裏頭小房間來，你會親我親得更開心，更舒坦的。這種事得瞞着人，不該叫人撞見的。心放得平，氣放得和，嘴對嘴，說不出從那兒就來了一股子熱勁兒。（拉住他兩隻手。）你還年紀輕，我得教給你。（揪起他。）到我裏頭房間來。沒有一個人會看見你親我。我那隻小牀小得跟白雪公主的小牀一樣。〔它〕不會礙你的事。

（一種稀有的嘲弄的力量幫她把楊怪樣兒揪進臥室。她笑着；他的臉紅得像他送來的玫瑰。他的靦覥和她的笑聲成正比例增加。）

（外邊有人叩門。不見人來開，陳三爺推門進來。）

陳　（向外。）就是這兒，Mine 劉。

（他讓進劉。她矜持而又好奇，在門邊立住向裏窺探。）

陳　不要緊，你進來。

劉　有誰在裏面笑。

陳　是 Lilien 笑。有人在裏面跟她講話。你請坐下等等，她會出來的。

劉　（往裏多走了兩步。）她平日就住在這地方？

陳　裏面是她的臥室，正好容一張牀，一隻睡几，一個梳妝台，一個衣櫥。我在下面等你。你總有好一陣子工夫跟 Lilien 談話。

我就便打電話給旅行社訂兩個艙位。

劉　你決定送我回上海？

陳　你要我東，我不敢西。Dear，回頭見。

（他避開艱窘的局面，把門關住。）

（劉觀察這小「沙龍」。什麼東西摔在地上，笑聲突然止住。劉嚇了一跳，看着姚走出臥室。）

姚　（重新大笑。）Master 楊，你沒有碰痛什麼地方嗎？我不扶你了。我笑得腰都伸不直了。（抬頭看見劉，似乎並不意外。）Master 楊送了我一個鑽石戒指，我沒有法子酬謝他，我把嘴給他親親，不知道怎麼，他脚一滑，就倒在地上了。

劉　Master 楊！（跑進臥室。）Poor dear，你沒有碰壞什麼地方？

姚　原來你們是老相識！喝喝！（笑着，向臥室。）他起不來。你攙他起來。可要把我笑死了！誰見過這樣兒玩舞女的？（倒進沙發，不笑了，慢慢褪下那隻閃爍的戒指。）怪可愛的，就是沒有福氣戴！

劉　（出來，向姚。）你太胡鬧，好端端跌了 Master 楊這麼一跤！

楊　（隨在後面，向劉。）別怪罪 Lilien，我們在一起鬧着玩兒，是我脚不穩，滑在地板上。

劉　那也不應當！摔傷了楊公子什麼的，可沒有地方再賠一個！

姚　（冷笑。）楊公子！楊公子為什麼要到一個舞女這兒來玩？一千一百元什麼不好做，單單要買個戒指給舞女戴！（站起。）楊公子，這兒是你的鑽石戒指，盒子在這兒，發票在這兒。還有這個破故事，還有這個破合同，全在這兒。

楊　（兩手捧滿了這些東西。）可是——

姚　（向劉。）你要體面，你要勢利，你要巴結，你是上流人，你是貴夫人，為什麼要到一個舞女這兒來？陳三爺在樓底下等着你，不對嗎？你知道嗎？陳三爺今天早晌還是我的人，可是，因為，對了！因為我是一個有夫之婦，丟開我走了！可是，我奇怪，他就沒有丟開你，不過我相信他有一天也會丟開你走的，因為你也是一個有夫之婦！

劉 你瘋了！

姚 我不瘋！（向楊。）我瘋嗎？你永遠愛我，不是嗎？你應該記得我方才親你的甜味道，香噴噴的，不是嗎？一個瘋子的嘴有那麼甜，有那麼香，有那麼肉膩膩的嗎？

楊 （哀求）Lilien！

姚 這是你的大學第一課！有趣，浪漫，熱情，比一位闊太太的第一課還要溫柔，還要上口，還要值得記牢，是不是？

劉 你再敢說下去！

姚 沒有人攔得住我這不值錢的嘴！（向楊。）你知道這位闊太太的底細嗎？讓我告訴你。

劉 （恐嚇。）淑貞！

姚 （向楊。）這位闊太太是一個舞女的親姐，比她大七歲，坐飛機來，坐大餐間去，有什麼貴幹？一無所幹！

劉 （搖動她的肩膀。）淑貞！（向楊。）Master 楊，晚晌見！晚晌一定到我那邊來！

楊 好，我先走一步。

（他急忙逃出這個是非窩。）

劉 淑貞！

姚 （楞了楞，忿怒過去了，跌在劉的胸脯。）姐姐！我完啦！

（她嗚咽着。）

（劉需要認識這忽然而來的激變。但是，她明白她必須用溫存解除目前的困難。她喘着，抑住情感，把姚扶向沙發。她過去把門從裏扣住。她回到姚旁邊，覺得自己委曲，然而覺得姚更委曲，倚住扶手，把手絹掏給姚。）

選自一九四一年十一月五日、六日、八日、十日、十二日、十三日、十五日、十七日、十九日、二十日、二十二日、二十四日、二十六日、二十七日、十二月一日、三日、四日、六日及八日香港《大公報・文藝》，十一月七日、十四日、十八日、二十一日、二十五日、二十八日、十二月二日及五日香港《大公報・學生界》

田漢、洪深、夏衍

風雨歸舟（四幕劇）〔節錄〕

人物（以出場先後為序）

陳毓芳
阿梁
馮海倫
李太太
朱劍夫
張志雲
蕭建安
白蓉
林謙
王少雲
楊海清
阿華
區師爺
金露西
謝太太
蛇王何
吳美成
阿榮
梁瑞華
梁阿盛
打手甲、乙、丙
華捕甲、乙
印捕
旅客甲、乙、丙
海員A、B
其他旅客

第一幕

時間　一九四一年秋，九月某日下午四時。

地點　香港。灣仔某大酒店五樓走廊，兼待客處。整潔的鋪着白桌布。二三待客用的長沙發，茶具、花瓶之類，左手為通大禮堂的路，有一個箭頭形紅紙指示方向。上書「一碗飯運動結束大會會場」字樣。

〔幕開，遠遠的可聞經過播音機的報告之聲。疏落的拍掌音等，一年老的 boy {1} 阿梁，很周到地整理着座位和桌上的陳設。沙發上坐着女青年陳毓芳，二十三歲，漂亮樸實。但在眉間帶有一種無法捉摸的憂鬱的影子。胸前佩着紅綢條子，上書「幹事」二字。二二分鐘後，盛裝女子二人，匆匆由右手（電梯口牆上有 Left {2} 字樣）登場，走在前面的叫馮海倫，微以手帕作扇風狀。陳毓芳起立招呼。〕

馮海倫　哈羅，密司陳！

陳毓芳　啊，馮小姐！

馮海倫　你社裏的事忙嗎？

陳毓芳　還好！

馮海倫　（聞報告聲）已經開會了。（不停步地走着）

陳毓芳　開始報告了，大家正等着你呢。

馮海倫　這位李太太，認識嗎？這次她很賣力的。

陳毓芳　（點頭）是，上次見過的，方才看了報告書，你們兩位推銷成績好極了，請！

（讓着她們入會場去）

（阿梁倒了一杯茶，恭敬地捧給陳毓芳。）

阿梁　你喝杯茶。

（陳毓芳點頭微笑，表示輕輕的謝意。）

阿梁　（誠摯地）陳小姐，這次成績很好吧？

陳毓芳　（看了他一眼）說不上好，因為這兒我到底人地生疏，要是在上海，我的辦法就多了。

阿梁　你老太爺還是在上海法院？

陳毓芳　對了，還在那兒。

阿梁　他老人家真好，我的大兒子阿盛有一次在上海外灘受不過日本鬼子的氣，和他們衝突起來，給抓到捕房去了，還是你老太爺幫忙給開釋的，有他老人家在那兒，受冤枉受壓迫的人不佑保全多少。我，我真是

{1} 侍者。
{2} 左。

不知道怎樣感激你老太爺才好。

陳毓芳　那沒有什麼，家父不過是喜歡主持正義罷了。

阿梁　小姐！在今天肯挺身出來主持正義的人太少了。

陳毓芳　可不是，家父在那樣的環境中間，時常也受到敵偽的警告，可是家父毫不在乎的幹到底。

阿梁　這就太難得了。

陳毓芳　你們這次也難得呀，這麼大熱天，大家還熱心帶忙。

阿梁　這是應該的呀，你們小姐們才辛苦了。

陳毓芳　香港也不比從前了，這幾年來賣花籌款哪，什麼哪，差不多每天都有，次數多了，辦事就困難。加上這一次的一碗飯運動阻礙又特別的多……

阿梁　（點頭）聽得這樣說，可是孫夫人發起的事情誰也得盡點力量。別的不用說，單說這家酒家吧，從司理到廚房裏的司務們；誰沒有一個不起勁說：「這是為了祖國，誰也不能愛惜力量。」

陳毓芳　對的，誰也不能愛惜力量，這時候愛惜力量，將來有力量也拿不出來啊。哦，你的小姐瑞華呢，這幾天怎麼沒有看見她？又病了嗎？她的身體單弱得很。

阿梁　不，你前次不是給了她幾本新書嗎？這孩子就成了《紅樓夢》裏的香菱似的成了書痴了。白天裏只要稍為有點空，就念，晚上到很晚還不肯睡。對了，她昨天寫了一首新詩，要我帶給你刪改刪改。

陳毓芳　是嗎？（接過去匆匆看了一遍）好極了，明天就給她在報上發表。

阿梁　得了吧，你別太寵她了，小孩子，剛學說話，哪裏就夠得上發表。

（梁正要說下去，僑務日報的主筆朱劍夫登場。陳毓芳殷勤招待，朱鷹揚地點了點頭直向會場去，經過阿梁身邊時，阿梁恭敬地立正、行禮，朱經過後忽然想起似的回過來。）

朱劍夫　阿梁！（梁應聲「是」）有一位王先生來了沒有？

阿梁　王……

朱劍夫　王少雲啊，昨晚上在這兒打牌的。

阿梁　啊，（想了想）還沒有來，也許……

朱劍夫　（把一柄精致的扇子放在桌上，摸出一個本子來翻了一下）給我打個電話，（以本子示之）給他，請他即刻就來。（回頭看了陳毓芳一眼）假如此地人多，講話不方便的話，你給我在四樓定個房間。（入會場）

阿梁　（恭敬地）是。（默記了號碼下）

（青年張志雲從會場上出來，同樣地掛了紅綢條，與朱相交。）

陳毓芳　報告快完了？

張志雲　（點頭）快給獎了。

陳毓芳　（貪讀着瑞華的詩）喂，志雲，咱們又多了一個詩人了。

張志雲　詩人？誰？

陳毓芳　你准猜不着，瑞華會寫詩了。

張志雲　是嗎？

陳毓芳　你瞧！（交給他詩稿）

張志雲　（匆匆看過，極口稱讚）了不得，我常說的，有生活的人，寫什麼都好。不過，（拍陳毓芳肩）這都是你指導有方。（交回詩稿）

陳毓芳　（放入袋裏）我想明天在副刊上發表，鼓勵鼓勵這孩子。

張志雲　好的，好的！

（朱劍夫忽記起遺下的扇子，回來取扇再入會場。）

張志雲　（低聲地）你認識方才進去的那位嗎？

陳毓芳　（輕微地驚奇）誰？剛才那神氣活現的傢伙，很面熟，但不知道名字。

張志雲　（笑着）他也來了，居然前一個禮拜，還在報上寫文章破壞這次一碗飯運動。

陳毓芳　他就是朱……

張志雲　對了，朱劍夫，僑務日報的主筆，除出寫文章之外，破壞這次運動也是主要分子。

陳毓芳　真是，何必呢？同是中國人，這樣的時候還搗蛋。

張志雲　你把他做中國人看就錯了。

（陳毓芳有所顧忌地笑了一笑，不做聲了。）

張志雲　（血氣方剛，不很理會這些）我真不懂這些人是什麼心腸，不問事只對人。一碗飯運動，居然也反對起來。要不是孫夫人主辦，全港酒樓飯店和許多愛國人士的幫忙，怕這次的運動一定會垮了的。還好，預定三萬，籌了二萬五千……

陳毓芳　（不十分肯說）唔。

（二人對話中會場報告聲，掌聲。阿梁打電話回，走過走廊反背着手，站在會場入口處聽。）

張志雲　（看見她不上勁，自己坐上來，獨語似地）兩萬五，算不得多。不過，對於後方的傷兵難民，也有些好處。再說這次還有提倡工業合作的意義，要是真的日本跟英美打起來，外來物資來源斷了，這次運動的意義就會特別重大了。

陳毓芳　（回身看了他一眼）志雲，這幾天聽你們談這問題談得起勁，你看敵人真的會南進嗎？

張志雲　那當然誰也說不定，不過英美對日本的矛盾不減消，反而一天逼得比一天緊起來，這能保得定戰爭不爆發嗎？一旦戰爭爆發，那時候香港就夠慘的了。

陳毓芳　（倩笑）香港，你說香港會成為戰場嗎？我看香港的有錢人，做夢也想不到吧，前晚上防空演習，大街小巷一片的麻雀聲音，跳舞場通宵達旦地營業，哪兒看得到一絲一毫的戰爭空氣。

張志雲　現在滿不在乎的是這些人，將來狼狽不堪的也是這些人咯。

（青年劇人蕭建安同他的愛人白蓉上場。）

蕭建安　（高興地招呼張志雲、陳毓芳）喂，白蓉來了。

〔陳毓芳等急起歡迎，發出特有的「哇」的歡呼。〕

陳毓芳　你可來了，什麼時候來的？蓉！

蕭建安　剛下船。

陳毓芳　我沒問你，我問她呢。

（志雲同時熱烈地同白蓉握手。）

白蓉　（縮手）哎喲！痛……

陳毓芳　志雲一點兒也不懂禮貌。

張志雲　這是我們的香港作風。

陳毓芳　你這一來，對於我們的一碗飯運動幫助可太大了。

白蓉　怎麼說？

陳毓芳　你不知道，就因為你待在上海老不肯來。這兒建安同志每天茶不思飯不想的一點事也不能做。我們為着讓他多吃一碗飯，才替他打電報催你來的。

白蓉　瞧你總是說笑話。

蕭建安　會怎麼樣了？

陳毓芳　報告完了，廖夫人在演說，就要給獎了，我當你不來了呢。

蕭建安　我因為等她，她想見見孫夫人，一張請帖兩個人行嗎？

陳毓芳　夫婦當然沒有問題的。說不定要請白蓉小姐表演一番呢。你們也進去吧。

張志雲　我領你們進去。

（他們同入會場。一陣相當長時的拍掌聲，陳傾聽了一下，仍坐下來得意地看着瑞華的詩。朱劍夫陪了馮海倫上。）

馮海倫　（不願意的表情）我要聽一聽。

朱劍夫　這有什麼好聽，反正是這麼一套，什麼傷兵難民，就是他們的專賣特許。（看見陳，終止了這話，對阿梁）電話打過了？

阿梁　是，王司理說立刻就來。

朱劍夫　到這兒？

阿梁　是。

朱劍夫　房間訂了沒有？

阿梁　訂了！

馮海倫　請客打牌？

朱劍夫　不是我請人，乃是人請我。

馮海倫　誰？

（阿梁下。）

朱劍夫　王少雲。

馮海倫　（脫口而出）又是那壞蛋。

朱劍夫　（吃驚）你為什麼罵他，這是什麼意思？

馮海倫　凡是壞蛋，就誰都討厭，為什麼不能罵？

朱劍夫　他跟你又有什麼關係？唔，（一轉念）你從哪兒知道他是壞蛋？

馮海倫　（一笑）在香港社會上混混的人，王少雲做些什麼事，還會不知道？

（陳好奇地注視了她一下，朱會意另找話題。）

朱劍夫　得了得了，參加幾次募捐運動，連咱們的馮海倫也愛起國來了。好，就在這兒坐坐吧。一會那壞蛋要來找我的。Boy！來杯咖啡。（對馮）你？

馮海倫　不要。

朱劍夫　喝一點好嗎，（對boy）一杯橘子水！

阿梁　（應命下）是！

朱劍夫　今晚上有了約沒有？這幾天忙得怎麼樣？

馮海倫　（搖頭）

朱劍夫　那好，昨天前天都找不到你。

馮海倫　誰說，我整天沒有出去，在家。

朱劍夫　（獰笑）在家？對不起，我是一位新聞記者，咱們報館裏有一位港聞編輯，和兩位外勤，消息還不算太不靈通。特別是香港紅人，例如馮小姐一般社會上的聞人。昨天加洛連山道東華對海軍的決賽，一位香港最漂亮的小姐，和一位先生在觀戰，六點半玫瑰廳的茶舞會上，又發現了這位小姐跟一位先生，九點正，皇后戲院門口……

馮海倫　（作嬌態攔住了他）咻，既然知道得這樣詳細，那就用不着說。（學他的腔調，粵語）「昨天前天都找不着你」！

朱劍夫　今晚上王先生——你方才罵他「壞蛋」的那一位，要我邀你賞光。

馮海倫　（媚笑）邀我？他要你來請我？

朱劍夫　那末你說他請你就不需要我代請，那更好，算我有事情，拜托你吧。（附耳私語）

（毓芳有意無意地留意他們的言動。）

馮海倫　我知道你沒有什麼好事。

朱劍夫　可以來嗎？

馮海倫　我不來。

朱劍夫　哎，這就不夠朋友啦。又不用你講話。我跟他講話的時候，只要你在場使他知道。

馮海倫　我不，偏不。

朱劍夫　為什麼？

馮海倫　他會懷疑我，說我把他幹的事情告訴你了。

朱劍夫　（粵語）即不會，他……

（會場上熱烈的拍手聲，毓芳也匆匆過去聽，由左手下場，海倫凝神聽。）

朱劍夫　喂！話沒有講完，他幹的事我倒並不反對，不過我想好意的告訴他，現在不比從前了。英國對日本的關係很緊張，而他幹得又太凶，上個月一船，這個月又……（四面一望）有這麼多的要運出去。萬一給什麼愛國團體知道了，那儘管皇家人怕事，在現在這時候也會不客氣吧，……

馮海倫　我不管這些……

朱劍夫　海倫，你知道我從來不白差遣一個人的。

馮海倫　你，（嫣然）打算跟我講條件？成功了之後……

朱劍夫　拆穿了說，講條件也未始不可吧，你開出來條件。

（馮笑而不語，拿起一支烟。朱慌忙為她點火，正在此時，陳毓芳匆匆上場。）

陳毓芳　（對馮）馮小姐，孫夫人在給獎，你是個人成績第三，快請過去……。給完獎就是游藝開始。我們想請你唱一支廣東歌。

馮海倫　我哪兒會唱，倒是很想再聽聽陳小姐的，你前次募捐會唱的女高音真好極了，想不到你是位畫家，還會唱歌。

陳毓芳　得了吧，我那簡直是胡鬧。比不得你那本地風光。

馮海倫　好，咱們去看看吧。（翩然而下）

（會場上叫XX先生、XX女士聲，拍手聲。朱起立聽聽，走了幾步，看表，又坐下，有幾個來賓出來又下，張志雲陪了林謙登場，林四十七八歲，清瘦，已有白髮，穿中國長衫，一見即可知是不很得意的工作者。）

張志雲　林先生這兒休息一下吧。給獎完了，還有茶點餘興。有平劇，有歌劇，說不定還有跳舞。你沒有事吧，多坐會兒。

林謙　沒有。不過這幾年太嘈雜的聲音，也不大聽得慣了。雖說我總是歡喜同年青的朋友在一道。

張志雲　前天林先生在銀聯社的講話，本來打算來聽的，可是後來因為——

朱劍夫　（看見了林，上前一步）啊，林先生。

林謙　（似乎和他不相熟似地）哦，哦！久違了。

朱劍夫　請坐，這次的運動很努力。

林謙　哪裏，哪裏，都是朱先生在輿論界鼓吹之功。

朱劍夫　不敢，不敢。（但一轉念知道刺了他自己）

張志雲　（故意說）對了，我拜讀了朱先生在「僑務日報」的文章。

朱劍夫　（冷哂）那篇文章 Mr. 張一定很反對吧！可是我總有這種看法，愛國誰也不反對。為祖國募款，誰都贊成，……不過……

張志雲　那麼先生的意思，香港這地方……

朱劍夫　（攔住他）我就不來這一套，我愛講老實話，所以住在香港，不想回到抗戰的內地去。（瞧了一眼）內地有這樣富麗堂皇的大酒店嗎？有這麼好的舞場戲院嗎？有這麼好的烟卷嗎？（舉手中烟）有這麼好的咖啡嗎？加上（卑猥地）有這麼漂亮的女人嗎？——近來香港是一個享福的地方，所以抗戰抗了四五年！近來到香港來的人反而天天的多了。

林謙　（慢慢地）那麼朱先生的意思，以為凡是到香港來的，都是為着物質上的享受？

朱劍夫　差不離。（冷笑）當然林先生是一個例外。（奸笑）

林謙　（冷靜地）我倒並不想替自己辯護，不過朱先生將香港這地方完全認為是個享受的地方，那似乎對百多萬吃苦受難的同胞，就不很講得過去。能夠享受的，恐在海外怕只是少數，別說大多數窮人了，就是在新聞文化界工作的人們，朱先生是新聞界的人，你一定知道很仔細的。

朱劍夫　我反對的就是這些自稱為文化工作者的人。熱心愛國，為什麼不到國內去，到這蕞爾小的這一個香港，有什麼意思？

（會場上已開始游藝節目。粵曲之後，有人報告請陳毓芳小姐唱《瞽女歌》，志雲起身開門，林謙也傾聽，歌聲從門裏揚溢到觀眾的耳朵裏：

請停一停步吧，
各位好心的女士們，先生們！
聽聽這微弱的可是迫切的歌聲。
我是一個瞽女。
一個賣唱的。
為着活命。
她常常得在街頭巷尾，
歌唱到深更，
也常常把眼淚向肚皮裏吞。
冒着風寒，
挨着饑餓，
忍受着欺淩。
但今天我也捐出一碗飯，
為着廣大的傷兵難民。
為什麼？
為着他們替祖國的解放，
做了英勇的犧牲！
我也是人呀，
我也是中華民族的子孫，
難道不能守這點兒本份？
多情的女士們，先生們，
吃了這碗義飯吧，
這十元錢可值得千金，
五年來的抗戰祖國，
已經是太平洋的明星，
再努點力吧，
我雖是瞽女
却已經看見了中國的黎明。

（如雨般的掌聲。）

林謙　（也熱烈地拍手）我就歡喜聽毓芳的歌。

朱劍夫　（搖搖頭）不過瞽女怎麼會唱洋歌呢？

不合情理。

（志雲鄙夷地不去理他。陳毓芳、馮海倫高興地出場，手裏各拿一包獎品，朋友們有的送她們出來。）

馮海倫 我說過密司陳的女高音唱得真好。

陳毓芳 我說過這是胡鬧。

朱劍夫 可是馮小姐你的廣東歌什麼人都懂。

馮海倫 別笑話我了，你瞧，我得了十雙牙筷，她（指毓芳）得了一幅廖夫人的國畫。

朱劍夫 （故作親昵地拉拉她的手）那好極了，有了牙筷，回頭馮小姐應該請客了，林先生認識嗎？

馮海倫 哦，林先生。（伸手過去，林拘謹地拉拉手）

林謙 請教？

陳毓芳 （給他們介紹）馮海倫小姐，這次推銷最努力的。

林謙 久仰，久仰。

（會場樂聲又起。）

張志雲 （對林）林先生說下去吧，剛才……

林謙 （看了大家一眼）我總覺得朱先生把香港的重要性看得低了一點……香港是民主國家在遠東的一個前哨據點，香港是祖國和千萬海外僑胞聯繫的交通站。香港也是一個祖國文化的重要輸出口。香港人，大多數的香港人，都是中國最好最愛國的國民，說只知道享福的人吧，恐怕只是少數。

朱劍夫 對不起，我不是初來香港的人，住久了也許懂得多一點，抗戰四五年了，香港對祖國盡了些什麼力量？

林謙 對。只知道在香港享福的中國人是沒有盡到什麼力量的。可是一班老百姓就不能這麼說了，香港跟中國革命是不能分開的，香港是有着革命的傳統的。遠的不說，單說抗戰以後，現在全國通行的義賣的偉大的工作，是哪兒發起來的？不是十二個香港小販發起的嗎？剛才陳小姐唱很好，的確連瞽女也盡了責任的！歷次的籌款，這一次的一碗飯運動，儘管有人從中挑撥、破壞，可是短時期之內，有了今天的成就……

朱劍夫 （勃然作色）林先生，你説對一碗飯運動表示一點意見就是挑撥破壞嗎？

林謙 （笑着）我決沒有這樣的意見，我只説公道自在人心，凡是一個對國家有利的運動，一定能夠得到香港大多數僑胞的擁護，所以……

（朱劍夫起立不耐狀。）

馮海倫 （頻頻點頭）是呀，這一次的推票比任何一次還容易……

林謙 因此儘管有人不負責任的講話，我們覺得在香港工作也還有他的意義。（悠然坐下，點了一支烟）

……

第四幕（節錄）

……

（毓芳、志雲正送林謙先生出來。）

陳毓芳 （忙走過來拉阿華的手，低聲地）嗯，阿華，你怎麼來了？

阿華 我們小姐也來了。

陳毓芳 怎麼，海倫也來了？在哪兒？

（馮海倫行裝上。）

馮海倫 （奔上相抱，感激地）啊！密斯陳！

陳毓芳 你怎麼曉得我走呢？

馮海倫 我上社裏打聽，美成先生告訴我的，可是，你走怎麼不通知我？

陳毓芳 對不起，海倫，一來忙，二來怕你來送我，你想，咱倆誰也捨不得誰，在船上抱着哭起來夠多麼難受啊。（擁着她）真是你幹嘛來送我呢？回頭我們時常通訊得了，我準備一到內地就寫信給你的。

馮海倫 你寫信到哪兒？

陳毓芳 咦，寫信到你家裏啊。

馮海倫 那已經不是我的家了。

陳毓芳 你新的家在哪裏呢？（出小本子）寫給我。

馮海倫 我新的家嗎？在這兒。

陳毓芳 這兒！

馮海倫 對哪，我全部的財產都上了船，你瞧，一個被包，一個小箱子，一張吉他。

陳毓芳 怎麼你上哪兒去？

馮海倫 到內地去，回祖國去。

陳毓芳 你到內地去？

馮海倫 怎麼你說我不能到內地去嗎？

陳毓芳 誰說你不能，可是你到內地去幹什麼呢？

馮海倫 你們幹什麼，我也幹什麼，用你的話幹些與國家民族有利的事。

陳毓芳 （將信將疑地）可是內地苦得多，你是一位香港小姐，能吃得了這苦嗎？

馮海倫 你能說我在香港不苦嗎？

陳毓芳 （點頭）是的，你在香港也苦的。

馮海倫 那就成了，既然都是吃苦，在香港和在內地不是一樣嗎？況且我好像害了肺病的人似的真需要一次轉地療養哩。

陳毓芳 （疑慮地）你真的願意跟着我們走？你和阿華？

馮海倫 對呀，（指阿華）她也是自願的。

（阿華點頭。）

陳毓芳 可是王先生呢？他能放你走嗎？*

馮海倫 你不知道，他的事業完全破產了，他和你們一樣也接了皇家政府的通知限三天之內出境，他——

陳毓芳 王先生已經走了嗎？

馮海倫 今天是第三天了，許已走了吧！

陳毓芳 他走到哪兒去呢？

馮海倫 香港政府沒有限制他的目的地，八成是上海吧。

陳毓芳 你一點不知道？

馮海倫 不知道，從那天起就叫阿華拿了我這一點點行李逃出來了。

陳毓芳 （以革命者的周到）真的？

馮海倫 我還騙你嗎，陳小姐。

陳毓芳 那你太好了，可是你自己不覺得有一點太突然了嗎？

*編者案：王少雲，之前供養馮海倫的男人，走私中國礦砂給日本敗露。

馮海倫 我不那麼想，既然我相信世界上有光明，而且已經找到了光明，我還能在黑暗裏待一時半刻嗎，我不能的。

陳毓芳 不過——

馮海倫 （急躁地）陳小姐，我知道你還有點不相信我，也怕我們兩個人會成為你們的累贅，我們坦白地告訴你吧，我還有點錢，生活上是不會累你的。

陳毓芳 不，這是小事。

馮海倫 你聽我說，我既是這麼一個不學無術的人，今後不論是做工作，做學問，都希望你能指導我，可是我到內地去也還另有我私人的目的，我要找一個人。

陳毓芳 找一個人，誰？

馮海倫 一位曾經愛過我，不，到現在還愛我的人，同時照他最近的做人看，也是最值得我愛他的人。

陳毓芳 誰？我認識嗎？

馮海倫 不知道你認識不認識他，早些日子他還來看過我，我正要找他，後來才知道他到內地工作去了。

陳毓芳 （喜躍）是嗎，那我也許曉得的。

阿華 （不能耐）這位先生姓高，叫高耀東，以前是香港大學的學生，曾經和我們小姐同居過，把學堂也給丟了，現在據說是在空軍工作，他英文說得好，替外國航空員做翻譯，現在住在昆明哩。

馮海倫 （拉阿華）瞧，你總是這樣留不了一句話的，什麼都說出來了。

陳毓芳 （拍拍阿華）這有什麼不能說的，這是美事呵，那好極了，我們回頭給你打聽打聽，他住在哪裏？

阿華 住在昆明。

陳毓芳 昆明的空軍，我有熟朋友，一定很容易知道的，好極了，我們歡迎你一道回內地去，我們路上可以不寂寞了，我去問問茶房還有艙位沒有？

馮海倫 不必了，艙位我已經定好了。

陳毓芳 那麼是頭等艙吧？

馮海倫 二等，現在不比以前了，阿華說的，真得省幾個錢了。

陳毓芳 是嗎，那好極了，我們也是二等，把票子我看看。

（海倫開手袋出船票示毓芳。）

陳毓芳 真是巧極了，隔我們的艙位不遠，快同我來吧。（幫阿華提行李同下左艙）

……

原名《再會吧，香港》，選自田漢、洪深、夏衍《風雨歸舟》，桂林：集美書店，一九四二

許幸之

最後的聖誕夜（四幕話劇）

時間：一九四一年十二月——一九四二年一月

地點：淪陷前的香港——淪陷後的香港

分幕：第一幕　客廳

第二幕　客廳

第三幕　教堂

第四幕　客廳

劇中人物：

馬建章　律師，四十二歲，圓滑，有手腕，紳士氣派，廣交遊，要闊綽，愛馬，愛女色，百分之百的買辦階級

馬夫人　律師之妻，四十歲，半老徐娘，猶存風韻，善談吐，愛吃醋，小氣而又多疑

余和德　牧師，五十三歲，固執、任性，剛愎而好自用，——貪婪、偽善的〔市〕儈之徒

余太太　牧師夫人，三十五歲，忠厚，老實，心直口快，受高等教育而不澈底

秦氏　牧師前妻，四十三歲，俗惡無用，喜怒無常，為一舊式婦人

周信成　現代商人，三十二歲，說大話，用小錢，老於世故，為一年輕之冒險家，〔十〕足的拜金主義者

鄭麗華　信成之愛人，二十六歲，漂亮，風騷，有手腕，善交際，飽經風霜，逢場作戲的交際花

李佐成　青年大學生，二十四歲，活潑輕浮貪玩，不務正業，毫無頭腦的糊塗蟲

麗莎　年輕少女，二十二歲，純潔，熱情，心地善良，有向上精神，健美，而富於幻想之少女

徐少甫　〔紈〕絝子弟，三十七歲，自傲自大，好吃懶做，看手相，談掌故，為一冷嘲熱諷之幽默家

丁大夫　江湖醫生，三十五歲，膽小，怕死，自私自利，為一小丑型之人物

阿葉　青年工人，二十五歲，爽直，英勇，有正義感，有愛國心，見義勇為之青年

阿德　阿葉友人，二十七歲，單純，誠樸，負責任，有血氣之青年工人

阿才　年輕女傭，二十二歲，老實，勸儉

老高　白髮老人，六十三歲，耳聾，駝背之看門人

山崎少校

敵軍伍長

貪敵甲

貪敵乙

貪敵丙

貪敵丁

敵軍

偽軍

憲兵隊長

憲兵甲

憲兵乙

翻譯員

第一幕

客廳（黃昏）

佈景：一所華麗入時的洋式客廳，客廳後方，是一個寬敞的大洋台，用新式的圓柱支持着。從洋台透視過去，可以清晰地看見對面的昇旗山，跑馬廳白堊的鐘樓和看台，這些便形成了這所客廳的襯景。洋台柱上纏繞着籐花，掛着金絲鳥籠。兩旁用細緻的竹簾，遮着陽光。洋台的左右均有走廊，可通兩面的門窗。客廳左右各開一門，左通外廊，隱約可以看見梯級和欄杆，右通內室。客廳中適當地安置着新式的傢具：沙發，圓台，和坐凳。精緻的玻璃櫥內，安放着各樣的瓷器和玻璃傢具。茶櫥上放置着各種洋酒與果盤。台面和花架上的鮮花，互相爭豔。牆上掛着美麗的畫景，照片，以及賽馬的獎旗和錦標。從

這所客廳的佈置看來，一望而知是一個生活優裕，而排場闊綽的上流階級的家庭，尤其是久居於香港，而過着歐化生活的公寓的住宅。

幕開：幕剛開啓時，就聽到一陣從嘉年華會傳來的遠遠地歡呼聲，這種歡呼聲不時間斷着，很容易使人熟悉是千萬個球迷的興奮，而這聲浪直傳達到跑馬廳，彷彿又引起跑馬廳的一陣歡騰。賽馬的旗幟，飄揚於蔚藍的空際，白雲不時從旗頂上飛過。近山因斜陽的夕陽，形成半橙半紫的色調。遠山則呈現着青灰色的暗影。室內的圓台上放置着一些嘉年華會的獎品。女主人馬太太正在收拾那些獎品，女工阿才在整理瓶花，好像等待着佳賓的來臨。律師馬建章梳着光亮的頭髮，架着挾鼻眼鏡，留着人字形的小鬍鬚，啣着雪茄，穿着筆挺的西裝登場。

律師夫人　阿才，你把這些東西統統拿進去吧！

阿才　是啦！少奶！

（阿才取獎品下，律師夫人點火抽烟）

律師夫人　為什麼不幹你的正經事，整天地跑在嘉年華會玩兒，有什麼跑頭呢？

律師　那裏，我才不高興去玩兒呐，今兒是剛從上海來了一個朋友，他沒有去過，硬要拉我陪他去，就順便摸了一些彩回來。

（遠遠又傳來一陣嘉年華會的歡呼聲）

律師夫人　嚇，這麼熱鬧，怪不道整天往那兒跑呐！

律師　他要我陪他去看足球，可是，我對於足球毫無興趣，看了一場就先跑了。

律師夫人　怎麼這麼晚才回來？哼，又不知道攏什麼地方去過哪！

律師　那兒車子開過跑馬地，我就順便進去看看，今兒的香檳賽，也并不精彩。

律師夫人　這一回的香檳賽，究竟是誰得頭獎哪？

律師　想不到這一回全出冷門，凱絲玲（馬名）得了頭獎。

律師夫人　凱絲玲？是不是潘凱聲大律師養的那匹法國馬？

律師　對了，就是牠。

律師夫人　那眞冤枉，如果我們的黑麗拉（馬名）沒有受傷的話，才攤不到凱絲玲的份兒哩。

律師　可不是，我敢保險，頭獎又是黑麗拉拿準了。

律師夫人　可惜，牠現在受了傷，傷勢究竟怎樣啦？

律師　獸醫孟鳩斯先生說，沒有大妨礙，祇不過跳浜的時候，小腿擦了傷，修養兩個禮拜就成了。

（律師看一看手錶，律師夫人也看一看壁鐘）

律師夫人　你的手錶幾點啦？

律師　跟掛鐘一樣，五點三十五分。

律師夫人　上海的船，早就應該靠岸了，為什麼麗莎還不回來？

律師　是啊，早知道我用車子接他們去了。

律師夫人　那倒用不着，我猜他們一定是先下飯店了。

律師　這又何必呢，這不是多花冤枉錢嗎？

律師夫人　啊呀！你不知道我這位表妹多麼愛體面？聽說，那位周先生也是個闊少爺，他們一定要打扮得體體面面地，才會上我們家來呢。

（忽聞電話鈴響動，律師夫人起身接話）

律師夫人　喂，你是誰呀？……喔，是麗莎嗎？怎麼啦？你們已經在 Hong Kong Hotel 開好房間啦？多少號？呵？五〇五號，喔，休息一下就來嗎？好，你給他們把賬結清了，叫部車子，接表姑他們到家裏來住！對啦……喂，你喊表姑聽電話。……

（這時，律師下意識地走到壁上掛着有彩色的麗華的照片前，凝視了一番。夫人在電話前立刻變換了聲調）

律師夫人　喂，你是麗妹嗎？啊呀，等得我好苦啊，你為什麼這麼晚才來呢？眞把我的眼睛都望花了……啊呀，別講那些客套吧，房間早就給您佈置好了，就不過地方狹小點兒。……那兒話，朱先生他們一齊請過來啊！……好，等一會兒見！（律師夫人掛上電話）可是吧？我早猜着了他們會這麼辦的，果然，是下飯店了。（走向門邊）阿才！阿才！

阿才　噯，（應聲而入）少奶有什麼吩咐麼？

律師夫人　（指玻璃櫥）你把咖啡壺拿去，燒一壺好咖啡來，客人馬上就要來啦。

阿才　是啦，少奶！

（阿才拿咖啡與咖啡壺下）

律師　（閒靜地坐着抽烟）這位周先生，和你表妹究竟是什麼關係呢？

律師夫人　有什麼大不了的關係，不過是一對愛人就是了。

律師　那麼，那個姓李的呢？

律師夫人　據說是周先生的親戚，到這兒來進大學的。

律師　（彈烟灰）他們還沒結過婚嗎？

律師夫人　沒有。

律師　訂過婚沒有呢？

律師夫人　也沒有，麗華表示過，她不過三十歲，絕不結婚。

律師　我倒也贊成，年紀輕輕的，又何必那麼早結婚呢？

律師夫人　本來嗎？像我們這樣早結了婚，成家立業，生兒育女的，有什麼意思？

律師　對啦，乘着年輕美貌的時候，多找幾個愛人，多製造製造一些羅曼斯，不好嗎？

律師夫人　（自感自嘆）眞的，「結婚是女人的墳墓」這句話，一點也不錯。所以，麗妹打定主意不結婚，我是絕對的贊成。

律師　（探試地）想起來，這位小姐的愛人一定很多吶！

律師夫人　那還用說，（使他斷念）愛過他的人，不知有多少？算起來，起碼在兩打以上吧？

律師　照這樣說：這位小姐一定很浪漫啦！（更進一步地探詢）那麼，我們應當用什麼態度來招待她呢？

律師夫人　問你呀，你打算怎麼招待，就怎麼招待好了。

律師　我怎麼能知道呢？我也不知道她是怎麼一個人？有些什麼嗜好？

律師夫人　怎麼一個人嗎？我可以先告訴你，她是個又漂亮，又摩登的交際花。她愛穿，愛吃，愛玩兒，愛打扮，愛跳舞，愛看電影，反正，摩登小姐所喜歡的東西，樣樣她都愛，而且愛跟有婦之夫談戀愛。……

（言間用眼角瞟一瞟律師，律師也看她一眼，置而不答，繼續抽烟）

（鄰居余牧師夫婦入，牧師留着下鬚，頭髮花白，戴近視眼鏡，拿粗手杖，身着灰呢長袍，皮鞋。牧師夫人還年輕，着呢布旗袍，上罩絨線馬甲，平跟皮鞋，手抱小孩，已入睡。）

牧師夫人　馬太太在家嗎？

律師夫人　哦，余太太（起立）怎麼好久沒有下樓來玩兒啦？

牧師　馬先生也沒有出去麼？

律師　哦，余牧師，請進來坐！

（主客各人就坐適當的位置）

牧師　請教，馬先生，這兩天可聽到什麼消息沒有？

律師　沒有什麼特殊消息，余牧師可聽到什麼消息嗎？

牧師　我祇聽說。這兩天時局非常緊張，據說：羅斯福大總統寫給日本天皇的信，不啻就是哀的美敦書，如果，日本天皇沒有什麼具體答覆的話，據說，就要宣戰了。

律師　唔，這倒是事實，這兩天報上也這麼登載着。不過，據我想，這一次日本小鬼是一定屈服。對於羅斯福大總統的信，我想，日本天皇一定會有圓滿的答覆，不會讓日本軍閥那樣猖狂下去的，除非他準備亡國。

牧師　這倒也很難說，看這幾天報上，日本軍部的態度非常强硬，尤其是少壯派軍人，得勢之後格外是氣燄萬丈。據說，這兩天在南太平洋一帶，日本正集合了二百多隻兵艦，從事於空前未有的大會操；也可以說，就是太平洋戰爭的預兆吧？

律師　我想，這是一種虛張聲勢罷了，這是日本小鬼玩慣的把戲，你只要看他南進北進，已經鬧了半年，內閣也不知道倒了多少次，到現在為止，還是猶疑不定。他難道不曉得他的海軍實力，祇抵得英美聯合海軍的一半嗎？我想，日本小鬼是絕不敢輕舉妄動的。

牧師夫人　馬太太，聽說銀行通知各存戶提款，你看這事情怎麼樣？我們存在匯豐銀行的一點兒款子，要不要預先提出來呢？（牧師欲想攔阻她，但已被她搶先說出）

律師夫人　提不提，反正是一樣，余太太！這您倒不用担心！匯豐銀行是最講求信用的，萬一發生戰事的話，我們這點兒存款算得什麼？還怕倒掉嗎？大英帝國統治香港，整整統治了一百年，銀行却從來也沒有失過信用啊！

牧師夫人　不，我倒不担心別的，這幾天，聽說匯豐銀行，老是把現金往倫敦搬，就怕萬一戰事發生，把我們辛辛苦苦積蓄了十多年的存款，一旦倒掉，那不是倒霉嗎？

律師夫人　不會吧？余太太，你放心好了，搬運現金那是為了提防萬一，通知提款，就是讓大家有所準備的意思，再說，我也有些舊首飾之類的，存在匯豐的保險庫裏，我覺得，只有比放在家裏安全得多，你說對吧？

牧師　可是，我聽說，近來港滬交通，時常發生障礙，前一班輪船，走到汕頭，又被日本人扣留了三天，才准放行，最近從香港開出去的祥生船，已經開到吳淞口了，忽然接到總公司的電報馬上折回頭，看起來，這個局面，怕一定會有什麼變化吧？

律師　沒有好大關係，余牧師，你放心好了，我太太的表妹，鄭小姐他們剛剛從上海來，說一路都很平安，所以謠言也不可不信，也不可盡信，就是說，交通發生障礙的話，也不過是政府徵用民船，以利運輸的一時現象，絕不能認為作戰的準備吧？

牧師　馬先生，你是本地人，港政府的熟人又多，當然有恃無恐，可是，我就兩樣了，第一，不是本地人，第二，又拖累着兩房家眷，大大小小的七八口，萬一打起來的話，那就不堪設想了。

律師　余牧師，我也不是跟你一樣，一房家眷在香港，一房家眷在石澳，萬一打起來，不也跟你一樣，狼狽不堪嗎？

牧師　這幾天，我特為在外面多買了一些糧食，罐頭，水菓，蔬菜之類的東西，儲藏到教堂裏去，以備萬一。朱子家訓上說得好，「宜未雨而綢繆，毋臨渴而鑿井。」馬先生以為如何？

律師　對，「未雨綢繆」這件事，我絕對贊成，無論打與不打，我們多準備點兒糧食，總是不錯的。何況以後交通不便，來源缺乏，物價一天一天的會飛漲起來，乘這個機會囤積點兒貨物，我想，總不會吃虧吧？

牧師　對，對，對，我完全同意你的意見，這兩天，物價已經抬高了不少，過兩天米價怕還要上漲，可見得我們「君子所見略同」呵？哈哈……

律師　哈哈哈……

（聞撳電鈴聲，牧師與夫人起立告辭）

牧師夫人　有貴客來了，我們去吧！

律師夫人　（假邀地）沒有關係，再坐一會兒不好嗎？

牧師　不客氣，我們還要出去辦點兒貨回來。

律師　好，好，有要公在身，那就不敢强留了。

牧師　（謙讓地）留步！留步！

律師　（客氣地）好，好，再見！再見！

（律師與夫人剛把牧師及其夫人送出門口，便咒罵起來。）

律師夫人　哼，這老傢伙到這兒來探聽消息，想借此機會發一筆洋財罷了。

律師　不，我看他是來探聽探聽我們，有沒有向銀行提款，倒是最大的目的。

（一陣嘻笑和樓梯的脚步聲，佳賓畢至。先是麗莎跳躍入內，次為打扮得花枝招展的麗華，再次為周信成，李佐成，徐少甫等，一一登台。）

律師夫人熱烈地向前握手，麗華則熱烈地向前擁抱）

律師夫人　啊呀，麗妹，自從接到你的信，眞把我們眼睛都快要望穿了。

麗華　雲姐，上海一別，又是五年不見了，你好嗎？

律師夫人　好，你呢？麗妹！

麗華　謝謝你，我還是一樣，你看我這樣兒，還認識我嗎？雲姐！

律師夫人　唔，眞有點不認識你啦，麗妹，（用手撂她的面頰）你眞是，越長越好看了。

麗華　哼，幾年不見，（擰他的嘴巴）我看你倒是越過越會說了。

律師　曼雲，不要祇顧你們說話，把大家忘記介紹啊！

律師夫人　（向大家）喔，對不起，我們祇顧自己說話，倒忘記給你們介紹了。（指麗華）這就是我們盼望了好久的鄭麗華小姐，是我的表妹！（指律師）這就是馬先生，是……

麗華　（開玩笑地）是……是什麼，你說呀！

律師夫人　是，是你的姐丈，我難不成還害羞嗎？

律師　（握手）喔，早就從我內人嘴裏，久聞鄭小姐的大名了。可惜，直到現在才能見面。

麗華　可惜，今日一見，不過如此是不是？……那麼，讓我來給你們介紹介紹吧：（指馬）這位就是香港的名律師馬建章先生，（指律師夫人）這是我的表姐馬太太。這一位是海防的聞人周信成先生，（指李）這是李佐成先生，（指徐）這是我們留英的手相專家，徐少甫先生。

律師　哦，這麼許多貴賓光臨，眞是榮幸之至，大家請坐下來談吧！

（各人就坐，女工一一敬烟，點火，獻茶）

律師　這一次短短的旅行，諸位在路上一定很辛苦了吧？

信成　還好，風浪倒不大，祇不過船過汕頭的時候，又被日本人扣留了三天，所以就這麼把船期躭誤了。

律師　為什麼又被扣留呢？眞是豈有此理。

信成　毫無理由，為了東洋人要驗大便，一驗便驗了三天，無理取鬧就是了。

佐成　（說着站起來）中國人在中國的土地上旅行，竟喪失了行動自由，眞是豈有此理。

律師　（見徐少甫沉默寡言，便向徐敷衍）哦，鄭小姐，你剛才介紹的這位徐先生，是一位留英的首相專家，是不是？

麗華　是的，徐先生在英倫，研究手相很多年，而且已經有著作出版了。

律師　（起立向徐握手）哦，原來是這麼一個大人物光臨，眞使我們這兒蓬壁生輝了。這麼來，徐先生對於各國的首相，一定很有研究嘍！

徐少甫　豈敢！

律師　那麼，徐先生在英倫的時候，一定常會見張伯倫首相，邱吉爾首相他們嘍！

徐少甫　這個，……

麗華　啊呀！馬先生，你可別弄錯了，徐先生是專門替人看手相（示手）的手相專家，你可別誤會了他是什麼首相學者啊！

律師　喔，喔，（窘迫）對不起，我弄錯了，抱歉得很！

少甫　沒有關係。

律師夫人　（起立）來，麗妹，讓他們在這兒談談，我帶你去看看你們的住房好吧？

麗華　（亦起立）好，去看看，（拉麗莎的手）麗莎，你也來吧！

麗莎　（也立起來）好，陪麗姑一快兒去！

（三人親密地攜手下）

律師　（又復坐下）請問：徐先生在上海的時候，可在什麼地方掛過牌嗎？

信成　不，徐先生是我從小同學，到英國去留學多年，在英國因為沒有什麼消遣，對於現在歐美各國最時髦的手相學術，忽然感到興趣。於是，精益求精，便對於這門學問，有了獨到的研究。

律師　是的，是的，那好極了，幾時一定要請教請教徐先生！

少甫　這很便當，隨時隨刻都可以效勞。

律師　徐先生可打算在香港掛牌嗎？

信成　不，徐先生本是世家子弟，近幾年來，因為受時局影響，家境雖然慢慢兒壞下來；可是，徐先生，為人非常清高，除了替幾個知己朋友看看相之外，從不肯給外人看相。

律師　喔，是的，是的，眞是一位雅人雅士，（轉過話峯）周先生，你們來的時候，上海的情形如何？

信成　上海的情形還是和戰前差不多，祇不過從各地淪陷之後，上海的人口突然增加，遊資集中上海，於是，奸商乘此機會，囤積居奇，物價高漲到極點。尤其是米糧恐慌，米價一天天地飛漲起來，金價黑市，已經超出了二千元的大關，這眞的從來沒有過的現象。

少甫　可是，旅館，飯店，影戲院，跳舞場，到處都是客滿，到處都擠得水洩不通，眞是所謂「畸形繁榮」，好像物價雖貴，對那些有錢人毫無影響似的。本來嗎？有錢人老早把東西囤在家裏，他們那兒會感覺到物價的高漲呢？只有窮人倒楣，弄得民不聊生，也只好挺而走險嘍。

律師　（麗華，麗莎上）是的，是的，（轉向麗華）怎麼樣？鄭小姐，住房看得合適嗎？

麗華　好極了，府上的房屋收拾得眞乾淨。

律師　就是蝸居點兒。

麗華　那兒話，這樣漂亮的房子還算蝸居，那麼，我們在上海的住家，不簡直是個螞蟻窩嗎？

律師　太客氣了，祇怕招待不週。鄭小姐，抽一支烟嗎？

（律師打開收藏在自己懷裏的烟盒敬麗華，并用新式打火機替她點火。麗華乘機用媚眼掃射律師，律師亦復答以微笑。周信成徐少甫頗為不滿，各自取烟，點火，室內靜默片刻。）

（麗華飲罷一口咖啡，忽然發現牆上掛着律師騎馬的照片，和賽馬的錦標，獎旗等等，便端

着咖啡走過去細看，律師也乘機走近她背後）

麗華　這張照片是馬先生最近拍的嗎？好極了。

律師　是的，是我去年春季賽馬，得頭獎的時候拍的。

麗華　好極了，漂亮極了。（回頭掃他一眼）馬先生騎在馬上的姿勢，格外英俊。

律師　（得意地）您實在太過獎了，鄭小姐，（指錦標）這就是我得大香檳獎的獎旗。（指照片上的馬頭）這就是得頭獎的馬。（大家起立聚看）

佐成　（驚異的）哦，這就是得頭獎的馬嗎？

律師　是的，牠已經得過兩次頭獎了。

少甫　唔，那眞棒！

信成　請問這匹馬叫什麼名字？

律師　叫「黑麗拉」，是最好的英國種。

佐成　這匹馬現在在那兒？馬律師！

律師　因為跳浜跌傷了腿，現在在獸醫院裏療養着。

麗華　喔！等「黑麗拉」傷好了，我一定要借了騎一騎。

律師　那不成問題，只要鄭小姐賞臉。

信成　我也喜歡騎馬。

佐成　我也想騎。

律師　都不成問題，除了這一匹「黑麗拉」之外，最近，我又買進了兩匹英國馬，要騎，隨時都可以騎。

麗華　可是，我們都不會騎怎麼辦？

律師　客氣！

麗華　是眞的，我看見美國電影上，有許多女明星，騎得那樣一手好馬，我眞是羡慕她們。

律師　只要鄭小姐肯下苦工每天跟我練習，將來，一定可以超過那些女明星的。

麗華　啊呀，馬先生可別罵人了。

律師　別忘記了古話説得好，「有志者事竟成」，將來，説不定鄭小姐成為世界有名的騎手吶。

麗莎　麗姑，可愛游泳嗎？

麗華　游泳我也喜歡，可是，游來游去游不好。

麗莎　麗姑客氣。

麗華 是眞的。

信成 跳舞才是他的拿手好戲呢。

麗莎 好極了，幾時我一定要跟麗姑學跳舞。

麗華 別聽他瞎扯，怎麼說得上好，衹不過愛跳就是了。

佐成 談到游泳，那又是信成老兄的拿手好戲哩。

麗莎 眞的嗎？那周先生可得要教教我們了。

信成 那裏，聽李先生瞎扯，我只是自己摸索，從來也沒有學過。

佐成 他是無師自傳，一九三五年的上海跳水比賽，他還得過錦標的。

麗莎 那好極了，我們又得一位游泳名將來指導我們了。

信成 麗莎小姐也喜歡游泳嗎？

麗莎 喜歡倒很喜歡，可是，始終游不好。

信成 客氣！

麗莎 是眞的，我看見美國電影上，許多女明星游泳得那麼好，眞教我羨慕極了。

信成 如果，麗莎小姐每天能抽出點兒工夫跟我練習，保管您將來可以成為中國最有名的游泳名將，與美人魚楊秀瓊比美。

麗莎 周先生，您幹嗎這麼挖苦人呢？

信成 剛才，馬先生說得好「有志者事竟成」，說不定麗莎小姐將來會超過美人魚，而奪得世界錦標呢。

（律師陪麗華觀賞他們的照相冊，并且低低議論，律師夫人換了新裝，手臂上擔着大衣，挾着手皮包走出來）

律師夫人 （向律師）怎麼樣，建章，只管看照片把人家的約會都給忘啦？

律師 （被麗華的魔力吸引着）呵，什麼約會？

律師夫人 （醋意地）哼，我知道你又攪昏了頭腦，跟潘凱聲大律師的約會，成交買馬的事情，你難道忘啦嗎？

律師 （彷彿從夢中覺醒了似的）噢，噢。對了，對了，我并沒有忘記，難道時間已經到了嗎？（看手錶）

律師夫人 （看一看自己的手錶）已經過了十分鐘了。

律師 （從椅靠背上起立）去，去，馬上就去，（拿起衣架上的帽子和手杖）對不起，諸位，我們出去一下，失陪半個鐘頭就回來。

律師夫人 （走至麗華前，手搭其肩）對不起，麗妹，我們出去一下，馬上就回來，讓麗莎陪你們談談吧！

麗華 你去吧，雲姐，沒有關係的。

律師 喔，（走至門邊轉身）今天晚上，我們應當盡地主之情，替諸位洗塵。然後，請諸位到嘉年華會去，參觀最精彩的節目——香港小姐的時裝表演。諸位的興緻如何？

諸人 謝謝！謝謝！

信成 我看不用客氣了，馬先生！

律師 不，這是應當的，聊盡地主的情意罷了。

律師夫人 等一會兒見，麗妹！

麗華 Bye! Bye!

（律師夫婦下，聞一陣汽車喇叭聲，遠揚而去）

（啣着烟斗，悄悄地立在洋台上，久未發言的徐少甫。這時候，忽然打破了沉寂，開始發言）

少甫 香港的風景，的確明媚，青山，綠水，平坦的馬路，精巧的洋房，加上高高的棕櫚樹，排立在路邊，夕陽輝映着洋房跟屋頂，眞不愧是「南國風光。」

信成 那麼，我們的手相詩人，又可以吟詩一首嘍！

少甫 唔，「欲把香港比香妃，古裝時服總相宜！」

佐成 啊唷，人家說，曹子建可以七步成章，你老兄簡直是半步吟詩呢，天才！天才！

少甫 （走近室內）香港實在是個好地方，你瞧，空氣新鮮，色彩鮮明，再加上那麼許美麗的南國女郎，怪不得許多有錢的人，都到這兒來做寓公呢。

麗華 你說香港風景美麗，我同意。你說香港的女子漂亮，我可不敢贊成。據我們剛才坐汽車，環遊全島的結果，就找不出一個眞正的時髦小姐來。

少甫 照你說，是香港的風光明媚，上海的小姐摩登嘍！

麗華 差不多。香港的馬路，的確修得不錯，可是，香港的小姐，我就不敢恭維。你瞧，全島就看不見一雙像樣點兒的美國式的高跟皮鞋，也看不見一件巴黎織錦的旗袍，更看不見一件好萊塢式的大衣。如果，要比起上海小姐來，那香港小姐，簡直成了鄉下姑娘。

麗莎 麗姑這個批評，我不能完全同意，不錯，香港小姐也許比不上上海小姐時髦，可是，香港小姐也有她們的作風啊！譬如說，健康的體格，黧黑的皮膚，再加上她們那種活潑而有線條的身體，完全是一種南國女郎的風味。

佐成 我絕對贊成麗莎小姐的意見，譬如說，上海小姐多半是臉色蒼白，身體瘦弱，像林黛玉似的病態美，我就不喜歡。而香港小姐，個個都很健康，活潑，走起路來精神抖抖，這完全表現出一種近代美的特色。

信成 （拍麗華馬屁，但又不失麗莎的歡心）可是，我以為這兩種女性都好，我都愛。她們各有各的特長，各有各的美點。上海小姐雖然身體比較瘦弱，面色比較蒼白，但卻不失為東方美女的性格，而香港小姐的身體健康，精神活潑這一點，又具備了西洋女子的作風。

少甫 （噴一口烟）唔，你老兄的談吐，也始終不失為一個穩健的調和派，高尚的折衷家。照你的意見說來；那就是要有上海小姐的瘦弱，加上香港小姐的健康，在那種蒼白的臉上，塗上黧黑的油漆，東方女子的性格上，加上西歐女郎的作風；這就是你最理想的美人嘍，是不是？

佐成 照信成的意思是：最喜歡似中非中，似西非西，或者是，不中不西，不南不北的女性！

信成 對的，最好是中西合璧的女性。

佐成 那麼，你就乾脆一點兒說吧，老兄，你最喜歡「雜種」！

（大家哄然一笑）

麗華 再說，香港的市面，再也比不上上海那麼繁榮，香港的娛樂市場，更比不上上海那麼熱鬧。譬如，像香港旅館什麼Hongkong Hotel，什麼Gloucester Hotel無論如何，也比不上上海的國際飯店。百老匯大飯店，以及Cathy Hotel那麼富麗堂皇啊！香港的電影院：像Queen's或者King's，怎樣也比不上上海的南京，國泰，大光明，和新開的Majestic那樣的莊嚴雄偉，香港的舞廳，像百樂門，金陵舞廳，無論怎樣也比不上上海的百樂門，Siloa，大都會那樣的輝煌燦爛吧？好萊塢的影片，先到上海。第一流的電影明星，交際花，和舞女，都集中上海。

麗莎 麗姑，剛才，我們坐着汽車，環島遊覽的這種玩法，衹不過是「走馬看花」就是了，那兒能說是眞正的遊覽呢？要知道，香港也有香港的特色，我們不能一概抹煞吧。譬如：像修得那麼整齊的環島公路，用綱繩運送的山頂纜車，高尚清潔的渡海電船，許多設備完美的如淺水灣，青山，赤柱，荔枝角等等有名的海水浴場。一到夏天，各國的人民，各色的人種，都赤身裸體地，游泳在蔚藍的海水中，蕩漾在白色的波濤裏，這是多麼自在，多麼快活的娛樂啊！我敢說，這是上海人做夢也想不到的樂園。麗姑，你只要在香港住上半年，你就會知道香港的樂趣了。

佐成 對於香港跟上海，誰好誰壞，「耶穌自有道理」，我們用不着爭執。最使我感興趣的，還是我自己。首先，考取一個野雞大學，家裏的錢就會源源不斷地寄來，然後，我就可以隨心所欲，愛游泳，就去游泳場。愛打彈子，就去彈子房。愛看電影，就去影戲院。愛跳舞，就去跳舞場。愛談戀愛，就去找個南國女郎來軋軋朋友。

麗莎 那你為什麼不在上海這麼幹，何必一定要到香港來這麼玩呢？

佐成 因為，上海有家庭的監視，比牢間裏的犯人還苦，小禍闖下來，被學校開除，自己攤台。禍闖出來吧，拉到巡捕房，老頭子丟面子，不如遠遠地到香港來，用功不用功，橫豎家裏看不見，管不着，只要混到一張大學文憑，總算對家庭交代過去就算了。

麗莎 可是，我的思想就跟你兩樣，我要乘現在能夠讀書的時候，好生的用用功，把英文學好。將來，聖瑪麗畢業之後，我就考進香港大學，香港大學畢過業後，我就要考官費到英國去留學。我喜歡學醫，將來，學成了歸國，我一定要辦一個設備最完全的醫院，附設一個大規模的藥廠，辦一個優生教育的幼稚園和托兒所，這樣，可以為一般貧民改良衛生，為失去了父母撫養的孤兒謀幸福。

少甫 唔，麗莎小姐的理想的確遠大，不知道佐成先生聽到了作何感想？是否慚愧？（不斷抽烟）

佐成 這有什麼慚愧呢？笑話，理想雖多，要能貴於實現。

信成 我也和佐成同感，像麗莎小姐這種偉大的計劃，首先，非有百萬家財不可，而且，必需等待中國抗戰勝利之後，才有實現的可能，那就遙遙無期了。

麗莎 那是你對於抗戰勝利，和創辦事業的信心不夠，剛才我父親，不是說嗎，「有志者，事竟成」，倘使我們學騎馬，學游泳都能夠成功的話，那麼，對於自己的理想和事業，為什麼永遠不能實現呢？我就不相信。

麗華 可惜，這完全是一種少女的幻想，我小時候也曾做過這些美夢，我也曾想過那些轟轟烈烈的事業，跟那些渺渺茫茫的計劃，可是，社會環境却逼你一天天地學壞，逼你說謊，逼你騙人，而且，逼你不得不放棄你那純潔的，崇高的理想，變成一個「無所謂」的女人。

麗莎 難道「無所謂」就是你的理想嗎？麗姑！

麗華 我嗎？哈哈，我壓根兒就沒有理想，而且，我也不需要有什麼理想，我相信實際，實際就是我的理想。何況，人生在世，有多少幸福的辰光啊？尤其是我們女子，青春一過，永遠也不撈回來，所以，乘在我年輕的時候，有得玩兒，有錢花，我便花。人們需要我美麗，我就打扮得漂亮點兒。男人要向我求愛的時候，我也從他們身上找點兒快樂。這就是我的「理想」。

信成 可是，我的「理想」就和你們完全兩樣了。我相信，世界上只有一樣東西，最值得崇拜。

佐成 那是什麼東西呢？

信成 「金錢」！

麗莎 那是萬惡的東西！

信成 但也是最可愛的東西！世界上別的都是假，只有「金錢」才是真。

麗莎 原來你是個拜金主義者？

信成 俗語說「有錢能使鬼推磨」，這年頭，誰不崇拜金錢呵！

少甫 那你不妨把你的致富之道講出來給大家聽聽嘍！

信成 這是軍事秘密，不足為外人道也。

佐成 唧，唧、唧，又賣關子了。

信成 老實說，在這國難時期，要發財路子多得很，只是看你有沒有本領。譬如說吧，我人住在香港，用不着走動，只要動一動腦筋，就可以大發其財了。

佐成 那你倒說出來聽聽看，腦筋怎麼動法？

信成 第一步，先從上海帶一批貨色來，到香港賣掉，拿國幣套港幣已經可以賺到七八倍。第二步，向政府申請外匯，到美國去訂購汽車若干輛，又套換美金外匯四五倍。第三步，等汽車運到海防，連車帶貨一齊運到昆明脫手，汽車本身又賺進國幣三四倍，外加貨色和運輸，那就更不用說了。

佐成 嗯，這倒是生財之道！

麗莎 什麼，這就叫做發國難財！

信成 那兒話，這對於政府也照樣有利益啊！表面上是發財，實際上是幫助政府採辦和運輸。

麗莎 得了吧。發國難財的人個個都這麼說，別再運用那些好聽的詞兒了。

少甫 （津津有味地）的確不錯，這麼一來，名利雙收。

信成 這還不過是第一次循環，一萬塊錢，便可以變成三十萬到五十萬。祇要三五次一循環，老兄，周信成馬上就變成百萬富翁了。

佐成 這麼説，香港就又添了一個寓公！

信成 豈敢！

麗華 （半諷刺地）那麼一來，我們大家都要靠靠信成嘍！

信成 （神氣十足地）那還成什麼問題？只要半年之後，我周信成，要汽車有汽車，要洋房有洋房，要美人有美人，甚至於要人心，也可以拿錢去買來。

（他故意向麗華示威，麗華搽着粉，向他眇視了一眼。這時候，麗莎把無線電開得很響，傳出爵士音樂的歌舞聲，佐成翻着畫報，一邊咬着指甲，老徐不斷地噴着烟斗，麗華解開手皮袋，搽着胭脂，周信成一手端着咖啡杯，一邊大吹大擂。）

少甫 信成！倒看不出你，你倒眞是一個年青的冒險家哪！

信成 （得意地）不過，仰光和昆明這兩個地方，的確是年輕冒險家的樂園。

佐成 那麼，香港是富商和寓公的樂園嘍！

麗華 我覺得，上海是摩登小姐，和交際花的樂園。

麗莎 我以為我的學校和家庭，才是我的樂園。

佐成 我們大家都各有各的樂園，可是徐少甫呢？

信成 他呀，他替人家看手相，就是他的樂園。

麗華 對了，徐先生，乘這個機會，順便給我們看看手相吧！

信成 （搶先）別忙，別忙，他要替老朋友先看吧。

（信成伸手給少甫，大家圍聚攏來少甫握住

他的手，像江湖說教似的。）

少甫 要請我看相可以，第一，大家要相信我的話。

眾人 自然相信。

少甫 有得罪諸位的地方，可不許埋怨。

眾人 當然。

少甫 好，大家記住，看手相首先要記住一件事：就是兩隻手，各代表兩種不同的意義，左手的線紋，顯現的災難跟幸福，是上天注定的命運，而右手的線紋，則指示你怎樣努力，奮鬥，告訴你應當走那條路，做那一種工作最適宜。

信成 得了，得了，咱們也（）是賣相，還是少說廢話，言歸正傳呢！

麗華 最重要的，還是看看他的手相，什麼時候才能發財。

少甫 這用不着說，從他的無名指，和太陽線上看，就很明白地表示出來了。

信成 何以見得呢？

少甫 因為你的無名指比食指長，太陽線又特別顯著，就證明你是個冒險家，愛和生命去作賭博的一種人。

佐成 唔，這倒有點兒小道理。

少甫 并且，他的無名指不但長，而又有些彎，這是發財的表徵，無論投資任何生意，一定會賺錢。

麗華 發財，這是他得意的拿手好戲嘍！

少甫 但同時，也是貪愛錢財的傢伙。

麗莎 唔，又是個慳吝鬼！

麗華 （搶過去）好了，好了，他看完了，給我看。（伸手向徐）

少甫 （注意看手，沉默不語）……

麗華 怎麼樣，有什麼災難嗎？

少甫 災難倒是沒有。……祇不過。……

信成 戀愛糾紛太多是不是？

少甫 倒不是戀愛糾紛多，而是她的愛情容易起變化。

麗華 你從那兒看得出來呢？

少甫 因為你的感情線引伸特別長，愛嫉妒同類。而且，又是曲線地進行，這表示你的愛情多變化的象徵。再說……

麗華 不要緊，你儘管說好了。

少甫 再往下說，怕你會要多心？

麗華 不會的，你說呢！

少甫 再說，你的感情線像一根鎖鏈一樣，糾纏在一起，這不但表示你的戀愛不專，而且是個愛情無常的人。

麗莎 （搶掉她）好了，好了，徐先生，替我看！（伸手給徐）

麗華 唔，看看她什麼時候結婚。

麗莎 麗姑，你……（向徐）徐先生，給我看相可有一個條件。

少甫 喔，請人看相還有什麼條件？

麗莎 條件很簡單，不許你談什麼戀愛問題。

信成 哈哈，看相不許談戀愛，這倒是一個難題。

麗華 那就看看她將來會成功偉大事業好嘍！

麗莎 對了。

信成 哼，女孩子有什麼事業不事業呢？

麗莎 什麼，女孩子就不能成功大事業嗎？你眞是封建？

少甫 麗莎小姐！我倒并不是當面奉承你，你將來倒的確可以做一番轟轟烈烈的事業。

麗莎 （高興地）從那兒看出來呢？徐先生！

少甫 （拍馬地）從你一雙堅定而有彈性的手看出來，你是一個精明，强幹，活潑，熱情，而又是勇往直前的女性。

麗莎 （矜持地）還有呢？

少甫 還有，你的命運線直豎在掌心，深刻而又明顯，應該是個獨當一面，而能操縱大權的人，再說，你的理智線在食指之下有若干的分歧，這表示雄心與成功的象徵。至於你的婚姻。……

佐成 （攔阻）得了，得了，跟你講好條件，不許談戀愛問題。

少甫 對不起，麗莎小姐，請原諒！

麗莎 謝謝您，徐先生？

佐成 好了，好了，現在應當輪到我了。（把一隻大手遠遠地伸到徐少甫面前）看看，將來會不會討飯？

少甫　（漫不經心地一看）那兒話，老弟，你的尊相看起來，將來一定可以招駙馬。

佐成　少吃豆腐好吧？老哥！中國也沒有皇帝，我打那兒去討個公主呢？

少甫　（看了半〔晌〕，沉默不語）……

佐成　怎麼樣，（着急地）怎麼不出聲呢？

少甫　唔。看起來，你的壽命倒很長。……

佐成　怎麼會看出我的壽命長呢？

少甫　因為……你的生命線又長，又深，而無裂痕，直到大拇指的盡頭，所以，可以活到八九十歲的高齡。

信成　佐成一定會做烏龜。

佐成　混蛋！

信成　只有烏龜才能長壽啊！

（大家哄笑）

麗華　老而不死是為賊！

信成　怕將來年紀大了，還要當漢奸！

麗莎　徐先生，你還是看看他，將來能不能成大事吧！

少甫　哼，抱歉得很，照他的手相看來，怕將來是「一世無成！」

（大家又復哄笑）

麗華　再看看他將來，能不能討個好老婆吧！

少甫　也靠不住，他的感情線老是那麼猶疑不定，看見一個女人就追，但終歸是失敗。

（大家哄笑不止）

信成　悲哀！悲哀！

佐成　簡直是胡說八道！

麗華　總不見得一點兒好處沒有嘍？

少甫　好處是有的，從他那雙又粗，又輭，而又重的手看來，表示他是一個輕狂，放蕩的「好色之徒」。

（大家又作捧腹大笑）

（正在歡天喜地，哄堂大笑的時候，律師，和律師夫人也喜氣洋洋地登場。）

律師夫人　啊呀，你們為什麼這麼開心啊？

律師　這才是我們主人的面子啊！

麗莎　（起立）哦，爸爸跟媽媽回來了。

信成　這是麗莎小姐招待得太好的原故。

少甫　不，那是我們這些客人，太不客氣的原故吧？

律師夫人　好了，大家肚皮也該笑餓了，我們一塊兒去吃飯吧！

律師　吃過飯，請大家去嘉年華會，參觀香港小姐的時裝表演。

律師夫人　這是這一次嘉年華會最精彩的節目。

麗莎　也是千載難逢的機會。

眾人　我們眞是眼福不淺。

（遠聞嘉年華會的歡呼聲，跑馬場裏的鼓掌聲，電車的急馳聲，汽車的喇叭聲，山頂洋屋的燈火，海裏電船的嗚嗚，年紅燈*的閃動，無線電的報告，雜着爵士音樂的廣播，織成了一個美夢般的香島的晚景）

——幕——

第二幕

客廳（下午）

佈景：景同第一幕。但室內灰塵滿佈，不若第一幕時軒亮，壁上的畫框，或現歪斜，或被震碎，瓶花和盆花都已經枯萎，落地窗上的玻璃，也有幾處震碎，壁角上的粉灰，也略略脫落在地板上。總之，屋內的傢具和裝飾品，為烟火遮蔽，已不若先前那麼新鮮了，彷彿在遭受着苦難的主人，已經失去了整理房屋的心情。

幕開：窗外砲火喧天，濃煙密佈，大火的火燄，瀰漫了半空，完全把太陽遮蔽，太陽在濃烟中，失去了原有的光芒，彷彿日食一般，只殘留着一輪憂鬱的灰影。砲彈呼呼地在空中慘叫，爆炸的聲音，在山與山之間，激成了滾雷似的巨響，飛機，高射砲，炸彈，迫擊砲，擲彈筒，重機槍，輕機槍，間斷不息地，發出聯珠似的交鳴。卡車，摩托車，不時從窗外急馳而過，賣報的兒童們，在窗下悽厲地呼喊。

律師着紫緞的晨衣，啣着雪茄，沉默地在室中來往踱步。夫人靠在沙發上手織毛

*編者案：原文作「年紅燈」，Neon Light 之謂，今譯作「霓虹燈」。

衣，麗華穿着漂亮的輭緞的睡衣，外披輭緞外衣，拖着鑲毛的高跟拖鞋，在修理指甲。麗莎穿着短衣裙的西式輕裝，緘默地翻閱畫報。佐成對鏡扣着西裝領帶。信成與少甫則對坐在圓台兩旁，津津有味地着棋。總之，窗外砲火連天，而室內靜默異常，甚至可以聽到單調的鐘擺的（）動。

律師 （踱步至窗口，稍稍立定，用望遠鏡凝視遠方）……丟那媽，做夢也沒有想到，日本人竟敢冒這麼大危險，來發動太平洋戰爭。……

律師夫人 哼，（自言自語地）更沒有想到，日本仔敢冒這麼大危險，來進攻香港啊！

麗華 （亦復自言自語）七號那天又是禮拜日，香港彷彿特別安閒，影戲院，咖啡館，跳舞場，到處都擠滿了人。那天晚上，我們的舞興特別高，樂隊也奏得特別起勁，直跳到半夜兩點鐘，信成還不肯回來，誰想到第二天一清早，就打起仗來呢？

麗莎 可不是，七號那天晚上，我和佐成去看電影的時候，還看見英國水手，跟加拿大兵，喝得泥醺爛醉，打得頭破血流地，從酒排間裏出來，橫七倒八地在馬路上唱歌。誰又會想到，第二天一清早，他們就背起槍來上戰場呢？

佐成 不過，那天晚上已經有些預兆了。當我們在「Queen's」看最後一場電影的時候，銀幕上不是映出很大的字，通知皇家官兵卽刻歸隊嗎？我看，那時候香港總督準接到了秘密電報，要不然，那些個醉鬼跟蒼蠅一樣，連邀都邀不走吶。

信成 媽的，八號那天早上，硬被警報把我拉醒了，我以為，又是防空演習，沒有多大關係。忽然，聽見嗡嗡的飛機聲，越飛越近，接着就在九龍那邊，輪流地轟炸啓德機場。我想，這事情可糟了。

佐成 我不是嗎？起先，我還以為是假的，也許是英國飛機自己演習吧！等我披起衣服，跑到洋台去一看，娘啊！統統不對了，只看見一架架的公鷄，嗚嗚地俯衝下去，轟隆地下一個蛋，就是一陣黑煙，我想糟糕，就知道事情不妙了。

信成　我拚命推老徐，叫他快醒，快醒，他還是死起不理的打鼾，翻一個身又睡了。

少甫　唉，只怪前一天晚上，硬被你們拉到跳舞場去擺測字〔攤〕，實在擺得太累了。

麗華　我也跟老徐一樣，正做着一個好夢，（打哈欠伸懶腰）硬被斷命的飛機炸醒了，眞討厭！

麗莎　我倒是早就醒了，躺在床上看小說，正看得起勁的當兒，硬被日本鬼的飛機打斷了。氣死人！

律師　我總以為，日本派來栖特使到華盛頓去談判和平，是表示日本的態度的輭化；加上羅斯福大總統寫信給日本大皇，一定會使日本人屈服嘍，誰知道，他玩的「緩兵之計」呢？

律師夫人　前幾天，疏散到澳洲去的英國太太團，不還用無線電播音，和留在香港的老爺團通話，問安嗎？并且，還再三要求英國政府，允許她們回到香港來，和她們的丈夫團圓呢，好啦，仗這麼一打起來，可把他們永遠拆開了。

律師　我總相信，香港政府準備了好多年，新界一帶的防禦工程，又那麼堅固，估計皇家軍隊，至少也有兩萬人左右，我想，起碼可以守四個月吧？丢那媽，誰知只守了四天，就放棄九龍呢？

少甫　（冷言冷語地）大概又是為了「戰略關係，轉移陣地」的原故吧？

佐成　你難道沒有看見公報？當皇家軍隊，撤退九龍的時候，理由是「我軍已退入一鞏固，及完備的堡壘內，繼續作戰」嗎？好漂亮的詞兒！

信成　甚嗎？報紙上不也堂堂地登載着，「防軍已於今日正午十二時，自九龍撤退，這是必需的措置，以後，即進入保衛香港的正規戰事」嗎？

少甫　（冷嘲地）噢，原來在新界打了四五天，是打的游擊戰爭，哈哈！

麗莎 最不幸的是我們中國的五百孤軍，在香港關了三四年，直到現在才放出來，那樣英勇地和英軍并肩作戰，衝鋒殺敵。結果，因為英軍的撤退，而全部犧牲，這是多麼悲壯而又慘烈的故事啊！

（談到這裏，大家暗然傷神，沉默了片刻，祇聽到窗外緊急的呼報聲，「星島日報！號外！號外！華僑日報！號外！號外！……」（粵語））

律師 （至窗口呼報）喂，買報！買報！

律師夫人 （掏錢）阿才！阿才！

（阿才登場）

律師夫人 去，買份報來！

（阿才取錢下）

少甫 （點火抽烟）哼，大約又是什麼「和平使者」第三次渡海勸降啊？

信成 不見得，港督已經聲明過，如果再有小艇過海，會令岸上的守軍開槍掃射了。

（阿才取報紙上）

律師 （讀報）「我大軍源源開到，攻克深圳！」

（大家興奮地集攏來，惟信成與少甫仍在下棋）

麗莎 眞的嗎？爸爸！

佐成 好消息！好消息！

律師 （繼續讀報）「我十萬大軍，正源源開到，趕援香港，現已攻入深圳，正向新界挺進！」

佐成 眞的，說來說去，到底是中國軍隊有種！

律師夫人 從深圳到新界，究竟有多少路程啊？建章。

律師 大約有二十五公里左右。

麗莎 從新界到九龍呢？爸爸！

律師 只要一個鐘頭的汽車路程吧？

麗莎 照這麼說，中國軍隊，今天晚上就可以打到九龍嘍？

佐成 唔，只要一聽見對海的爆竹響，穩是中國軍隊開進九龍城了。

麗華 得啦吧，報紙上天天這麼宣傳，香港人天天等着，可是，中國軍隊天天也不來。

麗莎 你別着急啊，麗姑！我相信，這一回可眞的要來了，你瞧，已經打得這麼近。

麗華 我就不相信那些鬼話，報紙為了牠們的銷路，故意這麼誇大宣傳，不過是安慰安慰人心罷了。

佐成 只要英國軍隊，堅守這麼一個禮拜，中國援兵趕到，嚇，你看香港的局面就完全兩樣了。

信成 老實說，要保全香港，也只有希望中國軍隊來救命，否則，香港就變成一個眞正的孤島了。

少甫 據我看，英國兵是決難久守的。要知道，現代戰爭最重要的是制空權，你瞧，作戰到現在，只看見敵人飛機不斷地來偵探，轟炸，却沒有看見一架英國飛機，昇空應戰。這怎麼能夠久守呢？——將！

律師 據我想：也許是等新加坡的援軍開到，再作海陸空軍的總反攻，否則，那就是港政府姑惜一百六十萬市民，不願意用飛機來轟炸日本兵，恐怕塗炭香港吧？

麗莎 我看啊！全世界的軍隊，再沒有比我們中國軍隊，這麼刻苦耐勞的了。穿得那麼壞，吃得那麼苦，可是，一開上火線，個個都是精神百倍，衝鋒殺敵，這就是我們中國人偉大的地方。

佐成 對了，營養這麼壞，裝備這麼差，抗戰能抗上四五年，這就是神秘，偉大！

信成 偉大眞偉大！打了這麼許多年，人力還是用不盡，物力還是用不完。

少甫 唔，所謂「地大物博」一點兒也不錯，你想，抗戰幾年以來，已經失了不少的地方，可是，在地圖上看看，還不過是那麼一頂點兒。

麗華 說起來，英國兵漂亮眞漂亮，個個都很年輕，英俊，個個都是軍裝筆挺。

麗莎 可是，戰場又不是什麼跳舞場，單靠漂亮，就能夠打勝仗嗎？

律師夫人 別的我倒不担心，我就怕日本人封鎖海口，把一百六十萬人，活活地餓死在香港。

律師 封鎖倒不怕，港政府早就存了八十萬包米，和堆集如山的罐頭食品，足可以供給全香港居民八個月的糧食，所以，日本人封鎖海口，對香港是毫無威脅。

律師夫人　眞奇怪了，港政府既然有那麼許多處存糧，為什麼不拿出來振濟振濟平民，弄得到處都買不到米呢？

信成　既然有那麼許多存糧，市面上為什麼會鬧糧食恐慌啊？

少甫　現在，不但米荒，而且是柴荒，水又荒。

律師　（向夫人）家裏的木炭還有多少啦？够用幾天？

律師夫人　昨天阿才跑了一整天，祇買到五斤柴。

佐成　（將剃鬍刀一擲）他媽的，自來水塘被炸壞了，弄得大家臉也洗不成，鬍子也沒法剃。

信成　你馬虎點兒吧，老弟，別那麼窮講究了，苦日子還在後頭呢。

少甫　喂，佐成！我問你在大砲轟轟的時候，你打扮了預備給誰看？

麗華　唉，（向麗莎掃一了眼）徐先生，你又何必多管閒事呢？自然會有人看啊！

信成　噢（會意地）原來如此，怪不道佐成天天修鬍子哪！

佐成　少吃豆腐好吧！

律師夫人　（看佐成拿起面盆）佐成是要水嗎？（向麗莎）麗莎。你去看看，阿才她們到教堂裏去挑水了，看有沒有挑回來。

麗莎　（伸手對佐成）佐成，拿來，我給你去打！

佐成　好，謝謝你。

（麗莎匆匆下，佐成跟下，信成與少甫相視而笑）

（忽然，一陣猛烈的砲聲，在空中叫嘯，在山腰裏爆炸，發出隆隆的巨響，震動了房屋，嚇得大家向外奔跑）

律師夫人　快，建章，快下樓去躲一躲！

（律師夫人匆匆下）

律師　（走至門邊）怎麼樣？麗妹，你也來躲一躲吧！

麗華　好，我就來。（起身向信成）信成，你們也去躲一躲，好吧？

信成　啊呀，這點兒砲聲算什麼？遠得很呢。

麗華　（憤憤地）外面砲火這麼大，你們這盤斷命棋，老是下不完。眞討厭。

（麗華隨律師同下周徐二人目送他們走出，相視無語）

少甫　（重新裝了一袋烟）棋放着，信成，我看你還是陪她去，別替人家造機會！

信成　唉！（懊惱地）這一着棋已經走錯了，老兄，你根本就不應該把她帶到香港來。

少甫　我早不就勸你把她留在上海嗎？你不信。

信成　留在上海也靠不住，進攻她的人更多。

少甫　那你打算怎麼辦？

信成　有什麼辦法，準備推！（推掉子棋）

少甫　也好，（噴一口烟）君子成人之美。——

信成　我倒并沒有那麼慷慨！（敲擊着棋子）

少甫　那你打算怎麼幹？

信成　我呀，我打算伸東擊西，施行報復手段！

少甫　（眼光盯住他一面抽煙）是不是想進攻他太太？

信成　不，他太太雖然風韻還不錯，可惜年紀比我大，老徐，我看倒是你的對象。

少甫　別開玩笑好吧？老弟！

信成　忘八蛋跟你開玩笑，我看她對你頗有好感，你不妨試試看！

少甫　得了，得了，少吃豆腐！唉，你原來是向我伸東擊西，是不是？

信成　眞的，老徐，把我弄上火來，媽的，我就打算跟他交換。

少甫　交換誰呢？

信成　你猜猜看，是誰？

少甫　麗莎嗎？

信成　唔，你贊不贊成？

少甫　可是，小李正在加足火力，向她進攻呢。

信成　我看，他沒有什麼希望。

少甫　何以見得？

信成　麗莎不會愛上那麼一個草包。

少甫　去吧，信成，（推棋起立）到樓下去看看［，］有機會，也不妨雙管齊下。

信成　（捽掉棋子）對，談戀愛，跟下棋一樣，決不能錯過機會。

（周、徐二人同下，砲聲漸漸寂靜）

（急聞一陣青年男女的笑聲，追逐而上，麗莎手執紙片環繞室內，佐成追逐在後，欲搶紙片，麗莎逃至沙發邊，被佐成捉住，將紙片搶去）

佐成　（看畫忍不住地笑起來）哼，我早就料到，你會把我畫得這怪相了。

麗莎　哈哈哈……

佐成　什麼？佐成嘴上添了希特勒的鬍子啦？胡鬧！

麗莎　哈哈哈……你再看看上面的字！

佐成　（讀）「這是希特勒第五個私生子——希佐畫像」。——你這傢伙，眞玩皮！

麗莎　哈哈哈……哈哈哈……哈哈哈……

（佐成乘機搔她的癢處，麗莎哈哈大笑不止，佐成格外得意忘形，欲乘機向前摟抱麗莎，麗莎發急，將佐成推開）

麗莎　走開，佐成，你這算什麼意思？

佐成　我要擰你的嘴巴……

麗莎　（羞怒）你別動手動脚的！

佐成　麗莎，……我喜歡你！

麗莎　我不要人喜歡。

佐成　我愛你！麗莎，

麗莎　我不懂得愛。

佐成　（握住她的手）麗莎，我向你求婚！

麗莎　（撇開他的手）我不需要結婚。

佐成　（欲進行强吻），給我Kiss一下！麗莎！

麗莎　（摑了他一掌）你做什麼？滾開些！……我可要喊啦！

（麗莎無法掙脫，猛烈地拍了他的臉頰，信成適巧登場，二人未察，佐成用手撫摩自己的臉，麗莎堵住嘴，氣憤欲泣）

佐成　你為什麼對我這樣？

麗莎　問你自己呀！

佐成　你打得我好痛！

麗莎　活該！

信成　（高聲地笑起來）哈哈哈，……哈哈……

佐成　（跳起來）信成，你……

信成　哈哈哈，……哈哈哈，……

佐成　（怒視信成）混蛋東西！

（佐成羞怒而且難以為情地，摸着臉頰，匆匆下場）

信成　（目送他走出）哈哈哈……哈哈哈……

（麗莎堵住嘴，順手翻閱畫報，信成用發現了秘密的眼光凝視她，麗莎瞋視他一眼，用力翻着畫頁）

麗莎　（低聲地）討厭！

信成　唔？

麗莎　討……厭！

信成　你說什麼？

麗莎　（索性大聲地）我說討厭！

信成　（走近她）你說誰討厭？

麗莎　（將畫報往沙發上一摔）誰都討厭！

信成　（嘻皮笑臉地）難道，我也討厭嗎？

麗莎　（看他一看，撲刺地笑起來）唔，也不見得不討厭！

信成　照你說，誰才不討厭呢？

麗莎　照我看呀，凡是男人個個都討厭！

信成　我有什麼得罪了你的地方嗎？

麗莎　我幾時說你得罪我來噠！

信成　那你為什麼說我討厭呢？

麗莎　好笑，我又沒有指明了討厭誰。

信成　好，我知道了，我剛才不應當闖進來！

麗莎　（發急地）你看你這人多無聊！

信成　對啦，人家正在甜言蜜語的時候，我忽然闖過來，是有點兒無聊。

麗莎　（羞怒地）我可不跟你胡扯八道，呵！

信成　好，好，好，對不起，麗莎小姐，我向你道歉！

（信成向她彎腰鞠躬，表示道歉之意，麗莎低下頭，被他引得笑起來）

麗莎　看你做得這付鬼樣子，眞討厭！

信成　這就難了，向人道歉也討厭！

麗莎　（反過臉去）誰跟你這麼搗麻煩呢？

信成　那麼，我聽你吩咐好吧？小姐！

麗莎　我怎麼敢吩咐你？

信成　你說吧，要我怎樣，我就怎樣。

麗莎　我呀，我要你別惹我生氣！

信成 好，讓我走開！……

（信成剛走至門邊，麗莎又翻過臉）

麗莎 我可沒有要你走開呵！

信成 那麼，你要我怎麼樣呢？

麗莎 我呀，我要你老老實實地坐在那兒！

信成 （故意坐得遠遠地）好，我就老老實實坐在這兒。

（二人靜默片刻，信成從烟盒中，取出烟來，在手上敲擊）

信成 我可不可抽烟呀？小姐！

麗莎 我也沒有禁止你抽烟！

信成 （他點火時忽然想起）你也抽一支烟嗎？

麗莎 謝謝，我從來不抽烟。

信成 （倒咖啡）喝一杯咖啡嗎？

麗莎 （并非接受，也不拒絕地）謝謝！

（他便倒了一杯咖啡遞給她，她看他一付卑躬屈己的樣子，又忍不住地笑了，幾乎把咖啡噴出來）

麗莎 嘿嘿嘿……

信成 怎麼樣？有什麼好笑呢？

麗莎 看你這付鬼樣子就好笑。

信成 那麼，我很榮幸！

麗莎 為什麼？

信成 我覺得我能討你喜歡，所以，我很榮幸。

麗莎 好了，好了，先生，我們還是談談正經話吧。

（靠近她坐下）

信成 你願意我跟你談正經話嗎？麗莎！

麗莎 誰都願意聽正經話啊！

信成 麗莎，我對於你的志氣很佩服。

麗莎 你看你又來了。

信成 眞的，麗莎，我很佩服你！

麗莎 我有什麼事情，值得你佩服呢？

信成 你不是說，你要做一個新的女性嗎？

麗莎 我覺得，每一個中國女子，都應該如此。

信成 不，你是一個突出的女子。

麗莎 我有什麼突出呢？

信成 難怪，你已經忘了你自己說的話。

麗莎 什麼話，你說呀！別吞吞吐吐的。

信成 我們第一天碰到的時候，你不是說，你有一個偉大的計劃嗎？

麗莎 是的，那是我的理想，可惜，現在已經打起仗來了。

信成 將來呢？

麗莎 將來有機會再說。

信成 你需不需要有一個人，幫助你的計劃成功呢？

（這時，麗莎，思索了片刻，洋台上有麗華與律師的影子，手指跑馬廳佇立了一會又復走過）

麗莎 ……當然要啊！可是，誰願意幫助我。

信成 我願意幫助你，麗莎，你相信嗎？（握住她的手）

麗莎 眞的嗎？（興奮地反握住他的手）信成，你願意幫助我？

信成 唔，我願意幫助你，能夠幫助你，而且，有力量幫助你。

麗莎 你能幫助我什麼呢？

信成 我能幫助你，很快就可以實現你的計劃。

麗莎 那你打算用什麼力量幫助我呢？

信成 （誘惑地）自然是金錢的力量嘍！

麗莎 （嫌惡地）金錢的力量？

信成 唔，金錢的力量。我想，只有金錢的力量，才可以達到你的目的。

麗莎 唉，我從小就恨金錢，可是，現在長大起來，就不能不相信，金錢的力量是大。

信成 我相信，世界上只有金錢的力量最偉大，只有金錢，才能夠把你的空想，變為事實。

（又是一陣比先前更猛烈的轟轟的砲聲，軋軋的機槍聲，和俯衝轟炸機的悽叫聲，炸彈爆炸的慘烈聲，彷彿就在屋頂，和屋子的四週爆發。大家驚惶失措，紛紛驚竄，主人逃避後，砲聲愈烈，好像暴怒似的，懲罰着這個空屋，將玻璃震碎，將壁上的粉灰，紛紛地震落在地板上。片時，砲聲，機聲，飛機聲，又慢慢兒靜息。）

（麗華拿着修指甲的挫子，信成手弄着小孩玩具，二人安閒地談說着登場。）

麗華 天哪，聽起來，砲彈就好像在頭頂上亂飛，眞怕人。

信成 就不過聽着可怕，其實，離開這兒還遠得很呢。

麗華 在這種亂糟糟的時候，白白把一條命送掉，可真有點兒不值得。

信成 別人可以這麼說，可是，你……（故意點火抽烟）

麗華 （亦復故意追問）我怎麼樣？……

信成 假定你死了的話，就不會白死，一定會有很多人為你傷心，甚至於掉淚！

麗華 何以見得呢？我看，你第一個就不會為我傷心，更不會為我掉淚囉。

信成 這倒不見得吧，不過，最傷心的輪不到我，倒是眞的。

麗華 我這早就猜到了，同時，我也不敢作那麼妄想。

信成 不錯了，我跟你一樣，也不敢作那麼妄想。

麗華 為什麼？

信成 （影射地）因為，為你傷心的，還大有人在。

麗華 （反攻）那囉，你死了，為你掉淚的，也不見得沒有人吧？

信成 當然囉，（他得意地噴着煙）別人既經開闢了新戰場，我又何必死守着舊陣地呢？

麗華 所以，你也乘此機會，開闢第二戰場了，是不是？

信成 也許吧，不過，我沒有像你那樣的閃電戰術。

麗華 可是，長期抵抗，也一樣可以得到最後勝利啊？

（二人針鋒相對，互不相讓，然後，靜默地坐着，不發一言，信成為了打開僵局，轉變了温和的語氣。）

信成 委實的，麗華，我們需要談談，自從來到香港之後，我們彷彿越離越遠了。

麗華 你也有這種感覺嗎？很好，自從來到香港之後，我衹感到別人對我冷淡如冰。

信成 可是，從另一方面看也有人對你像炭火一樣地熱烈啊！

麗華 這也許是眞的，因為別人對我冷淡的原故，所以，就另外有人對我親熱了。

信成　事實是這樣，正因為有人對你特別親熱的原故，所以，我就不得不對你冷淡囉！

麗華　那麼，你還可以來這麼一下：彼此感情一旦破裂，「責任完全由鄭麗華担負」的外交詞令啊！

信成　那倒也不必，談戀愛，究竟不是外交談判。

麗華　對啦，（語氣强硬地）戀愛原是自由的，誰要愛誰就愛誰，誰也管不着誰！

信成　所以，冷熱就好比寒暑表一樣，可以隨着各人的感情而漲落。

麗華　那你不妨說說看，你最近的感情，是漲呢？還是落？

信成　跟你一樣，一邊漲，也一邊落。

麗華　也許是香港的氣候關係吧？

信成　不，一半由於環境造成的。

（兩人舌戰不已，勝負難分，以致無話可談，又復趨於靜默，然後，信成同舟轉舵，單刀直入地探視麗華的心意）

信成　眞的，麗華，剛才的那些都是廢話，我們還是來談談正經事兒吧！

麗華　有什麼正經話，你儘管說好了。

信成　（鎮靜地去烟灰）我問你，我們原定的計劃，就這麼打消了麼？

麗華　唔，（裝佯地抬一抬頭）原定的什麼計劃？

信成　你瞧，你又裝蒜了。

麗華　咦，我怎麼知道你說的是那一種計劃？

信成　你難道忘了嗎？麗華，我們原定的，到香港來結婚的計劃。

麗華　噢，（又復低下頭修理指甲）仗一打起來，什麼計劃不都成了廢紙嗎？

信成　（用警惕的口吻），麗華，說話要負責任，這是人生大事，可不像黑板上寫字，揩掉了就算數嗟！

麗華　（依然不動神色）那麼，照你的意思，現在要逼我跟你結婚是不是？

信成　也並不是什麼逼你，（語氣威脅地）而是雙方應當履行的諾言。

麗華　（强硬地）戀愛是雙方情投意合的事，也

信成　用不着來那一套政治談判。
麗華　（責問）那你在上海的時候怎麼答應我的？
信成　（反攻地）你是要向我尋找法律根據麼？倒並不如此。（高聲地）我問你，我們為什麼來香港？來香港為了什麼目的？
麗華　你問我麼？（更尖利地）來香港的目的是旅行，並非跟誰來度蜜月的。
信成　（語氣和緩地）那麼，依你的意思？從前講的話不算數麼？
麗華　從前是從前的環境，現在，又是現在的環境了。
信成　照這麼說，戀愛的事情，可以隨着環境更改的囉！
麗華　（非常强硬地）我問你，在這砲火連天的時候，你打算怎麼樣跟我結婚？你以為，交換了一下戒指，我就會跟你結婚嗎？你以為，把我拉到教堂去，在牧師面前禱告一下，我就會跟你結婚嗎？哼，你眞是在做夢！

信成　（搪塞之詞）當然，我也並不是跟你說目前，而是談談我們打完仗之後的事情。
麗華　（辛辣而甘脆地）那麼，我也可以這麼答覆你，等打完了仗再說。……

（二人的話格格不入，引起了衝突，信成將烟頭拋擲在地板上，用脚踏息，然後，氣沖沖地走出。律師手執雪茄。安閒地立在門口，適與信成相遇，二人互相渺視了一眼，信成匆匆下場，麗華目送他去後，忍不住地淡笑起來）

麗華　哈哈，……好笑，……
律師　（走近幾步）怎麼一回事兒？
麗華　……神經病！
律師　彷彿很生氣的樣子嗎？
麗華　誰曉得他發什麼瘋？
律師　兩個人又起衝突了麼？
麗華　他硬要逼我跟他結婚。
律師　哦？（感興趣地）你怎麼表示呢？
麗華　我問他是不是「目前」？他說談談打完了仗之後的事。
律師　那你怎麼回答他呢？

麗華　我呀，我也這麼回答他，等打完了仗之後再說。

律師　（噴出一口濃烟）唔，回答得妙！

麗華　他自然生氣嘍！

律師　你自己覺得怎麼樣？

麗華　我倒沒有什麼，可是……，有一個人一定（很）滿意啦吧！

律師　誰？——

麗華　（瞟他一眼）……哼，誰？你也別裝蒜了。

律師　……

（律師聳一聳肩，手插在衣袋裏笑而（並）不答，在室內踱了幾步，走向沙發背後，像老大哥似的，用一手撫摸他的頭髮，一邊温言和語地說）

律師　眞的，麗妹，我對於你的婚姻，倒的確很關心。

麗華　唔，謝謝你的好意。

律師　委實地，麗妹，你年齡也不算輕了。

麗華　你的意思，勸我早點兒出嫁嗎？

律師　（又復沉默地走開去）……這話我也很難說。

麗華　來，過來！（她反轉身，一脚跪在沙發上）你既是我的老大哥，倒不妨說說看。

律師　當然，各人有各人的想頭，這叫我怎麼說呢？……（試探的口吻）不過，我早就想問你，今後打算怎麼樣？

麗華　我一向是這個主張：到那時候，說那兒的話，我也沒有仔細想過。

律師　（轉過話頭）不，我是問你，想回上海呢？還是想留在香港？

麗華　等仗打完了再說，現在，生死不明，又何必想到那麼遠？

律師　不過，事情總有個了結的，照這樣情形看來，香港的大勢已去，你也該動動腦筋了。

麗華　到那時候，能留在香港，就留在香港，不能留在香港，就只有回上海的一條路。

律師　（更進一步地試探）不打算跟信成他們去內地嗎？

麗華　誰高興跟他到內地去吃苦？不明不白地把一條命送掉！

律師 假如你能留在香港的話，（故意點火噴煙）我想，我們倒可以合作做一筆買賣。

麗華 怎麼會找我來合作呢？（思量了一下，又復帶笑容地）那你打算做什麼買賣呢？

律師 （用鄭重的語氣）我打算乘這個機會，把跑馬地所有的馬，統統收買下來！

麗華 那些馬主們肯脫手嗎？

律師 在這兵荒馬亂的時候，逃命都來不及，誰還要養馬呢？何況大半公家的馬。

麗華 一共有多少？

律師 連過時的馬包括在內，大約有二百五十匹左右。

麗華 每匹值多少錢？

律師 有好有壞，價錢也不一致。在平時，最好的值三萬塊港幣一匹，差的幾千塊就行了。

麗華 一共值多少錢呢？

律師 平時平均一萬塊錢一匹的話，至少值二百五十萬。

麗華 現在，打仗的時候總可以殺便宜貨嘍？

律師 那當然，最多二十五萬，就統統可以到手了。

麗華 唔，這倒是一場好買賣，——難道，不怕日本人打進來，把那些馬充公嗎？

律師 不會的，跑馬場的馬，胆子特別小，不能當馬隊，更談不到上戰場打仗了。

麗華 那麼，（試探他的底蘊）你要我怎麼同你合作呢？我也沒有本錢。

律師 沒有本錢有什麼關係？我出錢，你出力，不就可以合作了嗎？

麗華 說吧，你要我怎麼出力呢？

律師 那麼我第二步計劃了。（又復擦一根火柴，點燃息滅了的雪茄）本來，我相信香港，至少可以抵抗一年半載，可是，照目前的情形看來，日本人不久就會登陸，到那時候，在英國人手上統治了一百年的香港，就不得不又換一個主人了。

麗華 那當然啦！

律師 到那個時候，我們就只好順風轉舵，跟公司裏換大班一樣，英國人來了也好，日本人來了也歡迎。你說對嗎？（躊躇地）倘使你願意的話，麗妹，利用你的交際手腕，跟日本司令官去接交接交，領出一張照會，把香港的跑馬總會接管下來。那我們就抖了。

麗華　噢！歸根結底，你要我做你的幫手，跟你合作，原來，就是這麼一件好差事啊，倒想得怪不錯的。

律師　這有什麼關係呢？麗妹！在上海的交際場中，你不常常跟英美的軍官們來往嗎？管他英國人來也好，日本人來也好，反正都是外國人統治香港，還不是一樣？老實說，我們的目的只是在發洋財，做買賣。果真，跑馬總會能接收過來，那時候，既有了地盤，又有馬。等市面一旦繁榮，跑馬場能恢復賽馬的話，麗妹，那就是我們的天下了。

（徐少甫優閒的抽着烟斗，陪同律師夫人登場，律師夫人手上織着毛衣。）

律師夫人　（露出醋意地）哦！原來你們兩個人躲在這兒，怪不得找了半天，也找不着你們呢。

麗華　（窘迫地起立）哦，雲姐，怎麼半天沒有瞧見您啦？我剛才還在問起您，姐夫說您到余牧師家勸架去了。

律師夫人　怪不得我的耳朵根兒又在發燒呢，原來是你們在惦記着我呀？真是！

麗華　（故意岔開她的話頭）怎麼樣，雲姐，和事老做得怎麼樣？雙方可有點兒讓步嗎？

律師夫人　（坐下，深呼了一口氣）唉！誰也不肯讓誰，大的要面子，小的也要面子，這有什麼辦法呢？

少甫　唉，（噴着烟斗）「青天難斷家內事」。這句話，一點兒也不錯。老實說，我就最怕人家大小老婆吵架。

律師夫人　你倒別那麼說，徐先生，有些人，就高興那麼吵吵鬧鬧地好過日子，這就叫做「打情罵俏」啊！

少甫　謝天謝地，這種打情罵俏，還是少來為妙！

（麗莎忽然匆匆登場）

麗莎　媽媽，媽媽，阿葉他們回來了。

律師夫人　（起立）阿葉他們回來啦？米買到沒有？

（阿葉，阿德背着籐籃和麻袋，面色倉惶地踣踉而上。阿葉，阿德放下籐籃和麻袋，彷彿卸下重載，疲乏地喘息着，用手帕抹着額上的汗珠，坐下來休息，大家一齊登場圍住他們）

律師　怎麼樣？阿葉，有什麼消息沒有？

阿葉　日本仔已經登陸囉！

眾人　眞的嗎？

佐成　在那兒？阿葉！

阿葉　在筲箕灣登陸了，我們已經遇見了日本仔。

阿德　日本仔把我們捉去了，丟那媽，做了五個鐘頭的苦工才出來。

麗莎　叫你們做什麼苦工啊？阿葉，倒沒有挨打嗎？

阿葉　打倒沒有打，硬抓住我們給他推沙袋，槓米。

麗莎　後來，怎麼把你們放出來噓？

阿葉　怎麼肯放，是我們自己溜出來的。

麗莎　好險呀，這半袋米，是從那兒買來噓？阿葉！

阿德　那兒去買？在搬米的時候，我們早就打好了主意。

阿葉　乘日本仔換班的時候，我們就順手搶了半袋米，從邊門溜出來！

眾人　啊呀，好險！

佐成　哼，要是被日本兵看見了，對不起，乒——就是一槍！

麗莎　（驚嘆地）好，有本領，阿葉眞勇敢！

律師夫人　好了，好了，我們的糧食恐慌可以解決了。

律師　唔，這麼半袋米，至少可以維持兩個禮拜。

律師夫人　要你們到 Dairy Farm 去買的罐頭食品，沒有買來嗎？阿葉！

阿葉　Dairy Farm 早就關門了，還是跑到西環買來的。

阿德　跟一個熟識的店家商量了半天，他才肯賣，（打開籐籃）丟那媽，買了一大籐籃。

（阿德打開籐籃，盛滿了罐頭，食品，蔬菜，鮮菓之類的東西，橘子紛紛滾出來，落在地板上，律師高興地在地板上拾起一個橘子，拖出精致的小刀來削切）。

律師　唔，這些罐頭，菜蔬，鮮菓，也足够吃一個禮拜了。

律師夫人　我看還是把橘子蘋果這些東西，拿到防空洞去賣掉吧！起碼可以賺雙倍的錢。

麗沙　媽，人家拿性命拚來的東西，為什麼要賣呢？他們兩個人應當多吃一點，倒是眞的。

阿德　這些東西，可眞是用性命拚來的，回來走過灣仔的時候，丟那媽我們兩個人險一臉兒被炸死。

阿葉　走過（一）民飯堂的時候，我們看見路上的人，接了一條長蛇似的，在那兒領飯，偏偏就被對海的日本砲台發現了，丟那媽，大砲就崩——崩——崩——地轟過來，不知道打死多少人？

阿德　瞧，（指白襯衫上的血跡和泥斑），沾了滿身的泥巴跟血斑。——

阿葉　我們抬着這些罐頭食品，就從黑烟裏跑過去，又從死人堆裏跳出來，砲彈就在周圍亂炸，死屍就在我們前前後後地亂飛。哦，眞駭！

（忽然一陣樓梯的騷動，和悲鳴的嚎哭聲，牧師夫人抱着小孩，匆匆登場，秦夫人秦氏在後追罵，牧師亦隨之登場）

秦氏　（兇暴地）你去喊寃吧！你到馬路上去敲鑼吧！我知道你玩慣了的把戲！好的，你請律師告我好了，我不怕！我也來問問律師看，到底是誰犯法？

牧師夫人　（哭訴着）你們瞧吧！馬太太，我這日子怎麼過呢？……我的媽呀！……我〔留〕在家裏吧，她打我罵我！到朋友家來離開她吧，她又說我要找律師告她，……天呀，我這日子怎麼過呢？……

律師　兩位嫂嫂還是息息怒，不要吵了，大家讓住點兒，不就沒有事啦嗎？

牧師夫人　余牧師，我看你也得勸勸你兩位太太，在這打仗的時候，吵吵鬧鬧有什麼好處呢？

牧師　誰知道她們兩個鬼東西，簡直可惡透啦！一件事不對就吵，三句話不投就罵，彷彿前生前世就是個冤家似的（禱告狀）——哦，主耶穌，寬恕她們吧！

秦氏　對啦，「不是冤家不碰頭」，你懂得嗎？

牧師夫人　迷信！

秦氏　什麼迷信不迷信啊？喔，你別以為〔你〕是個大學生欺負我們這種目不識丁的人。

牧師夫人　誰還敢欺負你啊？

秦氏　哼，我不識字有什麼希罕？反正我是紅媒正娶的，不怕人。你呐？虧你還是個堂堂的大學生。不要臉！

牧師夫人　你瞧，你瞧，馬太太，你看她這樣出口傷人，多無聊！

秦氏　什麼無聊不無聊？你有聊！你有聊！

牧師夫人　同你這種野蠻人沒有談頭，你沒有資格跟我講話！

秦氏　唧，唧，唧，你瞧你的資格多高啊！刮刮叫，余牧師的小老婆！那個不知道？（豎起小姆指）死不要臉的東西！（括羞她）

牧師　（高聲地威嚇着）你敢再説！〔你〕這死東西，簡直無法無天啦！——（祈禱狀）哦，主耶穌！寬恕了她的罪過吧！

秦氏　哼，那個無法無天呀？一個堂堂的牧師，討兩個老婆，你才是無法無天呢！

律師　好了，好了，兩位嫂嫂，大家讓住點兒吧！事到如今，「木已成舟」了，鬧有什麼用呢？

律師夫人　你給我少説廢話，什麼「木已成舟」呀？難道，你還想再討一個小老婆試試嗎？……

律師　好，好，好，我不講，讓我走開。

（律師欲乘機走脫，被秦氏攔阻）

秦氏　馬律師，你不能走開，乘大家在這兒，三頭六面地談開了也好，不是我走，就是她滾，「二虎相爭，總有一損」，要不然，這日子永遠也不會安甯。

律師　啊呀，太太，現在外面砲火連天地，也不是鬧離婚的時候啊！據說，日本人已經登陸了，難不成還要打官司嗎？

（一陣軋軋地機關槍聲，牧師友人丁大夫匆匆挾了一條毛毯登場，形色慌張）

牧師夫人　好，丁大夫來了，你來得正好！一切事情你都知道，你是個青天！——我簡直沒有臉再活下去了……你救救我吧！（哭倒）

丁大夫　（發急地）什麼事？什麼事啊？你，你，你們又吵架啦？真，真是天曉得！

牧師夫人　丁大夫，你是我的青天，你救救我吧！（放聲大哭）

丁大夫　究，究竟是為了什麼事啊！余牧師！

牧師　也沒有什麼大不了的事，祇不過因為外面打起仗來，經濟不無發生了恐慌！所以，我就想把她們兩個併家，一則可以節省節省開支，二則，可以互相照顧照顧，這難道不好嗎？誰想到這兩個死東西，天天吵！日日吵！唉！（禱告）——主啊！她們將來一定會懺悔的……

丁大夫　得啦！得啦！我看別再吵鬧了，大家得想個法子，現在，日本人已經在銅鑼灣登陸了！

眾人　（驚急地）什麼？日本人已經在銅鑼灣登陸啦？

牧師　這消息是真的嗎？丁大夫！

丁大夫　當然是真的囉！

律師　你親眼看見日本兵了嗎？丁大夫！

丁大夫　怎麼親眼看見，我在銅鑼灣的房子已經被日本兵佔領了。說是要做機關槍陣地，把我們統統趕出來。

信成　照這麼說，日本兵就要挨門挨戶地搜索啦！丁大夫！

丁大夫　那有什麼客氣呀？一個掛刀的軍官，三個日本兵拿着槍，跑上樓來，叫我們，「去！去！去！」有什麼理講呢？我只好挾了一床毛毯就跑下樓來啦！

佐成　你有沒有挨日本兵揍啊！丁大夫！

丁大夫　（不好意思說出口）揍倒沒有揍，只不過用槍桿兒這麼搗，搗了兩下。

秦氏　哼，（嫌惡他地）還算好，倒沒有一刀，把你的頭砍掉！

丁大夫　你眞是，（下意識地摸摸脖子）怎麼會把我頭砍掉呢？你盡，盡講些不吉利的話。

牧師夫人　（抓住律師夫人的手）這，這怎麼辦呢？馬太太！

律師夫人　（慌亂地反握住她的手）有什麼辦呢？日本人都已經登陸了。

牧師　別慌，別慌，大家放鎮靜點兒！

律師　無論如何，我想今兒晚上，總要想一個安全的辦法。

信成　照過去的例子，凡是佔領一個大城市，日本兵一定要胡鬧三天，沒有人管理。

少甫　唔，據說，就在這三天以內，可以盡量地姦淫擄掠，胡作胡為，連憲兵也不敢干涉。

麗莎　那可怎麼辦呢？爸爸，一定得想個辦法躲起來。

麗華　尤其是我們年輕女子，會被他們當做花姑娘的。

律師夫人　我看，最好還是躲到防空洞去。

牧師夫人　好，我也主張進防空洞。

佐成　哼，我看，萬萬去不得，這時候防空洞更危險。

信成　如果，警察統〔統〕走了的話，防空洞裏更是混亂不堪，萬一日本人闖進來怎麼辦？

少甫　別的倒不怕，就怕他到防空洞裏來亂抓人，或是在防空洞裏扔幾個炸彈。

牧師　（莊嚴地）我看這情形，還不如躲到我教堂裏去，比較安全。——我相信，上帝會保佑我們！

丁大夫　好，我第一個贊成躲到教堂裏去。

信成　在這時候，教堂裏也不見得保險啊！余牧師！

牧師　至少，在大家的精神上，總比較安全些。

律師　單單精神上安全，有什麼用處？要實際安全才行。

牧師 （一手指天，像說教時的莊嚴的神情）大家相信教堂是個聖地，敵人也是個信奉宗教的國家，一定不敢闖進教堂來，胡作胡為。——不過，萬一遇到危險的時候？那也是各人命運。——總而言之，上帝一定會保佑我們的！

（一陣最猛烈的砲聲，機槍聲，飛機聲，高射砲聲，炸彈聲，迫擊砲聲，一齊吼叫起來，好像包圍了整個的舞台。並且越轟越猛，越射越緊，全屋都瀰漫着可怖的烟火與琉璜氣息，玻璃，書櫃，茶杯，花瓶，紛紛震落在地上，窗外火燄遮沒了陽光，暗慘地盤繞在空際，室內各人紛紛奔避，慘呼不已，在最緊張的砲火洗禮下閉幕）

——幕——

第三幕

教堂（聖誕之夜）

佈景：這是一所精巧的耶穌教堂。前方聽講堂的左右兩壁，均有兩扇穹窿形的門，互相對稱。左通走廊和大門，右通客廳或內室。兩邊壁上掛着一些耶穌傳教的掛圖和格言，壁後有一扇穹窿形的大長窗，花玻璃上裝飾着基督殉教的十字架的窗飾。窗下中央，設立着講壇，講壇上鋪着白檯布，供奉着一簇鮮花，燃點着一盞長燭，發着神秘而溫和的微光。講壇後方，設着一條專為牧師宣講的高背靠椅，講壇前方有一排柵欄，幾級階梯，這表示講壇與教徒的分界。講壇左右，有兩重曲折扶梯，直登二樓。樓梯下隱閉着兩扇（ ）門，內有暗室，二樓中央，有一半圓形的走廊，形同洋台，凸出在講壇背後，可作為唱詩班，或音樂台之用。欄杆中央掛着一架壁鐘，沿兩面的曲折梯而上，為二樓。在二樓兩邊牆壁上，也開着兩個壁櫥，櫥後為暗室，後壁中央凹入的部分，開着穹窿形的獨扇門，可通內室及鐘樓，兩邊開着兩扇穹窿形的小長窗，窗上裝飾着花玻璃的窗飾。

整個的教堂，除了講壇上的燭火，發出一線朦朧的光線之外，全部都是黑暗，呈現着一種愁慘的光景。連那反映在玻璃窗飾外面的一鈎殘月，也表現着悲涼的情調。講堂裏，聽講者的坐凳，已經全部拆除，衹有一棵聖誕樹。孤零地立在講堂中央。松枝上照例吊着一些彩球和冰柱。無論如何粉飾太平，但由於整個空氣的沉悶，格外顯得單調而愁慘的（　）景。

幕開：在聖誕樹的四周，圍聚着男女老幼的避難的人羣，滿地舖攤着舖蓋，被服跟毛毯。堆積着一些箱籠，皮包，籐籃，包袱之類的雜物。甚至，在兩邊的曲折扶梯上，和二樓的洋台上，也擠着避難的人羣。總之，把一所莊嚴而整潔的教堂，破壞得如同難民收容所一樣。教堂外面，已經被敵軍完全佔領，砲聲與槍聲完全靜息。教堂裏面的空氣異常沉寂，衹聽到馬路上笨重的砲輪滾動聲，馬蹄的踼〔踏〕聲，槍枝和指揮刀的撞擊聲，沉重的皮鞋脚步聲，以及戰馬的悲鳴，和粗暴的和歌的高唱。一切都顯得異常緊張而恐怖的空氣。

（牧師把聖經闔起，默默禱告片刻，走下講壇，安慰人心）

牧師　諸位既經到我教堂來避難，可以不必驚惶，也用不着担憂，安心地在這兒躲避一晚，等外面秩序稍微恢復之後，再行回家。——主耶穌，一定會用他的知慧和聖靈，來保佑我們，渡過大難的。

丁大夫　上帝，可別再讓日本人闖進教堂來罷！如果這一次眞能够平安無事的話，余牧師，我一定要跟你受洗禮了。

牧師　歡迎得很，希望大家跟丁大夫一樣，都能到教堂來受洗，那麼，上帝一定會保佑你們的。

律師　余牧師，您年高望重，一切都比我們有經驗，照你過去的經驗看來，日本人可會闖進教堂來嗎？

牧師　我看不會的，第一，這是教堂聖地，沒有什麼東西可搶。第二，日本也是一個崇信宗教的國家。我看，日本兵絕不敢冒瀆神明，跑進教堂來撒野的。

律師　那也不見得罷，余牧師，聽說，日本兵凡是佔領了一個大城市的時候，一定會放假三天，在這三天之內，可以到處殺人放火，姦淫擄掠，也沒有人過問。

牧師　那不過是報紙上誇張宣傳，過甚其詞罷了。在人家家裏，究竟如何，我却不敢保險，至於，像這種神聖不可侵犯的教堂，我看，他絕不敢隨便闖進來的。所以，我也就把教堂的大門開着，聽其自由。……

丁大夫　（攔斷他的話語）什麼？余牧師！你把教堂大門開着？真的嗎？你這位老先生！你不簡直開玩笑嗎？

牧師　（任性地）唔，我試試看，看日本兵，有沒有這個胆量，闖進教堂來！

丁大夫　（着急地）這萬萬試不得，老先生！這跟日本人有什麼試頭呢？你想，他們看見教堂門開着，還會不闖進來嗎？笑話！

律師　這件事，我也不贊成，余牧師！我請你放棄你的主張，我們無論如何非關門不可；而且，越關得緊越好。

牧師　我看，無論如何用不着關，馬律師！你要知道，不關門，固然會闖進來，就是關起門，不也一樣會闖進來嗎？所以，不如跟〔他〕玩一個空城計，讓日本人猜不透，教堂裏面究竟玩的什麼把戲？

丁大夫　得了，得了，老先生，現在，可不是玩空城計的時候！

律師　對了，空城計萬萬使不得，余牧師，我絕對主張關大門。

眾人　我們大家都主張關。

牧師　（嚴肅地）關與不關，用不着諸位煩神，這教堂，是教會派我來主持的，所以，關不關門，全由我作主，誰也不能破壞教堂的秩序。

（他說着走上講壇，隱隱地聽到外面的脚步聲）

牧師夫人 （用手按在嘴上）吁！……小聲點兒！小聲點兒講話好罷！先生！

律師夫人 謝謝你們，小聲點兒罷，外面已經聽到脚步聲音了。

（剛才的一番爭論，已慢慢兒靜寂，祇聽到兩個拖在石板上的沉重的脚步聲，越走越近，大家驚惶失色，不敢出聲，寂寞片刻。忽然間，砰然一聲，用皮靴把左門踢開，兩個穿着黃制服的敵軍闖進來。）

敵軍 呵啦（荷啦）！張君（老張）！此處（這兒），教堂呷啦咿喀？（不是教堂嗎？）

偽軍 嗩嗟！（是啦），教堂嗒嘮？（怕是教堂罷）？

敵軍 （呼了一口烟，用脚踏息）人澤山嗒喳！（人很多唷）

偽軍 嗩嗟！（是）！肥猪居嚕吵！（有錢人很多喔）！

敵軍 嗩呷（那麼），時計哆喀，萬年筆哆喀，持喋行咕！（把錶跟自來水筆拿去罷）

偽軍 好嘻（好）！

敵軍 （向牧師）御前（小仔）時計出啐（把錶拿出來）！

偽軍 （向律師）時計快咕出啐（錶快拿出來）！

牧師 （取掛錶給敵軍）好，好，我知道，我知道，皇軍要錶！

律師 （取手錶給偽軍）要錶嗎？好，好，讓我來拿。

敵軍 御前哇，萬年筆啦咿喀？（你沒有自來水筆嗎）？

牧師 （不懂）皇軍要，要什麼？

偽軍 （用東北土語）自來水筆！

牧師 喔，要自來水筆嗎？有，有，有。（拿出自來水筆給敵軍）

偽軍 （向律師），自來水筆有沒有？

律師 （摸筆）有，有，自來水筆有！

（律師摸出自來水筆給偽軍，被敵軍搶去，看看牌子，把牧師之筆與偽軍交換，再看看掛錶與手錶，又擱在耳朵上聽聽，然後，把手錶留下，把掛錶交與偽軍）

敵軍 （指信成與佐成）彼二人啞吁（那兩個傢

伙）嗎噠時計呀萬年筆喀有嚕喳！（一定也有錶跟自來水筆唷）？

偽軍 嘖！嘖！（是，是）洋服哪啞吁持喋嚕唷！（穿洋服的傢伙當然有喔）！

敵軍 時計出啐！（錶拿出來）！（敵，偽走至信成，佐成前，向二人搜身）

信成 （搖頭）沒有錶。

敵軍 噓嗟咳！（說謊）快咕出（ ）！（快拿出來）！

信成 （拿自來水筆）沒有錶，只有筆。

（敵軍看一看筆，不要，摔在地上，復又搜索不得，將信成猛烈一推）

敵軍 此呶野郎！

（偽軍將佐成的掛錶拿去，靠近耳朵一聽，然後藏入袋內，又將敵軍摔在地上的筆拾起）

偽軍 （問佐成）自來水筆有沒有？

佐成 （搖頭）沒有！

偽軍 眞沒有，假沒有？

佐成 （撲撲衣袋）眞沒有。

偽軍 （揮一揮手）去，去，去！

（敵偽二人，又復搜索阿葉阿德身體，無錶，亦無筆，快快然而去）

律師夫人 （埋怨地）啊呀！余牧師，跟你說把大門關上，把大門關上，你偏要開着大門，瞧，把日本人引進來了！

牧師夫人 （抱怨地）唉，我家這位先生，老是這麼一種戆脾氣，你那怕把嘴說乾了，他總是不肯聽人一句話！

律師 （拿開嘴上的雪茄烟）這種辦法，簡直是開玩笑，等於開着大門，歡迎日本人進來！

信成 有現成的大門不關，偏讓日本人進來亂闖，世界上那有這樣的道理呢？豈有此理！

少甫 （揶揄地）這就叫做「日不關門，夜不閉戶」呀！

丁大夫 得了，老哥，這是孔子時代的風俗，在這年頭怎麼行得通呢？

佐成 （揶揄地）開着門，故意嚇唬嚇唬你們，試試大家的胆子是眞的。

麗莎 別再開玩笑了，佐成，什麼試不試，膽子都快要嚇破了。

麗華 （拉住麗莎的手）你摸摸我的心看，麗莎！只是勃通勃通地跳個不停，眞把我嚇壞了。

牧師夫人 （走到牧師前懇求）老子，你能不能聽大家一句話，把大門關上啊？

牧師 （背過臉去）好，好，好，你們要關，你們去關，以後出了什麼亂子，我可一概不負責任。——上帝自然會懲罰你們！

（牧師架起眼鏡，氣憤憤打開書本，坐在燭光下翻閱聖經）

律師 （向阿葉）阿葉，麻煩你們，請你們去關一關門好罷？

牧師夫人 用不着他們去，只要喊一聲老高就得了。

律師 不，我想，最好是用東西把大門堵上。

信成 對了，並且是越堵得緊越好。

阿葉 好，這事情由我們去辦好了（呼阿德）去阿德，我們去把大門堵起來！

（阿葉阿德下，隨即聽到外面的爭執聲）

老高 （聲）不行，大門是牧師教開的，不能關。

阿葉 （聲）大門開着，日本仔會闖進來，快關上！

老高 （聲）不行，這是牧師關照的，不許關！

阿德 （聲）管他牧師不牧師，關起來，用東西堵上牠。

牧師夫人 （懇求狀）請你去關照一聲，好不好，他又是個聾子。

牧師 （不高興地取下眼鏡走到門前高聲呼喚）喂，老高，你到這兒來！

（老高上，一個白頭髮，棕色皮膚的老者，脊樑有些駝背）

牧師 老高，你去把大門關上罷！

老高 （沒有聽清楚）什麼？不要關啊？

牧師 （靠近他的耳朵）不，我教你把大門關上！

老高 （點頭）好，好，我就關。

牧師夫人 教他用東西把大門頂起來！

牧師 喂，老高，用東西把大門頂上！

老高　（指天花板）頂上啊？

牧師　唉，聾子！（套着他的耳朵，並做手勢）用東西把大門堵上！

老高　（做手勢）把大門堵上啊？是嘍！

（老高下場。祇聽外面的關門聲，用木槓，桌椅等的堵門聲，阿葉等上場。）

阿葉　好啦，日本鬼無論怎麼敲也敲不開。

阿德　丟那媽，除非他從天上飛進來。

丁大夫　唉，（裹起毛毯，預備睡覺）謝天謝地，我已經受了好幾天的罪，今兒晚上總可以安安穩穩地睡一覺了吧？

少甫　仗也不打了，砲聲也不響了，老哥今晚不但可以睡一個安穩覺，而且，可以做一個太平夢呢。

佐治　在平常，今兒晚上，是多麼熱鬧的聖誕夜啊！媽的，現在被日本鬼攪得眞慘。

信成　當然嘍，要是在平常，今兒晚上，可眞熱鬧極了。

律師夫人　（驚喜地）今兒眞的是聖誕節嗎？你瞧，我差一點兒給忘了。

牧師夫人　唉！仗打得糊裏糊塗，頭都被大砲攪昏了，怎麼會不忘記呢？

律師　（感慨地）唉！眞想不到，今兒晚上，是大英帝國統治香港以來，最後的一個聖誕節。

牧師　唔，說起來，也巧得很，今兒晚上，是香港開闢商埠以來，第一百次的聖誕節。

麗莎　（囘憶地）唉！囘想起來，我們平常過聖誕節，是多麼快活呀！從幼稚園起，一直到小學，到中學，沒有一年，不是幸福地度過聖誕節。在小時候，一到了聖誕節，首先就接到小朋友們寄來的，紅紅綠綠的賀年片，賀年片上畫着畫，寫着詩，紮着各種各色的緞帶。還有，在那個聖誕老人的襪筒裏，總是裝滿了許多許多東西！糖果、餅干、臘人鮮菓、還有各式各樣的玩具。媽媽總是把我打扮得很好看，穿起新衣裳，帶我去吃飯，看電影，或是去爬山、逛公園。哦！我眞高興極了。所以，麗姑，我每年一聽到聖誕節快要來到，會快活得發瘋呢！

麗華 大家不都是一樣嗎？傻瓜！我還記得，從小我們過聖誕節的時候，差不多半個月之前，就開始準備了。郵政局裏，堆滿了像雪片似的賀年片，大公司裏，都堆積着各式各樣的禮品，你初初進去的時候，連眼睛都會看花的。玻璃櫥窗裏，佈置好聖誕夜的景緻，可愛的聖誕老人，老是穿着大紅衣服，老是留着白鬍鬚，老是背着大襪筒，而且，老是堆着一付笑嘻嘻地面孔，聖誕節那一天，我媽媽老是把我打扮得像只蝴蝶，一清早就把我帶到禮拜堂去做禮拜，當晚，小學校裏準會舉行遊藝會，準會有我登台表演，唱歌，或是跳舞，而且，準會到滿堂的喝采，我眞是快活得要命。

麗莎 你知道，麗姑！在教會學堂裏唸書，那就更有趣了。我記得，自從進了聖瑪麗女中，每年一到 X'MAS 那就格外熱鬧了。因為他是天主教會辦的學校，所以 X'MAS 的禮節，也特別隆重，在聖誕節那天晚上，教堂都點滿了蠟燭，照得全教堂都是金碧輝煌，不像這兒耶穌教堂老是這麼冷清清地。（牧師抬起眼鏡，望一望她）那兒，連聖母和基督的畫像，都彷彿發出一種光彩。同學們個個都穿着一樣的紗裙，個個都打扮得像個聖女，而且，個個人手上都捧着一簇鮮花，和一支蠟燭；遵守着神父的領導，舉行隆重的彌撒，和盛大的晚餐，一會兒，大家合唱起讚美歌來，一會兒，鐘樓上敲撞着洪亮的鐘聲，哦，歌聲滲雜着鐘聲，四面八方都響應起來。於是，一刹那之間，全香港都變成了一個宗教的世界了。

麗華 可是，我們在上海，也一樣過着不同的聖誕節啊！自從我離開學校，尤其是在外國洋行做事的那一個時期，每年，一到了 X'MAS 一定會有很多男朋友，或是洋行裏的同事們，預先約好，簡直是應接不暇。清早，一定是去大光明戲院聽聖樂，中午一定有許多人，在一塊兒會餐，參加盛大的宴會，下午，一定有男朋友們約去看電影。一到晚上，那就換上漂亮的晚禮服，去參加化裝跳舞會了。許多紳士們，都穿着筆挺的禮服，那些美麗的小姐們，都打扮得花枝招展，頭上戴着紙冠，臉上罩着假面，在燦爛的年紅燈下，在光滑的地板上，在掛着燈彩和冰柱的聖誕樹下，年輕的男男女女，熱情的擁抱着，合拍的跳舞着。於是，笑聲，談話聲，酒杯撞擊聲，衣裙的摩擦聲，加上令人陶醉的爵士音樂，和燈光黑暗了之後的狂吻，那簡直是個浮華如夢的世界喲！

佐成 够了，够了，別再形容得那麼美妙了，你們兩位小姐，簡直是吊人胃口嗎？

信成 哼，佐成被你們把心都説動了，脚都快要發癢了罷？喂，佐成，這地板上打一打蠟，也可以來這麼幾下呀！

佐成 如果你脚癢了的話，我看還是你老兄請便罷？

丁大夫 可惜，這些個美夢，都被砲火一轟，轟得雲消雨散了。唉！

少甫 那也不見得罷？在上海租界上，那些醉生夢死的傢伙，還不照樣花天酒地嗎？

麗華 唉，我就恨不能長起翅膀來，馬上飛回上海去。

麗莎 哼，被日本鬼佔領過的地方，那兒不都是一樣？

律師夫人 得了，得了，麗莎，在這避難的時候，儘説那些廢話幹嗎呢？

牧師夫人 我也這麼説，在這年頭，能保全生命，就算是幸運了。

麗華 今年的聖誕節可慘透啦！

麗莎 可不是，我從來沒有過過，像今晚這樣慘的聖誕夜。

牧師 誰説慘？等一會兒，到十二點鐘的時候，我還打算把鐘樓上的鐘敲起來，領導大家唱讚美歌，做一做聖誕夜禮拜呢。

牧師夫人 你瞧，你瞧，不提倒也罷了，一提起，你這位老子，你又要任性胡攪了。

律師　余牧師！這事情可萬萬幹不得，你想，聖誕鐘一敲起來，那麼，全香港的日本兵，不都要跑到教堂來嗎？

牧師　來了更好，歡迎他們來參加晚禱。信教本來是無國籍的，讓他們來懺悔懺悔他們的罪過也好啊！

丁大夫　老先生，我請你想一想，這是什麼環境呀？你，你老愛那麼開玩笑麼？

牧師　我們這兒是教堂，日本人如果願意來懺悔的話，我們又何必拒絕他們來祈禱呢？——主耶穌永遠是那麼寬大仁愛，天門是永遠張開着的啊！

少甫　（諷刺地）余牧師眞不愧為一個聖徒，處處都想以德感人，就可惜，日本兵一個個都是他媽的魔鬼，不受感化。

律師　余牧師！你這個心願的確很好，就可惜，實際的情形完全兩樣，假使日本兵眞是如你所說，個個都願意到教堂來懺悔的話，那麼我們又何必跟他打仗呢？只要多造幾所教堂，不就得啦嗎？

阿葉　別吵別吵，日本仔又來了！

阿德　聽，聽，在馬路上唱歌吶！

（教堂裏話談聲立刻靜止。只聽見一羣沉重的脚步聲、粗暴而狂妄的日本和歌的高唱，由遠而近）

丁大夫　（胆小地從毯子（一）爬起）糟糕，糟糕，日本兵又要闖進來了，怎麼辦？

律師　現在，大門關得緊緊的，大概不要緊罷？

（脚步聲走到教堂門口停住，冬冬地擂門）

丁大夫　糟糕，糟糕，偏偏打這兒的門了，怎麼辦？

律師　不理牠，不要開門。

（擂門聲漸急，繼之以異國口音的吶喊聲，「開喀……！開喀！……」）

丁大夫　糟糕，糟糕，喊門了，這，這怎麼辦？

牧師　不要理牠，無論如何不許開！

丁大夫　我看還是開開罷，老先生！等一會兒被他撞開來，可就麻煩了。

少甫　嗯，萬一被他撞開來，哼，對不起，他就要胡來的。

律師 （動搖起來）照這麼說起來，我想，還是開開罷！

信成 對了，我也主張開開。

牧師 不許開；無論如何不許開，是你們主張關的。

（擂門聲更急，繼之以木椿的撞門聲，以及粗暴的異國口音的咒罵聲。「……喂！開啦咿喀？……馬鹿野郎……開啦咿喀？啦喀嘍吧，……殺嘶唷！……」）

律師夫人 怎麼辦呢？阿葉，你快去開開罷！

麗莎 不行，媽，阿葉年紀太輕，會被他們殺掉的。

牧師夫人 我看，還是喊老頭子開罷！

麗華 也不行，誰去開門，誰就會倒楣！

（老頭子披着衣服，彎着腰進來）

老高 要不要開門啊！牧師！

牧師 （頑固地）不許開，誰教你開？

律師 （平心靜氣地）余牧師，對不起，就算我們錯了好不好？事到如此，又何必那麼賭氣呢？

牧師 （憤憤地）你們這些傢伙，出乎反乎！一會兒主張關門，一會兒又主張開門的，

（門已被木椿撞開，一羣喝得泥醺爛醉的日本兵，蹌踉地闖進來，伍長一把抓住老頭子的衣領，暴怒地向老頭子吐了一口痰吐）

伍長 何啫喋？御前開啦咿喀（你為什不開門？）馬鹿！（畜生）？

老高 （用手指示自己的耳朵）聾子，不懂！

伍長 何？（甚嗎）？惡咿啞呼嗟啦！（可惡的傢伙）！……殺啐（殺掉他）！

（伍長猛力將老高一推，老高跌蹌到貪敵跟前，貪敵甲一手抓住他，一手拔刀刺之）

貪敵甲 （一刀刺入要害）此呶野郎（你這狗蛋）去咳（滾罷）！

（老高應聲倒地，血流不已，阿葉立在二樓上，憤憤不平，拔出隨身的洋刀，欲下樓理論，被麗莎攔阻）

老高 （一手按住傷口，鮮血潛流，一手指罵着敵兵）好！記住罷！是你殺死我老頭子。

……畜生！是你們殺死我的𠵱！……好！我老了，也該死得了……可是，你們這些强盜！……禽獸！……你們也別想好死！……我們子子孫孫，會永遠記得這個仇恨的！……

（伍長怒氣兇兇，漲紅了臉，便出手槍，乒乓兩槍，致老高於死命。阿葉，阿德已不能忍，匆匆下樓，欲向前復仇，被律師夫人與牧師夫人攔阻）

伍長　（手執空瓶，蹣跚地走向講台）喂！喂！酒（酒）！

（將空酒瓶在講台上撞擊）

牧師　（牧師在旁，便向前招呼）請問，皇軍要什麼？

伍長　（用空瓶示意）酒物（〔　〕酒）！快咕，酒出啐！（快拿酒來）！

牧師　（鞠躬）對不起，皇軍，沒有酒。

伍長　唔！嘘嗟咳（你說謊）！快咕持喋來喋嚅（快點拿來）！

（律師見事不妙，便從手提藤籃內，拿出葡萄酒一瓶，遞給伍長，伍長見而大樂，拍律師肩膀）

伍長　好！好！（豎起大姆指）你是頂刮刮！

（牧師搬椅讓坐，伍長坐在講台旁邊，用齒咬開瓶塞痛飲）

伍長　（一口氣牛飲了半瓶）呵，葡萄酒（葡萄酒）！啦咖啦咖甘美（眞好吃）！（於是，貪敵甲、乙、丙、丁，各自搜索，刼掠，貪敵甲提綑袋一只，專事搜刮香烟，自來火，剃刀，鏡子，鞋襪，襯衫等等，各種日常用品。貪敵乙則手提洋鐵筒一只，專事搜刮罐頭，食品，蔬菜，水菓之類。貪敵丙則手提麻袋一只，專事搜括皮鞋，呢帽，西裝，大衣，領袋之類。貪敵丁則專事搜羅毛衣，毛毯，棉衣，棉被之類，堆滿了一身，拽地而拖）

伍長　喂！銜前達，烟草啦咿喀？（你們那兒有香烟嗎）？

貪敵甲　烟草喋嘶喀？（要烟草嗎？）有！有！（有，有，）（取出三五牌香烟一聽，遞與

伍長，並替他點火，各人取烟一支抽吸，甲又從網袋中取出五聽，各人分派一聽）

伍長 何喀？食物啦咿喀？（有什麼吃的東西沒有）

貪敵乙 有！有！（有，有）澤山有！（很多很多）（乙從洋鐵筒中，取出罐頭數聽，用刺刀劈開，遞與伍長）

伍長 （吸烟酒，痛嚼不已）皆樣，（諸位）何喋嘶？（怎麼樣？）酒吞啦咿喀（喝點兒酒麼？）

眾敵 啊哩啊哆（謝謝！）

伍長 何卒！（請）？罐詰食啦吵咿！（請吃罐頭嗎？）

眾敵 啊哩啊哆（謝謝！）（眾敵應聲謝謝，但不敢飲，亦不敢食）

伍長 （將酒瓶與罐頭，傳遞與甲）何卒！何卒（請，請！）

貪敵甲 （飲酒兩口吃一片肉，傳遞與乙）呵！甘美！（好甜）

貪敵乙 （飲酒一口，吃肉，復遞與丙）唔，啦咖啦咖甘美（好甜）

貪敵丙 （飲酒一口，吃肉，復遞與丁）荷啦！哆喋嘿甘美（眞好喝）

貪敵丁 （一飲而盡）呼呵（啊呀），非常哩甘美喋嘶啦！（眞的好喝極了）

伍長 何喋嘶？（怎麼樣）啦咖啦咖甘美喋哨？（很好吃罷？）皆阿米利加物喋嘶唷！（都是些美國貨喔）

眾敵 啨喋嘶啦（對嘍）本眞哩，阿米利加物喋嘶啦！（都是些地道的美國貨啊）

伍長 （向全教堂的人）喂！皆樣！（諸位）皆食啦吵咿！（你們大家都請吃）何卒！（請）何卒！（請）（伍長將空酒瓶，罐頭食品遞與牧師，强迫牧師飲食，並遞與各人，牧師不得已，戰戰兢兢地勉强進食，復又遞與律師勉强吃一口，後又抖擻遞與他人。）

貪敵甲 （走近伍長）伍長！綺麗啦女居嚕喳！（這兒有很多漂亮姑娘）私達幹喋行喀？（我們幹一下去罷）

伍長　馬鹿話（放屁）人澤山居嚕咖哪！（這麼許多人在這兒）唷啐！（別胡來）（伍長起立將最後一口酒喝光，把酒瓶往地上一擲，用袖頭在嘴邊一抹）……吵——行咕（喂，走罷）

（伍長起立，踉蹌不穩，揮眾敵去，甲，乙，丙，丁各人滿載而歸，又復高唱狂暴的和歌而去，歌聲越唱越遠）

（敵軍去後，眾人紛紛趕前，探視老高，悲痛不已）

牧師　（手拿聖經，向前為老高禱告）

無所不能，無所不為的主呵！世界這麼混亂，人類自相殘殺，眾生違反了上帝，作惡犯罪，觸怒了主，而引起人類的慘刼。但是主呵！你是慈悲的、求你寬恕一切惡人的罪惡罷！今晚，老高雖然無辜被惡人殘殺，但是，他的魂靈是可以得救的，殺人的人必定會得到上帝的懲罰！主啊！請你寬恕那些作惡的人罷！而我們能平安無事所求所謝的，全靠主耶穌基督的恩典！阿門！

（眾人低垂着頭，默默地聽牧師禱告，沉痛異常，禱告畢，牧師關照阿葉阿德，把屍首抬出）

牧師　唉！這也是刼數（向阿葉，阿德），請你們兩位把他的屍首，抬到後院裏去〔罷〕！

（阿葉阿德將老高的屍首抬出）

丁大夫　（長歎了一口氣）唉，眞冤枉，結毒偏偏結在老頭子身上。

秦氏　還說什麼？（望他怒視了一眼）都是你們不好，一下子要關門，一下子要開門，白白把老頭子的一條命送掉。

牧師　唉！誰料得到，已經活到六十三歲了，會死於非命！

律師　本來，是我們的大家的罪過，却由老頭子一個人担當了。

少甫　我早就猜着了，我們這樣攪來攪去，結果，總有一個人倒霉的。

佐成　你總是沒有好話說，「白頸項的老鴉，開口就是禍！」

少甫　好，好，我是白頸項的老鴉，從此以後，我把嘴封起來，絕不開口。

律師夫人　眞倒霉，阿葉他們用性命拚來的罐頭食品，統統都被搶去了。

牧師夫人　我們先生辛辛苦苦買來的咖啡，牛奶，紅茶，連小孩子吃的餅乾，都被日本鬼拿了。

秦氏　我才倒霉吶，兩張一百塊錢的大票，被他們搶了去。

牧師　這有什麼話說，我用了二三十年的金錶，都被他們拿走了。

律師　我呢，花兩百五十塊港幣，買來的一只游泳錶，不也完蛋啦嗎？

信成　我是一枝最好的PARKER自來水筆。

佐成　我是一只新式的CYMA錶。

少甫　這有什麼希罕，我連穿在身上的羊毛衫，也被剝去了。

丁大夫　你們都還好，我他媽的頂倒霉，什麼都完了，就只剩這麼一條毛毯，也被王八蛋拖走了。

律師　只要留得青山在，東西丟就丟了，有什麼希罕？我看，我們倒要重行佈置一下，否則，今兒晚上，日本鬼子如果再來騷擾一次，那就糟糕了？（向牧師）噯，余牧師，你以為如何？

牧師　對了，馬律師，我完全贊同你的意見。照這情形看來；今兒晚上，不定會發生什麼意外？依我的意見，首先，把婦人女子藏起來，然後，把各人身上，比較值錢的東西收起來，這樣，日本人萬一再來，就免得發生危險了。

律師　那麼，這兒是否有隱妥的，可以藏身的地方呢？

牧師　有是有的，不過……（考慮）祗有樓上兩個壁櫥，跟樓下兩個暗室，而且，裏面都很小，祗能容納少數人躲藏。全部人馬，是萬萬容納不下的。

律師　依你看，余牧師，那些人應當躲藏？那些人應當留在外面呢？

牧師　這可不能一定，這要看各人的心願了。誰願意躲，誰就躲起來，誰願意留在外面，誰就留在外面，應付敵人。

丁大夫　你這句話，我首先反對，誰願意留在外面，被日本人殺死呢？我可胆小，老先生，你還是讓我躲進去罷！

信成　我看，這事情不能聽誰願意。事實上，誰願意留在外面呢？恐怕誰都要想躲到裏面去，余牧師，我以為還是看那些人重要，那些人不重要來做决定。

佐成　你這個意見，我根本不贊成。老實説，在這兒的都是難民，大家一律平等。誰敢這麼説，我是重要份子，你是起碼脚色呢？我主張抽籤，誰抽到籤，誰就躲進去。

少甫　這種事，有什麼值得爭論的呢？照歐美各文明國家的習慣，凡是遇到危難的時候，總是以老弱婦女為先，年輕力壯的殿後。

律師　徐先生這意見很對，我們都是受過教育的人，應當遵從文明國家的法律。余牧師，你德高望重，我看，還是由你來分配罷！

牧師　如果依我分配的話，那就這樣：樓梯底下的兩個暗室，可以躲四個，樓上兩邊兩個壁橱也可以躲四個，一共能容八個人，另外最多只能帶一兩個小孩兒，已經擠得水洩不通了。

律師　那麼，我們怎麼分配呢？

牧師　依我的意見是：我們兩家兩對夫婦，各自佔領樓上的兩個壁橱，至於樓下的兩個暗室，就由周先生和鄭小姐，李先生跟麗莎小姐，各自躲藏在兩邊。不知道大家的意見如何？

丁大夫　這種分法，鄙人殊不贊成。第一，成雙成對地躲在裏面，似乎並不雅觀。第二，我跟徐先生難道就命不值錢，活該送死麼？

少甫　兄弟生來命賤，留在外面送死，倒在其次，可是這麼一來，就推翻了剛才所決定的原則了。

信成　我們何嘗違背剛才的原則呢？祇不過怕小姐們膽小，陪陪她們就是了。

佐成　就讓你們兩個人，陪她們兩位小姐躲在一塊，也並不見得雅觀啊！

少甫　兄弟從不敢作此妄想，可是，你們別忘了，還有一位秦夫人，一個女工，跟兩個小孩，她們也是婦人女子啊！

秦氏 對啦，徐先生的話說得有理。喔，難道就是你們的命值錢，應當躲起來，我們的命就不值錢，就活該送死嗎？眞是笑話！

阿才 我也要躲！

牧師 （發脾氣地）好了，好了，總共這麼大點兒地方，你也要躲，他也要躲，那不是開玩笑嗎？

秦氏 喔，（責問律師）難道她（指牧師夫人）的命值錢，我的命就不如一條狗麼？

牧師夫人 唔，差不多。

秦氏 放屁！

牧師 （高聲地喝止她們）再吵！不識抬舉的東西！

律師 好了，好了，余牧師，既然有人反對，我們就再挑一個方法來分配，你以為怎樣？

牧師 費神，那就請你來分配吧！馬律師！我可不想過問了唉，這些麻煩的事情，實在頭痛！

律師 我的分配方法是這樣，我們男子全部留在外面，讓他們婦孺們躲到裏面去。譬如說：余牧師的兩位太太在一起，曼雲就跟麗華小姐在一起，她們兩對就躲在樓上的壁櫥裏。另外，麗莎跟阿才在一起，兩位小弟弟在一起，他們就躲在樓下面的暗室中，這不是很好嗎？

牧師夫人 對不起，馬律師，我們兩個人是死冤家，碰見了就會吵架，怎麼能躲在一起呢？她跟個瘋狗一樣。

秦氏 什麼，你罵我瘋狗？你是什麼東西？你是個狐狸精！

牧師夫人 狐狸精總要比你這瘋狗好點兒，死不要臉的東西！

秦氏 誰不要臉？哼，搶走了人家丈夫，拆散了人家家庭的人，才不要臉囉！

律師 得了，得了，兩位太太！這是在教堂裏避難，不是吵架的時候啊！大家委屈點兒，不就沒有事啦嗎？

律師夫人 委屈點兒倒沒有關係，只是各人要負起自己的責任，萬一日本人闖進來，可誰也不能埋怨誰。

麗華　啊呀，雲姐，您放心好了，萬一出了亂子，那也是各人的命運，誰能够埋怨誰呢？

律師夫人　話倒不能這麼說，麗妹，我已經是個老太婆了，不關事。你還年紀輕，又沒有結過婚，萬一出了岔子，雲姐可負不起這個責任。

麗華　笑話了，這怎能要雲姐，您來負責呢？您是一家之主，倒眞的應當躲起來，像我們這些無依無靠，流浪在外面的人，倒是無所謂。

律師夫人　你這話可說錯了，麗妹，越是流浪在外邊，越要照顧得你好點兒，要不然，豈不要讓伯母她們責備嗎？何況，……

律師　（發脾氣地）得了，得了，與其這麼蹩蹩紐紐地，倒不如乾脆點兒不躲，免得生許多麻煩！

信成　今兒晚上，不過是暫時的避難，我看大家也鬧意氣，如果依我的意思來分配，最好是這樣：余太太跟馬太太在一起，麗華跟麗莎在一起，她們兩對就躲在樓上。此外，秦夫人跟他的一個小弟弟在一起，阿才帶一個小弟弟在一起，躲在樓下，阿葉阿德在樓上做保鑣，樓下，就由我們幾個男子漢來保護。

律師　好，我同意周先生這樣分配。

牧師　我也贊成。……祇不過，樓上那兩個壁櫥裏，我還推積了些東西，我怕……

律師夫人　余牧師，您儘管放心好了，無論什麼金銀珠寶，我們也都看見過，絕不會少掉一根針。何況，還有你的太太在一齊，東西總不會長起翅膀來飛掉罷。

牧師夫人　馬太太，你也別太多心了，老實說，我們也（買）不起那些貴重東西。多半是我們的親戚朋友，寄放了一些箱籠物件，此外，還堆了一些罐頭，食品在裏面，我家先生怕（變）壞，所以，特別關照一聲罷了。

（阿葉阿德上場）

阿德　老頭子的屍首，已經抬進院子裏去了。

牧師　好，謝謝你們二位，功德無量！

阿葉　我們找着兩張蘆蓆，已經把屍首蓋起來了。

律師　那更好，等外面稍微平靜些，再託買口棺材，把牠*埋掉。

牧師　阿葉！阿德！現在把你們兩位分配在樓上，看守在壁櫥外面，做她們幾位太太小姐的保鑣。請你們二位跟我上來，指點你們一個地點。

阿葉　好，照你的吩咐辦！

（三人登樓，牧師指點後，看一看壁鐘，快到十二點了，便由二樓之中央門又匆匆登上三樓。）

信成　就這樣吧！不過，我看大家應該換一換衣服，尤其是女眷，穿得這麼漂亮，跟日本人看了當做花姑娘，那就麻煩了。

律師夫人　對了，我們應當跟女工們換一換衣服！

牧師夫人　不錯，至少也得化裝一下子才像難民。

麗華　換一換衣服，我倒也贊成，（躊躇不決地）……就怕女工她們的衣服髒，穿不上身。再說。怕化起裝來也不像樣？

麗莎　至少比我們現在這樣兒強，骯髒點兒有什麼關係呢？眞是的，麗姑，你未免太愛美了。

律師夫人　好了，阿才，你們把衣服脫下來給我們穿，我們把衣服跟你們換！

阿才　我可不要換，少奶，你們少奶怕危險，難道，我們女工就不怕危險嗎？回頭，日本仔來了，把我們當花姑娘怎麼辦？

牧師夫人　事情也不必想得那麼遠，阿才，日本人來了，誰知道誰倒霉呢？還不是碰運氣嗎？

律師夫人　那麼（窺其用意）阿才，這個樣兒吧，衣服既然換給你們，就算送給你的

*編者案：原文作「牠」。

得啦！

阿才 得了，得了，換就換吧！回頭少奶您又不高興。

（於是，麗華，麗莎，與阿才等交換衣服，同時，律師，牧師兩夫人，各將珠寶，首飾，現鈔等，收藏起來，或托人保管。此時，壁鐘正敲十二點，隨卽聽到鐘樓上一陣鏜鏜地愁慘的鐘聲，大家驚惶不置，又聽到一陣粗暴的異國口音的談笑聲，遠遠而來，大家驚惶失色，恐怖異常）

丁大夫 糟糕，糟糕，余牧師果眞敲起鐘來了。

佐成 敲，敲，敲他媽的招魂鐘！

牧師夫人 （焦急地）唉，我家這位老子，我眞拿他沒有辦法！

律師夫人 活到這麼大年紀了，怎麼連一點兒人性都不通呢？

律師 唉，這位先生眞不識時務，這時候他還敲什麼鐘咧！

信成 不簡直是向日本人放信號嗎？眞他媽的開玩笑！

麗華 他還當平常一樣地過聖誕節呢，眞該死！

麗莎 哼。這種行為，不就等於漢奸嗎？

少甫 也難怪他，這是香港最後一次的聖誕節了。

（鐘聲漸漸靜寂，牧師洋洋自得地走下樓來）

牧師夫人 這是什麼時候了，你還要敲鐘，你這位老子眞要命！

牧師 （反責地）怎麼樣？這是最後一次的聖誕節了，難道教堂裏都不能敲鐘嗎？

律師夫人 這不是能敲不能敲的問題，余牧師，這是大伙兒生命悠關的事情啊！余牧師！

牧師 （走向講壇）主耶穌基督聖誕的辰光，誰有這麼大權力，阻攔我們教堂裏不敲鐘啊呢？笑話，（用說教的顫抖的音調）託主耶穌的聖靈，自從香港開關商埠以來，剛巧這是第一百次的聖誕節，也就是我們過最後一次的聖誕夜了，所以，我要敲鐘來紀念牠，這恐怕也是香港最後一次的聖誕鐘了罷？

（又聞一陣粗暴的談話聲和脚步聲，自遠而來，大家驚震不已，懼恐異常。）

丁大夫　糟糕，糟糕，（顫抖地）鐘這麼一敲，眞……眞的把日本鬼敲來了，可怎麼辦？

少甫　招魂鐘，一點兒也不錯。果把日本鬼招來了，瞧他的！

牧師夫人　怎麼好，（發抖地）我早知道今兒晚上非鬧一樁大禍不可！

律師夫人　天曉得，本可以平安無事了，忽然來這麼一個平地風波。

律師　快一點兒，你們衣服換好了沒有？

信成　快，換好衣服的，就馬上躲起來！

麗華　（扣着衣扣）天啦！我從來也沒有過過這種受罪的日子。

麗莎　（拉她上樓）耐住點兒吧，麗姑，比這受苦的日子還多着呢。

（麗華，麗莎，律師夫人，秦氏，及小孩，阿才等，紛紛躲避起來。阿葉，阿德等幫忙關起壁櫥）

牧師　你又下樓幹什麼，快，快去躲起來！

（牧師夫人抱着嬰兒，匆匆登樓，旋又下樓）

牧師夫人　我知道，我要吹熄那支神燭！

牧師　什麼，你要吹熄那支神燭？你發瘋啦！

牧師夫人　（奔向前）快，讓我滅掉牠，免得點在那兒害人。

（此時，日本兵之談笑聲，愈走愈近，石堦上的脚步聲非常清晰。）

牧師　什麼！這是聖火，是上帝引導我們走向光明的神燭！

牧師夫人　我知道，我知道，滅了再點，上帝一定會寬恕我們的。

牧師　（阻擱他）你敢吹，你得罪上帝，上帝會懲罰你？

牧師夫人　（向前吹燭）好，懲罰，就懲罰我一個人吧！

（神燭吹滅後，教堂全部頓成黑暗，夫人匆匆登樓，牧師在黑暗中咕嚕，默禱上帝。教堂全部鴉雀無聲，如像死一般的沈寂。脚步聲停止在左首腰門前，手電筒的白光，便從屋外投射進來，在黑暗的教堂內，像閃電似的，閃動着可怕的電光。）

貪敵甲　（聲）喂！先來嗒教堂呷啦咿咯？（喂，

這不是先前來過的教堂嗎）？

貪敵乙　（聲）啃噠，教堂喋嘶唷！（對啦，就是這教堂）！

（貪敵甲，乙入，用手電筒在室內，到處探視，電光照着各人的面孔，格外顯得蒼白而恐怖）

貪敵甲　但……（可是）全黑噠哪！（整個兒是黑的）

貪敵乙　肥豬澤山居嚕晬！（有錢的人很多喔！）

貪敵甲　肥豬澤山居嚕晬！（有錢的傢伙），我呵感啦咿！（我不感興趣。）唯，花姑娘，有哪叭（如果有花姑娘）好囉嘻（最好）！

（甲，乙二敵，走至丁大夫前，用電筒照射丁大夫的面孔，丁大夫抖擻不已）

貪敵甲　喂！花姑娘啦咿喀？（有沒有花姑娘……此喏野郎！（這傢伙）！（摸他一把）

貪敵乙　御前哇，恐嘻噫喀？（你駭怕嗎？畜生！你這畜生！）

貪敵甲　（向少甫）喂，「Tobacco」咿啦喀？（有香烟嗎？）

少甫　有，有，（將烟斗裝滿烟遞給他）：「Pipe」好不好？

貪敵甲　好，好，（拍其肩，將烟斗拿去）新交！新交！

貪敵乙　錢票有沒有？

少甫　錢票？有，有，少少的！

（少甫將皮夾從衣袋內拿出來，乙敵搜其皮夾，數一數鈔票，連皮夾一道拿去，貫進自己袋內）

（甲乙二敵依次搜索律師，牧師，信成，佐成的衣袋，將他們衣袋中的港幣，法幣，美金票，囊括一空）

（貪敵甲乙用手電筒到處搜索，不見女子，發怒）

貪敵甲　（向牧師！）喂！花姑娘？（這兒沒有花姑娘？）

牧師　（搖搖頭）沒有，這兒是教堂！

貪敵乙　（）吧喀哩！（胡說八道）花姑娘有！

律師　眞的，花姑娘沒有！

貪敵甲　（豎起拳頭向牧師）有！

貪敵乙 （推動律師）快咕！出啐！（快叫她們出來）

（貪敵乙用手電筒，照到講壇上，發現燭台，告訴貪敵甲。）

貪敵乙 山田君！（山田）蠟燭有嚕喳！

貪敵甲 眞哆喋嘶喀？（眞的嗎？）好宜嘻！（好極了！）

（貪敵甲擦火燃起蠟燭，甲乙二敵，一用手電筒，一舉燭台，到處搜尋，先向左右兩邊走廊與客廳搜索，不得，又復至講壇下搜尋，又不獲，這時，教堂全然肅靜無聲，緊張異常。）

佐成 （輕聲地）糟糕，到樓上去了！

信成 （手按住嘴邊）吁！別做聲！

（敵甲舉燭登樓，叩樓上的中央門，內無應聲，便推門而入，到裏面去搜尋，貪敵乙，用手電到處探照，發現樓梯下暗門，用手敲擊，裏面發出小孩的慘呼和哭聲，貪敵乙，遂奪門而入，秦夫人乘機脫逃，匆促登樓，闖中央內室，適遇貪敵甲，慘叫片刻，然後歸於靜寂。）

佐成 （低聲地）糟糕秦夫人，不該跑上樓去！

信成 別做聲！你少說廢話好吧！

（敵乙又復發現另一暗門，欲奪門，緊閉不開，敵拔刺刀劈門，裏面慘叫，阿才奪門欲逃（復被捉入室內，阿才哀號不已，復趨靜寂。）

佐成 （急呼阿才）阿才，阿才眞倒霉！

信成 （阻攔他）佐成，別做聲，你想死嗎？

（貪敵甲乙，又登二樓到處尋獵，敵乙忽聞壁櫥內嬰兒哭聲，遂拉開壁櫥，發現律師與牧師夫人，獰笑不置。先執律師夫人，夫人與之掙扎良久，幸能脫逃下樓，後拉牧師夫人，夫人反抗，嬰兒啼哭不已。牧師見狀，遂登樓哀求）

牧師 請你寬恕她吧！皇軍，她是我的太太！

貪敵乙 去！去！（舉刀向牧師）殺嘶唷！（殺掉你！）

牧師 （跪下）求求你。皇軍，（做手勢）她是孩子的媽媽！

貪敵乙 何呢？（什麼）子供，（是孩子的母親嗎？）出喋行咳！（滾吧！）

（貪敵乙，將牧師夫人一腳踢，牧師夫人跌在地上，牧師向前扶起，嬰兒格外號哭不已。）

（貪敵乙，自覺無趣，默默遂先行退場。）

佐成　糟糕，發現麗華，麗莎了！

信成　不要緊，有阿葉他們保護！

（淫敵乙仍未甘心，又至左邊壁櫥搜尋，阿德向前阻之，敵將阿德推開，强拉壁櫥門，阿葉又向前阻之；敵又將阿葉一拳擊倒。敵復拉門，不開，遂又拔刀劈門！刀插在門上。麗華乘機奪門而出，遂潛逃下樓，麗莎正乘機脫逃，被敵强行捉住，麗莎奮力與之掙扎。阿德向前營救麗莎，又被敵擊倒，麗莎乘機逃至洋台邊，復又被敵擒住，哈哈獰笑不止，欲行非禮。麗莎猛力反抗，阿葉乘機爬起，拔壁櫥上之刀，向敵猛撲，一刀刺入敵背，敵慘呼，倒臥欄杆上，然後，自二樓直落地下，喘息而死，燭火也因此熄滅。舞台全部黑暗。）

——幕急下——

第四幕

客廳（黃昏）

佈景：與第一，第二幕同。客廳中，除原有之大件傢具外，所有貴重物件，家常器具，裝飾，古董，以及窗帘，台布，沙發坐墊等，全被洗刼一空。壁上的畫框，有些已經破碎，有些已經歪斜，有些已經脫落，牆上殘留着掛過畫鏡的痕跡。滿地都是碎紙，雜物，只有書籍依然整齊地貯藏在書架中，無人問津，第一幕時的整潔和華美已經消失，現在已呈現着灰暗和愁慘的光景。天上滿佈着灰雲，太陽旗，已代替了賽馬旗，單調地飄揚在跑馬場的鐵塔上，遠遠地有一只汽球在空中盪漾。

幕開：大家形容清瘦，面色憔悴，舉動和談吐，已不如第一幕時那麼輕鬆，活潑，而現出萎靡，與懶散的神態。律師已經換上駝絨呢的晨衣，夫人已換上樸素的旗袍和馬甲，信成和佐成仍着西裝，但已不如先前那麼筆挺。少甫業已換上中服，麗莎換着藍布的短旗袍裝。只有麗華依然穿着漂亮的衣裳。律師狂抽雪茄，在室內來往踱步，夫人手織另一件毛衣，麗莎依舊翻閱畫報，佐成則在摩擦着鞋油。麗華在補織自己的絲襪，而信成和少甫，依舊懶散地在那兒下棋。大家沉默不語，各人的面孔上，籠罩着一層隱憂。

（忽聞〔隆隆〕地飛機聲，自遠而近，響聲愈來愈大，彷彿充塞了整個天空。接着又是一聲一聲地禮砲，這砲聲和機聲，顯然和第二幕時的性質不同，所以，大家也並不慌張，平靜地走出洋台觀望。）

麗華 啊呀，你們快來看，這麼許多飛機！

佐成 對了，據說今天是日本人的慶祝大典。

律師 不錯，報紙也這麼登載着，今天是皇軍入城的慶祝大典。

律師夫人 怪不道一清早起來，我就看見尖沙咀碼頭那邊掛着汽球哩。

麗莎 （遠眺）眞的嗎，媽，那兒是掛了一個汽球，上面還寫着什麼字。

律師 麗莎，你去把望遠鏡拿來瞧瞧！

（麗莎拿望遠鏡，復又走出洋台，遞與律師）

律師 （唸）大日本皇軍入港慶祝紀念。

佐成 一三，一六，一九……啊呀。大大小小一共有九十多架飛機。

信成 打香港的時候，最多也不過二十架，……

少甫 當然嘍，今天，是向香港的市民示威嗎！

麗華 啊呀，天空裏飄着那麼許多白點是什麼？

信成 大概是飛機上放傳單嗎？

少甫 （感慨地）唉，「成則為王，敗則為寇」，這句古話一點兒也不錯。

麗華 眞是的，現在輪着日本人，到這兒來耀武揚威了。

麗莎 得啦罷，也只有到這兒來擺擺威風，如果飛到蘇聯去的話，我看，連一架都飛不回來。

麗華 （驚羡之狀）瞧，瞧，麗莎，有兩架飛機在空中表演了，在那兒翻筋斗吶！

麗莎 （輕視地）這有什麼希罕，我看見電影上，美國飛機在表演，那才出色呢。

麗華 聽，軍艦上放禮砲了。我想，今兒晚上一定很熱鬧。

麗莎　（諷刺的口吻）可惜中島司令沒有下請帖，麗姑不能去參加，掃興得很！

麗華　請帖倒是送來了，可是，去不去我還沒有定。

佐成　（跑進屋內）不看了，媽的，看見了倒反而嘔氣。

信成　好了，好了，別人家的慶祝典禮，關我們什麼屁事！來，來，來，少甫還是把這盤棋下掉！

（信成拉少甫入室，二人又復坐在原坐位上）律師，律師夫人，麗莎，佐成等相繼入室。只剩麗華一人，興奮地立在洋台上觀望。）

律師　（感慨地在室內踱步）好啦，完了。香港完了，我們家也完了，統統都完蛋了。

律師夫人　唉！打仗眞害死人，多多少少好人家，現在，都被亂賊搶得一乾二淨，弄得家破人亡。

麗莎　現在懊悔有什麼用呢？那時候，要不聽余牧師的話，大家不到教堂去，不就沒有事啦嗎？

少甫　還是怪自己沒有主張。聽他那一套花言巧語，老實説，我就根本反對到教堂去。

信成　把大家騙到教堂去，上帝不但不保佑，連他自己也不得不求日本人保佑了。眞丟人！

佐成　這老王八蛋，簡直不是人，為了自己的小老婆安全，跪在日本人面前求情，大老婆就死人不管，這種良心好嗎？

麗莎　聽！（門外的搬物聲）余牧師的門檻才精呢，他不但絲毫沒有損失，並且，把人家寄放在教堂裏的東西，一件一件往家裏搬，倒反而大發其洋財了。

佐成　這種人，簡直不是人。她媽的，把人家騙到教堂去替他看東西，結果，讓亂賊來把老子們搶光。如果上帝眞有眼睛的話！我看，第一個，先應當懲罰他。

（余牧師一手提着小皮箱，一手拿着熱水瓶，咖啡壺和手杖，匆匆登場）

牧師　馬先生在家嗎？

律師　在家，余牧師，請進來坐！

牧師 不，不客氣，就站在這兒講幾句話，我還要上教堂去搬東西。

律師 余牧師有什麼事嗎？

牧師 就還是教堂的那件案子，昨天，日本憲兵司令部又來調查過了。

律師 憲兵司令部又來調查過了嗎？打算怎麼解決呢？余牧師！

牧師 這件事情眞糟糕，憲兵司令部限我在二十四小時以內，把人交出來。（焦急地抓着頭）這件事怎麼辦？馬先生，我特為來跟你商量商量。

律師 二十四小時以內交人？（思量了一下）……此刻限期到了沒有？

牧師 此刻還沒有到……不過……六點鐘以前，怕就要來逮人的。

律師 余牧師，你對於這件事，打算怎麼辦理呢？

牧師 所以，我特為來跟馬先生商量。……必要的時候，我打算，把阿葉他們交出去，免得牽累了別人。……馬先生，你看怎麼樣？

（麗莎特別注意了他們的談話，此外，如佐成，信成，少甫也靜靜地聽着。）

律師 我個人倒沒有什麼意見。……不過，阿葉跟阿德兩個人，為人還不差，對我們彷彿也很忠心。再說……

牧師 那也沒有辦法嘍！馬先生！事情也不能姑息那麼許多，否則，就要輪到我們自己頭上了。再說……

律師 好了對於這件事，我也沒有好大的意見。不過，我總覺得，人與人之間，雖談不上什麼互助，至少，也得互相照顧點兒才行啊！你說對吧？余牧師！

牧師 那當然，我一直就抱定這個主張，互相幫助這是人類的品德，就是我們的教義，亦復如此。不過……幫助也有個限度，如果危及本身的時候，那就……哈哈！

律師 哈哈……好了，再談吧，我現在心思也很大！……

牧師 當然嘍，府上都被亂賊搶光了，豈有不發愁的道理呢？……哈哈……那麼，再見吧，我還要上教堂去，搬點兒東西回來！

律師 好，不送！不送！

（牧師走到門邊，又復回頭）

牧師 喔，對了，馬先生！前兩天託您代辦的，接管教產的事情，不知道中島司令那邊，可有什麼回音嗎？

律師 喔，這件事，還沒有什麼具體的答覆，今天，山崎少校也許會到這兒來，讓我再問問他，看有什麼消息沒有！

牧師 好極，好極，（作揖狀）那就拜托馬先生，多多費心了。

（牧師退場後，麗華入室，大家紛紛議論）

律師夫人 這老傢伙，眞不是東西，處處為他自己打算。

律師 乘這時亂糟糟的時候，他倒想接管教會的產業了。這老傢伙！

信成 而且，乘這個亂糟糟的時候，把人家寄存在教堂裏的東西，據為己有。

少甫 這就叫做「投機取巧，乘火打刧」啊！

麗莎 哼，憲兵司令部如果逼得太緊的話，他穩把阿葉他們供出來。

佐成 什麼？他剛才不已經說過嗎？必要的時候，他打算把阿葉他們交出去，免得牽累到別人嗎？

律師 怎麼阿葉他們到此刻還不回來呢？

律師夫人 他們在領難民證去了，打算要到內地去。

律師 我昨天在西環寶豐號定了一袋米，叫他們去拿了，還不知道拿到拿不到？唉！天天鬧米荒，這日子怎麼過？

律師夫人 你為什麼要他們去拿呢？現在，教堂裏的案子還沒有完，萬一在路上被日本憲兵逮住了，豈不是害人嗎？

律師 那裏，香港地方那麼大，路上行人那麼多，只要沒有人把風，誰會認識他們？

麗莎 爸爸！阿葉他們去領難民證〔，〕（試探他）您看，可以走得成功嗎？

律師 跟難民一塊兒疏散，大概不成問題吧？

麗莎 媽，您聽說他們什麼時候走啊？

律師夫人　說是今天領到難民證，今天就可以動身。

麗莎　唔，我看他們還是越早越好，免得留在這兒，發生危險。

律師夫人　還是讓他們早走早好，免得留在香港，老是讓人提心吊胆的。

麗莎　媽！（她低下頭……）

律師夫人　什麼事兒？

麗莎　（吞吞吐吐地，用手在畫報上畫着）……我也想到內地去！

律師夫人　跟誰去？

麗莎　想跟阿葉他們一道兒去！

律師夫人　你怎麼想着要到內地去？發瘋啦！

麗莎　不，留在香港實在太無聊，所以我想走。

律師夫人　你去內地幹什麼？那種苦頭你吃得來嗎？

麗莎　苦頭有什麼吃不來？我想到內地去幹點兒什麼。

律師夫人　你打算幹點兒什麼？你倒說說看。

麗莎　去當看護也好，去教書也好，去政府機關，或是民眾團體服務也好，總之，一個年輕的人，應當把她的身體貢獻給國家，老死守在這半死不活的香港，有什麼意思呢？

律師夫人　得啦吧！少要胡思亂想了。到內地去，一來，沒有親，沒有眷，生起病來，不能照顧你？二來，飛機多，警報多，白白把條性命犧牲，那不是跑去送死嗎？

（麗莎無言，不自主地汪下淚水。取出手帕來，不斷地揩拭着泛紅的眼圈，怏怏地退場。）

律師　（自言自語地）唉，今後的日子更難過囉！去內地吧，受苦！可是，留在香港又何嘗（不）受苦呢？所有的國家銀行，一概沒收，所有的現金存款，一律封存。大票雖說暫時流通了，可是，黑市只能照六折使用。從前，法幣柒塊，合港紙一塊，現在呢，港幣一塊，只能換軍用票伍毛了。物價比戰前高了七八倍，米糧恐慌到極點。好了，百萬富翁，變為赤窮，赤窮變為乞丐。青天白日吧，到處有人餓死，到處是亂賊搶刧。一到了晚上，到處是浪人放火，到處有日本兵强姦。到處都是火光燭天，到處是一片哭聲，敲得鑼惶惶地，實在悽慘，唉，香港攪成什麼樣兒啦？簡直成了一個鬼域的世界了。

律師夫人 可不是嗎？戰前，我們過着舒服的日子，戰後這簡直是活受罪。生活高，物價貴，這倒不要去講牠，就單說米價吧！打仗之前，只賣兩三毛錢一斤，打仗之後，貴到也不要緊，有錢買不到是眞的。設了二十多個糶站有什麼用？有時候，從早等到晚，還不是買不到米。就是儌倖讓你買到了，一個人只准買四兩。試問，一家大小七八口的人怎麼辦？日本人的手段毒極了，把八十萬包米扣着，只要你肯幫他做事，發米不發薪。你去幫他做事吧，被人家罵你當漢奸，不去幫他做事吧，總不能看着一家子活活餓死啊，所以，建章，我們這一家人也應當疏散疏散才好；老是這麼坐吃山空地，到將來，總有一個山窮水盡的時候啊！

麗華 （停止了織補絲襪）說起來，眞不湊巧，我們一到香港，就碰到打仗，也實在太累你們了，雲姊！

律師夫人 （也停止了織毛衣）啊呀，麗妹，你可別罵人了。因為打仗，沒有好生地招待你們是眞的。

麗華 這是那兒話呀，雲姊，就因為打仗，我們老是在府上打攪，心裏才越發難受呢。

律師夫人 你儘管放心好了，麗妹，近來日子雖然過得窘點兒，雲姊還不至於那麼小氣，望你們討房飯錢。

麗華 可是，外面的物價這麼高，米糧一天天地貴起來，我們這樣一天天地住着，吃着，眞的，豈不要坐吃山空嗎？

律師 這有什麼法子想呢？大家都在患難的時候！

麗華 是啊，正因為在患難的時候，所以，我們心裏就格外不安了。

律師 好了，好了，大家都在患難之中，互相包

〔涵〕點兒，不就得啦嗎？（向夫人）去，你去照顧一下，曼雲，看阿胡他們飯可做好了沒有，肚皮倒有點兒餓起來了。

（律師夫人放下毛織物，不高興地走向室外，律師也跟着退場）

（麗莎翻閱着另外一本畫報，遮住臉走進來）

佐成 （隨意地束一束腰帶）眞奇怪，媽的，越是窮，肚皮越是容易餓。

信成 （不斷地用匙子調着水）對了，我也跟你一樣，越是無聊，就越想吃東西。

少甫 這是一定的現象，這就叫做「人窮肚子大」！

麗華 我看，你們的肚子也該疏散疏散才好，要不然，（看麗莎一眼）儘着在這兒坐吃山空怎麼得了？

佐成 老實説，自從打仗以來，我的肚皮就沒有吃飽過。

信成 我彷彿整天的餓着，不知道什麼原故？

少甫 我一生只有過兩次，一次是害傷寒病的時候，現在要算第二次了。

信成 傷寒病當然〔囉〕，那是饞病麼！

佐成 越是不能吃，越想偷偷摸摸地吃。

少甫 啊呀，那個滋味實在難受，當你餓了兩個禮拜過後，連什麼東西都想吃了，我有個朋友的老婆最妙了，她害傷寒病的時候，家裏人成天到晚的看住她，不許她偷吃。可是她提出一個相反的條件，她要求女傭人在她面前吃飯，吃給她看，這樣，她可以過過癮。

佐成 妙，妙，這叫做過饞癮。

信成 那簡直比鴉片癮不還厲害嗎？

少甫 可不是，當一個人餓極了的時候，是會這麼異想天開的。

麗莎 可是，我的要求就很簡單，只要一根榜冰，或是一盒美女牌冰淇淋，就滿足了。

麗華 我呀，我只想一塊巧克力，加上一瓶Green Spot（橘子水），那就够了。

佐成 我是主張實胃的，我此刻只要一杯牛奶，兩塊吐司點點心。

信成 我只要一杯咖啡（喝白開水），兩塊蛋糕，就差不多了。

少甫 我的要求更簡單，只要一杯紅茶，半打三明治，就心滿意足了。

佐成 唔，香港的大菜眞是呀呀嘸。*

信成 那當然，大菜老實説是上海好。

麗莎 可是 Dairy Farm 跟 Cafe Wiseman 的茶點並不差呀？

麗華 唔，茶點雖好，位置却不行，那兒比得上上海的 DD'S 南京咖啡，沙利文，跟 Renaissance，那樣的富麗堂皇啊？

少甫 不知道怎麼樣，我對於西餐，總是不感興趣。

信成 我也跟你一樣，咱們是中國人，到底，還是中國菜够味兒。

佐成 老實説，我對於廣東菜，實在不敢恭維。

麗莎 那你眞是外行了，廣東是全國聞名，最講求吃的地方。

麗華 你別去理他，只怪他走的地方少，少見多怪，沒有吃到過廣東名菜罷了。

佐成 你倒說說看，廣東有什麼了不起的名菜？

麗華 告訴你：（用廣東白）廣東館子裏的清燉鰲邊，燉乳鴿，燴龍蝦，禾花雀，冬菇鳳爪湯，這都是廣東的名菜。

佐成 得了，得了，那些什麼龍虎會呀，穿山甲呀，果子狸呀，全部野蠻！嚇都要把人嚇壞了，還稱得起名菜呢？

信成 要談吃的話，老實説，香港還不如上海那麼齊全：（上海白）廣東館子不必說，就說徽州館子的炒潑水，紅燒大魚頭。鎮江館子的餚肉，醋溜脚爪，揚州館子的風鷄紅燒獅子頭，四川館子的回鍋肉，藏菇豆腐，這些，凡是各地方的土產名菜，都一齊彙集在上海。

少甫 唔，要談起吃的話，我不是吹，恐怕無論什麼地方也趕不上北平：（北平白）如像正陽樓的〔涮〕羊肉，便宜坊的掛爐鴨，同和居的烤饅頭，東興樓的烏魚蛋，致美齊的燴鴨條。（借用曹禺先生北京人）這

---

*編者案：應當是粵語「廿廿嗚」，意謂糟糕。

些只要到過北平的人，沒有人不知道。

佐成 再說阿拉上海人，也有上海的名菜呀：（上海白）像狀元樓的糖鯉魚，大石蟹，鴻運樓的白折燉，烤子魚，篤軒樓的家香肉，鷄蛋芋奶，大頭魚羹烤肉。請問，這些名貴的東西廣東有吧？廣東人只知道飲茶，飲茶，一天三頓飲茶，怎麼會有好東西吃呢？

麗莎 唔，你別見鬼了，就是說廣東人飲茶吧，那些個名貴的點心（廣東白）：如像臘腸卷，叉燒包，豬油包，馬拉糕，蝦卷，芋奶角，倫教糕，乾蒸燒賣，別個地方連想都想不到。

信成 那可不見得，如果要談點心，我敢說，揚州點心怕是全國第一：（揚州白）像燙干絲，煑干絲，炸春卷，生肉包，乾菜包，野鴨湯包，千層糕，細沙糕，開花饅頭，翡翠燒賣，教你吃了還想吃。

少甫 要談起小吃的話，是無論什麼地方都吃不過北平：（北平白）如像灶溫的爛肉麵，穆柯寨的炒疙疸，全家樓的湯爆肚，都一處的炸三角，日盛齋的醬軍肉，六必居的醬菜，王致和的臭豆腐，信遠齋的酸梅湯，只要你嘗過一次，恐怕終身也不會忘記。（仝上）

佐成 這麼說來，那上海好吃的東西就更多了。（上海白）一清早起身，有（粢）飯，油炸鬼，蟹殼黃，葱油餅，烘山芋，南翔饅頭當早點。下半日到城隍廟去白相相，可以吃油豆腐，細粉，白葉卷，烘油魚，酒圓釀子點點心。夜裏廂一到：花樣就更多了，弄堂裏廂，到處喊着（學喊）白糖蓮心粥，赤豆湯，……五香醬油茶葉蛋，火腿糉子！……

少甫 得了，得了，別再說了，越說越饞，越想越上癮。

佐成 果真像你剛才說，看人家吃飯可以過癮的話，那麼，我們這麼談談說，也可過癮啊！

信成 （貪饞地飲糖水）對了，這也叫做過癮。

譬如說，這杯糖開水吧，（手拿開水杯）在平時誰想吃？可是，在沒有咖啡喝的時候，也覺得過癮了。

（正在大家正談得上勁的時候，阿才匆匆上場，招呼吃飯）

阿胡　飯開好了，少奶吩咐，請大家過去吃飯！

（大家興奮地站起來，連最懶散的少甫和信成也把棋盤推了。）

佐成　哈哈，巧極了，我們一想到吃，瞧，馬上就開飯了。

麗莎　是煑飯？還是煑粥啊？阿才！

阿才　也不是飯，也不是粥，因為米沒有買回來，還是煑的麥糊。

佐成　糟糕，糟糕，又是麥糊！

信成　麥糊怎麼樣？不高興就別吃！

少甫　別窮講究了，老弟。飢荒的時候，連樹皮還要吃呢，現在，有麥糊給你吃，已經是不錯了。

麗莎　（見麗華依然坐着）怎麼樣？麗姑，你不去吃飯嗎？

麗華　（憂鬱地）謝謝你，我不想吃，你們先去吃吧！

（大家向右門退場，祇剩信成與麗華留在客廳中。信成走向她跟前，慰問她）

信成　怎麼樣？麗華，你不舒服麼？

麗華　沒有什麼不舒服，不想吃飯。

信成　每天兩頓麥糊，難道不餓麼？

麗華　哼。也只有你的臉皮厚，吃得下去？

信成　這有什麼辦法呢？在患難之中，只好忍氣吞聲點兒嘍！

麗華　這樣忍氣吞聲，忍到那一天為止啊？

信成　當然要想法解決的。

麗華　你打算忍氣吞聲，在這兒住一輩子嗎？

信成　笑話，我自然有我的計劃！

麗華　又是什麼偉大計劃？信成，我看你還是少說些大話吧！

信成　為什麼說大話，一個男子漢，怎麼能沒有計劃呢？

麗華　那你不妨把你的計劃說出來！我雖不能幫你忙，也許可以做做你的顧問。（點火

抽烟）

信成 豈止顧問，我還希望你能跟我合作呢。

麗華 （冷嘲地）我可沒有那個資格，參與你的偉大計劃。

信成 首先，等外面的時局平靜點兒，恢復了秩序。最要緊的是：等港滬之間恢復交通，我的計劃才能實現。

麗華 （有把握地）看這情形，港滬交通，怕暫時不能恢復吧？

信成 （懷疑地）你聽誰說，港滬交通暫時不能恢復？

麗華 （掩飾過去）我也不過這麼猜想猜想罷了。

信成 日本人為了要繁榮港滬兩大商埠，我想很快就會恢復交通的。因為日本現正加緊進攻南洋，截斷海外交通，所以，今後的舶來品，就要斷絕來源了，假使我們乘這個機會，在香港大批買進，囤積一些有名的舶來品，將來，市面上貨物一缺少，市價就會不斷地提高了。那時候，我們只要把東西擱在堆棧裏，冷眼看牠每天上漲，隨便什麼時候一脫手，就可以十倍，以至於百倍的盈利。

麗華 我聽說：日本軍蒐集部，不是要統治一切貨物嗎？

信成 （更懷疑地）你這消息從那兒得來嚏？

麗華 也不是什麼確實消息，不過聽人家這麼講講罷了。

信成 那恐怕是指軍用品而言：至於日用品，如南洋的咖啡，澳洲的牛油，美國的橘子，英國的呢絨，印度的紅茶，荷蘭的砂糖，以及法國的香水，化粧品之類，都可以大量的囤積起來啊！將來，一定可以利市百倍。一旦，港滬恢復交通的話，那就更好了，一邊可以把這些歐美的舶來品，帶到上海，高價出售。一邊又可以從上海購買大批的日本貨，帶到廣州灣，向內地傾銷。將來，生〔意〕如果擴大起來，還可以在仰光和昆明設立分站，打通緬甸，和加爾各答的路線。

麗華 不錯，你的計劃的確偉大，倒並非是我向你澆冷水，我倒要請問你一聲，先生，現在要國貨的本錢呢？

信成　（躊躇地在室內踱步）是的，錢，這件事情最傷腦筋了。……（一邊走，一邊咬着指甲）這事情我也想了很久。——可是，麗華，你如果眞願意合作的話……（看她手指上的鑽石戒指）

麗華　（會意地也看一看手上的鑽戒）怎麼樣？——有話儘管講呀！

信成　（單刀直入地）我看……你手上的那支Diamond（鑽石）——不知道可不可——

麗華　（淡笑地）噢，原來，你看中了我這只鑽戒啊？

信成　我的意思是，先借我拿去押一筆款子做本錢，將來，一翻本，就馬上給你贖回來。……再說，現在這亂荒荒的時候，你還戴在手上，不是很危險嗎？

麗華　謝謝你，我自己會得保存，也不想拿這個唯一的紀念品，出去抵押，做賭本，去孤注一擲！

信成　（懊喪地）怎麼樣，麗華！你不贊成我這個計劃嗎？

麗華　計劃我是極端贊成。

信成　就可惜不願跟我合作是不是？

麗華　（婉詞拒絕）也不是不願合作，而是沒有本錢跟你合作。

信成　得了，得了，我早知道你已經跟別人合作了，當然會拒絕我嘍！

麗華　你別胡扯八道，你看見我跟誰合作來嗟？

信成　不用瞞我了，麗華，別把我姓周的當傻瓜，你的祕密，我全都知道！

麗華　（反激地）我有什麼祕密？你倒說出來看！

信成　（冷笑）哼哼，這又何必呢？又何必拆穿人家的西洋鏡呢？……哼哼！

麗華　哼，我看你還是去吃點兒麥糊，點點心吧！說了這麼許多空話，也該餓了吧。

（信成悻悻地退場。麗華從沙發立起來，吁了一口氣，便走向窗口，憑窗遠眺片時，律師啣着牙籤，手裏拿着烟匆匆登場）

律師 怎麼樣，麗妹，為什麼不去吃飯？

麗華 （對窗外説話）不想吃。

律師 （走向她背後）為什麼？感到不舒服麼？

麗華 不，沒有什麼，我不想吃飯就是了。

律師 是不是吃不來麥糊？

麗華 誰説我吃不來麥糊？

律師 那你為什麼不吃飯？

麗華 （扭一扭肩），氣都受飽了，還吃得下？

律師 （溫和地，走向前扶其肩）誰給你受氣呢？麗妹，告訴我！

麗華 你難道沒有聽見嗎？開口説米糧貴，閉口説物價高，什麼要疏散人口啦！什麼坐吃山空啦，這些够廢話，説給誰聽？

律師 你是説雲姐嗎？眞是，你也會跟這種女人賭氣！

麗華 對了，我們女人的氣量小，這種氣，我可受不了！

律師 你堵起耳朵，只當沒有聽見，不就得啦？

麗華 那怎麼行？除非我不在這兒住，（走出洋台）走得遠遠地，哼，這些話，我已經聽到不止一次，明明是在攆我們走就是了。

律師 （向前摟其腰肢）麗妹，對不起，雲姐得罪了你，看在姐夫的份兒上，不要生氣好不好？來，來，走近來，外面有風，別遭了涼。（推他走近室內）

麗華 （撒嬌地）這樣，一個人飄流在外邊，到處受氣，還不如死了，來得乾脆。

律師 呶，呶，呶，這是什麼話呢？有我在旁邊，還怕沒有人照顧你麼？（獻殷勤地）想吃什麼？我叫阿才她們辦！

麗華 謝謝，我什麼都不想吃，免得受別人凌辱。

律師 或是陪你上外面去吃好不好？

麗華 不，從今天起，我打算絕食，餓死在你家裏。

律師 好了，好了，麗妹，我不已經向你陪過罪了嗎！來，掉過臉來看看我！（用大姆指表示叩頭狀），這樣向你道歉，還不够麼？

麗華 （嫣然地笑起來）走開些！你老婆得罪了

律師　人，憑什麼要你來道歉！

（走開她）本來，我早就想到了這些事，我總想找個機會跟你談談，無奈環境不允許……

麗華　有話，你儘管說好了，有什麼允許不允許，此刻環境不是很好嗎？

律師　我總想，倘使我們接管跑馬廳的計劃，真能成功的話，一切問題都可以解決了。

麗華　這件事，我看沒有多大把握。

律師　何以見得？

麗華　你不聽山崎少校說，潘凱聲律師正在那兒極力活動麼？

律師　憑在香港的歷史跟交際，老實說，潘凱聲那小仔，還不是我的對手，我倒不怕他跟我搗蛋。

麗華　不是，你也別小看了人家，他老婆是個電影明星，在日本人跟前，很扯得開。

律師　對了，我担心的倒是他老婆，所以，我很希望你能跟她競賽一下，把她打垮。

麗華　也不知道什麼緣故，我覺得同日本人來往，總有點兒說不出的彆紐。

律師　那完全是你的心理作用。跟日本人來往，和跟英國人來往，有什麼兩樣呢？從前，香港在大英國帝國的統治之下，當然，我們要奉承奉承英國人，才能做買賣。現在，香港已經落到日本人手裏了，那麼，我們必需跟日本皇軍接交接交，事情就好辦得多了。

麗華　也許因為言語不很流通的原故，同日本軍官在一塊，總覺得沒有同英美軍官在一塊兒來得痛快。

律師　言語不流通，當然也是個原因囉，不過，還沒有養成這種習慣，也不無有點兒關係吧？

麗華　可是，中島司令官，倒講得一口流俐的英語呢。

律師　當然啦，他是英國留學生嗎？

麗華　喔，怪不到他的生活習慣，跟他的舉止動作都很歐化呢。

律師　再說，日本人現在也很注意國際體面。你想，一個派遣到外面來指揮作戰的主將，總要有那麼一套看家本領呀。何況，他又是貴族出身的軍人？

麗華 説起來也奇怪，從前，我總以為日本軍官個個都是小矮鬼，絡腮鬍子，滿臉的橫肉。可是，想不到這一回見到中島司令，卻完全兩樣，人長得很高，很大，很英俊，待人接物的態度，又很溫和，眞是出於我的意料之外。

律師 那當然，他不但是貴族出身，而且，在日本少壯派軍人當中，勢力很大，據説日本內閣，正在考慮香港總督的人選，以中島司令的呼聲最高。所以，麗妹，你儘可能去敷衍敷衍他，沒有錯，以後，我們辦起交涉來，就會順手得多了。

麗華 喔，那一天中島司令不是説，今天下午，會派山崎少校來接我們去，參加他們慶祝的典禮嗎？並且説，會給我們一個具體答覆的。

律師 是啊，事情的成功與否，就看山崎少校今天來不來，山崎少校果眞來，十層就有八層把握，不來，那事情就很棘手了。

麗華 説起來，山崎少校的北平話，可講得好極了，恐怕比我還要好。

律師 那也不見得吧？不過，他在北平住了十五年，自然會好囉！

麗華 那麼，如果今天中島司令打發山崎少校來接我，你看我要不要去呢？

律師 當然要去敷衍敷衍呵！

麗華 我問你，要敷衍到什麼時候為止呢？

律師 自然是敷衍到跑馬總會，由我們接管，跑馬地由我們租借，跑馬由我們全部收買為止啊！

麗華 那麼，敷衍到什麼程度為止呢？

律師 （淡笑）……這就很難説了，那就要看你敷衍的手段如何？應付環境的本領怎樣了。

麗華 （試探地）這樣，常來常往，他倒慢慢兒愛上我了怎麼辦？

律師 （不斷地吸烟）……那就看你愛不愛他！

麗華　年長日久，我也會愛上他呢？

律師　（不斷地彈烟灰）無論怎樣，他總是日本人囉！

麗華　假使，他要用强硬手段，逼我跟他同居呢？

律師　那你可以堅決地拒絕他呀！（立起來，拋去烟頭）

麗華　如果，他用輭化的方式，向我求婚呢？

律師　你可以婉詞地謝絕他呀！（踏息了烟火）

麗華　萬一，他輭硬並施，要我做他的總督夫人呢？

律師　（緊張的高呼）麗華，你！

（急聞一陣汽車馬達聲，在窗口停住，不斷地傾着喇叭，麗華聞聲走出洋台，俯視窗下）

麗華　啊呀，是山崎少校來了！

律師　（驚喜地）眞的嗎？

麗華　不信，你來瞧！

（律師走出洋台俯視）

麗華　這不是他嗎？下車了。

律師　（興奮地）不錯，是到我們家來的，我去接他！

（律師匆忙下，麗華略事修飾，律師陪山崎緩步而入，山崎掛着指揮刀，解開白手套）

律師　歡迎得很，歡迎得很，裏面請坐！

山崎　（用流俐的北平話）不用客氣。（向前與麗華握手）好幾天不見了，鄭小姐，您好！

麗華　謝謝您，好！請這兒坐！

山崎　不用客氣！

麗華　可惜，客廳已經被亂賊搶得不成樣兒了，髒得很！

山崎　那兒話！（看看四週），亂賊眞可惡，現在，我們軍司令部，已經下令重辦了。

律師　那好極了，香港的亂賊實在是目無軍紀，無法無天。（從衣袋裏拿出雪茄敬烟）！

山崎　（接烟）好，謝謝你！

（山崎很內行地咬掉烟頭，律師替他點火，三人就坐，女工捧上茶點）

律師　請問，山崎少校是從司令部來的嗎？

山崎　是的，剛從軍司令部來。中島司令問候

律師　您，和鄭小姐好！謝謝！我本想今天到司令部去拜賀他，恐怕中島司令沒有空。

山崎　是的，今天是我們皇軍入城的慶祝大典，中島司令很忙。

麗華　對了，剛才那麼許多飛機，都是參加慶祝大典的嗎？眞是威風極了。

山崎　今天晚上，我們皇軍的高級將領，將要在 Gloucester Hotel 舉行盛大的讌會，所以……

律師　（搶接）是，是，我本想去參加慶祝典禮……

山崎　不必客氣了，過一天再請過去玩！（轉向麗華）——今天中島司令特為派我來，想邀請鄭小姐去參加讌會，不知道鄭小姐肯不肯賞光？

麗華　那是一定要去道喜的。

律師　請鄭小姐去參加讌會嗎？（故作鎮靜地）那好極了，榮幸得很。（向麗華）鄭小姐去，還可以代表我們去道喜一番呢。

麗華　那麼，山崎少校，您請坐一會兒，我去換一換衣服就出來。

山崎　好的，好的，鄭小姐請便！

（麗華與高采烈地下場，在門口遇見麗莎，信成，佐成，少甫等一羣，用驚異的眼光注視她良久，然後，從走廊走出洋台締聽）

律師　今天晚上的慶祝大典，一定是很熱鬧吧？

山崎　不，入城式剛才已經舉行過了，今天晚上，不還是軍司令部宴請高級將領，表示慰勞的意思罷了。

律師　喔，是的，是的，除掉讌會之外，還有什麼儀式嗎？

山崎　沒有什麼儀式了，大概，讌會之後，司令官還要舉行跳舞會吧？所以，特為請鄭小姐去參加。

律師　對了，鄭小姐跳舞跳得很好。（吸烟）……照這情形看來，香港的市面，大概不久就要恢復了吧？

山崎　那當然，現在，軍司令部已經通知各商家，一律開市了。

律師 是，是，本當早就應該開市了，都是一班奸商在那兒故意刁難。

山崎 皇軍的政策，是在掃除抵抗，肅清反日份子；希望在最短期間，恢復交通，繁榮市面。

律師 是，是，這是皇軍偉大的政策，對香港的市民，一定造福不淺。（乘機試探）……一旦市面繁榮，恢復交通的話，那麼，我們這兒的跑馬地又該熱鬧囉？

山崎 那當然，全香港的市面，全都會繁榮起來。

律師 對了，上兩次去拜訪中島司令，商量關於接管跑馬地的事情，不知道中島司令的意思怎樣行，山崎少校可聽到什麼消息嗎？

山崎 （將雪茄烟在茶几上刮着）關於接管跑馬地的事情，據中島司令說：這事情是歸民政部管理，他已經跟民政部談過，據民政部說另外還有一個潘凱聲律師，在那兒準備接手，大概，民政部還沒有作具體決定吧？

律師 （煩惱地）喔，還沒有作具體決定？那麼，還要費心山崎少校，在中島司令面前，多多幫忙才好！

山崎 那沒有問題，一定儘我的力量幫忙。

律師 還有，我們那位隣居余牧師，打算接管教會教產的事，不知道中島司令有什麼回音？

山崎 關於這件事，現在，憲兵司令部正在進行調查。聽，有一樁教堂暗殺事件，跟余牧師有關，所以，接管教產的事情，恐怕很難進行吧？

（麗華換上華麗的晚裝，打扮得花枝招展地出場）

麗華 對不起，山崎少校，累您等久了。

山崎 那兒話，鄭小姐打扮得這麼漂亮，一定給我們皇軍增光不少。（起立戴白手套）那麼，我們此刻就走吧！

麗華 好，就走吧！

（麗華像貴婦人似的驕傲地拉着裙裾走出，律師惶惑不安，將山崎送出門外）

律師 （聲）請給我問候中島司令！山崎少校請便，也請常常過來玩！

山崎 （聲）好，再見！再見！

麗華 （聲）Bye！Bye！

（麗莎等一羣在洋台上，俯視窗外，並紛紛議論）

麗莎 哼，這麼不要臉的女人，連妓女都不如。

佐成 你〔倒〕別小看妓女，妓女有時候還有點兒愛國心呢！

信成 可是，在她，却以為跟日本人來往是很光榮的事。

少甫 這就叫做現代的交際花啊！交際到那兒是那兒，交際日本人，跟交際英國人，在她們看來，是一個樣兒，無所謂。

信成 對了，「無所謂」，就是她們交際花的哲學。

（祇聞一陣汽車喇叭聲，疾馳而去）

麗莎 我看她今兒晚上，根本就不會回來了

佐成 當然嘍，臨時的壓寨夫人做準了。

信成 眞想不到麗華會變成這樣，唉，完全是虛榮心作祟。

少甫 沒有虛榮心還成嗎？老實說，虛榮心就是女人的武裝。……（拍信成肩）好啦，老弟，這年頭，還是各人自掃門前雪，別人的閒事管他娘……

（少甫，信成，佐成同下，祇剩麗莎一人，獨自立在洋台上遐想，兩頭張望，彷彿等待着什麼，麗莎忽遽地由左門下，迎接阿葉，阿德等背米登場）

麗莎 米買到啦？阿葉，我眞替你們担心！

阿葉 （放下米包）怎麼樣？麗莎，有什麼消息嗎？

麗莎 剛才，余牧師回來說，這兩天日本憲兵司令部天天上教堂去調查這件事，並且，限他在二十四小時以內交出兇手來，否則，就要來逮別人去做抵押了。

阿德 這事情很麻煩嗎？阿葉，你打算怎麼辦？

阿葉 怎麼辦？還是照原定的計劃辦，只有一條路，走！

麗莎 我眞替你們心焦，我就怕你們在路上被逮

阿德　去……打算什麼時候走呢？
阿德　丟那媽，要走今兒晚上就走！
麗莎　不行，阿德，要走就此刻走。
阿葉　此刻走！來得應嗎？阿葉！
麗莎　有什麼來不應？難民證橫豎已經領到了。
阿葉　（歡欣地）眞的難民證已經領到了嗎？阿葉，領到幾張？
麗莎　連你的一共三張。
（從皮包裏取出難民證給麗莎看，麗莎異常興奮）
麗莎　那好極了，（高興地）這一下我也不發愁了。
阿葉　我看你還是留在香港的好，麗莎！
麗莎　為什麼，你勸我留在香港？
阿葉　內地苦得很，小姐，那裏有香港這麼舒服呢？
麗莎　留在香港有什麼舒服？這樣醉生夢死的當順民，做奴隸，精神上已經痛苦極了，有什麼舒服？再說，成天的挨飢，受餓，沒有柴，沒有米，一天吃兩頓麥糊，有什麼舒服？
阿德　就怕馬律師跟馬太太不許你去。
麗莎　他們有什麼資格阻攔我？爸爸跟表姑他們，現在跟日本人來往，愈過愈親密了；你想這種情形再發展下去，我良心上忍受得住麼？
阿葉　麗莎小姐，你跟他們講過沒有？
麗莎　講是講過了，可是，我媽不答應。
阿德　那怎麼走得成呢？
麗莎　現在，打明打白地走，當然不行，要走，只有偷偷摸摸地走。
阿葉　夜長夢多，太晚了會發生意外，要走，我們打算馬上走，你來不來得應？
麗莎　（堅決地）馬上就走好了，有什麼來不應？
阿德　不過，怎麼走法，我們應該商量好！
阿葉　最好，我們先走，你後走。
麗莎　（低聲地）也好，你們先從後門走，我就從洋台上翻過去。
阿葉　這樣，我們先在銅鑼灣等候你，然後，一塊兒上渡船，在海裏過一夜，明天天亮到九龍，然後，我們就可以跟許多難民一道兒疏散了。

麗莎　好，就這麼辦，你們先在碼頭口等我，我馬上就趕來。（思量了一下）……要帶什麼東西吧？阿葉！

阿葉　不要多帶東西，怕要走旱路，自己背東西，只要帶點兒隨身穿的衣服就夠了。

阿德　錢呢？阿葉，三個人的路費夠嗎？

阿葉　我們在防空洞賺了八九百塊錢港紙，沒有給日本仔搶去，在路上省點兒用，三個人勉強夠了。

麗莎　不要緊，我這兒還有兩張大票，只要夠用到韶關，就有辦法。

阿葉　你內地有熟人嗎？麗莎！

麗莎　有。桂林，昆明，重慶都有許多朋友跟同學，還有學校裏的先生，他們會幫助我們的。聽說，政府又在各處設立了許多救濟機關，也會救濟我們。再不然，我手上還有一只金戒指，必要的時候，也可以化掉。

阿葉　這怎麼可以呢？麗莎，這是你媽送給你的紀念品。

麗莎　有什麼紀念不紀念呢？我連家庭也不要了，父母也離開了，要這只金戒指有什麼用？現在，我只要看見「祖國」的土地，我就高興了。

律師夫人　（聲）麗莎，麗莎！

麗莎　（立刻散開）噯，我在客廳裏啦！（向阿葉阿德）好了，就這麼辦，我媽媽來了，你們走吧！

（阿葉，阿德背着米退場，律師夫人登場）

律師夫人　隔壁的金先生來了，爸爸要我喊你去學日文。

麗莎　（嘟起嘴）昨天教的五十一個字母，還沒有讀熟呢。

律師夫人　為什麼不用心讀？你這孩子！

麗莎　對於日文沒有興趣，我不想讀嗎！

律師夫人　（偵察她）這兩天我看你心神不定，不知道胡思亂想些什麼？

麗莎 （惶亂地）對了，這兩天心思多，讀也讀不進。

律師夫人 不同讀英文一樣，現在日本人來了，能夠懂得點兒日本話多方便呀！

麗莎 日本人來不來關我什麼事？我也不想去做漢奸，當翻譯。

律師夫人 少說那些廢話吧，小姐，被你爸爸聽見了頂高興。*

（牧師與律師談着上場）

牧師 怎麼樣，馬先生，剛才山崎少校來，有什麼新消息嗎？

律師 沒有，沒有什麼新消息。他是奉了中島司令的命令接麗華小姐去赴讌會去了。

牧師 （驚奇地）喔，中島司令接麗華去赴會？好極，好極，麗華小姐的面子可眞不小啊！你們夫妻二位，何不一道兒去呢？

律師夫人 唉！人言可畏，我們根本也不高興去。

律師 再說，跟這些日本人有什麼敷衍頭呢？

牧師 那當然，他既然沒有來邀請，也就不必去多敷衍了。

律師夫人 還是讓他一個人去奉承日本人吧，將來玩膩了，還不是讓人家一腳踢出來。

律師 難說得很，她也許還夢想做總督夫人呢。

牧師 那不是很好嗎？馬先生，（諷刺地）果眞如此的話，你們府上倒可以攀一門好親戚囉！哈哈！對了，馬先生，關於接管跑馬場的事情，可有什麼好消息嗎？

律師 沒有，還沒有具體的答覆，不過，十層已經有了八層把握了。

牧師 喔，喔，那好極好極，希望你快點兒成功。……至於，我拜託馬先生的那件事？……

律師 對了，剛才山崎來說過，關於余牧師接管教產的事，恐怕暫時很難辦得到。

牧師 （失望地）喔，暫時很難辦得到？

律師 并且，聽剛才山崎少校的口氣，彷彿這裏面還很多糾葛，現在，憲兵司令部正在澈

---

*編者案：「頂高興」，反諷語。

查這個案件。

牧師 你是說，憲兵司令部要澈查教產嗎？

律師 不，不，是說要澈查教堂的暗殺案。

牧師 （惶恐地）哦，原來是要澈查教堂的暗殺案？這……這事情怎麼辦？……

（忽聞樓上一陣罵聲，哭聲，和摔物聲大作，大家驚惶不置）

牧師夫人 （聲）你敢！你再敢摔我的東西，我就喊日本憲兵來抓你！

（從樓上一直喊下樓來，秦氏在後面追跟着，罵着）

秦氏 （聲）你去喊吧，到日本憲兵司令部去告我去吧！叫日本人來槍斃我好了，我不怕！

（牧師夫人披着髮，抱着小孩，哭聲地登場，秦氏亦復追跟而上）

牧師夫人 我又沒有得罪她，天曉得，把一房間的東西統統摔碎了，不簡直是瘋子嗎？……（哭訴狀）天啦……我這日子怎麼過得下去呢？……

秦氏 我是瘋子，你吶，你是什麼，你是狐狸精！拆散人家的夫妻，（刮臉羞她）死不要臉！好啦，現在到你男人面前來哭訴吧！我不怕！

牧師 （指罵她們）你們這兩個蠢東西！為什麼我剛離開你們，你們就會吵起來？你們這樣算人嗎？簡直連畜生都不如！——哦，主呵！我不應當發怒，請你寬恕我的罪惡吧！

牧師夫人 是的，我們不是人，連畜生都不如，可是你吶？你算什麼東西呵？身為牧師，犯重婚罪，還虧你好意思罵人。

秦氏 哼，牧師，得啦吧，一個人討兩個老婆，還要開口上帝，閉口耶穌的，我要是上帝呀，老早就把你打下十八層地獄嘍！

牧師夫人 你才應當打下十八層地獄哩，強盜婆！

秦氏 你呀！你更應當打下十八層地獄，拆散人家夫妻！

牧師 （呼喝地）你們要吵回去吵，蠢東西，少在人家面前丟臉！

秦氏　噢！原來你也怕丟臉麼？好得很，我還以為你不要臉呢！

牧師夫人　你才不要臉呢！

秦氏　誰不要臉？甘心做人家姨太太的人才不要臉！（刮面羞）

牧師夫人　你呀。你懂什麼？這叫「自由戀愛」，你懂得嗎？

秦氏　呵唷，別肉麻好不好？做人家小老婆，還要美其名叫「自由戀愛」，好詞兒！

牧師　我看你們眞無聊！把你們分開住吧，又說照顧到這個，照顧不到那個，現在，乘着外面打仗，把你們併起家來吧又天天吵，日日鬧，嚷着要分開。我不知道你們究竟想什麼心思？還是逼我死？

牧師夫人　想什麼？我只想走！讓你們夫妻團圓，我自己去自謀出路！

秦氏　我看，你呀，你還是少來那一套苦肉計。（向牧師）我呀，我只想你拿錢來把我上庵堂。頭髮一剃，袈裟一披，拿起佛珠修修來生。

牧師夫人　像你這樣修啊來世不也還是個畜生！

秦氏　你才是畜生呢。*

（丁大夫，挾一把洋傘匆匆上）

丁大夫　（畏縮地）什麼？（指鼻尖）什麼？罵我畜生……奇怪，我又沒有得罪你！

牧師　哦，丁大夫來啦？好極了，這兒坐！

丁大夫　喂，老先生，我可又要搬家了，想跟你借一只皮箱用一下！

牧師　你老兄為什麼搬來搬去，總是搬家呢？

丁大夫　啊呀，日本人老是追來追去，跟着我屁股後頭追。我有什麼辦法呢？

牧師夫人　丁大夫，你來得正好，請你來救救我吧！（向他跟前跪下）……你是個青天，我簡直不能活下去啦！（哭）。……

丁大夫　（拉她起立）起來！嫂嫂，有……有什麼話站起來講好了。別跪着好不好？怪難

* 編者案：兩位夫人吵架似重覆，秦氏前面的遭遇到了這幕的情態，似要處理。現在保持原貌。

受的。（用袖頭抹頭上汗珠）唉！眞眞倒霉，怎麼我一來，就碰着你們吵架呢？

秦氏 你呀！你的狗運氣太好了。

丁大夫 唧！（懊喪地）早知道你們又在吵架，我就不來啦！好了，好了，（拿起傘子）我走了，我只不過來借皮箱的，眞倒霉！

牧師夫人 （拉住他的衣裳）不行，丁大夫，你不能走！你是個青天！你要救救我！

丁大夫 （窘迫地）不行啊！我的太太！我就要搬家，我是特為來借皮箱的。

牧師夫人 好，你要搬家，我幫你搬，你沒有娘姨燒飯，我幫你燒，去，我們一塊兒住，我實在受不了這個氣！

牧師 （走向前一把抓住她的頭髮）你這是什麼話呀？你這是——虧你還是個大學生，連一點兒理性都沒有了。你這個蠢東西！居然敢在我朋友面前，這麼拉拉扯扯，語無倫次的，侮辱我的尊嚴啊！你這個不識抬舉的東西！

（牧師用力一推，夫人跌在地上，嚎啕起來）

牧師 （禱告）主呵！我向你懺悔，這是一時的動氣，我不應打她，主呵！請你寬恕我的罪過吧！

丁大夫 余牧師，你這樣，我可不贊成！

牧師夫人 （揪拉牧師）好，是你打的！你索性把我打死吧！（哭訴）天啦！我也不想活下去哪……

丁大夫 嫂嫂，嫂嫂……你這樣，我也不贊成！

秦氏 哼，什麼鬼大學生啊！連我們這種目不識丁的都不如。虧他還唸過四書，連男女受授不親都不懂，該打！

丁大夫 秦夫人，你這樣，我格外不贊成！

秦氏 滾你的，我要你贊成不贊成幹什麼？

丁大夫 （摸一摸鼻子）唉，眞，眞倒霉！早知道這樣兒，我不來多好！（又拿起傘）好了，好了，好讓我走啦！（走過牧師跟前）喂！老先生，借我一只皮箱肯不肯？

牧師 這會兒那兒有功夫理皮箱呢？老徐，待一會兒讓阿胡給你送去得了。

丁大夫 也好，也好，我在家裏等着。好了，兩位嫂嫂別吵了，余牧師，你也別鬧了。這種日子過一天算一天，還有什麼鬧頭呢？唉……（走至門口又復停住）喔，余牧師，皮箱，皮箱可別忘了啦！

（突然間，一陣劇烈的樓梯的響動，已經退場的丁大夫，嚇得面無人色，又復慌張地登場。一隊日本憲兵，全副武裝，手端着鎗刺，壓住丁大夫上場，全體見此情形，驚駭萬狀，於是，室內的一切擾嚷，即刻變為靜寂。）

律師夫人　（奔向律師）建章！

牧師夫人　（奔向牧師）先生！

憲兵隊長　（舉起手槍，對準牧師，律師及眾人搖晃）不許動！

翻譯員　（耀武揚威地）我們是奉日本憲兵司令部的命令，到這來逮人的！

眾人　什麼，來逮人？

牧師　逮人？

律師　逮人嗟？

翻譯員　唔，來逮人的！

（麗莎見狀，乘機悄悄地脫走）

憲兵隊長　喂！兄弟！（喂，弟兄們）都嚕索搜索嘶喋咕唻！

憲兵等　（敬禮）喳！

（憲兵等入內，到處搜索，祇聞內室中，沉重的步履聲，粗暴的搜索聲，以及鎗刺之碰擊聲。）

憲兵隊長　喂！牧師哇誰喋嘶喀？（牧師是誰呵）？

翻譯　他問，誰是牧師？

（牧師，律師，丁大夫等互相對看，不敢承認。）

憲兵隊長　（將指揮刀在地板上撞擊）誰，喋嘶喀？一體！（究竟是誰呵）！

翻譯　他問，究竟誰是牧師！

（憲兵隊長，挨次走到眾人面前偵察）

（大家依舊低着頭，目光不敢正視，亦不敢承認，隊長走到丁大夫跟前，立定。）

憲兵隊長　（用粗指頭搗着他的心口）汝喋嘶喀？（是你嗎？）

翻譯　他問是不是你？

丁大夫　（連忙搖頭）不……不是我！
憲兵隊長　誰？
翻譯　誰呀？
丁大夫　（不得已，用手指一指牧師）　是！
是他！
翻譯　（走向牧師）此喏人喋嘶！（就這個人）
憲兵隊長　吵？（呵）此諾野耶喋嘶喀？（就這
個傢伙嗎）？宜嘻（好的）！
（憲兵等將信成，少甫，佐成，等一齊押
上，獨不見麗莎，阿葉，阿德，大家面色愴憤，
不知所措）
憲兵隊長　全體嘶喀？（是全體嗎？）
憲兵等　（敬禮）全部喋嘶！（是全部！）
憲兵隊長　宜嘻！（好的！）
（隊長拉了一張椅子，撫背而坐，并且拖出
紙烟，翻譯為之點火抽吸）
憲兵隊長　（噴了一口濃烟）喂，牧師！（牧
師！）教堂喏暗殺事件哇，御前知喋喝
嘶喀？
翻譯　隊長問你，教堂的暗殺案，你可知道嗎？

牧師　（搖頭）不知道。
翻譯　（向隊長）知哪啦咿。
憲兵隊長　知哪啦咿？（又噴一口烟）吵咖（那
麼），犯人哇誰喋嘶喀？
翻譯　軍官問你犯人是誰？
牧師　（搖頭）不知道。
翻譯　分哪啦。
憲兵隊長　何呢？（什麼）分哪啦？（不知
道！將香烟摔在地上，立起身來）快話嘶
喋啡！
翻譯　軍官教你快招出來！
牧師　（恐怕挨打，看一看律師）犯人……犯人
是馬律師家的親眷。
翻譯　犯人哇，此啃律師，親內喋嘶。
憲兵隊長　吵？（喔？走近律師）御前喏親內喋
嘶喀？（是你的親眷嗎？）吵咖（那麼），
犯人哇今何處哩居嚕？（犯人此刻在那兒）
翻譯　他問你，犯人此刻在那兒？
律師　他已經逃走了。
翻譯　犯人逃喋嘻嗎嗟！

憲兵隊長　何呢？（什麼？）逃喋嘻嗎嗟？（逃跑啦？）（粗暴地走向律師跟前）何嘻喋，御前哇，犯人喔逃哋喈嗟？（你為什麼把犯人放掉）此喏野郎！（將律師一拳）

翻譯　他問你為什麼把犯人放掉？

律師　不，是他自己逃走的。

憲兵隊長　宜嘻（好了），先，此喏二人者哇，（先把這兩個人），司令部哫拽吧喋行咕！（帶到司令部去）

憲兵等　（敬禮）咕唔哋唷唔咕喳咿嗎嘶！（是是）！（憲兵等走向前拉牧師，與律師）去！去！

律牧師　（驚急地）什麼？把我們帶到那兒去？

翻譯　（傲慢地）帶到日本憲兵司令部去！

律師夫人　（向前拖住律師）不，建章！你不能去！你不能去！你走了，留下這麼一家大小怎麼辦呢？建章！……

牧師夫人　（向前捉住牧師）你也不能去啊！先生！去了就不能再回來嗟！先生！先生！……

憲兵隊長　行咕拽喋行咕咕！（去，帶去）！

憲兵等　（拉開律師與牧師夫人）去！去！（憲兵等將律師與牧師強制拉下，憲兵隊長跟下，翻譯員卑鄙地隨在隊長之後下場，兩夫人在門邊急呼，嚎哭不已。）

（信成，少甫向前扶起律師與牧師夫人，加以安慰）

信成　馬太太，馬先生他們，也許不會成什麼大問題的。好生的坐下來休息一會兒吧！他們馬上就要回來的。

少甫　余太太，你也放心好了，我看，就不過把他們帶到司令部去問一問，不久就會放回來的，放心吧！

律師夫人　（拭了眼淚）在你們看，徐先生，不會有什麼生命危險嗎？

信成　我想不會的，最多不過是敲一點竹槓，勒索一些錢罷了，這是日本憲兵司令部玩慣了的把戲。

牧師夫人　天啦，只要能保全性命，花點兒錢，倒也不要緊，我就怕把他們拉去，殺害他們。

少甫　暫時還不至於如此。要使敲不到竹槓，勒索不到錢的話，也許就會下毒手了。

（此時，忽聞隱隱的鑼聲，鼓聲，銅盆聲，警笛聲，遠遠傳來）

佐成　聽，天還沒有黑，鑼聲又響了。媽的，亂賊又在那兒搶刧，日本人又到處强姦了。

少甫　可不是，哈爾濱的那一套老把戲，綁架，勒索，姦淫，擄掠，殺人，放火的勾當，現在，又搬到香港來了。

佐成　（看見窗外的紅光）瞧，天上的紅光，媽的，浪人又到處放火了。

信成　（忿恨地）這樣幹下去，不要把香港變成一個死島嗎？

少甫　（慨嘆地）唉，香港現在早已成了恐怖的世界囉！

（阿才愴惶地一手藏在衣袋裏，匆匆登場）

阿才　少奶，少奶！

律師夫人　什麼事啊？阿才！

阿才　小姐走掉了。

眾人　呵？小姐走掉啦？

律師夫人　（驚急地）什麼？阿才，小姐走掉啦？

牧師夫人　是眞的嗎？阿才！

阿才　是眞的，余太太！

律師夫人　（傷心地哭起來）哦！……完啦！完啦！……我們馬家完啦！……被日本人攪得家破人亡啦！……我的天呀！……

信成　小姐是什麼時候走噠？阿才！

阿才　日本仔進來搜查的時候走的。

佐成　打那兒走的呢？阿才！

阿才　打後面的洋台上翻過去的。

少甫　同誰一道兒走嗒？你知道嗎？

阿才　怕是同阿葉他們一起走的。

律師夫人　（拭着淚）你這個蠢東西，你為什麼不拉住她？

阿才　我是留她的，少奶！可是，她不肯，她一定要走，她說阿葉，阿德他們在九龍等她呢。

律師夫人　那你為什麼不來告訴我呢？你這死

傢伙！

阿才　因為，那時候日本兵正在到處搜索，不許我走動，所以，我也沒法到前面來告訴您了。

律師夫人　她沒有帶什麼東西走嗎？

阿才　別樣沒有帶，祇提了一只小籐籃走的。……喔少奶！（躊躇地從衣袋裏拿出一封信）小姐，還留了一封信下來！

眾人　信！

阿才　唔，沒有封口的信。

信成　拿來我看！

（信成唸信，大家集中傾聽）

親愛的爸爸媽媽！

我長到這麼大，不曾離開過香港，不曾離開過家，也不曾離開過爸爸和媽媽。可是，現在香港的環境，跟我的心情，都在逼迫我，不得不離開你們，走向自由的祖國去。因為，我還年輕，我有我的理想，我不能冷眼看着香港這種悲慘的情形而不難過。同時，我是個有血性的孩子，我更不願冷眼看見家庭的環境，跟父親最近的所作所為而不痛心。尤其是麗華那種無恥的女人。請你們放心吧，我是跟阿葉他們一塊兒走的，沿途都有人照應，經濟也勉強可以維持，內地還有許多朋友同學和先生，可以幫助我們。再見吧！親愛的爸爸媽媽！我是多麼渴見望回到「自由祖國」去啊！因為，有「自由」方能有「幸福」，看見了「祖國」，就彷彿看見了「祖母」！麗莎。

眾人　麗莎……

（此時，窗外的火光愈熾，人聲愈是沸騰，而鑼聲和笛警愈是慌慌地亂鳴，造成了一幅恐怖，緊張，而悲慘的情景。）

——幕下——

民國卅一年端陽節日脫稿於桂林

選自許幸之《最後的聖誕夜》，桂林：今日文藝社，選自一九四二年十一月*

*編者案：原書一七三頁至一七六頁錯接在一七二頁之後，應在稍後才出現，本版根據內容作調整。

葉靈鳳

和平救國

第一景（軍長辦公處）

人物：李旺　張傑　軍長　參謀　王亦雄

●警報聲突起
□鑼聲急敲
●人聲鼎沸
●飛機經過
□鑼聲慢敲
●警報解除

李　立正！
　皮靴聲步入
張　立正……報告！參謀長到，
軍　請！
張　是！
　一陣皮靴聲行禮聲
參　軍長！
軍　參謀長，是日本飛機來夜襲嗎？
參　不是！那是美國飛機經過這裡，早上飛過去的時候，有十二架，現在回來，衹剩了八架了！
軍　那又死了四隻美國機。
參　那一定，光憑傢伙多，傢伙好，戰術不行，那還是沒有用的！
軍　真的，近來我也覺得，兵力雖然并未滅，可是我方的戰力，逐漸的降低了，而兵士們，似乎都很消極，雖然我從各方面聽到了不少的情報，但是根據這些情報，是不是可靠的呢？
參　那怎麼不可靠呢？這種厭戰的情勢，以後更會增加，原因是：我們所逮捕的所謂「漢奸」，多半是兵士的家屬親友，他們在軍人監獄所講述的一切，非但能激起反叛的局面，更足以引起厭戰的心情，并且「和平救國」的論調，就是一個當小兵的，也都能了解，祇是胆小的不敢説，胆大的呢？就是你鎗斃他，他還是要説，所以少數人還抱着抗戰到底的意念之外，多數人都不願意再打了。

軍　這的確是一種原因了。

參　而最大的原因呢，那就是七七事變的時候，日本跟中國是對敵，去年十二月八日，日本把對敵的目標，轉向了英美之後，凡是不跟日本「鎗砲相見，武力相對」的，都成了重新結交的良友，其次是：現在的戰爭，是國父的理想，是為了完成「大亞洲主義」，實現大東亞和平的戰爭，並非是日本對中國侵畧的戰爭，因此，一般人的作戰目標，也就為了這一大轉變而放棄和日本敵對的態度了。

軍　這一點（，）我看未必是通國皆然，就拿我軍前綫來説，戰事不仍舊在繼續着嗎？

參　這是我方主動的，并非是日本主動的，只要我們不惹他，不敵視他，日本決不來侵犯我們，所以現在的事實來講，我們不放鎗，他們也不發彈，我們一放槍，他們就開炮，這種作戰的情勢，一年前絕對沒有的，要説他們怕我們嗎？看吧，只要他們進攻，我們就不得不退，所以戰綫越打越短，而戰圈是越縮越小了，這麼打法，當然兵士們要消極了！

軍　這話倒近乎情理了，前些日子，京裏也派人來跟我接過頭。

參　這件事，你考慮之後認為怎麼樣呢？

軍　依照我方一貫的主張「抗戰救國」，那當然我們應該至死不屈，「寧玉碎，不瓦全」可是英美對中國的信用，過去屢次都靠不住，于是我想與其聯絡英美而和日本開仗，真不如聯絡日本而保持實力的好，況且我最不滿意的是：中國的文化國粹，珍寶金銀，全部是寄存在英美兩國，尤其是要人，他們只顧自己發財，把公私兩方的財產，去買了英美兩國的股票，國家的財力于是全都落在英美人手裏，所以他們開口是美金，閉口是英磅。他們為了保存私人的財產，當然希望發一發洋財，也就不得不希望英美戰勝，若英美戰敗，他們的財勢必定削減，所以他們絕對不願意跟日本并肩作戰，消滅英美了，若果全都和汪先生一樣，對英美宣起戰來，那不是變成英美的敵人了嗎？他們的財產，豈不是全都喪失了嗎？

參 這麼說起來，我們現在是為了保護中國要人的財產而抗戰，并不是為了國家興亡而抗戰了！再說，我們這種軍人，并非是保護國家的軍人，而是保衛要人財產的保鏢了！

軍 為了現在作戰力量的薄弱，以及要人們爭權奪利，不顧國家的利害，我實在也很灰心！

參 那麼這倒不是猶豫的事，用不着拖泥帶水，爽而蕩之，停戰！

軍 話是不錯，但是全部四萬兄弟未必各個一條心吧？如果操之過急，一旦叛變起來，豈不是又要攪得自家人屠殺自家人了嗎？

參 不會，不但兵士不會，就是老百姓也願意和平！

軍 怎麼見得？

參 祇要把我們認為沒有知識的漢奸拉一個上來問問就明白了。

軍 那也好，聽一聽民間的輿論，也是應該的！

參 李旺！＊

李 是！

參 把那個女漢奸王亦雄帶上來！

李 是！

參 王亦雄，她是本村王村長的女兒，以前曾在部長公館當過佣人，您一問她，她就會懇切地把一般人民的委曲講給您聽了。

李 （遠而近）走！……

王 不用這樣凶，軍人對人民這種態度，人民不會協助軍人的！

軍 她就是王亦雄？

參 是！——見見軍長吧！

王 軍長！我很榮幸的見到您！

軍 有什麼可以使你感到榮幸的呢？

王 因為我想告訴您，這地方左近的人民，都是漢奸！

＊編者案：原刊報紙當天至此句完結，下句在另一天繼續。下同。

軍　這是什麼意思？

王　人民為了打仗，弄得民不聊生，哀鴻遍野，一般「死」字當頭的人，只聽說「最後勝利」而始終不見得「勝利」的實現，政府只教人民「忍苦耐勞」，但是官府大員，照樣的享盡無窮快樂，因為官民的戰時生活，不能一致，享受也不能公平，所以我們不願意把將近枯乾的血，供養那只顧自己享樂，不顧人民貧苦的要人，這話在你們聽來，也許是「漢奸的論調」，可是每個人的心裏，都存着這種話，那豈不是左近的人民，都是「漢奸」嗎？

軍　在戰時，人民是應當對國家出力的，戰時越能吃苦，戰後就越能得到快樂了！

王　是的，可是要人們的小姐太太，出入汽車，全身一套一套的換着新衣裳，新首飾，每天吃着鷄鴨魚肉，山珍海味，可是這還嫌滋養不夠，又請了美國醫生，替他們打補血針，難道這些大人物的子女，他們不是戰時的人民嗎？難道救國打仗，只是我們老百姓一方面的責任嗎？難道他們不是中國人不該救中國嗎？

軍　這大概是謠言吧？

王　謠言？我是部長家裏的女傭人，什麼事，我都親眼目睹的，并且我請問您，現在我們跟日本人打仗，那為的是什麼？我們讓美國空軍在中國設立空軍根據地，那為的是什麼？我們若說日本是侵畧國，那麼英國跟美國是不是侵畧國？若說我們是打「侵畧國」爭國家民族的生存，得國家的主權，恢復自由平等，那麼跟一個日本國打仗，反讓兩個侵畧國明目張胆地來侵畧，那我們國家民族，爭得是什麼生存？得的是什麼主權？恢復的是什麼自由平等？我們為什麼不跟日本重修舊好，用同文同種人的力量去跟兩個侵畧國打仗？為什麼要依附英美的虛偽幫助，來傷殘東亞同種人的感情？

軍　這些問題，完全發生在最初時候的誤會，你們不必怨恨政府，政府也有政府的苦衷，不久當然會脫離英美的，你先出去吧，等等，我就釋放你們。

王　我希望軍長能解放全國被壓迫受戰爭苦難的人！

軍　那必須先充實了集中了我們人民奮鬥的力量再說！

王　謝謝您！再見！

軍　再見！——我立刻（一）通電宣佈停戰！

參　我替您擬定電報稿子吧！

□鑼一响

——一景完——

第二景

人物：李旺　王天勝　張傑　鄒東山　史排長

●風蕭蕭

●遠處有不斷地砲聲

●機關鎗在王天勝的瞄準中响着

李　老王退了嗎？

王　老王是永遠不退的！

李　不是，那些來偷營的傢伙，退了嗎？

王　那你不用問，祇要聽我的機關鎗就行了。

李　（驚叫）啊！又來了！

王　嘿，看他們一個個回老家去！

●機鎗一陣响！

張　怎麼子彈完了嗎？

王　瞧！那麼多，完得了嗎？野小子完了才是真！

張　啊！老王的眼力真教人佩服！

李　實在你得佩服他的手，他放機關鎗是抱定「彈不虛發，百發百中」主義的，「子彈一發，敵人回老家，敵人一回家，子彈就不發」，這話老王的咀裏，不是時常唱的嗎？

●砲戰聲已低沉

王　實在說，我的手也不好，眼也不好，那是你們倆的咀好。

張　怎麼是我們的咀好？

李　（同時）這是什麼意思？

王　因為你們說得好。

張　這倒並非我說得好，據行伍中的弟兄告訴我你這種「彈不虛發，百發百中」主義，是得到日本的教訓，這法子替你立下了不少的功勞，照理憑經驗，憑你入伍的時代，你大有營長的資格了，但是你只愛這桿機關鎗，一瓶酒，一包花生米，你就不想升官，所以你的鎗法一年比一年精，你的眼力也一年比一年準了。

王：這話倒是真的，這「彈無虛發，百發百中」的話，是早先日本海軍大將，東鄉說的話，他主張對敵人發炮，要「百發百中」，并且，兵士的勇氣，要「以一當十」，雖然那話是對海軍講的，但是應用在機關鎗手更切合不過了，因為機關鎗的子彈大，射程遠，速度快，決不容你一鎗一鎗的放，那麼子彈當然不免虛發，所以我就在控制發彈方面，練就了一種功夫，那就是日本海軍大將東鄉所說的「彈無虛發，百發百中」的主義了！

鄒：既然日本人對你的立功，有了這麼大的影响，那你發彈打死日本兵，你心裡難過不難過呢？

王：你這傢伙！他媽的，總提起老子的心事。

張：喂，老鄒，你平時老不說話，一說就惹人起火，你這傢伙不識時務了！

李：你不知道，老王的心事嗎？他為了服從命令，就不得不以日本兵為敵，但是他為了過去跟日本人的交誼與友愛的關係，又不願意打日本兵，一方面是情感的，一方面是理智的，他每天就為了這種事，精神上感到萬分的痛苦，你偏偏這樣問他，那怎麼能不惹他起火呢？

王：他媽的，當了十幾年的兵，各樣的機關鎗也跟我交了十幾年的朋友，滿心想正正式式的跟真正的敵人見一見高低，盡展老子的本領，可是以前打來打去，打的是自己人，當時年青好勇，就知道服從，隨着軍長把我來東調西調的去打仗，後來說「全國統一」了，自己人不打自己人了，鎗炮一齊轉吧，大家一致對着敵人，打日本吧，他媽的！打了幾年仗！失去了不少的地盤，犧牲了不少的人命，糟蹋了不少的財產，說是為「生存」而作戰，為「打倒侵畧者」而作戰，好！我們打吧，打到現在那侵畧我們的洋鬼子，倒讓日本兵把他們打跑了，現在打的是不是「侵畧者」呢！

張　日本人雖然是你的朋友，也是你的老師，他也教給你許多的軍事知識，他過去曾經跟你做過不少的好朋友，但是他們跟中國開過不少回仗，我們當兵的跟洋鬼子倒沒有賣過命，跟他們可流過不少血，難道日本不是侵畧者嗎？

鄒　老張，我這不說話的人，又該說幾句不中聽的話了，我以為打仗流血，結仇結怨，這都是傻子幹的事，頂聰明，最厲害的人，他們是不跟我們打仗的，不讓我們流血的，他們是讓我們流盡了汗，出盡了力氣，結果等于流血一樣的死亡，這種陰謀手段，比起鎗砲相見，流血拚命的事更狠毒，那就是「進步的侵畧者」的行為，日本，現在明白跟中國開戰，無非是「鷸蚌相爭，漁翁得利」，若是再打下去，將來必致「中日兩國，兩敗俱傷」，那時候，那些「進止的侵畧者」，不用一兵一彈，只要一紙文書，教中日兩大民族，簽字蓋印，那麼亞洲遠東的兩大國家，就變成了第二個新加坡，第二個菲律賓了，所以中日的戰爭，到底是誰上算？誰便宜？誰勝利呢？照這樣打下去，我們中國到底是「亡國滅種」呢？還是「民族生存」呢？從這一點來想，過去，洋鬼子已經實行了一種使我們從微笑與麻木中死亡的手段了，這手段就是「經濟侵畧」與「文化侵畧」，這也就是洋鬼子使我們慢性滅亡的毒辣手段，我們若不從歷史的事實去考慮，絕不會明瞭的，所以中日之戰，那是洋鬼子最樂意的一樁大事，也是洋鬼子求之不得的喜事，因此汪精衛先生講和平，他們就不歡喜，因為中日一和平，他們在中國的權益就會宣告崩潰，他們為了保障個人的權益，不得不借鎗砲給我們去打日本，如果僥倖把日本打敗，他們可以趁中國喘不過氣的時候，進一步來壓迫中國，萬一中國打敗了，那他們就進一步去壓迫日本，反正中國的勝敗，在中國人本身的利益是極其微薄的，倒是關于「侵畧者」的利益非常重大，日本看明白這一點，所以第一步，先要安定東亞的秩序，把野心的搗亂分子驅逐出境，然後再進一步，把中日兩國的邦交，重新敦睦，保持中國的和平安寧，就是保持日本的和平安寧，為了東亞兩大民族真正的生存，唯有把鎗桿兒掉向「野心的侵畧者」去發彈，否則是「唇亡齒寒」，說不到「真正勝利」的！

張 你這漢奸！他媽的，我打死你！

李 你別發火，老張，他這些話倒也有點理由的。

張 他媽的，他要講和平，不是漢奸是什麼，他還有理由嗎？

王 老張！自己弟兄用不着這麼凶，大家講理別動手，要是講動手，我身上還有一個掛了五年沒開花的手溜彈呢！既是弟兄們要自相殘殺的話，那就試試吧，我只要往地下一扔！咱們誰都別活命。

張 那麼你說，他這種「擾亂軍心煽動罷戰」的話，那不是「危害國家」嗎？

王 那麼你倒說說你有利于國家的理性看。

張 有利于國家的生存，惟有打倒日本！日本不打倒，中國永遠不能生存！

鄒 那簡直是發昏！發夢！發瘋的話！

張 誰發瘋？

鄒 說這種話的人都是瘋子！請你再清楚的想一想！侵畧中國開端的是什麼人，「鴉片戰爭」的結果，締結了「五口通商」的南京條約，而跟隨着這個條約來威脅中國，割地賠款的是什麼人？在中國投資開銀行，設工廠，鋪鐵道，辦學校，用經濟文化來侵畧中國，又是什麼人？日本他們有多少學校在中國？日本，有多少銀行，工廠，鐵道在中國？日本跟英國美國及其他的國家來比較，究竟誰是真正的「經濟文化」的侵畧者？

張 但是日本跟中國打仗，別人並沒有跟中國打仗！

王 嗨！兄弟！這是英美比日本奸猾，陰毒的地方！這就是英美想教中國出賣了精力而慢性滅亡的手段！

張　日本是想教中國流盡了赤血急性的滅亡！

鄒　這簡直是「無稽之談」！日本會為了亡中國而作戰，那淪陷的中國土地就不容你豎立「青天白日」旗，如果日本為了滅亡中國而作戰，那就不必把政權歸還給南京政府。現在日本把占領的土地交給南京政府管理，那是為了中日最初的開戰，是錯誤的！中日之戰，那就受了英美的挑撥唆使，決不是為了侵略中國的緣故，所以看明的領袖，只要把目光放遠，這雙方的錯誤，就立刻可以用「和平」「互惠」「提携」「協力」這種種的方法來解決，這就是「損棄嫌隙，從新結合」「雙方一致，共禦外侮」，能把真正的病源根治，那纔是「救中國」，「爭生存」的正理，若是只把最初中日因誤會而發生的戰爭強詞曲解。作為繼續戰爭的理由，那麼非但是中了英美的毒計，而且也陷東亞強國于無以自拔之境，而英美和其他的西方各國，那就可以毫無顧忌地向亞洲伸張他們的勢力了！試問：我們這種作戰，到底是為誰？誰有利？誰有害？我們是不是想和日本打得「體無完膚，四肢殘缺」的時候，眼巴巴的看西洋人把我們隨便的宰割呢？

李　（大聲）敬禮！

史　（史排長）你們的辯論還沒有完嗎？

張　排長！我看我們這一支軍隊的命運快完了！

史　什麼意思？

張　我們的班長，大發「和平議論」，那我們當兵的還能打仗嗎？

史　現在根本就不必打了！

張　怎麼回事？排長！

史　不知道嗎？

王　砲聲倒是停止半天了，但是不知為了什麼？

史　你的好朋友日本將校，已經跟我們的軍長握手了，從現在起，我們全軍四萬人馬，一齊歸向和平救國軍了！

張　為什麼？排長！

史　為了全部的弟兄，現在都明白而且多數清醒，我們今後，進一步的作戰目標，都是對付「亞洲公敵英美」，同時要負責「維持中國的治安，肅清危害中國的共產黨」，更加要努力，把「盲目抗戰分子，喚醒過來」，造成「整個東亞的和平體勢」，我們過去被麻痺的思想，「都是一時的昏瞶，那時被『抗戰救國論』所麻醉」，所以我們今後，該清醒過來，趕快把那中毒的思想改正，更該把班長剛才辯論的道理，深切地認識清楚，萬不可再走自殺的「盲目抗戰」之論，我們該知道，軍長這一次轉向「和平救國」之途的理由，雖然還沒有正式發表，但我以為，軍長必定是依據了國父孫總理的遺教「和平，奮鬥，救中國」的緣故，我認為：和平，必須先從亞洲起始，所以先要停止亞洲的「同室操戈」之戰，由于停戰，更須敦睦中日的國交，彼此互相幫助，把擾亂亞洲治安的英美勢力剷除，以整頓亞洲的秩序，而達到東亞共榮的目的，以實現國父「大亞洲主義」的理想，我們只在「軍事武力」方面下功夫，那決不是救國之道，我們要真正救國，先須達成真正的「中日和平」，和平之後，才能安心地從事建設明朗的中國，所以，我們與其在「炮火連天送死拚命」的方式去救國，實不如在「和平環境，從事建設方面去救國，因此，必須和日本結為一體，努力奮鬥！」我們能這樣那才能鞏固我國的國體，國體能夠鞏固，那時候，西洋列強，他們雖然強，但是也怕我們強，中國一強，那就像是築成了萬道「千攻不破，堅固無匹」的國防，當然誰也不敢來侵犯了！所以我們要救國，還是得和平！

張 喔！對不起，班長，剛才我是不明白，現在我明白了，我們和平的目的，就是為了救中國啊？

史 是的！（大聲）弟兄們！你們都明白了嗎？

眾 明白了！

史 今天是幾年？幾月？幾日？

眾 今天是中華民國三十二年，一月，十八日！

史 今天是我們參加「和平救國軍」的日子，從現在起，我們所負担的是「救中國的工作」

眾　我們是「和平救國軍」！
　　我們是「和平救國軍」！
　　全軍一致响應呼震天地。
　　——全劇完——

署名趙克進，選自一九四四年二月十日至二十二日香港《香港日報·綠洲》，其中十二日、十四日及二十一日缺報，十九日及二十日未見刊。

麥大非

香港暴風雨（三幕五場劇）

寫在前面

到香港，心情與生活長久都陷在抑鬱困頓中，勝利以後的日子，竟比長期對日抗戰時更艱苦了！在這樣抑鬱困頓的時候，神經似乎特別敏銳，隨時隨地都發現到足以震撼我心靈的事件。可是像這樣的事件，不僅在香港，在國內，在其他地方，同樣都在發生着。這是這個時代裡的特產，是這個世界上將被淘汰的渣滓，我把它們溶合了在我自己的痛苦中；因為如此，我便有了把它寫下來的慾望。

因為有了這個寫下來的慾望，走進我靈魂裡的素材，便很自然地慢慢堆積起來；於是我醞釀過好幾個結構不同的劇本大綱，但自己總覺得不滿意，總覺得這些寫法不足以把我心底裡的意念表達得十分完盡。我開始徬徨，我似陷在一個無底的潭裡，希冀着有一個手拉我一把！

孕育的時間是相當長的，雖然胎兒還沒有成熟，但終於到非下地不可的時候；因為我捺壓不住心頭的火，眶裡的淚，我再捺不住，我一發拼出來了！

x　x　x　x　x

初稿是為香港大觀聲片公司的演員訓練班演出而寫的。演員班人數相當多，為了讓各同學都有等均的表演機會，故添寫了若干非必要的人物，和添插了不少多餘的戲，因此素材的容納過於龐雜，結構上也顯得凌亂。這些在付印時都經過頗大刪改，所以跟演出有很大不同的地方。在修改時曾搜集了諸同志的意見，尤以王逸兄給我的啟示最大！但以時間匆促，毛病依然是會存在的；我仍等待着師友們的指正，讓我在再修訂的工作中，獲得更深的學習！

x　x　x　x　x

季節雖然已到了冬天，但空氣依然是那麼窒息與沉悶，這，當是暴風雨來臨前的徵象吧！

作者　一九四七・十一

人物表

何二　張添記　阿昇　阿婆
雷迅　阿妹　煥姐　婦人
賴雨川　蕾莉　勞科長　安妮
李若非　阿B　崩雞七　廖塢
豆皮渣　獨眼龍　羅八達　譚佐治
胡子清　孟先生　事頭婆　陳經理
醉漢　警察　男工甲　男工乙
羣眾若干

地：香港。

景：九龍近海邊處的「高等華人」住宅區，這裡是一個三岔路口。舞台後邊是海，遠處是香港島的全景。舞台的一邊，是一座新經修葺的大洋房，這裡看得見洋房的一角，及其開在石階上的大門（大門邊貼了一張「召頂」的紅條子）。這洋房有一個離地面約三四尺高的大露台，這露台佔了舞台一半以上的地位。這房子的門窗在開幕時都緊閉着。露台底下，吊着半張破蓆子，這裡已被難民們佔為臨時住宅，破碎的衣包寢具，擺在地上。舞台另一邊豎着一盞倫敦風味的煤氣路燈，燈桿下堆着一大堆垃圾，這是戰時的遺產。堆旁擺着破鍋炊具，和用食物罐子改成的水桶等物。此外，還有幾塊因附近房子被燬而留下來的大石頭，放在那裡剛好供勞苦的人們坐歇。

三幕景同。

第一幕

近中午。

海面上傳來輪船的汽笛聲。

何二坐在露台下的地舖上，一邊咳嗽着，一邊弄着破衣物。

一會兒，張添記挑了一担破籮筐上。

張　（習慣地把担子放在垃圾堆旁，一面用力揩着汗）老何，天氣眞熱呵！

何　呵！——開檔了，張添記？生意好嗎？

張　你今天早上的飯餐有着落了沒有？

何　唉！飯鍋子放在那兒晒太陽哩！——你的生

張　意好嗎，添記？

何　好什麼？現在的香港，比打仗前更難過活了！

張　（自嗟自嘆）你總比我好！想不到打完仗復員回鄉，到如今還要睡路邊！唉！……（咳嗽起來）

何　今天有什麼東西賣給我嗎？

張　有一點。（搬出幾件廢物）病，走不動，只是阿妹去撿了這一點回來，你看值幾個錢吧？

何　不用看了，替我丟到籮裡去吧。（拿出幾張小鈔票放在那裡）。

張　今天撿的東西沒往日的多，怕不值幾個錢。（不自然地笑着）可是今天的早飯還……（去拿起鈔票，喜出望外）怎麼，你還是給往日那麼多錢？這——這怎麼好意思？

何　沒關係，拿去算了！

張　那——那——那眞是——添記，常常得你這樣幫忙，那眞是……

何　（到垃圾堆上撿東西）阿妹到那裡去了？

張　領救濟品去了；去領了三天了，還領不到。

何　我看你乾脆就別去領了！

張　唉！……（咳聲又起）

阿昇與聾婆挑着行李箱子等上。

昇　（闊步上台階，取鑰匙開洋房的大門）

婆　（高興地瞻望着洋房）阿昇，我們就是搬來這一座洋房嗎？

昇　（沒有好聲氣）不是這裡我開門幹嗎？

婆　（沒聽見）你說什麼？

昇　（煩厭地作手勢）我說叫你搬東西！（自己先提了兩個箱子進去）

婆　（咕嚕地）這樣問一問，就生這麼大的氣！（提行李隨入。剩下一堆行李在門口）

張　什麼，這房子有人搬來住哪？

何　唔，前幾天就搬了許多傢俬大牀沙發進去的了。今天一清早又一箱一箱的搬了好大半天了。（羡慕地審視着行李）這個人家好有錢呀！

張　香港現在又旺起來了；人們都跑到香港來了。可是愈旺，我們窮人就愈遭殃！

何　唉！有錢人到香港來是好的，像我們這樣跑來就只有餓死吧了！

阿昇出。

何　（諂媚地笑，對阿昇點點頭）好呀？搬這麼多東西？辛苦了呀！

昇　（懷疑和鄙夷地望望兩人，趕緊回頭喊）聾婆！聾婆！

阿婆匆匆出來。

婆　來了來了。幹什麼？

昇　你跑到那兒去了？東西丟在門口不看！（作眼色叫提防門口二人。然後與阿婆分提箱子進去。臨入屋時和添記敵意地對視一下）

張　（自語地罵着）他媽的！怕你老子搶了你的！

何　添記，請給我一點鐵絲，讓我紮好舖上的蓆子。晚上海風眞大，吹得人一夜睡不着覺。

（自己到籮筐裡找）

張　我看老何，這家闊佬搬來了，你在他房子旁邊也住不長的了。

何　什麼？我不得罪他，想他也不會要我搬吧？現在已經這樣慘，還叫我搬到那兒去？唉！……（咳嗽着回去弄他的蓆子）

雷迅抱了一疊報紙一邊喊着上來。

雷　華僑日報，星島華商工商報……（四顧一下，看見了洋房口的紅條子，連忙上去細看）

何　（多事地）人家房子早已經「頂」出去囉！

露台上出現了阿昇，他出來打掃着欄杆和窗戶等。

雷　（看清楚條子，失望地退下來）我不是要租房子，老伯，我是想找職業。

何　找職業？

張　哼，找事做？（冷言冷語）要是街上隨處找得到事情做，我還用挑這担破籮筐？

何　唉，在香港找事情你以為好容易呀？我到香港來找親戚不到，就想找個事情混混吧；可是到現在幾個月了，唉，又那兒有我們的路子呀？

雷　報紙上雖然常常登着些學校聘請教員哪，寫字樓聘請職員哪這一類的廣告，可是失業的人實在太多了，總輪不到我們。

何　你賣報紙還不够過活嗎？

雷　報紙每天能够賣多少份呢？我覺得香港人是不喜歡看報紙的！

阿昇從大門出，阿婆提掃帚隨在後面。

昇　（把門邊紅條子順手撕了）把裡裡外外再掃一掃！——等一下，聽見汽車來了，就到馬路口來接賴先生他們，聽見沒有？橫門口那邊也得掃一掃呀！

婆　聽見了，你去你去！

昇　（戒備地望何和張一下，下去了）

雷　華商工商星島日報……

婆　（在門前打掃着）

何　（迎上）你好呀？

婆　你說什麼？

何　（做手勢，並放高聲）我問你們是從那裡搬來的？

婆　我們？——我和大小姐他們原先住在對海的。我們二少爺才到香港來，說九龍這邊地方好，才「頂」下了這座洋房子。（打掃着）

何　你們先生是從那裡來的呀？

婆　我們二少爺？——他剛從南京囘來的。

何　在南京做生意？

婆　在南京做官的。現在不做了，囘香港來享福了。

雷　哼，又是一位發飽了接收財的大員囉！

張　（注意了他）朋友，你也是從內地來的嗎？

雷　是的，我是剛來了不久。

張　（諷刺地）內地的人都想到香港來掘金子吶！

雷　這也得分開來說：有些人的確是在國內刮飽了還嫌不够，帶着大批外滙到香港來再想刮刮僑胞們的血汗；但是另一些人在國內也的確是無飯可吃無路可走，才迫得跑出來，要不然誰願意跑到外國人統治的地方來熬呢？

張　到處不是一樣難？日本人在的時候指望勝利，現在勝利了，日子更難熬，這又指望什麼呢？（要走）

婆　（發覺了張添記）喂，撿荒貨的！

張　幹什麼？

婆　我裡邊有許多破東西，你等一等，我去拿給

你。（匆匆進去）

張 好，又做了你這宗買賣。（把籮筐放在門口，等候着）

阿妹上，手裡拿着一個空布袋。

妹 爸！——添記。

何 哦，救濟品領回來了？

妹 領鬼！我再不去領了！

何 什麼，又領不到？

妹 氣死了，他們不肯發給我，他們說我們不是難民。

何 睡街邊的還不是難民？難道住洋房的才是難民嗎？

妹 人家說，想領救濟品得先寫一封英文信送到他們那兒申請，那樣他們才會救濟的。

何 去他媽的！我要是會寫英文，我還用睡在海邊吹風！

張 所以我呀，寧可餓死都不去領那些東西！

阿婆拿了破東西出來。

婆 這些你合用吧？

張 要幾個錢？

婆 什麼呵？——不要錢不要錢，這些東西反正要丟的了。——裡邊還有，我拿不了，你自己進來撿吧。

張 唔。（隨她入）

何 你說，有幾個難民會寫英文？這，這，這眞是！……

雷 老伯，不要着急，讓我來替你寫吧。

何 你會寫？

雷 是，（掏出一支鋼脚的墨水筆）你貴姓？什麼名字？想領些什麼？

何 （喜極）我，我敝姓何，叫何二，那，那眞是謝謝你了！……

雷 沒什麼。（寫）

何 唉，來到香港舉目無親眞是可憐呀！——噯，你們賣報紙的什麼角落都跑到，請你順便替我打聽一下我姪女兒的下落好嗎？

雷 （一邊寫）好的，你姪女兒叫什麼名字？

何 她叫何淑珍。我哥哥來香港之後死掉了，留給她一大筆遺產，我要是能訪到她，那我父女倆的生活就有靠了！

雷　哦。（寫着）

　　煥姐提了菜籃子上。

煥　老何，阿妹。

何　煥姐，這麼早就買菜了呀？

煥　不早點買主人家又罵了！（要走）

妹　煥姐不玩一會？

煥　不玩了，出來久了，回去又挨罵了。聽人「二分四」眞受氣！

何　唉，要吃飯，有什麼辦法呢？

煥　等會談罷。（要走，忽看見籮筐子，忙停下來，十分高興地）阿妹，添記來了是嗎？他在那兒？

妹　到裡邊去做生意了。

煥　（走近門口喊）添記！添記！——這個死鬼今天這樣晚才開檔！

何　怎麼又不走了？

煥　我等一下張添記。

何　（幽默地）這回又不怕主人家罵了？

煥　隨他罵去！這份鬼工反正我也不願幹下去，已經託人替我另外找工了。

何　（微笑）你還找工幹嗎呢？依我說，就叫張添記僱了你算了！

煥　老何的咀眞缺德！

何　哈……

煥　（也自個兒在偷笑）

　　一個中年婦人，動作十分閃縮。

婦　（猶豫地望着洋房，不敢進去，回頭問煥姐）大姑，請問這是不是一家姓賴的？

煥　不曉得。

何　是有一家人新搬來了，可不知道是姓什麼的。只有一個聾婆在裡邊兒。

婦　好的，謝謝你。（先在門外探視了一下，然後上階，正要進去）

　　塲外傳來了汽車聲。

婦　（驚覺）唉呀！他們來了！——（急走下階，向小路躲去）

妹　爸爸，她是幹什麼的？

何　（做手勢止她說話）

　　阿昇提了幾件隨身的行李，引賴雨川和蕾莉上。勞科長隨在後面。

雷　（招徠地喊）華僑日報，工商星島……

昇　阿婆——阿婆——那個聾鬼！

賴　（官派十足地）電器公司來裝了電話沒有？

勢　已經裝好了，剛才我已經試過，通話了。

賴　勞科長！

勞　有！

賴　你把我們的新地址和電話號碼都通知了朋友們了吧？

勞　報告主任，都通知了。

賴　你又忘了！我不吩咐過你再別叫我「主任」了？

勞　是，賴——賴先生。

蕾　（環視週遭，急取手帕掩鼻）嘖嘖嘖！髒死了！

賴　（用手杖指何二的地舖及其所屬的炊具等物）阿昇，等一下那些東西都得叫他們搬走！

昇　是。——阿婆——阿婆——

阿婆領添記匆匆出，與門前的一羣人相遇。

昇　叫你去接又不接！（注意到添記，敵意地）你？

張　怎麼呀？

昇　你跑進去幹嗎？（檢視對方手裡的東西）

張　我做生意，怕會偷了你的東西！（把東西放入籮筐裡）

賴　（向婆）你別亂引人進去！

蕾　快去接大小姐她們吧！

婆　是是！（慌忙跑去了）

昇　（向張）我眞有點怕你偷東西呵！

張　放屁！

昇　（恃勢）我放屁？（衝上）

煥姐阿妹都湊上來，像要做張添記的後盾。

賴　（向昇）算了算了！跟他們這些人鬧！——（向蕾莉）怎麼他們還沒下車？

蕾　是呀。（回頭呼喊）Annie！——安妮在內應。

安　Yee！——

安妮上，李若非不離左右。阿婆拖着阿B跟上。

安　（高興地）爸爸，我們就住這座房子嗎？

賴　唔。

李　（誇張地，故意奉承）好塲子！環境好得很，好得很！

B　好呀好呀！新房子呀！……

婆　別吵，阿B！

賴　Mr. 李，請進！

李　Thank you！Mr. 賴。

賴雨川先進去，勞科長隨入。

蕾　（回過頭來，做作嬌媚地）Mr. 李，Please！

李　Ladies first！（親暱地向安妮）Annie，你們剛一進伙，我就來做你們的第一個客人了！哈哈……

蕾　第一個客人該算是我吧！

李　No，No，No！現在你也住進賴公館裡來了，雖然是作客，也變做了半個主人！哈……

蕾　哈……那麼，我就以半個主人的身份，來歡迎我們這位——未來的姑爺吧！

安　Miss 何，我不喜歡你亂説！

蕾　Oh，Sorry！哈……

三人同時笑起來，上了石階。

昇　（望着階下的幾個人，用「香港地英文」罵着）夫奴劈（Fool Pig）！

雷　（走過來）Who is「Fool Pig」?

蕾　（回過頭來，畧表驚異地望住雷迅）

昇　（看看對方來頭不小，不敢欺負太甚。指指張）我是説他！

雷　（一種教導性的責備）我問你是不是中國人？拿外國話來罵自己中國人，你是認了外國人做爸爸了是不是？

昇　（不敢回話，趕緊溜進去了）

蕾　（和雷迅對視了一下，也進去了）

張　（把阿婆叫住）喂！——（掏出鈔票放在階上）錢呀。（自去撿拾担子）

婆　不要，不要！

B　（看見鈔票）呀，我要我要！（撿了錢跑進屋裡）

婆　阿B，不要拿，不要拿！——唧，這小孩！阿B——（追入）

雷　這個傢伙眞豈有此理！

煥　這些人眞把人欺負得太厲害了！

妹　這種人「馬屎憑官勢」！
何　（止之）你別多咀！
妹　怕什麼！
雷　何老伯，英文信是寫好了，不過得弄一張像樣一點的信紙把它抄一抄才成。待一會兒等晚報出版的時候我再送來好了。
何　很好很好！眞謝謝你！可是請快一點啵！——呵！還沒有請教貴姓？
雷　敝姓雷，雷迅。待回見吧。（向各人招呼了一下，去了）
何　這位雷先生人眞好！
煥　添記，還生他們的氣？——氣他們才不值呢？添記，為什麼今天沒看見你經過我們那條街？我等了你一個早上呐。
張　等我幹什麼？
煥　（羞笑）等你什麼不好！
何　添記，剛才他們說要叫我搬開，你說會不會是眞的？
張　哼，你還當是假的！
何　（埋怨）唉，你們剛才眞不該跟人吵咀呀！「在人簷下過，誰敢不低頭」，我們對人客氣一點，人家也就會讓我們住下去了的，你們眞是……
張　（不同意地瞧他一眼，然後去挑起他的担子）
煥　添記，你現在要到我們那條街去吧？我跟你一道走。
張　唔。
二人下去。
妹　（望住煥姐手裡那籃菜）唉，有錢人家一頓菜抵得我們一個月的飯！
何　別說了，快買米去吧。
妹　那兒有錢呀？
何　張添記給的，還够一頓的米。（給錢）
妹　好，我去買米。爸爸，那你去撿些柴回來燒飯吧！
何　要你吩咐！
何妹下，何二從另一條路下。
露台上，出現了賴雨川與蕾莉。
賴　蕾莉，你覺得這座房子怎麼樣？
蕾　很不錯！地方好，够涼快！佈置也還算中我的意。這樣好的一座房子，「頂手」可不便宜吧？

賴 只要中我雷莉的意，讓你進來住得舒舒服服，那錢多少又有什麼關係？（乘機抱了她想親一下）

蕾 （推開，賣賣關子）哈哈……

賴 （終於把她抱住）哈哈……（正想吻她）阿昇撞上。

昇 賴……（見二人情形，想止住咀，但已太晚）

賴 （急把雷莉放開，威嚴地）幹什麼？

昇 賴先生，你有電話。

賴 下次不准這樣！進來之前一定得先敲敲門，一點兒規矩都不懂！

昇 是！

賴 蕾莉，我進去聽聽電話。（下）

昇 （要跟入）

蕾 噯！

昇 叫我？——蕾姑娘。

蕾 我不姓蕾，我是姓何的。（取烟）

昇 是，鎖利（Sorry），何姑娘。（替她點火）

蕾 你們賴先生家里，是誰在當家？

昇 以前是賴太太，自從賴先生和賴太太離了婚以後，就由大小姐當家了。

蕾 大小姐還是一個小女孩，她能當家嗎？

昇 （不自然的笑）是的，是她當家。

蕾 你跟賴先生很久了吧？

昇 很久了。打仗的時候，賴先生在重慶當處長，後來復員囘南京，賴處長辦接收陞做主任，我都一直跟住他。到這次賴主任辭職不幹了，也就把我帶到香港來。

蕾 我有機會再替你向賴先生多説幾句話，你好好地幹吧！

昇 是是，但求何姑娘多多提拔！

蕾 （打開手袋取鈔票）這個，你拿去買烟吧！

昇 （要拿不拿）這——這——

蕾 拿去吧！

昇 謝謝！謝謝何姑娘！以後何姑娘有事情，請隨便吩咐好了！

蕾 好的。——噯，你替我去請大小姐和李先生出來。

昇　是。（要走）

蕾　噯，要是李先生沒跟大小姐在一起的話，你就光請李先生出來得了。

昇　是。（會心地向她的背後笑笑。進去）崩鷄七出塲。

崩　（注意到這家新搬來的人，鬼頭鬼腦地張望了一下）

蕾　（把烟捲丟在路上）

崩　（回頭去拾了烟屁股，吸着去了）

阿B走出露台。

B　呵，你在這裡看什麼？

蕾　（冷淡地）看什麼都行。

B　何姑娘，你搬來我們家裡住，是嗎？

蕾　唔，你歡不歡迎呀？

B　為什麼搬來住呀？

蕾　你爸爸請我來住的。

B　為什麼我媽媽在的時候，你又不搬來呀？

蕾　（氣憤，但又無話可説）

賴上，聽到了阿B的話。

賴　（暴戾地）阿B，亂説些什麼？進去！

B　（站過一邊）

賴　蕾莉，小孩子胡説八道，你別見怪他！

蕾　（強笑）我見怪什麼？

賴　陳經理有電話來，請我到他的銀行裡商量一下關於資金調度上的問題，我去一去就回來。

蕾　你去吧。

賴　你先在家休息休息，等晚上我們好好地出去玩個痛快的，好嗎？

蕾　（點點頭）

B　爸爸，你們去玩，我也去。

賴　去什麼！——還不進去？

阿B鼓着咀下。

賴　蕾莉！（情不自禁，又想親她）

阿昇端了一張椅子上，看見二人的動作，急轉過臉去，先叩兩下門。

賴急撒手。

昇　（把椅子端到蕾莉身旁）何姑娘，我已經請過了，他就來。

賴　請誰來？

蕾　（忙掩飾）沒請誰。——是請你的 Annie 出來——看看海景。

賴　哦。（向昇）去請勞科長來！

昇　是。（下）

賴　蕾莉，説起安妮，她的年紀還輕，一切都還得請你照顧照顧她，尤其是在交際上，你該幫我常常指導她一下。

蕾　呵唷！那又請誰來指導我呀？

賴　你真會開玩笑！誰不知道蕾莉在香港交際界的地位呢？哈哈……呵，最近安妮跟這位 Mr. 李好像很接近？

蕾　她以前不是跟學校裡一位男同學打得火熱的嗎？

賴　我不大清楚，我一個人在南京，不曉得她跟她母親在此地跟些什麼人來往。

蕾　這位李先生人是不錯的，算有點才幹！在香港社會裡還有點小地位。

賴　你們認識很久了是嗎？

蕾　（心虛）我們？——你是説誰？

賴　你，和李先生。

蕾　呵，説起來，他和我還有點親戚關係哩，香港淪陷的時候，我父親照顧過他一家人，所以以後就一直很接近。

賴　哦，彼此都有點地位的人，互相來往是不要緊的。

勞科長上。阿昇端茶隨出。

勞　賴先生叫我？

賴　唔，你跟着我到銀行走一趟，你把我們從南京帶回來的，與把南京資金運來香港有關的文件，都一起帶去。

勞　是。

賴　我叫你到報館登「聘請書記」的廣告發去了沒有？

勞　今早已經發了，晚報上就可以登出來。

蕾　聘請什麼書記？

賴　買賣上的事務很多，得多找個把人來幫着做做文書的事情。朋友介紹來的，又怕不會真正做事，所以就登報去招請了。

蕾　哦。

賴　蕾莉，我先過海一趟了。（向昇）等一會兒羅八達先生來了，請他坐一下，說我馬上就回來。

昇 是。

賴下，勞隨入。

蕾 阿昇，他來了嗎？

昇 大小姐也在一塊兒，所以一起把她請來了。

蕾 唔。——阿昇，（暗示的）以後別在賴先生面前多講什麼話！

昇 （伶俐地）這我曉得，何姑娘。

蕾 唔。

昇 何姑娘還有什麼吩咐？

蕾 我有吩咐的時候再叫你。

昇 是。

忽然場外响起了警車聲。

接着廖塢和豆皮渣二人各端小貨籃子狼狽地跑上，在攞搔＊堆旁及露台下躲藏起來。

何二抱了幾根廢木上。

蕾 是什麼事，阿昇？

昇 哦，是「走鬼」。

蕾 什麼是「走鬼」？

昇 那些小販阻街，「差人」要抓他們，所以他們都找地方躲起來了。

蕾 （新奇地）哦，這倒蠻有趣啵！

何 嗳，豆皮渣，怎麼你改行做小販了？

豆 有什麼辦法呢？沒有工做了，只有改做小販試試囉。

獨眼龍上。

獨 （向廖）嗳，廖塢，怎麼樣？（伸手）

廖 老哥，還沒有發市呵！

獨 （向豆）你呢？

豆 （為難地）才開檔又「走鬼」了，老哥，請回頭再收吧。

獨 （悻悻地去了）

同時，賴雨川引勞科長自大門出，聾婆開門。

廖 （向賴）喂，美國新到的玻璃吊帶。……

豆 （擁上）花生呀，廣州白肉花生……

賴 走開走開！

＊編者案：即垃圾。

勞　都走開！二人去了。

廖　（發覺了阿婆，急過來）喂喂，美國新到的玻璃梳子，原子耳環……

豆　（也搶過來）廣州白肉花生……

廖　（回頭向豆瞪一眼）

豆　（給嚇住了，不敢作聲）

廖　（向婆繼續喊）來吧，又便宜又好看的美國貨……

婆　這些貨都是我們二少爺從美國辦回來的，你還向我們兜生意？（笑着關門進去）

廖　喂，豆皮渣，你以後再要這樣「阻頭阻勢」，我就揍你！

豆　各人做各人的生意，你揍我做什麼？

李若非和安妮走出露台，注意到底下吵架的小販。

廖　你媽的，你才「入行」了幾天？就咀多多！

豆　大家都是一樣要吃飯，你就來欺負我們新「入行」的人！

廖　你還說！我揍死你！（動手打豆皮渣）……

何　（怕事地躲到一邊）

豆　（且逃且喊）打人呀，救命呀……廖追下。何二再拿飯到海邊去洗。

安　他們為什麼打架呀。

李　同行如敵國，為了吃飯不就要打了？

安　奇怪！大家好好地吃飯就得了，為什麼一定要打呢？我不明白！

李　（笑一笑）你肚子餓過沒有？

安　肚子餓？——肚子餓是怎麼樣的？蕾與李都笑起來。

安　你們為什麼笑？這有什麼好笑呢？

李　Annie，我們只是覺得你很可愛！

安　什麼可愛？

李　天真得可愛！世界上所有的人都像你的話，就絕不會有第三次世界大戰了！

安　你說的話我總是不大懂！

李　你就在這「不大懂」，我就是喜歡你這個地方！（乘機去親熱她一下）

安　（陶醉在甜蜜中）若非，為什麼你什麼都懂？你眞太有本事了！

蕾　（看了不順眼，故意作咳嗽）

同時遠處有飛機聲。

李　（反擊地）什麼事，Miss 何？——

蕾　呵，噯——這裡看得見啟德機場的飛機起飛呀。

李　哦，眞的。

三人在看飛機，機聲漸近。

阿B在內喊着出。

B　飛機！——飛機！——呀，好大一架！（學機聲）旺——旺——旺——

B　旺！——（舉手）

飛機聲從頂上掠過，漸漸遠去。

B　你看，姊姊，飛機還在那兒！你看你看！（一邊喊一邊爬上欄河，舉手作槍）砰！——！砰！——

安　阿B，小心摔下去，下來！

蕾　（想了一下）阿B，你別在這兒玩了！來，我給錢叫姊姊帶你去買架飛機玩，好不好？

B　（高興）好！好！好！……我還要買一支槍。姊姊，帶我去買飛機！

安　（不願）我……

B　（吵）去呀去呀……

蕾　去吧，Annie，免得他爬欄杆玩呀。

安　那，若非，你也一起去？

李　我——（瞄瞄蕾）我累得很，想歇一歇。我就在這兒等你回來吧！

安　也好，那你坐一回，回頭我們一起到King's看戲？

李　All right, Darling！

B　去呀去呀！（拉了安妮一同下）

李　（取烟，自己放一支到咀裡，再遞給蕾）Cigarette？

蕾　Thanks！（看看烟）怎麼改吸美國烟了？

李　Oh, yes！（一邊打火）我現在覺得只有美國烟最好，够刺激！所以非美國烟不吸！

蕾　不單美國烟好，所有美國貨都不錯！所以我也是一樣，非美國貨不用！

李　（打量她一下）所以全副美式裝備囉！哈哈……

安妮拖阿B從大門出。

安　（向李）See again！（拖着阿B走了）

李　See again, Darling！

蕾　若非，安妮根本是一個小孩子，自然不是你的對手呀……

李　（驕傲地）所以只一個回合，我就打勝了仗了！

蕾　你對任何女子都會勝利的；不過這次碰到我，你是失敗了。

李　但是起初的時候，你還不是跟安妮一樣地打敗了嗎？

蕾　（慢慢沉於回憶中）若非，你記得五年前的一個晚上嗎？——

李　唔。——在記憶裡邊好像已經過了五十年了！

蕾　咳！同是一個香港，同是兩個人，只隔了幾年就有了這麼大的變化！

李　說起來，我眞有點對姨丈不起！

蕾　呵？居然聽見李若非說起良心話，太少見了！不過你應該說是對「我」不起！你害得我好慘呀！（有點悲憤）

李　這個責任應該平均去負呀！你父親臨死的時候，我雖然答應替他照顧你和管理你們的家產；可是後來我們之間的事，難道全是我的過失嗎？你自己問問良心！

蕾　要不是你那時候趁火打刧，我決不至於弄到現在這個田地！

李　你現在也不壞呀！成了香港一位有名的交際花，現在又是南京貴人賴雨川先生的——
（斜睨住她，諷刺地微笑着）

蕾　（反感地）照這樣說，我還該謝謝你了？要沒有你當年的成全，我豈不是得不到今天的富貴？

李　好了好了，過去的陳年舊賬別再提了吧！（去親熱她一下作為道歉）你剛才要阿昇去叫我幹什麼？

蕾　舊賬不提也罷了；可是也得算一算我們的新賬呀？

李　什麼新賬？

蕾　我把人家的大小姐介紹了給你，而且在雨川的面前幫了你不少的忙，現在，你也快成功了，（突然嚴肅地）將來這筆賬怎麼算，我們得來談清楚！

李 呀？——蕾莉，你開什麼玩笑？

蕾 （扳起了臉）誰跟你開玩笑？

李 那——是什麼賬呢？我不明白。

蕾 一個聰明絕頂的李若非，居然會不明白起來了？希望你別裝糊塗了吧！

李 （作個無可奈何的姿勢）

蕾 那就別怪我拆穿你的了！你要追求安妮，究竟是為的什麼？——話説得太清楚就沒意思，這樣，你心裡就該明白了吧！

李 （沉吟了半晌，會心地笑了起來）好，我也知道瞞你不過；可是我又問一問你了：你這樣跟住賴雨川的目的——又何在呀？

蕾 我的事情請你別干涉！

李 當然不敢干涉，我的意思是我們得合作！

蕾 合作？

李 我們的佈置實在還不够週密，你應該清楚，賴雨川還有一個小兒子——阿B。

蕾 你在想什麼？若非，太沒良心的事情我不幹的！

李 （一笑走開。向路上望去）呵，羅八達那個傢伙來了，我們進去再談吧。（二人走進去了）

羅八達上。豆皮渣隨着上。

豆 （手裡拿着一樣金器，自己在端詳着）

羅 （看看洋房，找不到號頭，未敢卽進。向豆皮渣）噯，這是不是五十六號呀？

豆 不曉得。（回頭看見老何在海邊，喊他）老何！——老何！——何應着上。

何 呵，豆皮渣，什麼事？

豆 這位先生問這是不是五十六號。

何 （看見羅衣服整齊，趕忙為禮）呵，先生，這就是。

羅 好。（上階。按鈴）

豆 （看看手裡的東西，忽向羅）先生，這個東西是不是你掉的？

羅 不是。

何 是什麼東西，豆皮渣？

豆 像是金子的。

何　金子的？——在那兒撿到的。

羅　金子的？（裝作掉了東西的樣子）呵！——拿來看看，怕就是我掉的！……

豆　哦。（要送上去）

何　（碰了他一下）他剛才又說不是？

豆　你掉的是什麼呢，先生？

羅　呵，是——金子的，——戒指——一只戒指——或者是……嗯，總之是金子的！你先拿來再說……

豆　可是，這個是女人的胸針呀。

羅　（尷尬）嗯嗯……

阿昇開門招呼羅入。

何　（緊張地）豆皮渣，（把胸針拿過來）這真是金子的？

豆　是真的。

何　（貪婪地撫摸着它）豆皮渣，你這回兒發了橫財了！快拿去賣了吧！哼，這抵得上你以前在工廠裡熬幾個月呵！

豆　（有點心動）賣了它？——（稍為思慮了一下，搖搖頭，順手接回來）這怎能夠！還是還人家才成的！

何　還？——呵哈，這年頭撿到東西還用得着還的？就只有你才這麼傻！

豆　（不說話）

何　老實說，豆皮渣，要是你真不要，那就給我吧！

豆　那……（搖搖頭）

何　（別有用心）豆皮渣，你還沒有吃早飯吧？來來，就在我這兒吃吧！

豆　吃飯？家裡連粥也吃不成了！家裡老老少少一定都在哭哭鬧鬧的了，我都不敢回去。

何　大人還可以熬，小孩子沒得吃怎麼行呢？

豆　不行又有什麼辦法呢？

何　為什麼你不做工呢？做工的時候，不還有兩頓粥可吃嗎？

豆　難道我自己不做？工廠停工了有什麼辦法？

何　為什麼停工了呢？

豆　滿街都是美國貨，又便宜又漂亮，叫本地的工廠怎能不停？

何　唉！——你老婆沒有做泥工了嗎？

豆　還在做呀，可是她肚子裡有七個月了，挑不多，我跟他兩個人合起來，一天也只得兩三塊，家里大大小小八口人，連兩頓粥也不夠呀！

何　唉！——呵，怎麼阿妹還不回來？我去找一找她。——豆皮渣，不要走，一定在我這兒吃飯。

豆　不要了。

何　一定一定！——噯，那個金子的東西，回頭我們再——呀！——我先去找阿妹回來。

（匆匆下）

豆　（一個人在那裡煩惱，坐也不是，站也不是）

婦人又閃縮地上。

豆　你找什麼？

婦　我？——什麼事呀？

豆　你是不是找這個東西？（取胸針給她看）

婦　不是。——呵，我想請你幫忙做點事，替我進這房子去喊一個人出來，好嗎？

豆　喊什麼人？

婦　請這家的小姐安妮。——不，這是喊他們的用人阿婆吧。——我給點茶錢給你。

豆　我沒有工夫，請叫旁人替你喊吧。（看看手裡的胸針）是誰掉的呢？（四顧着找失主，下）

婦　（愴惶無計，不知如何是好）

譚佐治上。

婦　呀！——佐治！

佐　呵！伯母。——（不禁黯然）您，您好嗎？

婦　我很好，佐治。（哭起來）

佐　伯母，我不知道該用什麼話來安慰您！

婦　佐治，請你好好地保護安妮，我現在沒有辦法照顧她了。

佐　伯母，您放心！

婦　我知道安妮恨我，可是，我不怪她，我以前一向是偏心，對她不好，她是應該恨我的；可是我現在倒心疼她起來了。你不知道我現在多孤獨，我天天想念着她姊弟兩個，我每天都到她們家門前來來往往，想等候她們出來見一見；可是又怕碰見她父親那個死鬼！

佐　為什麼？

婦　他説過，離婚後不許我再來見兒女們。

佐　伯母，為什麼你這樣怕賴伯？

婦　他有勢力，有地位，我有什麼辦法呢？（又哭起來）

佐　（把話題扯開）我剛才到你們以前住的地方找安妮，才曉得他們搬到這兒來了。

婦　我也是剛才才曉得的。佐治，你現在要進去嗎？請替我把安妮和阿B叫叫出來吧。我已經好久沒見着他們了！

佐　我也是好久沒見着安妮了。伯母，我跟安妮已經不像從前那樣了。

婦　為什麼，你們原本不是很好的？

佐　你們離婚不久之後，她對我的態度就慢慢變了。

婦　佐治，我想安妮不會辜負你的，她只是小孩子脾氣吧了。——佐治，你去叫她出來吧，讓我勸勸她。

佐　好的，我現在就進去。（上階按鈴）

婦　（躲在一邊）

阿昇開門出來。

佐　請問，賴小姐在家嗎？

昇　剛出去了。

佐　（失望地）呵！——阿B呢？

昇　跟賴小姐一起出去了。——先生貴姓？

佐　我姓譚，我等一下再來好了。

昇　是。（關上門）

婦　佐治，不要灰心，你真得好好地保護安妮才好！現在跟他父親來往的多數都是靠不住的人呀！

佐　我會的，伯母，我愛安妮，我一定會保護她！

婦　對的！

屋內傳出笑聲。

婦　佐治，我在這兒怕碰到他們出來，我等一會兒再來。再見了，佐治。（愴惶下）

佐　再見！

阿昇出露台佈置桌椅等。

昇　（注意到佐治）譚先生，請先進來坐一會兒好嗎？大小姐大概就要回的了。

佐　不，我就在外邊等好了。——嗳，你們大小

昇　姐近來常出去嗎？
佐　是的，常常出去。
昇　自己一個人出去？
佐　不，常常跟李先生出去。
昇　李先生？——（在沉思着）
佐　（奇怪地望望他，進去了）
（一個人坐在堤上思索着）
獨眼龍上。
獨　（打量了他一下，要下）
廖鳩上來。
廖　（向佐）喂，美國新到玻璃吊帶！美國牙刷……（看見了獨眼龍，要躲）
獨　廖鳩？
廖　（無可奈何，撿出兩張小鈔票送過去）
獨　（嫌少）你是打發叫化子？
廖　老哥，實在是生意不好，請將就點兒改天再多拿一點吧。
獨　美國貨大行其道，說生意不好，你騙誰？
廖　（只好再加一點）
露台上走出蕾莉和李若非，往地上亂找。

佐　（注意到露台上的人）
蕾　阿昇！阿昇！
昇在內應。
蕾　你快替我到路上去找找！
羅八達也出露台來。
羅　噯，是掉了胸針是嗎？我剛才看見一個癟三樣子的人撿着了的。
（向門前那班人搜望）到那兒去了？
阿昇開門出。
蕾　阿昇，羅先生看見是一個癟三撿着了的，你快查問他們一下。
昇　是。（向廖）噯，你們撿着了一個金的胸針沒有？快拿出來！
廖　沒看見呀！
昇　（向獨眼龍）你呢？
獨　（反撥地）你問誰？
昇　問你！
獨　你看見我撿的了？你認清楚人沒有？——沒証據就別亂放屁！
昇　（退縮）問你一聲吧了。

蕾　再去找呀！

昇　是。（從大路下）

廖　（貪心地在地上尋找着）

豆皮渣從小路上。

豆　（向廖）噯，是不是有人在找什麼東西？

羅　呵呵！就是他！就是那個傢伙！

蕾　阿昇阿昇！——

昇跑回來。

羅　就是那個傢伙，快問他，快問他！

昇　是。（向豆）快把東西拿出來！你這混蛋偷東西！

豆　誰偷東西？

昇　撿着了人家東西不還，這還不是偷一樣？那位先生明明看見你撿的！

豆　但是這東西不是他的！我要找到物主才能歸還呀。

昇　你管物主是誰？總之，貴重的東西都不是你們窮人家有的，撿到了就得交出來！

蕾　阿昇，別跟他多講，叫他快拿出來！

昇　是。（向豆）快拿出來！（動手搜身）

豆　你不用找呀，我會拿出來。（將胸針拿出）

昇　（接過胸針，舉手一掌）你媽的！

豆　（躲得快，沒被打着。望住阿昇，敢怒不敢言）

昇　告訴你們這些傢伙，以後要在這附近撿到了東西，再藏起了不還來，就得洗乾淨屁股等坐牢呀！（進屋）

羅　好了，找回來了。（乘機拿起蕾莉的小膀子，貪婪地上下撫摸着，並嬉皮笑臉地）蕾莉，這趟你得謝謝我了！

蕾　這一點點東西本來不值得去找，不過讓窮人家撿了，總覺得有點不值就是了。

羅　是呀是呀！

三人一邊說一邊進廳裡去了。

獨　哼！

廖　他媽！

豆　我豆皮渣雖然窮，也不會食這幾錢金子！——我剛才回家，看見母親在罵，老婆在怨，孩子們在哭在鬧，我就想過了一下，想把撿着的這塊金器賣了吧，讓他們好好的吃一頓飯；可是再想了一想：一個人不應該取不義之財，還是留着交還人家的好。——可是一個人常常會好心得不到好報。……

安妮拖阿B上。

B （手裡拿一架玩具飛機和一支假手槍，一邊走一邊向空中瞄準）砰！——砰！——（經過豆皮渣面前，瞄準地）砰！——

豆 （餘怒未息，向他瞪一眼）

安 別這樣頑皮，阿B！（拖阿B往大門走）

B 嗯嗯，我要到海邊放飛機。

安 不要！

佐 安妮！（奔上前來）

安 呵，你！（不悅）

B 佐治哥，（把二人拖在一起）姊姊，一起去玩，帶我去玩。……

豆皮渣，廖塢，和獨眼龍都先後散去。

阿婆走出露台鋪桌布。

安 阿婆，阿婆，你出來帶阿B去玩吧。

婆 是。（進廳）

佐 安妮，我等了你很久了！

安 （極冷淡）等我幹嗎？

佐 安妮，你現在為什麼用這樣的態度對我？

安 不用這樣態度用什麼態度？

佐 （悲傷地低下頭）

阿婆從大門出來。

婆 譚先生。——阿B，我帶你去玩吧！

二人往海邊走了。

李在露台上出現了半個頭，一會兒收回去了。

佐 安妮，我不明白，你為什麼老躲着我？我寫信給你，又老不見你回。我究竟什麼地方得罪了你？請你告訴我，讓我好改過來。安妮，我實在不能忍受你對我這樣冷淡！

安 我沒叫你忍受，你丟開了不就完了！

佐 丟開？安妮，你忘了你以前對我說過些什麼話？

安 ……

佐 你就能這樣負心？——安妮，告訴我，誰叫你這樣對我的？

安 沒有誰叫我！

佐　哼！我知道，是一位姓李的混蛋！

安　你混蛋！

李悄悄啟大門出，待在門口。

佐　（軟下來）安妮，你想想我們過去的相愛，想想你母親多麼希望我們……

安　別提我母親，我恨死她！

佐　好，我不提，可是安妮……

安　好了好了，我沒工夫，有什麼話改天再說吧！（回頭看見了李）

李　Annie！

安　呵，若非！（向屋裡走）

佐　安妮，我等一下再來！

安　別來了！（直奔入屋內）

李　（譏嘲地望佐治一下，然後關門進去）

露台上走出了羅和蕾莉，一邊在笑着。

佐　（看他們一眼，怒極而去）

羅　哈哈！……所以，任何一個男子都想佔有世界上 Most Beautiful 的女子，可是上帝似乎有意給男子為難，特別少做一些漂亮的女人，使她們不够分配，而讓男人們去競爭。——不過，另一方面說，這又是上帝的恩賜，要不是這樣，那麼 Hollywood 的電影和香港小報就不知少掉了多少寶貴的材料了！哈……

蕾　哈哈！……

羅　蕾莉，我想問你一件正經事，你以前用過的那種安全打胎藥是什麼？我想買給我太太用一用。

蕾　怎麼，羅太太又有喜了？

羅　不得了！一年一個，實在負担不起，非打掉不成了。

蕾　那種藥我也不清楚，你問問李若非吧。

羅　唔——蕾莉，你跟若非現在——？

蕾　保持朋友關係呀。

羅　安妮不清楚你們過去的關係吧？

蕾　又何必讓別人曉得那麼多呢？

羅　唔，說到安妮這一段三角戀愛，我看相當麻煩呵！

蕾　還有什麼麻煩？在戀愛場合裡，傻子永遠是被犧牲的！哈哈……

羅　哈哈……

李和安妮咀裡嚼着口香糖走出露台來。

李　你們在談什麼？

羅　呵，才在談你們的麻煩事。

安　羅先生，一件本來並不怎麼麻煩的事，一經過你的咀，事情就眞會麻煩起來了。

李　好了，（從口袋裡掏出一片口香糖擲給他）讓粘着你的咀，少說兩句吧。（再分一片給蕾莉）

羅　口香糖？謝謝了，讓你留給女孩子吃吧！不過（向安）你們小姐們該聽我一句忠告：男人們口袋裡帶着大量的口香糖，這是一種可怕的陰謀，你們女人要當心才好，要不然一旦給口香糖粘住了，可不是好玩的！所以你們沒什麼經驗的女孩子就得學學蕾莉，她愛吃口香糖而沒給口香糖粘過，這是她的本領。女人而要在香港生活，就得有這點本領才成！

蕾　過獎了！

李　老羅，你這位「香港通」的本領可也不小呀！日治時代是皇軍的通譯，日文學校的校長，大東亞文化協會的委員……

羅　算了算了，舊事提起來眞沒意思！

李　那麼又提提現在的事吧：香港光復後搖身一變而為慶祝勝利大會的籌備委員，英文短期學校的大教授，商業鉅子，經紀界權威，千變萬化……

羅　請少罵一點兒吧！告訴你：現在市上的「乾濕褸」是最值錢！

李　別誤會，我並不是罵你是「乾濕人物」，而是表揚你那多方面的才能！

羅　這並不是因為我有才能，而是因為香港這種社會是沒有「二等」的，因為香港社會就不容許中間層的存在，要呢，就受人恭敬；要呢，就受人輕視！為着要爭取一點地位，所以不能不四面着手，並且，嗯——

李　（代他說）有路皆竄，無孔不入！

安　為什麼香港沒有二等的呢？

羅　那我也不清楚，不過你看看香港的電車和過海輪船就得到証明：你有兩毛錢就爬得上頭等，不够兩毛錢，只好打入三等了；一毫半呢，就沒有「地位」。

李　這樣説，老羅，你是頭等客呢還是三等客？

羅　依照口袋裡的意思，三等也嫌太高，可是為着面子，却不能不爬上頭等。有時候實在爬不上去的話，我就寧可走路了。

安　眞的，説起來電車不設二等，眞是沒道理！

羅　根本這種社會就是沒道理的嘛！

安　你既然曉得這種社會沒道理，為什麼你又偏偏要在這種社會裡邊混呢？

羅　不在這兒混到那兒混？

安　不見得世界這樣大，就沒有旁的地方吧？

羅　當然有；可是天下烏鴉一樣黑，到處都不是一樣？

安　總該有一些「有道理」一點的地方吧！

羅　你出過門沒有？

安　我是在香港出世的，沒到過旁的地方。

羅　所以囉，難怪你把世界看得這樣簡單！哈……

胡子清上。

胡　（在找門牌）

蕾　Oh, Hallo！Mr. 胡！

胡　呵 Miss 何！好久不見！你好嗎？（熱烈握手）

蕾　很好，不見了六七年了！你這些年躲到那兒去了？

胡　我進內地混了幾年，勝利後到台灣辦了一年多接收。

蕾　那末，當然發財了？

胡　錢是弄到過一點，可是還不是花光了？現在回香港來攬了一點生意做做。

蕾　哦。要到那兒去？請先進來坐一坐吧。

胡　好的。

蕾　（向內喊）阿昇——

羅　我去喊他開門。（進去了）

安　若非，我們出去玩兒，好嗎？

李　好的。

安　我先去洗個澡換換衣服，你等等我。（下）

李　很好。

蕾　（背着李向胡做個嬌媚的鬼臉，並偷偷送了個吻）

胡　（不好意思地背轉了臉）

李　（在一旁冷眼窺察）

昇開門，胡入。

李　蕾莉，你們是「舊愛重逢」吧？

蕾　誰告訴你的？

李　用得着人告訴我？憑我精明的眼力，什麼事情看不出來？

蕾　呵嗬！憑你精明的眼力，就到「現在」才看得出來呀？告訴你：他是我最初的愛人吶！

（一笑而下）

何二和阿妹上。

何　（手里端一小包米，一邊走一邊咀不停）要等你買米回來，人都餓死了！

妹　幾毛錢的米，大米店不肯賣，小米檔又貴，多走幾家自然就久了。

何　別再講了。你快洗米，讓我去弄根洋火回來吧。（下去）

妹　（一邊洗米，一邊哼着小歌）

李　（注意到她）小女孩！

妹　幹什麼？

李　（欣賞了她一會兒）長得不錯！

妹　哼！（不屑地走開，並挽個罐子打水去了）

阿婆拖阿B上。

婆　（一邊走一邊咕嚕）小孩子家不要太頑皮呀！你媽媽在的時候她最縱容你，可是現在你媽媽不在了，你頑皮的話你爸爸就會罵你的了，要聽話才成呀！……

婦人悄悄隨上。

婦　（閃縮地）阿婆！——阿婆！——阿B！——

B　呀！媽媽！……

婦　（哭，緊抱阿B狂吻）阿B！……兒子！……

婆　呵，二少奶！

婦　兒子，媽媽多惦念你呀！……

B　媽媽！……媽媽！……

李　（注意住她們）

婆　二少奶，阿B實在離不開你的呀！天天到晚上就吵着要媽，可憐他聲音又不敢哭大，怕二少爺聽了又罵了。

婦　可憐的孩子！誰害得你這樣？你該記着！你

該記着你那該殺的爸爸呀！他跟我離婚我沒關係，可是他硬不肯讓我帶阿B走，這我就恨死他！硬拆開我們骨肉，拉了我的心肝……

婆　不過這也難怪二少爺，賴家只有阿B一個兒子，總要留下一條根，讓將來這個家好有人承受呀；難道就讓那些不三不四的女人，來領了二少爺這份家業嗎？

李　（聽了有所沉思）

婦　阿婆，你要念在我，得好好地替我照顧阿B呀！

婆　我會的，二少奶，你放心好了！

婦　阿B，你得聽阿婆的話呀。……

汽車聲響。

婆　（望望大路）呀！二少爺回來了！……

婦　唉呀，是他回來了？

汽車聲又響。

婦　我得走了，阿B，你乖呀！（緊抱他吻着）

B　媽媽！媽媽！……

婆　二少奶，你快點走吧！

婦　（重重地吻阿B一下，忍痛放手，急從小路跑了）

B　（哭）媽媽！媽媽……

婆　別哭哪，阿B，你爸爸回來了！

B　（不敢再哭）

婆　（趕快背起了阿B）

勞科長從大路上。阿妹也挽水上，自去弄飯。

李　勞科長，賴先生還沒有回嗎？

勞　呵，李先生，他要跟銀行的陳經理商量些事情，叫我先回。（上階按鈴）

孟先生上。

孟　呵，勞先生，賴先生在家嗎？

勞　呵，孟先生，他馬上回來的了，先請裡邊坐。

孟　好的。賴先生今天新居進伙，我是特地來道賀的。

勞　客氣客氣！裡邊坐，請！

昇啟門，大家都進去。

煥姐又挽了菜籃子上。

煥　阿妹！（故意掠掠頭髮，露出髮邊的一雙髮夾子）

昇　（剛想關門，卻注意了煥姐，於是暫時待在那兒）

妹　煥姐！（停下燒飯）呀，你這雙髮夾子眞好看！

煥　好嗎？（驕傲地）你猜，是誰送給我的？何二取洋火上。

妹　是誰？——我猜不着。

煥　我告訴你：是張添記！

妹　（羨慕地）呵！眞漂亮極了！

何　怎麼？看見了人家有，你也想有一雙嗎？

妹　我沒有想。

何　孩子，讓尋到了你的堂姊姊，你怕她不買一雙金子的給你？燒飯吧！——煥姐，又買什麼呀？

煥　主人家要吃午點呀！

何　唉！窮人還沒吃第一頓，有錢人又要吃第二頓了！何和妹在燒飯。

昇　煥姐要走。

煥　（向她吹口哨，作個鬼臉）

昇　（對昇冷笑一下去了）

屋內笑聲起，接着蕾引胡，孟，羅上，勞隨上。一邊在談笑。李起讓坐。

蕾　子清，你多玩一會兒，等雨川回來了我介紹你認識他，將來你們在商業上就可以多多合作了。

胡　那眞是求之不得了！

勢　阿昇，倒茶出來呀！——

昇　（正看得入神，忽被喚醒）哦，來了！（匆匆關門入內）

蕾　傭人實在太少，招呼不週到，請各位別見怪呀！

眾　那裡那裡！

羅　茶喝得太多了，我看要喝嘛就喝啤酒吧！

蕾　對了，阿昇，拿啤酒出來！

勞　各位隨便談談好了，都是好朋友，請別客氣呀。

眾　不客氣，不客氣！

羅　話談不得那麼多，我們來玩玩紙牌如何？

眾　很好很好！

羅，胡，李，勞圍着打紙牌。

雷迅喊着上。

雷　晚報，中英晚報……呵，何老伯，你的信寫好了。（交信）馬上可以去領救濟品了。

何　好。雷先生，謝謝你謝謝你。

妹　雷先生，晚報出版了？

雷　是呀，香港眞怪，早飯都沒吃就出晚報了。

何　快賣完了吧？

雷　差得遠哩！每天只賣這幾份，就算賣完了也沒用，所以非找一個固定職業不可！

何　是的，先歇歇吧，你太累了。

雷　好，你忙你的。

何　嗳，請借一份報紙，讓我看看有沒有我姪女兒的消息。

雷　好的。何老伯，你認得你這位姪女兒嗎？

何　分開的時候她才一點點大，現在隔別十多年了，認不得囉！（坐到一邊閱報）

露台上的人們集中在打紙牌，蕾走向欄河。

蕾　（發現了雷迅，頗感興趣）嗳，賣報紙的！

雷　哦，（趨前）要什麼報？

蕾　小報有沒有？（一邊打量着他一身上下）

雷　小報沒有，請買份晚報吧。

蕾　（望他微笑）可是我只愛看小報，我喜歡看那些香艷小説。

雷　那對不起！（要走。半自語地）那些請你到鹽倉裡去買吧！

蕾　嗳，別走呀！（向他作媚態）我看你不像個賣報紙出身的人。

雷　這有什麼關係？

蕾　當然沒關係，不過我想問一問吧了。

雷　我要去賣報了，對不起。

蕾　忙什麼呢？也許我全都跟你買下來哩！

雷　（要走）

勞　嗳，晚報呀！

雷　哦，要什麼報，先生？

勞　（選了一份，打開在找着某一欄）

蕾　勞先生，找什麼消息呀？

勞　哦，找我們那段「聘請書記」的廣告。
雷　（注意了他的話）
勞　哦，在這兒，登出來了。（在看）
雷　（急打開手中報來看。喜悅，向勞）這位先生，就是你要招請書記嗎？
勞　唔，怎麼樣？
雷　我想來試試，看合不合格。
勞　你？
雷　就是我！
勞　（懷疑地端相着他）
蕾　勞先生，這件事你交給我辦可不可以？
勞　可以可以！當然可以！
蕾　要是我決定了，勞先生不會反對吧？
勞　我那裡敢説這個話；這書記是賴先生聘來用的。
蕾　賴先生面前，我來負責好了。
勞　那就行了。（鞠躬而退）
蕾　（對雷）你看，叫你不要走，是不是有你的好處呀？
雷　剛才眞對不起！
蕾　你以前是幹什麼的？
雷　我一向在國內當教員的。
蕾　不過你除了跟賴先生辦公之外，還得替我私人辦些公事的啵。
雷　（喜極）好的！
蕾　你馬上就可以來辦公吧？
雷　隨時都可以。
蕾　那好。（從手袋裡取出一疊鈔票，遞給他）先去換一套衣服，回頭來見我好了！
雷　好，（收下）回頭見。（高興地走了）玩紙牌的停止了，胡離桌走近欄河邊。
蕾　噯，你看那個賣報紙的小夥子，蠻好玩的！
胡　（會心微笑地望住她）昇送啤酒和玻璃杯上，卽下。
勞　（倒酒）來，各位請！
蕾　子清，為我們重逢來乾一杯！（乾杯）
胡　謝謝！（乾杯）
羅　我們為雨川改行做生意乾一杯！
眾　好！（乾杯）
孟　噯，我們還該為賴先生的南京老板乾一杯！

眾　（熱烈地）對！

勞　為南京的老板乾一杯！

眾乾杯。

廖塢上，一邊收拾着籃裡的貨物。豆皮渣隨上。

何　收檔了，廖塢？

廖　早點收檔回去吃飯算了。

豆　廖塢就「妥」了！生意做到他不願做，再賣三個月美國貨，我看他得回去起洋房了！

廖　你媽的，豆皮渣，你這樣眼紅又不改行？

（自去收檢貨物）

豆　我那兒有這麼大本錢來改行？唉，在鄉裡耕田活不了，到香港來做工也活不了，現在改行做小販也活不了，唉！……

露台上忽然鼓掌大笑起來，原來是在上邊弄着些什麼無聊的玩意兒。

又是一陣大笑。

露台下的人們側目。

事頭婆和煥姐上，邊走邊談。

事　我一定介紹過一份好工給你做，不過好工也實在難找，要托得人太多吧，又得多花茶錢呀。……

煥　多扣幾個介紹費有什麼關係？我做工就求做得痛快，工錢多少我都不怎麼計較，你儘管替我找好了。

事　那就容易了，你的工包在我身上！

煥　好的，那謝謝你了！——阿妹，還沒吃飯？

（下）

妹　還沒有，煥姐。

廖　（一看見事頭婆，要溜）

事　（眼快）噯，廖塢！別看到我來了就走呀！

廖　呵，事頭婆，我沒看見你呀，你好呵！

事　好什麼？為這幾份「會」一天到晚跑到腿都酸了，弄到連飯都沒一頓吃好過；可是人們標了會都不供，這不是有意拿我這個「會頭」為難嗎？

廖　不是有意的，事頭婆，實在沒錢供會，那有什麼辦法呢？

事　要曉得自己沒錢供，先就別標會呀！你當初標了這份會，得到一筆本錢做這生意，現在生意賺了錢，你就連會都不供了，你這些人安些什麼心！

廖 你還是替我墊供下去，連本帶利地堆上去，我將來要還你的！

事 曉得你那一年還呵？再說，我那兒來這許多錢給人墊供？

廖 （羞惱變成了憤怒）你又有錢去放債？黑心肝，專吃貴利，你要小心下半世呵？（下）

羅到欄河邊上。

事 什麼？我算黑心肝？我要不放債，你們這些人怕早都餓死了！……

羅 噯，事頭婆，生那麼大的氣？

事 呵，羅先生，不是我要生氣，是我幫忙了這些死鬼，他們還說我的壞話！……

羅 我說，事頭婆，你放債給那些窮人，不如索性施幾副棺材給他們更實用！反正你舖子裡有的是棺材。

事 羅先生，你就住在這兒？

羅 不，這是賴雨川公館，他今天特別約我來有事情談談。

事 什麼，賴先生搬到這兒？怎麼他沒告訴過我？

羅 奇怪，所有朋友他都通知了，怕是你住得太僻了吧！

事 唉呀，我正要找他吶！

羅 找他什麼事？

事 為了我跟他合股做的生意！

羅 呵，那恭喜吶！事頭婆！——賴雨川這一向經營的，沒有一樣不大賺錢！

事 什麼，賺錢嗎？

羅 當然賺錢！

事 那——為什麼賴先生又對我說，我們合作的生意都賠光了呢？

羅 呀？

事 （急起來）賴先生在家嗎？那我一定要找他問清楚才成！

羅 嗯——出去了。可是要有什麼事情先進來再說吧！

事 （吵着）要是他眞是這樣，那我一定不答應！（一邊去按鈴）我這一生辛苦積下來的血本呀！賴先生要眞是這樣沒良心，那我這條老命也不要了！

露台上眾人聞聲，都到欄河邊來看。

阿昇開門。

昇　找誰？

事　找誰不好？不給我進來？……（闖了進去）

昇　（急關門追入）噯！噯！……

蕾　這是誰？

羅　棺材店的老板娘。

何　還是這位事頭婆有眼光，什麼都不做，單做棺材生意；這年頭活的人少死的人多嘍！

（一邊說話一邊弄他那露台下面的鋪蓋）

羅　（急掩鼻）噯噯！……

蕾　唔，討厭！

勞　阿昇！——

昇上。

勞　還不叫這老頭搬開？剛才賴先生已經吩咐過的了！

昇　是。（下）

羅　市面上有這許多沒有房子住的下等人，眞是叫這稱為現代文明的都市大傷體面！

勞　要這都市文明，只有將這些人趕走了！

李　對！來，再為我們的「文明都市」乾一杯！

眾　好的，好的。……（在倒酒）

妹　爸爸，我們一點菜都沒有，怎麼下飯呀？

何　唉？……

眾　乾杯！哈……

蕾　哈……（再喝不下，把手裡的酒潑到露台下）

酒剛好酒得何二一身。

何　噯噯！

眾　哈哈……

內安妮聲。

安　若非！

李　哦，Annie！（進廳裡去）

昇自大門出。

昇　（到何二身邊）噯，老頭，（揮手）搬走吧搬走吧！

露台上眾人回到桌旁打紙牌。

何　（迎笑）先生……我們……我們難民……

妹　（也走過來，焦急地望住阿昇）

張添記上。

張 （望住這塲糾紛）

何 （懇求）先生……我們難民可憐，沒地方……

昇 （突然狂哮）叫你搬走！

何 （嚇得呆住了）

張和豆皮渣都不平地望住阿昇

露台上的人們也看看熱鬧。

昇 好聲好氣跟你説，你還當人好欺負！——搬呀！你自己不搬我就動手的了！

何 （苦求）先生，我們實在沒有地方住，叫我搬到那兒去呢？……先生！……

昇 我曉得你搬到那裡去？難道我們要讓出洋房來給你住？

何 先生，請行行好吧！大路邊「差人」又干涉不許睡，那叫我們睡到什麼地方呢？……

汽車响。

昇 少囉嗦！快搬快搬！……

賴雨川與陳經理上。

賴 陳經理，我們就是搬到這座房子來。

陳 呵，好一個清靜幽美的住處！好得很，好得很！

安妮與若非打扮好了從大門出，看見這裡發生了事情，暫時站在門口。

賴 （向阿昇）怎麼樣？

昇 賴先生，現在叫他們快搬！

賴 好，就叫他們快搬！

昇 可是他硬賴，説沒地方睡，不肯搬。

賴 沒地方睡？海那麼大，叫他們睡到海裡去好了！

昇 是。（向何）去去，睡到海裡去呀！

妹 （憤極，低聲回駁）你睡去！

賴 （向陳）請裡邊坐！

陳 好好。

何 （趕到賴前）……先生，老爺，請你可憐可憐我們難民吧！我們流落到香港來無家可歸，你叫我們到海裡去睡，可是海不能睡呀；要是海眞能睡，我眞可以睡到海裡去！……（作揖）先生，你們老爺小姐可憐可憐我們難民吧！你不曉得我們多悽慘，我們從內地復員回鄉裡，所有房屋田地都給人家劫收完了，弄到家破人亡，剩下我們父女兩個，到香港來找姪女兒又找不到。請行行好，積些陰德，門口這一點點地方，就讓我們這些無家可歸的人住一住吧……（哭出來，不禁跪下，向賴叩頭）

妹　（也哭了）

安　（看了，很難過）唉呀，我不能看！（突然掩面跑進屋裡）

李　Annie，Annie！（追入）

賴　（向何）討厭！——陳經理，請進去吧。

二人進屋裡去了。

路旁的人有憤恨的，也有黯然的。

露台上的客人有點動容，呆在那兒。

何　（還在叩頭）先生，老爺，小姐……我可憐到這個地步，還叫我到那兒去呀？……

蕾　別理他，我們繼續玩牌。

各人重新玩牌。

昇　搬呀！搬呀！

何　（向露台叩頭）太太，老爺，你們大座洋房，裡邊有的是好地方，反正用不着住到門口外邊來，就讓我們難民借你們簷下棲個身避避雨，眞是陰德無量呀！（叩頭不止）……

蕾　（突然笑起來）哈哈……這回我贏了！哈……

眾　（附和）哈……

妹　（憤然望了露台上一眼，氣極，很快擦了淚）爸爸！起來！搬就搬，幹嗎這樣下賤跪着去求人家！（説着，又哭了，用力要拖起何二）起來起來，爸爸！……

何　（不肯起身，照樣叩頭）老爺，太太，先生……

昇　（忍無可忍）他媽的！（跑到露台下，一手扯了何二的蓆子，一腳把地舖踢了，東西滾滿一地）

何　（忙起來阻止）不行，不行，先生，不行呀……

妹　（幫着來阻止阿昇）你！……

路旁的兩個人憤極。

昇　（又跑到灶前，把那鍋沒燒好的飯，連鍋帶米一手摔到海裡）他媽的！……

張　（要阻止已來不及）

何　（驚叫）唉呀！我的米！我的米！……

妹　（悲憤）你怎麼把人家的米摔了？

昇　我管你的什麼！

張　（憤極）你究竟是不是人？

昇　你管得着！

何　（跳脚，慘呼）那是我們今天一天的米了！你賠呀你賠呀！……

昇　我告訴你，你得趕快搬走，再不搬，我抓你這老不死上「差館」去！（翻身入屋，隨手把門關上）

何　你們這些黑良心的人！你們絕子絕孫的！這樣對待我們，要打進十八層地獄翻不得身呀！……

張　算了，老何，吵有什麼用？

何　這種人呀，我們好好的沒犯着他，他可把我們趕得這麼絕呀！…

妹　爸，不要說了，我們就搬吧！希罕他這個門口！（她動手去收拾舖蓋）

豆　（幫着她撿拾東西）

何　（老到岸邊，傷心地憑吊着那鍋米）一天的米糧呀……

妹　（把東西用力放到路燈桿下，恨恨地望住露台）這裡看還碍得着你們！

露台上又一陣狂笑。

蕾　哈……又是我贏了！哈……

阿昇走出露台。

昇　何小姐，請各位客人進去吃午點。

蕾　呵，各位，請進去用午點。

眾　嗳，我們才吃過飯，還飽得很！

蕾　今天是特別弄的燕窩羹，請各位賞臉嘗一嘗吧！

羅　既來之，則安之。卻之未免不恭，那麼我們就去吃吧。

眾　太客氣了！

眾進去。

何　（坐在地上苦叫）現在叫我們住到那兒去呢？……

張　老何，等一下再想法子好了，我們先去買兩磅麵包塞住肚子再說吧。——豆皮渣，還沒吃早飯吧？一起走！

張，何，妹，豆等下。

同時，事頭婆，事頭婆跟賴出露台來。

賴　事頭婆，那些都是靠不住的謠言！這一個月來，我個人損失也將近一百萬港幣呀！

事　（在他面前，多少為對方的威儀所攝）不過人家都說你賺了不少錢。所以我聽了就有點奇怪。

賴　在另外一些生意上也許是賺了多少；可是在你投資來做這件買賣上，却是虧得一乾二淨！再不信，你可以問問勞先生，我的生意怎麼樣，他全盤清楚。

事　不是不相信，賴先生在國內有那麼大的靠山，而且又有這樣大的資本，當然不在乎我們這一點點血汗的小本錢！

賴　我勸你不要聽別人胡說。你調查一下，我這一個月以來從南京方面滙了多少國幣來香港接濟，要不然，我早就垮台了！

勞出露台。

勞　賴先生，陳經理要請你談話。

賴　就來。——事頭婆，請先回去吧！

事　可是賴先生，可憐我辛苦積蓄這個血本……

賴　不必為這事情太難過！兵家勝敗常事，有機會，我們再度合作，捲土重來呀！

事　可是賴先生……

賴　好，再見！不送不送。……

事　（猶疑而又鬱鬱地下）

賴　（望住她出去了）這種人活該！

勞　（秘密地）她起了懷疑了？

賴　以後你做事該更週密一點！

勞　是，賴先生。

賴　世界上的道理就是這樣：永遠是「大魚吃小魚」的！要不然，世界上的秩序一定會被擾亂，而大魚又怎麼會肥呢？

勞　是的。

賴　把陳經理請到三樓私人會客廳裡，預備紙筆和我的私章。（下）

勞　是。（隨下）

崩　崩鷄七又上。
（鬼鬼祟祟地向露台上探親，企圖着什麼的樣子）

事　一會兒，昇啟門，事頭婆出來。
（慢慢走着，心裡疑恨交併）

崩　事頭婆，為什麼像滿臉殺氣似的呀？

事　崩鷄七，我現在想——哼！——
李若非出現在露台上。

李　（窺俟着事頭婆，手裡拿着阿B的飛機）

李　Hallo，事頭婆！

事　嗯？

李　我敝姓李。對不起，我問一問：你們剛才的賬算得怎麼樣了？

事　哼，這筆賬，終有一天要算清的！

B　（在內喊）李先生：李先生！……

李　（有深意地）好，我們有機會再談，事頭婆！

B　（在內又喊）李先生，我的飛機呢？

李　好，還給你！（開了飛機上的機器，讓他飛進客廳裡去。再回頭來，對事頭婆作個神秘的微笑）

事　（疑惑地望着他一會，然後去了）
崩鷄七隨她下去。
安妮聲音在內喊。

安　若非！若非！

李　Annie！——Here。

安　（跑出來）若非，你在這兒幹嗎？我們不是要出去嗎？

李　Darling！（執了她的手，拖她到欄邊）我在這兒等你！

安　在這兒等我？

李　是！這兒，這兒沒有人！（一手抱了她，擁着就吻）

安　（陶醉在他的吻中）
佐治上，向門口走去。

佐　（突然看見二人在擁吻，呆住，由妒生憤，以至不能壓抑，高聲爆發出來）是你！——我，我要宰了你！
李和安急轉臉過來。
三人瞪視着。

——幕——

第二幕

景：同前。

季節雖然已轉秋天，但香港的天氣還是那麼悶熱。

時間是晚上，對海香港島上的燈光閃爍着。露台上佈置一新，欄河上擺設着兩盆鮮妍的洋花。窗上都垂掛着漂亮的絲帘，從這些門窗裡面，放射出豪華的燈火。露台上的桌上零亂地擺滿玻璃杯，菓碟，汽水瓶等，像剛有一羣人在這裡暢玩過似的。

垃圾堆已經被剷除，但老何的「公館」卻因實在無處可遷而暫時佔有了垃圾堆原來的位置。

天上雲影裡浮着生暈的月亮。

何二獨自坐在海邊，猛揮着破葵扇。

附近傳來賣唱粵曲的歌聲。

露台上，煥姐出來。

煥　（向路燈下探尋着什麼似的，然後去撿拾桌上的東西）

何　（咳嗽了幾聲）……

煥　（發現了老何）老何！老何！——還沒有睡呀？

何　噯，煥姐。天氣太悶，睡不着。想不到中秋節都過了，還這麼熱呵！（揮扇不停）

煥　添記來過沒有，老何？

何　今晚還沒有來。

煥　等一會兒他來了，叫他等我一下。

何　是。（貪婪地望住她手裡的點心）

煥　（一邊作事）阿妹呢？

何　她呀？（反感地）上什麼義學去了！

煥　唸唸書，認識幾個字也好。

何　唉，連肚子都顧不了，還學人唸什麼書呢？——像今晚，（有所祈地）我，我們還沒有吃飯哩。

煥　那——老何，你拿些點心去吃吧。（順手遞他兩塊點心）

何　（笑接）謝謝你，煥姐。（回鋪上慢慢吃東西去了）

阿昇剛出露台來。

昇　煥姐！——（看見她給老何點心）嗳，這個——下次不要了，煥姐，他們看見要罵的。

煥　罵什麼？這是吃剩的，反正要糟蹋了的。

昇　（諂媚地）煥姐，我來幫你撿吧。

煥　謝謝你，我自己撿得了。

昇　（厚着臉皮）來吧，我幫你吧！煥姐。（硬迫過去）

煥　那麼，讓你來撿好了，我去弄旁的。（進去了）

昇　嗳，煥姐，煥——（一氣把東西放下，自己倒半杯汽水喝了，坐在那兒生氣）

內蕾莉聲。

蕾　阿昇！——阿昇！——

昇　來了——

蕾已到了門口。

蕾　跳舞會馬上就開了，廳上的東西還沒弄好，你是怎麼搞的？——快去弄好！

昇　是，是。（慌忙撿了東西進去了）

蕾　（也正想進去）

李若非剛從廳裡出。

李　蕾莉！——

蕾　怎麼了？

李　你出來！（招她到欄河邊，低聲地）再借給我五百塊錢。

蕾　不斷地借，我是中了馬票吶？

李　賴雨川到香港兩個月以來，那一樣不大贃特贃？這，你比中馬票還強呀！

蕾　（諷刺）哼，我勸你要謀人家的財產也不要謀得這樣現形！要是弄不好在人面前露出了你的狐狸尾巴來，那你會連臭蟲也捉不到一個！

李　你替我想想，我不能在安妮面前現出我的窮酸相呀；假如我的狐狸尾巴露了出來，不見得你的馬脚又收藏得了！

蕾　哼，我才不在乎哩！

李　不過，蕾莉，我們該互相幫忙，不要互相拆台呀！

蕾　好了好了，我現在要招待客人，你的事改天再談吧。（匆匆走了）

李　（想叫住她）嗳！嗳！……（一個人無聊地

立在欄河邊）

阿B走山露台。

B　（用假槍指李）別動！——哈哈……

李　哈哈……嗳，阿B，（把阿B抱起來，呆呆看了一會）

B　李先生，你看住我想什麼？

李　呵！沒什麼。——阿B，你想不想去玩呀？

B　要去要去！

李　可是你別告訴你爸爸曉得才成，他不讓你去的。

B　唔！我不告訴他。

露台上走出了賴雨川和勞科長。

賴　Mr. 李，跳舞會就要開始了，還不進去？

李　就進去。（與阿B進去了）

賴　（看完了手裡兩個電報，興奮而緊張地）這一件，你立刻回他一個電報，叫他用迅雷不及掩耳的手段，在市面上全部吃進。

勞　是，（記下來）

賴　關於這件，我們得在報紙上製造於我們有利的消息，讓助長國幣的淡市。或者——假冒美聯社的電報，說是「杜魯門攷慮取消對華貸款」？

勞　不過也得提防國內老板的反感才好。

賴　哈哈，其實國內老板不也一樣希望美金更漲嗎？哈哈……

勞　哈哈……是的。

賴　這樣，國幣一跌，國內物價又漲，那我們上星期入口那批貨就更——哈哈……

勞　是的是的，哈哈……——報告賴先生，我們那位電報收發員他要求您再加點薪水給他。

賴　（攷慮了一下之後）好吧，生意要靠他，沒辦法。不過你要叮囑他，關於我們家裡私設電台的事，要他千萬守秘密才成！生意有發展，還可以再分他紅利。

勞　我已經再三叮囑他的了。

賴　唔，甚至連那位書記雷迅，也沒有給他知道的必要！

勞　是是。（呈閱一些文件）

賴　（翻閱着）

廳裡的華爾茲樂聲响起，換過醉人的紅綠

燈光。昇出。

昇　賴先生，何姑娘請您進去跳舞。

賴　唔。（進去）

勞和昇隨進。

何二從舖上爬起。

何　（好奇而羨慕地佇望着那從門窗裡映出來的翩翩舞影）

場外起了笛子聲，跟着是豆皮渣背了橄欖箱子上。

豆　老何，吃橄欖吧。

何　呵，豆皮渣，怎麼又改行賣橄欖了？（貪婪地取了兩個橄欖放到咀裡）

豆　有什麼辦法呀？搞一樣活不了，不就搞第二樣來試一試囉，難道瞪着眼看一家八口餓死嗎？

何　唉，你們年青人還有法子，我就想幹什麼都不成了！

豆　就在這兒擺擺檔吧。（弄着檔子）——噯，老何，你看見事頭婆沒有？

何　沒有呀。

豆　我想找她借幾個錢，我老婆這幾天就要生了。小生意光賺兩頓都不够。

何　你想找事頭婆借錢，哼！

豆　我寧願出高利錢就是了，總得借到一點錢來讓孩子下地才成呀！

何　唔，等她一下吧，也許一會兒她會經過這兒的。

豆　（把檔子擺好，喊着）來喇，淮鹽欖，辣椒欖！——（把笛子吹起來）……

廳裡的舞樂聲，和豆皮渣的笛子聲不調和地交响着。

何　（到堤上乘涼，力搖着扇子）

廳門口處出現了蕾莉。

蕾　（望住豆氣得要死，向內狂喊）阿昇！阿昇！——

豆　丁香泡製淮鹽欖！——

昇匆忙上。

蕾　（暴躁地）快把那傢伙趕開！快把他趕開！（下）

昇　是，是。

豆　（又把笛子吹起來）……

昇　（到欄河邊，叱喝着）噯！別吹別吹！

豆　（停了笛子）

昇　哼，又是你！

張添記緩步上來。

豆　為什麼吹不得？

昇　你在這兒吹，吵着這裡邊跳舞！

豆　我吹笛子是做生意呀，老哥……

昇　少廢話！總之不許吹！走開走開！

豆　老哥，我家裡七八口，老婆又快要生了，今晚上開檔了還沒發過市，你可憐我……

昇　你媽的！（火起，一手把對方的笛子搶了，並拿它去打翻橄欖箱子，橄欖散滿一地）

豆　唉呀，唉呀！……（忙去搶救）

張　（看不過，向昇）噯，人家要吃飯的呀！

昇　我管你吃什麼，你們這些人專向老虎頭上釘虱子！（進去了）

張　（低聲地）他媽的！

豆　（一邊撿着地上的橄欖和笛子）唉，一個人運氣一壞，倒霉事情都接二連三地來了！……

張　（幫着他撿）

何　我看，你還是別惹這家人，快擺到別的地方去吧！

豆　（撿好了）唉！眞是倒霉到那一天才算完呀？……

大門啟，煥姐出來。

煥　添記！

張　嗯？

何二和豆皮渣先後下去。

煥　我有話要跟你說。

張　什麼話呀？

煥　我想辭工不幹了！

張　你剛進去幾天？又辭了？

煥　那個阿昇壞得很！

張　那個傢伙，我總有一天要揍他！

煥　所以我不想在這家做了。

張　不在這家做也好；不過辭了到那裡去做？

煥　我想都不做了，跟人做工總受氣！——添記，我想——

張　什麼呀？

煥　我覺得這樣跟人做工不是辦法，也總得有個歸結才成。一隻鳥到天黑了也曉得尋他的窠，難道一個人就這樣一生一世地跟人做工到老嗎？

張　（不言）

煥　一個女人不能老在外邊抛頭露面，總得有個落葉歸根呀！

張　（不說話）

煥　你怎麼不作聲呀？

張　我說什麼？

煥　我剛才說的話你沒聽見嗎？

張　聽見。——（沉吟了一會）可是這樣的日子，怎麼好談成家。

煥　（失望地沉默着）

張　你看豆皮渣，老婆兒女一大堆，混來混去都混不了。這一向為了老婆快要生孩子了，弄到整個人都像瘋了似的。

煥　你怎麼能跟他比吶？

張　這樣的年頭，一個人混還常常沒有辦法，再多一個人不更糟了？

煥　說起來，你也不是沒本領賺錢的；不過你常常拿錢去幫助朋友，這個送一點，那個送一點，就反而弄到自己一個錢都沒得剩了。

張　那又不同呀！難道眼看人家沒飯吃都不問問？那怎麼做得出？

昇悄悄走出大門，妒忌地竊看着兩人。

煥　我不是怪你這樣做，我也正喜歡你有這一點義氣！說到將來，也不是光靠你養我，我不是一樣能幫着你一起做嗎？我常常看見你穿的衣服髒死了，都沒有人管一管你；我看你一個人這樣過活也實在不成呀！我想要是能夠在一起，不就大家都有了照應了嗎？我媽媽也常常寫信來，問我怎樣打算。——我有時候自己想一想，實在也過得很淒涼！（不禁泣下）

張　（想安慰她兩句，但發覺了阿昇，改了口）我們改天再商量吧！（要走）

煥　可是——（想留他，但看見阿昇在門口，停

了咀）

昇　煥姐，裡邊有事情做！

煥　（只好進去，但回頭對張）那末，你明天早一點開檔來吧。（進去了）

張　好吧。（和昇對視一眼，去了）

昇　（向張的背影揮拳）我要揍死你！

樂聲中，李若非和安妮的舞影出現在露台的門口，並且舞到露台上來。

二人停了舞，在暗角處擁抱起來。

昇　（看見了，悄悄躲了進屋）

安　若非，假如有一天你離開了我，我真不知道會怎樣了！

李　為什麼你會想到那樣無稽的事情呢？我絕不會離開你的！安妮，我的靈魂已經附着在你的身上了！

安　（喜極，向他索吻）

一個穿着大禮服的醉漢東搖西擺地上。

漢　（看見露台上二人擁吻，看了半天，突然鼓起掌來）妙！妙！

安　（驚覺，羞愧地急躲進廳裡）

漢　哈哈……

李　朋友，妙嗎？

漢　妙，妙極了！

李　那末，你也想享受一下這樣的甜蜜嗎？

漢　可是，可是沒有 Girl 肯跟我 Kiss 呀！Miss E 連舞都不肯跟我跳，他們說我喝醉了，從 Kow-Loon Hotel 送了我出來，真豈有此理，我今晚舞還沒有跳夠呀！……

李　那末，我來跟你 Kiss 好嗎？

漢　你？（搖頭）No, no！——（但又笑起來）Well, well, well！聊勝於無！Come, Come！（把咀就向李）

李　（看準了一巴掌）夠甜蜜沒有？

漢　唉喲！你打我，你是誰？我是有地位有體面的 Gentleman，你敢這樣侮辱我嗎？哼，你！你！你！……

阿妹上。

妹　爸爸！——爸爸！——

漢　噯，來，人來！你來替我揍他，揍他！（發覺是個女的）What?——Beautiful！哈……

來，來，Fox-trot！——（抱了阿妹和着裡邊的音樂跳着）

妹 唉呀！唉呀！（用力把他推倒，自己躲到一邊）

漢 （在石頭邊上撿了一根木柴，爬起來，抱了木柴繼續舞下去了）

妹 死鬼！

李 哈哈……

妹 爸爸！——爸爸！——

李 噯，阿妹！你眞是長得漂亮呀！

羅從廳內出，立在門口看着二人。

妹 漂不漂亮干你什麼事？

李 你不喜歡男人讚你漂亮嗎？

妹 你們這樣的人！給你這樣的人讚過都倒霉呀！——爸爸——（下）

李 （掃興）

羅 哈哈！對女人一向百戰百勝的李若非，想不到竟然敗在一個討飯的女孩手上！哈哈……

李 只有這些下賤女孩子才不識抬舉。老羅，一個漂亮的女孩，竟然生長在窮人家，實在太可惜了！

雷迅持文件上。

羅 這不但是可惜，而且是太不合理，漂亮女子不幸而出生在窮人家裡，那大概是上帝弄錯了！你說對不對，Mr. 雷？

雷 喂——我說這倒是上帝公平的地方！拿漂亮的相貌和美麗的靈魂放在貧窮人的身上，來彌補他們所缺少了的金錢。

羅 話雖如此，但是在現在社會裡，貧窮到底不是體面的事！所以在香港交際，首先別讓人家曉得你口袋裡沒有錢！沒有錢，就沒有了朋友！

李 何只交際，什麼事都是一樣，沒有錢，就沒有話說！

雷 難道，友誼就光是用金錢來維繫的嗎？

羅 當然！（諷刺地睨住李）許多戀愛尚且都是用金錢來維繫的，何況是友誼？

李 （反擊地）如果別人曉得你老是白相，下次吃茶，人家就不陪你去了。

雷 難道不請吃茶，就沒有了感情了嗎？

羅　呵！我告訴你：百份之九十的友誼是從茶杯底下建立起來的！安妮上。

安　（先看看醉漢已走了，才放心走到李的身邊，靜靜地聽他們談話）

雷　不過眞正的友誼却是從患難中看出來的！（指露台下）你們看看底下那些人，沒有誰請誰吃過一頓茶，可是却常常看見他們在患難的時候，會互相幫助，不像上流人那樣：大家都很好的時候，就來鷄尾酒，環境不好的時候，見了面就掉頭走。

羅　唉，所以我說香港也變了！在戰前，香港是個 Gentlemen 的世界，在交際塲裡沒有穿大禮服是失禮，不穿得整整齊齊的就不敢進「告羅士打」；可是現在，連穿條短褲的，也可以大搖大擺地走進去了。——（慨嘆地）香港是變了！

雷　我覺得這不是變，而是 Gentlemen 的世界垮了！這理由很簡單：因為香港經過了一塲戰爭，把 Gentlemen 身上的大禮服打下來了，同時又把穿短褲的打醒了；他們現在要求平等了，他們知道世界上有飯該讓大家吃，所以有「告羅士打」，也該讓大家進去呀！

羅　不錯，Mr. 雷，你的話都很對；不過你却說得露骨了一點，太損傷了上流社會的尊嚴了！

雷　對不起，我一向說話很坦白。

羅　我以為人與人之間是應該保持着一個距離的，這樣才能造成了體節，造成了一個安寧的，客氣的，沒有爭吵的，見了面笑臉相迎的 Gentlemen 的社會。

雷　可是要那樣一個虛偽的社會來幹嗎？

安　什麼叫做「虛偽」呀？

雷　虛偽就是咀裡說得甜甜蜜蜜，而肚子裡却想害人害物。

安　人為什麼要「虛偽」呢？

羅　（笑）哈哈……那你應該去問問你父親，何以常常要舉行這樣的跳舞會？——

安　（更不解，還想再問下去）

李　安妮，別再跟他們談這些！我們來。（拖安

妮到一邊）

雷　曖，羅先生，我是有事情來找你的。（把文件遞給他）關於這批貨是由你經手賣出的，這裡邊的轇轕，賴先生叫我向你問清楚一下。

羅　好的，我們到二樓去辦一辦吧。

李　老羅，看你近來很不壞嘛！

羅　（笑着）還算「撈」了兩個錢，不過我吃的只是豬骨頭，雨川吃的才是肥豬肉呵！

羅雷二人進去。

李　安妮，我們也進去跳舞吧。

安　我跳得很累，想在這兒歇一歇。請你替我叫煥姐倒兩杯汽水出來好不好？

李　好，我自己替你倒去。（下）

廳裡响起了一陣掌聲，一個女賓唱起了一支軟性的「時代曲」。

安　（一個人倚在欄河上看月亮，心境十分愉快）

佐治愁苦地走上來。

佐　（想上台階，但又停住。猶疑着。終於發見了安妮）安妮！

安　呵！（勉強鎮靜，防備地呆看住他）

佐　（欲言又止）——安妮，你曉不曉得？我現在不再唸書了。——

安　（冷冷地）為什麼？

佐　我沒心神唸下去。你想想，叫我怎麼能再唸下去呢？

安　我沒叫你不唸下去呀。

李端了兩杯汽水上，站在門口偷聽着。

佐　哼，你現在竟然忘情到這個地步！我傷心得快要死了，我為你犧牲了一切，又是誰叫我這樣的？不是你？不是你？

安　（不言，內心畢竟有點慚愧）

佐　可是安妮，我為了太愛你了，我絕不會怪你，我知道你也是愛我的。你只是受了別人的包圍，受了別人的引誘！……

李　（突然奔出欄邊，隨手把一杯汽水撥向佐治的臉上）你說誰引誘誰？

安　（一驚）若非！

佐　呵！——哼，你把我一切都搶了去！好，我記得你！（奔下去）

安　（又驚又恨地哭起來）

李　不要怕，安妮，有我在這兒！

安　若非，曉得他會對你怎樣？

李　他能對我怎麼？

安　我有點怕，他這個人脾氣很猛烈的。

李　（溫慰地）安妮，不要担心！

一個警察巡邏着上。

安妮與李相偎着進去了。

警　（用手電燈四面射一下，又巡邏着下）

樂聲一直繼續響着，雙雙舞影在廳的門窗裡旋轉着過去。

賴與勞走出露台，雷迅隨在後面。

賴　（興奮而緊張地）這一件，你立刻辦一辦！馬上發電去訂購——兩千箱——索性定五千箱現貨回來，務求下月十五號以前就要運入內地！

勞　是，是。

賴　一定要依時運到內地上市才成！假如一遲，國內工廠一開工之後這種貨就沒有了銷路，那樣，像這麼利錢深厚的生意就失之交臂了！

勞　是的。不過，假如想維持我們這種貨物能經常入口的話，那一定要使國內工廠無法復工才成。所以我以為，索性再多定幾千箱回來，讓一下子就摧毀了國內工廠的基礎，使他完全不敢復工，這不是長久之計嗎？

賴　唔，這是對的！那末就索性訂一萬箱吧！這是件一勞永逸的事情，所以甚至可以傾我們的全力去經營的。

勞　好好。（記起來）

雷　賴先生，恕我問一句：其實為什麼不直接拿這些到美國去買貨的錢，回國內去自建工廠來出貨那不也一樣可以維持住我們的利益嗎？

賴　（笑一笑）國內工金高，出貨慢，國內工人又老喜歡鬧問題；而且又得先下一筆建築和購買機器的大資本，那怎麼花得來？——（向勞）還有……

雷　而且國內不正在鼓勵工業發展嗎？我們這樣做，他們又不會反感嗎？

賴　哈哈……你把事情看得太天眞了，假如我們得不到國內老板的默許，又怎麼敢這樣做呢？（向勞）還有一樣，今早得到暹羅電報，說暹米有限制出口的傳說，粵省水災又影响今年收穫，所以香港米粮一定看漲。你立刻打電進去，叫他們在石龍一帶盡量搜購白米，卽日運來香港。這一趟一定又有化算！

勞　不知道暹米限制出口是不是事實？

賴　我們可以做成這個空氣呀！米商一聽到這個消息，你愁黑市米不搶着漲價？

勞　是的。（記下來）還有一樣要報告賴先生的：我們存在家裡的現欵不多了。是否明天到銀行裡提一點回來？

賴　不，銀行裡的存欵全部轉滙去定那一萬箱貨再說。

勞　是。

賴　上海的幾張酒單為什麼還沒有到呢？讓我回頭問問陳經理吧。至於家裡——就先在他銀行裡提借一點錢回來週轉一下好了。

雷　賴先生，不要怪我多咀，我想向賴先生說幾句話。

賴　什麼話？說吧。（向勞）你立刻先去把這兩件事辦妥。

勞　是。（下）

雷　賴先生，國內的米粮不是禁運出口的嗎？

賴　當然禁運出口，卽如許多洋貨也禁運入口一樣；可是我們有了嚴密的組織，又有國內的關係，有什麼路子走不通？

雷　——近來報紙上說，國內各省災情慘重，我想賴先生一定看到的了？

賴　看到，怎麼樣？

雷　在國內災民遍地的時候，我想也一定急切需要大量的米粮；如果在這個時候，把粮食輸運出口，這對國內災民的救濟，是否會有影響呢？

賴　（遲疑了一下）不過，本港的民食問題也不能不注重，我把米粮運來，充實了本港的民食，意義也是一樣呵！

雷　可是，照賴先生剛才的計劃，等米粮運到之後，本港的黑市米必然漲價，這樣，對本港僑胞的生活負担，不又更為加重了嗎？

賴　哈哈……事情不能這樣看！——即使退一百步來說，我們跑到外邊來不問政事，自己做做生意，這比在裡邊動刀動槍地陷老百姓於水火的對得起良心吧！

雷　可是，假如經常把大量美國貨運進國內，使到國家工業不能夠復員：直接影响到國家的經濟建設，間接影响到人民的生活，這跟在國內動刀槍打內戰究竟有什麼分？

賴　（攷慮了一下）你的看法只是一面的；我把大批不用打稅的美國貨運到國內，使老百姓享受到便宜的用品，這不就減輕了人民的生活負担了嗎？人民的生活負担減輕了，對國家是不是有利？

雷　難道把老百姓身上的錢多拿幾個到外國去，也是對國家有利嗎？

賴　哈……雷迅，你們還年青，你們還懂得太少！現在許多年青人還拿當年的「救亡作風」來處世，這顯然是走不通的，尤其是在香港這個地方！

雷　（想說話）嗯——

賴　交給你辦的事情怎麼樣了？

雷　（呈上文件）都在這裡。

賴　以後關於這些問題你還是少討論些，好好地做自己的事情好了！——關於這批鎢砂，立刻去信問清楚他的噸數。

大路那邊傳來了事頭婆的吵鬧聲。

事　不行！不行！不要老跟住我！——廖塢，你到底怎麼樣？……

賴　（厭極）事頭婆那該死的又來了，又來了！你快去吩咐阿昇別讓她進來！（匆匆進去）

雷　是。（無奈地隨下）

事頭婆追纏着廖塢上，而豆皮渣又追隨着她。後邊跟着崩鷄七，像做事頭婆的保鑣。

事　你說一句，你究竟還不還？

廖　誰說不還？不過要等下個月才能還你就是了。

事　不行，不行！我要你立刻還！……

豆　事頭婆，請幫幫忙，我老婆……

事　你別再跟住我好不好？我現在錢再多也不借錢人了！（指廖）你看，我借了錢給人就落得這個樣子！討債的時候還慘過要飯！（向廖）廖塢，你別走呵！

豆　（插進去）事頭婆，我將來一定好好的還……

事　別再吵我了！——（向廖）我如果是以前那樣境況，我都沒有關係，就是這一次這個姓賴的傢伙白白吞了我這一筆，好辛苦一世積下來，滿以為半生有靠，那知道這麼一來（說着哭出來）就弄到我兩手空空，我眞是死也不答應他！（忽又向廖）快點還來，別再裝腔了！今天怎麼樣也得清還給我！……

何及妹上。

廖　這樣，我先還你兩百塊本錢再說吧。……

事　不行，一定得連本帶利一起清還！……

廖　事頭婆，你也該想想呀，本錢才兩百塊，利錢就三百多，實在叫人怎麼還得了吶？

事　哼！你原來立心不還的了？你呀！不行不行！（一手去搶住他的貨籃子）……

廖　（和她驚槍）你不能搶！你不能搶……

事　你有錢不還，還喊我搶？（命令地）崩雞七！

崩　來了！（上前幫手）

廖　搶東西！搶東西！……

崩雞七把廖推倒。

事　（把貨籃子搶到手）崩雞七，把這籃貨先送到我店子裡！

崩　是。（接了籃子下）

廖　不行呀！不行呀！……（喊着追下去）

事　崩雞七，別讓他搶回去呀，要給搶了歸你的賬的呀！

豆　事頭婆，我再求你！我只借五十塊錢……

事　五十塊錢，三分利，一個月連本加利就是六十五塊。你能拿什麼給我抵押呀？難道拿你的命給我抵押？

豆　我，我，眞可以拿我的命給你抵押？事頭婆。

事　你的命？你的命值不值得六十五塊錢呀？（去按鈴）

妹　哼，你的錢這樣「有寶」呀？
何　（急止之）
豆　（苦惱地呆在那兒）
何　豆皮渣，到別的地方去想想辦法吧！
豆　還有什麼辦法好想呀？（再纏住事頭婆）事頭婆！我，我實在沒有旁的辦法，小生意又賺不到錢。
露台上，李若非走出來。
事　走開走開！我說不借就不借！
李　Hallo，事頭婆！
事　嗳，李先生。
豆　（改向李）先生，你要不要人做工，我怎樣苦的事情都肯做，先生，請給我一份工做做吧！先生……
李　走開！走開！
豆　唉！——（嘆着氣，頹喪而去）
李　事頭婆，近來你的棺材生意好呵？
何與妹也回到自己舖上去了。
事　哼，這年頭（怒睨着雨川家）買得起棺材的人偏偏死不去；死得去的人又連棺材都買不起！
李　來找賴先生？（輕聲）還是為了那筆賬嗎？
事　還不是？賴雨川這樣沒良心害了我，叫我死了也要到閻王爺面前告他一狀！
李　可是，你這樣每次來吵一陣子，又有什麼用呢？
事　吵他一陣子出口氣，讓眾人曉得他是個大騙子也好呀！
李　事頭婆，難道你只求出口氣就算了嗎？
事　他那該死的又有財又有勢，你拿他什麼辦法？
李　他有財有勢是他的事，難道你不可以從另外的路子上，去弄回這筆錢到手嗎？
事　從另外的路子上？——（被提醒）呀！——（喜悅地在尋思着）可是又有什麼路子呢？
——
李　（向廳裡喊）阿B！——阿B！——（暗示地）事頭婆，阿B這個孩子眞好玩呀，對不對？
事　唔？——

阿B拿了飛機跑出路口來。

B　李先生，叫我做什麼？

李　（目睨事頭婆）有人帶你去呀，去不去？

B　去呀去呀！

事　（會意）唔！——

廳裡傳出一陣鼓掌和笑聲。

李　（暗示事頭婆有人出來）

事　（機警地先下去了）

蕾莉和胡子清笑着出。

蕾　哈哈……（見李）呵，你為什麼躲在這兒？

胡　Mr. 李。

李　Mr. 胡，很累了？請休息休息吧。（躲進去了）

胡　謝謝。

蕾　子清，我今夜跟你跳得特別多，你曉得是什麼緣故？

胡　我想，一定是為了上週我送給你的那條金鍊子吧？

蕾　誰希罕你的金鍊子！雨川每星期期都送我一兩樣值錢的禮物，你看我跟他跳過多次？

胡　那是——？

蕾　讓我告訴你——

B　（把飛機放起來，快活地叫）呀！——

蕾　阿B，進去玩！

B　不！我放飛機。

蕾　那，拿來讓我跟你放。

B　好。（送過去）

蕾　（開了飛機上的機器，向露台外邊放去）

飛機落在路上。

事頭婆在路邊暗角上露了一露臉。

蕾　快去撿吧！

B　（忙進廳去）

蕾　（對胡）我告訴你吧，我是想跟你算一算我們的舊賬。

胡　我們什麼舊賬？

蕾　感情的舊賬。你以前不是欠了我一筆嗎？我現在得跟你討回來。

胡　可是你別惹雨川吃起醋來呀！哈……

蕾　他有什麼資格吃我的醋？我和他只是朋友的關係吧了。

胡　你為什麼不就爽快跟雨川結了婚呢？

蕾　我不喜歡再用什麼太太的名義來約束住我！我要自由自在地生活着，隨遇而安地享受一下，這樣不比什麼都好嗎？有時高興起來嘛，就來疼一疼我們的小白臉兒！——（媚笑着輕打兩下子清的臉頰，並把他拖到懷裡來）

大門啟，阿B走出。

B　（到路上撿飛機）

事頭婆又在暗角出現。

事　（低聲）阿B！——阿B！——

B　你是誰呀？——

事　來來！——

B　（想過去）

大門裡走出了阿婆，一邊喊着。

婆　阿B——阿B！——阿B，你到那兒去呀？李先生正在找你，快進來快進來！（去把阿B拖進屋裡去了）

暗角中的事頭婆，失望地隱沒。

露台上的蕾和胡曖昧地在笑。

雷迅走出露台。

雷　胡先生，賴先生請你去談談關於運貨的事。

胡　好。

蕾　子清，你這兩個月來運輸的生意進展得很快呀！

胡　是的，這也是全靠你的力量呵！哈……（進去）

蕾　（準備跟進去）

雷　嗳，Mr. 雷。

蕾　何小姐。

雷　我不喜歡人家喊我「何小姐」，怪土里土氣的。

蕾　對不起，我是從內地來的，不習慣叫「Miss」，請不要見怪！

雷　一般朋友都喊我「蕾莉」。

蕾　「蕾莉」？

雷　蕾莉，我的「蕾」字就是在你的「雷」字頭上加根草。（一面從洋花盆上摘下一片葉子，放到他的頂上，媚態地）你說，這個名字喊起來，不是好聽和親熱一點嗎？

雷　（不快，把葉弄掉，忍耐着）唔，是的。——Miss 何，要辦什麼公事呢？（迅速地取出筆來準備記錄）

蕾　（微笑起來）用得着這樣緊張？我的公事是一種十分輕鬆的工作。——你過來，先坐在這兒吧！

雷　（只好依她，去坐了）

蕾　Mr. 雷，我覺得你的生活未免太拘謹了！

雷　我的生活是習慣於嚴肅的。

蕾　呵！活在這樣一個世界上，生活得太嚴肅是沒有意思的！世界上一切的新發明都是供給我們享受的，趁現在物質這樣豐富的時候，還不好好把玩它一下，那就未免太辜負了這個「時代」了！

雷　可是你睜開眼睛往底下瞧一瞧！看見那麼多沒飯吃的人，你就不忍心玩下去了！

蕾　你情緒又緊張起來了！你忘了？還是辦公的時候！辦我的公事是要輕鬆的。——先閉上你的眼睛靜一靜吧！

雷　（只好照辦）

蕾　（等他閉上了眼睛，偷偷地走近他，突然在他臉上吻了一下）

雷　（急睜開眼睛，反感地，站起）Miss 何？

蕾　嚷什麼？這就是公事呀！哈哈……（要走）

安妮的聲音。

安　若非！——

同時她出現在廳門口。

安　呵，Miss 何，看見若非嗎？一轉眼就不見他了。

蕾　沒有。——安妮，你現在眞一刻也離不開若非了？（下）

安　（快活地笑一笑。再向雷）雷先生，請你替我買的那本電影小說，你已經買了沒有？

雷　買了。安妮小姐，前次我替你買的那本「新婦女」雜誌，你看了麼？

安　（有點慚愧）只看了一點兒。

雷　唔，你覺得它比電影小說怎麼樣？

安　我看起來，覺得——（興奮地）覺得很新鮮，從那本雜誌裡邊，知道了許多在電影小說裡看不到的東西。

雷　當然了！一個女子的生活，就不只美國電影裡邊的女主角那樣簡單。
安　雜誌裡邊說的，國內許多女子都做着各樣各式的工作，那都是眞的嗎？
雷　當然是眞的，一個女子不單只談戀愛就完事，因為戀愛不就是女子的全部生活。
安　可是，一個女子有什麼事情可做呢？我看香港很多女人都沒做什麼。
雷　在香港，多數女子是沒做什麼工作；可是在國內就不同了；祖國現在這樣的環境，實在需要大量青年人去做事，女子也是一種力量，所以女子的工作機會就多了！
李出來。
李　呵，安妮，你在找我？
安　是，若非，你剛才到那兒去了？
李　Mr. 雷，大概又在向安妮說教了是嗎？說女子的什麼工作機會？
——難道安妮你也要幹些什麼「工作」嗎？
安　只可惜我不會，要能够的話，我眞想去幹來看看。
李　你想做工作嗎？那正巧，二樓桌子擺好了，三缺一，這就是你一個最好的工作機會了！
安　哈哈……
李　哈哈……（拖了安的膀子就進去了）
雷　（不滿地望住二人）
何二阿妹上。
何　不曉得你每天是到那兒玩去了！那裡會老訪不到的？
妹　你還叫我怎麼訪法？
雷　何二，你的姪女有什麼消息嗎？
何　連影子都沒有一個呵！唉！雷先生，如果不是眞的走絕了路，就再怎麼樣我也不會來香港的了！看見家鄉雖然是破爛不堪，但是流落到外邊來，也總覺得凄涼！
雷　大家都是一樣，故園家國到底是可懷戀的！（感慨）現在在異地來看故鄉的明月，就眞覺得有一點流浪的悲哀了！——
三人望住月亮，靜了好會兒。
妹　（忽然堅決地）爸爸，我說別再訪淑珍姊姊了！我想去找工做。

雷　何二，阿妹説得對，這樣天天訪尋天天等待不是辦法的，靠人不如靠自己一雙手吧！

何　説得容易！雷先生，誰能像你這份書記找得這麼容易呀？

雷　這份書記我現在也準備不幹了。

何　不幹了？

雷　我覺得太沒有意義！

何　唉，現在做事情還講「意義」呀？煥姐走出露台來。

煥　雷先生。

雷　唔，煥姐。——（進去了）

煥　老何，阿妹。

何　呵，煥姐。

煥　老何，我想請你替我寫一封信回鄉下。

何　又寫給你母親嗎？

煥　是，媽媽對我一個人在外邊不放心；現在我想告訴她——（不説下去）

何　告訴她什麼？

煥　告訴她，我現在——（帶羞地）唉呀，我不説了；還是讓我叫添記跟你説算了！

何　（猜到）呵！哈哈……不用説了，我替你寫得了。——煥姐，將來你跟添記多敬我兩杯喜酒就是了！哈……

煥　（羞笑着急背轉身，正預備進去）昇走出來。

昇　（媚態）煥姐！

煥　嗯。

昇　煥姐，你怎麼不在裡邊看跳舞呀？

煥　我不，我不喜歡看！何和妹站過一邊在偷偷看他們。

昇　嗳，你還沒有看出味道來吧，好玩得很吶！你看他們跳得多妙！——來來，煥姐，我們也來跳跳！

煥　我不會。

昇　這都不會？來，跳着玩玩，（迫上）跳着玩玩！

煥　（退）我眞不會，我眞不會。

昇　不會我教你，來來，這樣，這樣……（要抱她跳）就是這樣，哪，跳三步——一，二，三，（自己一個人跳起來）——一，二，三，……一，二，三……

煥　（乘機溜進去了）

何　（不禁笑了起來）哈哈……

昇　（忙停住，發覺煥姐走了，遷怒到老何二人）笑什麼？有什麼好笑？

何　（忙停住笑）

廳裡走出了羅和孟。

羅　我們還是到這外邊來談吧。這兒又可以欣賞到香港的夜景。

孟　香港的夜景也眞好看！

昇尷尬地閃進去了。

何二從小路下，阿妹回舖上去。

羅　可惜今晚上的月亮有暈，大概會起風了。

孟　這幾天天氣太悶了，是好像要打風的樣子。

羅　不過希望風打不成才好；一打風，我們在安南運來的那批東西就掛心了。

孟　什麼東西？

羅　替雨川搭路定來的一批——「金庄」。

孟　鴉片？——有多少？

羅　哼，不必洩漏出去了！總之不算少就是嘍！

孟　賴雨川的魄力可眞不小呀，什麼生意都敢做。

羅　這不是魄力大小的問題，一個人有了可靠的後台，什麼不可以做？

孟　賴雨川有了這位國內的老板，眞行！

羅　當然囉！雨川要是沒有了國內這位有財有勢的人來撐腰，又怎能在香港要得開這樣的場面？比如說，裡邊那些金融巨頭商業巨子，每次都來參加跳舞會，你以為他們是來巴結雨川？（搖頭）——不過是賞臉雨川背後的老板罷了！就說那位銀行的陳經理吧，雨川平日跟他在經濟上的來往，你當他是信任雨川？——只因為同是一個大老板的，「一家親」，結果，也還是老板的關係而已！賴雨川究竟有什麼本領？他算個什麼東西？

孟　（秘密地）噯，老羅，你路子這麼多，有什麼好處，也不要把全都介紹給雨川呀！

羅　老實說吧，賴雨川這個人待人刻薄，我實在也不高興為他服務。

孟　但是，我們這種人，就決不會虧待朋友的！

賴雨川這個人太盛氣凌人了，也不該讓他的帆扯得太足呀！

羅　哈哈，老孟，眼前就有一個機會，就不知道你有沒有這個力量？

孟　什麼機會？

羅　就是這一批鴉片呀！

孟　怎麼呢？

羅　我羅八達什麼辦法沒有？正是法壇和尚，請神請鬼都憑這個光頭。只要你活動得出這筆本錢，貨落在誰手上，在我有什麼兩樣？

孟　（忙把他拉過一邊）你要什麼條件呢？

羅　好，明天大酒店再詳細談吧。——呵，他們來了。——（故意高聲）噯，老孟，最近這一批救濟品，我看你又聽了不少吶？

孟　聽是聽了一點兒，只可惜救濟品來得太少了！

蕾和賴一邊談笑着一邊舞近廳門口。

蕾　（手裡牽着一個輕汽球在空中飄蕩）哈哈……

賴　（舞着）哈哈……

羅　（望住二人微笑着，輕輕鼓掌表示恭維）

蕾　怎麼，Mr. 羅不跳舞？——孟先生？（一邊走出露台來）

賴亦隨出，與二人招呼。

羅　我看你老是有伴兒，沒有你做 Partner，我也就懶得跳了！

蕾　唉喲，那麼就快來跟我跳吧！哈哈……（把羅拉到懷裡）

眾　（都陪着笑）哈……

醉漢又回來了，但他現在只穿着襯衣短褲，襪子，連皮鞋也沒有了。

漢　噯，不要笑！不要笑！

眾　（停了笑）

羅　什麼事呀？

漢　你們還這樣快活！（哭哭鬧鬧的）我告訴你：我們，我們的末日到了！你看，我的衣服給人剝光了，我們的面子給剝下來了，我們的體面沒有了！——你們看，外面的衣服一剝下來，我們的裡面竟然是這麼難看！……

羅孟笑起來。

漢　笑，笑什麼？你們的衣服脱下了，還不是一樣難看？

蕾　這傢伙瘋了！

賴　一個人醉了，就露出他的原形了！

漢　說什麼？你說誰的原形？哈哈……對了，這是你的原形！你和我還不是一樣？你把面子脱下來的話，你會比他，比他，比他——還醜！——（突然想起來）Oh！——（到處找）那個女孩呢？到那兒去了？——Come，Come，Fox-Trot！——（又跳着下去了）

眾　哈……

昇上。

昇　賴先生，陳經理要走了，要向您告辭。

賴　哦，我進去。（快步進去了）

孟　呵，我他得走了，蕾莉。

蕾　不再玩一會兒，孟先生？

孟　還有一個應酬，對不起了。——Good-night！（進去了）

蕾　Good-night！

羅　Good-night！

羅　蕾莉，你這兩個月來，可謂一切理想了！

蕾　Well，是不壞！

羅　你的眼光真不錯，找到了這樣一個靠山，保你一生享用不盡！不過有一樣；（指住自己的胸）這裡邊，到底是空虛了一點兒，對不對？

蕾　（有點悽酸地笑一笑）

羅　你近來的游擊戰倒是全面展開了？了不起！哈……

蕾　哈……（媚視着他）

羅　（忽然，吃豆腐〔似〕的去吻她一下）

蕾　（趕緊把手裡的汽球拉下來，擋了自己的臉）

羅　（剛好吻在汽球上）

蕾　哈哈……（跑進去了）

羅　哈哈……（隨着也跑進去）

婦人上。

婦　（到大門口，要進不進，在猶疑中）

何二持玩具飛機從小路上。

妹從舖上起來。

妹 爸爸，那裡撿來的飛機？

何 在這家的橫門口撿的。等明天賣給添記，也可以賣兩個錢。

妹 爸爸，不要撿，這是人家的東西，等一下還說你是偷的哩！（把何二手裡飛機搶了，丟在路邊）

何 你眞是……（想去撿回）

妹 爸爸，人家趕過我們的，你還撿人家的東西！（走回舖上去）

何 （看見婦人在望着自己，不好意思再撿。也隨着到舖上去了）

阿婆出露台收拾桌上的東西。

婦 阿婆，阿婆！

婆 呵，二少奶！

婦 阿婆，阿B睡了沒有？

婆 還沒睡。怎麼這樣晚還來呀？二少奶。

婦 我要到廣州去了。在香港生活困難，一個人在這兒又難過，我還是去跟我母親一起住的好，我明天早上就走了，所以再看一看阿B。

婆 好，你在這兒等一等，我去找他來看你。（進去）

婦 （到一邊等候）

大門啟，賴送陳與孟出。

陳 留步留步！不要送不要送！

孟 別客氣了！你裡邊還有客人！

賴 好，那對不起了。（握手）

陳，孟下去。

賴 （發覺了婦人，對她瞪一眼）你來幹嗎？——哼！（正要進去）

阿昇匆匆出露台，四處找。

昇 阿B！阿B！——（進去）

廳內傳出一片呼尋「阿B」聲。

煥姐也跑出露台。

煥 阿B！阿B！——

婦 大姑，阿B怎麼了？

煥 現在找他——

阿婆也喚着走出露台來。

婆 阿B！——阿B！——

婦 阿婆，阿B到那兒去了？

婆　奇怪了，樓上樓下找過了都不見！

賴　什麼，阿B不見了？

婆　剛才還在的，一下子就不見了。

昇走到大門口。

李悠然地走出露台。

婆　（記起）呵，剛才李先生不是跟阿B在一起的嗎？

李　是呀，剛才他在那邊院子放飛機，好像是從橫門出去撿飛機去了。

煥　從橫門出去撿飛機？——（要去找）

昇　（指地上）哪，那不是阿B的飛機？快去找吧！

婦　（把飛機撿起）

賴　不用去找了！——（望住婦人）哼！（走到她身邊）你把阿B帶到那兒去了？快把他帶回來！

阿婆急從露台上轉到門外來。

蕾，安，雷等也出了露台。

婦　我那兒看見阿B？

賴　哼，你時常都想把阿B帶去，現在阿B不見了，還不是你？

婦　真的不是我！我今天晚上來原想看看阿B的，但是阿婆進去就找不到他了！

賴　哼，我當時怎樣跟你說的？說過不許你來看他姊弟兩個，可是你常常來偷看他們，你以為我不曉得？現在你還索性把他帶走了。你快把他帶回來！你沒有資格摸我的兒女！

婦　哼，我沒有資格？我沒做沒良心的事，我沒遺棄過妻子兒女，我沒跟不三不四的女人混作一塊兒……

賴　你胡說什麼！（舉手打她）

婆　二少爺！別打別打！……（勸着）

婦　（哭起來）

大門口走出了勞科長。

勞　（緊張地）賴先生，接到一封急電！

賴　什麼急電？

勞　不好的消息！（十分慌亂地，把電報呈給賴）南京來的，說我們國內的老板——垮台了！

賴　嘿？（看着，連手也顫起來了）

全台靜默。

——幕下——

第三幕

——第一場——

景：同前。

時間：傍晚，天上陰暗，空氣沉悶。

舞台上一片沉寂，露台上已缺少了前一幕那樣熱鬧的氣氛。

羅八達和孟先生在那裡緊張地看報。

在何二的地舖附近，晒晾着幾件男人的衣服。

何二和阿妹都在舖上。

孟 這個消息現在是証實的了？

羅 當然是証實了！報紙上面都發表出來了，還有假的？

孟 噯，怎麼像他這樣有地位和有歷史的人，也終於會倒下來呢？

羅 哈！所以說，現在的老百姓已經不是欺負得來的了！——固然，另一面也因為是他們派別之間的傾軋囉。——哼！這一趟，對賴雨川的影响可大嘍！

孟 他這兩三個月以來也聽够了！

羅 自然吶！「世界輪流轉」，肥豬肉當然要分開來吃才成呀！——（看報）

崩鷄七鬼鬼祟祟地上。

崩 （去按門鈴）

阿妹從舖上起來，往大路上走。

何二忙起身追喊。

何 阿妹！你又到那兒去了？

妹 聽說火柴工廠招女工，我去看看。

何 你看風球都掛起來了，你還不把舖蓋飯鍋那些東西收拾一下？

妹 讓我回來再撿吧。（去了）

何 哼！（回舖上去）

昇開門。

昇 （看了崩鷄七又恨又怕）又是你來？

崩 （從口袋中取出一信）把這封信交給你們賴先生。（交了信就走）

阿昇接了信，關門。

孟 噯，老羅，雨川這位老板，報上說他可能會出國啵。

羅 當然哪，「道不行，乘桴浮於海」，這是中國官僚的一貫作風。而且，他們早就把大量金條存到美國去了，還不出國去享一下福嗎？……

孟 （示意羅停咀）噓。

賴匆匆上，胡子清隨後。

賴 （暴躁地）……你一萬個放心！這件事絕對不會影响到向內地運輸的生意！上海電報來說，貨已經脫了手，連錢都付了滙了，現在只等滙票日間到了就可兌錢，而且我做包運的比你貨主更担心，如果有什麼意外，我會比你們損失更大！這次我同時運進去的一萬箱東西，就快近壹千萬港幣，我自己的全部財產都在那上頭，假如眞的是遇到意外，我還得了嗎？這何用你來嚕蘇我呢？——再說，報上登的這個消息，到底是不是事實，還成疑問！

羅 呵？中央社的消息還會假的？

賴 （憎恨地射他一眼）即使確是事實，他的倒台於我的商業又有什麼關係？——

阿昇送信上。

昇 賴先生，有人又送一封信來。

賴 （拆信）

羅 （拿起了報紙讀）「颶風可能於今晚襲擊本港」。——你看，天文台掛起了第四號風球了呵！

賴 （看信）哼，又是這件事！——勒索一百萬港幣！我看他們以為我自己會印鈔票！（把信丟下）

羅 什麼，又是勒贖阿B的事情嗎？（拿起信來看）

胡 這件事情不是談了快一個星期了？

賴 再由兩百萬減為一百萬。——阿昇，你去交給勞先生，叫他再覆他們一封信，依舊是二十萬，再不加了！

羅 不過雨川，我看你還是讓讓步好些；他們說，這是最後一封信了，如果答覆不滿意，他們就撕票了。

胡 撕票？

賴 （揮手叫阿昇去）就是我這麼說，要不成，就隨他們怎麼辦！我不能向這些土匪無賴遷就得太厲害！再不然，我就報「差館」算了。

羅 報差館只有吃虧，你一報差館，他們就會害阿B的啵。

賴 老羅，由你介紹的安南那批貨，期已過了這麼久，為什麼還到不了？這邊的買主已經催了多少次，期到了還沒貨交給人，我能負得起這個責任嗎？

羅 已經是到了澳門的了，只是這邊太緊，貨又太多，不敢過來。看情形起碼要等一個星期以後才有貨到。

賴 哼，我看怕是另有內幕！這些貨遲遲不來，一定有人暗中作怪！

羅 （與孟暗中互視一下）

勞匆匆上。

勞 （高興地）賴先生，上海的滙單已經到了。（呈上滙票）

賴 到了？（情緒轉變過來，對胡）好了，這回你可以放心了吧！勞科長，你立刻去把款過了戶，並且把胡先生的貨款提出來交清楚給他！

勞 是，可是現在六點多了，銀行已經關門了。

胡 款既然到了，那就明天提取也不晚。

勞 賴先生，那位書記雷迅辭職，今天要走了，他的薪水是否都核算給他？

賴 哼，算清了讓他走吧！

大路上傳來汽車聲。

勞 是。

羅 噯，看陳經理為什麼這樣匆忙呀？

陳經理匆忙地從大路上。

賴 陳經理，請進來，請進來！——（向勞）叫阿昇開門！

勞 是。（下）

陳 （緊張）雨川兄，有要緊的事情得跟你商量！

賴 好，請進來談。（準備下）

孟 雨川兄，我們那一批西貢紙的賬，我想清一清它。

昇開門，勞迎陳入。

賴　（不快）好的。——哼，報紙上的消息一出，你們對我的信任就都動搖起來了！

孟　雨川兄，我沒有那樣意思，只是這幾天越南的政局動盪不定，所以我想把我份內的貢紙脫了手吧了。

賴　好吧，你等一下跟勞先生去算清楚它吧！（正想進去）

陳經理由勞陪着出露台。

眾對陳招呼。

賴　陳經理，有什麼事嗎？請坐請坐。

陳　（把賴扯到一邊，緊張地耳語）

賴　（陡然色變）什麼！是眞的？

眾注意。

陳　我本來想在電話裡通知你，可是又怕消息洩露出去。

賴　（焦急，衝口而出）那麼我從上海來的滙單——？

陳　（急示意旁邊有人）

賴　（望望眾人，對陳）我們到三樓去談吧。

二人匆匆進去。

胡　銀行裡發生什麼事？

勞　難道——（不說下去）

羅　（故意問）勞科長，你想到是什麼事情呢？

勞　（掩飾）呵，我沒有想到什麼，我想不會是太重要的事情吧！

羅　別給我猜中吧，這間銀行的後台跟雨川的後台同是一個老板的；這次老板倒了，銀行難道又能獨站得住嗎？

勞　（獨在尋思）

胡　呀！這麼說，我們剛才的滙單——是不是陳經理銀行的？

勞　欵項一向是在他的銀行裡來往的。

胡　那不完了？——我立刻找賴先生談談。（下）

勞　胡先生，不要焦急！……（追下）

孟　我看，這麼一來，賴雨川的商業壽命大成問題了！

羅　何只商業壽命成問題？這一次賴雨川把他的財產全都堆在這一萬箱美國貨上面，這次銀行一倒閉，我看他公家經營虧完不算，連他個人的財產都要完全破光了！

孟　會全部破產？

羅　不破產有鬼了！老孟，還不趕快去清算那筆西貢紙？

孟　對對！（忙進去）

羅　哈哈……（也進去了）

婦人着急地上，走到台階，剛碰到阿昇從內出。

婦　噯，賴先生在家裡嗎？

昇　（手裡持着信）在家。

婦　阿B的消息怎麼了？

昇　我現在去回他們的信。

婦　怎麼回法，讓我看看。（看信）還是給二十萬，為什麼不加人家一點呢？

昇　賴先生叫這麼辦的。

婦　這不行的！這樣拖下去，阿B可完了！

昇　請你把信還給我吧，這是賴先生吩咐我送的。

婦　（只好交還）可是，請你等一等再去，我先去跟雨川講一講。無論如何得把阿B贖回來的！（進）

昇　（渺視地向她做個鬼臉，持信自去了）

豆皮渣心神恍惚地上。

豆　（自言自語）怎麼辦呢？——怎麼辦？——

大門啟，羅胡出。

羅　老胡，他怎麼回覆你呀？

胡　他叫我等一下來，一定負責把欵交給我。

羅　當然囉，貨交給他，銀行倒閉是另外一回事，當然該他負責！——噯，要追緊他呀！

胡　當然追緊，要是這筆欵子收不回來，那我可慘了！

羅　唔，再見吧！

胡　再見！（下）

豆　（急追住羅）先生，借幾十塊錢給我吧！我老婆卽刻要生了。我等工廠開工有工做就還給你，先生……

羅　這傢伙瘋了的！（急走避）

豆　先生……可憐我一家大小，老婆在家裡肚子痛了，一個錢都沒有……

羅　走開走開！（急走了）

豆　（自語）怎麼辦呢？——怎麼辦？——（垂頭走着，忽然在路上發現了什麼，急撲上前撿；但只是一疊破紙，失望地扔了）

添記挑着籮筐上。

張　找什麼，豆皮渣？

煥姐出露台打掃

豆　不找什麼。我（自語）現在，我現在要是能撿到幾十塊錢就好了。

煥　添記，你來了？我拿些破東西出來給你。

（匆匆進去）

張　好的。（對豆）你老婆怎麼了。

豆　在家裡，肚子痛着，剛才去請接生的，接生的又先要錢。——可是，我那裡有錢呀？

張　（為他担心着）

豆　母親又病得糊糊塗塗，小孩子又鬧得亂七八糟！——我都沒掉了主意！——

張　不能這樣的，豆皮渣，有事臨頭要打起精神來應付才成的！你一家七八口都指望你的了，你丟下成家子人不管，難道讓他們病死餓死嗎？

煥姐端廢東西出來。

豆　叫我怎麼打得起精神？——工又沒得做，小生意又虧本，借又沒地方借——

張　（掏掏口袋，已沒有錢。無可奈何地沉默着）

煥　這樣，怎麼辦呢？

豆　我都不曉得怎麼辦！——我，我現在眞想到去偷，要有得偷，我眞想偷了！

張　我說你瘋了！什麼路子不好走，要弄到偷那麼孬種！

豆　我也不願偷，可是——我現在還有什麼路可走呢？——

煥　眞是的！再想些什麼法子呢？（一邊把破物逐件放到籮筐裡去）

張　（煩惱地苦思着）

豆　（注意到煥姐手裡一支玩具手槍）噯——（把槍拿起，看了半天思索着什麼）

張　豆皮渣，我去跟你想想辦法看看。我等一下來這裡找你。（挑籮要走）

豆　添記，（拿起槍）這個東西給我吧。

張　拿去吧。

煥　添記，這些衣服我替你洗好了，你拿回去吧。

張　回頭再來拿吧。（走了）

煥　豆皮渣，你先回去招呼一下你老婆吧，添記會替你想法子的，你等一下再來吧。（一邊在收衣服）

豆　張添記不也是一樣窮？窮人會有什麼法子？——（頭腦昏昏地呆視着手裡的假槍）

煥　眞是的！窮人想幫助人都沒錢，像這裡邊（指屋子裡）這樣的人寧可一場麻將輸成千塊，一百八十地賞給女招待；但是討飯的追他整條街也不肯施一個錢。

豆　（望住那沒關的大門，不自覺地踏上了石階）

煥　（奇怪地）豆皮渣？

豆　唔？——（才發覺了自己走上了石階）呵，——（走下來，又回頭對屋內呆望着）

煥　豆皮渣，還是快點回去看一看吧，產婦沒有人招呼是不行的呀！

豆　（茫然地思索着去了）

大門處，賴送陳出，二人都十分焦灼頹喪。

賴　再見！——噯，陳經理，我們擺開公事不談，實在你有沒有法子幫幫我私人的忙？我一週轉不來就完的了！

陳　唉！雨川兄，我現在自身都難保了！再見吧！（匆匆走了）

孟亦出。

孟　（帶諷刺意味地與賴（偽）禮，悠然自得地去了）

賴　（憂慮煩惱，心情惡劣。暴躁地走進屋裡去）

煥　（在繼續收衣）

阿昇上。

昇　煥姐，在收衣服呀？快點收吧，起風了。

煥　（不睬他）

昇　（看看沒有人，上前慇懃地）煥姐，你到底怎麼說呀？你說呀！煥姐，你說呀！……

煥　我沒話要說！（要走）

昇　這，這！煥姐，還是不是你沒有問題了呢？（拖住她的衣服）

煥　放手！——放不放？

昇　煥姐，煥姐，我求你，求你！（跪下）煥姐，要是你再不答應我，我快要瘋了……

煥　（氣不過，拿晾衣服的木夾子夾住他的鼻尖，一手搶了衣服，跑進去了）

昇　唉喲！……你媽的！（也進去了）

李若非匆匆出露台。

李　（望住那邊天文台，回頭向內喊）Annie，我們別過海算了，天文台已經掛起五號風球了。

安妮出，穿了準備出去的盛服。

安　眞討厭，又出去不成了！晚上在家裡悶得要死！——若非，你今晚也別過海去了，在這裡陪我好嗎？

李　（為難）可是，我今晚上還有點別的事情，等一下子就得去的。

安　（失望地靜了一下，然後怨艾地）若非，你近來對我，好像變了一點。

李　沒有的事！安妮，我對你永遠是一樣的！

安　我覺得，自從我爸爸這兒的生意有了變化以後，你對我的愛情也像有了變化了。

李　這是你的錯覺。

安　這幾天來你不也像心緒不寧的樣子嗎？

李　嗯——是的，那是為了你父親環境有了變化，我也很替他担心的原故。

安　若非，（親切地）不要為他担心，我父親的變化，決不會影響到我倆的愛情。

李　當然不會。不過萬一你爸爸由於這個變化而致破產的話，那對你的將來，不是一個很大的影響嗎？

安　若非，我最近看了一點書，聽雷迅說了一些話，慢慢懂得一個女子是應該怎樣去做人。假如我們沒有了錢，我也不怕！我們縱使換了另一種環境，不是一樣地可以過着快活的生活嗎？

李　（不自然地微笑）唔。

安　（熱烈）若非，只要我們永遠相愛，永遠在一起，沒有錢，又有什麼關係呢？——

李　（不語，如另有所思）

安　若非，我們前些時候說過的事，快點實現吧！我同爸爸是沒有什麼感情的，Miss 何跟爸爸鬼鬼祟祟的樣子我看不過，這裡整天人來人往，我也討厭得很！我眞想找過一個清靜的，溫暖的，只有我們兩個人的一間房子，甜甜蜜蜜地過下去。——

李　（不語）

安　呵，若非，你跟我爸爸提這件事，他怎麼回答你？

李　唔——我還沒有提。

安　怎麼還不提呢？難道你不想早一點實現嗎？——若非，自從那一次，我們一起過了一夜之後，我感到更不能夠離開你了！若非，你快點跟爸爸去說吧！我想他一定會答應的。若非，你想在什麼地方找個房子好呢？——九龍塘？——還是在半山區呢？

李　（冷淡地）很好，半山區和九龍塘都好。

安　（墮在幻想中）到那個時候，我繼續去唸書。每天早上我們在家裡吃了早餐，然後我去上學，晚上回來在電燈底下，大家坐到一塊兒好好地看一回書，然後睡個甜甜蜜蜜的覺。等到禮拜天，我們一起出去快快活活地玩一天，看一場電影，跳一場舞。——噯，若非，將來——

李　Annie，我們等一下再談好嗎？我先到二樓去一趟。

安　呵，我爸爸正在二樓，你現在就跟他去談吧！

李　唔，好的，我就去。Annie，你在這兒休息一下，我一下子就下來。（進）

安　唔。（一個人在愉快地哼着小調）

雷迅提了簡單行李從大門出。

安　呵，雷先生，你眞要走了？

雷　呵，是呀，安妮，再見了！

安　（有點不捨）可是，雷先生，為什麼你一定要走呢？

雷　這一點我已經跟你說過了，我再不能幫助你父親繼續去做這種事情！

安　這樣，你出去以後，做什麼工作呢？

雷　我打算找幾個朋友一同來辦一間學校。假如實在搞不成，那我寧可再去賣報紙，也比在這裡作對不起良心的事情好！

安　我以前還不清楚，自從你告訴過我以後，（慚愧而又怨恨地）我對爸爸也有點憎恨起來了！

雷　安妮，這樣的環境也不是你所適宜的，你應該找一條你自己應走的路呀！

安　我要走什麼路呢？

雷　安妮，你應該知道一個人在世界上不應該做一棵寄生草！

安　寄生草？

雷　唔，寄生在一個罪惡家庭裡的寄生草！我不是跟你談過，一個人的生活除了戀愛和享樂之外，還有它更重要的意義的嗎？

安　——工作？

雷　對，工作！

安　可是在香港這個地方，我又能做些什麼呢？

雷　安妮，你應該把眼睛放遠一些，祖國是需要你的！

安　可是，我懂得的實在太少，我什麼也不能做呀。

雷　你懂得還不多，這是對的；可是你為了將來要去「做」，所以可以先去「學」，你先要了解了祖國人民的需要，了解了祖國人民的痛苦：是什麼使到他們這樣痛苦，而什麼才是他們所需要的？你懂得了他們，才能夠為他們去服務。所以，你可以先進國內去唸唸書，到處去看一看！你剛才說憎恨你父親，可是憎恨你父親一個人是沒有用，像你父親那樣，或比你父親更甚的人佈滿了全國呀！

安　（沉默了一會）我是想到國內去看看的，可是，我現在不能走；因為若非不肯到國內去。

雷　（想了一下）安妮，我還有一句話要跟你說。——你是很愛李先生的；可是你太年青，我怕你還沒有十分了解李先生這個人。

安　你覺得若非怎樣呢？

雷　我記得你曾經問過我「什麼是虛偽」，現在你還記得我當時怎樣回答你嗎？

安　（反感地望住他）我不相信若非是這種人！難道你有他虛偽的証據嗎？

雷　証據當然沒有。不過這只是提醒你，希望你

安　看人要謹慎一點！

雷　（生氣）謝謝你！我相信他，請你不必担心！

安　（無可奈何）希望是我估計錯了。但是也請你以後要小心一點就是了。——我也得走了，再見！

雷　（不睬他）

安　安妮，別怪我剛才的率直。因為我覺得這座房子裡邊的人，從上到下只有你一個人是清白的，是值得人家關心的，所以才會對你那樣坦白說話，請你別誤會我是惡意的。好，再見了！

雷　（不自然地）再見！

安　何二在那裡撿拾舖蓋。

雷　老何，撿東西呀？

何　是呀，雷先生，你看海面上的船隻都進了避風塘了！唉，如果風刮得成，今夜都不知道到那裡睡去了！

雷　嗯——我今晚也得找地方住，回頭來喊你們一起去過一夜吧。

何　那好極了，好極了！請一定來！我等你呀！

雷　一定！（下）

何自去撿東西。

安　（一個人在回想着雷迅剛才的話，覺得難過極了。向內喊着）若非！——若非！——（沒有人應）若非！——

阿昇上。

昇　大小姐，找李先生嗎？李先生在三樓蕾莉姑娘的房間裡。

安　在Miss何的房間裡幹什麼？

昇　（唯恐天下不亂）兩個人像在——密談什麼似的。

安　密談什麼？——你胡說！

昇　（不敢回話）

安　（疑心漸生，但勉強坐下來看報，又看不下。到底忍不住懷疑的增長，終於匆匆地進去了）

昇　（得意地望住她的後影）

廳內忽然傳來二少奶的哭吵聲。賴從內喊着出來。

賴　阿昇！——阿昇！——

二少奶嚷着跟出。

婦　……你眞這樣沒心肝！這樣沒心肝！……

賴　（盛怒地，向阿昇）把她趕出去！

婦　你連自己親生兒子的死活都不管，你這樣沒心肝！你不是拿不出錢來，少做兩宗生意，拿一百幾十萬來贖回兒子的性命都不肯，你還有沒有人心呀！你還是不是人呀！……

昇暗下。

賴　我還有錢！我告訴你，現在老板垮台了，人家再不信任了，眼看快要全部完結了，以後要怎樣打算，還得大費籌劃。我的心已經亂得一塌糊塗，你還來吵我！

婦　你的孽錢也賺够了，再不垮台就算天沒眼睛呀！……

賴　你還說！（要打她）

昇上。

昇　賴先生，彭經理有電話來，又催那批貨。

賴　（暴躁地）回他不用再催，我決不會沒有貨交給他就是了！

昇　是。（下）

勞取電報上。

勞　（緊張地）賴先生，剛得到這個電報！（呈上）

婦人哭着進去了。

賴　（看）老板出國，先飛來香港。——（想着，現出希望）這樣，我還有最後的辦法？只要能見得到他。

勞　呵？是什麼辦法呢？

賴　（漸漸高興起來）這位老板雖然倒了，我還可以找第二位老板。憑我跟了他這麼久，只要向他求一次，他總可以介紹我南京的第二個關係的。（愈說愈快活）這樣，最底限度，我個人的地位和前途是可以保存得住了！

勞　是的。

賴　飛機什麼時候到？快查一查！

勞　好。（二人忙俯身去查報紙）

崩鷄七提了一大包東西上來，偷偷摸摸地放在大門口。去按鈴，並把一封信放在地上，偷偷走了。

勞　七點十五分。

賴　（看錶）快了。你立刻準備一下，我們等一會去機場接他！

勞　是。

賴　（堅決的自信）只要能見到他的面，我就有起死回生的希望了！哈……

勞　是的，哈……——賴先生，電報員提出要走，他說看情形，反正以後沒有什麼電報收發的了。

賴　眞豈有此理！好吧，就讓他走吧！

勞　是（下）

賴　（坐下看報）

昇開門，拾起信。

昇　（讀信封）「什物一包，交賴雨川先生收」。（懷疑地看着那包東西）

賴　什麼事？

昇　賴先生，不知道誰送來了一大包東西。（呈上信）

賴　（看信，色變）

二少奶自大門出。

賴　（昏亂地向阿昇）快！快把那包東西拆開看看！

昇　是。（折開一看，嚇退一步，並忙掩了鼻）呵！——

婦　（上前一看）呀！（立刻撲到包裹旁邊，尖聲狂叫）阿B！呵——（昏了過去）

昇　（忙向裡還喊）阿婆！——阿婆！——

蕾和李談着走出露台。

蕾　（發覺露台下的事件，掩面不忍看）

李　（看了無動於衷）

阿婆出，忙把婦人扶進屋。

賴　（傷痛地）阿昇，去叫人把他它埋了吧！（頹然地進去）

昇　（把包裹拿進屋去）

蕾　（看了有點難過）若非，這件事你未免做得太過份了！

李　又不是我叫他們弄死他的，誰叫他父親不肯贖他！

安出現在窓內，窺聽着二人。

蕾　你這個人眞可怕！你這麼做，實在太沒良心了！

李　良心？良心多少錢一斤呀？

蕾　雖然你這樣把阿B除掉，但是偏偏不湊巧又碰到雨川破了產，你這一番心血不依舊是白費的？

李　所以，我們才更該走！算我倒霉，看錯了這個對象，白白冤枉花了我們兩三個月的時間。……

安　（忍不住哭出聲來，很快地走了）

蕾　（低聲向李）噓！——（指指廳內）

李　（急去看，回頭對蕾做個疑問的手勢）

蕾　也許她聽到了。

李　不會吧。——不過要聽到也就算了，反正要吹的了！

蕾　好了，我們還是來談完我們的吧！

李　就是依照剛才所談的條件囉：到南洋之後你負責全部生活開支，我負責在那兒替你打開場面。這樣，我沒佔便宜，你也不吃虧，這實在是一件最公平的交易了！

勞出現在窗內。

蕾　我還得聲明一句：等我在南洋的關係一打開之後，我們就各走各路，你不能再跟住我的了！

李　笑話！在南洋都是我的關係，何必老跟住你呢？就這樣分頭進行吧！

蕾　我的錢是有把握的，就只怕你的出國護照弄不到手。

李　已經九成了，你放心吧！——噯，我先去酒店開好今晚的房間，等一下再來接你。

勞躲下。

蕾　All right！（進去）

李　（高興地彈着指，也準備進去）

勞再上。

勞　（秘密地）噯，李先生。（把他拉到一邊）你準備出國嗎？

李　（狼狽）嗯——

勞　（坦誠地）李先生，你可不可以也替我弄一張護照？

李　你？——

勞　我也想到南洋去。

李　（懷疑地看住他）你也要離開賴先生了嗎？

勞　樹倒猢猻散，要不未雨綢繆，早謀退路，將來不會給這棵大樹壓死？——至於你們要走的事，我必定代守秘密。

李　好吧，我盡我的力替你去想想辦法，大概不會有太大問題的。

勞　謝謝你，請你一力幫忙！（搶李手握）我先進去了。

李　（想從廳門進去，但一想，卽越過欄杆跳到路上，正要走掉）

安妮突出露台。

安　若非，先別走！我出來跟你說話。（進去）

李　（在那裡候着。極力鎮定，準備對付的方法）

大門啟，安妮出來，二人都陷於緊張狀態中。

安　（漸漸走近若非，悲痛，怨恨，懷疑地直視着他）

李　（勉強地笑）安妮，我跟你解釋……

安　不要解釋！我全都聽到了！——我現在出來，不是要責備你，也不是要挽留你，只是想曉得一樣：你平時對我「做」得那麼像，叫我直到現在還死不了這條心；我現在就想請你對我說一句：你以前說怎樣愛我的話，是不是都是假的？

李　我——我以前對你說的，都是——（做個熱烈多情的手勢）

安　（斬釘截鐵地）我現在再不想看你做戲，我要聽你一句眞心話！

蕾復出露台，望住二人。

李　（看見了蕾莉，想一下，改成了冷面孔對安）不錯！我對你一向是別有用心的，只想從你身上弄到你父親的家產；現在你父親破產了，我完全失望。我非特沒愛過你，而且到現在我還恨你，恨你躭誤了我的時光和費去了我的心血！——好了，安妮小姐，這幾句話你該滿足了吧？（冷笑地對住她）

安　呵，我現在才曉得，我原來是一個這麼可憐的傢伙呵！（突然悲憤地哭起來，掉頭急步往屋裡走）

同時屋裡走出了婦人，神經失常地。

安　（一把抱住母親，跪下來，痛哭）媽！你女兒好可憐呀！……

李　（自管去了）

婦　（眼睛發異光）你！——你？呵，你不是阿B（哭起來）呵……

安　（憐愛地）媽媽！（緊抱住媽）媽！……

婦　（哭着）你不是阿B，走開，走開！（把安妮推開）我要阿B！阿B呀……

安　（痛心而又反感）媽媽！——

阿婆亦哭着從大門出。

婆　二少奶，進去休息一下吧，二少奶！……

賴生着氣走出露台，勞隨在後。

婦　阿B！呵，阿B呀！（哭號着奔去了）阿B呀！呵！……

婆　二少奶！二少奶！……（追去）

安　（突然哭出來）呵！——（急跑進屋裡）

賴　（眼前沒有一樣快意，暴燥地拉過椅子來）哼！（坐下。對勞十分生氣地）你說吧！你到底承不承認這是你作的事？

勞　（惶恐地站在一邊。手裡捧了幾本賬本，不知如何是好）

賴　我一向把你看作親信心腹，看不出你竟然暗中算害着我！

蕾　是什麼事呀，雨川？

賴　欵項的數目上，發現了毛病。

蕾　不是說銀行倒閉了，滙單全部都兑不到欵了嗎？

賴　可是存在家裡的錢也不少呀！（向勞）你這樣做對得我起嗎？我十多年來對你，不可謂不盡了引挈提携之力！我看得起你，才會信任你；想不到你在我今天危急關頭的時候，反而在我背後暗吞我的財產！忘恩負義的傢伙，你對得起我！（愈說愈氣）你對得起我！（摑勞一掌）

勞　賴先生，請你自重一點，不要隨便打人！

賴　哼！你還叫我自重？你有臉説這句話？

勞　（惱羞成怒）賴先生，我幾年來為你出了那麼多力氣，假如沒有我幫你手，你能不能爬到今天這樣的地位？而現在大家都倒下來了，我為了顧全我的後路，稍為分用你幾個錢，你就說我沒臉說話；而你這麼多骯髒財產，試問又是從那裡弄來的？——難道你就有臉說話？

賴　（一氣非同小可）哼！你！你！——看不出你竟然會說這種話！好，我的冤孽財產算是你幫我弄回來的，（一手把賬本搶過來，擲在勞的面前）我分給你！都給了你！你，你就替我滾！替我滾！

勞　我滾，我早就準備滾，「狡兔死，走狗烹」，我早就預備你有這一手；不過像你這種人，讓我來看你走上絕路！（下）

賴　（暴跳）滾你的！滾你的！——（又恨又嘆）要是在以前，我非把他槍斃了不可！

蕾　算了，雨川，對這種人何必生這麼大氣呢？

賴　唉，想不到一倒下來的時候，連自己手底下的人都欺負了我，現在，一個一個都離心離德了！（哀痛地）

蕾　不要這樣傷感！雨川，就說，你現在也不算是失敗呀！

賴　（搖頭）是失敗了！全盆失敗了！後台倒了，信用完了，財產破光，生意毀掉，朋友沒有了，兒子丟了，連一個平日認為最心腹的助手也背叛了我，我算是一切都失掉了！蕾莉，現在什麼都失掉的時候，還有你來安慰我，蕾莉，蕾莉！（捉了她的手熱烈地吻着）

蕾　（過一會，靜靜地說）不過，雨川，我也有些事情，要跟你商量。

賴　什麼事情呢，蕾莉？有什麼事情，現在我們都應該推心置腹地來談了。

蕾　是的。雨川，我現在想——想離開香港一個時期，到外邊去走一走。

賴　對！我也要到別的地方去走一走，經過這一次變故，香港這個地方我已經再沒辦法呆下去了。好的，我們就一起走吧。蕾莉，以後，我們倆兒是相依為命的了！

蕾　可是，你和我一起走，這於你——適合嗎？

賴　怎麼會不適合？——呵，蕾莉，你這句話是什麼意思？

蕾　我覺得，我們兩個人之間，還有許多相處不來的地方。

賴　呵？——蕾莉！——你，難道你也要離開我嗎？

蕾　話不能這麼說，這並不是我要離開你，而是我覺得我們兩人的關係，總應該有一個結束的時候。

賴　（內心悲痛，但極力壓住情緒的奔洩，沉默地走着）

蕾　你從南京到香港來這三個多月以來，我所給予你的，難道你還沒感到滿足嗎？雨川，你應該知道，對於一個好像我這樣的女人，是不能要求過高的！

賴　（吟沉了一回）好的，蕾莉，我知道在我今天這樣的遭遇底下，是不可能留得住你的。不過，我只是為你的將來攷慮，你出去之後，能够自己站得住嗎？

蕾　這一點倒不必為我担心，我過去又是怎麼站過來的？

賴　那好，你走吧。嗯——你需要旅費嗎？

蕾　旅費我還有；不過我正想跟你借幾個錢，讓維持住出去之後的短期生活。

賴　你想要多少？

蕾　五十萬。

賴　（停了一會）你應該曉得我現在已經沒有這個力量了，蕾莉。

蕾　（反感地）那麼——

賴　（突然熱情地）蕾莉，難道你非走不可嗎？

蕾　怎麼呐？

賴　（誠懇地）蕾莉，你現在提出要走，我聽了實在很痛苦！蕾莉，你是知道我對你怎麼樣的；我為了你，跟我太太離了婚；為了順你的意，不給太太的名義縛束住你，所以我寧可忍受朋友間的閒話，來和你維持住這種曖昧的關係。蕾莉，這你可以想得到我是多麼需要你的了！尤其是在今天，我其他一切都失掉了，現在就只有你，只有你！難道你忍心讓我再失掉這最後一樣最心愛的東西嗎？——蕾莉，我現在還不算完全破產，雖然不足以拿來作什麼大的經營，但也總還可以拿這個錢來逍遙半世。再說，我現在雖然垮了，但還不是走絕了路！我只要一見到老板，我還有最後一個起死回生的機會！蕾莉，請你再跟住我吧，我決不會沒有重出生天的辦法的！

蕾 （笑了一笑）這些都不是我去留的主要關鍵。雨川，至於你的愛我，我是知道而且感激的！可是當彼此高興的時候不妨歡聚在一起；感到應該分手的話，大家也就該一笑而別，好讓將來有機會再見的時候還可以笑臉相迎，握一握手，道一道甜蜜的往事。這，才是最可貴的感情呀！雨川，難道你不願意在我們之間，還保留着這麼一個珍貴的友情嗎？——人到世界上來是為了尋求朋友的，又何苦多樹幾個不必要的敵人呢？

賴 （沉默着）

蕾 （反面的意思）說到錢，要是你實在不方便的話——我也一樣走得了的。請你放心好了！

賴 你別誤會，我並不是為了錢而不放你走；不過我實在是拿不出來；那末，你現在——就先拿二十萬吧？請你原諒我，蕾莉。

蕾 （不屑地）——那麼，我們就別談了吧！（尖酸的語氣）雨川，這幾個月來，承蒙你賞臉招呼了我這麼久；而以一個女人所能貢獻給一個男人的，我都完全貢獻了給你，不知道這够抵償了你招呼我的這份人情債沒有哪？雨川，要是不够，那讓我改日再還給你吧。好，再見了！（要走）

賴 等一等！——蕾莉，我們總算有過一番情份；如你所說的，我們還是應該好來好去……

安妮走出露台來。

安 爸爸！

賴 什麼？

安 （堅決的語氣）我有話想跟你說。

賴 （掏出鑰匙，對蕾）保險箱裡還有七十萬的現欵，這是最後的錢了，請你自己去取吧。不過在這個欵裡邊我還得留四十萬，回頭去交鴉片的貨欵的。其餘的三十萬，你就拿去吧。要是這樣你還不能原諒我，那我也沒有辦法了！

蕾　（想一想）好吧。（取了匙，進去）

賴　（望安一眼煩燥地）什麼事？

安　爸爸，我想到國內去！

賴　你也走了？——好吧，通通都滾吧！都去了落得乾淨！

安　（沉默，但反感地瞪他背後一眼）

賴　（過了一會）到那兒去？

安　先到廣州。

賴　去幹嗎

安　打算唸書。

賴　打算唸書？哼，我現在沒錢給你去唸書！

安　我自己有！

賴　跟李若非一起去？

安　（忍住傷心）不！——我一個人！

賴　怎麼，他不去？

賴　（哭出來，但強忍住）不要問我，我不知道他！

賴　呵——（沉靜了一會，漸漸改變了態度）你那裡來的錢入國內？

安　我自己還有點儲蓄和金器，我計算過可以供我唸完大學的費用。

賴　你眞是決心去唸書？為什麼現在你想起要唸書了？

安　我現在知道了我平日的錯誤，我不應該過這樣的生活，不應該留在這樣的家庭！我不想再墮落下去，我不希望將來變成一個像蕾莉那樣的女人！——所以我決定走了！

賴　你自小沒離開過香港，這次一個人出去不怕嗎？

安　我想沒什麼可怕的！

賴　打算什麼時候走？

安　假如今晚刮不成風，就乘夜船走。

賴　唔——（慢慢點頭）你是對的！——你實在是不適宜在這樣的家庭裡邊生活的！也怪我平時太少注意你們的生活。你自己能有這樣的志氣我很高興；但是你為什麼不早點對我說，而到現在才做聲呢？

安　（一下子哭起來）呵……

賴　哭什麼？——唔，最近受到什麼刺激是不是？

安　爸爸，我，我受了人家的欺騙！

賴　什麼欺騙？——誰？

安　他，他害了我一生！我恨死他！……

賴　（又疑又恨地望住她）

天漸漸地暗下來。

羅八達匆匆上。

羅　噯，雨川，有個消息！（上階按鈴）

賴　什麼消息？

羅　（焦急）關於安南那批貨。——我進來再說。

昇已開門，羅入。

蕾持鑰匙出來。

蕾　保險箱的鑰匙，還你。錢拿了，謝謝你！

賴　蕾莉，我想問你一句，你跟誰一起走？

蕾　（望下一安妮，笑笑）現在也就不必再瞞你了，我是跟李若非！

安　（難過地哭起來，奪門跑了進去）呵！——

賴　（也有點難過）枉我一世精明，原來你跟李若非——？

蕾　請不必誤會，我這次和李若非同到南洋，私人感情上並沒有半點關係，只是當一宗生意去做吧了！哈哈……Good-bye！哈哈……

（笑着下去）

賴　（恨恨地望住她的背影）

羅八達出露台。

羅　雨川，這次完了！完了！

賴　什麼事？

羅　就是安南來的那批貨，昨天從澳門運過來，被海關扣起了！

賴　整批扣起了？

羅　整批通通扣起！一兩都漏不過！請你趕快去想想辦法！快吧！快吧！

賴　為什麼你剛才又說，那批貨還沒起運過來呢？

羅　哎呀！那個——那個先別說了吧！你快去想辦法去！……

賴　哼，老羅，你到底在暗中搗我些什麼鬼？為什麼瞞住我把貨運來？

羅　好，雨川，那些我們兩個人的事情，等改天關起大門再來打官司好不好？現在先團結對外，首先把貨弄了回來再說！

賴　可是現在能有什麼辦法？今天的賴雨川已經不比往日了！

羅　難道就讓這大批貨這樣丢了？噯，雨川，這是你最後的一筆老本了啵！

賴　當然我不甘心丢掉！我大部財產都沒有了，這一筆再丢了就眞算完了！

羅　當然呀！你快想辦法吧！

賴　（苦思着。偶然看看錶）呵，我得去接飛機了。——阿昇，外衣！

昇應。

羅　接誰的飛機？

賴　上海來的。——呵，對了，關於這批貨被扣的事，我看還有一個希望！我等一會見着老板，當面向他提提這件事，請他親自出面去説一説，我看就十拿九穩取得囘來！

昇取手杖和外衣出，並幫賴穿上。

羅　對對對！這眞巧極了！雨川，這畢竟是你的財路，別人要搶也搶不去。哈哈……

賴　我得走了。

羅　我也先過海囘去了。（望過去）你看你看，又換了八號風球了！我走了，再遲怕沒有船過海了。

二人一同進去。

佐治滿懷憤懣的樣子上。

佐　（首先注意露台，攀上欄河向內探視，忽見大門啟，急跳下，站在一邊）

大門開了，賴羅出，昇隨後。

羅　雨川，我一會兒打個電話來聽消息。

賴　好！

羅匆忙地去了。

賴　那姓勞的傢伙走了沒有？

昇　走了，剛才跟那位電報員一起從橫門出去的。

賴　把家裡收拾得整齊一點，等一下有客人一同回來。

昇　是。

賴下。

佐　（向昇）噯，賴小姐在家嗎？

昇　譚先生，大小姐在家，先請進來吧！

佐　不，你請她出來吧！

昇　大小姐現在正在房間裡撿行李，怕沒有工夫啵。

佐　撿行李？——她要到那兒去？

昇　説是要到廣州去，她叫我打電話去定船位的。

佐　（緊張）那一位李先生呢？

昇　他不在，不過聽説他也是要走的了！他等一等一定會來的。

佐　（想了一下）好，我走了！（急下）

煥姐出露台來望望風色。

昇　噯，煥姐，先把廳裡的東西撿好一下，等一會賴先生會帶我們的大老板回來呀！

煥　風都起了，我得先到屋頂上收了衣服再説。（進去）

昇　好好，我幫你上去收。

何二從舖上起。

何　（向路上遙望着）

阿妹上。

妹　爸爸！

何　為什麼雷先生還不來呢？

飛機聲自遠而近在頭頂盤旋良久。

何　（仰視）為什麼刮風了還有飛機飛來呢？

飛機聲漸去了。

汽車聲傳來，接着李上。

李　（偷偷摸摸在露台下探望，吹吹口哨）

佐治暗隨上。

佐　（亦步亦趨，悄悄走到李身後，放手入懷中，正擬有什麼動作的樣子）

忽然蕾莉在內喊。

蕾　阿昇——阿昇——

蕾莉出露台。

佐　（見有人來，急避到大路上去）

何和妹望住他的行動，覺得奇怪。

李　弄好了沒有？Taxi 在等吶。

蕾　都弄好了。阿昇大概又纏住煥姐在屋頂上胡鬧了，想叫他下來搬搬東西。

李　算了，隨便喊個人進去搬一搬嘛！風都快起了。——噯，老頭，進去搬搬東西！給你幾個錢。

何　你給多少錢，先生？

李　你先去搬呀！

何　好好。

妹　爸爸，不要去搬！

何　有錢聽，怎麼不去呢？（進屋裡去）

蕾　（進去）

李　（向妹霎霎眼睛）阿妹，我走了吶，你捨不捨得我呀？

妹　哼，閻王爺的勾魂鬼才捨不得你呀！

李　哈……

雷迅上。

雷　阿妹，你爸爸呢？我在旅館裡多定了一個房間了，你們去住一夜吧。

妹　爸爸進去搬東西。

雷　李先生，看你像要到什麼地方去的樣子？

李　是呀，Mr. 雷。人是要求生存的，為了要生存，所以只好又去找第二個主顧了！

雷　找第二個主顧！

飛機聲又起，廻旋在頭上。

胡子清匆忙上。

李　Hallo，Mr. 胡，你看那架客機像沒地方着陸的樣子呀！

胡　呵，Mr. 李，你知道賴先生在家嗎？

李　Sorry，I don't know！又是追他要錢嗎？

胡　我真為這筆欵担心！噯，依你們來看，以賴雨川這樣體面的人，怕不至於會逃掉這些賬務吧？

李　這就很難說了！

雷　一個體面的人，在他不能再裝體面的時候，不就會不要體面了？

李　這次賴雨川倒台，的確連累了許多人跟住破產的！我就是一個，我全部計劃就給他的「破產」破壞完了！

胡　我得拖住淑珍才成！李先生，蕾莉在裡邊嗎？

雷　（搶）淑珍？

李　在裡邊。

何二搬行李出門，蕾隨出。

胡　淑珍！

妹　淑珍——？（懷疑地望住蕾，並去跟何二低語）

胡　怎麼，你要走嗎，淑珍？

何　（去向雷迅耳語）

蕾　是呀，子清。

胡　你們都溜了？不行！淑珍，雨川是你介紹給我的，現在他和我的賬目還轇轕未清，你不能夠就走掉！

蕾　笑話！你和他轇轕未清的賬目，就要我來負責，那麼我和你轇轕未清的賬目，又該誰來負責呀？

胡　你別說笑……

蕾　我說子清，你們這些書獃子學人做投機生意，又怎能夠鬥得過雨川那種人的呢？這次讓你得個教訓，快點改行做過正經事情，還便宜了你呵！（要走）

胡　淑珍，淑珍！……

雷　何小姐，你就是何淑珍？

蕾　怎麼樣？

雷　你有一個叔叔要訪你，你知道嗎？（介紹何二給她）

何　（興奮得很）淑珍！你，你，你認得我嗎？我就是你的叔叔，你的親叔叔！……

蕾　你——？

何　我來香港訪了你幾個月了！淑珍，我們好苦呀！——嗳，這就是你的堂妹妹。阿妹，快叫淑珍姊！叫呀！……

妹　（勉強）淑珍姊。

何　我們父女兩人受盡了多少酸苦都訪你不到，想不到你就住在這裡邊。唉，正是踏破鐵鞋無覓處，得來全不……

蕾　（又疑又嫌）你是我叔叔嗎？——我小時候是聽說過有個叔叔，不過我不清楚是不是你，而且我的叔叔又怎麼會是這個樣的呢？

何　淑珍，我們從內地回來；家鄉成了一片焦土，弄到家散人亡，沒有辦法，才來訪尋你……

蕾　可是，我不認得我叔叔，不知道你是不是眞的。……

李　蕾莉，他們的目的不過是想討些錢吧了，何必管他是眞是假呢？不隨便給他幾個錢就走了！

何　（急起來）淑珍，我眞是你叔叔，我們就指望來靠你的呀！……

蕾　你靠我，我也沒辦法！我現在又要走了，（掏出十塊錢）哪，這張鈔票你們拿去吧，不要再纏住我了！

何　（接了鈔票）淑珍！……

妹　（同時）爸爸！別要他的錢！……

李　（同時提起行李）走吧，蕾莉！

二人急向大路走了。

何　淑珍！淑珍！你！……

妹　爸爸，別叫她！別叫她！……

何　（呆了半天，又悲又憤）一塲希望，就是這樣！十塊錢！我要這十塊錢幹嗎？（把它摔在地上）

雷　何二，不必生氣了。……

大路那邊忽聞人呼痛聲，繼而人聲吵雜起來。

眾注意。

何　（望望地上的鈔票，急回頭去把它撿回）

佐治倉惶地奔上，眾避開。

佐　（失了常態，把手裡帶血的小刀丟在路邊，尋路跑了）

警笛响，警察奔上。

獨眼龍，廖塢，崩鷄七等跟上看熱鬧。

警　（把小刀撿起）兇手跑到那裡去了？（繼追下，一邊吹警笛）

蕾驚惶失措地跑上。

蕾　（大喊）阿昇！——阿昇！快去叫救傷車來呀！——

雷　什麼事，Miss 何？

胡　（同時）什麼事呀？

蕾　李若非給人家刺傷了！現在，躺在路邊……

雷　我來幫你叫救傷車吧！

三人急下。

何二阿妹跟去。

崩　那小夥子眞行！一刀上一刀下，像插西瓜似的！

廖　刺了四五刀呀！

獨　我看得最清楚，那小夥子就從我身邊跑掉的。

廖　你又不抓住他？豆皮渣頹唐地上。

獨　他媽的！（指大路上）像這種人，不讓他死掉幹嗎？

煥姐啟門出。

煥　豆皮渣，那邊什麼事？

豆　不知道呀。

煥　（忙趕去看）

救傷車聲傳來。

廖　嗳，救傷車來了。

眾人擁下去看了。

昇也啟門出，急向大路上去，連大門也忘了關上。

昇　（把擋在前面的豆皮渣推開）嗳！（匆匆下）

豆　（恨視他一眼。正想跟下去，偶回頭見大門打開，心一動，猶疑了兩次，最後咬一咬牙，急忙偷進屋子）

救傷車聲去了。

雷迅上，阿昇跟上。

昇　雷先生，你看他現在這個樣子，救不救得了呢？

雷　幾處傷都是要害，我看很難救了！

大門走出了安妮，自携小箱子。

昇　大小姐，我替你提吧！

安　不用，你進去做你的事情吧。——雷先生。——呵，阿昇，你以後得好好的服侍賴先生了！

昇　是。（進去）

雷　安妮，你也要走嗎？

安　是，雷先生，我正要找你辭行。

雷　你決定到那兒去呢？

安　國內。

雷　很好，安妮，你終於沒有使我失望！

安　但是我已經遲了，雷先生，要是早就聽了你的話，我決不會遭受到這樣的痛苦了！

雷　經驗就是一種教訓，現在走也不算過；不過，在你要走的時候，我還得向你說一句話：國內雖然是一條出路，但那兒也同樣擺着歧途，依然要憑你自己正確的認識，去選擇你該走的路！——安妮，再見，你自己珍重了！

安　（哭泣起來）

雷　不要哭，安妮。你現在是要回祖國去，祖國畢竟是可愛的！所以你應該愉快！而且當你單身走上了一條這樣艱苦的路底時候，應該更堅強一點呵！

安　是的，雷先生。我一定會堅強起來的。——呵，你什麼時候才回國內來呀，雷先生？

雷　回去？我「是」*要回去的！我希望不久就可以回去！現在是秋天，到春天的時候，我們在國內再見吧！（握手）

安　再見，雷先生！

雷　再見！安妮，珍重了！

安　（毅然而去）

雷　（目送久之）

張添記與煥姐上。

煥　多多少少都好吧，先給了他，再去想辦法就是了。——雷先生。

雷　煥姐，添記。——何二！——何二！——

煥　（四顧）噯，豆皮渣呢？

張　（掏錢交煥姐）這裡十二塊錢你先交給他，讓我再去替他想辦法吧。（要走）

煥　（接錢）好。

屋內忽傳出阿昇的喊賊聲。

昇　賊呀！——賊呀！——捉賊呀！——……

張停住，煥姐想進去。

露台上奔出了豆皮渣。

張　豆皮渣！

昇的呼喊聲繼續着。

豆　（慌得不知向那裡逃）

煥　跳下來吧，跳下來吧！

豆　（跳下來，倒在地上）

張　（直覺的憤怒，去捉住他）

昇喊着出露台，手裡拿了一枝假槍，和一包沒有偷成的贓物。

昇　抓住了？好！（急進去）

張　哼，豆皮渣，我正在替你想辦法，你卻來幹這個！

*編者案：原文，強調語氣。

豆　我，我，實在迫到沒辦法！……

煥　讓他逃吧，添記！……

阿昇開門出。

昇　他媽的，你偷東西！還拿這枝假槍來嚇人！

（要去抓豆皮渣）你這傢伙！

豆　（退）不要抓我，不要抓我呀！我一家大小，八口人都靠我……

昇　不抓你？——差人呀！差人呀！……

豆　老哥，我老婆在生孩子，母親在生病，沒有人理，我，我，……

張　（忽然把豆皮渣一手推到一邊，挺身向昇）是我偷的，要抓就抓我吧！

昇　（愕然）你——（望望煥姐，又妒又恨）好！你認了，就抓你！——差人呀！——

獨眼龍，廖塢，何二，阿妹上。另外還有幾個苦力等陸續上。大家都疑惑地圍觀着。

煥　不是添記！添記，怎麼你亂認是自己呢？你認不得！

張　你不要管我！你替他（指豆皮渣）一家大小想想！抓了他，死他一個沒關係，他家裡七八口人不就死在一起了嗎？

警察上。

警　什麼事？

昇　（指張）他，他進屋裡偷東西，還拿假槍恐嚇我！這，這些都是贓証！（把槍和布包都交給警察）

警　（向張）是你偷的嗎？

張　是我！

警　好，就走吧！（抓住張要走）

眾憤憤低語。

豆　（失神地望住張被抓走）

煥　（氣極，走到阿昇之前）你這混蛋！（一掌摑過去）

昇　唉呀！

豆　（突然喊起來）別抓張添記呀！是我偷的呀！是我偷的！我才是眞的賊呀！

張　豆皮渣你吵什麼，快回家去吧！

警　是怎麼一回事？

豆　我才是眞的，我老婆在家裡生孩子沒錢接生，才這樣做……

警　但是，（對張）你為什麼又自認呢？我看一齊上「差館」再說吧！

豆　（哭）我不該！可憐老婆在家裡——（說不下去）

雷　（向豆）你去吧！你家裡的事，讓我們來照顧吧！

獨　我們來替你想想辦法好了！

何　是呀，大家來照顧就是了！

警帶二人走了。

煥　（急追去）添記！——（把錢交給雷）雷先生，請你把錢送給豆皮渣家去吧。——添記——（追去了）

雷　（自己也掏出數十元，放在一起）

獨　來！（掏錢出）

雷　謝謝！

獨　（向眾人）我們看到別人家裡這樣慘，能拿得出的都幫一點吧！

何　讓小孩子平安下地要緊呀！

歇了一會。

廖　偷人家東西，這種人也活該的囉！

雷　他也是沒辦法才這樣的呀！

廖　我們又有辦法？

小部份小販苦力也附和。

眾　對呀，我們還不是一樣沒辦法！

雷　可是，又是誰弄到我們這麼沒辦法的呢？

在沉默中，若干人再掏了一點錢出來，最後廖塢也拿出一張鈔票。

雷　好了。那一位曉得豆皮渣的家？

妹　我曉得！

雷　好，阿妹，你立刻送去！

妹　是！（接錢）

何　（忽然堅決地）阿妹，把這十塊錢也送去吧！

妹　（感動）爸爸！（接錢，走下去了）

昇　（要進屋裡去）

雷　阿昇，你太可惡了！

眾　揍他！揍他！……（追過去）

昇　（急關門躲進去了）

眾　（追到階下）揍他！打進去！……（有些人撿起了石頭）

賴頹喪地上。

賴　（看見了眾人，呼喝）你們幹嗎？

眾　連你也要揍！

他更該揍！揍死他！

就揍他！揍死他！……

賴　（急避上階，按鈴）

風漸起。

雷　噯噯，大家別亂來！（上前）賴先生。

賴　（失魂落魄地）呵，雷迅，你的確有先見之明！

雷　什麼事，賴先生？

賴　你最看得清楚，所以第一個就離開了我。我現在倒得眞澈底呀！

（變態地笑）哈……

雷　（又憐又笑地望住他）

賴　（悲慘地自己在笑）哈……

昇開門出。

昇　賴先生。

賴　你立刻打個電話通知殯儀館，叫他們派輛殮車到飛機場，你就到機場去料理一下，我已經交代了那兒的職員的了。

昇　是。（入）

除何二，小販及路人們逐漸散去。

雷　什麼事呀，賴先生？

賴　上海來的客機，在着陸的時候失事。——呵！想不到我們的老板這樣下塲！也想不到我也走上這樣絕的路！

雷　賴先生，我勸你不必悲觀！你以後不也可以走上另一條新的路了嗎？

賴　是的！（重新振作起來）我還沒有絕望！死了一位，還可以有第二位，憑我在政界的歷史，不相信不可以從新找到另一位老板！——「二十年後，又是一條好漢」！（充滿了希望的粗豪大笑）哈哈……

雷　（失望地望住他）

塲外風警砲响起來。

何　（急喊）雷先生，快點走吧！你看，已經掛起十號風球，水師處放風砲了！

雷　呵。那就走吧，何二！

雷何匆匆下。

昇出露台看風色。

昇 賴先生，風打到來了！

賴 風打來了怕什麼！——不相信我撐不過這場風浪！（進去）

昇 是是。（緊張地搬下花盆，關緊窗户，下）

風在尖叫。

天空更沉暗下來。

風吹打着雜物的聲音，一片淒厲。

——轉暗——

第二場

景同前。

天昏暗。

風狂吹着，雨一陣陣打着，海水怒嘯，奔越堤岸。

從門窗望進去，廳裡漆黑。

香港遠景閃着暗淡零落的燈點。

二少奶的喊聲，自遠而近。在風雨中顯得更加悽慘。

婦 （披散了的頭髮在風中飄着，尖着嗓子拖長聲音在喊）阿B！——阿B！——（停了一下）阿B！——阿B！——（在風中搖搖擺擺地走着，手裡抱了阿B的玩具飛機。臉上肌肉麻木了似的）阿B——（一陣風吹來，被吹倒，海水翻到岸上，淋了她一身。她緊抱了飛機在風裡滾着。風過後，她又爬起來，依舊喊着，往大門走）阿B——阿B——（上階，推門）阿B！阿B！（忽然瘋狂地擂門，並且狂叫）阿B，阿B，阿B！——阿B阿B！——阿B阿B阿B！

——

廳門窗上射來手電燈的光，接着賴雨川拿着手電燈在露台門內向外探視。

賴 （回身向樓上喊）阿昇！阿昇！——把那瘋女人趕開！——阿昇阿昇！——（沒有人應，他自己去開門了）

婦 （繼續在擂門）阿B阿B阿B！——阿B呀！——

賴開了門。

賴　走開！走開！別在這裡嚷！

婦　我找阿B！

賴　哼！到海裡找他去吧！（要關門）

婦　呵！——你！（一把抓住賴）你還我阿B來！——（把他扯到門外）你還阿B來！——

賴　（掙扎着）放手！——你這個瘋女人！放手！（掙脱）

婦　你！還我阿B來！——還我阿B！（又纏上，並用力握他的脖子）

賴　唉呀！——唉呀！（掙脱，要跑回屋，但被她攔住）

二人在風雨中追逐着。

賴　（一邊逃一邊喊）阿昇！——阿昇！——（沒有人答應）煥姐！——阿婆！——喂，人來呀！——阿昇！——阿昇！——（四顧無援，惶恐之至）

婦　哈哈……我要你的命！……我要你的命！——（追去）哈……

風凄厲地叫着。

賴　（逃到海邊）……

婦　（在岸邊抓住賴）你！你！哈……

二人在風中扭纏着。

一陣颶風吹來，把兩人都掃倒，海水飛打在二人頭上身上。

賴　（又掙脱開，爬起來再逃）

婦　（再追去）…

又一陣狂風刮來。

賴　（被迫往海灘上逃，並淒慘地驚叫）呀！——呀！——……

婦　（一邊慘笑着，往海灘上追去）哈哈……

兩人追逐着下去了。

海浪狂號。

風也狂嘯

賴雨川的慘叫聲愈叫愈遠。

賴　呀——呀——（終於他的聲音被〔淹〕沒在風濤的怒叫中）

——幕下——

尾聲

景如前。

一切都顯得比前更平靜，乾淨，和清新。洋房依然如第一幕的樣子，門窓深鎖。大門前仍然貼有一張「召頂」的紅條子。

香港的遠景也安靜地躺在對海。早晨的紅霞照耀滿天。

路燈下，擺着一個簡單的「代寫書信」的檔子。何二在那裡寫着東西。

雷迅坐在一邊，身旁一疊報紙，正在翻讀着手裡的一張。

雷 「……毀屋詳細數字，尚未統計。海上大小船隻損失至鉅。……」

何 （停下筆）唔！這場颶風損失，恐怕是香港這幾年以來慘最重的一次了！

阿妹上。

妹 爸爸，雷先生。

雷 阿妹。

何 門鎖好了嗎？

妹 鎖好了，鑰匙在這兒。（把鑰匙交給何二）我上工去了。（下）

何 唔。——（瞻望着四面）你看，刮過風之後，香港像給洗過似的，地方都覺得乾淨多了！

雷 （讀報）「……在紅磡船塢附近灘上，發現中年男子浮屍一具，衣袋中留有名片數張，片上均印「賴雨川」——（突然停住）

何 什麼？——（忙去看報）

兩位豪戶的男工，挑了一大担行李箱籠上場。

雷 華僑華商星島日報……

兩男工把行李卸在洋房大門前。

甲 這座房子不錯呀！比現在對海住那一所好得多了！

乙 （一邊開門）當然了！這不但比對海那一所好，甚至比南京那一所都好過呀！（順手把紅條子撕去）

二人把担子挑進房裡去了。

何 又搬來一家！

雷 唔！（感慨地）香港是經過了一場暴風了，

可是還需要無數次更大的暴風呵！——

——幕　下——

——全劇完——

選自麥大非《香港暴風雨》，香港：新地出版社，一九四七

黃谷柳

反饑餓（活報）

〔存目〕

選自《文藝生活獨幕劇選》第一集，香港：文藝生活社，缺出版年份，料為一九四七

旗袍

〔存目〕

選自一九四七年十一月一日香港《青年知識》第二十七期

未死的烈士（獨幕喜劇）

在一個小縣城的一座破廟旁邊，建起了一座簇新的忠烈祠，這是用來紀念在前綫打仗死了的本縣烈士們的。落成典禮舉行的一天，縣城官紳仕商雲集廟內，由民意機關的縣參議會議長當主席，率領官紳行禮如儀，以表對烈士敬仰追念之意。這時廟內燈燭輝煌，酒席滿布，大家互相勸酒，真是人鬼同歡，好不熱鬧。

開幕時已酒過數巡，縣長在賓主喧鬧聲中站起來作致詞狀，眾人肅然靜聽。

縣長　（手握酒杯）主席，各位父老，各位來賓，今天本縣忠烈祠在劉議長和諸位參議員的鄉調之下，在全縣父老兄弟諸姑姊妹人力、物力、財力支持之下，竟然大功告成了！這是非常值得祝賀的一件事情。兄弟代表縣政府全體同人，向諸位提議，為本縣忠烈祠大功告成乾一杯！（眾同聲呼應：「乾一杯」）同抗戰烈士、戡亂烈士乾一杯！（眾應聲呼：「乾一杯」）同勞

苦功高的劉議長乾一杯！（眾呼：「同劉議長乾一杯！」）最後，同出錢又出力的父老們乾一杯！

（這一杯還沒有乾成，給祠外闖進來的幾個鄉人和被鄉人扭送前來的幾個「烈士」打斷了。）

議長　（站起喝問）你們進來幹什麼？縣長在這裏，你們看見嗎？

鄉人甲　（推「烈士」張得勝進來）縣長老爺，議長老爺，你們都在這里，好極了，好極了！我要請老爺們評一評這件謀財害命的事！

鄉人乙　（把「烈士」李得標推進來）李得標！現在你還敢賴？我在眾人的面前出你的醜！（他走到神案前找到一塊「李得標烈士」牌位，向眾人）大家看呀！李得標是烈士！烈士不好好躺在墳墓里，竟回鄉下來做水客！真正豈有此理！豈有此理！

縣長　你們胡說八道，你們簡直是瘋子！

議長　（對張、李）怪怪怪！你們怎麼回來的？不是說你們死了嗎？

鄉人丙　（把「烈士」王有添推進來）王有添！你說你沒有分到一個銅板的烈士捐，那一定是別人侵吞了，我要你跟他們對質！

縣長　莫明其妙！誰捐過烈士捐？真是白天見鬼！你們都是瘋子！

鄉人甲　誰說沒有烈士捐？沒有烈士捐這座忠烈祠怎能蓋得起來？沒有烈士捐你們今天的酒席怎能吃得成？

鄉人丙　是呀，沒有烈士捐這幾百個烈士牌位木匠佬賠本送來的嗎？

議長　（對王）王有添，你不是在山東給打死了嗎？

有添　議長老爺，一點也不錯。我的確是在山東給打死了，而且光榮地做了烈士。同時做烈士的多得很呢，像張得勝，李德標，還有好多好多！（向張、李裝怪臉）

縣長　真是白天見鬼！

得勝　（向桌上拿過一杯酒來）我剛進來時，聽縣長說要跟我們烈士乾一杯，我來遲了。現在該罰我自己飲三杯！

（舉杯向唇一飲而盡）勤務兵，斟酒！

縣長 （一手擊落得勝的酒杯）來人！把這瘋子趕出去！

鄉人甲 （反對）縣長老爺，我不能讓你趕走他就算了事！為了他這個烈士，我們鄉下一共出了三十担谷子的烈士捐，現在他竟活着回來了，我要他賠還我們那三十担谷子！

得勝 我又沒有吃你半粒谷子，怎麼要我賠你三十担谷子，大家評評這是什麼道理？

鄉人甲 你還賴，要不是你在前方打仗做了烈士，我們就不會倒霉挨捐烈士捐呀！

得勝 笑話！抽烈士捐可不關我的事。（議長跟縣長耳語）

鄉人甲 還說不關你的事？

得勝 我的天老爺，誰說我做了烈士？你摸摸我的下巴看，我到底是人還是鬼？

得標 （向鄉人乙）喂，老鄉，請你找出我的烈士牌位來，等我看看寫錯了名字沒有？李是木子李的李，得是一得個一，二一添作五的得，標是木字旁貼張當票的標。

（鄉人乙再去找牌位，議長一手把他拉住。）

議長 各位，這件事情我們不必在這裏鬧，回頭到參議會我們自己人開個會，議決把他們的烈士資格取消就算了。縣長你說這樣辦好嗎？

縣長 劉參議長你說得對。這是你們地方上自己的事，自己關起門來商量好了，不必在這裏鬧，我，我少陪了，縣府里還有些公事要辦。少陪！少陪！（離座欲行，給鄉人甲、乙、丙攔住）

鄉人丙 （懇求）縣長老爺，你是我們的父母官，你要替我們解除痛苦呀！我們的三十担谷子誰來賠？誰賠我們的谷子？

鄉人乙 縣長老爺，他，李得標已經不做烈士了，就應該免徵我們的烈士捐，就應該發還給我們做谷種呀！

鄉人甲 是呀，我們連谷種都沒有了，你們徵糧徵實還繳個屁！

縣長 這不關我的事，這是你們民意機關縣參議會做的事，你們自己商量好了。參議員是你們人民的代表呀，你們選出參議員，參議員代表你們做事，你們還有什麼話好說？

鄉人甲　我們幾時選出參議員？我們忙得連屙屎也沒有空哩！

縣長　反正是你們參議員參議會做的事，我管不着！讓開！

（縣長率隨員們下）

鄉人丙　縣長管徵糧徵實徵壯丁，他不管烈士們的死活。好，那麼，劉議長，你是我們本地人，你講句公道話，你說誰賠我們的谷子？

鄉人甲　我們的一條村才有十幾戶人口，就繳了那麼多谷子。早先說是出了一個烈士，為本村增光，永世留名，無奈何，只得忍痛犧牲。誰知道原來是一個騙局！

鄉人乙　對啦！你說得一點也不錯，這是一個騙局！大家看，上面有三百多個烈士牌位，到底有幾個是死烈士，有幾個是生烈士呀？

得勝　（向得標）喂，李得標，這樣說，我們是生烈士了！哈哈，我們肚子餓了，大家吃點東西吧！（用筷子夾菜吃）

議長　喂，你這人不能這樣放肆。

得標　這算什麼放肆？我們在前方打生打死，幸而有這樣的好運氣做了烈士，吃兩口菜算得什麼放肆？（夾菜吃）

議長　放屁，你們是什麼鬼烈士！

有添　（左手揚起烈士牌位，右手夾菜吃）有牌位為証，誰說我們不是烈士？

議長　你們簡直是流氓地痞，貪生怕死的逃兵，你們不配跟我談話，滾開！

（議長走出去，幾個參議員跟下。）

鄉人甲　議長老爺！議長老爺！（追出）

鄉人乙、丙　（同時）不要放他們走，抓住他們。（同追出）

得勝　（舉起酒杯）兄弟提議，向這裏三百多個生烈士和死烈士同志們乾一杯！

得標 有添　（同時）乾一杯。

（大家舉杯一飲而盡。）（幕落）

選自一九四八年二月十五日香港《華僑日報・文藝周刊》

瞿白音

XX小姐*（獨幕喜劇）

〔存目〕

選自《文藝生活獨幕劇選》第二集，
香港：文藝生活社，一九四八

華嘉

學好本領（獨幕劇）

〔存目〕

選自一九四八年香港《文藝生活》
總四十六期

*編者案：有些地方XX作「香港」。

王逸

月兒彎彎（一幕兩場）

人物：劉三姑　包租婆，半老徐娘，説粵語。

劉小芸　自內地初來港的女學生，十七八歲，説國語。

許佩霞　內地某中學教師的妻子，來港不久的外省人，也曾作過教師，廿六七歲，説國語，可説不太好的粵語。

陳大姐　婦聯會的一位工作同志，卅歲外，説國語。

曼麗　所謂「香港小姐」交際花，廿餘歲，説粵語。

黃校長　某私立小學的校長，四十餘歲，粵語。

沈金龍　某小洋行的司理，廿餘歲，粵語。

某君　油頭粉面，浮華的青年。

時：一九四七年春

地：九龍

景：臨街住宅石屎樓屋的二層樓內，舞台（分）為兩個（部分），三分之二是樓的尾房內景，樓的本身狹長，尾房所以也就窄小，室內是一些不成套的傢俱，小兩條條凳架起的牀板床，一張舊式的圓桌，一張已歪倒的籐椅和一兩把完全不同式樣的破舊靠背椅，一切陳設都説明這是一個流浪人簡陋的家，舞台的三分之一，是這樓的另幾間房子的狹長的過道，過道的牆角有一張茶几，放置着電話，右邊牆上有一個緊閉着的門，這是直通樓梯出入大門的。

開幕時

春天的下午，傳來街上賣橄欖的喇叭聲，時而粵曲，時而時代歌曲，尾房的主人顯然不在家，房門緊鎖着，舞台上空無一人，祗是後面廳房打麻將的熱鬧聲，清淅可聞，想必是一副大牌和下地，男友女友們正在大聲的議論着，贏家在説着自己的調度得法，而輸家都在惱怨着手氣太壞，一遍吵雜聲，終為洗牌的聲浪所掩蓋了。

片刻後，有人敲樓梯口的門，久久無人應，敲門聲急。

後面廳房一個婦人聲：（粵語）好似有人敲門，邊個，……眞係奇怪，咁唔識攬鐘格咩，阿細，阿細，開門，阿細啊，睇清楚邊個至開。

（無人應答，敲門聲急）

（劉三姑自內出，她穿着合身的衫褲，拖着綉花拖鞋，電髮，濃裝艷抹。）

三姑 阿細！死鬼阿細去左邊度。（上前來，粗聲惡氣地）邊個，你搵邊個，（從門上開小窗，向外探望）你搵邊個，咩？

（門外，一個青年女子的聲音）

聲 （國語）請問這兒有沒一位許先生？

三 乜嘢，搵邊個嘩？

聲 我找一位姓許的，許先生，許玉祺先生。

三 許先生，佢做乜嘢咖？

聲 他是當教員的，我是他的學生，今天剛來香港的。

三 冇，我地處冇咁個人。

聲 請你開開門好嗎，這兒不是西洋菜街 210 號二樓嗎。

三 係囉你話係邊處人啫？*

聲 他是徐州人，在內地當教員的。

三 佢係男人嚟係女人？

聲 他是男的，大約有卅歲。

三 我地處有個許太但係冇許先生，佢係上海人噃。

聲 是的，是的，他是有太太的，請開一開門好嗎。

（三姑拉開門，但是並沒有打開外面的鐵閘，鐵閘外面站着林小芸，這是一個健康的少女，穿着樸素的廣西女學生裝，提着簡單的行李，風塵樸樸。）

芸 謝謝你，請找許先生或是許太太好嗎？

三 許太——，有人搵你，（見無反應，看到尾房的門還是鎖着。）哦，佢出左街，呢

*編者案：劇中有些廣東話音並不太準確，或許是作者關係，或者是當時排版字粒問題，現保留原貌，下同。

個許太係冇許先生嘅。

芸　沒有許先生，那怎麼會有許太太呢。

三　我點知呀，佢出左街，唔知你搵嘅，係唔係佢咋。

（廳房傳來了大聲的叫喊。）三姑，點解你重唔來啊？

三　就來（啫），就來。

聲　快的，快的，蝦！——

芸　請問，許太太到那裏去了？

三　冇，冇，冇許先生。

芸　我說，許太太到那兒去了？

三　唔知，唔知，你天日再來搵佢咋。（關門）

芸　（急）喂，你聽我說，我有要緊的事。

三　唔得閒，（反身就走）

（電話鈴响，三姑轉身聽電話）

芸　請開一開門，我可以在這兒等他回來，……

三　喂，你係邊個……你係阿嬌，你個死鬼。

——廳房又大聲喊！三姑，你重唔來？

三　肥佬黃，你代我打幾鋪，我聽電話先，（對門外）你天日來搵佢咋，一陣佢返來我話畀佢知。（繼續聽電話）

「抵死囉，昨日搵左你成日都唔見，去左邊度嘩」

「錦，贏左幾多呀」

「味話啦，我昨晚輸左三百文都唔知幾嬲……講乜嘢，今晚睇戲。」

「普慶今晚好似郎婦晚人地都話好好睇啫。」

「咁，你即管去買飛先啦。」

「唔制，點解你唔請我呀又。」

「係啦，我發左財，就送點金條過你。」

「唔駛，前幾日飛機撞板，都唔知散落幾多金條金磚响我地晒棚，執都執唔及添。」

「係咁話，就一於請我睇戲啦。」

「又好，你來左先至講啦。」

（劉三姑放下電話，正往內走，門鈴忽響。）

三　邊個？

門外女聲　唔該，請開開門。

三　（開門）許太，你返來啦。

（許佩霞抱着小女兒，疲乏的進來。）

霞　唔該。（許佩霞對劉三姑說話，用不太好的粵話）

三　許太，安安有人搵許先生嚕。

霞　搵許先生？（自語）怎會有人找許先生？怎麼樣的人？

三　一個女學生，佢話佢安*來香港，帶着行李嚕。

霞　帶着行李找許先生？

三　哦，我話呢度冇許先生嘛，佢係你哋上海人，說話我都唔幾懂嚕。（佩霞開着門鎖進入內室，劉三姑跟着進來。）

三　許太，你地許先生點重未曾來咋？

霞　（淒涼地搖頭）

三　佢有冇信來呀？有冇錢寄來呀？

霞　最近冇。

三　許太。佢唔來，又冇錢幫來，咁點辦咋？

霞　是啊，我正急得什麼似的。

*編者案：「安」，「啱」之近音，剛剛。

三　你嘅房租已經二個月未付嚕，大房東逼得緊。我實在沒錢代你地……，（廳房又大聲喊：「三姑快來，快來，肥佬幫你和着個七翻」）

三　哦，來咯來咯（回頭）許太你嘅房租唔付唔得嚕，好，我地一陣再講。

霞　三姑，你去打牌，房租我想辦法，就想辦法。

三　許太，你唔來玩幾鋪？（匆匆下）

霞　得閒來坐，（回身掩門苦笑）想辦法？我還有什麼辦法想！最後可當的東西都當完了，……眞是殺人，兩件祺袍只當了伍塊，伍塊錢又夠維持幾天！（從衣袋裏摸不到錢，緊張起來，四處找尋）怎麼，錢丟了，不會的，那到那兒去了？會不會（在沿進來的路上找尋）沒有。小淇，你看到媽那五塊錢沒有？我眞是急昏了，她怎會知道在那兒呢？……不會丟的（苦思）我拿到錢的時候我是和當票摺到一起，當時我怕丟了，特別當心，我放在

——（忽然想起，急從着的衣袖裏找出來）哦，在這兒呢！（走到床頭，打開手提包，將當票放到原有的一疊一起去，點數其餘幾張）一共有七張了，這個月完全靠當衣過活，……這五塊錢用完了又怎麼辦呢？……唉，眞是到了山窮水盡的時候……小淇要是你爸爸再沒有一點消息，要是眞遇害了，那我們……小淇，媽媽祇有帶着你去投海了……玉淇，你要我們來香港，你說到了香港總可想到辦法，可是我們到了這個舉目無親的地方，這個勢利的城市，我們能有什麼辦法！

（敲門聲起，佩霞擦乾眼淚，走去開門）

霞　邊個，搵邊個？

聲　我找許先生，請問許太太回來沒有？

霞　（打開門並不認識站在門外的林小芸）是你找許先生？

芸　是的，我找許玉淇許先生，請問許太回來沒有？

霞　我就是。請進來坐，（佩霞引小芸入室內）你是今天剛到？

芸　是的，許先生離開香港了嗎？

霞　他還沒有來香港，你是從那兒來的？

芸　我從柳州來，我是許先生的學生，許先生怎會沒有來香港？

霞　你從柳州來，你不知道許先生的事？

芸　我這學期沒有讀書，我不知道。許先生怎麼了？

霞　你是柳城中學的嗎？

芸　是的，這學期家裏沒有讓我讀書。

霞　那你是知道許先生教書和別人不同，他和學生打成一片，幫助學生們讀有意義的書，他參加社會上種種爭民主的活動，上學期就被那些特務們注意了，學校當局受到外邊的威脅要辭退他。今年整個局面壞下去，柳州已發現有人失蹤，朋友們都勸玉淇離開的好。正月間有朋友家眷到香港來，許先生便要我帶着小淇隨他們先來香港，他打算料理一點事隨後就來，誰知道我們來了以後就收到他一封信，以後便音信毫無。

芸　我到柳州學校去問，他們說許先生到了香港；你們這兒的地址，就是他們抄給我的。

霞　我們到這兒已經二個多月了，他怎麼還會不來，經過多方面的打聽，據估計他會是動身那一天，被特務們秘密逮捕了。

芸　那……許師母，那你們怎麼辦？

芸　正是沒有辦法，我們流落在香港，也不知許先生是生是死，眞是呼天不應呼地不靈……

芸　（無限同情和憂急）這怎麼辦好呢，難道我們就讓這些反動派們傷害了許先生嗎？

霞　有些朋友在幫忙調查，準備營救，你這次來，哦，和你說了半天話，我還不知道你的姓名呢？

芸　我姓林，叫林小芸。我是高二班的，許先生是我們班的導師。許先生眞是個好先生，你知道我們同學是多麼喜歡許先生，他可以說——，哦，我扯到什麼地方去了，許師母，你不知道，我的家庭多麼封建，寒假我回家，家裏不許我讀書了，要我……要給我帶上枷鎖……

霞　帶枷鎖——？哦，要你結婚，是吧？

芸　對了，許師母，你不會笑我，我想你會同情我的，我家裏，要將我和一個無聊的人結婚，我不屈服，我要反抗。

霞　你就逃出了家庭？

芸　是的，我逃出了家，我從鄉下出來，我想我往那兒去呢，我唯一的辦法是找許先生，我相信許先生會指引我一條奮斗的路。我到了柳州，一打聽說許先生到了香港，我怕我家裏追來，我就趕到香港來了。

霞　小妹妹，你的勇氣可眞不小。

芸　許先生常給我們說「路是〔自〕己走出來的」，我從來沒有出過遠門，我只在地圖上見過香港，現在我居然也來到了香港，雖然我一路吃了好多苦，受了好多氣，可是我總算到了香港，許師母我從來沒有見過海，今天我看到了海，許師母你想我是多麼高興啊！

霞　是的，你該多麼高興，現在正是高興的時候！

芸　可是我一路常想起媽，不知道媽要為我多麼難過，我這回出來，我偷了媽一些金器走的，我想我以後寫信給媽，向他解釋，我想她會原諒我的。

霞　（無限感觸含着淒涼的微笑望着小芸）

芸　（發覺佩霞的神色）許師母你為什麼這樣看着我？你笑我嗎？

霞　小妹妹，我怎會笑你呢？我不是笑你小芸，我看到今天的你，我想起十年前有一個和你一樣的小姑娘。

芸　那是誰，她長得像我嗎？

霞　她長得並不像你，她的情形就和你差不多，那就是今天的許師母。

芸　哦，你？

霞　十年前我和你一樣「為着走自己的路」逃出了封建的家庭，懷着夢想希望，憑着滿腔的熱情投進了這個全然不懂得的社會，這十年來走着多麼長一段艱難的路啊！

芸　許師母，那你是奮鬥過來的人？

霞　對了，我是奮鬥過來的人。

芸　我相信你會和許先生一樣幫助我，指導我的。

霞　小芸，我來問你，你想到此地來讀書嗎？

芸　家裏不會接濟我了，我怎能讀書呢？

霞　那你打算作什麼呢？

芸　我想找一點有意義的工作做。

霞　找有意義的工作做？但是你總得先想辦法活着。現在這個社會，做有意義工作的人都沒有辦法找飯吃，有法找飯吃的人做的全不是有意義的工作。

芸　我想找一個職業。

霞　找職業，小妹妹，你不知道找職業是多麼困難，論經驗能力小妹妹我總要比你強，可是我找了兩個月的工作都還沒有一點頭緒。

芸　（誤會了許的意見，）那我總不願回去。

霞　我沒有要你回去的意思，現在你既然走出來，就得走下去，不管是條怎樣崎嶇的路。你什麼都沒有帶出來？就這樣來香港的嗎？

芸　我有點簡單的行李，現在放在旅館裏。

霞　你住旅館，你能帶多少錢住旅館。

芸　我的錢用得差不多了，剛才我來這兒房東不讓我進來，我沒有辦法，就在前面一個旅館開了一個房間，暫時住一晚。

霞　香港你有什麼親戚朋友可以給你一些幫助？（有人拉門鈴，三姑走出來開門。）

芸　我有一個表叔在香港，在輪船公司做事，我打算去找一找他，許師母，我可以不可以暫時和你住。

霞　當然可以，不過我不知道我還可以住幾天了。

芸　許師母，你要走嗎？

霞　不是，我這兒已快兩個月付不出房租，包租的就要趕我出走了……這兩個月的生活……唉，今後的日子，不知道怎麼過下去。（沉默）

（三姑開門，一個油頭粉面的少年進來。）

少年　唔該，大姑，我搵曼麗。

三姑　曼麗，有人搵你。

曼麗聲　邊個？

少年　哈囉，曼麗。

曼麗　死鬼，係你呀（少年往內去。）

（三姑關了門經過尾房門邊，偷偷往內窺視，聽到裏面談到錢，偷聽〔，〕怕人發覺又悄悄走了。）

芸　許師母，我這兒還有一點錢，你先拿去用吧。

霞　你把錢給我用，不，不用了。

芸　許師母你不要客氣了，許先生不在這兒你一定困難。

霞　我不是和你客氣，你自己也需要用錢，你該想到你前面有多麼困難的一段路，你不能沒有錢。

芸　我在慢慢想辦法。

霞　你現在還存多少錢了？

芸　還有六萬多塊錢。

霞　那你的錢怎會夠用呢？

芸　許師母，你這房子多少錢一月。

霞　六十塊一月。

芸　六十塊港洋合多少國幣？

霞　大約要十六七萬國幣？

芸　十六七萬？這麼貴？這樣小房子要十多萬一個房。

霞　小妹妹，從這一點你就可以知道在香港生活是多不容易。

（小芸已感到了生活的威脅，看着手上的那一疊國幣發獃。）

芸　（忽然想定了）許師母，我走了。

霞　你走？

芸　我去找我那個表叔，我要他幫我找職業。

霞　今天你該休息了，明天再去找好了，你該餓了，在這兒吃飯吧。

芸　不，現在離天黑還早，我要去找他。

（起身就走。）

霞　你不是要搬到這兒來住嗎？

芸　明天再說吧，反正我今天已經開好了旅館，許師母，明天見。

霞　好，明天見，（送小芸出）小芸，你下次來記着這兒有根繩你拉門鈴。

芸　好，（下）

（三姑走出來，看見許送客）

霞　（進室內自語）一個多麼純良天眞的孩子，從此她要為着生活嚐受種種的酸辛，要碰多少釘子，要受多少氣。

（劉三姑在房外扣門，佩霞開門）

三　許太，人客走左啦？

霞　走左，請房裏坐。

三　你嘅房租今日該畀我？喇喎？

霞　哦，房租。

三　上個月未交，呢個月又過左六七日。

霞　這個月開始才沒幾天。

三　你不懂規距，香港總係上期交租嘅。

霞　是的，是的。

三　咁就房租咋。

霞　對不起，還要過幾天。

三　重要過幾日？有錢你總不畀？

（曼麗送客經過房外。）

霞　實在對不起，這兩天手頭不方便。

三　Ha！你地呢種人，就是咁樣嘅，一個月唔畀。兩個月又唔畀，〔唔〕得！

霞　不是不給實在是因為一時困難。三姑，你也知道，我們先生在內地一時沒錢寄來。

（曼麗在樓梯送客。）

（男：今晚我係百樂門等你）

（女：OK！）

（男：Good-Bye！）

（女：Bye！Bye！）

霞　三姑，我有錢一定就付給你。只是因為他父親……

三　我唔理你咁多，租房得畀錢，你有左辦法重不畀過我，我唔信你（聲勢滔滔）

（曼麗進來排解）

曼　三姑，做乜嘢？

三　你睇佢，上月房租欠着唔畀，呢個月又是欠！

霞　（說國語）誰說不給，我們不是無聊的人，只不過因為現在困難，怎麼這樣不講一點人情。

三　講乜野吓你唔畀錢，重要鬧人。

曼　唔係佢，外省人，大家說話不懂，佢話佢唔係唔畀個種壞人，我地大家都知道許太人好嘅。

三　HA！我就唔中意租畀外省人住，夜晚又唔息燈，細佬又吵天霸地。

曼　第日再講啦，許太一時不方便，有錢就會畀你嘅。

三　（對霞）你話過三五日畀，究竟三日，重係五日？

霞　只要過幾天我去想辦法。

三　你話明，三日還係五日？

霞　過五日咋。

三　今日係十五，二十你就畀錢，唔給錢，就唔得！

曼　三姑，唔會錯嘅，許太就去搵錢搵着就畀你。

三　我話明在先，二十就卑錢嚟，唔卑錢我叫差館。

（曼麗送走三姑，霞暗自落淚，曼麗再回來。）

曼　而家呢種世界，就係識得錢，冇錢冇話講。

霞　……

曼　點呀，許先生，重冇錢寄來？

霞　（搖頭）

曼　咁點辦啫，你帶着個細佬哥，冇錢點活得落去吓！

霞　他在很遠的地方，照顧不到我們。

曼　你得自己想辦法活動活動吓。

霞　是啊，我在進行找事做。

曼　你做事，有乜野事好做吓，當小學教員，一月百幾文都唔夠坐車，總還有乜野事能攞多的錢咋。

霞　……

曼　一個女人，冇幾年喺光陰噃，你唔趁着年青嘅時候活動活動，人老珠黃，個陣時你後悔就遲啫。

霞　……

曼　我上次介紹你相識大來洋行嘅沈金龍先生，點解咁耐唔來搵你咋？

霞　我討厭他。

曼　點解吓？

霞　你介紹我和他認識是為着找職業？

曼　係囉，佢係大東洋行嘅司理，可克俱樂部嘅理事，佢手面濶，佢總有辦法嘅。

霞　可是他也不和我進行進行工作，只要陪着他看電影上館子。

曼　搵事做嗎，總得交際交際先嘅。

霞　可是我怎能丟下兩個孩子在家，出去交際呢。

（電話鈴响劉三姑接電話。）

曼　佢話，佢幾中意你噃，話你有大家風度，你唔知道而家好多人都中意你地上海人噃。而家舞廳裏上海嘅舞女最骨子。

三　（向室內叫）二姑，你嘅電話。

曼　（走去聽電話）Hallo！邊位，沈先生，安安正傾緊你嚟，點解咁耐未見你，忙嗎？……你抵死，我唔得閒……你咁耐點唔來睇吓許小姐，佢多想念你嚟……哼，你地呢的男人眞係薄情……要佢來聽電話，好，你等一等。

曼　（重上）沈先生就係沈金龍，佢要你去聽電話嚟。

霞　你剛才怎麼這樣和他説話？

曼　去咯，快去聽電話啫。（拉佩霞）

霞　我不去，我不想和他説話。

曼　你點解唔去，你要找事做，你就得想法出點力。

霞　他又聽不大懂國語，和他通電眞麻煩。

曼　好，我代你講咋。

曼　（再去聽電話）沈先生，許小姐佢話佢唔識講白話，要我代表……死鬼……而家佢就係旁邊，佢話你點解唔來玩，係啫，係啫，佢歡迎你來睇佢嚟，……今晚，今晚你來？……佢話當然歡迎。係……好，就咁講喇，喂，佢問你係唔係一定來唔？好……再會。（佩霞在旁不同意曼麗的説話，幾次想搶過話機，均為曼麗所阻）

曼　沈金龍今晚來睇你。

霞　你怎麼這樣説，我沒有要他來。

曼　你點解咁唔通氣，聽我話，包你有辦法。

霞　……（生氣地回進內室。）

曼　晚上你可得化裝一下，換件漂亮嘅衣服。

霞　晚上他來到這兒，那怎麼行？

曼　佢來邀你，你地邊度去都得。

霞　我説，我沒有結婚，他來看到我有兩個孩子，這怎辦？

曼　哦，呢個……唔緊要嘅，個陣時想法就將佢地帶出去好囉。

霞　不，你還是打電話給他，叫他別來。

曼　你聽我話喇……（拉她耳語）

（有人拉門鈴，佩霞去開門）

陳　佩霞。

霞　哦，陳大姐進來坐。（開門）

陳　你有客人。

霞　不是。我來介紹……這位是住在中房的

曼　曼麗小姐。這位是婦女聯誼會的——陳小姐。

陳　陳姑娘請坐……許太，一陣間我地再傾啊。

霞　你們有什麼事嗎？你們講好了。

曼　你有什麼，我們隨便談閑天。

陳　陳姑娘一陣見。（一陣風似的走了。）

霞　那來這人妖，你怎麼和她這樣接近。

陳　（內疚地）為着托她找職業，有時候不得不敷衍她一下。

霞　托她找職業？她是幹什麼的？

陳　一個單身女人，住在這兒她什麼都不幹，她交遊廣濶，好像什麼樣的人她都認識。

霞　所謂香港小姐，交際花？

陳　唉，在香港女人好像只有這樣才活得下去似的。

霞　這是女人最容易走的路，為了活下去多少姊妹都在抄這條近路。這都是些弱者。

陳　女人最容易走的路……都是些弱者。

霞　我看還是少理這般人好。

陳　唔。

霞　玉淇還是沒有消息？

陳　（搖頭）

霞　最近的生活過得下去嗎？

陳　（苦笑）（沉默片刻）

霞　小淇近來怎麼這麼瘦，病過？

陳　沒有，營養不好，小淇叫阿姨。

小淇　阿姨！

霞　阿姨眞慚愧，什麼吃的都沒有帶給你，阿姨近來也窮得很。

陳　這情形，這小鬼不知道熬不熬得下去。

霞　（擦淚）

陳　（不免黯然）

霞　陳大姐，我實在沒有勇氣再活下去了。

陳　佩霞，我知道你的困難。

霞　大姐，我近來常想到死，每次過海時候看到那起伏的波浪，我就想往下跳，要不是手上抱着小淇，我眞會跳下去。

陳　不要說這喪氣的話，現在香港這許多朋友們的生活都是一樣的。

霞　大姐，你說我是個弱者嗎？

陳　目前的情形是很困難，人不免總有氣餒的時候，但我們總得想辦法，呵，你看我們兩人好像在台上演戲樣相對流淚，別難過，想辦法想辦法，我介紹你那個小校的事，有希望成功嗎？

霞　我已經去過三次，第一次校長不在，第二次校長遇到了，他壓根兒不懂普通話。我這種半弔子廣東語和他扯上了半天，他説我沒有証件，又是什麼外省人，胡説一起，那完全是個既不學無術又是糊塗萬分，他説中國抗戰又什麼和平之後，他好像不是中國人似的。

陳　香港這樣的教育家很多，你管他呢，還不去混飯吃。

霞　第三次我要去他那兒考試，他找了一位什麼中學的校長來考我的國語。那位主考官的國語説得連我這個北平人都不懂。

陳　結果怎樣呢？

霞　不知道，他説要等回信，可是這麼多天，一點消息也沒有。

陳　九龍界限街那兒有家要家庭教師，詳細情形我不太清楚，我去跟你進行一下，那個小學校等會我經過那兒再替你問問。

霞　恐怕不成了。

陳　我去問問看，不要隨便放棄，安定生活很重要，好，我走了。

霞　你不玩一會了？

陳　我還有事，也許晚上我就來給你回信。

霞　晚上……怎好又要你兩次三次的跑。

陳　沒有關係，做事我最不願拖。

霞　今晚——我看你不必急着來。

陳　我多跑兩次沒有關係。再見。

（匆匆下，霞內心矛盾，暗場）

二

夜晚，外面有舞獅鑼鼓聲，隔壁傳來猜拳聲。

佩霞撫子在室內徘徊（，）歌「月兒彎彎」（：）

月兒彎彎照九洲，幾家歡樂幾家愁；幾家夫妻同羅帳，幾家流落在外頭。月兒彎彎照楊柳，楊柳枝枝低着頭。低着頭來像奴家，奴家心上恨悠悠。

曼麗盛裝入。

曼　咁解你唔化裝，換件靚衫？

霞　我懶得換，我心裏煩得很。

曼　一陣間沈金龍就來你咁蓬頭垢面唔得嘅。

霞　……

曼　快換件衫喇。

霞　我沒有衣服。

曼　前兩日你着嘅個件衫都幾好。

霞　那已經……拿出去洗了，還沒有拿回來。

曼　我借件衫你着先，而家就化裝喇。

（霞檢拾化裝品，但卽停住；隔隣傳來歌詠隊的練歌聲，曼麗取衣來。）

曼　你點解坐係處發顛，快，沈先生就會來（抱過小孩）

曼　（把小淇抱過來）哦，呢的細蚊仔點辦啫？

霞　這……

曼　畀阿細一點錢，將佢帶出街玩下子咁就得囉（門鈴有人急拉，小芸叫許師母）

霞　糟了，糟了。

曼　乜野啊？

霞　有一個學生她來找我，這多不方便。

曼　學生？

霞　許先生的學生。

曼　有乜野，佢來正安駛，你叫他抱小淇出街去玩吓就得囉。

芸聲　許師母，許師母。

霞　來了，來了（走去開門）小芸，你吃了晚飯嗎？

芸　吃了（一同入內）怎麼？許師母你要出去？

霞　不，我不出去，怎麼，你找到你表叔嗎？

芸　沒找到，公司人説到廣州去了，不過我問到他家的地址，明天我再到表叔家問問看，表嬸沒見過，談起來他會知道我的。

曼　你快點換衫。

芸　旅館裏吵得很，不是打麻將又是唱廣東

曼　曲，吵得沒法子待下去。（在霞耳邊低語邊催促。）你同佢講快點喇。

芸　許師母你好像有什麼事？

霞　小芸我有個約會，有點事要出去，我想請你幫帶一帶妹妹。

芸　好（急忙接過小淇。）

霞　我想請你帶她出去玩一會兒。

芸　帶她出去，此地我什麼地方都不熟，又是晚上。

曼　你帶佢出去睇吓，畫戲，看電影。

芸　我不認識路，我不敢去，（傳來隔壁歌詠團練歌的聲音。）

霞　哦，隔壁有個海燕歌詠團，你帶她去聽唱歌。

芸　隔壁有個歌詠團？我可以進去嗎？

霞　可以，可以，你抱他去玩半小時再回來。

芸　好，我現在正閒着無聊。

（小芸抱小淇外出，曼麗送到門邊，剛要關門時，樓梯上有陳大姐說話的聲音。）

陳聲　別關門，請別關門。

曼　哦，係陳姑娘，咁夜，重出來。

陳　（進來）沒出去玩。

（曼麗隨手關了門，陳進入室內，曼麗走到門邊向內看看覺得很掃興，回進自己房內）

陳　他說，除國語，國文，自然外，還有五班音樂也想要你教。

霞　教這麼多課？

陳　我沒有答應，他會來同你商量……哦，你怎麼告訴他你沒有結婚。

霞　我……一個女子在外說結婚就不……

陳　不，當教員人家要結過婚的，那校長說，女教員沒結婚鬧戀愛麻煩，我說你結過婚，他說你和他說沒結婚，我說你已經有兩個孩子，他來也就是要調查一下。他和我一路來的，他前一站下車說順便看一個朋友，馬上就會來。快，把這些口紅擦了，你這樣給人印象不好。

霞　（猶豫……）

陳　來，我來幫你擦。（為佩霞擦去化裝）

陳　哦，我帶了兩個蘋果給小淇，小淇呢？

霞　他出去了。

陳　出去了，剛才樓梯上見到可是？樓梯上很黑，我幾乎跌倒，這麼晚你還讓他抱出去，眞不該。

霞　……

陳　怎麼還不來，我要先走了，我還有事。

霞　我眞不高興跟他談話，咬文嚼字，狗屁不通。

（外面校長的聲音）

校　係唔係有位許佩霞住係呢處？

陳　哦，來了。

霞　是這兒。

陳　你怎麼把小孩都叫出去了。我開門，你把這兒整理一下。（曼麗也走出來看望。）

（陳開門，校長色迷迷地看着曼麗直往內去。）

霞　校長請這邊來。

（校長轉回來，有點狼狽，進門時又幾乎絆跌倒）

校　唔駛客氣，你來左幾耐？我去搵一位朋友，一位姓章嘅，唔係弓長之張，而係立早之章，呢位先生同吳專員係好朋友嚅，吳先生係何部長的同鄉，據説重有的咁多親戚關係，章先生同何部長重會過面。

霞　是的……

霞　校長請坐。

校　好，好。

陳　校長，你和許太太談一談吧，我不陪了，我還有事要走。

校　點解，你？

陳　我還有一個約會，我有事不能陪了，我已把校長的意思向佩霞説過了，校長可以直接談吧。

校　你唔坐喇，陳姑娘眞係忙人嚅，眞係時代嘅女性，眞係偉大堂皇……

陳　好，不陪了，再見。

霞　坐一坐，你和校長好談一點。

陳　（已外出）佩霞，把你妹妹叫回來見見校長。

校　呢位陳姑娘眞能幹，眞係不可多得嘅人材……眞係……

霞　校長，那天考過後，學校方面對於我的考慮……

校　哦，你嘅考慮，你嘅國語講得眞好，眞係一種一種……國語。

霞　學校方面是不是可以錄用？

校　像許姑娘呢種人材眞不易多得，而家有幾多有面子嘅人介紹過我學校來教書，我總要慎重選擇，人地話而家共產黨到處活動，共產黨就係東江縱隊，近幾日飛機失事，人地話係共產黨嘅陰謀破壞……如果共產黨得了天下，我當然贊成，我地就加入共產黨……

霞　剛才陳大姐，就是陳姑娘，她說校長又要我教音樂。

校　係啫，再教五班音樂。

霞　我沒教過唱歌，不過我也可以教，不知香港方面該教些什麼歌曲？

校　就是時代流行歌曲，乜嘢「何日君再來」……乜嘢

霞　這些歌？……好，不知道待遇是多少？

校　像許姑娘呢種人材，當然係……而家支一百一十文—— One hundred and ten dollar。

霞　百一十元？

校　初來總係呢個數目，學生多嘅時候當然可以加。你係唔係結過婚？

霞　結過婚，結過婚，我已經有兩個小孩子。

校　細佬哥喇？

霞　大的剛剛出去買東西，小的隔壁隣居抱出去了。

校　呢係眞嘅嗎？

霞　你看這些孩子的衣服，小孩子的鞋子。

校　哦……

霞　現在是不是可以決定？

校　不過你都得去見見校董，才能作最後嘅決定。

霞　還要去見校董？

校　你天日來，我陪你去見校董，帶着你嘅證

件來。

霞　証件？

校　學校嘅畢業文憑、教育司嘅登記証。

霞　我的文憑已經丟了，我是才來香港不久，教育司沒有登記。

校長　冇証件，教育司未登記唔得嘅噃。

霞　証件我可寫信到北平要學校寫信來証明。

校　呢個……

霞　教育司方面請學校方面幫忙去登記。

校　好，我返去同校董商量再講。

霞　是不是我明天來看校長，請校長陪我去見校董？

校　過幾日至講，過幾日至講。（下）

霞　（用國語說）去你的過幾日再講。（恨極）

校　唔駛客氣，唔駛送，唔駛送。

霞　混蛋，鬼送你。

（曼麗大笑出現）

曼　呢個傢伙，眞是莫名其妙。

霞　（哭笑不得）眞氣人。

曼　點解沈金龍重唔來啊，你點解又抹左脂粉啊。快再擦返喇……點解衫重唔換？

霞　不，不，我煩透了。

曼　沈先生卽刻就來噃，你快的換喇。

霞　他來他的，我為什麼要換衣服？

曼　你眞係（，）女人未總需打扮嘅嗎，你唔打扮邊個中意你吓？

霞　我不要誰中意。

曼　你眞想唔通囉，你要佢同你搵職業，你就得同他交際咪，說明了（：）天下事還不是大家利用，你只存心利用佢，用的手段並無所謂。

霞　（欲有所動）

曼　大家利用，你睇我咁多男人圍着，我有乜野損失，利用佢地你才能出頭，有我做你嘅參謀，包你冇撞板。

霞　現在就換衣服嗎？

曼　而家就換，快點，（有人推門鈴）我來了，（急去開門）（沈金龍出現在門口，穿着雖很紳士，但處處現出他的輕浮，流氓氣息。）

沈　許小姐，好耐未見嚅。（握手不放）

霞　沈先生，請坐請坐。

曼　你點解而家至來？

沈　人地請我飲酒。安飲完，許小姐，對唔住。

霞　沒什麼，沒什麼。

曼　要你地傾吓，我唔陪喇。

霞　曼麗你別出去。

沈　曼麗，我請你地去睇馬師曾去嗎？

曼　唔去，我有約會，唔為着你來，我早就走左。

沈　咁眞對唔住。

霞　曼麗，你怎麼不陪沈先生。

曼　你陪沈先生嗎？好，我走喇。

霞　不，曼麗別走。

曼　（對沈暗示）Good Bye！（下）

（僵持片刻）

沈　中午你點解唔接電話？

霞　我……我不會講廣東話。

沈　你而家廣東話講得幾好咯嚅，係不係你話幾想見我？

霞　是的，是的，沈先生你請坐。

沈　唔使客氣。哦，呢件衫確係漂亮。係唔係你嘅。

霞　是的，是的。

沈　我看見曼麗好似都有同一件衫。

霞　是的，我們一道去買的料子。

沈　那你着起身要比佢靚，來，換左呢件衫我地去看馬師曾咋。

霞　廣東戲我不懂。

沈　咁我地去皇后睇「出水芙蓉」

霞　沈先生，你說和我找的工作，找到沒有？

沈　大觀公司嘅「金粉霓裳」，睇過咪吓？眞好睇。

霞　沈先生，我問你，你說替我找的工作，究竟怎麼樣？

沈　你搵工作冇問題嘅，〔好〕容易。

霞　你總這樣說，到底有沒有辦法？

沈　哦，我今日來就係告知你，我替你搵到左工作。

霞　眞的？
沈　當然眞嘅。
霞　什麼事？
沈　係家庭教師。
霞　家庭教師。在那兒？
沈　在香港。
霞　那條街？
沈　係堅道，幾多號門牌我忘記左。
霞　教什麼功課？
沈　教國語。
霞　就教國語一樣。
沈　係，就教國語一樣
霞　待遇是怎麼樣？
沈　待遇隨你話，你要多少就多少！
霞　那有這樣的，沈先生你說多少？
沈　大概五六百文。
霞　這麼高的待遇？
沈　不過有一個條件。
霞　什麼條件？
沈　要你住在佢屋企。
霞　為什麼要住在他家？我天天去都可以，我不能住他家。
沈　住在佢屋企隨時可以學，佢事情忙話唔定乜野時間得閒。
霞　有幾個學生？
沈　一個學生。
霞　祇有一個學生？多大？
沈　有我咁大個。
霞　有你這麼大？
沈　就係我。
霞　你這開什麼玩笑？（氣走開）
沈　呢件細佬哥衫邊度來嘅？
霞　哦，這是剛才那個小妹妹留在這兒的。
沈　許小姐，國語點講？
霞　衣衫。
沈　（學國語）「衣衫」。（指褲子）呢個？
霞　褲子。
沈　褲子。「唔使客氣」國語怎講？
霞　不要客氣。
沈　不要客氣，我幾中意你，國語怎講？

霞　國語裏沒這句話。
沈　點會冇呢句話？
霞　國語不是這樣說法。
沈　點講法？
霞　國語是說——我愛你。
沈　點講？
霞　我愛你。
沈　我也愛你。
霞　（氣）眞無聊！
沈　我愛你，是不是？
（忽然樓梯口傳來有人跌倒的聲响，小芸驚叫聲，小淇呱呱哭的起來。）
霞　怎麼了，怎麼了？（慌忙去開門）小芸是你跌倒了？
芸　樓梯大黑，我絆跌倒了，（急忘將小淇交給佩霞）不過還好，妹妹沒有跌着。
霞　（撫慰小淇）哦；不哭，不哭，……是媽的不是，不該讓你出去的，是媽的不是。
沈　呢個小們仔*係邊個嘅？
霞　（不理沈，繼續哄小淇）哦，不哭，不哭，看陳阿姨帶給你的蘋果。
芸　（發現沈，打量他）這個人？
沈　哦，喺你嘅女，你已經有左小們仔，喺唔喺〔啊〕。
霞　（狠狠）是的，是我的女兒！
沈　（指小芸）呢個呢？
霞　也是我的女兒，都是我的女兒，我還有兩個兒子！
沈　點解？點解？
霞　混蛋！給我滾！滾！滾！（將沈轟出室外）
沈　乜野？乜野？……（驚退出，又探頭向內）哦，你喺有夫之婦？
霞　（猛力關門）混蛋！
沈　（被門打出來，揉着碰痛的頭，）我幾乎上

*編者案：「小們仔」，細蚊仔。

左當，攞我當瘟神。（下）

芸　這是什麼人？

霞　一個無聊的人。

芸　為什麼要理會這種人？

霞　我為什麼要理會這種人，（看到曼麗留下來的花衣，憤怒的扔開，回身緊抱着小淇，她滿心的委曲和悔恨，暴發地哭了出來。）

芸　許師母，你怎麼了？

霞　……小芸，你不知道我心裏多難過，今天一天我受了多少委曲。

芸　我知道許先生不在，許師母受夠了這些無聊人的欺侮，我這一路來遇到這類無聊人來麻煩你，唉，這個社會上到處都有這些人，他們好像欺負女人是最大的樂趣。

霞　哦，小妹，你已經懂得了一個女人做人的難處，唉，在她的一生中，要遇到多少次被人戲弄，被人侮辱……

隔壁傳來歌詠隊女聲齊唱的歌聲

「……加上女人的痛苦更比男人深一重，加上女人的苦痛更比男人深一重……」

芸　許師母，你聽，

「不管沒有空，我們要用功，
不怕担子重，我們要挺胸，
不做戀愛夢，我們要自重，
不做寄生蟲，我們要勞動。
新的女性產生在受難之中，
新的女性產生在覺醒之中。……」

（霞與小芸仰首靜聽，歌聲中閉幕。）

選自一九四八年《香港文藝生活》
總四十六期

司馬文森、洪遒、陶金、馮喆、馬國亮、巴鴻、蔣鋭、盧鈺、韓北屏、齊聞韶集體創作，盧珏、馮喆執筆

起義前後（一幕兩場劇）

〔存目〕

選自一九五〇年三月一日香港《文藝生活》總五十五期

人民萬歲（大型活報劇）

〔存目〕

選自一九五〇年二月一日香港《文藝生活》總五十四期

集體創作，齊聞韶、汪明執筆

旗（獨幕活報劇）

〔存目〕

選自一九五〇年四月一日香港《文藝生活》總五十六期

上官瑜具

我們的隊伍來了（獨幕劇）

〔存目〕

選自一九五〇年七月香港《文藝生活》總五十九期

二　兒童劇

黃慶雲

中國小主人（兒童獨幕劇）

說明

這個故事的發生是在廣州，是許許多多小朋友的故鄉。現在已給敵人佔領了。在廣州，有許多無恥的同胞替敵人們做走狗，做傀儡，來壓迫自己的同胞；但同時，也有許多愛國的志士們，冒險的在敵人的鐵蹄下進行救國的工作。我們的志士裏面，有大人，也有小孩子。這劇本就是告訴你怎的一位愛國小志士，設法去救自己的爸爸和感化那失了靈魂的同胞。

地點：廣州市

時間：晚上十時許

登場人物：

江小華　一個十歲大的孩子

江明華　小華的父親，一個愛國的志士

阿貴叔　一個老公公

鍾大利　偽警隊長

偽警甲

偽警乙

偽警丙

佈景：一個不大的房間，中間放着一張檯，兩把椅子，靠左有一張床，當中是一道門，可以通到下便的樓梯。左邊是通浴室和廚房的路。房裏還有一個書架，放着多少書。所有的陳設都很簡單。這是睡房，也是客廳。

開幕時江明華在桌上寫字，聽到樓梯有很急脚步的聲音，然後有人敲門了。

外邊的聲音　爸爸，開門，快！快！

（明華開了門，進來的是小華。匆忙地。）

小華　爸爸，不好了，我看見許多偽警好像要向我們這裏來！快些躲起來！

明華　（吃了一驚，從椅上站起來，跑到左邊的門裏，却回過頭來）小華，那些文件！

（小華很迅速地把那些文件收拾了，把椅子移到那幅掛在壁上的畫下面，站了上去，把壁上畫移開了。裏面是一個窟窿。小華把文件放進去，然後把椅子放到原有的位置。又跑到書架上取了一本書出來，這時有人在上樓了，跟着，有人在大力地敲門。）

外邊的聲音　開門，快開門！

小華　誰？（一面跑回桌旁，把書揭開。）

外邊的聲音　快開，快開，開不開呀？

小華　（跑到門邊）你是誰？我爸爸吩咐過，他不在家的時候，誰都不能開門的。

外邊的聲音　（很粗暴地）你開不開？我們就是來找江明華的。

（又敲又嚷。）

小華　那麼你是誰？找爸爸做什麼？

外邊的聲音　（更加粗暴了）你究竟開不開呀？

小華　不開，不開！你究竟是誰？

外邊的聲音　好了，不開我們就打進來！

（一個白髮龍鐘的老公公在左邊門裏閃出來，小華輕輕的吐了一口氣。外邊打門聲更響了。）

小華　（高聲地）貴叔，你去開門呀，我怕呢。

（老公公把門開了，偽警隊長鍾大利率領幾個偽警蜂湧而入）。

小華　（吃驚地）原來是巡警伯伯們，你們找爸爸做什麼？

大利　（不理他，耀武揚威地）把屋子搜一下。

小華　（攔着通浴室的路）你們為什麼亂進人家的屋子裏？

偽警　（斷喝一聲）跑開，小雜種！（把小華摔到一旁，老公公很痛惜地撫摸着他。兩偽警甲，乙，入浴室，偽警丙乘人家不覺把掛在衣架上的領帶偷拏去了。）

偽警甲乙　（復出）都搜過了。不見有他！（又看床下底。）

小華　我爸爸不會頑皮到躲到床底下去的。又不是跟你們捉迷藏！

偽警甲　住嘴！

小華　（跑到偽警丙的身旁。）伯伯。叫他們不要太兇了。祇有你是不兇的，坐下等我給點東西你玩好不好？

偽警丙　（矜莊地）我是從不要人家的東西的。

大利　你爸爸究竟到那裏去？

小華　到王老伯家裏去了。

大利　這話可眞？

小華　先問你信我不信？

大利　哼！

小華　不信你別問了。

大利　好的，你說來。

小華　瞧瞧剛才我說爸爸不在家你不信呀，現在才知道是眞的了。

大利　誰是王伯伯，他住在那兒？

小華　王伯伯是姓王的，有鬚的，住在他自己的家裏。

大利　他家在那兒？

小華　呀，我知道呀。不過你太兇了。我不敢告訴你！

大利　你說來！

小華　其實沒有什麼好說的，說起來也話長。不過你要說我就說好了。由這裏出，直走到第二個街口，又轉彎，又第三個街口，再轉彎，又第四個街，又轉彎，又第五個街口，又轉彎……

大利　混帳！

小華　瞧，你又兇了。

大利　哼！

小華　（抱怨地）我眞的祇知道怎樣去，不知道他的街名啊！

大利　那你帶帶我們去成不成？

小華　好的，我們大家一起去！

（小華把門開了，偽警們望着大利，大利示意他們跟着去。）

大利　（剛要去了，忽然停下來，想了一想，就大笑起來）哈哈！你這人好大胆，居然敢在老子面前行使「調虎離山計」，好讓我們都走了，你爸爸囘來就沒人捉他是不是？

小華　（鎮靜地）去不去由你！又是你先叫我的。

大利　（跑過去把小華牽過來）好聰明的孩子！（拍拍心膛）可是我們也不笨的呀。瞧瞧我們數十人統統把樓下圍住了。你爸爸囘

小華　來只好活擒！

小華　（恍然的望窗下一望）哦！（得意地坐在一旁）好了，那用不着我担心，這麼多人圍着難道爸爸就蠢得會上來嗎？

大利　你說什麼？

小華　我說你的軍隊太聲威了，陣容太嚴肅了，當然嚇得我爸爸不敢上來！

大利　（不知怎樣好，大為着惱。叫一個偽警來附耳說了幾句話，偽警開門欲下）

小華　（對偽警）別忙！伯伯，他告訴你就到樓下解散是不是？你還得告訴他們，不要一解散就走光。最好叫幾個人化裝，專等爸爸回來，兩三個扮叫賣雲吞呀，幾個人扮買吃的呀。最好還要有孩子，孩子是愛吃雲吞的呢。

大利　瞎說！（兩偽警下。大利對偽警丙）你找找書架上有什麼秘密的文件？

小華　不必找了。我這裏就有兩樣秘密，一樣是海底國的秘密，一樣是朱古力糖製造法的秘密，你要那樣？

大利　哼！

小華　阿貴叔，快倒杯茶給這位伯伯呀，他的喉一定很渴了。（老公公下，後捧茶上）

大利　（接過了茶，氣憤憤地）

小華　伯伯，你先別喝呀，也許有毒藥的呢。

大利　（遲疑地）你敢！（把茶放下）

小華　可是一個人總是謹慎一些的好呀！我先喝給你看你才喝。（舉杯一喝而盡）。伯伯，你受騙了，其實我的喉才乾呢。

大利　哼！小叛徒！（跑過書架裏看書）

小華　阿貴叔，現在什麼時間了？

公公　十時十分了。

小華　好的。（靜默祈禱）

大利　你做什麼？

小華　好了，完了。

大利　是什麼意思？

小華　十時十五分，這裏埋上的地雷就爆炸了。（又復閉眼睛）上帝，我快接近你了。

偽警丙　（着慌，住了手，立正）怎的？報告隊長。書架搜過，沒有文件，我先走了。

大利　（他強裝作鎮靜）站着！

小華　（繼續誠心的祈禱）主啊！讓我到天堂那兒吧！我是中華小國民，我為中國而生，也為中國而死。現在要和兩個漢奸一齊死了。（稍默），是的，他們一定升不到天堂，鍾伯伯，他只會嚇我，還有那一位，偷了爸爸的領帶。（偽警丙慌忙把領帶拏出來）

公公　（着急地）華官兒，怎的了？

大利　（計上心頭）起來，小叛徒！（對偽警丙）把他帶回局裏去！

小華　那麼爸爸回來你看不到了，升不得官了。

偽警丙　快走！

小華　（不動，央求的）讓我再祈禱一次！

偽警丙　快！快！

小華　上帝，請你恕我，我剛才説過謊話了，這兒並沒有埋下地雷。

偽警丙　那怎樣？

大利　無論如何，先把這小叛徒拘捕起來。

小華　我犯的是什麼罪？

大利　因為你爸爸是個抗日份子！

小華　所以要拘捕我了。

大利　就是這樣！

小華　那我告訴你，爸爸不是抗日份子，我才是抗日份子。

大利　也是一樣。

小華　並不是一樣，因為這樣你只好拘捕我的兒子了。

大利　胡説！

小華　不胡説，父親犯罪拘捕兒子是那一個大維持會政府的法律？

大利　不是這樣説，拘捕了你，你爸爸愛你的，那他就會回來！

小華　（喜悦地）鍾伯伯，你也知道愛兒子的呀，〔難怪〕孝芬哥哥這樣的惦記你。

大利　（吃驚）你怎樣知道我姓鍾？

小華　我早該找鍾伯伯的。孝芬哥哥有信給你。

大利　（對偽警丙）你下去看他們解散了沒有？

（偽警丙下）

大利　孩子，你説，你怎認識孝芬的？

小華　他是我們的同志！

大利　（頗為悲憤）哼！同志！（默然）

小華　孝芬哥哥常常想你，又想及給日本鬼子炸死的媽媽，他常常哭的！

大利　你告訴我信在那兒？

小華　（嘻皮地）那是秘密文件呀！

大利　（受傷地）你告訴我，好孩子。

小華　（誠懇地）鍾伯伯，眞的因為是秘密文件，我沒有帶來，可是我早在腦裏念熟了。

大利　那你念給我聽吧。

小華　我以為還是到局裏再念的好！

（偽警丙上）

偽警丙　報告隊長，都解散了。

小華　眞的沒有預備化裝嗎？

偽警丙　請問隊長，要不要把這孩子帶走？

小華　我希望以後維持會大政府重定法律，不要拘捕抗日份子的兒子，先要拘捕抗日份子的父親！

大利　先不要拘捕了，我要在這裏給他問話，你快到局裏説我在這裏守候那江明華。（懇求地望着小華，暗裏牽牽小華的衣裳）

小華　你一個人不害怕嗎？

偽警丙　（戇直地）報告隊長，下邊還有人。

大利　（很難過的抬起頭來）

小華　你們就這樣怕我嗎！我偏要一個對一個呢。我連阿貴叔也不要了。（高聲）阿貴叔！快到街上買酒款待那位巡警伯伯。

（也使眼色暗牽大利的衣裳）

大利　好的，（對偽警丙）你把那老公公引到街上的酒舖裏買酒。然後你才回局裏去。你得和他一起下去，否則兄弟們會不放他走。

公公　（下，不放心地）華官兒，你一個人不怕嗎？

小華　不怕的，你只管買酒好了，要好好的酒！

公公　華官兒！（到門口了，依依不捨）

小華　阿貴叔，別怕，他是爸爸的朋友，萬事有我哩，請你跟那巡警伯伯去買酒好了。要好好的酒。

（偽警偕公公下）

小華　這好了。我不願給阿貴叔曉得我們抗日！

大利　孩子，你告訴我吧！孝芬的信怎樣說？

小華　好，讓我想一想，剛才你太兇了，嚇得我連記憶都失了。（稍默，突然）呀！我該說呀，你一定是想審問我，問完就捉了我，又捉孝芬哥哥了。

大利　你暫時當我做孝芬哥哥的爸爸吧，我不是警隊長了。

小華　那可以的，我記得孝芬哥哥的信第一句就說……

大利　說什麼？

小華　就說……

大利　就說什麼？

小華　可是我不願意說。

大利　那是什麼，只說不要緊。

小華　他說「我最親愛的爸爸。」

大利　那為什麼不敢說？

小華　（吞吐地）因為你好像不大愛他似的。（更吞吐了）而且你也不配！

大利　胡說！

小華　你又擺那隊長的架子。你可不說過是孝芬哥哥的爸爸麼？

大利　啊！好的，不妨事！（傷心地）我不愛他，誰愛他？廣州失掉的當兒，我拚着命不走，千辛萬苦捱得一個隊長做，我還怎樣努力去破獲抗日份子的秘密，我只望陞官發財，好等他回來共享，我不愛他誰愛他？但是他竟捨棄我，一個人去幹那些犯殺頭的事來！

小華　（同情地）鍾伯伯，你能夠愛孝芬哥哥，你眞是我底好伯伯了，是不是？（熱烈的伸出手來）伯伯，讓我們握握手好不好。

大利　（不由自主的伸出手來，當他注視到小華那隻多肉的，長着窩窩兒的手，不禁嘆起來，沒放手）

小華　伯伯，現在你不大憎我了。

大利　（難為情地）孩子！

小華　（天眞地）或是你想，假如孝芬哥哥也像我一樣帮爸爸就好了。是不是？（大利給說中了，凝視着沒話說）但是孝芬哥哥的幫你才比我幫爸爸利害咧。孝芬哥哥常常聽到你捉拿抗日份子的消息！

大利 （無可奈何地）那是我分內的事！

小華 孝芬哥哥很難過，他就對人說：我爸爸不會做漢奸，爸爸快要改過的！

大利 （放下小華的手）他那裏會了解我？

（彼此靜默些時）

小華 你還要聽孝芬哥哥的信嗎？

大利 好的，你念下去。

小華 他說：爸爸，你記得今天是什麼日子呀？這是媽媽給萬惡的敵機炸死了的日子，爸爸，媽媽還不是一個抗日份子咧。唉這日子！多令我想起你來！

大利 眞的，這是什麼的日子？

小華 伯伯，你自己想。

大利 （想一想）是的，六月一日，（自語地）我怎能忘記？

小華 （念下去）爸爸，你可記得媽媽慘死的一剎那，紅的血，張開的眼睛，斷了的手還在撫摸着我的弟弟，還望着你……

大利 （聽不下去，但又不能阻止。）

小華 （不絕的用眼瞟着他，知他已激動了。又念下去）爸爸，你今天却是很幸福，仍舊住在我們雲山珠海的故鄉。

大利 （微喟）幸福！

小華 （念下去）我記得那清波蕩漾的荔枝灣，（跑到窗口揭起窗簾來）記得我們吃魚生粥的時間，你和媽媽爭着餵我。（大利點起頭來。小華又念下去。）還有那巍峨的白雲山。（又跑到別的一面窗子去，大利仍隨着）在五三的紀念日，你曾在中山紀念堂總理的遺像下，作一篇激烈的愛國演辭。

大利 （點頭）我記得。

小華 （念）親愛的爸爸，大好的河山，大好的廣州給敵人侮辱了玷污了。而你竟做那侮辱，玷污的一份子，爸爸：你又是多麼的不幸！（大利很難過地）。日本人的一個炸彈，炸死了媽媽，驚醒了我底迷夢，却也炸去了你底良心你底靈魂。

大利　（勉強支持）不要再讀下去了。

小華　你又要擺架子是不是？伯伯。

大利　（定一定神）好的，你念下去。

小華　爸爸，現在祇有兩個法子我們仍舊可以聚在一起，一是我到你那裏來，大家做日本人的奴隸，一是你到我這裏來，大家做中國主人。但是，爸爸，你不願意我做奴隸的，你不願意母親的孩子做奴隸的，所以我離開你了。爸爸，並非我不疼你。我不特疼自己的爸爸，還疼着許多孩子的爸爸們，許多失了靈魂的爸爸們，我們要救他們，要解放他們。

大利　（氣憤地）兒子解放父親，那不笑話嗎？

小華　伯伯，假如世界上有一種父親，失了良心，失了靈魂，做敵人的走狗，幫敵人殺自己的同胞。他平常與他為伍的是偷領帶的小兵，欺負小孩子的同伴，你以為該解放嗎？

大利　但是我有我底職責的。

小華　但是你可有權利嗎？八十塊錢一個月的軍用票，離開廣州就能用嗎？譬如剛才我一說埋了地雷，就嚇得那個樣子。（微笑，却沉痛地稍停）但是埋地雷炸偽軍是我們抗日份子常有的事；你想，這樣危險的工作他們却要中國人做！

大利　所以他們要說我們是傀儡了！

小華　傀儡倒好了，傀儡沒有什麼危險，可是你就危險得多呀？

大利　（點兩點頭，微微嘆起來）孝芬，孝芬！

小華　呀，伯伯，我倒想問問你了，為什麼孝芬哥哥的名字好像女孩子的名字一樣？

大利　那是因為他的母親叫做玉芬，我叫他做孝芬好叫他孝順他的母親。唉，現在……

小華　（很眞誠地）伯伯，那請你恕我問起來，我沒意思惹起你的傷心的。

大利　（走來走去，很痛苦地）你念完孝芬的信嗎？

小華　啊，幾乎忘了，沒有完呢。（念下去）爸爸，中國有兩種的爸爸，一種是能領導孩子的，眞正能夠疼孩子的。一種是要孩子領導他們的，他們不特不會疼孩子，反而會害孩子，他們是孩子的敵人爸爸，你願意做那一種的爸爸？（停下來，滿足地問大利）你瞧我底爸爸該入那一種？

大利 （肅然）當然是前一種。

小華 他又說：爸爸，你一定怒我了，因為我那麼大胆罵了你，但是，親愛的爸爸，你願意給我一個人罵呢？還是全中華民族的痛罵？（大利搖頭）爸爸，我願意你眞眞的愛我，我現在準備給你領導的，爸爸，祗要你不放棄做父親的責任！

大利 你再說一次！

小華 （高聲地）我願意你眞眞的愛我，我現在準備給你領導的，爸爸，祗要你不放棄做父親的責任！

大利 （決心地把帽擲下來）我不幹這個！

小華 （吃驚地）伯伯，完了，你要不要帶我到局裏面去？

大利 好孩子，把我領到孝芬那裏吧。

小華 伯伯，你眞要捉他嗎？

大利 （痛苦地）孩子，別跟我開玩笑了，我要跟孝芬一塊兒工作。

小華 你騙我，你捨得現在的隊長榮銜嗎？

大利 那簡直傀儡不如！

小華 但是現在你捉了我爸爸還可以升官咧！

大利 （誠懇地俯着腰握着小華的手）你還懷疑我嗎？從今天起，我願跟你們，跟孝芬一起工作，你可以允許我加入嗎？

小華 （喜歡地跑到枕畔取出一些文件來）伯伯，你簽上字，你就是我們的同志了。

大利 好的。（提起筆來正要簽名）

小華 伯伯，你且不要簽名，我要告訴你：簽了名你就和我們一起工作，却不是和孝芬哥哥一起工作。

大利 （停筆）為什麼？

小華 告訴你不要怕，孝芬投降了偽軍了，昨天我才接到消息的。

大利 這不可能的。

小華 為什麼不可能？你知他是很愛你的，他要和你在一起。

大利 （很痛憤地）這不是愛我的方法。（把雙手掩着面）孝芬，我害了你了。（忽然捉着小華的肩）你為什麼不早日把信帶給我？

小華 我怎敢去見你？這也許是我的錯。你要和芬哥哥一起，便不要簽名吧。

大利 （停一回然後很堅決地提起筆來）我一定簽，我還要叫孝芬反正過來。

小華 你真的要簽名嗎？

大利 是的。

小華 那請你不要簽這本簿裏，這本簿是假的，剛才對你說孝芬哥哥投降也是假的。不過我要試試你是不是真要加入抗日的陣線吧了，真的名冊在那幅畫後面的牆穴裏，你把我抱起來我拏給你。

大利 好小心的孩子！（把小華抱到那畫架下面，小華取了一本簿來，揭開讓大利簽名）

小華 現在你才真正的是我們的同志和孝芬哥哥的爸爸了。

大利 那麼孝芬在那裏呢？

小華 現在我不能告訴你，明天你來會所裏才告訴你。我們的會所就是小市街六號（從身上找一個小標記來）你明天十時去把咭片交進去就行了。

大利 （驟然想起來）你該去了，（從袋裏取出一張東西給他，這是通行證，你下樓有人問你就給他看。（小華接過，大利又担憂地）但假如你父親回來呢？

小華 （微笑）他不會回來的，剛才謝謝你，早把他放走了。

大利 什麼，放走了？我沒見過他！

小華 剛才那位老公公就是了，那是他底化裝。你剛才不聽見我叫他「要好好的走（酒）麼」？我不是說燒酒的酒，我是說逃走的走呢。

（註：廣州話酒和走同音。）

大利 （恍然）你真聰明！

小華 好了，我走了，伯伯同志，明天別忘記來。（欲下）

大利 小同志，你回來，（小華站住）這麼夜你一個人到那兒？

小華　謝謝你記心，我的同志多着呢。愛國的志士到處有他底同志的。

大利　再會！

（小華下）

大利　中國，你一定能夠勝利的，你的小主人快長大了。

（幕後有「起來，不願做奴隸的人們」底歌聲。）

——幕——

選自黃慶雲《中國小主人：兒童獨幕劇》（新兒童叢書第三十三號戲劇類），香港：進步教育出版社，一九四一年六月初版；一九四二年十月再版；一九四八年六月三版

國慶日（獨幕劇）

〔存目〕

選自黃慶雲《國慶日：獨幕劇；聖誕的禮物；兩幕劇》（新兒童叢書第三十四號戲劇類），香港：進步教育出版社，一九四二年初版，一九四八年再版

聖誕的禮物（二幕短劇）

〔存目〕

選自黃慶雲《國慶日：獨幕劇；聖誕的禮物；兩幕劇》（新兒童叢書第三十四號戲劇類），香港：進步教育出版社，一九四二年初版，一九四八年再版

一雙小腳（三幕劇）

〔存目〕

選自一九四七年二月一日、十六日、三月一日及十六日香港《新兒童》第十三卷第五期、第六期、第十四卷第一期及第二期（內文可參《兒童文學卷》第四一二—四四二頁）

黃谷柳

前程萬里（獨幕兒童劇）

〔存目〕

選自一九四七年十月一日香港《華僑日報・電影戲劇週刊》

破碎的疍（童話劇）

〔存目〕

選自一九四八年四月一日香港《青年知識》第三十二期

生命的幼苗（獨幕劇）

〔存目〕

選自一九四八年十二月二十五日香港《文藝生活》四十四期

茜菲

兒童節日

〔存目〕

選自一九四八年四月一日香港《新兒童》第十八卷第三期

許穉人

互助

〔存目〕

署名穉子，選自一九四八年五月十五日香港《華僑日報・兒童周刊》（內文可參《兒童文學卷》第四四三——四四七頁）

他們的夢想

〔存目〕

選自許穉人等著《他們的夢想》，香港：學生文叢社，一九四九（內文可參《兒童文學卷》第四四七——四六〇頁）

平浦

蒸籠（獨幕劇）

〔存目〕

選自一九四八年六月二日香港《星島日報・兒童樂園》（內文可參《兒童文學卷》第四六一——四六九頁）

阿佳

補鞋費

〔存目〕

選自一九四八年十一月二十四日香港《星島日報·兒童樂園》（內文可參《兒童文學卷》第四七〇—四七二頁）

作者簡介

謝新漢

生平資料不詳，香港英華書院學生，作品見於一九二四年英華書院刊物《英華青年》。

般雪

生平資料不詳，作品見於一九二八年《伴侶》第七期，似是外地作者，未見其他作品。

騎圓

生平資料不詳。原名謝竹泉，筆名�，《字紙簏》主要負責人之一，寫作多種文類。

何礎

生平資料不詳。曾與弟何厭合著《界》戲劇集，前衛戲劇作者同盟成員，一九三二年成立一般藝術社，一九三三年擔任九龍模範中學校長，一九三四年參演歐陽予倩導演的《油漆未乾》。曾參與電影清潔運動。作品散見三〇年代刊物《萬人雜誌》、《紅豆》。

何厭（？-1938）

曾與兄何礎合著《界》戲劇集，前衛戲劇作者同盟成員，一九三二年成立一般藝術社，一九三三年任教於九龍模範中學，大力推動戲劇活動，一九三四年參演歐陽予倩導演的《油漆未乾》。曾任香港華僑教育會研究部長，一九三五年發起電影清潔運動。作品散見三〇年代刊物《萬人雜誌》、《紅豆》、報章《南華日報・勁草》。一九三八年四月病逝於香港。

曼華

生平資料不詳，作品見於一九三一年《激流》一卷二號。

敦鑑

生平資料不詳，作品見於一九三二年一月《南強日報・鐵塔》。

姬天乎

生平資料不詳，作品見於一九三二年一月《南強日報・鐵塔》。

蔡雨村（？-1978）

又名蔡語邨，廣東人，早年肄業廣州培正中學，一九三三年任廣州《天王星月刊》撰稿人，抗戰時居香港。一九三二年五月三日於香港《南強日報・鐵塔》發表劇本，三八至四〇年於《大公報・文藝》、《國民日報・新壘》發表評介、舊體詩。三九年出席中華全國文藝界抗敵協會香港分會成立大會。建國後任職廣東省文化局、廣東省文物管理委員會、廣東省博物館首任館長。著有自刊本《勞人草》(廣州民智書局，一九三五)、《思非室詩草》、與友人合刊《海角吟》(香港惠風社，一九四〇)。

嫣　鳳

生平資料不詳，作品見於一九三二年七月《南強日報・繁星》。

遊　子

李遊子，或作李游子，一九三三年在《小齒輪》發表劇作，一九三六與李育中、羅雁子、吳華胥在《工商日報・市聲》合撰專欄「並非閒話」，同年與劉火子、羅雁子、李育中、侶倫、杜格靈、張任濤等成立「香港文藝協會」。散文、評論、小説等見於一九三四至三八年《工商日報》「市聲」、「文藝週刊」、《大眾日報・文化堡壘》。

魯子顏

生平資料不詳，作品見於一九三四年七月《紅豆》。

任穎輝(1914-1972)

廣東惠陽人。畢業於日本中央大學與廬山中央訓練團黨政高級訓練班，一九三〇年任職香港《天南日報》編輯主任，編輯副刊「明燈」，及後擔任《新聞早報》總編輯，並從事教育工作，七七事變後回國抗戰，任各級軍官，廣東省文化運動委員會專任主任，兼重慶《中央日報》、《世界日報》兵役專欄主筆。一九四五年退役，先後任惠陽及化州縣長。一九四八年移居香港，為沙田中學創辦人之一，聯合書院教授，兼職各報編輯。著有小說集《夜香港》、《好事多磨》、《婚後》等。

隱　郎（1907-1985）

原名戴隱郎、戴英浪，亦曾用戴逸浪、戴旭峰、殷沫、馬康、疾流等名。詩人、木刻家、水彩畫家、劇作家。吉隆坡出生，原籍廣東惠州，在怡保南洋美術研究所學習美術，當過報紙編輯和美術教員。曾在上海藝術大學攻讀，後轉上海藝術專科學校。三〇年代居港，任教於南粵中學，三四年與劉火子等創辦《今日詩歌》，發表論文〈論象徵主義詩歌〉及詩作〈黃昏裏的歸隊〉，三五年與溫濤、劉火子組織「深刻木刻研究會」，劇本、詩歌和評論見於《南華日報・勁草》、《時代風景》等報刊。太平洋戰爭爆發前自港回馬，曾在怡保居住。一九三七年參加華僑各界抗敵後援會，擔任總務。其間主編《南洋商報》副刊「獅聲」、「南洋文藝」、「文漫界」，並組織了後來成為抗敵後援會重要宣傳工具的「星洲業餘話劇社」。一九三八年加入馬來亞共產黨，八月成為抗援會最高負責人，積極投身抗日。同年參加英國皇家畫家學會展，獲銀質獎章。一九四〇年二月被英殖民當局逮捕，五月被強制遣送出境，輾轉到達上海。四一年二月任「魯迅藝術學院華中分院」教務科副科長兼美術系教員，轉為中共黨員。四七年八月，應台灣第二屆全省美展邀請赴台交流，曾擔任台北師範學校教師，四八年在台灣參加第十一屆台陽美展，同年底離台赴香港。五七年反右派鬥爭中，戴隱郎與中央美術學院華東分院的其他教師被劃為反黨反社會主義的「資產階級右派分子」，文革期間受盡折磨，後獲平反，在浙江美術學院任教，一九八五年杭州病逝。

傑克（1899-1983）

原名黃天石，本名黃鍾傑，又名黃炎，筆名寂寞黃二、惜珠生、黃衫客、傑克等，其中以傑克最為知名。出生於廣東省番禺縣，祖籍安徽。少在上海攻讀電機工程，未畢業即被聘到粵漢鐵路工作。十九歲投身報界，歷任廣州《民權報》、《大同報》、香港《大光報》總編輯。一九二一年與黃冷觀合編《雙聲》雜誌，第一期發表他在港最早的一篇白話文小說〈碎蕊〉。一九二二年，赴雲南任唐繼堯顧問，一九二六年赴日本，習日本語文化。一九二七年回港，重返《大光報》任總編輯。一九三二年，應邀赴馬來西亞編《南洋公論》，任霹靂埠《中華晨報》社長，吉隆坡栢屏義學校長，一九三四年回港，一九三六年有劇本發表於香港《朝野公論》。抗日戰爭期間，居桂林、重慶。戰後回港，寫了許多流行小說。一九五五年創立「香港中國筆會」，並辦《文學世界》雜誌。黃天石著作等身，計有鴛鴦蝴蝶派小說《紅心集》、《紅鐙集》、《生死愛》等，另如《紅巾誤》、《春影湖》、《一曲秋心》、《名女人列傳》等，俱膾炙人口。

落華生（1894-1941）

本名許贊堃，字地山，筆名落華生。原籍廣東揭陽，生於台灣台南。燕京大學文學院及宗教學院畢業後，留校任教。就讀大學時曾參與五四運動。一九二一年與茅盾、鄭振鐸等發起成立文學研究會，在《小說月報》、《新社會旬刊》等發表作品。一九二三至一九二七年間赴美國、英國深造，返國後繼續任教於燕京大學。一九三五年到香港，任香港大學教授，主持中文學院，推動課程改革。一九三八年「中華全國文藝界抗敵協會香港分會」成立，獲選為理事，並積極參與香港「中英文化協會」、「新文字學會」工作。在香港的幾年間，支持各方文化工作，包括此卷所收的戲劇，以及兒童文學。童話《桃金孃》與《螢燈》刊於《新兒童》，收入香港進步教育出版社「新兒童叢書」。

娜馬

生平資料不詳。一九四〇年在香港《南華日報》發表散文、戲劇、評論。從本卷收錄的劇本看，很可能是在廣州陷日前後來港的華南文人。一九八二年十一月十四日《華僑日報》李文（即主筆馮連均，另名李志文）〈抗戰文藝之「民族形式」論戰——悼念吾友馮明之先生〉提到，廣州淪陷後，馮明之（即曾潔孺）抵港，與茅盾、李素、成舍我、黃繩、戴望舒、李馳、李子誦、馬鑑教授、源克平、林擒、袁水拍、葉靈鳳、吳其敏、林煥平、平可、高雄、望雲、吳娜馬諸位先生遊，共同致力推進海外抗戰文藝運動。據此娜馬或姓吳。

蕭紅（1911-1942）

本名張迺瑩，另有筆名悄吟。原籍黑龍江呼蘭。一九三三年開始發表作品，得到魯迅賞識，為其成名作《生死場》寫序。散文集《商市街》有許多屬於女性自我意識與筆觸的技巧。一九四〇年初與端木蕻良到香港，同年年底寫成《呼蘭河傳》，翌年完成《小城三月》等小說。一九四〇年代在香港發表的作品見於《大公報》、《星島日報》等。一九四二年一月病逝於香港。

李健吾（1906-1982）

筆名劉西渭，山西運城人。父親李岐山為辛亥名將，一九一九年被北洋軍閥暗害。李健吾一九二一年進入北京師大附中，組織學生文學社團「曦社」，編輯《國風日報・爝火》，並常在《晨報副刊》和《語絲》上發表作品。一九二五年進入清華大學西洋文學系學習，大學期間有小說和獨幕劇發表。一九三一年赴法國留學，一九三三年回國。抗戰期間，李健吾在上海從事進步戲劇活動，是上海劇藝社和苦幹劇團的中堅。戰後，他與鄭振鐸一起創辦大型文藝刊物《文藝復興》，又與黃佐臨等創辦了上海實驗戲劇學校，任戲劇文學系主任。建國後，他在上海戲劇專科學校任教，後又先後調至北京大學文學研究所與中國社會科學院文學研究所，還曾擔任國務院學位委員會評議組成員、中國外國文學學會理事、法國文學研究會名譽會長等職。一九八二年病逝於北京。

田漢（1898-1968）

字壽昌，曾用筆名伯鴻、陳瑜、漱人、漢仙等。湖南長沙人。現代話劇開拓者和戲曲改革的先驅，中國戲劇運動的奠基人，創作話劇、歌劇六十餘部，電影劇本二十餘部，戲曲劇本二十四部，歌詞和新舊體詩歌近二千首。一九一二年入讀長沙師範學校，一九一七年隨舅父往日本學習，與郭沫若、左舜生、張資平等結為摯友。一九二〇年回國，翌年創辦《南國半月刊》，與郭沫若、成仿吾、郁達夫等組織創造社。一九二六年創辦「南國電影劇社」，拍攝了由他編劇的電影《到民間去》，次年擴大為「南國社」，並成立南國藝術學院。一九三〇年加入左聯，三二年加入中國共產黨，任左翼戲劇家聯盟黨團書記等職。三五年為電影《風雲兒女》寫主題曲《義勇軍進行曲》，後來成為新中國國歌。三七年為電影《馬路天使》寫《四季歌》、《天涯歌女》歌詞。四一年在大後方桂林組建新中國劇社，四二年與洪深、夏衍合寫《再會吧，香港》，準備上演但遭禁止，後改名《風雨歸舟》演出。新中國成立後任職文化部戲曲改進局、藝術局局長。文化大革命田漢被「專政」，關押於秦城監獄，一九六八年去世，終年七十歲。

洪深（1894-1955）

中國現代戲劇運動重要人物，是第一位在西方系統學習現代戲劇的中國人。出身於官僚世家，年青時就對戲劇產生興趣。一九一五年創作第一個有對白的劇本《賣梨人》，一九一六年創作話劇《貧民慘劇》。一九一六年清華學校畢業後赴美國留學，先讀化工系陶瓷製造專業，一九一九年考入哈佛大學貝克教授（George Baker）主辦的戲劇訓練班，改學戲劇，並獲碩士學位。一九二二年回到上海，同年冬創作成名劇作《趙閻王》，於一九二三年二月上演。一九二四年初，他改譯並導演的《少奶奶的扇子》獲得巨大成功。在復旦大學任教時，領導成立了復旦劇社。一九二八年四月首先提出使用「話劇」一詞作為新式戲劇的名稱，並於次年撰寫了〈從中國的「新戲」說到「話劇」〉一文。一九二五至三七年任明星影片公司編導，同時創辦中華電影學校，成為中國電影業的開拓者之一。一九三〇年加入中國左翼作家聯盟和左翼戲劇家聯盟。三〇年代初，寫出代表作農村三部曲《五奎橋》、《香稻米》、《青龍潭》。抗日戰爭爆發後辭去大學教授職位，組建救亡演劇隊，深入內地城鄉進行抗日救亡宣傳。一九四二年為桂林新中國劇社導演《再會吧，香港！》。抗戰勝利後，在復旦大學、上海戲劇專科學校任教之餘，編輯《戲劇與電影》周刊，導演《麗人行》等劇。建國後，歷任中國文學藝術界聯合會主席團委員、中國戲劇家協會副主席、中國作家協會理事、國務院對外文化聯絡局局長等。一九五五年八月二十九日病逝。

夏　衍（1900-1995）

本名沈乃熙，劇作家、翻譯家。原籍浙江杭州，一九二〇年公費留學日本，一九二七年加入中國共產黨，一九二九年參與組織上海藝術劇社，同年籌備成立中國左翼作家聯盟，一九三〇年出任左聯常務委員。一九三二年任明星公司編劇顧問，參與左翼電影活動。一九三五年開始話劇創作。一九三七年後，在上海、廣州、桂林等地主編《救亡日報》。一九四一年一月來港參與創辦《華商報》，任編委並分管文藝副刊。一九四二年一月底離港赴桂林。一九四六年十月經香港去新加坡，同年八月被新加坡當局「禮送出境」，返港擔任中共華南分局委員、香港工委委員（後任書記），負責統戰工作，並出任《華商報》編委，編輯副刊「熱風」（後改名「茶亭」），亦為《群眾》撰稿。一九四九年北返，任中共上海市宣傳部長、文化部副部長、全國文聯副主席，對外友協副會長等職。主要作品包括報告文學《包身工》、話劇《上海屋檐下》、電影劇本《狂流》、《春蠶》等。

許幸之（1904-1991）

祖籍安徽歙縣，生於江蘇揚州。影劇編導、畫家、美術評論家、詩人。早年拜師呂鳳子，一九二二年上海美術專門學校畢業，翌年在上海東方美術研究所進修，二四年赴日本。二七年被白崇禧逮捕，後被劉海粟和徐朗西營救。一九三〇年二月與沈葉沉等發起組織左翼美術團體「時代美術社」。三三年任上海天一影片公司美術設計。三五年在上海電通影片公司導演《風雲兒女》。魯迅去世後，一九三七年二月許幸之將《阿Q正傳》改編為話劇。一九四〇年赴蘇北抗日根據地，任華中魯迅文藝學院教授，並設計新四軍臂章。一九四一年中來到香港，香港陷日後在東江游擊隊安排下隨其他文化人潛返內地，於桂林出版《最後的聖誕夜》。一九九一年病逝。

葉靈鳳（1905-1975）

本名葉蘊璞，另有筆名任訶、佐木華、柿堂、雨品巫、秋生、秋朗、亞靈、南村、秦靜聞、葉林豐、燕樓、鳳軒、霜崖、臨風、曇華、靈鳳、L.F. 等。原籍江蘇南京。上海美術專門學校肄業。一九二五年加入「創造社」，開始寫作，期間與周全平合編《洪水》半月刊。一九二六年組織文學團體「幻社」，與潘漢年合編《幻洲》半月刊。一九三〇年加入「中國左翼作家聯盟」。一九三七年參加《救亡日報》工作，後隨該報遷到廣州。一九三八年廣州失陷，轉到香港定居，此後歷任香港《立報・言林》、《星島日報》的「星座」、「香港史地」、「藝苑」

等副刊編輯，並參與《大同雜誌》、《大眾週報》、《新東亞》、《萬人週刊》等刊物的編務。三〇年代於上海出版有小說集《女媧氏之遺孽》、《時代姑娘》。一九四〇年在香港出版散文集《忘憂草》。

麥大非（1914-1964）

廣東番禺人。一九三〇年代畢業於廣州美術專科學校。三三年參加廣州藍白劇社活動。一九四三年在湖南衡陽創建並領導「中國實驗劇團」，抗戰後期在桂林進行救亡宣傳活動，為抗日演劇活動編導過一些有影響的話劇。抗戰勝利後在香港參加進步文化活動，從事話劇、電影編導工作，同時是有相當影響的影評人。四六年參加中國民主同盟。四九年參加東江教導營，隨解放軍進城後任廣東省文教接管委員會電影審查科副科長。五四年起在廣東粵劇團任導演，是建國後粵劇建立導演制最早的專職導演之一，作品包括《搜書院》。一九五七年被打成右派，到農場「勞動改造」。一九六一年「摘帽」，仍在廣東粵劇院任導演。一九六四年在「文藝小整風」中遭到批判，投江自盡。

黃谷柳（1908-1977）

原名黃顯襄，筆名黃襄、丁冬、冬青等。一九〇八年生於越南，一九二七年來港，入新聞學社修讀新聞學，後進《循環日報》任校對，開始文學創作，在《循環日報》發表第一篇小說〈換票〉。一九三七年隨軍回國參加抗日工作。一九四六年舉家重回香港，居於九龍城。寫作各類文體，包括電影劇本《此恨綿綿無絕期》、《羊城恨史》等。代表作《蝦球傳》於一九四七年十月至一九四八年十二月在夏衍主編的《華商報》副刊發表，影響巨大。一九四九年在香港加入中國共產黨，六月回國參軍，後定居國內，先後擔任廣州南方書店《文藝小叢書》編輯、《南方日報》記者、中國作家協會理事等。在一九五七年「反右運動」受衝擊，文革時受迫害，被開除黨籍，一九七八年平反。

瞿白音（1910-1979）

原名瞿金駒，上海嘉定人。一九三二年投身進步話劇運動，抗日戰爭和解放戰爭期間，長期在國民黨統治區堅持戲劇電影工作。解放戰爭期間，在香港任大光明影業公司編劇，編寫了反映漁民反霸鬥爭的電影劇本《水上人家》。創作諷刺香港電影商人腐朽行為的獨幕劇《香港小姐》，諷刺國民黨偽「國大」的獨幕劇《2+2=5》，嘲諷國民黨內部分崩離析的獨幕劇《南下列車》。此三劇後結集為《南下列車》出版。翻譯蘇聯話劇《蘇瓦洛夫元帥》、《莫斯科的黎明》，與夏衍、洪遒、葉以群、韓北屏、孟超、周鋼鳴等組成七人影評小組，在《華商報》等報紙上發表劇評和影評。新中國成立後返回內地。

華　嘉（1915-1996）

本名鄺劍平。原籍廣東南海。一九三〇年代初在上海參加左翼文藝活動。抗戰期間在廣州《救亡日報》任戰地記者。後到桂林參加「中華全國文藝界抗敵協會」，任桂林《救亡日報》記者、副刊編輯。一九四一年「皖南事變」後，隨夏衍到香港，在《華商報》任記者，積極參與香港「虹虹歌詠團」。香港淪陷後赴內地。國共內戰期間再到香港。一九四九年返回內地。一九四〇年代在香港發表的作品見於《大公報》、《星島日報》、《華僑日報》等。

王　逸

生平資料不詳，似是四〇年代末來港的左翼文藝工作者，與麥大非有密切交往。作品見一九四九年三月《文藝生活》海外版第十二期獨幕劇號。

司馬文森（1916-1968）

本名何應泉，小説家，著作甚豐，主要作品為小説《南洋淘金記》、《風雨桐江》。原籍福建泉州。一九三三年加入中國共產黨，擔任泉州特區黨委會委員，主編地下刊物《農民報》，同時開始發表作品。一九三四年到上海，加入中國左翼作家聯盟。中日戰爭期間，隨《救亡日報》撤至桂林，創辦《文藝生活》；桂林失守後，留守當地從事武裝鬥爭。一九四六年一月，在廣州復辦《文藝生活》，不久移居香港，任香港文委委員。一九四七年出任達德學院文學教授和香港文協常務理事，並策劃左派文藝、電影工作。一九四九年十月共產黨軍隊進入廣州，不久，香港左翼影劇界辦了游藝晚會，集體創作了大型活報劇《人民萬歲》，一九五〇年司馬文森又與洪遒、齊聞韶等帶領香港影劇界到廣州勞軍，演出包括《旗》、《起義前後》等。一九五二年一月司馬文森被香港政府遞解出境。返穗後，任中共華南分局文委委員、中南文聯常委、《作品》月刊主編。一九五五年起，先後擔任駐印尼和法國大使館文化參贊和對外文委三司司長，文革期間受人身摧殘，一九六八年含冤離世。

洪　遒（1913-1994）

原名章鴻猷，筆名蔚夫。浙江杭州人。一九三三年參加左聯和劇聯。三六年畢業於大夏大學法學院。三八年參加抗敵演劇二隊。後任《廣西日報》、昆明《評論報》編輯。四六年後與夏衍、瞿白音等人組成七人影評小組，在《華商報》上發表影評文章，後來任香港《文匯報》副刊編輯。一九四八年加入中國共產黨，策劃左派電影工作，五〇年代初回廣州。一九五六年後，歷任珠江電影製片廠副廠長、廠長、黨委副書記。

陶　金（1916-1986）

中國著名電影演員。一九四七年主演了《八千里路雲和月》和《一江春水向東流》。四八至四九年在香港參加了描寫農民和漁民生活的影片《火葬》和《海誓》，並導演影片《詩禮傳家》。中華人民共和國成立後，積極參與勞軍，繼續從事演員及導演工作，曾任中國電影家協會名譽理事。一九八六年於廣州逝世。

馮　喆（1921-1969）

上海聖約翰大學畢業後，演出話劇。一九四六年入上海國泰影片公司，主演《裙帶風》、《憶江南》等多部影片。一九四八年到香港，在《戀愛之道》、《結親》等影片中扮演各種角色。一九五〇年回上海，入上海電影製片廠，主演《南征北戰》、《鐵道遊擊隊》、《羊城暗哨》、《沙漠追匪記》、《桃花扇》、《金沙江畔》等影片。文革期間受迫害而死。

馬國亮

生平資料不詳。廣東順德人，民盟成員。歷任上海良友圖書公司編輯，《今代婦女》主編，香港《大地畫報》總編輯，《廣西日報》副刊編輯，新大地出版社總編輯，上海《前線日報》副刊編輯，香港《新生晚報》編輯，香港長城電影公司編導室主任、總管理處秘書長，一九五二年一月被香港政府遞解出境。著有中篇小說《露露》，電影文學劇本《綺羅春夢》、《南來雁》、《神・鬼・人》，散文《昨夜之歌》、《給女人們》等，回憶錄《良友憶舊》。

巴　鴻

生平資料不詳。男演員，四、五〇年代在中國參演多部電影，《朱門怨》、《冬去春來》、《小二黑結婚》、《女大當嫁》等，八〇年代導演《白楊樹下》、《知音》。

蔣　銳（1921-2006）

江蘇泰州人，江蘇大學原江蘇省立教育學院大學專科畢業，中國電影家協會會員。曾任鎮江市拖板橋小學教務主任，一九五二年到北京，進入八一電影製片廠工作。在建廠初期參與電影製片廠各項籌建工作，後被安排到錄音車間任音響效果師，錄音師，主任音響效果師，參與製作的故事片三十多部，軍教片及紀律片二百多部。

盧　鈺（1919-2014）

廣東順德人。一九三七年抗戰爆發抵港，擔任多部抗日救國進步電影的場記。一九四〇年後任中國電影製片廠、中華劇藝社場記。四七年後任香港「大中華」、「永華」、「南國」影業公司副導演。新中國成立後，任上海電影製片廠、珠江電影製片廠導演，中國影協第四屆理事。中國民主同盟盟員。創作電影劇本《誤佳期》。導演的電影有《羊城暗哨》、《梅嶺星火》等。

韓北屏（1914-1970）

生於楊州，左翼文藝工作者，新聞工作者，中國共產黨員。四〇年代末在香港電影公司擔任編導，後回國，文革期間受過迫害。

齊聞韶

生平資料不詳，四〇年代香港左派電影工作策劃人之一。一九四八年在香港參與建立華南電影工作者聯合會，後任南國影業公司場記、副導演、編導。此期間，他編導的作品有《海外尋夫》、《一板之隔》、《江湖兒女》等。一九五二年一月被香港政府遞解出境。後在上海聯合電影製片廠、天馬電影製片廠、上海電影製片廠任職。八〇年代，齊聞韶仍有參與電影工作。

汪明（？-1976）

劇作家。抗美援朝時，汪明、杜高、路翎等均曾入朝，深入前線採訪，回國後與杜高合作話劇《向三八線前進》，是反映抗美援朝戰爭較早的一部作品，一九五一年又寫了話劇《第一次功勳》。一九五三年加入文化部中國青年藝術劇院創作室，一九五五年反胡風運動中牽連受審，一九七六年在文革中病故。

上官瑜具

生平資料不詳，疑為四〇年代末香港左派工會的文藝工作者。

黃慶雲（1920- ）

筆名慶雲，另有夏莎、宛兒、昭華、是德、安彌、敏孝、杜美、慕威、芳菲、特行、齊苑、羅蘋等，因在《新兒童》設「雲姊姊信箱」與小讀者通信，有「雲姊姊」之稱。原籍廣東廣州市，幼年曾在香港居住，十一歲返回內地，十五歲考入廣州中山大學文學院。一九三八年廣州淪陷，借讀於遷往香港的嶺南大學。後升讀嶺南大學教育系研究生，研究兒童文學，期間擔任《新兒童》主編。同年十二月香港淪陷，《新兒童》輾轉於桂林、廣州、香港復刊。一九四七年獲助華協會（China Aid Council）獎學金，到美國哥倫比亞大學師範學院學習一年。一九四〇年代主要在《新兒童》發表兒童文學作品，另有兒童文學理論研究文獻多種。

茜　菲

生平資料不詳，一九三九年在香港《大公報・文藝》發表散文，提及原籍九江，四八年於香港《新兒童》發表兒童戲劇作品。

許穉人（?-1968）

又名許稚人、許彥常，筆名穉子、小穎。戰時讀中山大學文學院，加入共產黨，戰後抵香港從事文教工作。一九四七年，任香港《華僑日報・兒童周刊》編輯，發表不少作品，包括故事、童話、日記及評論，並與胡明樹主持「兒童周刊讀者會」，該會由《華僑日報》總編輯何建章倡議成立，每月由該報撥款二百元作為活動經費。一九四九年離港，文革期間任職《南方日報》，一九六八年受迫害而死。

平浦

生平資料不詳。一九四〇年代後期有兒童戲劇作品刊於香港《星島日報·兒童樂園》。

阿佳

生平資料不詳。一九四〇年代後期有兒童戲劇作品刊於香港《星島日報·兒童樂園》。

《香港文學大系一九一九—一九四九》編輯委員會鳴謝
以下人士及單位，資助本計劃之研究及編纂經費：

李律仁先生

•

香港藝術發展局

•

香港教育學院 中國文學文化研究中心

香港藝術發展局
Hong Kong Arts Development Council

藝發局邀約計劃
香港藝術發展局全力支持藝術表達自由，
本計劃內容並不反映本局意見。

The Hong Kong
Institute of Education
香 港 教 育 學 院